CW01637665

BEST SELLER

Stephen King es el maestro indiscutible de la narrativa de terror contemporánea, con más de treinta libros publicados. En 2003 fue galardonado con la medalla de la National Book Foundation por su contribución a las letras estadounidenses, y en 2007 recibió el Grand Master Award, que otorga la asociación Mystery Writers of America. Entre sus títulos más célebres cabe destacar *El misterio de Salem's Lot*, *El resplandor*, *La zona muerta*, *Ojos de fuego*, *It*, *Maleficio*, *La milla verde*, *Cell*, *Duma Key* y las siete novelas que componen el ciclo *La Torre Oscura.* Vive en Bangor, Maine, con su esposa Tabitha King, también novelista.

Biblioteca

STEPHEN KING

Las cuatro después de medianoche

Traducción de
Susana Constante

DEBOLS!LLO

Título original: *Four Past Midnight («The Library Policeman», «The Sun Dog»)*
Publicado mediante acuerdo con el autor a/c Ralph M. Vicinanza, Ltd.

Primera edición: noviembre, 2009

© 1990, Stephen King
© 2009, Random House Mondadori, S. A.
Travessera de Gràcia, 47-49. 08021 Barcelona
© Susana Constante, por la traducción
© Herederos de Susana Constante, a los que la editorial reconoce su titularidad de los derechos de reproducción y su derecho a percibir los royalties que pudieran corresponderles.

Agradecemos la colaboración de Javier Martos y J. Óscar H. Sendín, moderadores de la web www.ka-tet-corp.com, dedicada exclusivamente a Stephen King.

El editor agradece a la siguiente institución el permiso concedido para reproducir el material que se cita: *In the Midnight Hour*, de Wilson Pickett y Steve Cropper © 1966 Cotillon Music, Inc. & East/Memphis Music Corp. Todos los derechos propiedad de Cotillon Music, Inc. están administrados por Warner-Tamerlane Publishing Corp. Reservados todos los derechos. Reproducido con permiso.

Quedan prohibidos, dentro de los límites establecidos en la ley y bajo los apercibimientos legalmente previstos, la reproducción total o parcial de esta obra por cualquier medio o procedimiento, ya sea electrónico o mecánico, el tratamiento informático, el alquiler o cualquier otra forma de cesión de la obra sin la autorización previa y por escrito de los titulares del *copyright*. Diríjase a CEDRO (Centro Español de Derechos Reprográficos, http://www.cedro.org) si necesita fotocopiar o escanear algún fragmento de esta obra.

Printed in Spain – Impreso en España

ISBN: 978-84-9908-086-4 (vol. 102/55)
Depósito legal: B- 36797-2009

Fotocomposición: Lozano Faisano, S. L. (L'Hospitalet)

Impreso en Litografia Rosés, S. A.
Progrés, 54-60. Gavà (Barcelona)

P 880864

En el desierto vi una criatura desnuda, bestial,
que, acuclillada en el suelo,
tenía su corazón entre las manos
y comía de él.

Dije: «¿Es bueno, amigo?».
Y él contestó: «Es amargo…, amargo,
pero me gusta
porque es amargo
y porque es mi corazón».

STEPHEN CRANE

Voy a besarte chica, y a abrazarte,
voy a hacer todas las cosas que te dije
en la hora de la medianoche.

WILSON PICKETT

DIRECTO HACIA LA MEDIANOCHE

Una nota introductoria

Bueno, fíjate bien en esto; aquí estamos todos. Lo hemos vuelto a hacer. Espero que te alegres de estar aquí al menos la mitad de lo que me alegro yo. Lo digo solo porque me acuerdo de una historia, y como contar historias es lo que hago para ganarme la vida (y para conservar mi cordura), te transmitiré esta.

No hace mucho, este mismo año (escribo esto a finales de julio de 1989), estaba tirado delante de la tele, mirando el partido de los Red Sox contra los Milwaukee Brewers. Robin Yount, de los Cerveceros, caminaba hacia la caja de bateo, y los comentaristas de Boston empezaron a maravillarse del hecho de que Young aún se hallara en los primeros años de la treintena.

—A veces parece que Robin ayudó a Abner Doubleday a establecer las primeras líneas de *foul* —dijo Ned Martin mientras Yount entraba en la base para encarar a Roger Clemens.

—Sí —coincidió Joe Castiglione—. Llegó a los Cerveceros recién salido de la escuela secundaria, creo. Ha estado jugando con ellos desde 1974.

Me enderecé tan rápido que casi me derramé por encima una lata de Pepsi-Cola. *¡Espera un segundo!* —pensaba para mí mismo—. *¡Espera un segundo, maldita sea! ¡Yo publiqué mi primer libro en 1974! ¡De eso no hace tanto tiempo! ¿A qué viene esa gilipollez de ayudar a Abner Doubleday a pintar las primeras líneas del campo?*

Entonces se me ocurrió que la percepción del transcurso del tiempo (un tema recurrente una y otra vez en los relatos que componen *Después de medianoche*) es algo sumamente personal. Es cierto que la publicación de *Carrie* en la primavera de 1974 (fue publicada, de hecho, solo dos días antes de que diera comienzo la temporada de béisbol y que un adolescente de nombre Robin Yount debutara con los Cerveceros de Milwaukee) no me parecía que hubiera ocurrido hacía tanto tiempo, subjetivamente hablando (era apenas como un rápido vistazo por encima del hombro, en realidad), pero existen otras maneras de contar los años, y algunas de ellas sugieren que tres lustros pueden ser mucho tiempo, en efecto.

En 1974, Gerald Ford era el Presidente de Estados Unidos, y el Shah seguía siendo el amo del cotarro en Irán. John Lennon estaba vivo, y Elvis Presley también. Donny Osmond cantaba con sus hermanos y hermanas con voz aguda y aflautada. Los grabadores de vídeo caseros ya se habían inventado, pero solo podían adquirirse en unos pocos mercados de prueba. Las personas con información privilegiada predijeron que cuando estuvieran disponibles a gran escala los aparatos Beta de Sony tumbarían rápidamente al formato rival, el VHS. La idea de que la gente pronto podría alquilar películas de éxito igual que una vez habían alquilado novelas de éxito en bibliotecas aún pendía en el horizonte. Los precios del combustible habían subido hasta cifras impensables: cuarenta y ocho centavos el galón de gasolina normal, cincuenta y cinco centavos el galón de la sin plomo.

Las primeras hebras blancas aún no habían hecho su aparición ni en mi cabeza ni en mi barba. Mi hija, ahora en la facultad, tenía cuatro años. Mi hijo mayor, que ahora es más alto que yo, toca el arpa del blues, y luce exuberantes mechones de pelo a lo Sammy Hagar que le llegan hasta los hombros, acababa de ser ascendido al uso de pantalones. Y mi hijo pequeño, que ahora lanza y juega de primera base en el equipo de la Liga Infantil, aún tardaría en nacer tres años.

El tiempo posee esta curiosa cualidad plástica, y todo lo que da vueltas termina regresando. Cuando te montas en el autobús, piensas que no te llevará lejos (al otro lado de la ciudad, quizá, no más allá), y de repente, ¡hostias!, has atravesado la mitad del país. ¿Encuentras la metáfora un pelín ingenua? Yo también, y la jodienda de ello es que no importa. La incógnita esencial del tiempo es tan perfecta que incluso observaciones tan vacuas como la que acabo de hacer retienen una extraña y plañidera resonancia.

Una cosa no ha cambiado durante estos años; es la principal razón, supongo, por la que a veces me da la impresión (y probablemente a Robin Yount también) de que el tiempo no ha pasado en absoluto. Sigo haciendo lo mismo: escribir historias. Y eso significa todavía bastante más de lo que sé; sigue siendo lo que amo. Oh, no me malinterpretes. Amo a mi esposa, y amo a mis hijos, pero sigue siendo un placer encontrar estas peculiares carreteras secundarias, recorrerlas, ver quién vive allí, ver qué hacen y para quién, y quizá incluso por qué. Sigo amando la rareza de todo ello y esos momentos magníficos cuando las imágenes se aclaran y los sucesos comienzan a formar un patrón. Siempre voy pisándole los talones a la historia. Es una bestia veloz, y a veces yerro el blanco, pero cuando la atrapo por la cola, la aprieto con fuerza… y la sensación es estupenda.

En 1990, cuando se publique *Después de medianoche*, serán dieciséis años en el negocio de la fantasía y la imaginación. Hacia la mitad de esta carrera, mucho después de haberme convertido, mediante algún proceso que sigo sin comprender del todo, en el coco literario de Estados Unidos, publiqué un libro titulado *Las cuatro estaciones*. Se trataba de una recopilación de cuatro novelas cortas inéditas, tres de las cuales no eran historias de terror. Mi editor aceptó el libro de buen grado pero, creo, que también con ciertas reservas mentales. Sé que yo también las albergaba. Tal como resultaron las cosas, ninguno de nosotros tenía nada de lo que preocuparse. A veces un escritor publica un libro al que de forma natural le sonríe la suerte, y con *Las cuatro estaciones* eso fue lo que me pasó.

Una de las historias, «El cuerpo», se convirtió en una película (*Cuenta conmigo*) que tuvo un gran éxito de taquilla... En realidad, era la primera obra llevada al cine que triunfaba desde *Carrie* (una película que se remontaba a cuando Abner Doubleday y ya-sabes-quién diseñaban las líneas del campo de béisbol). Rob Reiner, que realizó *Cuenta conmigo*, es uno de los directores más valerosos e inteligentes que he conocido nunca, y me siento orgulloso de mi relación con él. También me hace gracia ver que la compañía que Míster Reiner fundó después del éxito de *Cuenta conmigo* se llama Castle Rock Entertainment... un nombre con el que muchos de mis lectores más veteranos estarán familiarizados.

A los críticos, en conjunto, también les gustó *Las cuatro estaciones*. Casi todos ellos bombardearían con napalm algún relato concreto, pero como cada uno elegía para chamuscar una historia distinta, sentí que podía despreciarlos a todos ellos con total impunidad... y lo hice. Este comportamiento no siempre es posible. Cuando la mayoría de las reseñas de *Christine* sugirieron que era verdaderamente una obra espantosa, llegué a regañadientes a la conclusión de que probablemente no era tan buena como había esperado (lo cual, sin embargo, no me detuvo a la hora de cobrar los cheques correspondientes a los derechos de autor). Conozco a escritores que afirman no leer las críticas de sus libros, o que, si lo hacen, no se sienten heridos si son malas, y lo cierto es que creo a dos de estos individuos. Yo pertenezco a otra clase de personas: me obsesiona la posibilidad de recibir malas críticas, y me amargo dándole vueltas a la cabeza cuando salen. Pero no me dejan con el ánimo por los suelos por mucho tiempo; me basta con matar a unos pocos críos y a unas cuantas ancianitas para volver a ponerme en pie, firme como un trébede.

Lo más importantes es que a los lectores les gustó *Las cuatro estaciones*. No recuerdo ni una sola carta de aquella época que me reprendiera por escribir algo que no fuera de terror. Casi todas, de hecho, eran para decirme que alguna de las historias había despertado sus emociones de alguna manera, que les habían hecho pensar, que les habían hecho sentir, y estas cartas son la verdadera venganza contra los días (y hay muchos) en que las palabras llegan con dificultad y la inspiración aparenta ser poca o incluso no existente. Dios bendiga y conserve al Lector Constante; la boca puede hablar, pero no existe cuento que valga si no hay un oído comprensivo que escuche.

Esto fue en 1982. El año en que los Cerveceros de Milwaukee ganaron el banderín de campeones de su única Liga, liderados (sí, has acertado) por Robin Yount. Ese año, Yount alcanzó un promedio de bateo de 331, consiguió veintinueve *home-runs*, y fue nombrado MVP de la Liga Americana.

Fue un buen año para dos viejos carcamales como nosotros.

Las cuatro estaciones no fue un libro planificado; simplemente fue algo que salió así. Las cuatro historias que contenía surgieron en intervalos aislados de tiempo durante un período de cinco años, historias que eran demasiado largas para ser publicadas como cuentos, y un poquito demasiado cortas para constituir una novela por sí solas. Al igual que lanzar un *no-hitter* o batear para el ciclo (conseguir un sencillo, un doble, un triple y un *home-run* durante un juego), no fue tanto una proeza como una rareza estadística. Su éxito y su aceptación me proporcionaron un inmenso placer, pero también sentí una clara sensación de arrepentimiento cuando el manuscrito fue finalmente entregado a The Viking Press. Sabía que era bueno; también sabía que probablemente nunca más publicaría otro libro exactamente igual que ese en toda mi vida.

Si estás esperando que diga «Bueno, me equivocaba», no me queda más remedio que defraudarte. *Después de medianoche* es un libro muy diferente a ese otro anterior. *Las cuatro estaciones* consistía en tres historias «convencionales» y un cuento acerca de lo sobrenatural; todos los relatos de este libro son cuentos de terror. Son, en conjunto, un poco más largos que los de *Las cuatro estaciones*, y fueron escritos en su mayor parte durante los dos años que supuestamente pasé retirado. Tal vez son diferentes porque proceden de una mente que se encontró a sí misma girando, al menos temporalmente, hacia temas más oscuros.

El tiempo, por ejemplo, y los efectos corrosivos que puede ejercer sobre el corazón humano. El pasado, y las sombras que arroja sobre el presente; sombras donde crecen cosas desagradables a veces, y donde incluso se esconden cosas aún más desagradables... y que engordan.

Pero no todas mis inquietudes han cambiado, y la mayoría de mis convicciones no han hecho más que fortalecerse. Sigo creyendo en la capacidad de recuperación del corazón humano y en la validez esencial del amor; sigo creyendo que pueden establecerse conexiones entre la gente, y que los espíritus que habitan nuestro interior a veces nos tocan. Sigo creyendo que el coste de estas conexiones es terrible, escandalosamente alto... y sigo creyendo que las ganancias recibidas sobrepasan por mucho el precio que debe pagarse. Sigo creyendo, supongo, en la llegada del Blanco y en encontrar un lugar para oponer resistencia... y defender ese lugar hasta la muerte. Son inquietudes y creencias anticuadas, pero mentiría si no admitiera que aún las poseo. Y que ellas aún me poseen a mí.

Sigo amando una buena historia, también. Amo contarlas, y amo escucharlas. Puede que sepas, o puede que no (o que no te importe), que me pagaron un buen montón de dinero para publicar *Después de medianoche*, y los dos libros siguientes, quizá lo sepas, o en el caso de que te importe, deberías saber también que no me pagaron ni un centavo por escribir los relatos que contiene. Como cualquier otra cosa que sucede por sí misma, el acto de escribir se sitúa más allá de las divisas. Es maravilloso tener dinero, pero en lo que se refiere al acto de la creación, lo mejor es no pensar en él demasiado. Puede constipar el proceso entero.

El modo en que cuento mis historias también ha cambiado un poco, supongo (espero haber mejorado, pero eso es algo que cada lector debe juzgar por sí mismo, desde luego), aunque es lo que cabría esperarse. Cuando los Cerveceros ganaron el banderín en 1982, Robin Yount jugaba de parador en corto. Ahora él ocupa la posición en el centro del campo. Supongo que eso significa que es un poquito más lento... pero sigue atajando casi todo lo que va en su dirección.

A mí me serviría. Me serviría perfectamente.

Como un gran número de lectores sienten curiosidad por la procedencia de las historias, o se preguntan si encajan dentro de un esquema general más amplio que el autor pueda estar persiguiendo, esa es la razón por la que he prologado cada uno de los relatos con una pequeña nota explicando cómo se escribieron. Quizá las encuentres entretenidas, pero no tienes necesidad de leerlas si no quieres; no es una tarea escolar, gracias a Dios, y no habrá ningún examen después.

Déjame terminar diciendo de nuevo lo bueno que es estar aquí, sano y salvo, y hablando contigo una vez más... lo bueno que es saber que tú sigues ahí, sano y salvo, y esperando a ir a algún otro lugar, un lugar donde, quizá, las paredes tengan ojos y los árboles tengan oídos y algo verdaderamente desagradable esté tratando de encontrar su vía de escape del desván y bajar por la escalera hasta donde está la gente. Esa cosa todavía me interesa... pero creo que, a día de hoy, me interesan todavía más las personas que puedan o no estar escuchando.

Antes de irme, tengo que decirte cómo terminó el partido de béisbol. Los Cerveceros derrotaron finalmente a los Red Sox. Clemens consiguió un *strike out* en el primer turno al bate de Robin Yount... pero en el segundo, Yount (que ayudó a Abner Doubleday a diseñar la zona válida de juego, según Ned Martin) conectó un doble por encima del *Gran Monstruo Verde* del lado izquierdo del campo y condujo a dos corredores hasta el *home*.

Robin aún no está acabado para este juego, supongo. Yo, tampoco.

Bangor, Maine
Julio de 1989

EL POLICÍA DE LA BIBLIOTECA

A los trabajadores y usuarios de la
Biblioteca Pública de Pasadena

LAS TRES DESPUÉS DE MEDIANOCHE

Una nota sobre el Policía de la Biblioteca

La mañana en que se inició esta historia, yo estaba sentado a la mesa desayunando con mi hijo Owen. Mi esposa había subido a darse una ducha y vestirse. Ya se habían hecho aquellos dos repartos vitales de las siete de la mañana: el de los huevos revueltos y el del periódico. Willard Scott, que visita nuestra casa cinco de cada siete días, estaba hablándonos de una señora de Nebraska que acababa de cumplir ciento cuatro años, y creo que tanto Owen como yo mostrábamos un par de ojos bien abiertos. En otras palabras, era una típica mañana laborable *chez* King.

Owen se apartó de la sección de deportes lo suficiente para preguntarme si ese día iría al centro. Necesitaba un libro para un trabajo escolar y quería que yo lo recogiera. No recuerdo cuál era —tal vez *Johnny Tremain* o *Mañana de abril*, la novela de Howard Fast sobre la Revolución americana—, pero era uno de esos libros que nunca se consiguen en las librerías, bien porque acaban de agotarse, bien porque están a punto de reeditarse, o una cosa por el estilo.

Le sugerí a Owen que lo buscara en la Biblioteca local, que es muy buena. Estaba seguro de que lo tendrían. Murmuró algo. Solo capté unas palabras, pero dados mis intereses fueron más que suficientes para despertar mi curiosidad. Las palabras eran «Policía de la Biblioteca».

Dejé a un lado mi mitad del periódico, utilicé el botón del volumen del mando a distancia para estrangular la voz de Willard en medio de su extático informe sobre el Festival del Melocotón de Georgia, y le pedí amablemente a Owen que repitiera lo que había dicho.

Se mostró reacio a hacerlo, pero insistí. Al final me dijo que no le gustaba ir a la Biblioteca a causa de la Policía de Bibliotecas. Se apresuró a añadir que sabía que no existía tal cosa, pero que era una de esas historias que se metían en el inconsciente y se quedaban allí, latentes. La había oído de labios de su tía Stephanie cuando tenía siete u ocho años y era mucho más crédulo, y le inquietaba desde entonces.

Naturalmente, yo estaba encantado, porque cuando era niño también había tenido miedo a la Policía de Bibliotecas, ese cuerpo de agentes sin cara que irían a tu casa si no devolvías los libros cuyo plazo había vencido. Eso ya era bastante malo por sí solo, pero ¿qué sucedería si no encontrabas los libros en cuestión cuando aparecían aquellos extraños representantes de la ley? ¿Qué te harían? ¿Qué se llevarían para compensar los libros perdidos? Hacía años que no pensaba en la Policía de Bibliotecas (aunque sí lo había hecho después de la infancia, pues recuerdo claramente haber hablado de ello con Peter Straub y su hijo Ben hace seis u ocho años), pero ahora esas preguntas, espantosas y en cierta forma atractivas, se plantearon de nuevo.

Durante los tres o cuatro días siguientes me sorprendí pensando en la Policía de Bibliotecas, y mientras lo hacía empecé a vislumbrar el bosquejo de mi próximo relato. Así es cómo se me suelen ocurrir los relatos, aunque por lo general el período de reflexión es más largo que en este caso. Cuando empecé, el relato se titulaba *La Policía de Bibliotecas*, y no tenía una idea clara de cómo se desarrollaría la historia. Pensé que probablemente sería un cuento cómico, algo así como las pesadillas suburbanas del extinto Max Shulman. Al fin y al cabo, la idea era divertida, ¿no? ¡La Policía de Bibliotecas! ¡Qué absurdo!

Sin embargo, comprendí algo que ya sabía: los miedos de la infancia son terriblemente persistentes. La escritura es un acto de autohipnosis, y en esa situación se produce un estado de total memoria emocional, en el cual los terrores que deberían haber muerto hace tiempo empiezan a funcionar y a hablar otra vez.

Es lo que empezó a sucederme mientras trabajaba con este relato. Al comenzar sabía que cuando era niño me gustaba la Biblioteca. ¿Por qué no? Era el único lugar donde un chico relativamente pobre podía conseguir todos los libros que deseaba. Sin embargo, al continuar escribiendo descubrí una verdad más profunda: también me daba miedo. Temía perderme entre las estanterías oscuras, temía ser olvidado en un rincón oscuro de la sala de lectura y quedarme encerrado toda la noche, temía a la vieja bibliotecaria de pelo azulado, gafas en forma de ojos de gato y boca casi sin labios que te pellizcaba el dorso de la mano con sus dedos pálidos y siseaba «chiist» si olvidabas dónde estabas y empezabas a hablar demasiado alto. Y, efectivamente, temía a la Policía de Bibliotecas.

Lo que sucedió con un trabajo de más envergadura, una novela titulada *Christine*, empezó a suceder aquí. Al cabo de treinta páginas, el humor empezó a desvanecerse de la situación. Y al llegar a las cincuenta, todo el relato dio un brusco viraje hacia los lugares oscuros que he recorrido a menudo y de los cuales todavía sé tan poco. Finalmente, encontré al tipo al que andaba buscando y me las arreglé para levantar la cabeza lo suficiente para mirar sus despiadados ojos plateados. He intentado trazar un esbozo de él, Lector Constante, pero tal vez no sea muy bueno.

Verán, cuando lo hice me temblaban mucho las manos.

[illegible] una idea clara de cómo [illegible]. Pese a [illegible] que probablemente [illegible] contigo, [illegible] como las pesadillas [illegible] del cautivo [illegible]. Al fin, al [illegible].

Sin embargo, comprendí algo que ya [illegible] los años de la infancia [illegible]. Es cierto [illegible] que [illegible] de [illegible] otra vez.

[illegible] Al comenzar cada [illegible] que [illegible] la Biblioteca [illegible] donde [illegible] Sin embargo [illegible].

[illegible]

[illegible]

UNO

El suplente

1

Más tarde Sam Peebles llegó a la conclusión de que la culpa había sido del maldito acróbata. Si el acróbata no se hubiera emborrachado en el momento menos apropiado, Sam nunca se habría encontrado metido en ese lío.

No es bastante malo —se dijo con una amargura tal vez justificada— *que la vida sea una estrecha viga suspendida sobre un abismo sin fondo, una viga sobre la que hay que caminar con los ojos vendados. Es malo, pero no lo bastante. A veces, además nos empujan.*

Pero eso fue después. Primero, antes incluso que el asunto del Policía de la Biblioteca, sucedió lo del acróbata borracho.

2

En Junction City, el último viernes de cada mes se celebraba la Noche del Orador, en el Rotary Club local. El último viernes de marzo de 1990, los rotarios habían sido convocados a escuchar a El Increíble Joe, un acróbata que trabajaba en el Circo y Carnaval Itinerante de Curry & Trembo, y a ser entretenidos por él.

El jueves por la tarde, a las cuatro y cinco, sonó el teléfono del escritorio de Sam Peebles en la Compañía de seguros y bienes raíces de Junction City. Lo cogió Sam. Siempre era Sam quien lo cogía —Sam en persona o Sam en el contestador—, porque era el dueño y único empleado de la Compañía de seguros y bienes raíces de Junction City. No era un hombre rico, pero sí razonablemente feliz. Le gustaba decir a la gente que su primer Mercedes estaba todavía muy lejos, en el futuro, pero tenía un Ford casi nuevo y era el dueño de la casa donde vivía, en la avenida Kelton. «Además, el negocio me permite proveerme de cerveza y croquets», le gustaba añadir, aunque en realidad no había bebido demasiada cerveza desde la época del instituto y no sabía exactamente qué eran los croquets. Suponía que tal vez fuesen galletitas saladas.

—Compañía de seguros y bienes raíces de Junction City...

—Sam, soy Craig. El acróbata se ha roto el cuello.

—¿Qué?

—Ya me has oído —respondió Craig Jones en tono de profundo agravio—. ¡El acróbata se rompió el maldito cuello!

—¡Oh, diablos! —exclamó Sam. Hizo una pausa y preguntó cautelosamente—: ¿Ha muerto, Craig?

—No, pero en lo que a nosotros respecta es como si hubiera muerto. Está ingresado en el hospital de Cedar Rapids con el cuello embutido dentro de unos diez kilos de escayola. Acaba de llamarme Billy Bright. Dice que esta tarde el individuo apareció borracho como una cuba en la función matinal, trató de dar una voltereta hacia atrás y aterrizó fuera de la pista central, sobre la nuca. Dice Billy que el ruido se oyó hasta en las graderías, donde estaba sentado él, y que sonó como cuando te metes en un charco que acaba de congelarse.

—¡Uf! —exclamó Sam, dando un respingo.

—No me sorprende. Al fin y al cabo, eso de El Increíble Joe ¿qué clase de nombre es para un artista de circo? Quiero decir que si se llamara El Increíble Randix, vale. O El Increíble Tortellini, ese tampoco estaría mal. Pero ¿El Increíble Joe? A mí me parece la consecuencia lógica de un caso de lesión cerebral.

—¡Jesús! ¡Qué desastre!

—Una verdadera cagada, eso es lo que es. Nos deja sin orador para mañana por la noche, compañero.

Sam empezó a desear haber dejado la oficina a las cuatro en punto. Entonces, Craig se habría encontrado con Sam contestador automático, y eso habría concedido a Sam ser humano un poco más de tiempo para pensar. Sentía que pronto necesitaría tiempo para pensar. Sentía también que Craig Jones no iba a concedérselo.

—Sí, supongo que es verdad —dijo, esperando sonar filosófico, aunque indefenso—. ¡Qué barbaridad!

—Desde luego —respondió Craig, y entonces lanzó la bomba—. Pero sé que te sentirás honrado de reemplazarlo.

—¿Yo? Craig, ¡debes de estar bromeando! Ni siquiera puedo dar una voltereta normal, así que mucho menos una para atrás.

—Pensé que podías hablar de la importancia de los pequeños negocios independientes en la vida de una ciudad pequeña —insistió Craig despiadadamente—. Si no te va bien, siempre queda el recurso del béisbol. Y en último extremo, podrías bajarte los pantalones y menear la colita delante del público. Sam, no soy solo el presidente del Comité de Oradores, aunque eso ya sería bastante grave. El problema es que desde que Kenny se mudó y Carl dejó de venir, soy el Comité de Oradores. Tienes que ayudarme. Necesito un orador para mañana por la noche. En todo el maldito club hay unos cinco tipos en los que siento que puedo confiar y tú eres uno de ellos.

—Pero...

—También eres el único que todavía no ha ayudado en una situación como esta, así que eres el elegido, compañero.

—Frank Stephens…

—… reemplazó el año pasado al tipo del sindicato de transportistas, cuando el gran jurado lo condenó por fraude y no pudo venir. Sam, es tu turno. No puedes dejarme plantado, hombre. Me lo debes.

—¡Yo llevo un negocio de seguros! —exclamó Sam—. ¡Y cuando no estoy haciendo seguros, vendo granjas! ¡Sobre todo a los bancos! ¡Eso es aburrido para la mayor parte de la gente! ¡Los que no lo encuentran aburrido, lo encuentran repelente!

—Nada de eso tiene la menor importancia —replicó Craig, que ahora entraba a matar, pisando las débiles objeciones de Sam con pesadas botas claveteadas—. Después de cenar estarán borrachos y tú lo sabes perfectamente. El sábado por la mañana no recordarán ni una palabra de lo que dijiste, pero mientras tanto necesito a alguien que se ponga en pie y hable durante media hora, y tú has resultado elegido.

Sam continuó presentando objeciones un rato más, pero Craig seguía apoyándose en imperativos, subrayándolos sin piedad: necesito, tengo que, debes…

—¡Está bien! —cedió Sam finalmente—. ¡Está bien, está bien, ya basta!

—¡Eres mi hombre! —exclamó Craig. De pronto, el sol y el arco iris habían inundado su voz—. Recuerda, no debe durar más de treinta minutos, y quizá otros diez para responder preguntas, si es que alguien hace alguna. Y, si quieres, puedes mover la colita. Dudo que alguien pueda verla, pero…

—Craig, ya basta —dijo Sam.

—¡Ah, lo siento, pif paf puf! —se disculpó Craig, tal vez mareado de alivio.

—Oye, ¿por qué no interrumpimos esta conversación? —propuso Sam, estirando el brazo en busca de la bolsa de caramelos Tums que guardaba en el cajón del escritorio. De pronto tuvo la sensación de que necesitaría bastantes caramelos durante las veintiocho horas siguientes o así—. Parece ser que tengo que escribir un discurso.

—Exacto —dijo Craig—. Recuerda: cena a las seis, discurso a las siete y media. Y, como solían decir en *Intriga en Hawai*, no faltes. ¡Aloha!

—Aloha, Craig —contestó Sam, y cortó.

Miró el teléfono. Sintió que un gas caliente ascendía por su pecho hasta la garganta. Abrió la boca y dejó escapar un eructo agrio, producto de un estómago que hasta hacía cinco minutos había estado razonablemente sereno.

Después, engulló el primero de los muchos caramelos que se comería.

3

En lugar de ir esa noche a la bolera, como había proyectado, Sam Peebles se encerró en el estudio de su casa con un bloc de hojas amarillas, tres lápices afilados, un paquete de Kent y seis cervezas Jolt. Desconectó el teléfono, encendió un cigarrillo y miró el bloc. Al cabo de cinco minutos de contemplación, escribió en la línea superior de la primera hoja: EL COMERCIO EN LAS CIUDADES PEQUEÑAS: EL NERVIO DE NORTEAMÉRICA.

Lo leyó en voz alta y le gustó cómo sonaba. Bueno, quizá no se trataba exactamente de que le gustara, pero podía vivir con ello. Lo leyó en voz más alta aún y le gustó más. Un poco más. En realidad, no era tan bueno; de hecho, probablemente no fuera mejor que los títulos grandes e impresionantes, pero dejaba a la altura del betún a «Comunismo: apercibimiento o amenaza». Y Craig tenía razón: el sábado por la mañana, la mayor parte de ellos tendrían demasiada resaca para recordar lo que habían oído el viernes por la noche.

Algo más estimulado, Sam empezó a escribir.

«Cuando en 1984 me mudé de la progresista metrópoli de Ames a Junction City...»

4

«... Y por eso ahora siento, como en aquella brillante mañana de septiembre de 1984, que la pequeña empresa no es solo el nervio de Estados Unidos, sino el nervio alegre y chispeante de todo el mundo occidental.»

Sam se detuvo, apagó el cigarrillo en el cenicero del escritorio de su despacho y miró esperanzado a Naomi Higgins.

—Bueno, ¿qué te parece?

Naomi era una bonita joven de Proverbia, una ciudad situada seis kilómetros al oeste de Junction City. Vivía junto al río Proverbia, en una casa destartalada, en compañía de su destartalada madre. La mayoría de los rotarios conocía a Naomi, y de vez en cuando habían hecho apuestas entre ellos sobre quién se derrumbaría primero, si la casa o la madre. Sam no sabía si alguien había aceptado las apuestas, pero si así era, su resolución seguía pendiente.

Naomi se había graduado en el Instituto Empresarial de la ciudad de Iowa y era capaz de reconstruir frases coherentes a partir de sus notas taquigráficas. Como era la única mujer de la localidad que dominaba esa habilidad, estaba muy solicitada entre la limitada población empresarial de Junction City. También tenía unas piernas extremadamente bonitas, cosa que no disminuía su eficiencia. Trabajaba por las mañanas los cinco días de la semana, para cuatro hombres y una mujer: dos abogados, un banquero y dos agentes de bienes raíces. Por las tardes regresaba a la casa destartalada y, cuando no estaba cuidando de su destartalada madre, pasaba a máquina lo que había cogido al dictado.

Sam Peebles contrataba los servicios de Naomi todos los viernes, desde las diez de la mañana hasta el mediodía. Esa mañana había dejado su correspondencia —aunque había algunas cartas que requerían respuesta urgente— y le había preguntado a Naomi si quería escuchar algo.

—Claro, supongo que sí —había contestado la joven.

Parecía un poco preocupada, como si pensara que Sam —con quien había salido durante una breve temporada— podía proponerle matrimonio. Cuando él le explicó que Craig Jones lo había reclutado para reemplazar al acróbata herido y que quería que escuchara su discurso, se tranquilizó y lo oyó todo —los veintiséis minutos que duraba— con halagadora atención.

—No tengas miedo de ser honesta —agregó, antes de que Naomi pudiera abrir la boca.

—Es bueno —dijo ella—. Bastante interesante.

—No tienes que preocuparte por mis sentimientos. Dejemos todo eso.

—Pero si lo digo en serio. Está realmente bien. Además, cuando empieces a hablar todos estarán…

—Sí, lo sé, todos estarán cargados.

Al comienzo, esta perspectiva había consolado a Sam, pero ahora se sentía un tanto decepcionado. Escuchándose al leer, había pensado que su discurso era bastante bueno.

—Hay una cosa —dijo Naomi pensativa.

—¿Sí?

—Resulta un poco…, ya sabes…, seco.

—¡Ah! —Sam suspiró y se frotó los ojos. Se había quedado levantado hasta la una de la mañana, primero escribiendo y después corrigiendo.

—Pero eso es fácil de arreglar —le aseguró ella—. Ve a la Biblioteca y coge un par de libros.

Sam sintió un súbito dolor punzante en la parte baja del vientre y cogió su bolsa de caramelos. ¿Investigación para un estúpido discurso del Rotary Club? ¿Investigación bibliotecaria? Aquello era algo exagerado, ¿no? Nunca había estado en la Biblioteca de Junction City y no veía razón alguna para ir ahora. Sin embargo, Naomi había escuchado con atención, Naomi estaba tratando de ayudarlo y sería una grosería no escuchar al menos lo que tenía que decir.

—¿Qué libros?

—Ya sabes, libros de esos con material para animar los discursos. Son como... —Nao mi buscó un ejemplo—. Bueno, ¿sabes la salsa picante que te dan en los restaurantes chinos si la pides?

—Sí...

—Pues como eso. Tienen chistes. Además, hay un libro que se llama *Los poemas más populares del pueblo norteamericano.* Tal vez ahí encuentres algo para terminar. Algo estimulante.

—¿En ese libro hay poemas sobre la importancia de la pequeña empresa en la vida norteamericana? —preguntó Sam, dudoso.

—Cuando recitas poesía, la gente se siente estimulada —respondió Naomi—. A nadie le importa de qué hablan, Sam, y menos para qué son.

—¿Y de verdad tienen libros con chistes especiales para discursos?

A Sam, aquello le resultaba casi increíble, aunque si le hubieran dicho que en la Biblioteca había libros tan esotéricos como un manual sobre la reparación de pequeños motores o peinado de pelucas, no se habría sorprendido en lo más mínimo.

—Sí.

—¿Y tú cómo lo sabes?

—Cuando Phil Brakeman se presentó como gobernador del estado, solía mecanografiar sus discursos —dijo Naomi—. Él tenía uno de esos libros. No consigo recordar cómo se llamaba. Lo que me viene a la cabeza es *Chistes de lavabo*, pero naturalmente eso no es lo más adecuado.

—No —aceptó Sam, pensando que algunos fragmentos bien elegidos de *Chistes de lavabo* probablemente convertirían su discurso en un gran éxito.

Sin embargo, empezó a ver lo que quería decir Naomi, y la idea le atraía a pesar de su escasa disposición a visitar la Biblioteca local después de tantos años de alegre descuido. Un poco de pimienta para el viejo discurso. Recicle los restos, transforme la carne sobrante en una obra maestra. Y, al fin y al cabo, una biblioteca era solo una biblioteca. Si uno no sabía cómo encontrar lo que buscaba, lo único que tenía que hacer era preguntar al bibliotecario. Una de sus tareas era responder a las preguntas que se le hacían, ¿no?

—De todos modos, podrías dejarlo tal como está —dijo Naomi—. Quiero decir que estarán borrachos. —Miró a Sam amablemente, pero con seriedad, y consultó su reloj—. Te queda más de una hora..., ¿querías hacer algunas cartas?

—No, creo que no. ¿Por qué no pasas a máquina mi discurso?

Ya había decidido pasar en la Biblioteca la hora del almuerzo.

DOS

La Biblioteca (I)

1

Desde que vivía en Junction City, Sam había pasado frente a la Biblioteca cientos de veces, pero esta era la primera que la miraba de verdad, y al hacerlo descubrió una cosa sorprendente: a primera vista odiaba el lugar.

La Biblioteca Pública de Junction City estaba en la esquina de la calle State y la avenida Miller, y era una caja cuadrada de granito con ventanas tan estrechas que parecían troneras. Un tejado de pizarra sobresalía por los cuatro lados del edificio, y cuando uno se aproximaba desde el frente, la combinación de las ventanas estrechas y la línea de sombra creada por el tejado hacía que el edificio pareciera la cara ceñuda de un robot de piedra. Era un estilo bastante común en la arquitectura de Iowa, lo bastante común para que Sam Peebles, que hacía casi veinte años que vendía propiedades, le hubiera puesto un nombre: Fealdad del Medio Oeste. Durante la primavera, el verano y el otoño, el aspecto imponente del edificio quedaba suavizado por los arces que lo rodeaban formando una especie de bosquecillo, pero ahora, al final de un duro invierno de Iowa, los arces estaban desnudos y la Biblioteca parecía una cripta gigantesca.

No le gustaba. No sabía por qué, pero le producía una sensación de intranquilidad. Al fin y al cabo, era solo una biblioteca, no las mazmorras de la Inquisición. De todos modos, mientras atravesaba el sendero de piedra, otro eructo ácido le subió por el pecho. En aquel eructo había un matiz curiosamente dulce que le recordaba algo..., tal vez algo de hacía mucho tiempo. Se metió un caramelo en la boca, empezó a mascarlo y tomó una repentina decisión. Su discurso, tal como estaba, era suficientemente bueno. No excelente, pero sí lo bastante bueno. En definitiva, iba a hablar ante el Rotary Club local, no ante las Naciones Unidas. Ya era hora de dejar de jugar. Regresaría a la oficina y despacharía parte de la correspondencia que había descuidado aquella mañana.

Empezó a dar media vuelta, y entonces pensó: *Esto es una tontería, una solemne tontería. ¿Quieres comportarte como un tonto? Vale. Pero si aceptaste hacer el maldito discurso, ¿por qué no hacerlo bien?*

Se detuvo a la entrada de la Biblioteca, indeciso y con el entrecejo fruncido. Le gustaba hacer chistes sobre el Rotary. También a Craig. Y a Frank Stephens. La mayoría de los jóvenes empresarios de Junction City se reían de las reuniones. Pero rara vez se perdían una, y Sam supuso que sabía la razón: era un lugar donde podían entablarse relaciones, un lugar donde un tipo como él podía conocer a los empresarios no tan jóvenes de Junction City. Tipos como Elmer Baskin, cuyo banco había ayudado dos años antes a poner a flote un centro comercial en Beaverton. Tipos como George Candy, de quien se decía que con una llamada telefónica podía conseguir una inversión de tres millones de dólares..., si decidía hacerla.

Era gente de ciudad pequeña: hinchas de béisbol universitario, tipos que iban a cortarse el pelo a Jimmy's y usaban calzones y camisetas para dormir, en lugar de pijama, tipos que todavía bebían la cerveza en la botella y no se sentían cómodos en Cedar Rapids, a menos que salieran de repente en pleno Cleveland. También eran los tipos que hacían que en Junction City sucedieran cosas. Y, cuando se pensaba en ello, ¿no era esa la razón por la cual Sam seguía yendo los viernes por la noche? ¿Y no era también la razón por la cual Craig había llamado tan histérico por el asunto del estúpido acróbata que se había roto el estúpido cuello? Uno quería llamar la atención de los que contaban, y no precisamente por haber fracasado. *Todos estarán borrachos*, había dicho Craig, y Naomi lo había secundado. Pero ahora a Sam le vino a la cabeza que nunca había visto a Elmer Baskin bebiendo algo más fuerte que café. Ni una sola vez. Y probablemente no fuese el único. Algunos de ellos tal vez estuvieran borrachos, pero no todos. Y los que no lo estaban podían muy bien ser los que importaban realmente.

Sam, haz un buen trabajo con esto y tal vez te beneficies. No es imposible.

No. No lo era. Improbable sí, por supuesto, pero no imposible. Y aparte de la política encubierta que podía hacerse o no en la Noche del Orador del Rotary Club el viernes por la noche, había otra cosa: él siempre se había enorgullecido de hacer el trabajo lo mejor posible. Así que era un discursillo aburrido, ¿y qué?

También es una tonta biblioteca de ciudad pequeña. ¿Cuál es el problema? Ni siquiera hay arbustos a los lados.

Sam había empezado a caminar otra vez por el sendero, pero se detuvo con el ceño cada vez más fruncido. Era una idea extraña; parecía haber salido de la nada. No había arbustos creciendo a los lados de la Biblioteca..., ¿y qué diferencia establecía eso? No lo sabía, pero sí sabía que ejercía en él un efecto casi mágico. Su vacilación tan poco característica lo abandonó y empezó a avanzar de nuevo. Subió los cuatro escalones de piedra e hizo una pausa. Volvía a sentirse vagamente inquieto sin saber exactamente por qué, salvo que el lugar parecía en cierta forma desierto. Empuñó el picaporte y pensó: *Apuesto a que está cerrado. Apuesto a que cierra los viernes por la tarde.* La idea resultaba absurdamente consoladora.

Sin embargo, el anticuado botón de plata se hundió bajo su pulgar y la pesada puerta se abrió silenciosamente hacia dentro. Sam entró en un pequeño vestíbulo con suelo de mármol a cuadros blancos y negros. En el centro de aquella antecámara había un caballete. En el caballete había un cartel; el mensaje consistía en una sola palabra en letras muy grandes:

¡SILENCIO!

y no

EL SILENCIO ES ORO

o

GUARDE SILENCIO, POR FAVOR

sino solo aquella única palabra, precisa y severa:

¡SILENCIO!

—Y que lo digas —dijo Sam.

Solo murmuró, pero la acústica del lugar era excelente, y su murmullo bajo quedó magnificado en un gruñido que lo sobresaltó. Realmente, parecía rebotar desde el alto cielo raso. En ese momento volvió a sentirse como si estuviera otra vez en cuarto curso, a punto de que la señora Glasters le riñera por irrumpir en el momento más inadecuado. Miró intranquilo a su alrededor, esperando a medias que apareciera un bibliotecario malhumorado desde la sala de lectura para ver quién se atrevía a profanar el silencio.

¡Para, por Dios! Tienes cuarenta años. Hace mucho tiempo que no estás en cuarto curso, amigo.

La cuestión era que no parecía haber pasado tanto tiempo. Allí dentro no. Allí dentro, el cuarto curso parecía lo bastante cerca para poder tocarlo con solo estirar el brazo.

Cruzó la estancia, pisando el suelo de mármol a la izquierda del caballete y apoyando inconscientemente su peso en la parte delantera de los pies, de modo que los tacones de los zapatos no hicieran ruido, y entró en la sala principal de la Biblioteca de Junction City.

Del cielo raso (que era al menos seis metros más alto que el del vestíbulo) colgaban unos globos de cristal, pero no había ninguna luz encendida. La luz provenía de dos grandes claraboyas colocadas en ángulo. En un día soleado, habrían sido más que suficientes para iluminar el recinto; incluso habrían creado una atmósfera alegre y acogedora. Pero aquel viernes era un día nublado y desagradable, y la iluminación resultaba escasa. Los rincones de la sala estaban llenos de melancólicas telarañas de sombra.

Lo que sentía Sam Peebles era una sensación de equivocación. Era como si hubiese hecho algo más que atravesar una puerta y cruzar un vestíbulo; se sentía como si hubiera entrado en otro mundo, en un mundo que no presentaba ninguna semejanza con la pequeña ciudad de Iowa que a veces le gustaba y a veces odiaba, pero que en general aceptaba. Allí dentro, el aire parecía más denso de lo normal y producía la sensación de que no conducía la luz como el aire normal. El silencio era espeso como una manta, y frío como la nieve.

La Biblioteca estaba desierta.

Encima de él, por todos lados, se extendían estanterías repletas de libros. Al mirar las claraboyas, atravesadas por la malla de alambres reforzantes, Sam se sintió algo mareado y tuvo una ilusión momentánea: creyó estar cabeza abajo, colgado por los tobillos sobre un profundo cuadrado lleno de libros.

Aquí y allá, contra las paredes, había escalerillas montadas en raíles y encajadas en el suelo sobre ruedas de goma. Dos islas de madera interrumpían el lago de espacio que había entre el lugar en que estaba él de pie y el escritorio de salida en el extremo más alejado de la enorme habitación. Una era un gran expositor de roble con revistas, del que colgaban periódicos, cada uno de ellos metido en un sobre de plástico transparente. Parecían las pieles de animales extraños puestas a curar en la habitación silenciosa. Encima del expositor, un cartel ordenaba:

¡DEVUELVA TODAS LAS REVISTAS
A SUS LUGARES CORRESPONDIENTES!

A la izquierda había una estantería de novelas nuevas y libros de no ficción. El cartel colocado encima de la estantería anunciaba que se trataba de préstamos por siete días.

Sam bajó por el pasillo situado entre las revistas y la estantería de los libros semanales, rascando y golpeando el suelo con los tacones pese a sus esfuerzos por desplazarse en silencio. Se encontró deseando haber obedecido su impulso original de dar la vuelta y regresar a la oficina. El lugar era tétrico. Aunque sobre el escritorio había una pequeña pantalla de microfilm encendida y ronroneante, no se veía hombre o mujer alguno. Había una pequeña placa que rezaba A. LORTZ, pero no se veían señales de A. Lortz ni de nadie más.

Probablemente esté colocando y clasificando los números nuevos del Library Journal.

Sam sintió un deseo loco de abrir la boca y gritar: «¿Todo va bien, A. Lortz?». Pero se le pasó enseguida. La Biblioteca Pública de Junction City no era el tipo de lugar que estimula a hacer comentarios ingeniosos.

De pronto, Sam recordó una pequeña rima de su niñez: *Basta de risas, basta de diversión, ha empezado de los Cuáqueros la reunión. Si muestras los dientes o sacas la lengua, tendrás que pagar una prenda.*

Si muestras los dientes o sacas la lengua aquí, ¿te obligará

A. Lortz a pagar una prenda?, se preguntó. Volvió a mirar a su alrededor, dejó que sus terminaciones nerviosas percibieran la ceñuda cualidad del silencio y decidió que se podía apostar por ello.

Sam, que había perdido interés por conseguir un libro de chistes o *Los poemas favoritos del pueblo norteamericano*, pero que se sentía fascinado por la atmósfera quieta y soñadora de la Biblioteca a pesar de sí mismo, se dirigió hacia una puerta situada a la derecha de los libros que se prestaban por una semana. Encima de la puerta, un cartel anunciaba que era la Biblioteca Infantil. ¿Había visitado él la Biblioteca Infantil cuando crecía en St. Louis? Le parecía que sí, pero aquellos recuerdos eran brumosos, distantes y difíciles de precisar. De todos modos, aproximarse a la puerta de la Biblioteca Infantil le produjo una sensación extraña e inquietante. Era casi como llegar a casa.

La puerta estaba cerrada. Contra la puerta había una lámina de Caperucita Roja contemplando al lobo acostado en la cama de la abuelita. El lobo llevaba el camisón y la cofia de la abuelita. Estaba gruñendo. De sus colmillos colgaba espuma. Una expresión de horror casi exquisito había inmovilizado la cara de Caperucita, y la lámina parecía no solo sugerir, sino de hecho afirmar, que el final feliz del cuento —de todos los cuentos de hadas— era una mentira piadosa. La cara demudada parecía decir que tal vez los padres creyeran esas memeces, pero que los niños eran más lúcidos.

¡Estupendo! —exclamó Sam para sus adentros—. *Apuesto a que con una lámina como esta en la puerta vienen montones de niños a la Biblioteca Infantil. Apuesto a que a los más pequeños les encanta.*

Abrió la puerta y asomó la cabeza.

Su sensación de intranquilidad desapareció; quedó seducido al instante. Naturalmente, la lámina de la puerta era un error, pero lo que había detrás parecía enteramente correcto. ¡Claro que cuando era niño había ido a la Biblioteca! Necesitó solo una mirada a aquel mundo construido a escala para recordarlo. Su padre había muerto joven. Sam había sido un hijo único criado por una madre trabajadora a la que veía raras veces, salvo los domingos y durante las vacaciones. Cuando no conseguía dinero para ir al cine después de la escuela —lo que sucedía a menudo—, tenía que conformarse con ir a la Biblioteca, y la habitación que estaba viendo ahora le devolvía a aquellos días en una súbita oleada de nostalgia que resultaba dulce, penosa y oscuramente aterradora.

Había sido un mundo pequeño, y este era un mundo pequeño; había sido un mundo bien iluminado, incluso en los días más oscuros y lluviosos, y este también lo era. Nada de globos colgantes para esta sala; había luces fluorescentes que desvanecían las sombras, detrás de paneles de vidrio esmerilado que colgaban del techo, y todas estaban encendidas. Las superficies de las mesas quedaban apenas a un metro del suelo, y las sillas más abajo aún. En este mundo, los intrusos, los extraños incómodos serían los adultos. Si trataran de sentarse ante las mesas, las levantarían con las rodillas, y si intentaran inclinarse a beber de la fuente que había en la pared más alejada, podían llegar a fracturarse el cráneo.

Allí, las estanterías no ascendían en un desagradable truco de perspectiva que te mareaba si mirabas hacia arriba demasiado tiempo; el cielo raso era lo bastante bajo para resultar acogedor, pero no tanto para que el niño se sintiera constreñido. Allí no había hileras de encuadernaciones aburridas, sino libros que casi gritaban con sus intensos colores primarios: azules, rojos y amarillos brillantes. En este mundo, el Doctor Seuss era el rey, Judy Blume la reina, y todos los príncipes y princesas acudían al Dulce Valle. Allí Sam experimentó aquella vieja sensación de bondadosa bienvenida después de la escuela, que emanaba de un lugar donde los libros casi rogaban ser tocados, manoseados, mirados y explorados. No obstante, aquellas sensaciones tenían su propio reverso oscuro.

Con todo, su sentido más claro era el de un placer casi melancólico. En una pared había una fotografía de un cachorro de ojos grandes y pensativos. Debajo de la cara ansiosa y esperanzada del cachorro aparecía escrita una de las grandes verdades de la vida: SER BUENO ES DIFÍCIL. En la otra pared había un dibujo de unos patos salvajes que avanzaban por la orilla de un río hasta el borde lleno de juncos. ¡PASO A LOS PATITOS!, anunciaba la lámina.

Sam miró a la izquierda; la leve sonrisa de su boca se congeló y, después, desapareció. Había una lámina que mostraba un coche grande y oscuro alejándose a toda velocidad de lo que se suponía era una escuela. Un niño miraba por la ventanilla del lado del acompañante. Tenía las manos apoyadas en el cristal y su boca estaba abierta en un grito. Al fondo, un hombre —solo una sombra vaga y ominosa— se echaba sobre el volante, conduciendo a toda pastilla. Las palabras que había debajo eran:

¡NUNCA SUBAS AL COCHE DE UN EXTRAÑO!

Sam reconocía que esa lámina y la de Caperucita que había en la puerta producían las mismas emociones primitivas de terror, pero esta le parecía mucho más inquietante. Naturalmente, los niños no debían aceptar subir a los coches de los extraños y, naturalmente, había que enseñarles a no hacerlo, pero ¿era esa la manera adecuada de señalarlo?

¿Cuántos niños habrán tenido pesadillas durante una semana por culpa de este pequeño anuncio del servicio público?, se preguntó.

Y había otra lámina, colocada frente al escritorio de salida, que provocó un helado estremecimiento a Sam. Mostraba a un niño y a una niña de unos ocho años, asustados, que retrocedían ante un hombre con gabardina y sombrero gris. El hombre parecía gigantesco, y su sombra se proyectaba sobre los rostros levantados de los niños. El ala de su fedora estilo años cuarenta proyectaba su propia sombra, y en sus negras profundidades resplandecían los ojos del hombre de la gabardina. Parecían trocitos de hielo que observaban a los niños, paralizándolos con la mirada torva de la autoridad. Mostraba una placa con una estrella..., una estrella rara, de por lo menos nueve puntas. Tal vez de hasta una docena. El mensaje decía:

¡EVITA AL POLICÍA DE LA BIBLIOTECA!
¡LOS NIÑOS BUENOS DEVUELVEN SUS LIBROS A TIEMPO!

Volvía a sentir aquel sabor en la boca, aquel sabor dulce y desagradable. Y se le ocurrió una idea extravagante y aterradora: *Yo he visto antes a ese hombre*. Por supuesto, eso era ridículo, ¿no?

Sam pensó en cuánto debía de haberle intimidado esa lámina cuando era niño, en cuánto placer simple y puro debía de haber eliminado del seguro refugio de la Biblioteca, y sintió indignación. Dio un paso adelante para examinar más de cerca la extraña estrella, sacando al mismo tiempo su paquete de caramelos del bolsillo.

Estaba metiéndose un caramelo en la boca, cuando una voz dijo a sus espaldas:

—Bueno, ¡hola, usted!

Sam dio un salto y se volvió, dispuesto a luchar con el dragón de la Biblioteca ahora que finalmente había salido de su escondrijo.

2

Pero no apareció ningún dragón. Solo una mujer regordeta y canosa, de unos cincuenta y cinco años, que empujaba una mesilla con silenciosas ruedas de goma, llena de libros. Su cabello blanco enmarcaba un rostro agradable y sin arrugas, formando cuidadosos rizos de salón de belleza.

—Supongo que me buscaba —dijo—. ¿El señor Peckham le ha dicho que viniera aquí?

—No he visto absolutamente a nadie.

—¿No? Entonces es que se ha ido a su casa —dijo—. En realidad, no me sorprende, porque es viernes. El señor Peckham viene a quitar el polvo y a leer el periódico todas las mañanas alrededor de las once. Es el portero, pero no a tiempo completo, claro. A veces se queda hasta la una, y hasta la una y media la mayoría de los lunes, porque es el día en que los periódicos y la capa de polvo son más gruesos, pero ya sabe lo delgado que es el periódico los viernes.

Sam sonrió.

—¿Supongo que es usted la bibliotecaria?

—Lo soy —respondió la señora Lortz sonriendo. Sin embargo a Sam le pareció que sus ojos no sonreían; sus ojos parecían vigilarlo cautelosamente, casi con frialdad—. ¿Y usted es...?

—Sam Peebles.

—¡Ah, sí! ¡Seguros y bienes raíces! ¡Ese es su negocio!

—Culpable.

—Lamento que haya encontrado desierta la sala de lectura principal. Debe de haber pensado que estaba cerrada y que alguien se había dejado la puerta abierta por error.

—En realidad, la idea cruzó mi mente —contestó Sam.

—De dos a siete somos tres —dijo la señora Lortz—. Ya sabe, a las dos empiezan a salir niños del colegio. Los de la escuela elemental a las dos, los de los cursos medios a las dos y media, y los del instituto a las tres menos cuarto. Los niños son nuestros clientes más fieles y a los que mejor se recibe, al menos en lo que a mí respecta. Adoro a los pequeños. Solía tener una ayudante todo el día, pero el año pasado el ayuntamiento acordó un recorte del presupuesto de ochocientos dólares, y...

La señora Lortz juntó las manos e imitó el vuelo de un pájaro. Era un gesto divertido, encantador.

Entonces ¿por qué no estoy ni divertido ni encantado?, se preguntó Sam.

Suponía que eran los carteles. Seguía tratando de casar a Caperucita Roja, al niño que gritaba en el coche y al policía de ojos torvos con aquella sonriente bibliotecaria de ciudad pequeña.

Ella le tendió la mano izquierda, una mano pequeña, regordeta y redondeada como el resto de su persona, en un gesto de confianza totalmente espontáneo. Él miró el anular y vio que no llevaba anillo. Después de todo, no era la señora Lortz. El hecho de que fuese solterona le parecía de lo más típico, absolutamente característico de una ciudad pequeña. En realidad, casi una caricatura. Sam apartó sus pensamientos.

—No había estado nunca en nuestra Biblioteca, ¿verdad, señor Peebles?

—No, me temo que no. Y, por favor, llámeme Sam.

No sabía si deseaba realmente ser Sam para aquella mujer, pero era un hombre de negocios en una ciudad pequeña —de hecho, un vendedor—, y la oferta de su nombre fue casi automática.

—Bueno, gracias, Sam.

Él esperó que ella respondiera diciéndole su nombre, pero se limitó a mirarlo expectante.

—Me he metido en una especie de lío —dijo Sam—. El orador que teníamos previsto para esta noche en el Rotary Club tuvo un accidente y…

—¡Oh! ¡Qué barbaridad!

—Para él tanto como para mí. Me llamaron para reemplazarlo.

—¡Oh! —exclamó la señorita Lortz.

Su tono era de alarma, pero sus ojos sonreían divertidos. Y, sin embargo, a Sam seguía sin resultarle simpática, aunque por lo general era una persona que trababa amistad fácil, aunque superficialmente, con la gente; el tipo de hombre que tenía pocos amigos íntimos, pero que se sentía obligado a iniciar conversaciones con extraños en los ascensores.

—Anoche escribí un discurso y esta mañana se lo leí a la joven que toma al dictado y mecanografía mi correspondencia...

—Apuesto a que es Naomi Higgins.

—Sí... ¿Cómo lo sabe?

—Naomi es asidua. Se lleva muchas novelas románticas: Jennifer Blake, Rosemary Rogers, Paul Sheldon y cosas así. —Y, bajando la voz, añadió—: Dice que son para su madre, pero a mí me parece que es ella quien las lee.

Sam rió. Naomi tenía los ojos soñadores de una lectora de romances.

—En todo caso —prosiguió la señorita Lortz—, sé que es lo que en una gran ciudad se llamaría empleada de oficinas a tiempo parcial. Supongo que aquí, en Junction City, constituye todo el personal de secretariado. Parecía razonable que fuera ella la joven de la que hablaba.

—Sí. Le gustó mi discurso, o por lo menos eso es lo que dijo, pero le pareció que resultaba un poco seco. Sugirió...

—¡Apostaría a que sugirió *El compañero del orador*!

—Bueno, no recordaba el título exacto, pero desde luego eso suena bien. —Hizo una pausa y preguntó con cierta ansiedad—: ¿Tiene chistes?

—Solo trescientas páginas de chistes —contestó ella. A continuación, alargó la mano derecha, tan carente de anillos como la izquierda, y tiró de la manga de Sam—. Por aquí —dijo, al tiempo que lo conducía hacia la puerta por la manga—. Sam, voy a resolver sus problemas. Solo espero que no se necesite otra crisis para hacerlo regresar a nuestra Biblioteca. Es pequeña, pero buena. En todo caso, así lo creo, aunque por supuesto soy parcial.

Cruzaron la puerta y se dirigieron hacia las ceñudas sombras de la sala de lectura principal. La señorita Lortz pulsó tres interruptores que había junto a la puerta y los globos se encendieron, despidiendo un suave resplandor amarillo que alegraba y calentaba considerablemente la sala.

—Cuando está nublado, esto se pone muy melancólico —dijo en el tono confidencial de «ahora estamos en la verdadera Biblioteca». Seguía tirando con firmeza de la manga de Sam—. Pero, naturalmente, ya sabe cómo se queja el ayuntamiento de los recibos de luz en un lugar como este. Bueno, tal vez no lo sepa, pero apuesto a que puede imaginarlo.

—Sí, puedo —aceptó Sam, bajando también la voz hasta convertirla casi en un susurro.

—Aunque eso no es nada comparado con lo que cuentan de los gastos de calefacción en invierno —dijo, levantando los ojos—. ¡El petróleo es tan caro! La culpa la tienen esos árabes... Mire lo que están haciendo ahora, se dedican a contratar tiradores religiosos para matar a escritores.

—Sí, parece algo excesivo —dijo Sam, y por alguna razón se encontró pensando otra vez en el cartel del hombre alto, el que llevaba la estrella rara en la placa, aquel cuya sombra caía tan ominosamente sobre los rostros levantados de los niños, ejerciendo una especie de presión.

—Y, por supuesto, he estado ordenando la Biblioteca Infantil. Cuando entro allí, pierdo la noción del tiempo.

—Es un lugar interesante —comentó Sam.

Tenía intención de continuar, de preguntar por las láminas, pero la señorita Lortz se le adelantó. A Sam le resultaba claro quién estaba a cargo de ese curioso desvío en un día por lo demás totalmente normal.

—¡Puede apostar a que lo es! Ahora, concédame un minuto —dijo la señorita Lortz, poniéndose de puntillas y apoyando las manos en sus hombros. Por un instante, Sam tuvo la absurda idea de que pensaba besarlo. En lugar de eso, lo empujó para que se sentara en un banco de madera que se extendía en sentido paralelo al lado más alejado del expositor de libros en préstamo—. Sé exactamente dónde encontrar los libros que necesita, Sam. Ni siquiera tengo que consultar los archivos.

—Podría cogerlos yo solo…

—Estoy segura —dijo ella—, pero están en la sección de Referencias Especiales y no me gusta que la gente entre allí si puedo evitarlo. Soy muy estricta con eso, pero siempre sé dónde tengo que poner la mano para conseguir lo que necesito, por lo menos allá atrás. ¡La gente es tan desordenada! Tienen muy poca consideración con el orden, ¿sabe? Los niños son los peores; pero si se los deja solos, hasta los adultos lo confunden todo. No se preocupe por nada. Estaré de vuelta en dos segundos.

Sam no tenía intención de protestar más, pero si hubiera querido hacerlo no le habría dado tiempo, pues ella ya había desaparecido. Se sentó en el banco, sintiéndose como un niño de cuarto curso otra vez, pero en esta ocasión un niño de cuarto curso que ha hecho algo malo, que se ha metido en líos y no puede salir a jugar con los demás niños a la hora del recreo.

Oía a la señorita Lortz moviéndose detrás del escritorio de registro y miró pensativo a su alrededor. No había nada que ver, salvo libros; ni siquiera había un viejo pensionista leyendo el periódico u hojeando una revista. Parecía raro. No había esperado que la Biblioteca de una ciudad pequeña como aquella estuviera haciendo un negocio floreciente una tarde de día laborable, pero eso de que no hubiera nadie…

Bueno, ha estado el señor Peckham —pensó—, *pero acabó de leer el periódico y se fue a casa. Los viernes, el periódico es increíblemente delgado, ¿sabe? La capa de polvo también.* Y entonces comprendió que solo tenía la palabra de la señorita Lortz de que el señor Peckham había estado allí en algún momento.

Es verdad, pero ¿por qué iba a mentir?

No lo sabía; en realidad dudaba mucho de que hubiera mentido, pero el hecho de estar poniendo en tela de juicio la honestidad de una mujer de rostro dulce a la que acababa de conocer ponía de relieve la evidencia central y desconcertante de aquel encuentro: ella no le gustaba. Tuviera o no un rostro dulce, no le gustaba ni pizca.

Son los carteles. Estabas predispuesto a que no te agradara NADIE *que colgara pósters como esos en una sala de lectura infantil. Pero no importa, porque no es más que un trámite. Coge los libros y sal de aquí.*

Se agitó en el banco, dirigió la mirada hacia arriba y vio un lema en la pared:

Si quieres saber cómo trata un hombre a su mujer
y a sus hijos, mira cómo trata sus libros.

RALPH WALDO EMERSON

A Sam tampoco le interesaba demasiado esa pequeña homilía. No sabía exactamente por qué. Tal vez porque creía que un hombre, aunque fuera un ratón de biblioteca, podía tratar a su familia algo mejor que a su material de lectura. No obstante, el lema, escrito en letras doradas sobre roble barnizado, le contemplaba severamente y parecía sugerirle que lo pensara dos veces.

Antes de que pudiera hacerlo, regresó la señorita Lortz levantando una sección del escritorio y bajándola con cuidado después de pasar.

—Creo que tengo lo que necesita —dijo alegremente—. Espero que esté de acuerdo.

Le tendió dos libros. Uno era *El compañero del orador*, en una edición de Kent Adelmen, y el otro *Los poemas favoritos del pueblo norteamericano.* El contenido de este último, según la cubierta (protegida a su vez por una sobrecubierta de plástico resistente) no había sido editado exactamente, sino seleccionado por una tal Hazel Felleman. «¡Poemas de la vida! —prometía la cubierta—. ¡Poemas del hogar y la madre! ¡Poemas de risa y capricho! ¡Los poemas más solicitados por los lectores del *New York Times Book Review*!» Además, advertía que

Hazel Felleman «ha sido capaz de tomar el pulso poético del pueblo norteamericano».

Sam la miró dudoso, y ella adivinó sus pensamientos.

—Sí, ya sé que parecen anticuados —reconoció—. Sobre todo en la actualidad, cuando los manuales de autoayuda son lo último. Supongo que si entrara en una de esas cadenas de librerías de Cedar Rapids, encontraría una docena de libros pensados para ayudar al orador principiante. Pero ninguno sería tan bueno como este, Sam. Con toda sinceridad, creo que estos son la mejor ayuda que existe para hombres y mujeres novatos en el arte de hablar en público.

—En otras palabras, aficionados —dijo Sam sonriendo.

—Pues sí. Por ejemplo, tome *Los poemas favoritos.* La segunda sección del libro, que, si la memoria no me engaña, empieza en la página sesenta y cinco, se llama «Inspiración». Casi seguro que ahí podrá encontrar algo para crear el clima adecuado a su charla, Sam. Y descubrirá que su público recuerda un poema bien elegido, aunque olviden todo lo demás. Sobre todo si están un poco…

—Borrachos —dijo él.

—Achispados es la palabra que yo habría usado —corrigió ella en un tono de suave reproche—, aunque supongo que usted los conoce mejor que yo. —La mirada que le lanzó, sin embargo, sugería que solo decía eso porque era cortés.

La señorita Lortz levantó *El compañero del orador.* En la cubierta había un dibujo de un salón rodeado de tapicerías. Pequeños grupos de hombres vestidos con anticuados trajes de etiqueta estaban sentados ante mesas con vasos. Todos parloteaban. El hombre del estrado, que también iba en traje de etiqueta y naturalmente era el orador, sonreía con aire triunfal. Era evidente que había resultado un éxito.

—Al comienzo hay una sección dedicada a la teoría de los discursos posteriores a la cena —dijo la señorita Lortz—, pero como no me parece la clase de hombre que pretende hacer carrera como orador...

—En eso tiene razón —recalcó fervientemente Sam.

—... le sugiero que pase directamente a la sección central, que se llama «Discursos vivaces». Allí encontrará diferentes chistes y cuentos divididos en tres categorías: «Ponerlos cómodos», «Enternecerlos» y por último «Darles el toque de despedida».

Parece un manual de cortesanas, pensó Sam. Pero no lo dijo.

Ella volvió a leerle el pensamiento.

—Supongo que resulta algo sugerente, pero estos libros se publicaron en una época menos compleja, más inocente. A finales de la década de los treinta, para ser exactos.

—Mucho más inocente, claro —dijo Sam, pensando en desiertas granjas polvorientas, niñas vestidas con sacos de harina y barrios destartalados y herrumbrosos rodeados por las protectoras porras de la policía.

—De todas formas, ambos libros siguen siendo útiles —dijo ella, subrayando su afirmación con unos golpecitos—, y eso es lo importante en los negocios, ¿no es cierto, Sam? ¡Los resultados!

—Sí, supongo que sí.

Sam la miró pensativo, y la señorita Lortz alzó las cejas, tal vez un poco a la defensiva.

—Daría lo que fuera por saber qué piensa —dijo.

—Estaba pensando que esta situación es bastante poco habitual en mi vida adulta —respondió él—. No inaudita, nada como eso, por supuesto, pero resulta rara. Entré en busca de un par de libros para animar mi discurso, y al parecer me ha dado exactamente lo que vine a buscar. ¿Hasta qué punto es esto frecuente en un mundo en el que, por lo general, no puedes conseguir dos chuletas de cordero en la tienda cuando se te ha metido en la cabeza comerlas?

Ella sonrió. Parecía una sonrisa de verdadero placer, pero Sam volvió a observar que sus ojos no sonreían. Tenía la sensación de que no habían cambiado de expresión desde que la había visto —o ella lo había visto a él— en la Biblioteca Infantil. Continuaban vigilando.

—¡Creo que acaba de echarme un piropo!

—Sí, señora, así es.

—Se lo agradezco, Sam. Con todo mi corazón. Dicen que la coba te lleva a cualquier parte, pero me temo que a pesar de ello voy a tener que pedirle dos dólares.

—¿De veras?

—Es el precio de la tarjeta para adultos —dijo ella—, pero tiene una validez de tres años y la renovación solo cuesta cincuenta centavos. Y ahora, ¿hacemos negocio o no?

—Me parece estupendo.

—Entonces, haga el favor de venir por aquí —dijo, y Sam la siguió al escritorio.

3

Le dio una tarjeta para que la rellenara: en ella escribió su nombre, dirección, números de teléfono y domicilio laboral.

—Veo que vive en la avenida Kelton. ¡Estupendo!

—Bueno, a mí me gusta.

—Las casas son grandes y encantadoras... Tendría que casarse.

Él se sobresaltó un poco.

—¿Y cómo sabe que no lo estoy?

—De la misma manera que usted supo que yo no estaba casada —contestó ella. Su sonrisa se había vuelto ligeramente astuta y gatuna—. Nada en el anular izquierdo.

—¡Ah! —exclamó él débilmente, y sonrió. Le parecía que no era su habitual sonrisa chispeante y sintió calor en las mejillas.

—Dos dólares, por favor.

Le dio dos billetes de dólar. Ella se acercó a un pequeño escritorio donde había una vieja y esquelética máquina de escribir, y escribió brevemente en una tarjeta de color naranja brillante. Volvió al escritorio principal, firmó abajo con ademán ostentoso y le pasó la tarjeta.

—Léalo y asegúrese de que toda la información es correcta, por favor.

Sam lo hizo.

—Está todo bien —dijo, y observó que su nombre de pila era Ardelia. Un nombre bonito y poco común.

Ella volvió a coger su nueva tarjeta —la primera que Sam tenía desde la época de la universidad, ahora que pensaba en ello, y en realidad aquella la había usado muy poco— y la colocó bajo la minigrabadora, junto a las fichas que sacó del bolsillo, correspondientes a los libros.

—Puede tenerlos solo una semana, porque son de Referencias Especiales. Es una categoría que inventé yo misma para los libros que tienen mucha demanda.

—¿Los libros de ayuda para oradores novatos tienen gran demanda?

—Esos y los que tratan sobre cosas como reparaciones de fontanería, trucos de magia sencillos, etiqueta, urbanidad... Le sorprendería qué tipo de libros pide la gente. Pero yo lo sé.

—Apuesto a que sí.

—He estado en el negocio mucho, mucho tiempo, Sam. Y estos libros no son reemplazables, así que asegúrese de devolverlos el seis de abril. —Levantó la cabeza y la luz le dio en los ojos.

Sam estuvo a punto de definir como guiño lo que vio en ellos, pero no era eso. Era un resplandor. Un resplandor duro y plano. Durante un instante, pareció como si Ardelia Lortz tuviera una moneda de cinco centavos en cada ojo.

—¿Y si no lo hago? —preguntó él, y de pronto su sonrisa no le pareció una sonrisa, sino una máscara.

—Si no lo hace, enviaré al Policía de la Biblioteca en su busca —respondió la señorita Lortz.

4

Durante un instante, sus miradas se encontraron. A Sam le pareció que veía a la verdadera Ardelia Lortz, y que en esa mujer no había nada encantador, suave o típico de bibliotecaria solterona.

Esta mujer podría ser realmente peligrosa —pensó, aunque acto seguido rechazó la idea, algo turbado. La melancolía del día, y tal vez la presión del discurso inminente, le estaban afectando—. *Es tan peligrosa como un melocotón en almíbar. Pero lo que me pasa no es por culpa del día ni del discurso en el Rotary. Son esos malditos carteles.*

Llevaba bajo el brazo *El compañero del orador* y *Los poemas favoritos del pueblo norteamericano*, y estaban casi en la puerta cuando Sam comprendió que ella lo acompañaba. De pronto, se detuvo con firmeza y ella lo miró sorprendida.

—¿Puedo preguntarle algo, señorita Lortz?

—Por supuesto, Sam. Para eso estoy aquí, para responder preguntas.

—Es sobre la Biblioteca Infantil y los carteles —dijo—. Algunos me sorprendieron. De hecho, casi me escandalizaron.

Esperaba que aquello sonara como algo que podía decir un predicador bautista acerca de un número de *Playboy* colocado bajo otras revistas en la mesilla de café de algunos feligreses, pero no fue así. *Porque no es un sentimiento convencional* —pensó—. *Realmente me sentí escandalizado. Sin el casi.*

—¿Carteles? —preguntó ella con el ceño fruncido. Después, su frente se aclaró y se echó a reír—. ¡Ah! Debe de referirse al Policía de la Biblioteca y a Simón *El Tonto.* ¡Claro!

—¿Simón *El Tonto*?

—¿Ha visto esa lámina donde pone: NUNCA SUBAS AL COCHE DE UN EXTRAÑO? Pues es el nombre que le dan los chicos al niño de la imagen que está gritando. Le llaman Simón *El Tonto*; supongo que lo desprecian por hacer una cosa estúpida. Creo que eso es muy saludable, ¿no le parece?

—No grita —rectificó lentamente Sam—. Aúlla.

Ella se encogió de hombros.

—Gritar, aullar, ¿qué diferencia hay? Son cosas que no se oyen mucho por aquí. Los niños son muy buenos y respetuosos.

—Apuesto a que sí —dijo Sam.

Se encontraban ya en el vestíbulo. Sam echó una mirada al cartel del caballete. No el que decía:

EL SILENCIO ES ORO

ni

TRATE DE PERMANECER EN SILENCIO, POR FAVOR,

sino el que contenía aquel imperativo indiscutible:

¡SILENCIO!

—Además —prosiguió la señorita Lortz—, todo es cuestión de interpretación, ¿no cree?

—Supongo que sí —reconoció Sam. Sentía que lo estaban manipulando, llevándolo con gran eficacia a un lugar donde no tendría un apoyo moral y donde el campo de la dialéctica pertenecería a Ardelia Lortz. Le dio la impresión de que estaba acostumbrada a ello, y eso despertó su terquedad—. Pero esos carteles me parecen exagerados.

—¿De verdad? —preguntó ella cortésmente. Ahora se habían detenido junto a la puerta de salida.

—Sí. Dan miedo —matizó, y haciendo acopio de valor dijo lo que realmente pensaba—: Inadecuados para un lugar donde se reúnen niños pequeños.

Descubrió que no sonaba mojigato ni justiciero, al menos a sus oídos, y eso era un alivio.

Ella sonreía, y su sonrisa le irritaba.

—Usted no es la primera persona que ha dado esa opinión, Sam. Los adultos sin hijos no son visitantes asiduos de la Biblioteca Infantil, pero a veces entran tíos, tías, el novio de alguna madre soltera al que le encargaron que eligiera un libro, o gente como usted, Sam, que me buscaba.

Gente que se encuentra en apuros —decían sus fríos ojos grises—. *Gente que viene en busca de ayuda y, cuando la obtiene, empieza a criticar la forma en que llevamos las cosas aquí, en la Biblioteca Pública de Junction City.*

—Supongo que piensa que no tendría por qué meter la nariz donde no me llaman —dijo Sam con simpatía.

No se sentía simpático. De pronto, no se sentía en absoluto simpático, pero era otro truco del oficio, un truco que ahora utilizó como una capa protectora.

—En absoluto. Lo que pasa es que no comprende. El verano pasado hicimos una encuesta, Sam. Era parte de nuestro programa anual de lectura estival. Lo llamamos «Chisporroteos Veraniegos de Junction City» y cada niño obtiene un voto por cada libro que ha leído. Es una estrategia que hemos utilizado a lo largo de los años para animar a los niños a leer. Verá, esa es una de nuestras principales responsabilidades.

Sabemos lo que hacemos —le decía su mirada fija—. *Y soy muy cortés, ¿no cree?, considerando que usted, que no había estado aquí en su vida, ha tenido la insolencia de meter la cabeza una vez y empezar a criticar.*

Sam empezó a sentir que pisaba en falso. Aquel campo de batalla dialéctico todavía no pertenecía a la señorita Lortz, al menos no del todo, pero reconoció el hecho de que él se batía en retirada.

—Según la encuesta, la película favorita entre los niños el verano pasado fue *Pesadilla en Elm Street 5*. Su grupo de rock preferido era Guns'n Roses, y el que iba en ascenso un tal Ozzy Osbourne, que, según tengo entendido, durante los conciertos arranca con los dientes las cabezas de animales vivos. Su novela favorita era un libro de bolsillo llamado *La canción de Swan.* Es una novela de horror de un hombre llamado

Robert McCammon. No conseguimos tenerla, Sam. En pocas semanas, destruyeron por completo el ejemplar nuevo. Hice encuadernar un ejemplar en Vinabind, pero naturalmente lo robaron. Uno de los chicos malos —especificó, apretando los labios, que quedaron reducidos a una línea delgada—. La segunda novela favorita era una de terror sobre incesto e infanticidio llamada *Flores en el ático.* Esa ocupó el primer puesto durante cinco años consecutivos. Algunos incluso mencionaron *Peyton Place* —dijo, mirándole con severidad—. Yo nunca he visto ninguna de las películas de *Pesadilla en Elm Street.* Jamás he escuchado un disco de Ozzy Osbourne ni deseo hacerlo, y tampoco quiero leer una novela de Robert McCammon, Stephen King o V. C. Andrews. ¿Entiende lo que quiero decir, Sam?

—Supongo que sí. Está diciendo que no sería justo... —necesitaba una palabra, la buscó y la encontró— usurpar los gustos de los niños.

Ella esbozó una sonrisa radiante con todo menos con los ojos, que de nuevo parecían frías monedas.

—Eso es parte del problema, pero no la totalidad. Los carteles que hay en la Biblioteca Infantil, tanto los agradables y anodinos como los que le han molestado a usted, nos los envió la Asociación de Bibliotecas de Iowa. Esta asociación es miembro de la Asociación de Bibliotecas del Medio Oeste, que a su vez es miembro de la Asociación Nacional de Bibliotecas, la base de cuyo presupuesto proviene de los impuestos. Es decir, del contribuyente, lo que equivale a decir de mí y de usted.

Sam trasladó el peso de su cuerpo de un pie al otro. No quería pasarse la tarde escuchando un sermón sobre «cómo su biblioteca trabaja para usted», pero ¿acaso no lo había provocado él? Suponía que sí. Lo único de lo que estaba seguro era de que cada vez le gustaba menos Ardelia Lortz.

—Más o menos cada dos meses, la Asociación de Bibliotecas de Iowa nos envía un cartel con las reproducciones de unas cuarenta ilustraciones —continuó incansable la señorita Lortz—.

Podemos escoger cinco gratis; las extras cuestan tres dólares cada una. Veo que se impacienta, Sam, pero usted merece una explicación y ya estamos llegando al núcleo del asunto.

—¿Yo? No estoy impaciente —dijo Sam con impaciencia.

Ella le sonrió, mostrando unos dientes demasiado parejos para no ser postizos.

—Tenemos un Comité Infantil de biblioteca —dijo—. Y ¿quién lo compone? ¡Niños, naturalmente! Diez niños. Cuatro del instituto, cuatro del ciclo medio y dos de primaria. Para poder participar, cada niño tiene que tener un promedio de notable. Ellos eligen algunos de los libros nuevos que pedimos, al igual que eligieron las nuevas mesas y cortinas cuando redecoramos la sala el otoño pasado. Y, naturalmente, eligen los carteles. Como dijo una vez uno de los niños pequeños del Comité, «es la parte más divertida». ¿Comprende ahora?

—Sí —dijo Sam—. Los chicos eligieron a Caperucita Roja, a Simón *El Tonto* y al Policía de la Biblioteca. Les gustan porque asustan.

—¡Correcto! —dijo ella sonriendo.

Súbitamente, Sam sintió que ya tenía bastante. Era algo relacionado con la Biblioteca. No se trataba exactamente de los carteles ni de la bibliotecaria, sino de la Biblioteca en sí misma. De repente, la Biblioteca era como una astilla atormentadora, irritante, metida profundamente en una nalga. Fuera lo que fuese, era suficiente.

—Señorita Lortz, ¿tiene un vídeo de *Pesadilla en Elm Street 5* en la Biblioteca Infantil? ¿O una selección de álbumes de Guns'n Roses y Ozzy Osbourne?

—¡Sam, usted no acaba de captar la cuestión! —replicó ella con paciencia.

—¿Y qué hay de *Peyton Place*? ¿Tiene un ejemplar de esa novela en la Biblioteca Infantil, solo porque algunos de los chicos la han leído?

Y, mientras hablaba, pensaba: *¿Es posible que alguien siga leyendo esa antigualla?*

—No —respondió ella. Sam vio que sus mejillas iban cubriéndose de un rubor irritado. Decididamente no era una mujer habituada a que se contradijesen sus juicios—. Pero sí tenemos historias sobre invasión de propiedad ajena, abuso parental y robo. Naturalmente, me refiero a *Ricitos de Oro y los tres osos*, *Hansel y Gretel* y *Las habichuelas mágicas*. Esperaba que un hombre como usted fuese algo más comprensivo, Sam.

Un hombre al que ayudaste en un apuro, quieres decir —pensó Sam—. *Pero ¡qué demonios, señora! ¿No te paga para eso el ayuntamiento?*

No obstante, se controló. No sabía qué quería decir exactamente con eso de «un hombre como usted», ni estaba seguro de querer saberlo, pero sí comprendía que la conversación estaba a punto de escapársele de las manos y convertirse en una discusión. Había ido allí a encontrar un ablandador para espolvorear con él su discurso, no a pelearse con la bibliotecaria sobre la Biblioteca Infantil.

—Si he dicho algo que la ofendiera, le pido disculpas —dijo—. Ahora tendría que irme.

—Sí —contestó ella—, creo que sí.

Sus disculpas no se aceptan —telegrafiaron sus ojos—. *No se aceptan en absoluto.*

—Supongo —dijo él— que estoy un poco nervioso por mi debut como orador. Además anoche me quedé hasta tarde trabajando en esto —añadió ofreciéndole su bondadosa sonrisa Sam Peebles mientras cogía la cartera.

Ella se ablandó un poco, pero su mirada todavía era cortante.

—Es comprensible. Estamos aquí para servir, y naturalmente siempre nos interesa la crítica constructiva de los contribuyentes —dijo, recalcando ligeramente la palabra constructiva, suponía Sam que para darle a entender que la suya no lo era.

Ahora que había terminado, tenía el impulso —casi la necesidad— de que terminara todo, de suavizar las cosas como si se tratara de la colcha de una cama bien hecha. Supuso que aquello también formaba parte del hábito comercial o de la coloración protectora del hombre de negocios. Se le ocurrió una idea extraña: que, en realidad, el tema del discurso debía ser su encuentro con Ardelia Lortz. Decía más sobre el corazón y el espíritu de una ciudad pequeña que todo lo que había escrito. No todo era halagador, pero desde luego no tenía nada de seco. Y ofrecería un tono raramente oído en los discursos de los viernes por la noche: el inconfundible tono de la verdad.

—Bueno, durante uno o dos segundos nos acaloramos un poco —se escuchó decir, al tiempo que vio que su mano se tendía—. Supongo que traspasé los límites. Espero que no me guarde rencor.

Ella tocó su mano. Fue un contacto breve, condescendiente. Carne fresca, lisa, en cierto modo desagradable. Algo así como estrechar la mano de un paragüero.

—En absoluto —dijo, aunque sus ojos continuaban contando una historia diferente.

—Bueno, pues... me voy.

—Sí. Recuerde, Sam..., una semana. —Levantando un dedo, señaló los libros con una uña bien manicurada y sonrió. Sam percibió algo profundamente turbador en esa sonrisa, aunque no habría podido decir exactamente qué—. No me gustaría tener que enviar al Policía de la Biblioteca para que lo persiguiera.

—No —aceptó Sam—, a mí tampoco me gustaría.

—Exacto —dijo Ardelia Lortz, sin dejar de sonreír—. No le gustaría.

5

A mitad del sendero, el rostro de aquel chico que gritaba

(Simón El Tonto, *así lo llaman los chicos y creo que es muy saludable, ¿no le parece?)*

volvió a su memoria, y con él una idea..., una idea lo bastante tonta y práctica para hacer que se detuviera de golpe. Era la siguiente: si se le daba la oportunidad de elegir un cartel como ese, un jurado de niños podría muy bien elegirlo. Pero ¿enviaría realmente ese cartel una biblioteca, fuese de Iowa, el Medio Oeste o el país entero?

Sam Peebles pensó en las manos suplicantes apretadas contra el cristal resistente, carcelario, en la boca aulladora, agónica, y le resultó difícil de creer. Le resultaba imposible creerlo.

¿Y qué decir de *Peyton Place*? Suponía que la mayor parte de los adultos que acudían a la Biblioteca lo habían olvidado. ¿Creía realmente que algunos de sus hijos, los que eran lo bastante pequeños para ir a la Biblioteca Infantil, habían redescubierto aquella vieja reliquia?

Eso tampoco me lo creo.

No deseaba soportar una segunda dosis de la cólera de Ardelia Lortz; con la primera ya había tenido bastante, y le daba la impresión de que su intensidad no se había acercado ni por asomo al máximo. Sin embargo, aquellas ideas eran lo suficientemente potentes para hacerle girar sobre sus talones.

Ella había desaparecido.

Las puertas de la Biblioteca estaban cerradas: una boca como una rendija vertical en aquella cejijunta cara de granito.

Sam permaneció un momento donde estaba y después se dirigió a toda prisa hacia el coche, aparcado junto al bordillo.

TRES

El discurso de Sam

1

Fue un éxito arrollador.

Empezó con sus adaptaciones de dos anécdotas del apartado «Ponerlos cómodos» de *El compañero del orador*: una era sobre un granjero que trataba de vender su producción al por mayor, y la otra se refería a un intento de vender cenas congeladas a esquimales. Utilizó una tercera hacia la mitad del discurso (que verdaderamente era árido). Encontró otra buena en el apartado titulado «Darles el toque de despedida»; empezó a copiarla y entonces recordó lo que Ardelia Lortz había dicho refiriéndose a *Los poemas favoritos del pueblo norteamericano*: *Descubrirá que su público recuerda un poema bien elegido aunque olvide todo lo demás.* Sam encontró un buen poema breve en el apartado «Inspiración», tal como ella le había indicado.

Miró los rostros alzados de sus camaradas rotarios y dijo:

—He intentado explicarles algunas de las razones por las que vivo y trabajo en una ciudad pequeña como Junction City, y espero que al menos sean coherentes. Si no lo son, estoy metido en un lío.

Aquello fue saludado con un estallido de risa benevolente (y una vaharada de scotch y bourbon mezclados).

Sam sudaba abundantemente, pero en realidad se encontraba bastante bien. Empezaba a creer que saldría de aquella ileso. El micrófono solo había silbado una vez, nadie se había retirado, nadie había arrojado comida y solo se habían escuchado algunos maullidos, por otra parte benevolentes.

—Creo que un poeta llamado Spencer Michael Free resumió mucho mejor de lo que podría hacerlo yo lo que he tratado de decir. Verán, casi todo lo que vendemos en nuestros negocios puede encontrarse más barato en los centros comerciales de las grandes ciudades y en las grandes superficies de las afueras. A quienes dirigen esos lugares les gusta alardear de que allí uno puede conseguir prácticamente todas las mercancías y servicios que necesita y, además, aparcar gratis. Supongo que tienen razón, pero no del todo, porque sigue habiendo una cosa que pueden ofrecer los negocios de ciudad pequeña y que no ofrecen los centros comerciales y grandes almacenes. Y es precisamente de eso de lo que habla el señor Free en su poema. No es muy largo, pero sí enormemente significativo. Dice así:

Lo que cuenta en el mundo es el toque humano,
el contacto de tu mano y la mía,
mucho más importante para el corazón vacilante
que el refugio, el pan y el vino.
Porque cuando pasa la noche, el refugio desaparece.
Y el pan solo dura un día.
Pero el contacto de una mano y el sonido de una voz
cantan para siempre en el alma.

Sam levantó la vista del texto y, por segunda vez aquel día, quedó sorprendido al descubrir que creía en cada una de las palabras que había dicho. Descubrió que, de pronto, su corazón estaba pletórico de felicidad y sencilla gratitud. Ya era bueno descubrir que todavía tenía corazón, que la rutina normal de los días normales no había acabado con él, pero todavía era mejor advertir que aún podía expresarse a través de su boca.

—Nosotros, los hombres y mujeres de negocios de ciudades pequeñas, ofrecemos ese toque humano. Por un lado, no es mucho; pero por el otro, lo es prácticamente todo. Sé que a mí me hace desear repetir. Quiero desear a nuestro orador contratado originalmente, El Increíble Joe, una rápida recuperación; quiero agradecer a Craig Jones por pedirme que lo reemplazara; y, por último, quiero darles las gracias a todos ustedes por escuchar con tanta paciencia mi aburrida charla. Así que: muchas gracias.

La ovación empezó incluso antes de que Sam terminara la última frase; se acrecentó mientras recogía las pocas páginas que había mecanografiado Naomi y que él había corregido durante toda la tarde; y llegó a su punto máximo cuando se sentó, turbado por la reacción.

Bueno, es por los tragos —se dijo—. *Te habrían aplaudido aunque les hubieras explicado cómo conseguiste dejar de fumar después de haber encontrado a Jesús en una reunión del Tupperware.*

Después, los asistentes empezaron a ponerse en pie, y Sam pensó que si estaban tan ansiosos por irse era porque debía de haber hablado demasiado. Pero siguieron aplaudiendo. Entonces vio a Craig Jones que agitaba las manos en su dirección. Al cabo de un momento, comprendió. Craig quería que se pusiese en pie e hiciera una reverencia,

Se llevó un dedo a la sien. *¡Estás chalado!*

Craig meneó enfáticamente la cabeza y empezó a levantar las manos con tanta energía que parecía un predicador de la resurrección animando a sus fieles a cantar más alto.

De modo que Sam se puso en pie y quedó atónito cuando lo vitorearon.

Al cabo de unos instantes, Craig se acercó al estrado. Los vítores cesaron por fin cuando golpeó el micrófono unas cuantas veces, produciendo un sonido semejante al de un puño gigante envuelto en algodón y aporreando un ataúd.

—Creo que todos estaremos de acuerdo —dijo— en que el discurso de Sam ha compensando con creces el precio del pollo de goma.

Aquello provocó otro aplauso caluroso.

Craig se volvió hacia Sam y dijo:

—Sammy, si hubiera sabido que llevabas eso dentro, te habría contratado a ti en primer lugar.

Hubo más palmadas y silbidos. Antes de que se acallaran, Craig Jones había cogido la mano de Sam y la agitaba arriba y abajo enérgicamente.

—¡Ha sido estupendo! —exclamó Craig—. ¿De dónde lo copiaste, Sam?

—No lo hice —respondió este. Notaba que sus mejillas estaban encendidas, y aunque solo había bebido un gin tonic poco cargado antes de hablar, se sentía algo borracho—. Es mío. Conseguí un par de libros en la Biblioteca que me resultaron muy útiles.

Se acercaron otros rotarios; estrechaban una y otra vez la mano de Sam, que empezó a sentirse como la bomba del pueblo durante una sequía estival.

—¡Estupendo! —gritó alguien en su oído. Sam se volvió hacia la voz y vio que pertenecía a Frank Stephens, que había ingresado cuando el funcionario del sindicato de transportistas fue condenado por desfalco—. ¡Deberíamos grabarla y vendérsela a los malditos demagogos! ¡Demonios, Sam, ha sido una buena charla!

—¡Habría que llevarlo de gira! —dijo Rudy Pearlman. Su cara redonda estaba roja y sudorosa—. ¡Estuve a punto de llorar! Lo digo honestamente. ¿Dónde encontraste ese poema?

—En la Biblioteca —respondió Sam. Seguía sintiéndose mareado, pero su alivio al haber terminado entero estaba siendo reemplazado por un deleite cauteloso. Pensó que tenía que dar un extra a Naomi—. Estaba en un libro llamado...

Sin embargo, antes de que pudiera decirle a Rudy cómo se llamaba el libro, Bruce Engalls lo había cogido por el codo y lo llevaba hacia la barra.

—¡El mejor discurso que he oído en este estúpido club en los últimos dos años! —le decía Bruce—. ¡Tal vez cinco! Y además, ¿quién necesita a un maldito acróbata? Deja que te invite a una copa, Sam. ¡Demonios, deja que te invite a dos!

2

Antes de poder irse, Sam consumió un total de seis tragos, todos gratis, y terminó su noche triunfal vomitando en el felpudo de la entrada de su casa, poco después de que Craig Jones lo dejara en la avenida Kelton. Cuando su estómago se rebeló, Sam estaba intentando meter la llave en la cerradura de su puerta (era un trabajo enorme, porque parecía haber tres cerraduras y cuatro llaves), y simplemente no tuvo tiempo de acercarse a los arbustos que había junto a la pendiente. Así que cuando por fin logró abrir la puerta, se limitó a coger el felpudo (con cuidado, agarrándolo de los lados para que el vómito se juntara en el centro) y lo arrojó por encima de los arbustos.

Se preparó una taza de café para calmarse, pero el teléfono sonó dos veces mientras la bebía. Más felicitaciones. La segunda llamada fue de Elmer Baskin, que ni siquiera había estado allí. Se sentía un poco como Judy Garland en *Ha nacido una estrella*, pero resultaba difícil disfrutar de la sensación mientras su estómago seguía revuelto y su cabeza empezaba a castigar su autocomplacencia.

Sam conectó el contestador de la sala para evitar más llamadas, subió a su dormitorio, desconectó el teléfono que tenía junto a la cama, tomó dos aspirinas, se desnudó y se acostó.

Empezó a perder rápidamente la conciencia —estaba cansado además de borracho—, pero antes de que lo venciera el sueño tuvo tiempo de pensar: *Le debo la mayor parte de esto a Naomi y a esa desagradable mujer de la Biblioteca. Horst, Borscht, o como se llame. Tal vez también tendría que darle una propina a ella.*

Oyó que abajo empezaba a sonar el teléfono y que el contestador interfería.

Buen chico —pensó Sam medio dormido—. *Cumple con tu deber. Al fin y al cabo, para eso te pagan.*

Después, se sumió en la negrura y no supo nada más hasta las diez de la mañana del sábado.

3

Regresó a la tierra de los vivos con acidez de estómago y un ligero dolor de cabeza, pero podía haber sido mucho peor. Lamentaba lo del felpudo, pero se alegraba de haber expulsado al menos parte del alcohol antes de que pudiera actuar sobre su cabeza más drásticamente de lo que lo había hecho. Se quedó diez minutos bajo la ducha, realizando tan solo gestos higiénicos de compromiso; después se secó, se vistió y bajó con la cabeza envuelta en una toalla. La luz roja que indicaba la presencia de mensajes en el contestador estaba parpadeando. Cuando apretó el botón correspondiente, la cinta solo se rebobinó un poco; aparentemente, la llamada que había escuchado mientras se dormía había sido la última.

¡Bip! «Hola, Sam. —Sam, que se estaba quitando la toalla, se quedó inmóvil y frunció el entrecejo. Era una voz femenina y la conocía. ¿A quién correspondía?—. Me enteré de que su discurso fue un gran éxito. Me alegro mucho por usted.»

Comprendió que era la señorita Lortz.

¿Cómo habría conseguido su número? Pero, naturalmente, para eso estaba el listín telefónico. Además, lo había anotado en su tarjeta de la Biblioteca, ¿no? Sí. No existía razón definida alguna, pero un estremecimiento recorrió su espalda. «Asegúrese de devolver los libros el seis de abril —continuó ella, y añadió en tono pícaro—: Recuerde al Policía de la Biblioteca.»

Se oyó el chasquido de la interrupción de la llamada. En el contestador se encendió la luz que indicaba el final de los mensajes.

—Es un poco hija de puta, ¿no, señora? —dijo Sam a la casa vacía.

Después se fue a la cocina a prepararse unas tostadas.

4

Cuando el viernes siguiente a las diez de la mañana, una semana después del triunfal debut de Sam como orador, llegó Naomi, Sam le entregó un largo sobre blanco con su nombre escrito.

—¿Qué es esto? —preguntó Naomi con suspicacia mientras se quitaba la capa.

Fuera llovía intensamente. Era una lluvia regular, desagradable, de comienzos de primavera.

—Ábrelo y mira.

Ella lo hizo. Era una tarjeta de agradecimiento. Dentro había un retrato de Andrew Jackson.

—¡Veinte dólares! —exclamó, mirándolo con más suspicacia que nunca—. ¿Por qué?

—Porque me salvaste la vida al enviarme a la Biblioteca —contestó Sam—. El discurso resultó muy bien, Naomi. Creo que no me equivoco al decir que fue un gran éxito. Habría puesto cincuenta dólares si hubiera pensado que los aceptarías.

Naomi comprendió y quedó evidentemente complacida, pero de todos modos intentó rechazar el dinero.

—Me alegro mucho de haberte sido útil, Sam, pero no puedo aceptar el di…

—Sí puedes —interrumpió él—, y lo harás. Si trabajaras para mí como vendedora cobrarías una comisión, ¿no?

—Pero no lo hago. Jamás conseguiría vender nada. Cuando estaba con los Scouts, mi madre fue la única persona que me compró pastas.

—Naomi, querida niña. No, no empieces a adoptar esa actitud nerviosa, como si te estuviera acosando. No voy a hacerte una proposición. Ya pasamos por eso hace dos años.

—Desde luego que sí —aceptó Naomi, pero seguía pareciendo nerviosa y miró para asegurarse de que tenía un camino de retirada despejado hasta la puerta, en caso de necesitarlo.

—¿Comprendes que desde aquel maldito discurso he vendido dos casas y contratado casi doscientos mil dólares de seguros? Debo admitir que la mayor parte fue protección grupal ordinaria con mucho tope y comisión baja, pero sigue siendo lo suficiente para comprarme un coche nuevo. Si no aceptas los veinte dólares, me sentiré una mierda.

—¡Sam, por favor! —exclamó ella con aspecto escandalizado.

Naomi era una baptista devota. Ella y su madre iban a una pequeña iglesia de Proverbia casi tan destartalada como su casa. Lo sabía porque una vez había estado allí. Pero le alegró ver que también parecía complacida y un poco más tranquila.

En el verano de 1988 Sam había salido dos veces con Naomi. En la segunda cita le hizo una proposición. Fue tan correcta como puede ser una proposición sin dejar por ello de ser una proposición. No le sirvió de mucho. Resultó que Naomi era lo bastante buena en eso de rechazar avances como para jugar en la defensa de los Denver Broncos. Según le explicó, no era que él no le gustase, sino simplemente que había llegado a la conclusión de que nunca podrían llevarse bien «de esa manera». Desconcertado, Sam había preguntado por qué, pero Naomi se limitó a menear la cabeza. *Hay cosas difíciles de explicar, Sam, pero no por eso son menos verdaderas. No podría funcionar nunca. Créeme, nunca.* Y eso fue todo lo que pudo sacarle.

—Lamento haber dicho esa palabra, Naomi —se disculpó ahora. Hablaba con humildad, aunque por alguna razón dudaba de que Naomi fuese tan mojigata como le gustaba hacer creer—. Lo que quiero decir es que si no aceptas esos veinte dólares, me sentiré como cacapipi.

Ella metió el billete en su monedero, y a continuación trató de mirarlo con una expresión de digna beatería. Estuvo a punto de conseguirlo, pero las comisuras de su boca temblaron ligeramente.

—Ya. ¿Satisfecho?

—Sí, salvo que habría querido darte cincuenta —dijo—. ¿Aceptarías cincuenta, Omes?

—No —contestó ella—. Y, por favor, no me llames Omes. Sabes que no me gusta.

—Lo siento.

—Se aceptan las disculpas. Y ahora, ¿por qué no cambiamos de tema?

—Vale —dijo Sam amablemente.

—Oí decir a varias personas que tu discurso fue bueno. Craig Jones estaba como loco con él. ¿De veras crees que es la razón por la que has hecho más negocios?

—¿Acaso un oso…? —empezó a decir Sam, pero se interrumpió—. Sí, lo creo. A veces las cosas funcionan así. Es extraño, pero cierto. Esta semana, el viejo gráfico de ventas ha subido. Volverá a caer, claro, pero no creo que retroceda del todo. Si a los nuevos clientes les gusta mi forma de hacer negocios, y me agrada pensar que será así, habrá un progreso.

Sam se echó hacia atrás en su silla, juntó las manos en la nuca y miró pensativo al techo.

—Cuando Craig Jones me llamó y me puso en ese compromiso, quería matarlo. De veras, Naomi.

—Sí —asintió ella—. Parecías enfrentarte a un caso de envenenamiento por hiedra.

—¿De veras? —preguntó Sam, riendo—. Sí, supongo que sí. Es gracioso cómo suceden a veces las cosas, por pura suerte. Si hay un Dios, a veces hace que te preguntes si ajustó bien todos los tornillos de la maquinaria antes de ponerla en marcha.

Esperaba que Naomi lo riñera por su irreverencia (no sería la primera vez), pero ese día no aceptó el juego. En cambio dijo:

—Si los libros de la Biblioteca te ayudaron, tienes más suerte de la que crees. Los viernes no suele abrir hasta las cinco de la tarde. Tenía intención de decírtelo, pero me olvidé.

—¿Ah, sí?

—Debiste de encontrar al señor Price haciendo trabajo atrasado o algo así.

—¿Price? —preguntó Sam—. ¿Quieres decir Peckham? ¿El portero lector de periódicos?

Naomi meneó la cabeza.

—El único Peckham del que he oído hablar era el viejo Eddie Peckham, que murió hace años. Estoy hablando del señor Price, el bibliotecario —dijo mirando a Sam como si fuera el hombre más torpe del mundo, o por lo menos de Junction City, Iowa—. Un hombre alto, delgado, de unos cincuenta años.

—No —dijo Sam—. Me atendió una dama llamada Lortz. Baja, regordeta, y más o menos de la edad en que las mujeres establecen relaciones duraderas con las cosas de poliéster verde brillante.

Una extraña mezcla de expresiones pasó por la cara de Naomi: a la sorpresa siguió la sospecha; y a la sospecha, una especie de diversión algo exasperada. Esa especial secuencia de expresiones indica casi siempre lo mismo, que alguien empieza a comprender que están tomándole el pelo. En circunstancias más normales, a Sam le habría llamado la atención, pero se había pasado toda la semana haciendo transacciones de terrenos, de modo que tenía mucho papeleo atrasado. La mitad de su mente ya se había desviado hacia eso.

—¡Ah! —exclamó Naomi riendo—. La señorita Lortz, ¿eh? Debió de resultar divertido.

—Sí, es una mujer muy peculiar —dijo Sam.

—¡Y que lo digas! —exclamó Naomi—. En realidad, es absolutamente...

Si hubiera terminado lo que había empezado a decir, es probable que Sam se hubiese sobresaltado, pero la suerte, como acababa de señalar él, desempeña un papel importante en los asuntos humanos, y en ese momento intervino.

Sonó el teléfono.

Era Burt Iverson, el jefe espiritual de la pequeña tribu legal de Junction City. Quería hablar de un contrato de seguros realmente inmenso —«el nuevo centro médico, cobertura clientes-grupo, todavía en estadio de planificación, pero ya sabes lo que puede suponer, Sam»—, y cuando Sam volvió con Naomi, toda idea relacionada con la señorita Lortz había desaparecido de su mente. Claro que sabía lo que podía suponer; al fin y al cabo, podía ponerlo tras el volante de aquel Mercedes Benz. Y, en realidad, no le gustaba pensar en qué medida podía atribuir toda esta buena suerte a aquel estúpido discurso, si realmente deseara hacerlo.

Naomi pensaba que le estaba tomando el pelo. Sabía perfectamente quién era Ardelia Lortz, y pensó que Sam también. Al fin y al cabo, la mujer había estado implicada en el asunto más escabroso ocurrido en Junction City en los últimos veinte años. Tal vez desde la Segunda Guerra Mundial, cuando el chico de los Moggins había regresado del Pacífico tocado de la cabeza y había asesinado a toda su familia, antes de meterse el cañón de su arma reglamentaria en el oído derecho y ocuparse también de sí mismo. Ira Moggins lo había hecho antes de la época de Naomi, a quien no se le ocurrió pensar que *l'affaire Ardelia* se había producido mucho antes de la llegada de Sam a Junction City.

En todo caso, había olvidado el asunto y estaba tratando de decidirse entre la lasaña de Stouffer o una comida de Lean

Cuisine en el momento en que Sam colgó el teléfono. Él le dictó cartas sin parar hasta las doce, y después le preguntó si quería ir con él a McKenna's a comer algo. Naomi rechazó la invitación, pretextando que tenía que volver junto a su madre, que en el transcurso del invierno había empeorado mucho. No se habló más de Ardelia Lortz.

Aquel día.

CUATRO

Los libros desaparecidos

1

En el transcurso de la semana, Sam no solía desayunar demasiado: un vaso de zumo de naranja y una pasta de avena integral eran suficientes. Pero los sábados por la mañana (al menos aquellos sábados en que no se enfrentaba a una resaca rotaria) le gustaba levantarse algo tarde, ir a McKenna's, en la plaza, y comer lentamente un bistec y huevos mientras leía de verdad el periódico, en lugar de hojearlo superficialmente entre dos citas de negocios.

A la mañana siguiente, el siete de abril, hizo exactamente eso. La lluvia del día anterior había cesado, y el cielo presentaba un color azul pálido perfecto, viva imagen del inicio de la primavera. Después de desayunar, Sam regresó a casa por el camino más largo, deteniéndose a ver qué tulipanes y azafranes progresaban, y cuáles se habían retrasado un poco. Llegó a su casa a las diez y diez.

El piloto que indicaba la presencia de mensajes en el contestador estaba encendido. Apretó el botón correspondiente, sacó un cigarrillo y encendió la cerilla.

«Hola, Sam —dijo la voz suave e inconfundible de Ardelia Lortz. La cerilla se detuvo a unos centímetros del cigarrillo—. Estoy muy decepcionada. Debería haber devuelto los libros.»

—¡Mierda! —exclamó Sam.

Algo había estado molestándolo durante toda la semana, como cuando una palabra que buscas se detiene en tu lengua como si fuera un trampolín y salta fuera de tu alcance. Los libros. Los malditos libros. Sin duda, la mujer lo consideraría exactamente el tipo de filisteo que deseaba que fuera. Él, con sus juicios gratuitos sobre qué carteles eran adecuados para la Biblioteca Infantil y cuáles no. El único enigma real era si había utilizado su mordacidad con el contestador o si la guardaba hasta que lo viera personalmente.

Agitó la cerilla y la dejó caer en el cenicero, junto al teléfono.

«Creo que le expliqué —seguía con su voz suave y excesivamente razonable— que *El compañero del orador* y *Los poemas favoritos del pueblo norteamericano* pertenecen a la sección de Referencias Especiales y no se pueden prestar más de una semana. Esperaba algo más de usted, Sam. De veras que sí.»

Para su exasperación, Sam descubrió que estaba en su propia casa, con un cigarrillo sin encender entre los labios y un rubor culpable que ascendía por su cuello y empezaba a llegar a las mejillas. Una vez más, había sido trasladado con firmeza al cuarto curso, y esta vez se encontraba sentado en un banquillo de cara al rincón, con una gorra de burro en la cabeza. En el tono característico de alguien que está haciendo un gran favor, Ardelia Lortz continuaba: «Sin embargo, he decidido concederle una prórroga. Tiene hasta el lunes por la tarde para devolver los libros. Por favor, ayúdeme a evitar situaciones desagradables. —Y, tras una pausa, añadió—: Recuerde al Policía de la Biblioteca, Sam».

—Ardelia, nena, ese truco ya está muy gastado —murmuró Sam.

Pero no le hablaba al contestador. Ella había colgado después de mencionar al Policía de la Biblioteca, y la máquina se desconectó silenciosamente.

2

Sam encendió otra cerilla. Todavía estaba exhalando el humo cuando se le ocurrió algo. Tal vez fuese una cobardía, pero daría por terminadas sus relaciones con la señorita Lortz. Además, había en ello una especie de justicia brutal.

Había dado su recompensa merecida a Naomi y haría lo mismo con Ardelia. Se sentó ante el escritorio de su estudio, donde había redactado el famoso discurso, y cogió la libreta de notas. Debajo del encabezamiento (*Del despacho de* SAMUEL PEEBLES), garrapateó la siguiente nota:

> Querida señorita Lortz:
> Le pido excusas por el retraso en la devolución de sus libros.
> Es una disculpa sincera, pues los libros me resultaron de gran utilidad en la preparación del discurso. Por favor, acepte este dinero en pago de la multa por el retraso y guarde el resto en prueba de mi gratitud.
>
> Sinceramente suyo,
>
> SAM PEEBLES

Sam releyó la nota mientras buscaba un clip en el cajón de su escritorio. Consideró cambiar «devolución de sus libros» por «devolución de los libros de la Biblioteca», pero decidió dejarlo como estaba. Ardelia Lortz le había dado la clara impresión de ser el tipo de mujer que suscribe la filosofía de *l'état c'est moi*, aunque en este caso *l'état* fuera solo la Biblioteca local.

Sacó de su cartera un billete de veinte dólares y utilizó el clip para sujetarlo a la nota. Vaciló un momento más, tamborileando intranquilo en el borde del escritorio.

Lo considerará un soborno. Probablemente se ofenderá y se enfadará como un demonio.

Tal vez fuera cierto, pero a Sam no le importaba. Sabía lo que había detrás de la llamadita astuta de esa mañana. Tal vez detrás de ambas llamadas. La había fastidiado un poco con el asunto de los carteles de la Biblioteca Infantil, y ahora ella se lo devolvía..., o intentaba hacerlo. Pero esto no era el cuarto curso, él no era un chico huidizo y aterrorizado (al menos, ya no) y no iba a dejarse intimidar por el malhumorado cartel del vestíbulo de la Biblioteca ni por la reprimenda de «lleva un retraso de un día entero, mal chico», de la bibliotecaria.

—¡A tomar por culo! —exclamó en voz alta—. Si no quiere el maldito dinero, que lo done al fondo de ayuda a la Biblioteca o algo así.

Dejó la nota con el billete de veinte dólares sobre el escritorio. No tenía intención de llevarla en persona para darle la oportunidad de ponerse pesada. Reuniría ambos libros con una banda elástica, después de meter en uno de ellos la nota con el dinero de forma que se viesen. Luego, se limitaría a dejar el paquete en el buzón de libros. Había pasado seis años en Junction City sin conocer a Ardelia Lortz; con un poco de suerte, pasarían otros seis años antes de que volviera a verla.

Ahora, lo único que tenía que hacer era encontrar los libros.

No estaban en el escritorio del estudio, de eso estaba seguro. Sam pasó al comedor y miró sobre la mesa. Era el lugar donde solía dejar las cosas que había que devolver. Había dos cintas de VHS listas para devolver al Vídeo Stop de Bruce, un sobre de *Paperboy* y dos carpetas con pólizas de seguros dentro, pero ni rastro de *El compañero del orador* ni de *Los poemas favoritos del pueblo norteamericano.*

—¡Mierda! —exclamó Sam rascándose la cabeza—. ¿Dónde diablos...?

Fue a la cocina. Sobre la mesa solo estaba el periódico de la mañana, que había dejado allí al entrar. Lo tiró con aire ausente en la caja de cartón que había junto al horno, mientras miraba sobre el mármol; allí no había nada, excepto la caja de cartón de donde había sacado la cena congelada de la noche anterior.

Subió lentamente la escalera para buscar en las habitaciones de la segunda planta, pero estaba empezando a tener una sensación muy desagradable.

3

Esa tarde, a las tres, la sensación desagradable había empeorado mucho. En realidad, Sam Peebles estaba frenético. Después de recorrer dos veces la casa de arriba abajo (la segunda vez llegó incluso al sótano), había ido a su oficina, aunque estaba bastante seguro de haber llevado los libros a casa cuando salió del trabajo el lunes a última hora. Por supuesto, allí no había encontrado nada. Y allí estaba de nuevo, sin haber adelantado mucho tras haber perdido la mayor parte de un hermoso sábado primaveral en la búsqueda infructuosa de dos libros.

No dejaba de pensar en el tono pícaro de la mujer

(Recuerde al Policía de la Biblioteca, Sam)

y en lo feliz que se sentiría si supiera hasta qué punto le había impresionado. Sam no tenía duda alguna de que, si realmente existieran Policías de Biblioteca, a la mujer le encantaría enviar uno en su busca. Cuanto más pensaba en ello, más furioso se ponía.

Regresó a su estudio. Desde el escritorio lo contemplaban blandamente su nota a Ardelia Lortz y los veinte dólares agregados a ella.

—¡Cojones! —exclamó.

Estuvo a punto de iniciar otra búsqueda frenética por la casa, pero se controló y se contuvo. Con eso no conseguiría nada.

De pronto oyó la voz de su difunta madre. Era suave y dulcemente razonable. *Samuel, cuando no puedas encontrar algo, correr por ahí buscándolo no suele servir de nada. Siéntate y piensa. Utiliza la cabeza y no te arruines los pies.*

Había resultado un buen consejo cuando tenía diez años; supuso que resultaría igualmente bueno a los cuarenta. Sam se sentó ante el escritorio, cerró los ojos y comenzó a trazar el recorrido de los malditos libros desde el instante en que la señorita Lortz se los había entregado hasta... cuando fuera.

Desde la Biblioteca los había llevado a su oficina, deteniéndose de camino en la Casa de la Pizza de Sam para comprar una ración doble con pimiento y champiñones, que se había comido ante su escritorio buscando dos cosas en *El compañero del orador*: buenos chistes y la manera de contarlos. Recordaba el cuidado que había puesto en que no cayera ni una gota de salsa sobre el libro, lo cual resultaba más bien irónico si consideraba que ahora no podía encontrar ninguna de las dos cosas.

Había pasado la mayor parte de la tarde trabajando en el discurso, intercalando los chistes y reescribiendo toda la última parte para que el poema encajara mejor. Al regresar a casa la tarde del viernes, se había llevado el discurso terminado, pero no los libros. De eso estaba seguro. Cuando llegó la hora de la cena en el Rotary Club, Craig Jones lo recogió; y también fue Craig quien lo dejó en casa más tarde, justo a tiempo para el bautismo del felpudo.

La mañana del sábado había cuidado su resaca leve pero fastidiosa, y el resto del fin de semana se había quedado en casa leyendo, mirando la tele y —afróntalo, chico— disfrutando de su triunfo. No se había acercado a la oficina en todo el fin de semana. Estaba seguro.

Vale —pensó—. *Ahora viene lo más difícil. Concéntrate.* Pero descubrió que, a fin de cuentas, no necesitaba concentrarse tanto.

A las cinco menos cuarto de la tarde del lunes, cuando se

preparaba para salir de la oficina, había sonado el teléfono. Era Stu Youngman, que quería que suscribiera una gran póliza de seguros para un propietario. Ese había sido el comienzo de la lluvia de dólares de la semana. Mientras hablaba con Stu, sus ojos se habían posado en los dos libros de la Biblioteca, colocados en un rincón de su escritorio. Cuando salió por segunda vez, llevaba la chaqueta en una mano y los libros en la otra. Sobre eso no tenía la menor duda.

Había tenido intención de devolverlos a la Biblioteca aquella tarde, pero entonces llamó Frank Stephens invitándolo a cenar con él, su esposa y su sobrina, que había venido de visita desde Omaha (Sam había descubierto que cuando se es soltero en una ciudad pequeña, hasta los conocidos más casuales se convierten en incansables casamenteros). Habían ido a Brady's Ribs, habían vuelto tarde —alrededor de las once, tarde para un día laborable—, y cuando llegó a casa se había olvidado por completo de los libros de la Biblioteca.

Después de eso, los perdió de vista. No había pensado en devolverlos hasta la llamada de la señorita Lortz, porque la inesperada ebullición de negocios había ocupado la mayor parte de sus pensamientos.

Vale, probablemente no los haya cambiado de lugar desde entonces. Deben de estar donde los dejé cuando llegué a casa el lunes por la tarde.

Durante un instante, sintió esperanzas. ¡Tal vez siguieran en el coche! Entonces, justo cuando se levantaba para ir a comprobarlo, recordó que había pasado la chaqueta a la mano que sostenía los libros en el momento de llegar a casa el lunes. Lo había hecho para poder sacar las llaves de casa del bolsillo derecho. No los había dejado en el coche.

¿Y qué hiciste cuando entraste?

Se vio abriendo la puerta de la cocina, entrando, colocando la chaqueta sobre una silla, volviéndose con los libros en la mano...

—¡Oh, no! —murmuró Sam.

La sensación desagradable retornó.

En el estante contiguo al pequeño horno de leña de la cocina había una caja de cartón de buen tamaño, del tipo de las que se encuentran en las licorerías. Hacía ya un par de años que estaba allí. A veces la gente guarda los objetos más pequeños en esas cajas cuando se muda, pero sirven también como excelentes depósitos para objetos diversos. Sam utilizaba la que tenía junto al horno para almacenar periódicos. Después de leer el periódico del día, lo ponía en la caja. Hacía poco rato que había dejado allí el de ese día. Y una vez al mes aproximadamente...

—¡Dave *El Sucio*! —murmuró Sam.

Se puso en pie y se dirigió a toda prisa a la cocina.

4

La caja, ilustrada con la imagen provocativa y con monóculo de Johnnie Walker, estaba casi vacía. Sam revisó los pocos periódicos que había, buscando pese a saber que no encontraría nada, como hace la gente cuando está tan exasperada que en el fondo cree que desear intensamente una cosa hará que esté allí. Encontró la *Gazette* del sábado —la que acababa de dejar hacía poco— y el periódico del viernes. Naturalmente no había ningún libro, ni abajo ni entre los papeles. Sam se quedó inmóvil un momento, con la mente llena de ideas negras, y después fue hacia el teléfono para llamar a Mary Vasser, que le limpiaba la casa todos los jueves por la mañana.

—¿Diga? —preguntó una voz ligeramente preocupada.

—Hola, Mary. Soy Sam Peebles.

—¿Sam? —La preocupación aumentó—. ¿Pasa algo malo?

¡Sí! ¡El lunes por la tarde la furcia que se encarga de la Biblioteca local estará detrás de mí! ¡Probablemente con una cruz y un montón de clavos largos!

Pero, naturalmente, no podía decir una cosa así. No a

Mary. Era uno de esos seres humanos desdichados que han nacido bajo una mala estrella y viven dentro de su oscura nube de premonición fatal. Las Mary Vasser de este mundo creen que hay un sinfín de enormes cajas fuertes colgando a tres pisos de altura por encima de un sinfín de aceras, sostenidas por cables raídos y esperando a que el destino conduzca a los condenados al punto de impacto. Y si no es una caja fuerte, es un conductor borracho; y si no, un maremoto (¿En Iowa? Sí, en Iowa). Y si no, un meteorito. Mary Vasser era uno de esos seres afligidos que siempre preguntan si ha sucedido algo cuando los llamas por teléfono.

—Nada —dijo Sam—. No pasa nada malo. Me preguntaba solo si el jueves viste a Dave.

La pregunta era una mera formalidad; al fin y al cabo, los periódicos habían desaparecido y Dave *El Sucio* era el único duende de los periódicos de Junction City.

—Sí —respondió Mary. La cordial afirmación de Sam de que no sucedía nada malo parecía haber aumentado sus temores. Ahora vibraba en su voz un terror escasamente disimulado—. Vino a buscar los periódicos. ¿Hice mal en dejarlo entrar? Hace años que viene, de modo que pensé...

—En absoluto —dijo Sam con una alegría demente—. Simplemente vi que no estaban y pensé en preguntarte si...

—Nunca me lo habías preguntado —interrumpió su voz—. ¿Está bien? ¿Le ha sucedido algo a Dave?

—No —dijo Sam—, quiero decir, no lo sé. Yo solo... —Entonces tuvo una idea repentina—. ¡Los cupones! —exclamó estúpidamente—. El jueves olvidé cortar los cupones, así que...

—¡Ah! —dijo ella—. Si quieres, puedo darte los míos.

—No, no podría hacer es...

—Te los llevaré el próximo jueves —interrumpió ella—. Tengo miles.

Tantos que nunca tendré oportunidad de usarlos todos —era la afirmación implícita en su voz—. *Al fin y al cabo, por ahí hay una caja fuerte esperando a que yo pase por debajo, o un árbol esperando una tormenta para desplomarse sobre mí, o, en algún motel de Dakota del Norte, un secador de pelo esperando caerse del estante dentro de la bañera llena de agua. Vivo de prestado, así que ¿para qué quiero tantos cupones?*

—Vale —dijo Sam—. Eso sería estupendo. Gracias, Mary, eres un encanto.

—¿Y estás seguro de que no pasa nada más?

—Nada —contestó Sam, más cordialmente que nunca. A sus oídos sonaba como si fuera un sargento lunático, incitando a los pocos hombres que le quedaban a intentar un último asalto estéril a un nido de ametralladoras fortificado. *¡Vamos, muchachos, tal vez estén durmiendo!*

—Vale —dijo Mary dudosa, y por fin dio permiso a Sam para escapar.

Se dejó caer pesadamente en una de las sillas de la cocina y contempló con mirada torva la caja casi vacía de Johnnie Walker. Dave *El Sucio* había ido a buscar los periódicos como hacía la primera semana de cada mes, pero esta vez se había llevado sin saberlo un pequeño premio: *El compañero del orador* y *Los poemas favoritos del pueblo norteamericano.* Y Sam tenía una idea bastante ajustada de en qué se habían convertido.

En pulpa. Pulpa reciclada.

Dave *El Sucio* era uno de los alcohólicos en funciones de Junction City. Incapaz de mantener un trabajo fijo, se las componía para vivir de los desechos de los demás y de esa manera era un ciudadano bastante útil. Recogía envases retornables y tenía una ruta del papel, igual que Keith Jordan, un niño de doce años. La única diferencia estaba en que Keith repartía diariamente la *Gazette* y Dave Duncan *El Sucio* la recogía una vez al mes de casa de Sam y Dios sabe de cuántas más de la zona de la avenida Kelton. Sam lo había visto muchas veces empujando su carrito lleno de bolsas de basura verdes, cruzando la ciudad en dirección al centro de reciclaje situado entre el viejo depósito de trenes y el pequeño refugio para gente sin hogar donde él y una docena de camaradas pasaban casi todas las noches.

Se quedó sentado allí un momento más, tamborileando con los dedos sobre la mesa; después, se levantó, se echó una chaqueta por encima de los hombros y salió en dirección al coche.

CINCO

La calle Angle (I)

1

Indudablemente, el pintor del rótulo había tenido las mejores intenciones, pero había cometido errores. El cartel estaba clavado a uno de los pilares del porche de la vieja casa, junto a las vías del tren, y anunciaba:

CALLE ANGLE

Como en la avenida del Ferrocarril no había ningún ángulo visible —al igual que la mayor parte de las calles y carreteras de Iowa, era recta como un cordel—, suponía que el hombre había querido poner «calle Ángel». Bueno, ¿y qué? Sam pensó que, si bien era cierto que el camino al infierno estaba empedrado de buenas intenciones, la gente que intentaba rellenar los agujeros que encontraba a lo largo del recorrido merecía al menos cierto crédito.

La calle Angle era un enorme edificio que, por lo que suponía Sam, debía de haber alojado a los empleados de la compañía ferroviaria en los tiempos en que Junction City había sido un auténtico nudo de comunicaciones. Ahora solo había dos vías en funcionamiento y ambas iban de este a oeste. Las demás estaban herrumbrosas y cubiertas de maleza. La mayor parte de las traviesas habían desaparecido, arrancadas para hacer fuego por la gente sin hogar que poblaba la calle Angle.

Sam llegó a las cinco menos cuarto. El sol despedía una luz débil y melancólica sobre los campos vacíos que llegaban hasta aquel extremo de la ciudad. Por detrás de los escasos edificios pasaba un tren de mercancías aparentemente interminable. Se había levantado una ligera brisa, y al detener el coche y bajar, oyó el gañido herrumbroso del viejo cartel de JUNCTION CITY, que se balanceaba adelante y atrás encima de la plataforma desierta, donde alguna vez la gente había subido a trenes que iban a St. Louis o a Chicago… Incluso al viejo Expreso Sunnyland, que había tenido su única parada de Iowa en Junction City, de camino al Oeste, a los fabulosos reinos de Las Vegas y Los Ángeles.

El refugio había sido blanco alguna vez; ahora era de un gris desnudo. Las cortinas de las ventanas estaban limpias, pero lacias y cansadas. En el patio ceniciento se esforzaban por crecer las malas hierbas. Sam pensó que hacia junio podían ganar terreno, pero por el momento no estaban haciendo un buen trabajo. Junto a los escalones astillados que llevaban al porche, habían colocado un barril herrumbroso. Enfrente del cartel de la calle Angle, clavado a otro pilar de porche, había este mensaje:

¡NO SE PERMITE BEBER EN EL REFUGIO!
¡SI TIENE UNA BOTELLA, DEBE DEJARLA AQUÍ
ANTES DE ENTRAR!

Estaba de suerte. Aunque ya casi había llegado la noche del sábado, y las tabernas y cervecerías de Junction City esperaban, Dave *El Sucio* estaba allí, y sobrio. De hecho, estaba sentado en el porche con otros dos borrachines, ocupados los tres en colocar carteles sobre grandes rectángulos de cartón blanco, obteniendo diversos resultados. El tipo sentado en el suelo, en el extremo más alejado del porche, se sostenía la muñeca derecha con la mano izquierda, en un esfuerzo por detener un ataque de temblor. El que estaba en el centro trabajaba con la lengua asomando por una comisura de la boca, y parecía un antiquísimo niño haciendo lo posible por dibujar un árbol que le depararía una estupenda estrella dorada para mostrarle a mamá. Dave *El Sucio*, sentado en una mecedora astillada cerca de los escalones del porche, era el que estaba en mejor forma, pero los tres parecían derrotados, constreñidos y mutilados.

—Hola, Dave —dijo Sam subiendo los escalones.

Dave levantó la mirada, bizqueó y esbozó una sonrisa vacilante. Todos los dientes que le quedaban estaban delante. La sonrisa mostró los cinco.

—¿Señor Peebles?

—Sí —dijo él—. ¿Cómo te va, Dave?

—¡Oh, bastante bien! ¡Creo que bastante bien! ¡Eh, muchachos! —exclamó, mirando a su alrededor—. ¡Saludad al señor Peebles! ¡Es abogado!

El tipo que sacaba la punta de la lengua levantó la mirada, hizo un breve gesto con la cabeza y volvió a concentrarse en su cartel. De la fosa nasal izquierda le colgaba un largo hilo de moco.

—En realidad, me ocupo de bienes raíces, Dave —aclaró Sam—. Bienes raíces y segur…

—¿Tiene mi Slim Jim? —preguntó abruptamente el de los temblores.

No levantó la vista, pero su gesto de concentración se acentuó. Desde donde estaba, Sam veía su cartel: estaba cubierto de largos churretes de color naranja que recordaban vagamente a palabras.

—¿Cómo dice? —preguntó Sam.

—Ese es Lukey —dijo Dave en voz baja—. No está en uno de sus mejores días, señor Peebles.

—Consígame mi Slim Jim, consígame mi Slim Jim, consígame mi Slim Jim, maldito Slim Jim —canturreó Lukey sin mirarlos.

—Eh, lamento... —empezó a decir Sam.

—¡No tiene Slim Jims! —gritó Dave *El Sucio*—. ¡Lukey, cállate y haz el cartel! ¡Sarah los quiere para las seis! ¡Vendrá especialmente a buscarlos!

—Conseguiré yo solo un Slim Jim —dijo Lukey en tono grave y profundo—. Si no, supongo que comeré mierda de rata.

—No le haga caso, señor Peebles —dijo Dave—. ¿Qué pasa?

—Bueno, me preguntaba si no habrías encontrado por casualidad un par de libros cuando recogiste los periódicos el jueves pasado. Los he extraviado y se me ocurrió preguntarte. Tengo que devolverlos a la Biblioteca.

—¿Tiene un cuarto? —preguntó de súbito el hombre que sacaba la punta de la lengua—. ¿Cuál es la palabra? ¡Thunderbird!

Sam metió la mano en el bolsillo con gesto automático. Dave estiró la mano y tocó su muñeca casi como excusándose.

—No le dé dinero, señor Peebles —dijo—. Ese es Rudolph. No necesita ningún Thunderbird. Él y el águila ya no se llevan bien. Solo necesita una noche de sueño.

—Lo siento —se excusó Sam—. Estoy sin blanca, Rudolph.

—Sí, usted y todos los demás —dijo Rudolph. Y, mientras volvía a su cartel, murmuró—: ¿Qué precio es? Dos veces cincuenta.

—No vi ningún libro —dijo Dave *El Sucio*—. Lo lamento. Solo cogí los diarios, como de costumbre. Allí estaba la señora Vasser; ella puede decírselo. No hice nada malo.

Sin embargo, sus ojos lagrimeantes y desdichados decían que no esperaba que Sam le creyese. A diferencia de Mary, Dave Duncan *El Sucio* no vivía en un mundo en el que la muerte lo esperaba en el camino o al dar la vuelta a la esquina.

Su maldición lo rodeaba; vivía en ella con la poca dignidad que podía conservar.

—Te creo —dijo Sam, poniendo la mano sobre el hombro de Dave.

Al principio Dave se encogió como si creyera que Sam pensaba pegarle, y después lo miró agradecido.

—Vacié su caja de diarios en una de mis bolsas, como siempre —explicó Dave—. Le juro por Dios que no vi ningún libro.

—¡Si tuviera mil Slim Jims, me los comería todos! —gritó de pronto Lukey—. ¡Me tragaría a esos mamones! ¡Eso es comida! ¡Eso es comida! ¡Es comida a medida!

—Te creo —repitió Sam, y palmeó el hombro horriblemente esquelético de Dave.

Que Dios lo perdonara, pero se descubrió preguntándose si Dave tendría ladillas. Inmediatamente después de esta idea tan poco caritativa, se le ocurrió otra: se preguntó si alguno de los rotarios, aquellos tipos cordiales y robustos con quienes había tenido tanto éxito la semana anterior, habrían estado últimamente por esa parte de la ciudad. Se preguntó si conocían siquiera la calle Angle. Y también si Spencer Michael Free pensaba en hombres como Lukey, Rudolph y Dave *El Sucio* cuando escribió que lo que contaba en el mundo era el contacto humano..., el contacto de tu mano y la mía. Sintió una repentina oleada de vergüenza ante el recuerdo de su discurso, tan lleno de alarde inocente y aprobación por los placeres sencillos de la vida en una ciudad pequeña.

—¡Estupendo! —exclamó Dave—. Entonces ¿puedo volver el mes próximo?

—Por supuesto. Llevaste los diarios al centro de reciclaje, ¿verdad?

—¡Ajá! —asintió Dave *El Sucio*, apuntando con un dedo coronado por una uña amarilla y resquebrajada—. Allá. Pero está cerrado.

—Sí, claro. ¿Qué estás haciendo? —preguntó.

—Pasando el tiempo —contestó Dave, y le dio la vuelta al cartel para que Sam pudiera verlo.

Era el dibujo de una mujer sonriente con una bandeja de pollo frito, y lo primero que impresionó a Sam fue que era bueno, realmente bueno. Borracho o no, Dave *El Sucio* tenía un talento natural. Sobre el dibujo figuraba la siguiente leyenda en letras impecables:

CENA DE POLLO EN LA 1.ª IGLESIA METODISTA
EN BENEFICIO
DEL REFUGIO PARA PERSONAS SIN HOGAR
DE «CALLE ÁNGEL»
DOMINGO 8 DE ABRIL
DE 18 A 20 HORAS
SI VIENE UNO, VIENEN TODOS

—Se hace antes de la reunión de AA —explicó Dave—, pero en el cartel no se puede poner nada sobre la organización porque es una especie de secreto.

—Lo sé —dijo Sam. Hizo una pausa y preguntó—: ¿Vas a Alcohólicos Anónimos? No tienes que contestarme si no quieres. Sé que no es asunto mío.

—Voy —respondió Dave—, pero es duro, señor Peebles. Me dan más bolitas blancas que píldoras para el hígado tiene Carter. Estoy sobrio un mes, a veces dos, y una vez aguanté casi un año entero. Pero es duro —repitió meneando la cabeza—. Dicen que algunas personas nunca logran cumplir el programa. Debo de ser uno de esos, pero sigo intentándolo.

La mirada de Sam volvió a sentirse atraída hacia la mujer con la fuente de pollo. El dibujo era demasiado detallado para ser una caricatura o un esbozo, aunque tampoco era una pintura. Resultaba evidente que Dave lo había hecho de prisa, pero había conseguido darle un toque de gentileza en los ojos y de humor en la boca, como el último rayo de sol del día. Y lo más extraño era que la mujer le resultaba familiar.

—¿Es una persona real? —preguntó a Dave.

La sonrisa de Dave se ensanchó. El hombre asintió.

—Es Sarah. ¡Una gran muchacha, señor Peebles! Si no fuera por ella, este lugar habría cerrado hace cinco años. Siempre encuentra gente que dona dinero cuando parece que los impuestos son excesivos o que no lograremos arreglar el lugar para satisfacer a los inspectores de viviendas. Dice que la gente que da el dinero son ángeles, pero el ángel es ella. El lugar lleva ese nombre por Sarah. Claro que Tommy St. John lo escribió mal, pero su intención era buena. —Dave *El Sucio* se quedó un momento callado, mirando su cartel. Después, sin levantar los ojos, agregó—: Naturalmente, Tommy ha muerto. Murió el invierno pasado. Su hígado reventó.

—¡Oh! —exclamó Sam, y añadió débilmente—: Lo siento.

—No lo haga. Al menos, ha escapado de esto.

—¡Comida a medida! —exclamó Lukey poniéndose en pie—. ¡Comida a medida! ¿No es una cabrona comida a medida? —preguntó, mientras le llevaba el cartel a Dave.

Debajo de los churretes anaranjados había dibujado a una mujer monstruosa, cuyas piernas terminaban en unas aletas de tiburón que, en opinión de Sam, pretendían ser zapatos. En una mano, a duras penas lograba sostener una fuente deforme que parecía llena de serpientes azules. La otra aferraba un objeto cilíndrico de color marrón.

Dave cogió el cartel y lo examinó.

—Es bueno, Lukey.

Los labios se Lukey se estiraron en una sonrisa maliciosa. Señaló el objeto marrón.

—¡Mira, Dave! ¡Se ha comprado un Slim Jim!

—Claro que sí. Muy bueno. Si quieres, ve adentro y enciende la televisión. Están dando *Star Trek*. ¿Cómo te va, Dolph?

—Dibujo mejor cuando voy cargado —dijo Rudolph, mostrando su lámina a Dave.

Había dibujado un gigantesco muslo de pollo rodeado por hombres y mujeres como palitos, que lo miraban.

—Es el enfoque fantástico —le explicó Rudolph a Sam. Hablaba con cierta truculencia.

—Me gusta —dijo Sam.

Y era verdad. El cartel de Rudolph le recordaba a esos chistes del *New Yorker* que en ocasiones no comprendía porque eran demasiado surrealistas.

—Vale. —Rudolph lo miró con atención—. ¿Seguro que no tiene un cuarto?

—No —contestó Sam.

Rudolph asintió.

—En cierta forma es mejor —dijo—. Pero por otro lado es una cagada.

Rudolph siguió a Lukey al interior, y muy pronto se filtró el tema musical de *Star Trek* por la puerta abierta. William Shatner dijo a los alcohólicos y reventados de la calle Angle que su misión consistía en ir audazmente al lugar adonde nunca había ido ningún hombre. Sam supuso que varios miembros de ese auditorio ya estaban allí.

—No viene mucha gente a las cenas, salvo nosotros y algunos de los de AA de la ciudad —dijo Dave—, pero al menos es una actividad. Lukey ya casi no habla, a menos que esté dibujando.

—Tú tienes mucho talento —le dijo Sam—. De verdad, Dave. ¿Por qué no…? —Se detuvo.

—¿Por qué no qué, señor Peebles? —preguntó Dave con suavidad—. ¿Por qué no uso la mano derecha para ganar un dólar? Por la misma razón por la cual no consigo un trabajo estable. Se me hizo tarde mientras estaba ocupado en otras cosas.

A Sam no se le ocurrió nada que decir.

—Pero lo intenté —prosiguió Dave—. ¿Sabe que fui con una beca a la Lorillard School de Des Moines? La mejor escuela de arte del Medio Oeste. Me catearon el primer semestre. La bebida. No importa. ¿Quiere entrar a tomar una taza de café, señor Peebles? Si se espera podría conocer a Sarah.

—No, es mejor que vuelva. Tengo algo que hacer.

Y era verdad.

—Vale. ¿Está seguro de que no está enfadado conmigo?

—En absoluto.

Dave se puso en pie.

—Entonces, creo que entraré —dijo—. Ha sido un día hermoso, pero ahora empieza a hacer frío. Que pase una buena noche, señor Peebles.

—Gracias —respondió Sam, aunque dudaba de que fuera a divertirse mucho precisamente esa noche.

Sin embargo, recordó que su madre tenía otra máxima: la manera de sacarle partido a una medicina desagradable es tragársela lo antes posible. Y eso era lo que tenía intención de hacer.

Bajó los escalones de la calle Angle mientras Dave Duncan *El Sucio* entraba en la casa.

2

Sam recorrió casi todo el camino hacia su coche, y después dio un rodeo en dirección al centro de reciclaje. Anduvo lentamente por el suelo cubierto de maleza y cenizas, observando cómo el largo tren de mercancías desaparecía en dirección a Camden y Omaha. Las luces rojas del furgón de cola parpadeaban como estrellas moribundas. Por alguna razón, los trenes de carga siempre lo hacían sentirse solo, y ahora, después de su conversación con Dave *El Sucio*, se sentía más solo que nunca. En las pocas ocasiones en que había visto a Dave cuando este recogía sus periódicos, le había parecido un hombre alegre, casi bufonesco. Esa noche le pareció ver detrás de la máscara, y lo que había visto le hacía sentirse desdichado e indefenso. Dave era un hombre perdido, serena pero totalmente perdido, que utilizaba un talento considerable en hacer carteles para una cena de la iglesia.

Para llegar al centro de reciclaje había que atravesar zonas repletas de basura: primero, los suplementos publicitarios amarillentos que salían de viejos ejemplares de la *Gazette*; después, las bolsas de basura rotas; y finalmente, un cinturón de asteroides de botellas rotas y latas aplastadas. Las persianas del pequeño edificio de tablillas estaban bajadas. En el cartel que colgaba de la puerta se leía solo: CERRADO.

Sam encendió un cigarrillo y regresó hacia el coche. Apenas había dado una docena de pasos cuando vio algo familiar en el suelo. Lo cogió. Era la sobrecubierta de *Los poemas favoritos del pueblo norteamericano.* Encima había un sello con las palabras: PROPIEDAD DE LA BIBLIOTECA PÚBLICA DE JUNCTION CITY.

Así que ahora estaba seguro. Había puesto los libros en la caja de Johnnie Walker, encima de los periódicos, y los había olvidado. Después, encima de los libros había dejado otros periódicos, los del martes, el miércoles y el jueves. El jueves por la mañana, Dave *El Sucio* había ido a su casa, había cogido la caja y había vaciado el contenido en su bolsa de plástico. La bolsa había ido a parar a su carrito, el carrito había llegado allí, y aquello era todo cuanto quedaba: una sobrecubierta con un sello lodoso encima.

Sam dejó que la sobrecubierta se deslizara por entre sus dedos y regresó lentamente al coche. Tenía algo que hacer, y resultaba adecuado hacerlo a la hora de la cena.

Al parecer, tenía que comerse una rana.

SEIS

La Biblioteca (II)

1

A mitad de camino de la Biblioteca, se le ocurrió una idea repentina, algo tan evidente que apenas podía creer que no se le hubiera ocurrido antes. Había perdido un par de libros de la Biblioteca, y ahora descubría que habían sido destruidos. Tendría que pagarlos.

Y eso era todo.

Pensó que Ardelia Lortz había tenido más éxito del que había creído en hacer que se sintiera como un niño de cuarto curso. Cuando un niño perdía un libro, era el fin del mundo. Impotente, se encogía bajo la sombra de la burocracia y esperaba la aparición del Policía de la Biblioteca. Pero no existía ningún Policía de Bibliotecas, y Sam, como adulto, lo sabía perfectamente. Solo había empleados del ayuntamiento como la señorita Lortz, que a veces se hacían una idea desmesurada sobre su función, y contribuyentes como él, que a veces olvidaban que ellos eran el perro que mueve la cola, y no al revés.

Ahora entraré, me disculparé y después le pediré que me en-

víe la factura de los ejemplares de reemplazo —pensó Sam—. *Y eso es todo. Es el final.*

Era tan sencillo que resultaba sorprendente.

Sam aparcó frente a la Biblioteca, todavía un poco nervioso y avergonzado, pero controlando mucho más aquella tempestad en un vaso de agua. Los faroles de carruaje que flanqueaban la entrada principal estaban encendidos, proyectando una suave radiación blanca en los escalones y sobre la fachada de granito del edificio. El atardecer daba al edificio un aspecto amable y acogedor, que decididamente no había percibido en su primera visita; o tal vez fuera que ahora la primavera ya se sentía con mayor claridad, cosa que no sucedía el nublado día de marzo en que había conocido al dragón residente. El rostro imponente del robot de piedra había desaparecido. Era otra vez la Biblioteca Pública.

Sam empezó a bajar del coche y se detuvo. Había tenido una revelación; ahora, súbitamente, se le concedió otra.

Recordó la cara de la mujer del cartel de Dave *El Sucio*, la que sostenía la fuente de pollo frito. La que Dave había llamado Sarah. A Sam, esa mujer le había resultado familiar; súbitamente se produjo en su cerebro una oscura conexión y supo por qué.

Era Naomi Higgins.

2

En los escalones de la entrada se cruzó con dos chicos con cazadoras JCHS. Sam asió la puerta antes de que se cerrara y entró en el vestíbulo. Lo primero que le sorprendió fue el sonido. No es que hubiese estrépito en la sala de lectura, pero tampoco era el suave pozo de silencio que había saludado a Sam el viernes al mediodía, hacía una semana.

«Bueno, es que hoy es sábado por la tarde —pensó—. Seguramente hay chicos estudiando para los exámenes de mitad de curso.»

Pero ¿permitiría Ardelia Lortz aquella charla, por discreta que fuera? La respuesta parecía ser sí, a juzgar por el sonido, pero desde luego no parecía típico de ella.

Lo segundo tenía que ver con aquella orden muda montada en el caballete.

¡SILENCIO!

Había desaparecido. En su lugar había un retrato de Thomas Jefferson, y debajo esta cita:

«No puedo vivir sin libros.»
Thomas Jefferson (en una carta a John Adams)
10 de junio de 1815

Sam lo observó un momento, pensando que cambiaba toda la sensación previa a la entrada en la biblioteca.

Aquel ¡SILENCIO! producía una sensación de temblor e intranquilidad (por ejemplo, ¿qué pasaba si el estómago gruñía o si uno sentía la inminencia de un ataque de flatulencia no necesariamente silenciosa?).

En cambio, la frase «No puedo vivir sin libros» producía sentimientos de placer y anticipación, te hacía sentir como se siente un hombre hambriento cuando está llegando por fin la comida.

Desconcertado por que una cosa tan pequeña pudiera producir una diferencia tan esencial, Sam entró en la Biblioteca y se detuvo en seco.

3

El recinto era mucho más brillante que en su primera visita, pero ese era solo uno de los cambios. Habían desaparecido las escalerillas que ascendían a los brumosos espacios de los estantes superiores. No eran necesarias, porque ahora el cielo raso estaba a unos dos metros y medio por encima del suelo, en lugar de a nueve o diez. Si querías sacar un libro de uno de los estantes superiores, lo único que tenías que hacer era subirte a uno de los taburetes que había dispersos por allí. Las revistas estaban colocadas en invitador abanico sobre una amplia mesa, junto al escritorio de circulación. Había desaparecido el expositor de roble del que colgaban como pieles de animales muertos. También había desaparecido el cartel con: ¡DEVUELVA TODAS LAS REVISTAS A SUS LUGARES CORRESPONDIENTES!

El estante de las novelas nuevas seguía allí, pero el cartel con el mensaje SIETE DÍAS DE PRÉSTAMO había sido reemplazado por otro que invitaba: ¡LEA UN BEST SELLER SOLO POR EL PLACER DE HACERLO!

La gente —sobre todo jóvenes— entraba y salía hablando en voz baja. Alguien dejó escapar una risilla. Era un sonido natural, espontáneo.

Sam miró el techo tratando desesperadamente de comprender qué demonios había sucedido allí. Las claraboyas inclinadas ya no estaban. Las alturas del recinto estaban ocultas por un cielo raso moderno. Los anticuados globos habían sido reemplazados por paneles de iluminación fluorescente colocados en el techo nuevo.

Una mujer que se dirigía hacia el escritorio principal con un montón de novelas de misterio en la mano siguió la mirada de Sam, no vio nada anormal en el cielo raso y miró al hombre con curiosidad. Uno de los muchachos, que estaba sentado a un gran escritorio a la derecha de la mesa de las revistas, dio codazos a sus amigos y señaló a Sam. Otro se tocó la sien, y todos rieron por lo bajo.

Sam no advirtió ni la mirada ni las risillas. No era consciente de que estaba de pie en la entrada de la sala de lectura, mirando el techo con la boca abierta. Estaba tratando de absorber ese cambio radical.

Bueno, desde la última vez que estuviste han puesto un techo falso. ¿Y qué? Probablemente sea más aislante.

Sí, pero la señorita Lortz no habló de cambios.

No, pero ¿por qué había de hacerlo? No podía decirse que Sam fuera cliente asiduo de la Biblioteca, ¿verdad?

Sin embargo, habría estado alterada. Me pareció una conservadora a ultranza. Esto no le gustaría. En absoluto.

Eso era cierto, pero había otra cosa, algo aún más turbador. Colocar un cielo raso de ese tipo era una reforma importante. Sam no veía cómo era posible hacerla en solo una semana. ¿Y qué había de los estantes altos y los libros que había en ellos? ¿Adónde habían ido a parar los estantes? ¿Y los libros?

Ahora le miraba más gente. Incluso uno de los ayudantes de la Biblioteca lo contemplaba fijamente desde el otro lado del escritorio. La mayor parte de la animada aunque discreta charla se había acallado.

Sam se frotó los ojos y miró otra vez el cielo raso con sus cuadrados fluorescentes. Seguía allí.

¡Me he equivocado de biblioteca! —pensó frenéticamente—. *¡Eso es lo que pasa!*

Su mente confusa se agarró a la idea y después volvió a retroceder, como un gatito que ha sido inducido a saltar sobre una sombra. Para los baremos de Iowa, Junction City era una ciudad bastante grande, con una población de unas treinta y cinco mil personas, pero era ridículo pensar que podía permitirse tener dos Bibliotecas. Además, la localización del edificio y la configuración de la sala eran correctas, lo que estaba mal era todo lo demás.

Por un momento, Sam pensó si no estaría volviéndose loco, pero desechó la idea. Miró en torno y se dio cuenta de que todos habían abandonado lo que estaban haciendo. Lo miraban.

Sintió una urgencia frenética y momentánea de decir: «Vuelvan a lo que estaban haciendo. Solo estaba observando que esta semana la Biblioteca es diferente». En lugar de eso, se dirigió a la mesa de las revistas y cogió un ejemplar de *U.S. News & World Report.* Empezó a hojearla fingiendo gran interés y miró con el rabillo del ojo mientras la gente regresaba a su tarea.

Cuando sintió que podía moverse sin llamar la atención, Sam dejó la revista sobre la mesa y se dirigió hacia la Biblioteca Infantil. Se sentía como un espía atravesando territorio enemigo. El cartel que había encima de la puerta era exactamente el mismo: letras doradas sobre cálido roble oscuro, pero el cartel era distinto. Caperucita Roja en el instante de su espantosa revelación había sido reemplazada por los sobrinos de Donald: Juanito, Jorgito y Jaimito. Llevaban bañadores y se sumergían en una piscina llena de libros. En la parte inferior, una leyenda decía:

¡ENTRAD! ¡EL MATERIAL DE LECTURA ES ESTUPENDO!

—¿Qué pasa aquí? —murmuró Sam. Su corazón había empezado a latir demasiado deprisa; sentía que una fina película de sudor cubría sus brazos y su espalda. Si hubiera sido solo la lámina, habría podido suponer que habían despedido a la señorita Lortz. Pero no era solo la lámina. Era todo.

Abrió la puerta de la Biblioteca Infantil y miró dentro. Vio el mismo mundo agradable con sus mesas y sillas bajas, las mismas cortinas azul brillante, la misma fuente montada en la pared. Solo que ahora el cielo raso de aquí era igual que el de la sala de lectura principal, y todas las láminas habían cambiado. El niño chillón del sedán negro

(Simón El Tonto. *Le llaman Simón* El Tonto. *Lo desprecian. Creo que es muy saludable, ¿no le parece?)*

había desaparecido, y también el Policía de la Biblioteca, con su gabardina y su extraña estrella de muchas puntas. Sam retrocedió, miró a su alrededor y se dirigió lentamente hacia el escritorio principal. Sentía como si su cuerpo se hubiera convertido en vidrio.

Dos ayudantes —un chico y una chica universitarios— lo miraron aproximarse. Sam no estaba tan alterado para no ver que parecían algo nerviosos.

Ten cuidado. No, actúa con NORMALIDAD. *Ya piensan que estás a punto de volverte loco.*

Súbitamente pensó en Lukey, y una urgencia horrible, destructiva, trató de apoderarse de su ánimo. Podía verse abriendo la boca y aullando a aquellos dos jóvenes nerviosos, exigiendo a voz en cuello que le dieran algunos Slim Jims, porque eso era comida, eso era comida, comida a medida.

En cambio, habló en voz baja y tranquila.

—Tal vez puedan ayudarme. Necesito hablar con la bibliotecaria.

—Ostras, lo siento —dijo la chica—. El señor Price no viene los sábados por la noche.

Sam bajó la mirada hacia el escritorio. Como en su visita previa a la Biblioteca, había una pequeña placa junto a la grabadora de microfilm, pero allí ya no se leía

A. LORTZ.

Ahora se leía

SR. PRICE.

Oyó en el interior de su cabeza la voz de Naomi que decía: *¿Un hombre alto, de unos cincuenta años?*

—No —dijo—, el señor Price no. Ni tampoco el señor Peckham. La otra, Ardelia Lortz.

Los jóvenes intercambiaron una mirada de desconcierto.

—Aquí no trabaja nadie llamado Ardelia Lord —dijo el muchacho—. Debe de estar refiriéndose a otra biblioteca.

—Lord no —dijo Sam. Su voz parecía llegar desde una gran distancia—. Lortz.

—No —dijo la chica—. Seguramente se equivoca, señor.

Empezaban a parecer cautelosos otra vez. Por eso, aunque Sam tenía ganas de insistir, de decirles que no cabía duda de que Ardelia Lortz trabajaba allí, que había estado con ella hacía solo ocho días, se obligó a retroceder. Y en cierta forma tenía sentido, ¿no? Tenía sentido en un marco de absoluta demencia, de acuerdo, pero eso no cambiaba el hecho de que la lógica interna estaba indemne. Al igual que las láminas, las claraboyas y el expositor de revistas, Ardelia Lortz había dejado de existir, así de sencillo.

Volvió a escuchar la voz de Naomi en su cabeza. *¡Ah! La señorita Lortz, ¿eh? Debió de resultar divertido.*

—Naomi reconoció el nombre —masculló.

Ahora, los ayudantes lo miraban con idéntica expresión de consternación.

—Perdonen —se excusó Sam tratando de sonreír. Sentía la cara rígida—. Tengo uno de esos días tontos.

—Sí —dijo el muchacho.

—Puede apostar a que sí —recalcó la chica.

Creen que estoy loco —pensó Sam—. *¿Y sabes qué? No los culpo.*

—¿Quería algo más? —preguntó el chico.

Sam abrió la boca para decir que no y efectuar luego una apresurada retirada, pero cambió de idea. Ya había metido la pata una vez, así que muy bien podía meterla de nuevo.

—¿Cuánto tiempo hace que el señor Price es el bibliotecario?

Los ayudantes intercambiaron otra mirada. La chica se encogió de hombros.

—Desde que estamos aquí —contestó—, aunque no hace tanto tiempo, señor…

—Peebles —dijo Sam, tendiéndoles la mano—. Sam Peebles. Lo siento. Mis modales al parecer se esfumaron junto con el resto de mi cordura.

Ambos se tranquilizaron un poco. Era algo indefinible,

pero real, y ayudó a Sam a hacer lo mismo. Alterado o no, se las había arreglado para al menos echar mano de parte de su notoria habilidad para poner cómoda a la gente. Un vendedor de seguros y bienes raíces incapaz de hacer eso debería estar buscando trabajo en otro sector.

—Soy Cynthia Berrigan —dijo la chica, dándole la mano y estrechando insegura la de Sam—. Este es Tom Stanford.

—Encantado de conocerlo —dijo Tom Stanford.

No parecía totalmente seguro de lo que decía, pero también estrechó brevemente la mano de Sam.

—Perdón —dijo la mujer de las novelas de misterio—. ¿Podría atenderme alguien, por favor? Llegaré tarde a mi partida de bridge.

—Yo lo haré —dijo Tom a Cynthia, y se acercó al escritorio para dar la salida a los libros de la mujer.

La chica dijo:

—Tom y yo vamos al Chapelton Junior College, señor Peebles. Este es un trabajo de prácticas. Hace tres semestres que estoy aquí; el señor Price me contrató la primavera pasada. Tom empezó en verano.

—¿El señor Price es el único empleado a tiempo completo?

—¡Ajá!

La chica tenía hermosos ojos castaños, y Sam vio en ellos una expresión de preocupación.

—¿Pasa algo malo? —preguntó la joven.

—No lo sé —respondió Sam, volviendo a mirar el techo. No podía evitarlo—. ¿El cielo raso ha estado así desde que usted vino a trabajar aquí?

Ella siguió su mirada.

—Bueno —contestó—, no sabía que se llamara así, pero sí, ya estaba cuando llegué.

—Verá, creía que había claraboyas.

Cynthia sonrió.

—Sí, claro que las hay. Quiero decir, que pueden verse

desde fuera, si se da la vuelta al edificio. Y naturalmente se las puede ver desde las estanterías, pero están cubiertas. Creo que hace años que están así.

Años.

—Y nunca ha oído hablar de Ardelia Lortz.

—No, lo siento —dijo, meneando la cabeza.

—¿Y sabe algo del Policía de la Biblioteca? —preguntó impulsivamente Sam.

Ella rió.

—Solo por mi vieja tía. Solía decirme que el Policía de la Biblioteca me cogería si no devolvía los libros a tiempo. Pero eso fue en Providence, Rhode Island, cuando era pequeña. Hace mucho tiempo.

Seguro —pensó Sam—. *Tal vez diez o doce años. En la época en que los dinosaurios eran dueños de la tierra.*

—Bueno, gracias por la información —dijo—. No tenía intención de asustarla.

—No lo ha hecho.

—Creo que un poco sí. Durante unos momentos me sentí algo confuso.

—¿Quién es esa Ardelia Lortz? —preguntó Tom Stanford, que regresaba—. El nombre me suena, pero no tengo ni la más mínima idea de por qué.

—De eso se trata. En realidad, no lo sé —contestó Sam.

—Bueno, mañana está cerrado, pero el lunes estará el señor Price por la tarde y por la noche —dijo—. Tal vez pueda decirle lo que quiere saber.

—Creo que vendré a verlo —asintió Sam—. Y, mientras tanto, gracias otra vez.

—Estamos para ayudar si podemos —dijo Tom—. Desearía haber podido ayudarlo más, señor Peebles.

—Yo también —dijo Sam.

4

Se sintió bien hasta que llegó al coche. Entonces, mientras abría la puerta, los músculos de su vientre y sus piernas parecieron dejar de funcionar. Tuvo que apoyarse en el techo del coche para no caer mientras abría la portezuela. En realidad, ni siquiera entró; se desplomó ante el volante y se quedó allí, respirando agitadamente y preguntándose con cierta alarma si iba a desmayarse.

¿Qué pasa aquí? Me siento como un personaje del viejo programa de Rod Serling. "Se somete a su consideración el caso de un tal Sam Peebles, ex residente de Junction City, que ahora vende bienes raíces y seguros en... la dimensión desconocida."

Sí, era algo similar con la diferencia de que mirar cómo la gente se enfrentaba a acontecimientos inexplicables en televisión resultaba más bien divertido. Sam descubrió que, en cambio, cuando se trataba de uno mismo, lo inexplicable perdía gran parte de su encanto.

Miró la Biblioteca desde el otro lado de la calle, y vio entrar y salir a la gente bajo el suave resplandor de los faroles de carruaje. La anciana de las novelas de misterio iba calle abajo, presuntamente en dirección al lugar donde debía celebrarse su partida de bridge. Un par de chicas descendían los escalones, hablando y riendo, apretando los libros contra sus senos en flor. Todo parecía totalmente normal... Y lo era, naturalmente. La biblioteca anormal era aquella en la que había entrado la semana anterior. Suponía que la única razón por la cual sus rarezas no lo habían sorprendido tanto era que tenía la mente ocupada con el maldito discurso.

No pienses en ello —se aconsejó, aunque temía que esa sería una de esas veces en las que la cabeza se niega a obedecer—. *Imita a Scarlett O'Hara y piénsalo mañana. Cuando haya salido el sol, todo esto tendrá más sentido.*

Puso en marcha el coche y pensó en ello durante todo el viaje de regreso a casa.

SIETE

Terrores nocturnos

1

Lo primero que hizo al entrar fue mirar hacia el contestador. El corazón le dio un vuelco cuando vio encendida la luz indicadora de mensajes.

Será ella. No sé quién es realmente, pero empiezo a pensar que no se sentirá feliz hasta haberme vuelto completamente loco.

Entonces, no escuches el mensaje, dijo otra parte de su mente. A esas alturas, Sam estaba tan confuso que no sabía si era una idea razonable o no. Parecía razonable, pero también un poco cobarde. En realidad…

Advirtió que estaba allí de pie, sudando, mordiéndose las uñas, y de pronto gruñó, emitiendo un sonido débil y exasperado.

Del cuarto curso al pabellón de perturbados —pensó—. *Bueno, encanto, que me cuelguen si lo permito.*

Apretó el botón.

«¡Hola! —dijo una voz endurecida por el whisky—. Soy Joseph Randowski, señor Peebles. Mi nombre de tablas es El

Increíble Joe. Llamo para agradecerle que me haya reemplazado en esa reunión del club Kiwani o lo que fuere. Quería decirle que me encuentro mucho mejor y que le envío un montón de entradas para el espectáculo. Regálelas a sus amigos. Cuídese. Gracias otra vez. Adiós.»

La cinta se detuvo y se encendió la luz indicadora de que todos los mensajes habían sido transmitidos. Sam hizo un gesto burlándose de sus nervios. Si Ardelia Lortz quería que saltara ante la menor sombra, estaba lográndolo. Apretó el botón de rebobinado y se le ocurrió una nueva idea. Tenía el hábito de rebobinar las cintas de mensajes, pero eso significaba que los mensajes antiguos desaparecían cubiertos por los nuevos. El mensaje de El Increíble Joe habría borrado el mensaje anterior de Ardelia. Había desaparecido la única prueba de que la mujer existía realmente.

Pero eso no era verdad. Tenía la tarjeta de la Biblioteca. Se había quedado ante el maldito escritorio y la había visto firmar con letras grandes y barrocas.

Sam sacó su billetero y lo revisó tres veces antes de verse obligado a admitir que la tarjeta de la Biblioteca también había desaparecido. Y creía saber por qué. Recordaba vagamente haberla metido bajo la solapa del libro *Los poemas favoritos del pueblo norteamericano.*

Para guardarla bien.

Para no perderla.

Estupendo, realmente maravilloso.

Sam se sentó en el diván y apoyó la frente en una mano. Empezaba a dolerle la cabeza.

2

Quince minutos después estaba calentando una lata de sopa en el hornillo, con la esperanza de que algo de comida calmara su dolor de cabeza, cuando volvió a pensar en Naomi... Naomi, que se parecía tanto a la mujer del cartel de Dave *El Sucio.* La cuestión de si Naomi llevaba o no una vida secreta de alguna clase bajo el nombre de Sarah había cedido paso a algo que, al menos en ese momento, parecía mucho más importante: Naomi sabía quién era Ardelia Lortz. Pero su reacción ante el nombre había sido..., ¿cómo decirlo...?, un poco rara, ¿no? Durante un momento se había sobresaltado y después había empezado a bromear; entonces sonó el teléfono, y era Burt Iverson, y...

Sam trató de reproducir la conversación y le molestó comprobar lo poco que recordaba. Naomi había dicho que Ardelia era peculiar. Sí, estaba seguro de eso, pero no de mucho más. En aquel momento no le había parecido importante. En aquel momento lo importante era que su carrera parecía haber dado un salto adelante cuantitativo. Y seguía teniendo importancia, aunque esta otra cosa parecía disminuirla. En realidad, era como si disminuyese todo. Seguía pensando sin cesar en aquel moderno techo falso y en las estanterías bajas. No creía estar loco, en absoluto, pero empezaba a sentir que, si no solucionaba ese asunto, tal vez se volvería loco. Era como si hubiese destapado un agujero en el centro de su cabeza, un agujero tan profundo que en él podían arrojarse cosas sin oír el chapoteo, por grandes que fueran estas y por mucho que se estuviera con el oído atento. Supuso que ese sentimiento pasaría... Quizá, pero mientras tanto era horrible.

Puso el fuego al mínimo, fue a su estudio y encontró el número de teléfono de Naomi. Sonó tres veces, y después una voz envejecida y quebrada dijo:

—¿Quién es, por favor?

Sam reconoció la voz de inmediato, aunque hacía casi dos años que no veía en persona a su poseedora. Era la desvencijada madre de Naomi.

—Hola, señora Higgins —dijo—. Soy Sam Peebles.

Se detuvo esperando que dijera *¡Ah, hola, Sam!* o, tal vez, *¿Cómo está?*; pero solo oyó la respiración pesada y enfisemática de la señora Higgins. Sam nunca había sido uno de sus favoritos, y al parecer la ausencia no había incrementado su afecto.

Ya que la señora Higgins no se lo preguntaba, Sam decidió que podía hacerlo él.

—¿Cómo está usted, señora Higgins?

—Tengo días buenos y días malos.

Sam quedó anonadado por un momento. Era una de esas observaciones para las cuales no había respuesta adecuada. Decir *Lamento saberlo* no quedaba bien; pero decir *¡Eso es estupendo, señora Higgins!* sonaría peor aún.

Decidió preguntar si podía hablar con Naomi.

—Esta noche ha salido. No sé cuándo volverá.

—¿Podría decirle que me llame?

—Me voy a la cama. Y no me pida que le deje una nota. Estoy muy mal de la artritis.

Sam suspiró.

—Llamaré mañana.

—Mañana por la mañana estaremos en la iglesia —afirmó la señora Higgins con la misma voz plana y poco colaboradora—, y por la tarde se celebra el primer picnic de la temporada de la Juventud Baptista. Naomi ha prometido ayudar.

Sam decidió cortar la comunicación. Era evidente que la señora Higgins se atenía cuanto podía al mínimo indispensable de información. Empezó a despedirse, pero cambió de idea.

—Señora Higgins, ¿significa algo para usted el nombre Lortz? ¿Ardelia Lortz?

El pesado silbido de su respiración se detuvo a mitad de camino. Durante un instante hubo en la línea un silencio total, y después la señora Higgins dijo en un tono bajo y lleno de odio:

—¿Durante cuánto tiempo nos echaréis esa mujer en cara los paganos sin Dios? ¿Le parece divertido? ¿Le parece inteligente?

—Señora Higgins, usted no me entiende. Solo quiero saber...

Oyó un chasquido seco. Era como si la señora Higgins hubiera partido una ramita. Y la línea quedó muerta.

3

Sam se tomó la sopa y pasó media hora tratando de mirar televisión. No sirvió de nada. Sus pensamientos vagaban sin cesar. Empezaban con la mujer del cartel de Dave *El Sucio*, o con la huella lodosa en la sobrecubierta de *Los poemas favoritos del pueblo norteamericano*, o con la desaparecida lámina de Caperucita Roja. Pero empezara por donde empezase, siempre terminaba en lo mismo: aquel cielo raso totalmente distinto, que cubría la sala de lectura de la Biblioteca Pública de Junction City.

Por último, se rindió y se metió en la cama. Había sido uno de los peores sábados que podía recordar, tal vez el peor de su vida. Lo único que deseaba ahora era realizar un rápido viaje a la tierra de la inconsciencia sin sueños.

Pero el sueño no llegó.

En cambio, vinieron los horrores.

El que predominaba era la idea de que se estaba volviendo loco.

Sam nunca había comprendido lo terrible que podía ser esa idea. Había visto películas donde un tipo iba a ver a un psiquiatra y decía: «Doctor, siento que me estoy volviendo loco», mientras se aferraba dramáticamente la cabeza, y suponía que había llegado a equiparar el inicio de la inestabilidad mental con un dolor de cabeza de Dexedrina. Pero mientras transcurrían las largas horas y el 7 de abril iba convirtiéndose en el 8 de abril, descubrió que no era así. Se parecía más a estirar la mano para rascarse las pelotas y descubrir allí un gran bulto, un bulto que probablemente fuera un tumor de alguna clase.

La Biblioteca no podía haber cambiado de manera tan radical en algo más de una semana. Él no podía haber visto las claraboyas desde la sala de lectura. La chica, Cynthia Berrigan, había dicho que ya estaban tapadas cuando ella llegó, al menos un año antes. De modo que era una especie de colapso mental. O un tumor cerebral. ¿O quizá la enfermedad de Alzheimer? Esa era una idea agradable. Había leído en alguna parte, tal vez en el *Newsweek*, que las víctimas del mal de Alzheimer iban retrocediendo en el tiempo. Quizá todo aquel episodio extravagante fuera una señal de senilidad prematura, acechante.

Un desagradable cartelón empezó a llenar sus pensamientos; un cartelón con tres palabras escritas con letras grasientas de color rojo regaliz. Las palabras eran:

PIERDO LA CABEZA

Había vivido una vida ordinaria, llena de placeres y pesares ordinarios; una vida sin demasiado autoexamen. Era cierto que jamás había visto su nombre en letras de neón, pero tampoco había tenido nunca razones para poner en duda su cordura. Y ahora se encontraba echado en la cama desordenada y preguntándose si era así como uno se desconectaba del mundo real, racional; si era así como empezaba cuando uno

PERDÍA LA CABEZA...

La idea de que el ángel del refugio de Junction City era Naomi utilizando un alias le parecía otra ocurrencia de chalado. Simplemente, no podía ser. Comenzó incluso a poner en duda el alza de sus negocios. Tal vez todo hubiera sido una alucinación.

Alrededor de la medianoche, sus pensamientos se volvieron hacia Ardelia Lortz, y allí fue cuando las cosas empezaron a ponerse realmente mal. Empezó a pensar en lo terrible que sería que Ardelia Lortz estuviera en el armario, o incluso bajo la cama. La vio sonriendo feliz en la oscuridad, con los dedos inquietos rematados por uñas largas y afiladas, y el cabello esparcido en torno a la cara como la peluca de un fantasmón. Imaginó cómo se disolverían sus huesos si empezara a susurrarle:

Has perdido los libros, Sam, así que tendré que enviarte al Policía de la Biblioteca... Perdiste los libros..., los perdisssssste...

Por último, alrededor de las doce y media, Sam no pudo soportarlo más. Se sentó y tanteó en la oscuridad en busca de la lámpara de la mesilla de noche. Y, mientras lo hacía, le asaltó una nueva fantasía, tan vívida que era casi una certeza: no estaba solo en la habitación, pero su visitante no era Ardelia Lortz. ¡Oh, no! Su visitante era el Policía de la Biblioteca de aquella lámina que había desaparecido de la Biblioteca Infantil. Estaba de pie, allí, en la oscuridad; era un hombre alto, pálido, envuelto en una gabardina, un hombre de piel mortecina, con una cicatriz blanca y aserrada que le atravesaba la mejilla izquierda, por debajo del ojo, y pasaba por encima del puente de la nariz. Sam no había visto esa cicatriz en la lámina, pero era solo porque el artista no había querido ponerla. Estaba allí. Sam sabía que estaba allí.

Se equivocaba en lo de loz arbuztos —diría el Policía de la Biblioteca con un ligero ceceo—. *Hay arbuztos a loz ladoz. Montonez de arbuztos. Y vamoz a ezplorarlos. Vamos a ezplorarlos juntoz.*

¡No! ¡Para! ¡Simplemente, PARA*!*

Cuando su mano temblorosa encontró por fin la lámpara, en la habitación crujió un madero y Sam lanzó un gritito ahogado. Apretó el interruptor y la luz apareció. Durante un segundo le pareció ver al hombre alto, y después comprendió que era solo una sombra proyectada en la pared por el escritorio.

Sam sacó las piernas de la cama y se cubrió la cara con las manos. Después buscó el paquete de Kent que había sobre la mesilla.

—Tienes que controlarte —murmuró—. ¿En qué coño estabas pensando?

No lo sé —respondió rápidamente la voz interior—. *Además, no quiero saberlo. Nunca. Lo de los arbustos sucedió hace mucho tiempo. No tengo por qué volver a recordar los arbustos. Ni el sabor. Aquel sabor dulce, dulce...*

Encendió un cigarrillo y dio una calada profunda.

Lo peor era pensar que la próxima vez tal vez vería realmente al hombre de la gabardina. O a Ardelia. O a Gorgo, Emperador Supremo de Pellucidar. Porque si había sido capaz de crear una alucinación tan completa como su visita a la Biblioteca y su encuentro con Ardelia Lortz, eso significaba que podía imaginar haber visto cualquier cosa. En cuanto se empezaba a pensar en claraboyas que no estaban en su lugar y en gente que tampoco estaba allí, e incluso en arbustos que no había, todo parecía posible. ¿Cómo se sofocaba una rebelión en la propia mente?

Bajó a la cocina encendiendo las luces a medida que pasaba y resistiendo el impulso de mirar por encima del hombro para ver si alguien lo seguía. Por ejemplo, un hombre con una placa en la mano. Supuso que lo que necesitaba era una pastilla para dormir, pero como no tenía ninguna, ni siquiera una de esas que se vendían sin receta, como el Sominex, tendría que limitarse a improvisar. Puso leche en un cazo, la calentó, la echó en una jarra de café y agregó un saludable chorro de brandy. Esto también lo había visto en las películas. Bebió un trago, hizo una mueca, estuvo a punto de tirar la mezcla al fregadero y miró el reloj del microondas. La una menos cuarto. Faltaba mucho para el amanecer; disponía de mucho tiempo para imaginar a Ardelia Lortz y al Policía de la Biblioteca subiendo sigilosamente la escalera con puñales entre los dientes.

O flechas —pensó—. *Largas flechas negras. Ardelia y el Policía de la Biblioteca subiendo la escalera con largas flechas negras entre los dientes. ¿Qué tal esa imagen, amigos y vecinos?*

¿Flechas?

¿Y por qué flechas?

No quería pensar en eso. Estaba cansado de las ideas que surgían siseando de la insospechada oscuridad de su interior, como horribles y hediondos Frisbees.

No quiero pensar en eso. No pensaré en eso.

Apuró el vaso de brandy disfrazado y regresó a la cama.

4

Dejó encendida la lámpara de la mesilla de noche, cosa que lo tranquilizó un poco. De hecho, empezó a creer que tal vez se dormiría en algún momento anterior a la muerte por sofocación del universo. Tiró de la colcha hasta colocarla bajo su barbilla, se puso las manos en la nuca y miró el techo.

Una PARTE *debe de haber sucedido realmente* —pensó—. *No puede haber sido todo una alucinación..., a menos que esto forme parte de la alucinación y esté en realidad en una de las celdas acolchadas de Cedar Rapids, envuelto en una camisa de fuerza e imaginando que estoy echado en mi cama.*

Había pronunciado el discurso. Había utilizado los chistes de *El compañero del orador* y el poema de Spencer Michael Free de *Los poemas favoritos del pueblo norteamericano.* Y, puesto que en su pequeña colección de libros no figuraba ninguno de los dos títulos, tenía que haberlos sacado de la Biblioteca. Naomi conocía a Ardelia Lortz, al menos de nombre, y la madre de Naomi también. ¡Vaya si no! Era como si hubiera encendido un cohete bajo su tumbona.

Puedo preguntar por ahí —pensó—. *Si la señora Higgins conoce el nombre, otra gente también lo conocerá. Tal vez no estudiantes de Chapelton, pero sí gente que lleva mucho tiempo en Junction City. Quizá Frank Stephens. O Dave* El Sucio...

En ese punto, Sam se durmió por fin. Cruzó sin saberlo el

confín casi invisible entre la vigilia y el sueño. No dejó de pensar, pero sus ideas empezaron a retorcerse en formas aún más extrañas y fabulosas, que se convirtieron en un sueño. Y el sueño en una pesadilla. Estaba otra vez en la calle Angle, y los tres borrachos permanecían en el porche, trabajando en sus carteles. Preguntó a Dave *El Sucio* qué estaba haciendo.

¡Bah, solo paso el tiempo, respondió Dave, tras lo cual le dio la vuelta tímidamente a la lámina para que Sam pudiera verla.

Era el dibujo de Simón *El Tonto.* El niño estaba ensartado en un asador, sobre una hoguera. En una mano tenía un gran montón de regaliz rojo medio derretido. Sus ropas ardían, pero todavía estaba vivo. Gritaba. Las palabras escritas sobre la terrible imagen decían así:

CENA INFANTIL EN LOS ARBUSTOS
DE LA BIBLIOTECA PÚBLICA
A BENEFICIO DEL FONDO POLICIAL DE LA BIBLIOTECA
SÁBADO 19 DE ABRIL Y DOMINGO 20 DE ABRIL
DE MEDIANOCHE A LAS 2 DE LA MADRUGADA
SI VIENE UNO, VIENEN TODOS
«¡ES COMIDA A MEDIDA!»

Dave, eso es horrible, dijo Sam en su sueño.

En absoluto —replicó Dave—. *Los niños le llaman Simón El Tonto. Les encanta comerlo. Me parece muy saludable, ¿no lo cree usted?*

¡Mire! —exclamó Rudolph—. *¡Mire a Sarah!*

Sam levantó la vista y vio a Naomi cruzando el terreno lleno de basura y maleza situado entre la calle Angle y el centro de reciclaje. Se movía con mucha lentitud porque empujaba un carrito de la compra lleno de ejemplares de *El compañero del orador* y de *Los poemas favoritos del pueblo norteamericano.* Detrás de ella se ponía el sol con un ceñudo resplandor rojo de horno, y un largo tren de pasajeros traqueteaba lentamente por las vías, dirigiéndose hacia el vacío del oeste de Iowa. Tenía al menos treinta vagones de largo, y todos los vagones eran negros. De las ventanas colgaban tiras ondulantes de crep. Sam advirtió que era un tren funerario.

Se volvió otra vez hacia Dave *El Sucio* y dijo: *No se llama Sarah. Se llama Naomi. Es Naomi Higgins, de Proverbia.*

Claro que no —dijo Dave *El Sucio*—. *Es la Muerte que viene, señor Peebles. La Muerte es una mujer.*

Entonces, Lukey empezó a chillar. En el colmo de su terror, parecía un cerdo humano. *¡Tiene Slim Jims! ¡Tiene Slim Jims! ¡Oh, Dios mío, tiene todos los malditos Slim Jims!*

Sam se volvió para ver de qué hablaba Lukey. La mujer estaba más cerca, pero ya no era Naomi, sino Ardelia. Llevaba una gabardina del color de una nube de tormenta invernal. El carrito de la compra no estaba lleno de Slim Jims, como había dicho Lukey, sino de miles de palitos de regaliz rojo entrelazados. Mientras Sam miraba, Ardelia cogió un montón de palitos y empezó a embutírselos en la boca. Sus dientes ya no eran postizos, sino largos y descoloridos. A Sam le parecían dientes de vampiro, afilados y horriblemente fuertes. Haciendo muecas, masticó el montón de dulces. De su boca brotó un chorro de sangre brillante, que proyectó una nubecilla rosada en el aire crepuscular y que empezó a chorrear por su mejilla. Trozos decapitados de regaliz cayeron sobre la tierra llena de maleza, sin dejar de chorrear sangre.

Levantó unas manos que parecían garras dobladas.

¡Túuuu! ¡Has perdido los LIBROOOOS!, le gritó, y arremetió contra él.

5

Sam despertó con una sensación de ahogo. Había desajustado las sábanas y estaba acurrucado debajo, a los pies de la cama, como una pelota sudorosa. Fuera, la primera y débil luz de un nuevo día asomaba por debajo de la persiana. Junto a la cama, el reloj indicaba las 5.53 de la mañana.

Al levantarse, el aire de la habitación refrescó su piel sudorosa. Sam se metió en el baño y orinó. Le dolía vagamente la cabeza, como resultado del trago de brandy o bien por la tensión del sueño. Abrió el botiquín, cogió dos aspirinas y volvió a tientas a la cama. Arregló las mantas como mejor pudo, sintiendo el residuo de su pesadilla en cada pliegue húmedo de las sábanas. No podría volver a dormirse, lo sabía, pero al menos se quedaría allí mientras la pesadilla empezaba a disolverse.

Cuando su cabeza tocó la almohada, comprendió súbitamente que sabía algo más, algo tan sorprendente e inesperado como su repentina comprensión de que la mujer del cartel de Dave *El Sucio* era su secretaria por horas. Esta nueva iluminación también se relacionaba con Dave *El Sucio*... Y con Ardelia Lortz.

Fue un sueño, pensó. *Eso fue lo que descubrí.*

Sam cayó en un sueño profundo y natural. No tuvo pesadillas, y cuando despertó eran casi las siete. Las campanas de las iglesias llamaban a los fieles a la oración, y fuera hacía un día hermoso. La visión de aquel sol posado en la hierba fresca y brillante le hizo más que bien; lo hizo sentir casi como si renaciera.

OCHO

La calle Angle (II)

1

Se preparó un desayuno tardío (zumo de naranja, una tortilla de tres huevos llena de cebolla tierna y litros de café fuerte) y pensó en regresar a la calle Angle. Recordaba todavía el momento de iluminación que había experimentado durante el breve lapso de insomnio y estaba totalmente seguro de que su intuición era cierta, pero se preguntó si deseaba realmente continuar con aquel absurdo asunto.

Bajo la brillante luz de una mañana primaveral, sus miedos de la noche anterior parecían lejanos y ridículos, y Sam sentía la fuerte tentación, casi la necesidad, de dejar en paz las cosas. Pensó que le había sucedido algo que no tenía una explicación razonable, racional. Y la pregunta era: ¿y qué?

Había leído sobre esas cosas, sobre fantasmas, premoniciones y posesiones, pero el interés que le despertaban era mínimo. De vez en cuando le gustaba ver una película de terror, pero ahí se acababa todo. Él era un hombre práctico, y no veía ninguna aplicación práctica en los episodios paranormales, si es que se producían realmente. Había experimentado..., bueno, algo que se podría llamar suceso a falta de una palabra mejor. Ahora había terminado. ¿Por qué no dejarlo así?

Porque ella dijo que quería tener los libros mañana. ¿Te parece poco?

Sin embargo, ahora eso ya no parecía ejercer poder alguno sobre él. A pesar del mensaje que ella había dejado en el contestador, Sam ya no creía del todo en Ardelia Lortz.

Lo que sí le interesaba era su reacción ante lo que había sucedido. Se encontró recordando una clase de biología en el instituto. El profesor había empezado diciendo que el cuerpo humano tenía una forma sumamente eficaz de afrontar la incursión de organismos extraños. Sam recordaba que el maestro había dicho que, como las malas noticias —el cáncer, la gripe, las enfermedades de transmisión sexual como la sífilis— acaparaban los titulares, la gente tendía a creer que era mucho más vulnerable a la enfermedad de lo que lo era realmente. «El cuerpo humano —había dicho el profesor— tiene a su disposición su propio grupo de Boinas Verdes. Cuando el cuerpo humano es atacado por un extraño, damas y caballeros, la respuesta de esta fuerza es veloz y despiadada. No hay cuartel. Sin este ejército de asesinos entrenados, cada uno de ustedes habría muerto veinte veces antes de cumplir el año.»

La principal técnica utilizada por el cuerpo para deshacerse de los invasores era el aislamiento. Primero, los invasores eran rodeados, apartados de los nutrientes que necesitaban para vivir; y después, golpeados, comidos o sitiados. Ahora Sam estaba descubriendo —o eso creía, al menos— que la mente empleaba exactamente la misma técnica cuando era atacada. Recordaba muchas ocasiones en las que había sentido que estaba a punto de ser víctima de un resfriado, y había despertado a la mañana siguiente sintiéndose muy bien. El cuerpo había realizado su trabajo. Mientras él dormía, se había librado una batalla cruenta en su interior, y los invasores habían sido expulsados hasta el último hombre…, o microbio. Habían sido comidos, golpeados o sitiados.

La noche anterior había experimentado el equivalente mental de un resfriado inminente. Esa mañana, el invasor, la amenaza a sus percepciones claras y racionales, había sido rodeado, aislado de sus nutrientes. Ahora solo era cuestión de tiempo. Y parte de él estaba advirtiendo a la otra parte que seguir investigando este asunto podía muy bien ser una manera de alimentar al enemigo.

Es así cómo sucede —pensó—. *Esta es la razón por la que el mundo no está lleno de informes de extraños sucesos y fenómenos inexplicables. La mente los experimenta, se desestabiliza un poco, y después contraataca.*

Pero sentía curiosidad. Sí, era eso. ¿Y acaso no decían que, aunque la curiosidad mata al gato, la satisfacción te devolvía al animal?

¿Quién? ¿Quién dice eso?

No lo sabía, pero supuso que podía descubrirlo en la Biblioteca local. Sam sonrió un poco mientras llevaba los platos al fregadero, y descubrió que ya había tomado una decisión: proseguiría un poco más con aquel absurdo asunto.

Solo un poco.

2

Sam llegó a la calle Angle alrededor de las doce y media. No le sorprendió excesivamente ver el viejo Datsun azul de Naomi en el sendero. Aparcó detrás, salió y subió los ruinosos escalones, pasando junto al cartel que le advertía que tenía que dejar en el barril de la basura cualquier botella que llevara consigo. Golpeó, pero no hubo respuesta. Abrió la puerta, que daba a un amplio vestíbulo sin muebles, a menos que contara como mueble el teléfono que había en el centro. El empapelado estaba limpio, pero desvaído. Sam vio un lugar en que había sido reparado con cinta adhesiva.

—¿Hola?

No hubo respuesta. Entró, sintiéndose como un intruso, y cruzó el vestíbulo. La primera puerta a la izquierda daba a la sala común. En la puerta había dos carteles clavados con chinchetas.

¡AMIGOS DE BILL, ENTREN!

decía el de más arriba. Debajo había otro que a Sam le pareció al mismo tiempo muy sensato y exquisitamente idiota:

EL TIEMPO LLEVA TIEMPO.

La sala común estaba amueblada con sillas disparejas, desechadas por la gente, y un largo sofá que también había sido arreglado, aunque esta vez se trataba de cinta aislante de electricista. En la pared había colgados otros lemas. En una mesilla, junto al televisor, había una cafetera. Tanto el televisor como la cafetera estaban apagados.

Sam continuó avanzando por el vestíbulo hasta más allá de la escalera, sintiéndose más intruso que nunca. Echó una mirada dentro de las otras tres habitaciones que daban al pasillo. Cada una de ellas tenía dos catres sencillos, y todos estaban vacíos. Las habitaciones estaban escrupulosamente limpias, pero de todos modos contaban su historia. Una olía a desinfectante. La otra olía intensamente a enfermedad. *O bien alguien ha muerto recientemente en esta habitación o bien alguien está a punto de hacerlo*, pensó Sam.

La cocina, también vacía, se encontraba en el extremo más alejado del pasillo. Era una habitación grande, soleada, con el suelo cubierto de linóleo desvaído, accidentado por dunas y valles disparejos. En una alcoba había una cocina gigantesca de leña y gas. El fregadero era antiguo y profundo, y el esmaltado presentaba manchas de óxido. Los grifos estaban equipados con anticuadas bombas propulsoras. Junto a la alacena había un viejo lavavajillas y una secadora Kenmore a gas. El aire olía tenuemente a las judías estofadas de la noche anterior. A Sam le gustaba aquella estancia. Le hablaba de céntimos escurridos hasta hacerlos gritar, pero también de amor y cuidados, y de una felicidad difícilmente conseguida. Le recordaba la cocina de su abuela, que había sido un buen lugar. Un lugar seguro.

Contra la nevera Amana tamaño restaurante había una placa magnética donde se leía:

DIOS BENDIGA NUESTRO ABSTEMIO HOGAR.

Sam oyó voces débiles en el exterior. Atravesó la cocina y miró por una de las ventanas, que había sido abierta para admitir tanto aire cálido de primavera como fuera posible.

El prado negro de la calle Angle comenzaba a lucir los primeros toques de verde; en la parte trasera de la propiedad, junto a un fino cinturón de árboles que empezaban a brotar, un huerto ocioso esperaba días más cálidos. A la izquierda, la red de balonvolea colgaba formando un arco suave. A la derecha había dos fosos en forma de herradura, donde empezaban a brotar unas hierbas. No era un patio trasero imponente —pocos lo eran en el campo en esa época del año—, pero Sam vio que había sido rastrillado al menos una vez desde las últimas nieves y que no había escoria, aunque distinguía el brillo acerado de las vías de ferrocarril a menos de quince metros. Pensó que tal vez los residentes de la calle Angle no tuvieran mucho que cuidar, pero desde luego cuidaban lo poco que tenían.

Entre la red de balonvolea y los fosos había una docena de personas sentadas en sillas de cámping, formando un círculo. Sam reconoció a Naomi, a Dave, a Lukey y a Rudolph. Un momento después, comprendió que también reconocía a Burt Iverson, el abogado más próspero de Junction City, y a Elmer Baskin, el banquero que no había asistido a su charla en el Rotary, pero que le había llamado después para felicitarlo. Un soplo de brisa movió las hogareñas cortinas a cuadros que colgaban a ambos lados de la ventana a través de la cual miraba Sam. También agitó el pelo plateado de Elmer, que levantó la cara hacia el sol y sonrió. A Sam le sorprendió el placer sencillo que percibió, no en el rostro de Elmer, sino en su interior. En ese momento era mucho más que el banquero más rico de una ciudad pequeña; era todos los hombres que saludan a la primavera después de un largo y frío invierno, felices de estar vivos todavía, enteros y libres de cualquier dolor.

Sam se sintió inmerso en la irrealidad. Ya era bastante extraño que Naomi Higgins estuviera allí, conversando con los borrachos sin hogar de Junction City, y además, con otro nombre. Pero descubrir que el banquero más respetado de la ciudad y una de sus águilas legales más astutas también estaban allí suponía un rudo golpe.

Un hombre vestido con raídos pantalones verdes y una camiseta de los Bengals de Cincinnati levantó la mano. Rudolph lo señaló.

—Me llamo John y soy un alcohólico —dijo el hombre de la camiseta de los Bengals.

Sam retrocedió rápidamente. El rostro le ardía. Ahora ya no solo se sentía como un intruso, sino también como un espía. Supuso que solían celebrar las reuniones de Alcohólicos Anónimos en la sala común —en todo caso, así lo sugería la cafetera—, pero ese día el tiempo era tan agradable que habían sacado las sillas al aire libre. Estaba dispuesto a apostar que había sido idea de Naomi.

Mañana por la mañana estaremos en la iglesia —había dicho la señora Higgins—, *y por la tarde se celebra el primer picnic de la temporada de la Juventud Baptista. Naomi ha prometido ayudar.* Sam se preguntó si la señora Higgins sabía que su hija estaba pasando la tarde con los alcohólicos en lugar de con los baptistas, y supuso que sí. Y pensó que también comprendía por qué Naomi había decidido de pronto que dos citas con Sam Peebles eran suficientes. En su momento, él creyó que se trataba de la religión, y Naomi no había intentado siquiera sugerir otra cosa. Pero después de la primera cita, en la que habían ido al cine, había aceptado volver a salir con él. Fue después de la segunda cuando desapareció todo el interés romántico que hubiera podido sentir por él. O eso parecía. En la segunda cita habían ido a cenar. Y él había pedido vino.

Bueno, por el amor de Dios, ¿cómo iba yo a saber que era una alcohólica? ¿Acaso leo los pensamientos?

Naturalmente, la respuesta era que no podía haberlo sabido, pero de todos modos sintió que se ruborizaba.

Tal vez no sea la bebida, o no solo la bebida. Tal vez tenga además otros problemas.

También se preguntó qué sucedería si Burt Iverson y Elmer Baskin, ambos hombres poderosos, descubrieran que él sabía que pertenecían a la mayor sociedad secreta del mundo. Tal vez nada, aunque no sabía lo suficiente sobre AA para estar seguro. No obstante, sí sabía dos cosas: que la segunda A era por Anónimos, y que estos eran hombres que, si se lo proponían, podían aplastar sus nacientes aspiraciones comerciales.

Sam decidió irse tan rápida y silenciosamente como fuera posible. En su honor hay que decir que esa decisión no se basó en consideraciones personales. La gente sentada allá fuera, en el patio trasero de la calle Angle, compartía un problema serio. Lo había descubierto por accidente, pero no tenía intención de quedarse y escuchar de manera deliberada.

Mientras cruzaba el vestíbulo en sentido contrario, vio que en la parte superior del teléfono público había una pila de papeles. Junto al teléfono, y colgando de un cordel, había un lápiz. Obedeciendo a un impulso, cogió un trozo de papel y escribió rápidamente una nota.

> Dave:
> Esta mañana he pasado a verte, pero no había nadie.
> Quiero hablar contigo acerca de una mujer llamada Ardelia

Lortz. Tengo la impresión de que sabes quién es y estoy ansioso por saber de ella. ¿Me telefonearás, si puedes, esta tarde o esta noche? El número es 572-8699. Muchas gracias.

Firmó, dobló la hoja por la mitad y escribió el nombre de Dave en la parte de fuera. Pensó un instante en llevarla a la cocina y dejarla sobre el mármol, pero no quería que ninguno de ellos —sobre todo Naomi— se preocupara pensando que los había pillado en sus extravagantes, aunque tal vez útiles reuniones. En lugar de eso, la dejó sobre el televisor de la sala, con el nombre de Dave hacia fuera. Pensó en colocar una moneda de cuarto de dólar al lado, para el teléfono, pero no lo hizo. Tal vez Dave se lo tomara a mal.

Entonces se fue, contento de volver a salir al sol sin haber sido descubierto. Al regresar hacia su coche vio la pegatina del Datsun de Naomi:

DÉJATE LLEVAR Y DEJA ENTRAR A DIOS.

—Mejor Dios que Ardelia —murmuró Sam, y retrocedió por el sendero hasta la carretera.

3

A última hora de la tarde, el descanso interrumpido de la noche anterior empezó a hacerse notar y Sam se sintió muy adormilado. Encendió el televisor, y en la pantalla apareció un partido de béisbol entre Cincinnati y Boston en su octava entrada; se echó en el sofá a mirarlo y casi inmediatamente se adormeció. El teléfono sonó antes de que la modorra tuviese tiempo de transformarse en sueño real, y Sam se levantó para atender la llamada, sintiéndose confuso y desorientado.

—¿Diga?

—Usted no querrá hablar de esa mujer —dijo Dave *El*

Sucio sin ninguna introducción. Su voz temblaba, a punto de perder el control—. Usted no querría siquiera pensar en ella.

¿Durante cuánto tiempo nos echaréis esa mujer en cara, paganos sin Dios? ¿Cree que es divertido? ¿Cree que es inteligente?

La modorra de Sam desapareció en cuestión de segundos.

—Dave, ¿qué pasa con esa mujer? La gente o bien reacciona como si fuera el diablo o bien no sabe nada de ella. ¿Quién es? ¿Qué demonios hizo para asustaros así?

Se produjo un largo silencio. Sam esperó, con el corazón latiendo pesadamente en su pecho y su garganta. Si no hubiera sido por la respiración entrecortada de Dave en su oído, habría creído que se había cortado la comunicación.

—Señor Peebles —dijo por fin—, a lo largo de los años usted me ha ayudado mucho. Usted y otros me ayudaron a sobrevivir cuando ni siquiera estaba seguro de que quería hacerlo. Pero no puedo hablar de esa perra. No puedo. Y si sabe lo que le conviene, no le hablará de ella a nadie más.

—Eso suena a amenaza.

—¡No! —exclamó Dave. Parecía más que sorprendido; parecía escandalizado—. No, señor Peebles, solo le estoy advirtiendo, como haría si lo viera dando vueltas en torno a un viejo pozo cubierto de hierbas de modo que no pudiera ver el agujero. No hable de ella y no piense en esto. Que los muertos entierren a sus muertos.

Que los muertos entierren a sus muertos.

En cierta forma, no le sorprendió. Todo lo que había sucedido (con la posible excepción de los mensajes en el contestador) señalaba a la misma conclusión: que Ardelia Lortz ya no se contaba entre los vivos. Él, Sam Peebles, agente de seguros y bienes raíces de una pequeña ciudad, había estado hablando con un fantasma sin saberlo. ¿Hablando con ella? ¡Diablos! ¡Había estado negociando con ella! Le había dado dos dólares, y ella le había entregado una tarjeta de lector.

De modo que no estaba exactamente sorprendido, pero,

aun así, un profundo estremecimiento empezó a recorrer las blancas autopistas de su esqueleto. Miró hacia abajo y vio los pálidos montículos de la piel de gallina en sus brazos.

Debiste abandonar este asunto —le advirtió parte de su cerebro—. *¿No te lo dije?*

—¿Cuándo murió? —preguntó Sam. Su voz sonaba plana e inexpresiva a sus propios oídos.

—¡No quiero hablar de eso, señor Peebles! —Ahora, Dave parecía casi frenético. Su voz tembló, pasó a un registro alto semejante al falsete y allí se quebró—. ¡Por favor!

Déjalo tranquilo —se reprendió Sam enfadado—. *¿No tiene ya bastantes problemas sin esta tontería?*

Sí, podía dejar tranquilo a Dave. En la ciudad tenía que haber más gente que pudiera hablarle de Ardelia Lortz, si encontraba una manera de abordar el tema que no les hiciera llamar a los hombres de las redes de mariposas, claro. Pero había otra cosa, una cosa que tal vez solo Dave Duncan *El Sucio* pudiera decirle con seguridad.

—Alguna vez dibujaste unas láminas para la Biblioteca, ¿no es cierto? Me pareció reconocer tu estilo en el cartel que estabas acabando ayer. En realidad, estoy casi seguro. Había una que mostraba a un niño en un coche negro, y a un hombre con una gabardina, el Policía de la Biblioteca. ¿Acaso…?

Antes de que pudiera terminar, Dave comenzó a gritar con tal vergüenza, dolor y miedo que Sam enmudeció.

—¿Dave? Yo…

—¡No remueva las cosas! —sollozó Dave—. No pude evitarlo, así que por favor no remueva…

De pronto sus gritos disminuyeron y se oyó un ruido cuando alguien cogió el teléfono.

—Basta ya —ordenó Naomi. Ella misma parecía estar al borde de las lágrimas, pero también se la notaba furiosa—. ¿Es que no puedes dejarlo ya? Eres un hombre horrible.

—Naomi…

—Cuando estoy aquí, mi nombre es Sarah —dijo lentamente—, pero te odio de todos modos, Sam Peebles, con los dos nombres. Nunca más pondré los pies en tu oficina. —Entonces, el tono de su voz empezó a elevarse—. ¿No podías dejarlo tranquilo? ¿No podías dejar de remover toda esa vieja mierda? ¿Por qué?

Irritado, casi descontrolado, Sam replicó:

—¿Por qué me enviaste a la Biblioteca? Si no querías que la conociera, Naomi, ¿por qué me enviaste a la maldita Biblioteca?

Al otro lado de la línea se oyó un jadeo.

—¿Naomi? ¿Podemos...?

Se oyó un chasquido cuando Naomi colgó el teléfono. Comunicación interrumpida.

4

Sam permaneció sentado en su estudio hasta casi las nueve y media, comiendo caramelos y escribiendo un nombre tras otro en el mismo bloc que había utilizado para componer el borrador de su discurso. Miraba un rato cada nombre y después lo tachaba. Seis años en el mismo lugar parecía mucho tiempo, al menos hasta esa noche. Esa noche parecía un período mucho menor, digamos como un fin de semana.

«Craig Jones», escribió.

Contempló el nombre y pensó: *Craig podría saber algo sobre Ardelia, pero intentaría averiguar por qué estoy interesado.*

¿Conocía a Craig lo bastante bien para contestar verazmente a su pregunta? La respuesta era un no decidido. Craig era uno de los abogados más jóvenes de Junction City, un verdadero trepador. Habían compartido algunos almuerzos de negocios, ambos frecuentaban el Rotary Club y una vez Craig lo había invitado a cenar a su casa. Cuando se encontraban por la calle, charlaban cordialmente, a veces sobre negocios, y con más frecuencia sobre el tiempo. Nada de eso constituía una amistad, y si Sam tenía intención de hablarle a alguien de ese asunto de locos, quería que fuera un amigo, no un conocido que lo llamaba «compañero» después del segundo cóctel.

Tachó de la lista el nombre de Craig.

Desde su llegada a Junction City se había hecho dos amigos bastante íntimos: uno era asistente médico en el consultorio del doctor Melden; el otro, un policía del ayuntamiento. Russ Frame, su amigo asistente, se había marchado a comienzos de 1989 a un consultorio familiar mejor pagado en Grand Rapids. Y, desde primeros de enero, Tom Wycliffe estaba supervisando el nuevo Centro de Control de Tránsito de la Patrulla Estatal de Iowa. Desde entonces había perdido contacto con los dos hombres. Le costaba hacer amigos y tampoco era muy bueno conservándolos.

¿Y en qué situación lo dejaba eso?

Sam no lo sabía. Sí sabía que el nombre de Ardelia Lortz afectaba como un atraco a mano armada a algunas personas de Junction City. Y también sabía —o creía saber— que él la había conocido aunque estuviera muerta. Ni siquiera podía decirse que había conocido a una pariente o a una loca que se hacía llamar Ardelia Lortz. Porque...

Creo que conocí a un fantasma. En realidad, creo que vi a un fantasma dentro de otro. Creo que la biblioteca donde entré era la Biblioteca de Junction City tal como estaba cuando Ardelia Lortz vivía y era la encargada del lugar, y que por eso parecía tan extraña y desfasada. No era como un viaje a través del tiempo, o como lo que yo imagino que es un viaje a través del tiempo. Se parece más a entrar en el limbo y permanecer allí durante un rato. Y era real. Estoy seguro de que era real.

Hizo una pausa, tamborileando sobre el escritorio.

¿Desde dónde me llamó? ¿Tienen teléfono en el limbo?

Miró un largo rato la lista de nombres tachados y después

arrancó lentamente la hoja amarilla. La arrugó y la arrojó a la papelera.

Deberías haber abandonado el asunto, continuó quejándose parte de su cerebro.

Pero no lo había hecho, y entonces ¿qué pasaría?

Llama a uno de los tipos en los que confías. Llama a Russ Frame o a Tom Wycliffe. Simplemente, coge el teléfono y haz la llamada.

Pero no quería hacer eso. Al menos, no esa noche. Reconocía que era un sentimiento irracional, a medias supersticioso (al parecer, había transmitido y recibido un montón de información desagradable por teléfono últimamente), pero estaba demasiado cansado para afrontarlo esa noche. Si lograba dormir bien (y pensó que podría si dejaba encendida la lamparilla de noche), tal vez por la mañana se le ocurriera una solución mejor, algo más concreto. Y suponía que más adelante tendría que intentar arreglar las cosas con Naomi Higgins y Dave Duncan, pero primero quería averiguar qué tipo de cosas eran.

Si podía.

NUEVE

El Policía de la Biblioteca (I)

1

Durmió bien. No tuvo pesadillas y, a la mañana siguiente, bajo la ducha, se le ocurrió de la forma más natural y sencilla una idea, de esa forma en que vienen las ideas a veces, cuando el cuerpo está descansado y el cerebro no ha permanecido despierto el tiempo suficiente para atestarse de un montón de mierda. La Biblioteca Pública no era el único lugar donde resultaba posible recabar información, y cuando lo que te interesaba era la historia local —la historia local reciente—, ni siquiera era el mejor lugar.

—¡La *Gazette*! —exclamó, metiendo la cabeza bajo el chorro de la ducha para aclararse el pelo de champú.

Veinte minutos después estaba abajo, completamente vestido salvo por la corbata y la americana, y bebiendo café en el estudio. Una vez más, tenía delante el bloc, y en él figuraba el comienzo de una nueva lista.

1. Ardelia Lortz - ¿Quién es o quién era?
2. Ardelia Lortz - ¿Qué hizo?

3. Biblioteca Pública de Junction City - ¿Renovada? ¿Cuándo? ¿Ilustraciones?

En ese momento sonó el timbre. Mientras se levantaba para ir a abrir, Sam miró el reloj. Iban a dar las ocho y media, hora de irse a trabajar. Podía acercarse a las oficinas de la *Gazette* a las diez, la hora habitual de su descanso matutino, y consultar algunos números atrasados. ¿Cuáles? Siguió meditándolo —sin duda, algunos serían más fructíferos que otros— mientras buscaba en su bolsillo el dinero para el repartidor de periódicos.

El timbre volvió a sonar.

—¡Voy enseguida, Keith! —gritó, al tiempo que llegaba a la entrada de servicio y asía el picaporte—. ¡No hagas un agujero en la maldita puer…!

En ese momento levantó la vista y vio una sombra mucho más larga que la de Keith Jardan, proyectándose al otro lado de la cortina que cubría la parte acristalada de la puerta. Había estado ocupado, más concentrado en el día que tenía por delante que en el ritual matinal de los lunes de pagar al chico de los periódicos, pero en ese instante una esquirla helada de terror puro se abrió paso a través de sus pensamientos difusos. No necesitaba verle la cara; aun a través de la celosía reconocía la forma, la postura del cuerpo… Y la gabardina, claro.

La boca se le llenó de aquel sabor a regaliz, intenso, dulce y nauseabundo.

Soltó el picaporte, pero un segundo demasiado tarde. El pestillo se había descorrido, y la figura que permanecía de pie en el porche trasero abrió la puerta de par en par. Sam cayó hacia atrás, en la cocina. Agitó los brazos para mantener el equilibrio y se las arregló para tirar al suelo las tres chaquetas que colgaban del perchero de la entrada.

El Policía de la Biblioteca entró envuelto en su propia bolsa de aire frío, despacio, como si tuviera todo el tiempo del mundo, y cerró la puerta a sus espaldas. En una mano llevaba el ejemplar de la *Gazette* de Sam, bien enrollado y doblado. Lo levantó como si fuera un bastón.

—Le he traído zu periódico —dijo el Policía de la Biblioteca. Su voz resultaba extrañamente remota, como si llegara hasta Sam a través de un pesado panel de vidrio—. Iba a pagarle al chico, pero parezía tener mucha priza. Me pregunto por qué.

Avanzó hacia la cocina, hacia Sam, que se apoyaba contra el mármol y contemplaba al intruso con los ojos enormemente abiertos y espantados de un niño aterrorizado, de un simple Simón *El Tonto* de cuarto curso.

Estoy imaginando esto —pensó Sam—. *O quizá sea una pesadilla... Una pesadilla tan horrible que convierte la que tuve hace dos noches en un dulce sueño.*

Pero no era una pesadilla. Era una visión aterradora, pero no una pesadilla. Sam tuvo tiempo de desear haberse vuelto loco. La demencia no era una alegre excursión a la playa, pero nada podía ser tan espantoso como esa cosa en forma de hombre que había entrado en su casa, como esa cosa que caminaba dentro de su propio clima invernal.

La casa de Sam era vieja y tenía los techos altos, pero el Policía de la Biblioteca tuvo que agachar la cabeza al entrar e incluso en la cocina la parte superior de su sombrero de fieltro gris rozaba el techo. Esto quería decir que medía más de dos metros de alto.

Su cuerpo iba envuelto en una gabardina del color plomizo de la niebla en el crepúsculo. Su piel tenía la blancura del papel. Su rostro era alargado y atractivo, pero estaba muerto, como si no pudiese comprender ni la dulzura, ni el amor, ni la piedad. Las líneas de su boca poseían rasgos de autoridad primaria y desapasionada, y durante un confuso instante Sam pensó en el aspecto que tenía la puerta cerrada de la Biblioteca, como una boca practicada en la cara de un robot de granito.

Los ojos del Policía de la Biblioteca parecían ser círculos plateados, perforados por diminutos perdigones. Estaban bordeados de una carne rojiza que parecía a punto de sangrar. No tenían pestañas. Y lo peor de todo era esto: se trataba de un rostro que Sam conocía. No creía que fuera la primera vez que se agazapaba aterrado bajo aquella mirada negra; en la profundidad de su mente Sam escuchó una voz diciendo, con un ceceo ligerísimo: *Ven conmigo, hijo... Zoy un polizía.*

La cicatriz atravesaba la geografía de aquella cara como lo había hecho en la imaginación de Sam, por la mejilla izquierda, debajo del ojo izquierdo, sobre el puente de la nariz. Excepto por la cicatriz, era el hombre de la lámina..., ¿o no? Ya no estaba seguro.

Ven conmigo, hijo... Zoy un polizía.

Sam Peebles, niña de los ojos del Rotary Club de Junction City, se mojó los pantalones. Sintió que su vejiga descargaba un chorro cálido, pero eso parecía lejano y carente de importancia. Lo importante era que tenía un monstruo en la cocina, y lo más terrible acerca de ese monstruo era que Sam creía conocer su cara. En lo profundo de su mente, Sam sintió una puerta cerrada con triple llave que pugnaba por abrirse. Ni siquiera pensó en correr. La idea de la huida estaba más allá de su capacidad de imaginación. Volvía a ser un niño, un niño al que habían cogido con las manos en la masa,

(*El libro no es* El compañero del orador...)

haciendo una cosa terriblemente mala. En lugar de correr,

(... el libro no es Los poemas favoritos del pueblo norteamericano*...)*

se dobló lentamente por encima de su entrepierna mojada y se derrumbó entre los dos banquillos que había junto al mostrador, alzando ciegamente las manos por encima de su cabeza.

(El libro es...)

—No —dijo con voz ronca y sin fuerza—. No, por favor... No, por favor, no me lo haga, por favor, seré bueno, por favor no me haga eso.

Había quedado reducido a esa súplica. Pero no importaba, porque ahora el gigante de la gabardina color niebla *(el libro es* La flecha negra, *de Robert Louis Stevenson)* estaba directamente sobre él.

Sam dejó caer la cabeza. Parecía pesar una tonelada. Miró el suelo y rezó incoherentemente para que, cuando levantara la cabeza, cuando tuviera la energía suficiente para levantar la cabeza, la figura hubiera desaparecido.

—Míreme —ordenó la voz lejana y apagada. Era la voz de un dios maligno.

—¡No! —gritó Sam con una voz chillona y jadeante, y rompió a llorar.

No era solo terror, aunque el terror era absolutamente real y malo. Aparte de eso había una fría y profunda corriente de miedo y vergüenza infantiles. Esos sentimientos se aferraban como un jarabe venenoso a aquello que no se atrevía a recordar, a algo que tenía que ver con un libro que jamás había leído: *La flecha negra*, de Robert Louis Stevenson.

¡Zas!

Algo golpeó la cabeza de Sam, y el Policía de la Biblioteca gritó:

—¡Míreme!

—No, por favor, no me obligue —rogó Sam.

¡Zas!

Levantó la mirada, ocultando sus ojos arrasados en lágrimas con un brazo gomoso, justo a tiempo de ver bajar otra vez el brazo del Policía de la Biblioteca.

¡Zas!

Lo estaba golpeando con su propio ejemplar enrollado de la *Gazette*, castigándolo como se podría castigar a un cachorro olvidadizo que se ha orinado en el suelo.

—Ezo eztá mejor —dijo el Policía de la Biblioteca.

Sonrió. Sus labios se abrieron para revelar las puntas de unos dientes agudos, de unos dientes que eran casi colmillos. Metió la mano en el bolsillo de la gabardina y mostró la extraña estrella de muchas puntas. La estrella centelleó en la limpia luz de la mañana.

Ahora Sam no podía apartar la vista de aquella cara despiadada, de aquellos ojos plateados con sus diminutas pupilas de pájaro. Estaba babeando y lo sabía, pero tampoco podía evitarlo.

—Tiene doz libroz que noz pertenezen —dijo el Policía de la Biblioteca. Seguía dando la impresión de que su voz llegaba desde cierta distancia o desde detrás de un grueso panel de vidrio—. La zeñorita Lortz eztá muy enfadada con uzted, zeñor Peeblez.

—Los he perdido —se excusó Sam, empezando a llorar con fuerza. La idea de mentirle a aquel hombre acerca de

(*«La flecha negra»*)

los libros, acerca de cualquier cosa, resultaba inimaginable. Era todo autoridad, todo poder, todo fuerza. Era juez, jurado y verdugo.

¿Dónde está el portero? —se preguntó Sam con incoherencia—. *¿Dónde está el portero que revisa los diales y después vuelve al mundo sensato, al mundo donde estas cosas no tienen por qué suceder?*

—Yo..., yo..., yo...

—No quiero ezcuchar zuz eztúpidas ezcusaz —dijo el Policía de la Biblioteca. Cerró la cartera de cuero y la metió en el bolsillo derecho. Al mismo tiempo rebuscó en el bolsillo izquierdo y sacó un cuchillo con una hoja larga y afilada. Sam, que había pasado tres veranos ganando dinero para ir a la universidad como ayudante de almacén, lo reconoció. Era un cortador de cartón. Sin duda, en cada biblioteca de Estados Unidos había un cuchillo así—. Tiene hazta medianoche. Dezpuéz...

Se inclinó, mostrando el cuchillo en una mano blanca, semejante a la de un cadáver. Aquel helado sobre de aire golpeó la cara de Sam, dejándola insensible. Trató de gritar, pero solo consiguió un vidrioso susurro de aire silencioso.

La punta de la hoja pinchó la carne de su garganta. Era como ser pinchado con un carámbano. Una sola gota escarlata surgió y se congeló, como una diminuta semilla perlífera de sangre.

—... dezpuéz volveré —prosiguió el Policía de la Biblioteca con su extraña voz redondeada y ceceante—. Zerá mejor que encuentre lo que perdió, zeñor Peeblez.

El cuchillo desapareció otra vez en el bolsillo. El Policía de la biblioteca volvió a recuperar su estatura.

—Hay otra coza —añadió—. Ha eztado haziendo preguntaz, zeñor Peeblez. No haga máz. ¿Me entiende?

Sam trató de contestar, pero solo pudo emitir un profundo gemido.

El Policía de la Biblioteca empezó a inclinarse, precedido por un aire helado, de la misma manera en que la proa chata de una barcaza podría empujar un trozo de hielo en el río.

—No ze meta en cozaz que no le importan. ¿Me entiende?

—¡Sí! —aulló Sam—. ¡Sí, sí, sí!

—Bien, porque eztaré vigilándole. Y no eztoy zolo.

Se volvió envuelto en su crujiente gabardina, y cruzó de nuevo la cocina en dirección a la salida. Ni siquiera se molestó en dirigir una mirada a Sam. Al irse, pasó a través de un brillante pozo de sol matinal, y Sam vio una cosa extraordinaria y terrible: el Policía de la Biblioteca no proyectaba sombra alguna.

Llegó a la puerta trasera y agarró el picaporte. Sin volverse, dijo en voz baja y siniestra:

—Zeñor Peeblez, zi no quiere verme otra vez, encuentre ezoz libroz.

Abrió la puerta y salió.

En cuanto la puerta volvió a cerrarse y escuchó las pisadas del Policía de la Biblioteca en el porche trasero, un solo pensamiento frenético llenó su cabeza: tenía que cerrar la puerta con llave.

Casi había conseguido ponerse en pie, cuando una grisura lo envolvió y cayó inconsciente hacia delante.

DIEZ

Cron-o-lógi-ca-men-te hablando

1

—¿Puedo… ayudarle? —preguntó la recepcionista. La ligera pausa se produjo al mirar por segunda vez al hombre que acababa de aproximarse al escritorio.

—Sí —respondió Sam—. Quiero consultar algunos números atrasados de la *Gazette*, si es posible.

—Por supuesto —dijo ella—. Pero…, perdóneme si me meto donde no me llaman… ¿Se encuentra bien, señor? Tiene muy mal color.

—Bien, creo que estoy a punto de pillar algo —dijo Sam.

—Los resfriados de primavera son los peores, ¿verdad? —dijo ella, poniéndose de pie—. Pase por la puerta que está al final del mostrador, señor…

—Peebles, Sam Peebles.

Ella, una mujer regordeta de unos sesenta años, se detuvo y echó la cabeza a un lado.

—Usted vende seguros, ¿no?

—Sí, señora —contestó.

—Me había parecido reconocerlo. La semana pasada salió su foto en el periódico. ¿Era alguna especie de premio?

—No, señora —dijo Sam—. Pronuncié un discurso en el Rotary Club.

Y daría cualquier cosa por hacer retroceder el reloj —pensó—. *Le diría a Craig Jones que se fuera a tomar por el culo.*

—Bueno, eso es estupendo —dijo la mujer como si no estuviera muy segura de ello—. En la foto se le veía distinto.

Sam entró.

—Soy Doreen McGill —dijo la mujer, y le tendió una mano regordeta.

Sam la estrechó y dijo que estaba encantado de conocerla. Le costó. Pensó que hablar con la gente —y sobre todo tocarla— le resultaría difícil durante un tiempo. Su vieja facilidad parecía haberlo abandonado.

La señora McGill lo condujo por un alfombrado tramo de escaleras y encendió una luz. La escalera era estrecha, y la bombilla que la iluminaba por encima de sus cabezas despedía un débil destello. Sam sintió que los terrores empezaban a cercarlo de inmediato. Descendieron velozmente, como lo haría una persona rodeada de admiradores porque ofrece entradas gratis para algún espectáculo fabuloso. El Policía de la Biblioteca podía estar allí abajo, esperando en la oscuridad. El Policía de la Biblioteca, con su blanca piel muerta, sus ojos plateados y bordeados de rojo, y un ceceo leve pero curiosamente familiar.

Para —se dijo—. *Y si no puedes, ¡contrólate, por Dios! Tienes que hacerlo. Porque esta es tu única oportunidad. ¿Qué harás si ni siquiera puedes bajar una escalera hacia un sótano de oficinas? ¿Acurrucarte en tu casa y esperar la medianoche?*

—Eso es la morgue —dijo Doreen McGill, señalando. Evidentemente, se trataba de una dama que aprovechaba todas las oportunidades que tenía para señalar—. Solo tiene que...

—¿La morgue? —preguntó Sam, volviéndose hacia ella. El

corazón había empezado a golpear contra sus costillas—. ¿La morgue?

Doreen McGill rió.

—Todos la llaman así. Es espantoso, ¿no? Pero así la llaman. Supongo que será alguna estúpida tradición periodística. No se preocupe, señor Peebles, allí abajo no hay cuerpos; solo cientos de rollos de microfilmes.

Yo no estaría tan seguro, pensó Sam, siguiéndola escalera abajo. Le alegraba mucho que fuera ella quien iba delante.

La mujer accionó una ristra de interruptores situados al pie de la escalera. Se encendieron unos tubos fluorescentes encastrados en lo que parecían enormes cubiteras invertidas. Las paredes de la habitación estaban cubiertas de estanterías con pequeñas cajas. Contra la pared izquierda había cuatro lectoras de microfilm que parecían secadores de pelo futuristas. Eran del mismo azul que la alfombra.

—Lo que había empezado a decir era que tiene que firmar en el libro —dijo Doreen. Volvió a señalar, esta vez un gran libro encadenado a un atril que había junto a la puerta—. También tiene que poner la fecha, la hora a la que entra, es decir —y consultó su reloj—, las diez y veinte, y la hora en que se va.

Sam se inclinó y firmó en el libro. El nombre que quedaba encima del suyo era Arthur Meecham. El señor Meecham había estado allí abajo el 27 de diciembre de 1989. Hacía más de tres meses. Se trataba de un recinto bien iluminado, bien provisto y eficaz, que no se utilizaba demasiado.

—Resulta agradable, ¿no es cierto? —preguntó complacida Doreen—. Es porque el gobierno federal concede un subsidio a las morgues de los periódicos, o a las bibliotecas, si le gusta más. A mí sí.

Una sombra danzó en uno de los pasillos y el corazón de Sam empezó a batir otra vez. Pero era solo la sombra de Doreen McGill, que se había inclinado para asegurarse de que había puesto la hora correcta, y…

y ÉL, el Policía de la biblioteca no tenía sombra. Además…,

Trató de reprimir el resto, pero no pudo.

Además, no puedo vivir así. No puedo vivir con este miedo. Si continuara mucho más, metería la cabeza en el horno. Y lo haré si continúa. No es solo miedo de él..., de ese hombre o lo que sea. Es percibir cómo se siente la mente de una persona, la forma en que aúlla cuando siente que todo aquello en lo que ha creído se aleja sin esfuerzo.

Doreen señaló la pared derecha, donde había tres enormes volúmenes *in folio* en un estante aparte.

—Eso es enero, febrero y marzo de 1990 —dijo—. Todos los meses de julio el periódico envía los primeros seis meses del año a Grand Island, Nebraska, para ser microfilmados. Lo mismo sucede a finales de diciembre —añadió, extendiendo la mano regordeta para señalar un clavo de cabeza roja que había en los estantes, contando desde el de la derecha hacia las lectoras de microfilmes, a la izquierda. Al hacerlo, parecía estar admirando sus uñas—. Los microfilmes van en ese sentido, cronológicamente —dijo. Pronunció la palabra con cuidado, con una entonación ligeramente exótica: «cron-o-lógi-ca-men-te». Lo más actual a su derecha; el pasado a su izquierda.

Sonrió para demostrar que se trataba de un chiste y, tal vez, para transmitir la sensación de lo maravilloso que era todo eso. Cron-o-lógi-ca-men-te hablando, decía la sonrisa, era fantástico.

—Gracias —dijo Sam.

—De nada. Para eso estamos aquí. En todo caso, es una de las razones —afirmó, apoyando una uña en una comisura de su boca y dedicándole otra sonrisa traviesa—. ¿Sabe manejar una lectora de microfilm, señor Peebles?

—Sí, gracias.

—Estupendo. Si puedo ayudarle en algo, estaré arriba. No vacile en llamar.

—¿Va a... —empezó a decir, pero reprimió el resto: *... dejarme aquí solo?*

Ella levantó las cejas.

—Nada —dijo Sam, mientras la miraba subir la escalera. Tuvo que resistir un violento impulso de subir corriendo detrás de ella. Porque, con o sin lujosa alfombra azul, esa era otra Biblioteca de Junction City.

Y a esta la llamaban la morgue.

2

Sam se acercó lentamente a las estanterías repletas de cajas de microfilmes cuadradas, sin saber por dónde empezar. Le alegraba mucho que los fluorescentes que tenía sobre la cabeza fueran lo bastante brillantes para desterrar la mayor parte de las problemáticas sombras a los rincones.

No se había atrevido a preguntar a Doreen McGill si el nombre de Ardelia Lortz le decía algo; ni siquiera si sabía cuándo se habían hecho reparaciones en la Biblioteca de la ciudad. *Ha eztado haziendo preguntaz* —había dicho el Policía de la Biblioteca—. *No ze meta en cozaz que no le importan. ¿Me entiende?*

Sí, entendía. Y, por si fuera poco, suponía que estaba acicateando las iras del policía con sus investigaciones. Pero no estaba haciendo preguntas, al menos no directamente, y estas cosas le importaban, le importaban desesperadamente.

Eztaré vigilando. Y no eztoy zolo.

Sam miró nervioso por encima del hombro. No vio nada, pero siguió resultándole imposible moverse con gesto decidido. Había llegado hasta allí, pero no sabía si podría seguir adelante. Se sentía más que intimidado, más que asustado. Se sentía conmocionado.

—Tienes que hacerlo —murmuró roncamente, y se limpió los labios con una mano temblorosa—. Simplemente, tienes que hacerlo.

Obligó a su pie izquierdo a adelantarse. Se quedó así un momento, con las piernas separadas, como un hombre sorprendido en el momento de vadear una pequeña corriente. Después obligó a su pie derecho a ponerse a la altura del izquierdo. Se acercó a la estantería con los folios encuadernados de la misma manera vacilante y reacia. En el extremo del estante había una tarjeta donde ponía: 1987-1989.

Con casi absoluta seguridad, era demasiado reciente. En realidad, las renovaciones de la Biblioteca tenían que haberse producido antes de la primavera de 1984, cuando él se había mudado a Junction City. Si hubiera sucedido después, habría visto a los obreros, habría oído hablar a la gente del asunto y habría leído sobre ello en la *Gazette.* Pero, aparte de suponer que debía de haber sucedido en los últimos quince o veinte años (los techos falsos no parecían más antiguos), no podía precisar más. ¡Si pudiera pensar con más claridad! Pero no podía. Lo que había sucedido aquella mañana arruinaba cualquier esfuerzo normal y racional por pensar, de la misma manera en que la intensa actividad de las manchas solares arruinaba las transmisiones de radio y televisión. La realidad y la irrealidad se habían juntado como enormes piedras, y Sam Peebles, una diminuta, aullante y luchadora mancha de humanidad, había tenido la mala suerte de quedar atrapado en medio.

Se trasladó dos pasillos hacia la izquierda, sobre todo porque temía que, si dejaba de moverse durante demasiado tiempo, podía congelarse por completo, y descendió por el que estaba marcado con la fecha 1981-1983.

Cogió una caja casi al azar y la llevó a una de las lectoras. La abrió y trató de concentrarse exclusivamente en la bobina de microfilme (la bobina también era azul y Sam se preguntó si habría una razón por la que todo en aquel lugar limpio y bien iluminado hacía juego). Primero había que montarla en uno de los ejes, correcto; después, tenías que pasarla, bien; luego, había que sujetar la cinta en el centro del riel superior, vale. La máquina era tan sencilla que hasta un niño de ocho años podría haber realizado esas pequeñas tareas, pero Sam necesitó casi cinco minutos; tenía que ocuparse de sus manos temblorosas, y de su cerebro atontado y confuso. Cuando tuvo el microfilme montado y vio el primer fotograma, descubrió que lo había montado al revés. La imagen estaba cabeza abajo.

Pacientemente, rebobinó el microfilme, le dio la vuelta y volvió a pasarlo. Descubrió que este pequeño inconveniente no le importaba en lo más mínimo; repetir la operación paso a paso parecía calmarlo. Esta vez apareció delante de él, al derecho, la primera plana del número de la *Gazette* de Junction City correspondiente al 1 de abril de 1981. El titular anunciaba la sorprendente dimisión de un funcionario del ayuntamiento del que Sam jamás había oído hablar, pero pronto su mirada se sintió atraída hacia un recuadro de pie de página. Dentro del recuadro aparecía el siguiente mensaje:

RICHARD PRICE Y EL PERSONAL DE
LA BIBLIOTECA PÚBLICA DE JUNCTION
CITY LE RECUERDAN QUE
DEL 6 AL 13 DE ABRIL SE CELEBRA
LA SEMANA NACIONAL DE BIBLIOTECAS.
¡VENGA A VISITARNOS!

¿Lo sabía? —se preguntó Sam—. *¿Por eso cogí esta caja y no otra? ¿Recordaba inconscientemente que la segunda semana de abril es la Semana Nacional de Bibliotecas?*

Ven conmigo —contestó una voz tenebrosa y susurrante—. *Ven conmigo hijo, zoy un polizía.*

Se le puso la piel de gallina y lo sacudió un estremecimiento. Sam apartó la pregunta y aquella voz fantasmal. Al fin y al cabo, no importaba realmente por qué había cogido los números de abril de 1981; lo importante era que lo había hecho y que había tenido suerte.

Tal vez.

Hizo avanzar con rapidez la bobina hacia el 6 de abril y

vio exactamente lo que había esperado. En el titular principal de la *Gazette*, ponía con tinta roja:

¡SE INCLUYE SUPLEMENTO ESPECIAL
SOBRE LA BIBLIOTECA!

Sam pasó al suplemento. En la primera página había dos fotografías. Una era del exterior de la Biblioteca. La otra mostraba a Richard Price, el bibliotecario jefe, de pie ante el escritorio y sonriendo nervioso a la cámara. Era como lo había descrito Naomi Higgins: un hombre alto, de unos cincuenta años, con gafas y un bigotillo fino. Sam estaba más interesado en el fondo. Veía el techo falso que tanto le había sorprendido en su segunda visita a la Biblioteca. Así que las reformas se habían hecho antes de abril de 1981.

Los artículos eran el típico producto autocongratulatorio que había esperado. Hacía ya seis años que leía la *Gazette* y estaba acostumbrado a su tono de ¿no-somos-un-grupo-estupendo-de-Jota-Ces? Había artículos informativos (y algo ansiosos) sobre la Semana Nacional de Bibliotecas, el Programa de Lectura Estival, el Libromóvil del condado de Junction y la nueva colecta de fondos apenas iniciada. Sam los leyó rápidamente. En la última página del suplemento encontró una historia mucho más interesante, escrita por el propio Price. Se titulaba

LA BIBLIOTECA PÚBLICA DE JUNCTION CITY
CIEN AÑOS DE HISTORIA

El entusiasmo de Sam no duró mucho. El nombre de Ardelia no aparecía. Vio una mención del proyecto de reforma —se había llevado a cabo en 1970— y algo más. Algo un tanto extraño. Sam empezó a leer otra vez, con más cuidado, la última parte de la prolija nota del señor Price.

Con el final de la Gran Depresión, nuestra Biblioteca experimentó un cambio. En 1942, el ayuntamiento de Junction City concedió una partida de cinco mil dólares para reparar los graves daños producidos por la humedad durante la inundación de 1932, y la señora Felicia Culpepper pasó a ocupar el puesto de bibliotecaria jefe, dedicando su tiempo sin remuneración. Nunca perdió de vista su objetivo: una Biblioteca totalmente renovada, al servicio de un pueblo que iba convirtiéndose rápidamente en ciudad.

La señora Culpepper se retiró en 1951, dando paso a Christopher Lavin, el primer bibliotecario de Junction City con una licenciatura en Biblioteconomía. El señor Lavin inició el Fondo Homenaje Culpepper, que en su primer año de vida reunió quince mil dólares para la adquisición de nuevos libros, y así la Biblioteca Pública de Junction City inició su camino en la edad moderna.

Poco después de haber sido nombrado bibliotecario jefe en 1964, hice de las reformas en profundidad mi objetivo principal. Los fondos necesarios para lograr este objetivo lograron reunirse a finales de 1969, y, si bien el dinero del ayuntamiento y del gobierno federal ayudaron en la construcción del espléndido edificio que disfrutan hoy los «ratones de biblioteca» de Junction City, este proyecto no habría podido llevarse a cabo sin la ayuda de todos aquellos voluntarios que más tarde se presentaron para manejar un martillo o una sierra durante el «Mes de construcción de su biblioteca», en agosto de 1970.

Otros proyectos notables de las décadas de los setenta y los ochenta…

Pensativo, Sam levantó la vista. Le parecía que en la cuidadosa y monótona historia de la Biblioteca local redactada por Richard Price faltaba algo. No, pensándolo mejor, faltar era una palabra inadecuada. El artículo convenció a Sam de que Price era un maniático obsesivo de primera línea; tal vez fuese un hombre agradable, pero en el fondo un obsesivo, y esos hombres no dejan escapar cosas, sobre todo tratándose de temas que evidentemente son caros a sus corazones.

Así que... no faltaba... Estaba oculto.

Cro-no-ló-gi-ca-men-te hablando las fechas no coincidían. En 1951, un hombre llamado Christopher Lavin había sucedido a Felicia Culpepper como bibliotecario jefe. En 1964, Richard Price había ocupado el cargo. ¿Había sucedido Price a Lavin? Sam no lo creía. Pensaba que, en algún momento de aquellos trece años en blanco, una mujer llamada Ardelia Lortz había sucedido a Lavin. Y Price, según eso, la había sucedido a ella. No figuraba en el obsesivo recuento del señor Price porque había hecho... algo. Sam no estaba más cerca de saber qué podía haber sido ese algo, pero tenía una idea más aproximada de su magnitud. Fuera la que fuese, había sido lo bastante malo para que Price lo suprimiera pese a su evidente amor por el detalle y la continuidad.

Asesinato —pensó Sam—. *Tiene que haber sido asesinato. Es lo único suficientemente malo para...*

En ese instante, una mano se apoyó en el hombro de Sam.

3

Si hubiera chillado, sin duda habría aterrorizado a la dueña de la mano casi tanto como ella lo había aterrorizado a él, pero Sam no podía chillar. En lugar de eso, todo el aire se escapó de su interior y el mundo se volvió de nuevo gris. Su pecho se hundió como un acordeón que fuera aplastado lentamente por la pata de un elefante. Todos sus músculos parecían haberse convertido en pasta. No volvió a mojarse los pantalones. Tal vez esa fuera la única gracia salvadora.

—¿Sam? —oyó que preguntaba una voz. Parecía venir desde muy lejos..., por ejemplo, desde algún lugar de Kansas—. ¿Eres tú?

Se volvió, estuvo a punto de caer de la silla, situada frente a la lectora de microfilmes, y vio a Naomi. Trató de recuperar el aliento para poder decir algo. No salió más que un fatigado silbido. La habitación parecía ondular ante sus ojos. Las sombras iban y venían.

Después vio que Naomi daba un torpe paso hacia atrás y que sus ojos se dilataban, alarmados, mientras se llevaba la mano a la boca. Golpeó una de las estanterías con la fuerza suficiente para volcarla. Se balanceó, y dos o tres cajas cayeron sobre la alfombra con golpes sordos; después se quedó inmóvil.

—Omes —dijo él por fin.

Su voz salió en un susurro quebrado. Recordaba que una vez, en St. Louis, cuando era niño, había atrapado un ratón con su gorra de béisbol. Al correr de un lado a otro en busca de un resquicio que le permitiera huir, había hecho un ruido semejante.

—Sam, ¿qué te ha sucedido?

La voz de Naomi sonaba como la de alguien que habría gritado si el shock no lo hubiera dejado sin aliento.

Hacemos una buena pareja —pensó Sam—: *Abbot y Costello encuentran a los Monstruos.*

—¿Qué estás haciendo aquí? —preguntó—. ¡Me has dado un susto de muerte! ¡Mierda!

¡Vaya! —pensó—. *He vuelto a decir una palabrota. Además, volví a llamarte Omes. Lo siento.* Se sentía un poco mejor y pensó en levantarse, pero decidió no hacerlo. No tenía sentido tentar a la suerte. No estaba demasiado seguro de que su corazón no fuera a detenerse.

—Fui a verte a la oficina —dijo ella—. Cammy Harrington me dijo que le había parecido ver que entrabas aquí. Quería disculparme. Tal vez. Al principio pensé que debías de haberle gastado una broma cruel a Dave. Pero cuando él dijo que no serías capaz de hacer una cosa así, empecé a pensar que no parecía típico de ti. Siempre has sido tan agradable…

—Gracias —dijo Sam—. Supongo…

—…y por teléfono parecías tan…, tan aturdido. Le pregunté a Dave de qué se trataba, pero no quiso decirme nada más. Lo único que sé es lo que oí y el aspecto que tenía cuando hablaba contigo. Parecía que hubiese visto un fantasma.

No —pensó decirle Sam—. *He sido yo quien lo ha visto. Y esta mañana vi algo todavía peor.*

—Sam, tienes que comprender algo sobre Dave... Y sobre mí. Bueno, supongo que lo de Dave ya lo sabes, pero yo soy...

—Supongo que lo sé —dijo Sam—. En la nota que le dejé a Dave decía que no había visto a nadie en la calle Angle, pero no era cierto. Al comienzo no vi a nadie, pero mientras buscaba a Dave os vi allá atrás. Así que lo sé. Pero no lo sé deliberadamente, si entiendes lo que quiero decir.

—Sí —respondió Naomi—. Está bien, pero..., Sam... ¡Dios mío! ¿Qué ha sucedido? Tu cabello...

—¿Qué pasa con mi cabello? —preguntó él en un tono seco. Ella abrió torpemente su bolso con manos un tanto temblorosas y sacó un espejo.

—Mira —dijo.

Él miró, pero ya sabía lo que iba a ver.

Desde las ocho y media de la mañana, su cabello se había vuelto blanco casi por completo.

4

—Veo que ha encontrado a su amigo —le dijo Doreen McGill a Naomi cuando subieron la escalera. Apoyó una uña en una comisura de su boca y les dedicó su sonrisita de «¡qué bonita soy!».

—Sí.

—¿Se han acordado de firmar la salida?

—Sí —repitió Naomi.

Sam no, pero ella lo había hecho por ambos.

—¿Y guardaron los microfilmes que utilizaron?

Esta vez fue Sam quien respondió afirmativamente. No

recordaba si había sido él o Naomi quien guardó la única bobina de microfilme que había montado, ni tampoco le importaba. Lo único que deseaba era salir de allí.

Doreen seguía con sus remilgos. Golpeando su labio inferior con la punta de un dedo, inclinó la cabeza y dijo a Sam:

—Parecía distinto en la foto del periódico. No consigo saber de qué se trata.

Mientras salían, Naomi dijo:

—Por fin se volvió inteligente y dejó de teñirse el pelo.

Fuera, en los escalones, Sam rompió a reír violentamente. La potencia de las carcajadas lo obligó a doblarse sobre sí mismo. Era una risa histérica, y su sonido estaba a un paso del grito, pero no le importaba. Le hacía bien. Resultaba enormemente reconfortante.

Naomi permaneció junto a él, al parecer inconmovible tanto por el ataque de risa de Sam como por las miradas curiosas que les dedicaban los transeúntes. Incluso levantó una mano y saludó a un conocido. Sam apoyó las manos en los muslos, dominado todavía por su incontrolable ataque de risa; no obstante, había en él una parte lo bastante sobria para pensar: *Ella ha visto antes este tipo de reacción. Me pregunto dónde*. Pero conocía la respuesta incluso antes de que su cerebro hubiera terminado de formular la pregunta. Naomi era una alcohólica y había trabajado con otros alcohólicos, ayudándolos como parte de su propia terapia. Probablemente había presenciado bastante más que un ataque de risa histérica durante su permanencia en la calle Angle.

Va a abofetearme —pensó, mientras seguía riendo ante su propia imagen frente al espejo del lavabo, aplicando pacientemente Fórmula Grecian en sus rizos—. *Va a abofetearme porque es lo que se hace con la gente histérica.*

Al parecer, Naomi tenía otra idea sobre el asunto, pues se limitó a permanecer pacientemente junto a él bajo los rayos del sol, esperando a que recuperara el control. Por último, la risa empezó a agotarse y quedó reducida a una serie de resoplidos y risillas. Le dolían los músculos del estómago, su visión era acuosa y ondulada, y tenía las mejillas mojadas de lágrimas.

—¿Mejor? —preguntó ella.

—¡Oh, Naomi! —exclamó, y se le escapó otra carcajada que resonó en la mañana soleada—. ¡No sabes cuánto mejor!

—Claro que lo sé —dijo ella—. Ven, cogeremos mi coche.

—¿Adónde...? —hipó él—. ¿Adónde vamos?

—A la calle Ángel —dijo ella, pronunciándolo como el autor del cartel había querido que se pronunciase—. Estoy muy preocupada por Dave. Fui allí esta mañana a primera hora, pero no estaba. Temo que pueda andar por ahí bebiendo.

—No es nada nuevo, ¿no? —preguntó Sam, bajando los escalones a su lado. El Datsun estaba aparcado junto al bordillo, detrás del coche de Sam.

Ella lo miró. Fue una mirada breve, pero compleja: irritación, resignación, compasión. Sam pensó que si se analizaba esa mirada, diría: *No sabes de qué estás hablando, pero tú no tienes la culpa.*

—Esta vez, Dave ha permanecido sobrio durante casi un año, pero su estado de salud general no es bueno. Como muy bien dices, para él no es nada nuevo caerse de un carro, pero otra caída podría matarlo.

—Y sería por mi culpa —sentenció Sam, al tiempo que los restos de su risa morían.

Ella lo miró de nuevo, algo sorprendida.

—No —dijo—. No sería por culpa de nadie, pero eso no significa que quiera que suceda. O que tenga que suceder. Ven. Cogeremos mi coche. Podemos hablar por el camino.

5

—Cuéntame qué te ha sucedido —dijo mientras se dirigían a los suburbios—. Cuéntamelo todo. No es solo tu pelo, Sam, es que pareces diez años mayor.

—Tonterías —repuso Sam. En el espejo de Naomi había visto algo más que su cabello; se había mirado mejor de lo que deseaba—. Más bien unos veinte. Y siento como si fueran cien.

—¿Qué sucedió? ¿Qué fue?

Sam abrió la boca para decírselo, pensó en cómo sonaría y meneó la cabeza.

—No —dijo—, todavía no. Primero vas a decirme tú algo. Vas a hablarme de Ardelia Lortz. El otro día creíste que estaba bromeando. En ese momento no me di cuenta, pero ahora sí. De modo que háblame de ella. Dime quién era y qué hizo.

Naomi se detuvo junto al bordillo, frente al viejo edificio de granito del Cuerpo de Bomberos de Junction City, y lo miró. Bajo su discreto maquillaje su piel estaba pálida y tenía los ojos dilatados.

—¿No estabas bromeando? Sam, ¿estás tratando de decirme que no estabas bromeando?

—Exacto.

—Pero, Sam... —Se detuvo, y por un momento pareció que no sabía cómo continuar. Por último habló suavemente, como se le habla a un niño que ha hecho algo que no sabe que es malo—. Pero Sam, Ardelia Lortz está muerta. Murió hace treinta años.

—Sé que está muerta. Quiero decir que ahora lo sé. Lo que intento averiguar es el resto.

—Sam, sea quien sea a quien crees haber visto...

—Sé a quién vi.

—Dime, ¿qué te hace pensar. ..?

—Primero habla tú.

Ella volvió a poner el coche en marcha, miró por el espejo retrovisor y prosiguió el camino hacia la calle Angle.

—No sé mucho —dijo—. Verás, cuando ella murió yo solo tenía cinco años. La mayor parte de lo que sé es por haber escuchado chismes. Pertenecía a la Primera Iglesia Baptista de Proverbia, o al menos iba allí, pero mi madre no habla de ella. Ni tampoco los demás. Para ellos es como si nunca hubiera existido.

Sam asintió.

—Así es como la trata el señor Price en el artículo que escribió sobre la Biblioteca. El que estaba leyendo cuando me pusiste la mano en el hombro y me quitaste otros doce años de vida. Eso explica por qué tu madre se enfadó tanto conmigo cuando mencioné su nombre el sábado por la noche.

Naomi lo miró sobresaltada.

—¿Llamaste para eso?

Sam asintió.

—¡Oh, Sam! Si no estabas en la lista de mamá, ahora ya te ha incluido.

—¡Bah! Ya estaba antes, pero pienso que ahora me ha colocado en uno de los primeros puestos. —Sam rió y después dio un respingo. Todavía le dolía el estómago por el ataque de risa que había sufrido en la escalera de las oficinas del periódico, pero se alegraba mucho de haberlo tenido. Una hora antes le habría parecido imposible recuperar hasta ese punto el equilibrio. En realidad, una hora antes estaba seguro de que Sam Peebles y el equilibrio eran conceptos que se excluirían mutuamente durante el resto de su vida—. Sigue, Naomi.

—La mayor parte de lo que sé es lo que escuché en lo que la gente de AA llama «la verdadera reunión». Es cuando la gente va por ahí bebiendo café antes y después, hablando de todo lo que se les ocurre.

Ella miró con curiosidad.

—¿Cuánto tiempo hace que estás en AA, Naomi?

—Nueve años —respondió ella con sobriedad—. Y han pasado seis desde la última vez que sentí la necesidad de tomar un trago. Pero siempre he sido alcohólica, Sam. Los borrachos no se hacen. Nacen.

—¡Ah! —exclamó él débilmente, y agregó—: ¿Estaba ella en el programa? ¿Ardelia Lortz?

—¡No, por Dios! Pero eso no significa que no haya gente en AA que la recuerde. Creo que apareció en Junction City en 1956 o 1957. Fue a trabajar para el señor Lavin en la Biblioteca pública. Uno o dos años después, él murió repentinamente... fue un ataque cardíaco o un infarto, creo, y el ayuntamiento dio el puesto a la señorita Lortz. He oído que era muy buena en su trabajo, pero, a juzgar por lo que sucedió, diría que en lo que más destacaba era en su capacidad para engañar a la gente.

—¿Qué hizo, Naomi?

—Mató a dos niños y se suicidó —dijo simplemente Naomi—. En el verano de 1960. Buscaron a los niños, pero nadie pensó en hacerlo en la Biblioteca porque se suponía que ese día estaba cerrada. Los encontraron al día siguiente, cuando se dieron cuenta de que la Biblioteca tenía que estar abierta y no lo estaba. En el techo de la Biblioteca hay unas claraboyas...

—Lo sé.

—... pero actualmente solo pueden verse desde fuera, porque reformaron el interior. Bajaron el cielo raso para conservar el calor o algo así. De todos modos, esas claraboyas tenían grandes cerrojos de bronce. Se los cogía con una vara larga para abrirlos y dejar entrar el aire, imagino. Ella ató una cuerda a uno de esos cerrojos..., debió de utilizar una de las escalerillas rodantes que había junto a las estanterías..., y se colgó de allí. Lo hizo después de matar a los niños.

—Ya veo. —La voz de Sam era serena, pero el corazón le latía lentamente y con fuerza—. ¿Y cómo..., cómo mató a los niños?

—No lo sé. Nadie lo ha dicho nunca y yo jamás lo pregunté. Supongo que fue horrible.

—Sí, supongo que sí.

—Ahora cuéntame lo que te pasó.

—Primero quiero ver si Dave está en el refugio.

Naomi se envaró.

—Yo veré si Dave está en el refugio —dijo—. Tú te quedarás en el coche. Lo siento por ti, Sam, y lamento haber sacado una conclusión errónea anoche. Pero no molestarás más a Dave. Yo me ocuparé de esto.

—¡Naomi, él es parte de esto!

—Eso es imposible —replicó ella en un tono de «aquí se termina la discusión».

—¡Demonios, todo este maldito asunto es imposible!

Estaban llegando a la calle Angle. Delante de ellos había un camión de basura que traqueteaba en dirección al centro de reciclaje con el remolque lleno de cajas de cartón con botellas y latas.

—Creo que no comprendes lo que te he dicho —dijo ella—. No me sorprende: los terráqueos rara vez comprenden. Así que escúchame bien, Sam. Voy a decirlo sin adornos. Si Dave bebe, morirá. ¿Entiendes eso? ¿Lo comprendes?

Lanzó otra mirada en dirección a Sam. Era una mirada tan furiosa que humeaba, e incluso en medio de su profunda angustia Sam advirtió algo. Antes, incluso en las dos ocasiones en que había salido con Naomi, pensaba que era bonita. Ahora veía que era hermosa.

—¿Qué significa terráqueos? —le preguntó.

—Gente que no tiene problemas con el alcohol, o las píldoras, o la marihuana, o el jarabe para la tos, o cualquiera de esas cosas que complican la existencia humana —dijo casi escupiendo—. Gente que puede permitirse moralizar y emitir juicios.

Delante de ellos, el camión de basuras se internó por el largo y ruinoso sendero que conducía al centro de reciclaje. Más allá estaba la calle Angle. Sam veía algo aparcado frente al porche, pero no era un coche. Era el carrito de la compra de Dave *El Sucio.*

—Para un momento —dijo.

Naomi obedeció, pero no lo miró. Miraba al frente a través del parabrisas. Los huesos de su mandíbula se movían, y tenía las mejillas enrojecidas.

—Te preocupas por él y me alegro mucho —dijo Sam—.

¿También te preocupas por mí, Sarah, aunque sea un terráqueo?

—No tienes derecho a llamarme Sarah. Yo puedo porque es parte de mi nombre. Fui bautizada como Naomi Sarah Higgins. Y ellos pueden porque en cierta forma están más cerca de mí de lo que podría estar un pariente sanguíneo. De hecho, somos parientes sanguíneos, porque hay algo en nosotros que nos hace ser como somos. Algo en nuestra sangre. Tú, Sam, no tienes derecho.

—Tal vez lo tenga —replicó Sam—. Tal vez ahora sea uno de vosotros. Vosotros tenéis problemas con el alcohol. Este terráqueo tiene problemas con el Policía de la Biblioteca.

Ahora ella lo miró con unos ojos dilatados y fatigados.

—Sam, no comprendo…

—Tampoco yo. Lo único que sé es que necesito ayuda. La necesito desesperadamente. Tomé prestados dos libros de una Biblioteca que ya no existe, y ahora esos libros tampoco existen. Los perdí. ¿Sabes dónde terminaron?

Ella meneó la cabeza.

Sam señaló hacia la izquierda, donde dos hombres habían bajado del camión y empezaban a descargar las cajas con envases retornables.

—Allí. Terminaron allí. Han sido reducidos a pulpa. Yo tengo de plazo hasta medianoche, Sarah; entonces, el Policía de la Biblioteca me reducirá a pulpa a mí. Y no creo que quede ni siquiera mi chaqueta.

6

Sam se quedó sentado en el Datsun de Naomi Sarah Higgins durante lo que le pareció un tiempo muy, muy largo. Por dos veces, su mano se dirigió hacia la manilla de la portezuela y después cayó. Ella había cedido un poco. Si Dave quería hablar con él y estaba todavía en condiciones de hacerlo, lo permitiría. Si no, ni pensarlo.

Finalmente se abrió la puerta de la calle Angle. Salieron por ella Naomi y Dave Duncan. Ella le rodeaba la cintura con un brazo. Él arrastraba los pies, y el corazón de Sam desfalleció. Después, cuando salieron al sol, vio que Dave no estaba borracho, al menos, no necesariamente. De una manera extraña, mirarlo era como volver a mirarse en el espejo de Naomi. Dave Duncan parecía un hombre tratando de superar el peor shock de su vida, sin conseguirlo demasiado bien.

Salió del coche y se quedó junto a la portezuela, indeciso.

—Ven al porche —dijo Naomi. Su voz era a un tiempo resignada y temerosa—. No creo que pueda bajar los escalones.

Sam se acercó a ellos. Dave Duncan debía de tener unos sesenta años. El sábado anterior parecía un hombre de setenta o setenta y cinco. Sam suponía que era a causa del alcohol. En cambio, ahora, mientras Iowa giraba lentamente sobre el eje del mediodía, parecía cargar con todas las edades. Y Sam sabía que era por su culpa. Dave había sufrido un shock producido por cosas que creía enterradas hacía mucho tiempo.

No lo sabía, pensó Sam. Pero eso, por cierto que fuera, había perdido su capacidad de consuelo. Salvo por las venillas rotas de su nariz y sus mejillas, la cara de Dave tenía el color de un papel muy viejo. Sus ojos eran acuosos, y miraban atónitos. Sus labios tenían un tinte azulado, y en los profundos surcos de las comisuras de su boca brillaban diminutas gotas de saliva.

—No quería que hablara contigo —explicó Naomi—. Quería llevarlo al doctor Melden, pero se niega a ir sin hablar antes contigo.

—Señor Peebles —dijo febrilmente Dave—. Lo siento, señor Peebles, la culpa es mía, ¿no? Yo...

—No tienes por qué disculparte —dijo Sam—. Ven y siéntate.

Él y Naomi condujeron a Dave hasta una mecedora que había en un rincón del porche, y Dave se dejó caer en ella. Sam y Naomi acercaron sendas sillas con deteriorados asientos de paja y se sentaron uno a cada lado de él. Permanecieron allí sin hablar durante un rato, mirando el campo plano que se extendía al otro lado de las vías del ferrocarril.

—Ella lo persigue, ¿no es así? —preguntó Dave—. Esa furcia del otro lado del infierno.

—Ha enviado a alguien para que me persiga —respondió Sam—. Alguien que estaba en una de esas láminas que dibujaste. Es un..., sé que suena ridículo, pero es un Policía de Biblioteca. Vino a verme esta mañana. Hizo... —Sam se tocó el cabello—. Hizo esto. Y esto —añadió, señalando el pequeño punto rojo en el centro de su garganta—. Y dice que no está solo.

Dave permaneció largo rato en silencio, mirando el vacío, mirando el chato horizonte interrumpido solo por altos silos y, hacia el norte, por la forma apocalíptica del elevador de granos de la Compañía Alimentaria de Proverbia.

—El hombre que ha visto no es real —dijo por fin—. Ninguno de ellos es real. Solo ella. Solo la furcia del diablo.

—¿Puedes contárnoslo, Dave? —preguntó Naomi con suavidad—. Si no puedes, dilo. Pero si te facilita las cosas..., si te las hace más llevaderas..., habla.

—Querida Sarah —dijo Dave. Cogió su mano y sonrió—. Te amo, ¿te lo había dicho alguna vez?

Ella meneó la cabeza devolviéndole la sonrisa. En sus ojos brillaban lágrimas como diminutos fragmentos de mica.

—No, pero me alegro, Dave.

—Tengo que hablar —afirmó—. No es cuestión de que haga las cosas más fáciles o llevaderas. No se puede permitir que eso siga. ¿Sabes qué recuerdo de mi primera reunión de AA, Sarah?

Ella negó con la cabeza.

—Cuando dijeron que era un programa de honestidad.

Que tenías que decirlo todo, no solo a Dios, sino a Dios y a otra persona. Y yo pensé: «Si eso es lo que se necesita para vivir una vida sin alcohol, estoy jodido. Me llevarán a una parcela de Wayvern Hill, a una de esas fosas que reservan para los borrachos y perdedores que nunca tuvieron una bacinilla donde mear ni una ventana por la cual arrojarse». Porque nunca podría contar las cosas que he visto ni las cosas que he hecho.

—Todos pensamos eso al principio —dijo ella con suavidad.

—Lo sé, pero no puede haber muchos que hayan visto lo que yo he visto, ni hecho lo que yo he hecho. Sin embargo, hice todo lo que pude. Poco a poco, hice todo lo que pude. Puse mi casa en orden. Pero las cosas que vi e hice entonces... Nunca le hablé de ellas a nadie, ni a Dios ni al hombre. Encontré un espacio en el sótano de mi corazón, las guardé allí y después cerré la puerta.

Miró a Sam, y este vio lágrimas rodando lenta y fatigosamente por los surcos de sus ruinosas mejillas.

—Sí, lo hice. Y cuando la puerta estuvo cerrada, clavé tablas encima. Y cuando hube clavado las tablas, puse una lámina de acero encima y la atornillé bien fuerte. Y cuando terminé de atornillarla, coloqué un escritorio contra la obra, y antes de darme por satisfecho e irme, amontoné ladrillos sobre el escritorio. Y durante todos estos años no he dejado de repetirme que había olvidado todo lo referente a Ardelia y sus extrañas maniobras, las cosas que quería que hiciera, las cosas que me dijo, las promesas que hizo y lo que realmente era. Tomé muchas precauciones para garantizar el olvido, pero nunca funcionaron. Y cuando entré en AA, eso era lo que me retenía. Lo que estaba en esa habitación, ¿sabe? Esa cosa tiene un nombre, señor Peebles. Su nombre es Ardelia Lortz. Cuando pasaba un tiempo sobrio, empezaba a tener pesadillas. Soñaba sobre todo con las láminas que había dibujado para ella, esas que asustaban tanto a los niños, pero esos sueños no eran los peores —dijo, con la voz transformada en un susurro tembloroso—. Ni muchísimo menos.

—Tal vez sea mejor que descanses un poco —intervino Sam.

Había descubierto que no le importaba en qué medida dependía de lo que Dave tenía que decir. Una parte de él no deseaba oírlo. Una parte de él temía oírlo.

—No se preocupe por el descanso —dijo Dave—. El doctor dice que soy diabético, que mi páncreas es un desastre y que el hígado se me cae a pedazos. Pronto me iré de vacaciones permanentes. No sé si iré al cielo o al infierno, pero estoy convencido de que en ambos lugares los bares y licorerías están cerrados, y le doy gracias a Dios por ello. Pero no es ahora el momento de descansar. Si voy a hablar alguna vez, tiene que ser ahora. Sabe que está metido en un lío, ¿no? —preguntó a Sam, mirándolo con cautela.

Sam asintió.

—Sí, pero no sabe hasta qué punto. Por eso tengo que hablar. Creo que a veces ella tiene que descansar, quedarse quieta. Pero su tiempo de descanso ha terminado, y lo ha elegido a usted, señor Peebles. Por eso tengo que hablar. No es que quiera. Anoche, cuando Naomi se fue, salí y me compré una botella. Me la llevé al patio trasero del centro de reciclaje y me senté allí como tantas otras veces, en medio de la maleza, las cenizas y los vidrios rotos. La destapé, me la acerqué a la nariz y la olí. ¿Sabe a qué huele una botella de vino? A mí siempre me recuerda al empapelado de las habitaciones de los hoteles baratos, o al de una corriente de agua que ha atravesado la alcantarilla de alguna ciudad. Pero, de todos modos, siempre me ha gustado ese olor, porque también huele como el sueño. Y todo el tiempo, mientras olía la botella, oía a la reina de las furcias hablando desde dentro de la habitación donde la había encerrado. Desde detrás de los ladrillos, el escritorio, la lámina de acero, las tablas y los cerrojos. Hablando como alguien a quien han enterrado vivo. Su voz sonaba algo apagada, pero de todos modos la oía muy bien. La oía decir: «Está bien, Dave, esa es la respuesta, es la única que existe y funciona para gente como tú, y será la única respuesta que necesites hasta que las respuestas ya no importen». Levanté la botella para tomar un largo trago, y en ese último segundo olía como ella..., y recordé su cara al final, cubierta de pequeños hilos..., y cómo cambiaba su boca..., y tiré la botella. La arrojé contra una traviesa de las vías. Porque esta mierda tiene que terminar. ¡No dejaré que se lleve ni un pellizco más de esta ciudad! —Su voz se elevó hasta convertirse en el grito tembloroso pero potente de un viejo—. ¡Esta mierda ha durado demasiado tiempo!

Naomi apoyó una mano en el brazo de Dave. Su rostro reflejaba miedo y preocupación.

—¿Qué pasa, Dave? ¿Qué pasa?

—Quiero estar seguro —dijo Dave—. Hable usted primero, señor Peebles. Cuénteme todo lo que le ha sucedido, sin omitir absolutamente nada.

—Lo haré con una condición —repuso Sam.

Dave sonrió débilmente.

—¿Y qué condición es esa?

—Tienes que prometer que me llamarás Sam, y a cambio yo nunca volveré a llamarte Dave *El Sucio.*

La sonrisa se amplió.

—Trato hecho, Sam.

—Bien —dijo este, haciendo una inspiración profunda—, todo empezó por culpa de ese maldito acróbata...

7

Le llevó más tiempo del que había creído, pero había un alivio inexpresable, casi placer, en contarlo todo sin omitir nada. Le habló a Dave de El Increíble Joe, de la llamada de Craig pidiendo ayuda y de la sugerencia de Naomi de que animara un poco su discurso. Les habló del aspecto que tenía la Biblioteca y de su encuentro con Ardelia Lortz. Mientras hablaba, los ojos de Naomi se dilataban más y más. Cuando llegó a la parte de la lámina de Caperucita Roja que había en la puerta que conducía a la Biblioteca Infantil, Dave asintió.

—Esa es la única que no dibujé yo —dijo—. Ella ya la tenía. Además, apuesto a que nunca la encontraron. Apuesto a que todavía la tiene. La mía le gustaba, pero esa era su favorita.

—¿Qué quieres decir? —preguntó Sam.

Dave se limitó a menear la cabeza y dijo a Sam que continuara. Sam les habló de la tarjeta de lector, de los libros que había tomado prestados, y de la extraña y breve discusión que habían mantenido cuando Sam se iba.

—Exacto —interrumpió bruscamente Dave—. Eso es todo lo que necesitaba. Tal vez no lo crea, pero yo la conozco. Usted hizo que se enfadara. ¡Vaya si lo hizo! Se enfadó, y ahora lo persigue.

Sam terminó su relato tan pronto como pudo, pero su voz bajó y estuvo a punto de quebrarse cuando llegó al episodio de la visita del Policía de la Biblioteca, con su gabardina color gris niebla. Cuando terminó, estaba casi llorando y sus manos habían vuelto a temblar.

—¿Podría beber un vaso de agua? —preguntó torpemente a Naomi.

—Por supuesto —respondió ella levantándose. Dio dos pasos, se volvió y besó a Sam en la mejilla. Sus labios eran frescos y suaves. Y antes de ir en busca del agua, le dijo al oído dos palabras consoladoras—: Te creo.

8

Sam se llevó el vaso a los labios, agarrándolo con ambas manos para asegurarse de que no se le cayera, y bebió la mitad de su contenido de un solo trago. Cuando lo dejó, preguntó:

—¿Y tú, Dave? ¿Me crees?

—Sí —contestó Dave.

Habló con aire ausente, como si fuera una conclusión

inevitable. Sam suponía que para Dave lo era. Al fin y al cabo, él había conocido a la misteriosa Ardelia Lortz, y su cara devastada, demasiado envejecida, sugería que no había sido una relación de amor.

Durante unos instantes, Dave no dijo nada. Miró hacia los campos en barbecho al otro lado de las vías. Dentro de seis o siete semanas, estarían verdes, cubiertos de maíz tierno, pero ahora parecían estériles. Sus ojos observaron la sombra de una nube que pasaba sobre el vacío del Medio Oeste en forma de un halcón gigantesco.

Por último, pareció recuperarse y se volvió hacia Sam.

—Mi Policía de Biblioteca, el que dibujé para ella, no tenía ninguna cicatriz —dijo por fin.

Sam pensó en la cara larga y blanca del extraño. La cicatriz estaba allí, sin ninguna duda, atravesando la mejilla por debajo del ojo, sobre el puente de la nariz, como una línea delgada y fluida.

—¿Y eso qué significa? —preguntó.

—Para mí nada, pero creo que debe de significar algo para usted. Sam..., lo de la placa lo sé..., lo que llamó estrella de muchas puntas. La encontré en un libro de heráldica allí mismo, en la Biblioteca de Junction City. Es una estrella maltesa. Los caballeros musulmanes..., sí, ellos también tenían caballeros..., la llevaban en el centro del pecho cuando entraban en combate durante las cruzadas. Se suponía que eran mágicas. Me gustó tanto la forma que la puse en el dibujo. Pero no había ninguna cicatriz. En mi policía no. ¿Quién fue su Policía de Biblioteca, Sam?

—No sé..., no sé de qué estás hablando —respondió Sam lentamente.

Pero aquella voz leve, burlona y persecutoria regresó: *Ven conmigo, hijo... Zoy un polizía.* Y de pronto la boca se le llenó de nuevo de aquel sabor. El sabor pegajoso y azucarado del regaliz. Sus papilas gustativas se enervaron y el estómago le dio un vuelco. Pero era estúpido, estúpido de verdad. Nunca en su vida había comido regaliz rojo. Lo detestaba.

Si nunca lo has comido, ¿cómo sabes que lo detestas?

—No te entiendo —dijo con más fuerza.

—Pero estás entendiendo algo —intervino Naomi—. Parece como si alguien te hubiera dado una patada en el estómago.

Sam la miró, molesto. Ella le devolvió serenamente la mirada, y el corazón de Sam se aceleró.

—Dejémoslo por ahora —dijo Dave—, aunque no podrá hacerlo por mucho tiempo, Sam. No si quiere tener alguna esperanza de salir de esto. Deje que le cuente mi historia. Nunca la he contado antes y jamás volveré a hacerlo, pero ya es hora de que lo haga.

ONCE

La historia de Dave

1

—No siempre fui Dave Duncan *El Sucio* —empezó—. A comienzos de los cincuenta era solo Dave Duncan, y la gente me tenía simpatía. Era miembro del Rotary Club donde usted habló la otra noche, Sam. ¿Por qué no? Tenía mi propio negocio y ganaba dinero. Era pintor de carteles, y muy bueno. Tenía todo el trabajo que podía necesitar en Junction City y Proverbia, pero a veces también hacía algo en Cedar Rapids. Una vez pinté un anuncio de cigarrillos Lucky Strike en la pared derecha del campo de rugby, allá en el fin del mundo. Estaba muy solicitado y me lo merecía. Era bueno. Era el mejor pintor de carteles de estos contornos. Me quedé aquí porque lo que realmente me interesaba era la pintura seria, y pensé que podía hacerlo aquí tan bien como en cualquier otra parte. No tenía educación artística formal. Lo intenté, pero fracasé… Sabía que eso me perjudicaba, por decirlo así, pero también sabía que hubo artistas que lo lograron sin toda esa parafernalia, por ejemplo, Gramma Moses. Ella no necesitaba carnet de conducir; sin carnet llegó al centro del pueblo. Incluso habría podido conseguirlo. Vendí algunos cuadros, aunque no muchos. No lo necesitaba porque no estaba casado y me las arreglaba muy bien con mi negocio de los carteles. Además, guardaba la mayor parte de mis obras para montar exposiciones, como se supone que hacen los artistas, y llegué a organizar algunas. Al principio aquí mismo, después en Cedar Rapids y más tarde en Des Moines. De esa escribieron una crítica en el *Democrat*, donde aparecía como el segundo advenimiento de James Whistler.

Dave se quedó callado un momento, pensando. Después levantó la cabeza y miró otra vez los campos vacíos en barbecho.

—En AA hablan de gente que tiene un pie en el futuro y otro en el pasado, y que se pasa el tiempo meando el hoy. Pero a veces resulta duro no preguntarse qué podría haber pasado si hubieras hecho las cosas de otra manera.

Miró con una especie de sentimiento de culpabilidad a Naomi, quien sonrió y le apretó la mano.

—Porque era bueno y me acerqué mucho. Pero también entonces bebía en exceso. No pensaba en ello... ¡Diablos! Era joven y fuerte, y además, ¿acaso no beben todos los grandes artistas? Yo creía que lo hacían. Y aun así habría podido lograrlo, o en todo caso haber hecho algo por un tiempo. Pero entonces llegó Ardelia Lortz a Junction City. Y su llegada fue mi perdición —dijo mirando a Sam—. La reconozco en su historia, Sam, pero ese no era su aspecto entonces. Usted esperaba ver a una vieja bibliotecaria y a ella eso le venía bien, así que eso fue lo que vio. Pero cuando vino a Junction City, en el verano de 1957, su cabello era de un rubio ceniciento y solo era regordeta donde se supone que una mujer debe serlo. Por aquel entonces yo vivía en Proverbia y solía ir a la iglesia baptista. No es que me entusiasmara mucho la religión, pero allí había algunas mujeres muy guapas. Tu madre era una de ellas, Sarah.

Naomi rió como ríen las mujeres cuando se les dice algo que no acaban de creer.

—Ardelia congenió enseguida con la gente. Ahora, cuando la gente de esa iglesia habla de ella, si lo hacen, apuesto a que dicen cosas como: «desde el principio supe que había algo raro en esa tal Lortz» o «nunca confié en su mirada». Pero permítanme decirles que no fue así. Revoloteaban a su alrededor, tanto las mujeres como los hombres, igual que abejas alrededor de la primera flor de la primavera. Antes de llevar un mes en la ciudad consiguió trabajo como asistente del señor Lavin, pero ya hacía dos semanas que daba clases en la escuela dominical de Proverbia. No me gusta pensar qué les enseñaba, pero pueden apostar hasta el último dólar a que no era el evangelio según san Mateo. Y todo el mundo juraba que los niños la adoraban. Ellos también lo juraban, pero cuando lo hacían había una expresión en sus ojos..., una mirada distante, como si no estuvieran muy seguros de dónde estaban o de quiénes eran.

»Bueno, me atrajo y yo la atraje a ella. Les resulta difícil de imaginar por cómo soy ahora, pero en aquellos tiempos era un tipo bastante guapo. Estaba siempre bronceado de trabajar al aire libre, mi cabello era casi rubio a causa del sol, y tenía el vientre tan plano como tu tabla de planchar, Sarah. Ardelia había alquilado una granja a unos dos kilómetros de la iglesia, un lugar que estaba bastante bien pero que necesitaba una mano de pintura con tanta urgencia como necesita un vaso de agua un hombre que está en el desierto. Así que la segunda semana, al salir de la iglesia, la vi allí. No iba mucho, y para entonces estábamos en la segunda mitad de agosto. Me ofrecí a pintarle la casa. Ardelia tenía los ojos más grandes que han visto nunca. Supongo que la mayoría de la gente habría dicho que eran grises, pero cuando te miraba directamente, con intensidad, habrías jurado que eran plateados. Y aquel día, después de la iglesia, me miró intensamente. Llevaba una especie de perfume que nunca había olido y que jamás volví a oler. No sé cómo describirlo, pero siempre me hizo pensar en blancas florecillas silvestres que se abren después de la puesta del sol.

Y caí. Allí mismo y en ese momento. Estaba muy cerca de mí, tan cerca que nuestros cuerpos casi se tocaban. Llevaba un vestido negro sin atractivo, la clase de vestido que usaría una anciana, y un sombrero con un pequeño velo de tul, y sostenía el bolso contra el estómago. Todo muy modoso y adecuado. Pero sus ojos no eran modosos. No señor. Ni decentes. Ni siquiera un poquito.

»"Espero que no quiera poner anuncios de lejía o tabaco para mascar en las paredes de mi nueva casa", dijo.

»"No, señora —contesté—. Pensé en dos manos de pintura blanca. De todos modos, no me gano la vida pintando casas, pero como es nueva en la ciudad y todo eso, pensé que sería de buen vecino... "

»"Claro que sí", respondió y me tocó el hombro.

Dave miró a Naomi como disculpándose.

—Creo que tendría que darte una oportunidad de irte si quieres. Pronto voy a empezar a decir cosas sucias, Sarah. Me avergüenzo de ello, pero quiero aclarar de una vez por todas lo que hice con ella.

Ella palmeó su mano vieja y agrietada.

—Adelante —le dijo tranquilamente—. Dilo todo.

Él hizo una inspiración profunda y continuó.

—Cuando me tocó, supe que tenía que poseerla o morir intentándolo. Solo ese pequeño contacto ya hizo que me sintiera mejor y más loco de lo que me había hecho sentir ninguna mujer en mi vida. Además, ella lo sabía. Lo veía en sus ojos. Tenía una mirada astuta. También era una mirada mezquina, pero había algo en ella que me excitó más que cualquier otra cosa. «Sí que sería de buen vecino, Dave», dijo, «y yo quiero ser una excelente vecina.» Así que la acompañé a su casa. Dejé a los demás jóvenes en la puerta de la iglesia, podríamos decir que furiosos y sin duda maldiciendo mi nombre. No sabían la suerte que tenían. Ninguno de ellos. Mi Ford estaba en la tienda y ella no tenía coche, así que tuvimos que ir andando. A mí no me importaba, y al parecer a ella tampoco. Fuimos por el

Camino Truman, que en aquellos días todavía era de tierra, aunque cada dos o tres semanas enviaban un camión del ayuntamiento para aceitarlo y asentar el polvo. Nos encontrábamos a medio camino de su casa cuando se detuvo. Estábamos solos, de pie en medio del camino, al mediodía de un día de verano, con un millón de acres del maíz de Sam Orday a un lado y unos dos millones de acres del maíz de Bill Humpe al otro, todo ondulando por encima de nuestras cabezas y susurrando de esa forma misteriosa con que lo hace el maíz aunque no haya brisa. Mi abuelo solía decir que era el ruido del maíz creciendo. No sé si es verdad o no, pero es un sonido escalofriante, eso sí lo sé.

»"¡Mira! —dijo señalando a la derecha—. ¿Lo ves?"»

Yo miré, pero no vi nada..., solo maíz. Se lo dije.

»"¡Te lo mostraré!", dijo, y se internó corriendo entre el maíz, con su vestido de los domingos y sus tacones altos. Ni siquiera se quitó el sombrero con el velo. Yo me quedé unos segundos allí, como atontado. Después la oí reír. La oí reír en medio del campo de maíz. Así que corrí tras ella, en parte para averiguar lo que había visto, pero sobre todo a causa de esa risa. ¡Era tan cachonda! No sé cómo expresarlo. La vi de pie en la hilera donde estaba, más adelante, y de pronto desapareció en la siguiente sin dejar de reír. Yo también empecé a reír, y pasé a la otra hilera sin preocuparme el hecho de que estaba aplastando algunas de las plantas de Sam Orday. Nunca se daría cuenta con todos esos acres. Pero cuando llegué, sacudiéndome hebras de maíz de los hombros y una hoja verde pegada a mi corbata como un nuevo tipo de alfiler, dejé de reír enseguida, porque ya no estaba allí. Entonces la oí al otro lado. No tenía ni idea de cómo podría haber vuelto allí sin que la viera, pero lo había hecho. Así que retrocedí justo a tiempo de verla entrar en la hilera siguiente. Supongo que estuvimos jugando al escondite durante una media hora, pero no lograba cogerla. Lo único que conseguía era acalorarme y ponerme cada vez más cachondo. Pensaba que estaba frente a mí, en la hilera siguiente, y cuando llegaba la oía dos hileras por detrás de mí. A veces veía su pie o su pierna, y por supuesto dejaba huellas en la tierra blanda, pero no servían de nada, porque parecían ir en todas direcciones al mismo tiempo. Entonces, justo cuando empezaba a enfadarme —había sudado mi camisa buena, y tenía la corbata desanudada y los zapatos llenos de tierra—, llegué a una hilera y vi su sombrero colgando de una planta de maíz, con el velo agitándose por efecto de la brisa que se había levantado. "¡Ven a cogerme, Dave!", me llamó. Cogí su sombrero y crucé en diagonal la siguiente hilera. No estaba... vi ondular el maíz en el lugar por donde acababa de pasar, y encontré sus zapatos. En la hilera siguiente encontré una de sus medias de seda colgada de una panocha. Y seguía oyendo su risa. Tocaba mi punto flaco. Cómo llegó allí la muy perra, solo Dios lo sabe. Pero entonces ya no me importaba.

»Me arranqué la corbata y corrí tras ella, dando vueltas y vueltas, y jadeando como un perro estúpido que no sabe que en un día caluroso hay que quedarse quieto. Y les diré algo: pasara por donde pasase, yo rompía el maíz. Dejé una huella de tallos pisoteados detrás de mí. En cambio ella no aplastó ninguno. Solo ondulaban un poco cuando pasaba, como si ella no fuera distinta de la brisa de verano. Encontré su vestido, sus bragas y su liguero. Después, su sostén y su enagua. Ya no la oía reír. Solo oía el ruido del maíz. Me quedé de pie en una de las hileras, jadeando como una hervidora resquebrajada, con toda su ropa apretada contra mi pecho. Aspiraba su perfume y me estaba volviendo loco.

»"¿Dónde estás?", grité. Pero no obtuve respuesta. Bueno, finalmente perdí la poca cordura que me quedaba. Y por supuesto eso era lo que ella quería.

»"¿Dónde coño estás?", grité de nuevo. Entonces, un largo brazo sedoso apareció por entre el maíz, junto a mí, y me acarició el cuello con un dedo. Me dio un susto de muerte.

»"Te estaba esperando", me dijo. "¿Qué te retenía? ¿No quieres verlo?" Me cogió y me arrastró entre el maíz y allí estaba, con los pies plantados en la tierra, sin una hoja encima y con los ojos tan plateados como la lluvia en un día de niebla.

2

Dave tomó un largo trago de agua, cerró los ojos y siguió.

—No hicimos el amor en el campo de maíz. En todo el tiempo que la conocí, nunca hicimos el amor. Pero hacíamos algo. Poseí a Ardelia más o menos de todas las maneras en que un hombre puede poseer a una mujer, y creo que la tuve de algunas formas que os parecerían imposibles. No puedo recordarlas todas, pero sí recuerdo la blancura de su cuerpo, la forma de sus piernas, el modo en que se curvaban los dedos de sus pies, como si percibieran el crecimiento de las plantas bajo tierra. Recuerdo cómo pasaba las uñas de sus manos por la piel de mi cuello y mi garganta. Seguimos y seguimos y seguimos. No sé cuántas veces, pero sí sé que no me cansaba. Cuando empezamos estaba lo bastante cachondo para follarme a la estatua de la Libertad, y cuando terminamos me sentía igual. No podía saciarme. Supongo que era como la bebida. Nunca había manera de tener bastante. Y eso también lo sabía ella. Pero finalmente paramos. Puso las manos detrás de la cabeza, movió los hombros en el polvo sucio donde yacíamos, me miró con aquellos ojos plateados y dijo: «Bueno, Dave, ¿somos vecinos o no?».

»Le dije que quería hacerlo otra vez y me dijo que no me aprovechara. A pesar de su negativa, traté de trepar sobre ella, pero me apartó con la misma facilidad con que una madre retira al bebé de su pecho cuando ya no quiere alimentarlo. Cuando volví a intentarlo, me arañó la cara y me abrió la piel en dos lugares. Eso me desanimó. Ardelia era veloz como un gato y el doble de fuerte. Cuando vio que aceptaba que se había terminado el juego, se vistió y me precedió. La seguí tan manso como una ovejita. Recorrimos el resto del camino hasta su casa. Nadie pasó junto a nosotros, y probablemente fuera lo mejor. Mi ropa estaba cubierta de tierra y espigas de maíz, el faldón de la camisa colgaba sobre el pantalón, llevaba la corbata metida en el bolsillo trasero y flameando detrás de mí como una cola, y me ardía cada trozo de piel en contacto con la ropa. Ella, en cambio, parecía tan compuesta y fría como un vaso de soda en un drugstore. Ni un pelo fuera de lugar, ni una mota de polvo en los zapatos, ni una hebra de maíz en la falda.

»Llegamos a su casa y, mientras yo la miraba tratando de calcular cuánta pintura necesitaría, me trajo un trago en un vaso alto. Tenía una cañita y una ramita de menta. Pensé que era té helado hasta que tomé un sorbo. Era whisky puro.

»"¡Jesús!", exclamé, a punto de ahogarme.

»"¿No quieres?", me preguntó con esa sonrisa burlona que tenía. "Tal vez preferirías café helado."

»"¡Oh! Sí que quiero", respondí. Pero era más que eso. Lo necesitaba. En aquella época estaba intentando no beber durante el día, porque es lo que hacen los alcohólicos. Pero ahí se terminó. Durante el resto del tiempo que tuve relación con ella, bebía casi todo el día y todos los días. Para mí, los dos últimos años de la presidencia de Ike fueron un constante estar en remojo.

»Mientras pintaba su casa…, y le hacía todo lo que me permitía…, ella se instalaba en la Biblioteca. El señor Lavin lanzó al aire el primer cohete y la puso a cargo de la Biblioteca infantil. Yo solía ir allí cada vez que tenía una oportunidad, lo cual solía suceder con frecuencia, ya que era mi propio jefe. Cuando el señor Lavin me habló del tiempo que pasaba allí, le prometí pintar gratis el interior de la Biblioteca. Entonces me dejó ir y venir todo lo que quise. Ardelia me había dicho que de esa manera funcionaría, y no se equivocó…, como de costumbre.

»No guardo recuerdos coherentes del tiempo que pasé bajo su influjo. Era un hombre embrujado viviendo bajo el sortilegio de una mujer que en realidad no era una mujer. No eran las amnesias que a veces sufren los borrachos; era que quería olvidar las cosas una vez que habían sucedido. De modo que lo que conservo son recuerdos sueltos, pero que parecen formar una cadena, como esas islas del Pacífico, Archie Pélagos o como se llamen.

»Recuerdo que puso la lámina de Caperucita Roja en la puerta de la Biblioteca Infantil alrededor de un mes antes de la muerte del señor Lavin, y también que cogió a un niño de la mano y lo llevó a verla. "¿Ves a esa niña?", le preguntó Ardelia. "Sí", respondió él. "¿Sabes por qué esa Cosa Mala va a comérsela?", preguntó Ardelia. "No", contestó el niño, con los ojos dilatados, solemnes y llenos de lágrimas. "Porque olvidó devolver a tiempo el libro de la Biblioteca", dijo ella. "Nunca harás, eso, Willy, ¿no es cierto?" "No, nunca", respondió el pequeño. Y Ardelia añadió: "Será mejor que no". Después lo condujo a la Biblioteca Infantil para la Hora de los Cuentos, sin soltarle la mano. Aquel niño..., era Willy Klemmart, que murió en Vietnam..., miró por encima del hombro hacia donde yo estaba, de pie en mi andamio con un pincel en la mano, y pude leer su mirada como si fuera el titular de un periódico. "Sálveme de ella", decían sus ojos. "Por favor, señor Duncan." Pero ¿cómo podría haberlo hecho? No habría podido salvarme ni a mí mismo.

Dave sacó un pañuelo de tela limpio pero muy arrugado de las profundidades de su bolsillo trasero y se sonó la nariz con un poderoso bocinazo.

—Al principio, el señor Lavin pensaba que Ardelia era casi una santa, pero al cabo de un tiempo cambió de opinión. Más o menos una semana antes de su muerte discutieron violentamente por aquella lámina de Caperucita Roja. A él nunca le gustó. Tal vez no tuviera una idea muy clara de lo que sucedía durante la Hora de los Cuentos..., ya llegaré a eso..., pero no estaba totalmente ciego. Veía cómo miraban los niños aquella lámina. Al final, le dijo que la sacara. Allí empezó la discusión. No lo oí todo porque estaba en el andamio, muy arriba, y la acústica era mala, pero sí lo suficiente. Él dijo algo acerca de asustar a los niños, o tal vez fuera marcar a los niños, y ella contestó que la ayudaba a mantener bajo control a «los revoltosos». Lo llamaba una herramienta pedagógica, como el puntero de nogal. Pero él se empeñó, y finalmente Ardelia tuvo que quitar la lámina. Aquella noche, en su casa, parecía un tigre del zoo que se hubiera pasado todo el día soportando puntazos de la vara manejada por un niño. Recorría la habitación a largos pasos, completamente desnuda, con el cabello flotando a sus espaldas. Yo estaba en la cama, borracho como una cuba, pero recuerdo que se volvió y que sus ojos habían pasado del plateado al rojo, como si se le hubiese incendiado el cerebro, y tenía la boca rara, como si intentara despegarse de su cara o algo así. Casi me vuelvo sobrio del susto. Nunca había visto nada parecido y no quería verlo otra vez. «Voy a darle su merecido —dijo—. ¡Ya se puede ir preparando ese viejo maestrillo gordo, Davey. Espera y verás.» Le dije que no hiciera ninguna tontería, que no se dejase llevar por su temperamento y un montón de cosas insignificantes. Ella me escuchó durante un rato y después cruzó corriendo la habitación, tan rápido que..., bueno, no sé cómo decirlo. Estaba en el otro extremo de la habitación, junto a la puerta, y al segundo siguiente saltaba encima de mí, con los ojos rojos y penetrantes, y la boca despegada de su cara, como si quisiera besarme con tanta desesperación que se le estuviera estirando la piel o algo así, y pensé que esta vez, en lugar de arañarme, iba a clavarme las uñas en la garganta y a hundírmelas hasta el hueso. Pero no lo hizo. Simplemente acercó su cara a la mía y me miró. No sé qué vio..., supongo que lo asustado que estaba..., pero debió de sentirse feliz, porque echó la cabeza hacia atrás, de tal modo que sus cabellos rozaron mis muslos, y soltó una carcajada. «Deja de hablar, borracho», dijo «y métemela. ¿Para qué otra cosa sirves?»

»Y lo hice, porque metérsela y beber era todo lo que sabía hacer entonces. Ya no pintaba anuncios. Perdí mi licencia cuando protestaron mi tercer pagaré. Fue en 1958 o a comienzos de 1959, creo, y la gente se quejaba de algunos de mis trabajos. Verá, ya no me importaba mucho cómo los hacía; ella era lo único que quería. Empezaron a circular rumores de que ya no se podía confiar en Dave Duncan, pero la razón que daban siempre era el alcohol. Nunca circuló la noticia de nuestra relación. Ella era muy cuidadosa con eso. Mi reputación se fue al diablo, pero ella no recibió ni una salpicadura de lodo en sus faldas. Creo que el señor Lavin lo sospechaba. Al comienzo pensó que yo estaba enamoriscado de ella, y que ella ni se enteraba de que la miraba desde mi andamio como un carnero degollado, pero creo que al final sospechaba. Entonces murió. Dijeron que fue un ataque al corazón, pero yo sé lo que pasó. Aquella noche, después de lo que he contado, estábamos en la mecedora de su porche trasero, y fue ella quien se mostró insaciable. Me folló hasta que quedé vacío. Después se echó junto a mí y me miró tan satisfecha como un gato que se ha comido toda la nata; sus ojos tenían otra vez aquel brillo rojo. Veía el reflejo de ese resplandor en la piel de mi brazo desnudo. No estoy hablando de algo que estuviera en mi imaginación. Podía sentirlo. Era como sentarse junto a una estufa de leña que ha sido atizada y después sofocada. "Te dije que le daría su merecido, Davey", dijo de repente con aquella voz burlona y mezquina.

»Yo estaba borracho y medio muerto de tanto follar. Apenas registré lo que dijo. Me sentía como si estuviera quedándome dormido en un pozo de arenas movedizas. "¿Qué le hiciste?", pregunté medio dormido.

»"Lo abracé", respondió. "Le di unos abrazos especiales, Davey. Tú no conoces mis abrazos especiales, y con un poco de suerte nunca los conocerás. Lo arrastré hasta las librerías, lo rodeé con mis brazos y le mostré mi verdadero aspecto. Entonces empezó a llorar. Imagínate lo asustado que estaba. Empezó a llorar con lágrimas especiales, y yo se las sequé con mis besos, y cuando terminé estaba muerto en mis brazos." "Lágrimas especiales", así las llamaba. Y en aquel momento su cara cambió. Se desgarró, como si estuviera bajo el agua. Y yo vi algo...

La voz de Dave se apagó y sus ojos miraron los campos, el elevador de granos, todo y nada. Sus manos aferraban la barandilla del porche. Apretaban, aflojaban, volvían a apretar.

—No recuerdo —dijo por fin—. O tal vez no quiera recordar. Salvo dos cosas: tenía los ojos rojos, sin pestañas, y había mucha carne floja en torno a su boca, formando pliegues y colgajos, pero no era piel. Parecía... peligrosa. Después, aquella carne que rodeaba la boca empezó en cierta forma a moverse, y creo que me puse a gritar. Entonces desapareció. Desapareció todo. Era otra vez Ardelia, espiándome y sonriéndome como un bonito gato curioso.

»"No te preocupes", dijo. "No tienes por qué verlo, Davey. Es decir, mientras sigas haciendo lo que te digo, mientras seas uno de los Niños Buenos, mientras te portes bien. Esta noche soy muy feliz porque finalmente ese viejo estúpido ha muerto. El ayuntamiento me dará su puesto y llevaré las cosas como quiero." "Entonces, Dios nos ayude a todos", pensé, pero no lo dije. Y usted tampoco lo habría hecho si hubiera mirado y visto esa cosa con aquellos ojos rojos y fijos junto a usted en una hamaca en medio del campo, tan lejos que nadie le oiría gritar aunque gritara como un energúmeno. Un poco después entró en la casa y regresó con aquellos vasos altos llenos de whisky, y muy pronto volví a estar a veinte mil leguas por debajo del mar, donde nada importaba. Tuvo la Biblioteca cerrada durante una semana..., "por respeto al señor Lavin", como decía, y cuando volvió a abrirla Caperucita Roja estaba otra vez en la puerta de la Biblioteca Infantil. Una o dos semanas más tarde, me dijo que quería que dibujara algunas láminas nuevas para la Biblioteca Infantil.

Dave hizo una pausa y prosiguió con voz más baja y pausada.

—Aún ahora hay una parte de mí que quiere suavizarlo, fingir que mi participación en este asunto fue mejor de lo que fue. Me gustaría decirle que discutí con ella, que le dije que no quería tener nada que ver con el proyecto de asustar a un grupo de niños..., pero sería mentira. Acepté todo lo que quiso, ¡que Dios me ayude! En parte fue porque a aquellas alturas ya le tenía miedo, pero sobre todo porque me había encaprichado de ella. Y había otra cosa. Había una parte vil, mala en mí..., no creo que exista en todos, pero sí en muchos de nosotros..., a la que le gustaba lo que estaba haciendo. Le gustaba. Ahora estarán preguntándose qué hice, pero la verdad es que no puedo contarlo todo. Es cierto, no me acuerdo. Los acontecimientos de aquella época están muy mezclados, como los juguetes rotos que se envían al ejército de Salvación solo para sacar las malditas cosas del trastero. No maté a nadie. Eso es lo único de lo que estoy seguro. Ella quería que lo hiciera..., y estuve a punto..., pero al final retrocedí. Es la única razón por la que he podido seguir viviendo conmigo mismo: porque al final retrocedí. Ella se guardó parte de mi alma (tal vez la mejor parte), pero nunca la poseyó toda.

Miró pensativo a Naomi y a Sam. A Sam le pareció que estaba más tranquilo, más controlado, tal vez incluso en paz consigo mismo.

—Recuerdo haber ido un día del otoño de 1959..., creo que era 1959, y que ella me dijo que quería que dibujara un cartel para la Biblioteca Infantil. Me dijo exactamente qué quería, y yo me mostré de acuerdo y dispuesto. No veía nada de malo en ello. En realidad, me pareció más bien divertido. Verá, lo que quería era un cartel que mostrara a un niño aplastado por una apisonadora en medio de la calle. Se suponía que debajo diría: ¡LA PRISA CONDUCE AL DESASTRE! ¡DEVUELVE A TIEMPO TUS LIBROS!

»A mí me parecía un chiste, como cuando el Coyote persigue al Correcaminos y lo aplasta un carguero o algo así. De modo que dije que sí. Ella estaba encantada. Entré en su despacho y dibujé el cartel. No me llevó mucho tiempo, porque era un dibujo cómico. Pensé que le gustaría, pero no le gustó.

Sus cejas se fruncieron y su boca prácticamente desapareció. Yo había hecho un niño cómico con cruces en lugar de ojos, y de la boca del tipo que conducía la apisonadora surgía un globito donde ponía: "Si tuvieras un sello, podrías enviarlo como postal". Ella ni siquiera sonrió. "No, Davey", dijo, "no entiendes. Esto no hará que los niños devuelvan los libros a tiempo. Esto solo los hará reír, y tal como son las cosas ya ríen bastante." "Bueno" respondí, "supongo que no entendí lo que querías." Estábamos de pie detrás del escritorio de la biblioteca, así que solo nos veían de cintura para arriba. Ella se inclinó, me cogió las pelotas, me miró con aquellos grandes ojos plateados y dijo: "Quiero que lo hagas realista". Me llevó uno o dos segundos comprender lo que quería decir realmente. Y cuando lo comprendí, no podía creerlo. "Ardelia", repliqué, "no sabes lo que estás diciendo. Si de verdad un niño fuera atropellado por una apisonadora..." Ella me apretó las pelotas hasta hacerme daño, como para recordarme hasta qué punto me poseía, y dijo: "Claro que comprendo. Y ahora entiéndeme tú a mí. No quiero que rían, Davey. Quiero que lloren. Así que ¿por qué no vuelves a entrar ahí y lo haces bien?" Volví a entrar en su despacho. No sabía qué hacer, pero me decidí enseguida. Sobre el escritorio había otro papel, un vaso alto de whisky con una cañita y una ramita de menta, y una nota de Ardelia donde ponía: "D, esta vez utiliza mucho rojo". —Miró seriamente a Sam y Naomi—. Pero ella no había entrado allí. Ni siquiera un instante.

3

Naomi fue a buscar otro vaso de agua para Dave. Cuando regresó, Sam observó que tenía el rostro muy pálido y los ojos enrojecidos. Sin embargo, tomó asiento con calma y le hizo a Dave una señal para que continuara.

—Yo hice lo que mejor hacen los alcohólicos —dijo él—.

Me bebí el whisky y obedecí. Supongo que ustedes dirían que era una especie de..., de frenesí lo que se apoderó de mí. Pasé dos horas ante su escritorio, trabajando con una caja de acuarelas baratas, manchando el escritorio de agua y pintura, sin importarme qué caía ni dónde. El resultado de mi trabajo fue algo que no me gusta recordar, pero lo recuerdo. Era un niño aplastado en la calle Rampole, sin zapatos y con la cabeza esparcida como un pan de mantequilla derretida por el sol. El hombre que conducía la apisonadora era apenas una silueta; miraba hacia atrás, y en su cara se veía una sonrisa. El tipo aparecía una y otra vez en las láminas que dibujé para ella. Él era quien conducía el coche en el cartel que ha mencionado, Sam, aquel que advierte que no hay que subir al coche de desconocidos. Mi padre abandonó a mi madre un año después de mi nacimiento. Simplemente se fue, y en ese momento intuí a quién trataba de dibujar en aquellas láminas. Yo solía llamarlo el «hombre moreno», y creo que era mi padre. Creo que Ardelia se las arregló para sacarlo de mi interior. Cuando le llevé la segunda lámina, le gustó. Se echó a reír. «¡Es perfecto, Davey!», dijo. «Esto les refregará montañas de buen comportamiento por sus pequeños belfos. Voy a ponerlo enseguida.» Y lo hizo. Lo colocó frente al escritorio de préstamos de la Biblioteca Infantil. Y cuando estuvo colgado vi algo que realmente me heló la sangre. Verá, yo conocía al niño que había dibujado. Era Willy Klemmart. Lo había dibujado sin darme cuenta, y la expresión de lo que le quedaba de cara era la misma que había visto aquel día cuando ella lo tomó de la mano y se lo llevó a la Biblioteca Infantil.

»Yo estaba allí cuando los chicos entraron para la Hora de los Cuentos y vieron aquel cartel por primera vez. Se asustaron. Se les agrandaron los ojos, y una niña pequeña empezó a llorar. Y me gustó que se asustaran. Pensé: "Eso les inculcará el buen comportamiento, claro que sí. Les enseñará lo que sucede si se la contraría, si no hacen lo que dice". Y una parte de mí pensó: "Dave, estás empezando a razonar como ella.

Muy pronto llegarás a SER como ella, y entonces estarás perdido. Estarás perdido para siempre". Pero de todas formas continué. Me sentía como si viajara con un billete solo de ida y no fuese a bajar hasta que llegara al final del recorrido. Ardelia contrató a algunos chicos del instituto, pero siempre los enviaba al servicio de préstamo, a la biblioteca de consulta y al escritorio principal. Ella era la única que se encargaba de los niños. Eran los más fáciles de asustar, ¿comprenden? Porque de eso vivía, se alimentaba de su miedo. Y dibujé más láminas. No las recuerdo todas, pero recuerdo al Policía de la Biblioteca. Aparecía en muchas de ellas. En una que se llamaba LOS POLICÍAS DE BIBLIOTECA TAMBIÉN VAN DE VACACIONES, estaba de pie en la orilla de un arroyo y pescaba. Solo que lo que utilizaba como cebo era aquel niño al que los otros llamaban Simón *El Tonto.* En otra lámina tenía a Simón *El Tonto* atado al extremo de un cohete y estaba apretando el botón que lo enviaría al espacio exterior. Esa decía: APRENDE MÁS SOBRE CIENCIA Y TECNOLOGÍA EN LA BIBLIOTECA, PERO ASEGÚRATE DE HACER LAS COSAS BIEN Y DE DEVOLVER LOS LIBROS A TIEMPO.

»Convertimos la Biblioteca Infantil en una cámara de los horrores para los niños que la frecuentaban —dijo Dave. Hablaba lentamente y con la voz estrangulada por las lágrimas—. Ella y yo. Les hicimos eso a los niños. Pero ¿sabéis qué? Siempre regresaban. Siempre regresaban a por más. Y nunca, nunca hablaron. Ella se ocupó de eso.

—Pero ¿y los padres? —preguntó Naomi con vehemencia, tanto que Sam dio un respingo—. Seguramente cuando los padres vieron...

—¡No! —la interrumpió Dave—. Los padres nunca vieron nada. El único cartel amenazante que vieron fue el de Caperucita Roja y el lobo. Ardelia lo dejaba todo el tiempo, pero los otros solo aparecían durante la Hora de los Cuentos, después de la escuela, los jueves por la noche y los sábados por la mañana. No era un ser humano, Sarah. Tienes que meterte eso en la cabeza. No era humana. Sabía cuándo iban a venir los adultos y, antes de que llegaran, siempre sacaba de las paredes los carteles pintados por mí y colocaba otros normales que decían cosas como: LEE LIBROS PARA DIVERTIRTE.

»Recuerdo algunas ocasiones en que me quedé allí durante la Hora de los Cuentos. En aquellos días nunca me iba si podía estar cerca, y tenía mucho tiempo para eso porque había dejado de pintar. Ya no me encargaban trabajos, y vivía de lo poco que había ahorrado. En poco tiempo el dinero se esfumó y tuve que empezar a vender cosas: el televisor, la guitarra, el camión y, por último, la casa. Pero eso no importa. Lo que importa es que pasaba mucho tiempo allí y que vi lo que sucedía. Los pequeños colocaban las sillas en círculo y Ardelia se sentaba en medio. Yo permanecía al fondo de la habitación, sentado en una de esas sillitas para niños, envuelto en mi bata manchada de pintura, borracho perdido, barbudo y apestando a whisky. Y ella leía, leía una de sus historias especiales, y después se interrumpía y volvía la cabeza hacia un lado, como si estuviera escuchando. Los niños también se volvían, y parecían inquietos. Ellos también miraban hacia otro lado, como si estuvieran despertando de un profundo sueño inducido por ella.

»"Vamos a tener compañía", decía sonriendo. "¿No es una ocasión especial, niños? ¿Hay algún Niño Bueno que me ayude a preparar las cosas para la Gente Mayor?" Y todos levantaban la mano cuando lo decía, porque todos querían ser Niños Buenos. Las láminas que yo había pintado les mostraban lo que les sucedía a los Niños Malos que no hacían bien las cosas. Hasta yo levantaba la mano, sentado ahí atrás, borracho y con mi bata sucia, como el niño más viejo y fatigado del mundo. Y entonces todos se levantaban; algunos descolgaban mis láminas y otros sacaban las normales del cajón inferior del escritorio. Las cambiaban. Luego se sentaban, y ella pasaba de las cosas horribles que les había estado contando a un cuento como *La princesa y el guisante*, e infaliblemente minutos más tarde alguna madre asomaba la cabeza por la puerta y veía a todos los Niños Buenos escuchando a aquella agradable señorita Lortz que les leía un cuento, y sonreía a los niños que estaban allí, y los niños devolvían la sonrisa, y las cosas continuaban.

—¿Qué quieres decir con «las cosas horribles que les había estado contando»? —preguntó Sam. Tenía la voz ronca y la boca seca. Había estado escuchando a Dave con un creciente sentimiento de horror y rechazo.

—Cuentos de hadas —respondió Dave—. Pero los convertía en cuentos de terror. Le sorprendería lo fácil que le resultaba en la mayor parte de los casos convertirlos en cuentos de terror.

—A mí no —comentó ásperamente Naomi—. Recuerdo esos cuentos.

—Apuesto a que sí —dijo Dave—, pero jamás los oíste tal como los contaba Ardelia. Y a los niños les gustaban, a una parte de ellos les gustaban los cuentos y les gustaba ella, porque ella los seducía y fascinaba de la misma manera que a mí. Bueno, no exactamente, porque nunca hubo nada sexual, al menos eso creo, pero la oscuridad que había en ella atraía la oscuridad interna de los niños. ¿Me entendéis?

Y Sam, que recordaba su espantosa fascinación por el cuento de *Barbazul* y las escobas danzantes de *Fantasía*, pensó que entendía. Los niños odiaban y temían la oscuridad, pero los atraía, ¿no? Los seducía

(Ven conmigo, hijo),

¿no? Cantaba para ellos

(Zoy un polizía),

¿no?

¿No?

—Sé lo que quieres decir, Dave —dijo.

Dave asintió.

—¿Ya lo ha descubierto, Sam? ¿Quién era su Policía de Biblioteca?

—Sigo sin entender esa parte —dijo Sam.

Sin embargo, pensó que parte de él la entendía. Era como si su cerebro fuera un profundo y oscuro cuerpo acuático y hubiera una barca hundida en el fondo..., pero no cualquier barca, no..., era un *shooner* pirata lleno de botín y cadáveres, y ahora empezaba a moverse en el lodo que lo había retenido tanto tiempo. Temía que pronto aquel desecho fantasmal, horrible, volviera a emerger, con sus palos destrozados envueltos en negras algas y un esqueleto con una sonrisa de un millón de dólares aferrado todavía a los restos podridos de un timón.

—Creo que tal vez sí —dijo Dave—, o que está empezando a entender. Ya lo recordará, Sam, créame.

—Sigo sin comprender realmente lo de los cuentos —dijo Naomi.

—Uno de sus favoritos, Sarah, y también de los niños, tienes que creerlo, era *Ricitos de Oro y los tres osos.* Conoces el cuento, pero no lo conoces como alguna gente de esta ciudad, gente que ahora es adulta, banqueros, abogados y granjeros prósperos con flotas de tractores John Deere. En lo más profundo de sus corazones conservan la versión de Ardelia Lortz. Tal vez algunos de ellos hayan contado esos mismos cuentos a sus hijos, sin saber que hay otras maneras de contarlos. No me gusta pensar que es así, pero sé que lo es. En la versión de Ardelia, Ricitos de Oro es una Niña Mala que no quiere hacer bien las cosas. Entra en la casa de los tres osos y rompe todo adrede: arranca las cortinas de Mamá Osa, arrastra la colada por el barro, desgarra las revistas y papeles de Papá Oso y usa el cuchillo de cocina para hacer agujeros en su sillón favorito. Después, rompe todos sus libros. Creo que esa era la parte que Ardelia prefería, cuando Ricitos de Oro arruinaba los libros. Y no se comía la papilla, no. ¡No si era Ardelia quien contaba el cuento! Según ella, Ricitos de Oro sacaba de un alto estante veneno para las ratas y lo espolvoreaba sobre la papilla como si fuera azúcar. No sabía nada de los habitantes de la casa, pero aun así quería matarlos porque era mala.

—¡Eso es horrible! —exclamó Naomi.

Por primera vez había perdido la compostura, la había perdido de verdad. Tenía las manos apretadas sobre la boca, y sus ojos dilatados miraban a Dave.

—Sí, lo era. Pero ahí no acababa todo. Verás, Ricitos de Oro estaba tan cansada después de destruir la casa que cuando subía para destrozar los dormitorios se quedaba dormida en la cama del Bebé Oso. Y cuando los tres Osos volvieron y la vieron, cayeron sobre ella..., así solía decirlo Ardelia..., cayeron sobre ella y se comieron viva a esa Niña Mala. Empezaron a comérsela por los pies y siguieron hacia arriba, mientras ella gritaba y se retorcía. La devoraron toda excepto la cabeza. Eso lo guardaron porque sabían lo que había hecho con la papilla. Habían olido el veneno. «Eso podían hacerlo, niños, porque eran osos», solía decir Ardelia. Y todos los niños, los Niños Buenos de Ardelia, asentían porque estaban convencidos de que era posible. «Se llevaron la cabeza de Ricitos de Oro a la cocina, la hirvieron y se comieron sus sesos para el desayuno. Todos estuvieron de acuerdo en que eran muy sabrosos, y vivieron felices para siempre.»

4

En el porche se hizo un silencio espeso, casi letal. Dave cogió el vaso de agua y estuvo a punto de hacerlo caer de la barandilla con sus dedos temblorosos. Lo rescató en el último momento, lo sostuvo con ambas manos y bebió ansiosamente. Después lo dejó y preguntó a Sam:

—¿Le sorprende que me descontrolara con la bebida?

Sam meneó la cabeza.

Dave miró a Naomi y dijo:

—¿Comprendes ahora por qué nunca pude contar esta historia? ¿Por qué la encerré en esa habitación?

—Sí —respondió ella con una voz tan temblorosa que

apenas era algo más que un susurro—. Y creo que comprendo también por qué los niños nunca dijeron nada. Hay ciertas cosas demasiado... demasiado monstruosas.

—Tal vez para nosotros —dijo Dave—. Pero ¿también para los niños? No lo sé, Sarah. Creo que los niños no reconocen a los monstruos a primera vista. Son sus padres los que les dicen cómo reconocerlos. Y además había otra cosa. ¿Recuerdan que les dije que cuando ella les decía que venían sus padres daban la impresión de estar despertando de un sueño profundo? De una manera extraña, estaban dormidos. No era hipnosis, al menos no lo creo, pero se parecía a la hipnosis. Y cuando regresaban a casa no recordaban, con la parte más consciente de su mente, ni los cuentos ni los carteles. En su subconsciente, creo que recordaban mucho, del mismo modo que Sam, en su subconsciente, sabe quién es su Policía de Biblioteca. Creo que los banqueros, abogados y granjeros prósperos que alguna vez fueron los Niños Buenos de Ardelia todavía lo recuerdan. Aún puedo verlos, sentados en aquellas sillitas, mirando a Ardelia, que estaba en el centro del círculo, con los ojos grandes y redondos como pasteles. Y creo que cuando oscurece y llegan las tormentas, o cuando duermen y vienen las pesadillas, regresan a la infancia. Creo que se abren las puertas y ven a los Tres Osos, los Tres Osos de Ardelia, comiéndose los sesos de Ricitos de Oro, sacándoselos del cráneo con sus cucharas de papilla, y el Bebé Oso lleva en la cabeza la peluca dorada de Ricitos de Oro. Creo que despiertan sudorosos, descompuestos y asustados. Creo que ese es el legado que dejó a esta ciudad, un legado de pesadillas.

»Pero todavía no he llegado a lo peor. Verán, esos cuentos... bueno, a veces eran los carteles, pero sobre todo los cuentos..., asustaban a alguno de ellos y provocaban una crisis de llanto, un desvanecimiento, un desmayo o algo así. Y cuando eso sucedía, ella decía a los otros: "Bajad la cabeza y descansad mientras llevo a Billy, o a Sandra, o a Tommy, al lavabo para que se recupere". Y al instante todos dejaban caer la cabeza. Era como si estuvieran muertos. La primera vez que lo vi, esperé unos dos minutos desde que salió con una niña de la habitación, y luego me puse de pie y me aproximé al círculo. Me acerqué primero a Willy Klemmart. "¡Willy!", susurré, y le toqué el hombro. "¿Estás bien, Willy?" No se movió, así que lo sacudí y repetí su nombre. Siguió inmóvil. Oía su respiración un poco ruidosa y ronca, cosa lógica en los niños, que casi siempre están resfriados, pero era como si estuviera muerto. Tenía los párpados entreabiertos, pero solo se veía el blanco de los ojos, y un largo hilo de saliva colgaba de su labio inferior. Me asusté y me acerqué a otros tres o cuatro, pero ninguno de ellos me miró ni articuló sonido alguno.

—Quieres decir que los embrujaba, ¿no? —preguntó Sam—. Que eran como Blancanieves después de comer la manzana envenenada.

—Sí —asintió Dave—. Así era. Y, de una manera diferente, así estaba yo también. A continuación, justo cuando me preparaba para coger a Willy Klemmart y sacudirlo bien, oí que volvía del lavabo. Corrí a mi asiento para que no me pescara, porque tenía más miedo de lo que podía hacerme a mí que de cualquier cosa que les hiciera a ellos. Entró, y la pequeña, que estaba gris como una sábana sucia y medio inconsciente cuando Ardelia se la llevó, parecía que acabara de tomarse el mejor tónico del mundo. Estaba totalmente despierta, con las mejillas sonrosadas y los ojos chispeantes. Ardelia le dio una palmada en el trasero y la niña corrió a su asiento. Después, Ardelia dio una palmada y dijo: «¡Que todos los Niños Buenos levanten la cabeza! Sonia se encuentra mucho mejor y quiere que terminemos el cuento, ¿no es así, Sonia?». «Sí, señora», canturreó Sonia, tan animada como un petirrojo en una fuente. Y todos levantaron la cabeza. Nadie habría dicho que dos segundos antes aquella habitación parecía llena de niños muertos. La tercera o cuarta vez que sucedió esto, dejé que saliera de allí y la seguí. Sabía que estaba asustándolos adrede, y pensaba que había una razón para ello. Yo mismo estaba medio muerto de miedo, pero quería ver qué pasaba. Aquella vez era a Willy Klemmart al que había llevado al lavabo. Había empezado a ponerse histérico durante su versión de *Hansel y Gretel.* Abrí la puerta con mucho cuidado y vi a Ardelia arrodillada frente a Willy, cerca de los lavabos. Él había dejado de llorar, pero era todo lo que podía decir. Ella me daba la espalda, y Willy eran tan bajo que me lo tapaba aun estando de rodillas. Solo veía sus manitas apoyadas en los hombros del pichi que llevaba ella y una manga de su jersey rojo. Después oí algo, un sonido como de succión, como el que hace una cañita al sorber cuando ya se ha acabado casi todo el batido que había en el vaso. En ese momento se me ocurrió que estaba…, ya saben, molestándolo; y era así, pero no de la manera en que pensaba. Me adelanté un poco más y me deslicé hacia la derecha, caminando de puntillas para no hacer ruido con los tacones. Sin embargo, suponía que iba a oírme de todas maneras, pues tenía un oído como un maldito radar. Temía que de un momento a otro se diera la vuelta y me clavara aquellos ojos como alfileres. Pero no podía detenerme. Tenía que ver. Y a medida que iba avanzando hacia la derecha, empecé a ver. Por encima de su hombro apareció la cara de Willy, poco a poco, como la luna cuando sale de un eclipse. Al comienzo solo podía ver el cabello rubio de Ardelia…, tenía una cabellera espesa, llena de ondas y rizos…, pero después empecé a ver también su cara. Y vi lo que estaba haciendo. Mis piernas se aflojaron, perdieron fuerza de la misma manera en que el agua se va por una tubería. No podían verme a menos que me estirara y empezara a golpear uno de los tubos que había sobre sus cabezas. Tenían los ojos cerrados, pero no era esa la razón. Verán, estaban perdidos en lo que hacían, y ambos estaban perdidos en el mismo lugar porque estaban enganchados. La cara de Ardelia ya no era humana. Se había derretido como melcocha caliente, adquiriendo esa forma de tubo que le achataba la nariz y le estiraba los ojos hacia los lados, como los de los chinos, y la hacía parecer una especie de insecto, una mosca o una abeja quizá. Su boca había vuelto a desaparecer. Se había convertido en esa cosa que vi por primera vez después del asesinato del señor Lavin, la noche en que estábamos tumbados en la hamaca. Se había convertido en la parte más estrecha del tubo. Veía unas extrañas rayas rojas encima, y al comienzo pensé que era sangre, o quizá venas que se transparentaban bajo su piel, pero después comprendí que era carmín de labios. Ella ya no tenía labios, pero aquella pintura roja señalaba el lugar donde habían estado. Estaba utilizando esa cosa succionadora para beber de los ojos de Willy.

Sam miró estupefacto a Dave. Durante un instante se preguntó si el hombre se habría vuelto loco. Una cosa eran los fantasmas, y otra aquello, aunque no tenía la menor idea de lo que podía ser. Y, sin embargo, en el rostro de Dave brillaban la sinceridad y la honestidad como una lámpara. Sam pensó: *Si está mintiendo, no lo sabe.*

—Dave, ¿estás diciendo que Ardelia Lortz se bebía sus lágrimas? —preguntó vacilante Naomi.

—Sí... Y no. Lo que se bebía eran sus lágrimas especiales. Su cara estaba tendida hacia él, latía como un corazón, y sus rasgos aparecían contraídos y achatados. Parecía una careta de esas que se dibujan en las bolsas de la compra para hacer máscaras de Halloween. Lo que salía por los ojos de Willy era algo gomoso y rosado, como un moco sanguinolento o trozos de carne casi licuados. Y ella lo succionaba produciendo un sonido horrible. Lo que se bebía era su miedo. De alguna manera, lo había hecho real y tan grande que si el niño no lo expulsaba con aquellas lágrimas espantosas, moriría.

—Estás diciendo que Ardelia era una especie de vampiro, ¿no? —preguntó Sam.

Dave pareció aliviado.

—Sí, exacto. Desde entonces, siempre que he pensado en ese día, cuando me he atrevido a pensar en él, creo que eso es exactamente lo que vi. Todos esos viejos cuentos de vampiros que hunden los dientes en las gargantas de la gente y le chupan la sangre están equivocados. No mucho, pero es como dije: en este negocio, no basta con acercarse. Beben, pero no del cuello. Engordan y prosperan con lo que les sacan a sus víctimas, pero lo que les extraen no es sangre. Tal vez sea más rojo, más sangriento, cuando las víctimas son adultos. Tal vez sea lo que le quitó al señor Lavin. Creo que sí. Pero no es sangre. Es miedo.

5

—No sé cuánto tiempo estuve allí mirándola, pero no pudo haber sido mucho, porque nunca se ausentaba más de cinco minutos. Después de un tiempo, lo que salía de los ojos de Willy empezó a ser cada vez más pálido y menos abundante. Podía ver que eso..., ya saben, esa cosa de ella...

—Probóscide —dijo tranquilamente Naomi—. Se llama una probóscide.

—¿De veras? Vale. Pues veía que esa probo-como-se-llame se estiraba cada vez más para no perderse nada, para extraer hasta lo último, y me di cuenta de que estaba terminando, y de que cuando eso sucediera, despertarían y ella me vería. Y pensé que, si lo hacía, era probable que me matara. Empecé a retroceder despacio, paso a paso. No creí que pudiera lograrlo, pero al final mi trasero tocó la puerta del lavabo. Estuve a punto de gritar cuando sucedió, porque pensé que de alguna manera se las había arreglado para situarse detrás de mí. Estaba seguro de ello aun cuando la veía delante de mí. Me llevé la mano a la boca para sofocar el grito y salí. Me quedé allí mientras la puerta se cerraba sobre el gozne neumático. Parecía que no iba a terminar nunca. Cuando estuvo cerrada, empecé a caminar hacia la puerta principal. Estaba medio loco. Lo único que deseaba era salir de allí y no volver nunca. Quería correr para siempre. Bajé al vestíbulo, donde había colgado aquel cartel que vio usted, Sam, ese en el que solo se lee ¡SI-

LENCIO!, y entonces me controlé. Si, al llevar a Willy de regreso a la Biblioteca Infantil, veía que había desaparecido, sabría que la había visto. Me perseguiría y me cogería. No pensé ni por un momento que fuera a costarle mucho. No podía olvidar aquel día entre el maíz y cómo había estado dando vueltas en torno a mí sin sudar siquiera. De modo que di media vuelta y regresé a mi asiento en la Biblioteca Infantil. Fue lo más difícil que he hecho en mi vida, pero de alguna manera me las arreglé para hacerlo. Acababa de apoyar el culo en la silla cuando los oí volver. Naturalmente, Willy estaba feliz, sonriente y animado, y ella también. Ardelia parecía preparada para hacer tres rounds con Carmen Basilio y derrotarlo. «¡Que los Niños Buenos levanten la cabeza!», exclamó. Luego dio una palmada y todos levantaron la cabeza y la miraron. «Willy se encuentra mucho mejor y quiere que termine el cuento. ¿No es así, Willy?»

»"Sí, señora", dijo Willy. Ella lo besó y él regresó correteando a su asiento. Y Ardelia siguió con el cuento. Yo me quedé allí y escuché, y cuando terminó la Hora de los Cuentos empecé a beber. Y desde entonces hasta el final, no paré ni un momento.

6

—¿Y cómo terminó? —preguntó Sam—. ¿Qué sabes de ese asunto?

—No tanto como sabría si no hubiera estado tan borracho, pero más de lo que quisiera. Ni siquiera estoy seguro de cuánto duró aquella última parte. Creo que unos cuatro meses, pero tal vez fueran seis u ocho. Para entonces yo ni siquiera notaba el cambio de las estaciones. Cuando un borracho como yo empieza a resbalar, Sam, lo único que ve es el fondo de la botella. Pero sé dos cosas, y creo que son las dos únicas que importan. Alguien empezó a perseguirla, esa era una. La otra era que le había llegado el momento de volver a dormir, de cambiar. Recuerdo que una noche, en su casa, pues ella nunca vino a la mía, me dijo: «Dave, empiezo a tener sueño. Ahora tengo sueño todo el tiempo. Pronto llegará el momento de un largo descanso. Cuando llegue, quiero que duermas conmigo. Verás, me he acostumbrado a ti». Yo estaba borracho, naturalmente, pero lo que dijo me produjo un estremecimiento. Creía saber de qué hablaba, pero cuando le pregunté se limitó a reír. «No, no es eso», respondió, lanzándome una mirada burlona y divertida. «Hablo de sueño, no de muerte. Pero tendrás que alimentarte conmigo.» Eso me devolvió la sobriedad. Ella no creía que yo supiese de qué hablaba, pero yo lo sabía. Lo había visto. Entonces empezó a hacerme preguntas sobre los niños. Cuáles no me gustaban, cuáles me parecían entrometidos y cuáles eran los más revoltosos. «Son Niños Malos y no merecen vivir», afirmó. «Son groseros y destructivos, devuelven los libros marcados con lápiz y con las páginas desgarradas. ¿Cuáles crees tú que merecen morir, Davey?»

»En ese momento supe que tenía que apartarme de ella, y que si el suicidio era la única escapatoria tendría que optar por esa vía. Verán, le estaba sucediendo algo. Su pelo se volvía opaco y su piel, que siempre había sido perfecta, empezó a cubrirse de manchas. Y había algo más... Todo el tiempo podía ver, bajo la superficie de su piel, aquella cosa en la que se convertía su boca. Pero empezaba a parecer arrugada y fláccida y estaba envuelta en una especie de telaraña. Una noche, mientras estábamos en la cama, me sorprendió mirándole el pelo y dijo: "Ves el cambio que se produce en mí, ¿no, Davey?". Me dio unas palmadas en la cara y prosiguió: "Esta bien. Es natural. Me sucede cada vez que me preparo para dormir otra vez. Tendré que hacerlo pronto, y si quieres venir conmigo debes darte prisa en coger a uno de los niños. O a dos. O a tres. ¡Cuantos más, mejor!". Se rió de esa manera tan característica de ella, y cuando volvió a mirarme sus ojos estaban rojos otra vez. "En cualquier caso, no tengo intención de dejarte atrás. Aparte de todo lo demás, no sería seguro. Lo sabes, ¿no?" Respondí que sí, que lo sabía. "Así que, si no quieres morir, Davey, tiene que ser pronto, muy pronto. Y si has decidido no hacerlo, deberías decírmelo ahora. Podemos terminar nuestra temporada juntos esta noche, de manera agradable y sin dolor." Se inclinó sobre mí y percibí su aliento. Olía a comida para perros podrida, y no podía creer que alguna vez sobrio o borracho hubiera besado la boca de donde salía aquel olor. Pero había una parte de mí, una parte pequeña, que todavía debía de desear vivir, porque le dije que estaba dispuesto a ir con ella, pero que necesitaba un poco más de tiempo para prepararme. Para prepararme mentalmente. "Querrás decir para beber", rectificó ella. "Dave Duncan, deberías arrodillarte y dar las gracias a tus miserables estrellas por haberme encontrado. Si no fuera por mí, dentro de un año o incluso menos estarías muerto en la alcantarilla. Conmigo, en cambio, puedes vivir para siempre." Su boca se estiró por un segundo, se estiró hasta casi tocar mi mejilla. Y todavía no sé cómo me las arreglé para no gritar.

Dave los miró con sus ojos profundos y acosados. Después sonrió. Sam Peebles jamás olvidó el aire fantasmagórico de aquella sonrisa. Pobló sus sueños para siempre.

—Aunque en cierto modo —prosiguió Dave—, en lo más profundo de mí he estado gritando desde entonces.

7

—Me gustaría decir que al final rompí el vínculo con que me sujetaba, pero sería mentira. Fue simple casualidad, o lo que la gente del Programa llama «poder superior». Tenéis que comprender que hacia 1960 yo estaba enteramente aislado del resto de la ciudad. Sam, ¿recuerda que le dije que una vez fui miembro del Rotary Club? Bueno, pues en febrero de 1960 los muchachos no me habrían contratado ni para limpiar los mingitorios. En lo que se refería a Junction City, yo era otro Niño Malo que vivía como un vagabundo. Gente a la que conocía de toda la vida cruzaba de acera cuando me veía venir. Por aquellos días yo tenía una constitución de toro, pero de todos modos la bebida me estaba destruyendo, y lo que no se llevaba la bebida lo cogía Ardelia Lortz. Más de una vez me pregunté si acudiría a mí para conseguir lo que necesitaba, pero nunca lo hizo. Tal vez no le sirviera en ese sentido, pero no creo que fuera eso. No creo que me amara, no creo que pudiera amar a nadie, pero sí que se sentía sola. Creo que ha vivido mucho tiempo, si a eso se le puede llamar vivir, y que ha tenido... —Dave se interrumpió. Sus dedos deformados tabletearon inquietos sobre sus rodillas y los ojos volvieron a buscar en el horizonte el elevador de granos, como si buscaran consuelo—. Compañeros parece la palabra más adecuada. Creo que había tenido compañeros durante parte de su larga vida, pero también creo que cuando llegó a Junction City hacía mucho tiempo que no los tenía. No me preguntéis qué dijo para hacerme pensar eso, porque no me acuerdo. Se ha perdido, como tantas otras cosas. Pero estoy bastante seguro de que es verdad. Y me eligió a mí para ocupar ese puesto. Además, también estoy bastante seguro de que me habría ido con ella si no la hubieran descubierto.

—¿Quién la descubrió, Dave? —preguntó Naomi, echándose hacia delante—. ¿Quién?

—John Power, el alguacil del sheriff. En aquellos días, el sheriff del condado de Homestead era Norman Beeman, y es el mejor ejemplo que conozco de por qué los sheriffs tendrían que ser nombrados en lugar de elegidos. Los votantes le dieron el trabajo cuando regresó a Junction City en 1945, con una maleta llena de medallas que había ganado cuando el ejército de Patton entraba en Alemania. No se puede negar que era un tipo pendenciero, pero como sheriff del condado destacaba menos que un pedo en una tormenta de viento. Lo que tenía era la sonrisa más grande y más blanca que pueda verse, y un montón de mierda. Y por supuesto era republicano. En el condado de Homestead, eso siempre ha sido lo único importante. Creo que todavía estarían votando a Norm si no hubiera muerto de un infarto en la barbería de Hughie en el verano de 1963. Eso lo recuerdo muy bien. En aquella época hacía un tiempo que Ardelia se había ido y yo había reaccionado un poco. El éxito de Norm se basaba en dos secretos, aparte de su enorme sonrisa y su actitud pendenciera. En primer lugar, era honesto. Por lo que sé, jamás tocó un céntimo. En segundo lugar, siempre procuraba tener por lo menos un alguacil que pensara con rapidez y que no tuviera interés en presentarse como rival para el cargo. Siempre se portó bien con esos tipos. Todos ellos obtuvieron excelentes recomendaciones cuando estuvieron preparados para progresar y ascender. Norm cuidaba a los suyos. Creo que si uno se tomara el trabajo de echar una ojeada, vería que, en el Medio Oeste, hay seis u ocho jefes de policía y coroneles de la policía estatal que pasaron dos o tres años aquí, en Junction City, apartando mierda bajo las órdenes de Norm Beeman. Pero entre ellos no figura John Power. Está muerto. Según el certificado de defunción, murió de un ataque al corazón, aunque aún no había cumplido los treinta y no tenía ninguno de esos malos hábitos que a veces hacen que se detenga el reloj de alguien antes de tiempo. Yo sé la verdad. No fue un ataque al corazón lo que mató a John, como tampoco fue un ataque al corazón lo que mató a Lavin. Ella lo mató.

—¿Cómo lo sabes, Dave? —preguntó Sam.

—Lo sé porque se suponía que aquel último día morirían tres niños en la Biblioteca.

La voz de Dave seguía serena, pero Sam percibía el terror con el que había vivido aquel hombre durante tanto tiempo, corriendo bajo la superficie como una carga eléctrica de poco voltaje. Suponiendo que la mitad de lo que Dave había dicho esa tarde fuera verdad, debía de haber vivido los últimos treinta años con terrores que Sam se sentía incapaz de imaginar. No era sorprendente que hubiera utilizado la bebida como medio de mantenerlos a raya.

—Dos murieron, Patsy Harrigan y Tom Gibson. La tercera, pues se trataba de una niña, iba a ser mi cuota de admisión a ese circo cuya directora era Ardelia Lortz. Esa era la que realmente quería, porque fue la que llamó la atención sobre Ardelia cuando lo que más necesitaba ella era operar en la oscuridad. De esa tenía que encargarme yo, porque ya no le permitían ir a la Biblioteca y Ardelia no podía acercársele. Esa tercera Niña Mala era Tansy Power, la hija del alguacil Power.

—No estarás hablando de Tansy Ryan, ¿verdad? —preguntó Naomi, en un tono de voz casi suplicante.

—Sí, Tansy Ryan, de la oficina de Correos, Tansy Ryan, la que asiste a nuestras reuniones, Tansy Ryan, la que antes era Tansy Power. Sarah, muchos de los niños que asistían a la Hora de los Cuentos de Ardelia están en AA. Explícalo como quieras. En el verano de 1960 estuve a punto de matar a Tansy Power, pero eso no es lo peor. Ya me gustaría que lo fuera.

8

Naomi se excusó, y cuando hubieron pasado varios minutos Sam se levantó para ir a buscarla.

—Déjela estar —dijo Dave—. Es una mujer maravillosa, Sam, pero necesita un poco de tiempo para controlarse. A usted también le pasaría si descubriera que uno de los miembros del grupo más importante de su vida estuvo una vez a punto de asesinar a su mejor amigo. Déjela estar. Volverá. Sarah es fuerte.

Volvió unos minutos después. Se había lavado la cara —en las sienes, el cabello estaba todavía húmedo y resbaloso—, y llevaba una bandeja con tres vasos de té helado.

—¡Ah! Llegamos a los tragos fuertes, ¿no, querida? —preguntó Dave.

Naomi hizo lo que pudo por devolverle la sonrisa.

—Ya puedes apostarlo. No podía retrasarlo más.

Sam pensó que sus esfuerzos eran más que notables, pensó que eran extraordinarios. De todos modos, el hielo hablaba con los vasos en frases quebradizas y chirriantes. Sam volvió a ponerse en pie y tomó la bandeja de sus manos inseguras. Ella lo miró agradecida.

—Y ahora —dijo, sentándose—, termina, Dave. Cuéntanoslo todo hasta el final.

9

—Muchas de las cosas que quedan las sé por ella —continuó Dave—, porque a esas alturas yo no estaba en disposición de darme cuenta de nada. Hacia finales de 1959, Ardelia me dijo que no podía seguir frecuentando la Biblioteca. Dijo que si me veía allí me echaría, y que si merodeaba por los alrededores, llamaría a la poli. Dijo que estaba volviéndome impresentable, y que si seguía yendo la gente empezaría a hablar. «¿A hablar de ti y de mí?», pregunté. «Ardelia, ¿quién lo creería?» «Nadie», respondió. «No seas idiota, no es eso lo que me preocupa.» «Pues entonces, ¿qué?» «Que hablen de ti y de los niños», dijo. Creo que fue la primera vez que advertí realmente lo bajo que había caído. Desde que empezamos las reuniones de AA me has visto mal, Sarah, pero me alegra decir que nunca tanto como entonces.

»Bien, aquello quería decir que en el único lugar donde podía verla era en su casa, y solo me dejaba ir mucho después de oscurecido. Me dijo que no me acercara por el camino más allá de la granja de Orday. Al llegar allí, tenía que continuar a campo traviesa. Me dijo que si intentaba engañarla, lo sabría, y yo lo creí, porque cuando aquellos ojos plateados que tenía se volvían rojos, Ardelia lo veía todo. Por lo general, llegaba entre las once de la noche y la una de la madrugada, según cuánto hubiera bebido, y solía estar helado hasta los huesos. No puedo decir mucho sobre aquellos meses, pero sí que en 1959 y 1960 el estado de Iowa padeció unos inviernos terriblemente fríos. Hubo montones de noches en las que creo que un hombre sobrio habría muerto congelado en aquellos maizales. Pero en la noche de la que quiero hablar no existió ese problema. Debió de ser en julio de 1960, y hacía más calor que en el infierno. Recuerdo el aspecto que tenía la luna aquella noche, manchada y roja, colgada sobre los campos. Parecía como si todos y cada uno de los perros del condado de Homestead le ladraran.

»Entrar en casa de Ardelia aquella noche fue como internarse en un ciclón. Aquella semana..., en realidad, supongo que todo el mes..., había estado lenta y soñolienta, pero aquella noche no. Aquella noche estaba totalmente despierta y furiosa. No la había visto así desde la noche del día en que el señor Lavin le dijo que quitara la lámina de Caperucita porque asustaba a los niños. Al principio ni siquiera se enteró de que yo estaba allí. Iba y venía por la planta baja, desnuda como el día en que nació, si es que nació alguna vez, con la cabeza baja y los puños apretados. Estaba más furiosa que un oso con el culo lastimado. Por lo general, cuando estaba en casa llevaba el pelo recogido en un moño de solterona, pero cuando entré por la puerta de la cocina tenía el cabello suelto, y caminaba tan rápido que el pelo flotaba a sus espaldas como si estuviera volando. Lo oía crujir como si estuviera lleno de electricidad estática. Tenía los ojos rojos como la sangre. Resplandecían como aquellas farolas de ferrocarril que solían sacar en los viejos tiempos cuando había algún tramo de vía bloqueado, y parecían salírsele de la cara. Tenía el cuerpo empapado de sudor, y pese al estado en que me encontraba podía olerla. Hedía como una gata salvaje en celo. Recuerdo que veía grandes gotas oleosas rodando por su pecho y su vientre. Le brillaban las caderas y los muslos. Era una de aquellas noches tranquilas y pegajosas que a veces tenemos por aquí en verano, cuando el aire huele a verde y se deposita en el pecho como un montón de chatarra, y parece que engullas hebras de maíz en cada bocanada que respiras. En esas noches, uno desearía que hubiese truenos y relámpagos, y que lloviera a cántaros, pero nunca sucede. Desearías que al menos soplara el viento, no solo porque te refrescaría, sino porque haría más soportable el ruido del maíz, ese sonido que produce al brotar de la tierra a tu alrededor, como un viejo con artritis que tratara de levantarse por la mañana sin despertar a su esposa. Entonces observé que esta vez estaba asustada además de enfadada. Alguien le había metido en el cuerpo el miedo a Dios. Y el cambio se aceleraba. Fuera lo que fuese lo que le sucedía, se había precipitado. No era que pareciese mayor, sino que parecía menos corpórea. Su pelo era más fino, como el de un bebé. Se le veía el cuero cabelludo. Y la piel parecía estar produciendo su propia piel, esa telaraña fina, brumosa, que se tejía sobre sus mejillas, en torno a la nariz, en el rabillo de los ojos, entre los dedos... En los pliegues de la piel se distinguía mejor. Se agitaba un poco cuando andaba. ¿Quieren saber algo muy tonto? Cuando montan la feria del condado, no puedo acercarme a los puestos de algodón azucarado. ¿Recuerdan la máquina con que se hace? Es como un donut que gira sin cesar, y el tipo mete un cono de papel y amontona el azúcar rosado encima. Ese es el aspecto que empezaba a tener la piel de Ardelia, el mismo que el de las finas tiras de azúcar batido. Creo que ahora sé lo que sucedía. Estaba haciendo lo que hacen los gusanos de seda cuando se disponen a dormir. Estaba tejiendo un capullo a su alrededor. Me quedé un rato junto a la puerta, mirándola ir y venir. Ella no me vio durante mucho tiempo. Estaba demasiado ocupada rodando en su particular cama de clavos. Golpeó la pared dos veces con el puño y la atravesó..., papel, yeso y listón. Sonaba como a huesos rotos, pero no parecía dolerle y tampoco le salía sangre. Y cada vez que golpeaba, gritaba, pero no de dolor. Era como el quejido de una gata frustrada, pero, como ya he dicho, bajo su ira había miedo. Y lo que gritaba era el nombre de aquel alguacil. "¡John Power!", gritaba, y ¡paf!, su puño atravesaba la pared. "¡Que Dios te maldiga, John Power! Te enseñaré a no meterte en mis asuntos. ¿Quieres mirarme? ¡Estupendo! ¡Pero te enseñaré cómo hacerlo! ¡Te enseñaré, pequeñín!", y después seguía andando, tan rápido que casi corría, y sus pies descalzos golpeaban tan fuerte que parecían sacudir la casa entera. Mientras andaba, murmuraba para sus adentros. Entonces, su labio se curvaba, sus ojos se ponían más rojos que nunca y ¡paf!, su puño atravesaba la pared y por el agujero salía una pequeña nube de yeso. "¡No te atrevas, John Power!", ladraba. "¡No te atrevas a cruzarte en mi camino!" Pero solo había que mirar su cara para saber que temía que él se atreviera. Y si hubierais conocido al alguacil Power, sabríais que tenía razón al preocuparse. Era listo y no tenía miedo de nada. Era un buen alguacil y un mal candidato para fastidiar. En su cuarto o quinto recorrido por la casa, llegó a la puerta de la cocina y me vio. Sus ojos resplandecían en los míos y su boca empezó a adquirir esa forma de cuerno, solo que ahora estaba cubierto de esos hilos humosos, como de araña, y pensé que era hombre muerto. Si no podía ponerle las manos encima a John Power, me mataría a mí en su lugar. Empezó a avanzar y yo fui cayendo, apoyado en el marco de la puerta, en una especie de charco. Ella lo vio y se detuvo. La luz roja desapareció de sus ojos. Se transformó en un segundo. Por su aspecto y su lenguaje, se diría que yo acababa de entrar en una fiesta que ella ofrecía, en lugar de entrar en su casa a medianoche y encontrarla caminando en cueros y haciendo agujeros en las paredes. "¡Davey!", exclamó. "¡Me alegro tanto de que estés aquí! Toma una copa. ¡O más bien dos!" Quería matarme, lo vi en sus ojos, pero me necesitaba, y no precisamente como compañero, sino para matar a Tansy Power. Sabía que podía ocuparse sola del poli, pero quería que él supiera antes de morir que su hija había muerto. Y para eso me necesitaba a mí. "No hay mucho tiempo", dijo. "¿Conoces a ese alguacil Power?" Respondí que sí, que me había arrestado por ebriedad media docena de veces. "¿Y qué piensas de él?", preguntó. "Es un tipo duro", contesté. "¡Bueno, a la mierda! ¡Y tú también!" A eso no respondí. No parecía prudente. "Ese maldito obtuso entró esta tarde en la Biblioteca y me pidió que le mostrara mis referencias. Y no paraba de hacer preguntas. Quería saber dónde había estado antes de venir a Junction City, a qué escuela había ido, dónde me crié. Davey, tendrías que haber visto cómo me miraba... Pero yo le enseñaré la manera correcta de mirar a una dama. Ya lo verás." "No te conviene cometer un error con el alguacil Power", dije. "Creo que no le tiene miedo a nada." "Sí, me tiene miedo a mí. Solo que todavía no lo sabe", replicó. Entonces volví a ver el brillo del miedo en sus ojos. Verán, Power había elegido el peor momento del año para empezar a hacer preguntas. Ella se estaba preparando para el período de sueño y metamorfosis, y eso la debilitaba en cierta forma.

—¿Te dijo Ardelia cómo la había descubierto? —preguntó Naomi.

—Es evidente —intervino Sam—. Se lo dijo su hija.

—No —respondió Dave—. No pregunté..., no me atrevía con el humor que tenía..., pero no creo que Tansy le dijera nada a su padre. No creo que hubiera podido, al menos, no con todas las palabras. Cuando salían de la Biblioteca Infantil, los niños olvidaban todo lo que ella les había dicho y hecho allí dentro. Pero no se trataba solo de olvido; además, les metía en la cabeza otros recuerdos, recuerdos falsos, así que volvían a sus casas alegres y felices. La mayoría de los padres pensaban que Ardelia era lo mejor que le había sucedido nunca a la Biblioteca de Junction City. Creo que lo que alertó al padre de Tansy fue lo que Ardelia extraía de la niña, y creo que antes de ir a verla a la Biblioteca el alguacil Power debió de hacer muchas más indagaciones. No sé cuál era la diferencia que observaba en Tansy, porque los niños no estaban pálidos ni aturdidos como las víctimas de los vampiros en las películas, y tampoco tenían marcas en el cuello. Pero, de todos modos, les sacaba algo, y John Power lo vio o lo percibió.

—Aunque viera algo, ¿por qué sospechar de Ardelia? —preguntó Sam.

—Ya he dicho que era astuto. Creo que debió de hacerle algunas preguntas a Tansy..., nada directo, meras insinuaciones, ¿comprenden...?, y que las respuestas que obtuvo bastaron para ponerlo en el camino correcto. Aquel día, cuando fue a la Biblioteca, no sabía nada, pero sospechaba algo. Lo suficiente para alarmar a Ardelia. Recuerdo que lo que más la irritaba y asustaba era la forma en que él la miraba. «Te enseñaré a mirarme así», decía una y otra vez. Desde entonces me he preguntado cuánto tiempo hacía desde que alguien la había mirado con verdadera sospecha..., cuánto desde que alguien se había acercado a lo que era. Apuesto a que la asustaba en más de una manera. Apuesto a que la hacía preguntarse si no estaría perdiendo por fin su habilidad.

—A lo mejor habló con alguno de los otros niños —dijo Naomi vacilante—. Debió de comparar diferentes versiones, y se dio cuenta de que algunas respuestas no encajaban del todo. Tal vez la vieran de distintas maneras. Igual que tú y Sam la visteis de diferentes maneras.

—Podría ser, cualquiera de esas cosas podría ser. De todos modos, se asustó lo suficiente para acelerar sus planes.

»"Mañana estaré todo el día en la Biblioteca", me dijo. "Me aseguraré de que mucha gente me vea allí. Pero tú irás a casa del alguacil Power, Davey. Montarás guardia y esperarás hasta que veas a esa niña sola..., no creo que tengas que esperar mucho..., y entonces la cogerás y la llevarás a los bosques. Hazle lo que quieras, pero asegúrate de que lo último que haces es cortarle el cuello. Córtale el cuello y déjala donde puedan encontrarla. Quiero que ese bastardo la vea antes de ir a buscarlo."

»Yo no podía decir nada. Probablemente fuera lo mejor,

porque cualquier cosa que hubiera dicho ella lo habría interpretado mal y me habría arrancado la cabeza. Me quedé sentado en la cocina, con el vaso en la mano, mirándola, y probablemente interpretó mi silencio como un asentimiento. Después fuimos al dormitorio. Fue la última vez. Recuerdo que pensé que no podría follármela, que a un hombre asustado no se le empina. Pero fue estupendo, ¡Dios se apiade de mí! Ardelia también tenía esa clase de magia. Seguimos y seguimos y seguimos, y en algún momento debí de quedarme dormido o de desmayarme, porque lo siguiente que recuerdo es a ella sacándome de la cama descalzo y dejándome en un lugar iluminado por el primer sol de la mañana. Eran las seis y cuarto; tenía el estómago como sumergido en un baño ácido, y la cabeza me latía como una encía con un absceso. "Es hora de que pongas manos a la obra", dijo. "No dejes que nadie te vea regresar a la ciudad, Davey, y recuerda lo que te he dicho. Cógela hoy por la mañana. Llévatela a los bosques y mátala. Escóndete hasta que oscurezca. Si te cogen antes, no podré hacer nada por ti. Pero si consigues llegar hasta aquí, estarás salvado. Hoy me aseguraré de que mañana haya un par de niños en la Biblioteca, aunque esté cerrada. Ya los he elegido, son los dos peores mocosos de la ciudad. Iremos juntos a la Biblioteca..., vendrán..., y cuando el resto de los estúpidos nos encuentren, pensarán que estamos todos muertos. Pero tú y yo no lo estaremos, Davey; seremos libres. Nos burlaremos de ellos." Entonces empezó a reír. Estaba desnuda en la cama, conmigo a sus pies, descompuesto como una rata repleta de veneno, y rió y rió y rió. Muy pronto su cara empezó a transformarse de nuevo. Esa probo-lo-que-sea empezó a abrirse paso, como si fuera un cuerno vikingo, y los ojos se desviaban hacia un lado. Sabía que iba vomitar todo lo que tenía en el estómago, así que salí a toda prisa y vomité en la hiedra. A mis espaldas, la oía reír sin parar. Me estaba vistiendo junto a la casa cuando me habló desde la ventana. No la veía pero la oía muy bien. "No me falles, Davey", dijo. "No me falles o te mataré. Y tardarás en morir." "No te fallaré, Ardelia", respondí, sin volverme para no verla asomada a la ventana de su dormitorio. Sabía que no podría soportar verla ni siquiera una vez más. Había llegado al final de mi aguante. Y, sin embargo, una parte de mí quería ir con ella aunque significara que antes tenía que volverme loco; la parte más importante de mí pensaba que iría con ella, a menos que su plan fuera tenderme alguna clase de trampa, cargarme con la culpa. Yo no la habría acusado. No le habría cargado nada. Partí hacia la ciudad cruzando los maizales. Habitualmente, esos paseos me despejaban un poco y sudaba lo peor de la resaca. Pero ese día no. Tuve que pararme a vomitar dos veces, y la segunda vez creí que no podría seguir. Finalmente lo hice, pero veía sangre sobre el maíz junto al que me había arrodillado, y cuando llegué a la ciudad la cabeza me dolía más que nunca y veía doble. Pensé que me estaba muriendo pero no podía dejar de pensar en lo que ella había dicho: "Hazle lo que quieras, pero asegúrate de que lo último que haces es cortarle el cuello". Yo no quería lastimar a Tansy Power, pero a pesar de ello pensé que lo haría. No sería capaz de oponerme a los deseos de Ardelia y me condenaría para siempre. Y lo peor de todo sería si Ardelia decía la verdad y seguía viviendo para siempre con esa cosa en la cabeza. En aquellos días había dos depósitos de mercancías en la estación, y en el extremo norte del segundo una plataforma de carga que se utilizaba muy poco. Me arrastré debajo de la plataforma y dormí un par de horas. Cuando desperté, me encontraba un poco mejor. Sabía que no había forma de detenerla ni de detenerme, de modo que me dirigí a casa de John Power para buscar a aquella niña y secuestrarla. Atravesé el centro de la ciudad sin mirar a nadie. Lo único que pensaba, una y otra vez, era: "Puedo hacerlo rápido, al menos puedo hacer eso por ella. Le romperé el cuello en un abrir y cerrar de ojos y no se dará cuenta de nada".

Dave volvió a sacar el pañuelo y se secó la frente con una mano muy temblorosa.

—Llegué hasta la tienda de cinco y diez céntimos. Ahora no existe, pero en aquella época era la última tienda de la calle O'Kane antes de volver a entrar en el distrito residencial. Me quedaban menos de cuatro manzanas, y pensé que cuando llegara a la casa de Power vería a Tansy en el patio trasero. Estaría sola, y los bosques no quedaban lejos. Entonces miré el escaparate de la tienda y lo que vi me paralizó. Era un montón de niños muertos de ojos fijos, brazos entrelazados y piernas destrozadas. Lancé un pequeño grito y me tapé la boca con las manos. Cerré con fuerza los ojos. Cuando volví a mirar, vi que era un montón de muñecas que la anciana señora Seger estaba preparando para poner en el escaparate. Me vio y agitó una mano en mi dirección. «Vete, viejo borracho.» Pero no lo hice. Seguí mirando aquellas muñecas. Intenté convencerme de que eran solo muñecas; cualquiera podía verlo. Pero cuando cerré los ojos y los abrí de nuevo, volvieron a ser cadáveres. La señora Seger estaba arreglando un montón de pequeños cuerpos en el escaparate de la tienda de cinco y diez céntimos, y ni siquiera lo sabía. Se me ocurrió que alguien trataba de enviarme un mensaje, y que tal vez el mensaje dijera que todavía no era demasiado tarde, ni siquiera entonces. Tal vez no pudiera parar a Ardelia, pero quizá sí. Y aunque no fuera capaz de eso tal vez pudiera evitar que me arrastrara al pozo con ella. Esa fue la primera vez que recé realmente, Sarah. Recé pidiendo fuerzas. No quería matar a Tansy Power, pero era más que eso... Si era posible, quería salvarlos a todos. Retrocedí hacia la gasolinera Texaco, que quedaba una manzana más abajo, donde ahora está el Piggly Wiggly. De camino me detuve y saqué unos guijarros de la alcantarilla. Al costado de la gasolinera había una cabina telefónica..., y sigue allí, ahora que pienso en ello. Cuando llegué, me di cuenta de que no tenía un céntimo. Como último recurso, busqué en el compartimiento del cambio, y encontré una moneda de diez centavos. Desde aquella mañana, cuando alguien me dice que no cree que haya un Dios, pienso en cómo me sentí cuando metí los dedos en aquel compartimiento y encontré aquella moneda. Pensé en llamar a la señora Power, pero decidí que era mejor llamar a la oficina del sheriff. Alguien pasaría el mensaje a John Power, y si sospechaba tanto como parecía de Ardelia, daría los pasos adecuados. Cerré la puerta de la cabina y busqué el número. En aquella época, si tenías suerte, encontrabas una guía de teléfonos en las cabinas. Antes de marcar el número, me metí los guijarros en la boca. Contestó el propio John Power, y ahora pienso que por eso murieron Patsy Harrigan, Tom Gibson y el propio John Power, y por qué no detuvieron a Ardelia en ese mismo momento. Verán, yo esperaba que contestara la secretaria, que entonces era Hannah Verrill. Cuando lo hiciera, le diría lo que tenía que decir y ella se lo transmitiría al alguacil. En lugar de eso, oí aquella voz dura que decía: «Oficina del Sheriff, alguacil Power al habla, ¿qué puedo hacer por usted?». Estuve a punto de tragarme los guijarros, y durante un minuto no pude hablar. Él exclamó: «¡Malditos niños!», y supe que estaba a punto de colgar. «¡Espere!», dije. Con los guijarros en la boca, parecía que estaba hablando a través de un micrófono de algodón. «¡Alguacil, no corte!» «¿Quién es?», preguntó. «No importa», respondí. «Si quiere a su hija, sáquela de la ciudad y, haga lo que haga, no la deje acercarse a la Biblioteca. Lo digo en serio. Está en peligro.» y colgué. Si hubiese contestado Hannah, creo que habría dicho más. Habría mencionado nombres..., el de Tansy, el de Tom, el de Patsy..., y también el de Ardelia. Pero él me asustaba..., sentía que, si seguía hablando, podría mirar por el hilo y verme al otro extremo, de pie en aquella cabina y apestando como si fuera una bolsa de melocotones podridos. Escupí los guijarros y salí a toda prisa de la cabina. El poder que ella ejercía sobre mí se había roto, aquella llamada lo había logrado, pero sentía pánico. ¿Alguna vez han visto a un pájaro entrar volando en un garaje y empezar a dar vueltas, sin rumbo, golpeándose contra las paredes, loco por salir? Eso era lo que yo parecía. De pronto, ya no me preocupaban Patsy Harrigan y Tom Gibson; ni siquiera

Tansy Power. Sentía que era Ardelia quien me miraba, que Ardelia sabía lo que había hecho y que estaría buscándome. Quería esconderme. ¡Diablos! Necesitaba esconderme. Empecé a bajar por la calle Mayor, y cuando llegué al final casi corría. En aquel momento, Ardelia ya se había confundido en mi cabeza con el Policía de la Biblioteca y con el hombre moreno, el que conducía la apisonadora y el coche donde iba Simón *El Tonto.* Esperaba verlos a los tres entrando en la calle Mayor en el viejo Buick del hombre moreno, buscándome. Me fui al depósito del ferrocarril y volví a arrastrarme debajo de la plataforma de carga. Me acurruqué allí, estremeciéndome y temblando, incluso llorando un poco, esperando a que ella apareciera y me matara. No dejaba de pensar que levantaría los ojos y vería su cara debajo de la falda de cemento de la plataforma, con los ojos rojos y enfurecidos, y la boca convertida en aquella cosa que parecía un cuerno. Me arrastré hasta el fondo y encontré media botella de vino bajo un montón de hojas muertas y viejas telarañas. La había metido allí solo Dios sabe cuándo y me había olvidado de ella. Me bebí el vino en tres largos tragos. Después empecé a arrastrarme otra vez hacia la parte delantera de aquel espacio, pero a mitad de camino me desvanecí. Cuando volví a despertar, pensé que no había pasado nada de tiempo, porque la luz y las sombras eran casi las mismas. Pero mi dolor de cabeza había desaparecido y el estómago rugía pidiendo comida.

—Habías dormido un día entero, ¿eh? —aventuró Naomi.

—No, casi dos días enteros. Había hecho la llamada a la oficina del sheriff alrededor de las diez de la mañana del lunes. Cuando recuperé el conocimiento bajo la plataforma, con la botella de vino vacía todavía en la mano, eran pasadas las siete de la mañana del miércoles. Pero en realidad no era sueño. Tienes que tener en cuenta que no se trataba de la borrachera de un día, ni siquiera de una semana. Había estado totalmente borracho durante la mayor parte de los dos años anteriores. Y eso no era todo, estaban Ardelia, la Biblioteca, los niños y la

Hora de los Cuentos. Me había pasado dos años montado en un tiovivo del infierno. Creo que aquella parte de mi mente que todavía deseaba vivir y estar bien decidió que lo único que podía hacer era desconectar por un tiempo y apagarse. Y cuando desperté, todo había terminado. Todavía no habían encontrado los cuerpos de Patsy Harrigan y de Tom Gibson, pero había terminado. Lo supe incluso antes de asomar la cabeza por la plataforma de carga. Dentro de mí había un vacío, como un hueco en la encía cuando se cae un diente. La diferencia era que ese lugar vacío estaba en mi mente. Y comprendí. Se había ido. Ardelia se había ido. Salí a gatas de allá abajo y estuve a punto de desmayarme otra vez, a causa del hambre. Vi a Brian Kelly, que en aquellos días era jefe de almacén. Contaba sacos de algo en la otra plataforma de carga y hacía marcas en un papel. Me las arreglé para acercarme a él. Al verme, en su cara apareció una expresión de disgusto. Hubo un tiempo en que nos invitábamos a tragos en The Domino, una taberna que se incendió mucho antes de su época, Sam, pero aquellos días habían terminado hacía mucho. Lo único que veía era a un borracho sucio e inmundo, con hojas y mugre en el pelo, a un borracho que hedía a orina y Old Duke. «Sal de aquí, papito, o llamo a la poli», dijo. Aquel día también supuso una primera vez para mí. Ser borracho tiene una cosa: constantemente se encuentran terrenos inexplorados. Fue la primera vez que mendigué dinero. Le pregunté si podía darme un cuarto de dólar para tomarme una taza de café y unas tostadas en el restaurante Route 32. Metió la mano en el bolsillo y sacó unas monedas. No me las dio; simplemente las tiró en mi dirección. Tuve que arrodillarme en la escoria y cogerlas. No creo que tirara el dinero para avergonzarme. Simplemente, no quería tocarme. Y no lo culpo. Cuando vio que tenía el dinero, dijo: «Muévete, papito. Y si vuelvo a verte por aquí, llamaré a la poli». «Puedes apostar a que sí», dije, y me fui. Nunca supo quién era yo, y me alegro. A medio camino del restaurante, pasé por uno de esos expositores de periódicos y vi la parte interior de la *Gazette* de aquel día. Entonces fue cuando me di cuenta de que había estado ausente dos días en lugar de uno. La fecha no significaba demasiado para mí..., por aquel entonces los calendarios no me interesaban mucho..., pero sabía que cuando Ardelia me echó de su cama por última vez y yo hice la llamada era la mañana del lunes. Después vi los titulares. Parecía que había dormido durante el día más lleno de noticias en la historia de Junction City. CONTINÚA LA BÚSQUEDA DE LOS NIÑOS DESAPARECIDOS, decía un titular. Había fotos de Tom Gibson y de Patsy Harrigan. El titular de la otra página informaba: EL FORENSE DEL CONDADO AFIRMA QUE EL ALGUACIL MURIÓ DE UN ATAQUE CARDÍACO. Debajo había una foto de John Power. Cogí uno de los periódicos y dejé un níquel en el montón, que era lo que se hacía cuando la gente solía confiar en los demás. Después me senté en el bordillo de la acera y leí ambos artículos. El de los niños era más breve. Lo principal era que nadie estaba demasiado preocupado todavía. El sheriff Beeman lo trataba como un caso de huida. Ella había escogido a los niños adecuados, a unos que eran verdaderos demonios y pájaros del mismo plumaje. Siempre estaban juntos. Vivían en la misma manzana, y el artículo decía que la semana anterior se habían metido en líos cuando la madre de Patsy Harrigan los pescó fumando en el cobertizo. Tom Gibson tenía un tío que vivía en una granja, en Nebraska, y Norm Beeman estaba bastante seguro de que iban hacia allí. Ya he dicho que no hacía funcionar demasiado el cerebro. De todos modos, ¿cómo podía saber lo que había sucedido? Y tenía razón en una cosa: no eran el tipo de niños que se caen dentro de pozos o se ahogan nadando en el río Proverbia. Sin embargo, yo sabía dónde estaban, así como que Ardelia había vuelto a ganar. Sabía que los encontrarían a los tres juntos y ese mismo día, más tarde, los encontraron. Había salvado a Tansy Power y me había salvado a mí, pero no me servía de consuelo. El artículo sobre el alguacil Power era más largo. Era el segundo porque habían encontrado el cuerpo el lunes por la tarde. Su muerte había aparecido en el periódico del martes, pero no la causa. Lo habían encontrado encogido tras el volante de su coche, a un kilómetro y medio al oeste de la granja Orday. Era un lugar que yo conocía muy bien, porque era donde habitualmente me salía del camino y me internaba entre el maíz en dirección a la casa de Ardelia. Podía llenar los blancos bastante bien. John Power no era hombre que dejara crecer la hierba bajo sus pies; en cuanto yo colgué el teléfono, junto a la gasolinera, debió de salir hacia la casa de Ardelia. Tal vez llamara primero a su esposa para decirle que no dejara salir a Tansy de casa hasta que tuviera noticias de él. Por supuesto, eso no estaba en el periódico, pero apuesto a que fue así. Cuando llegó allí, ella debió de adivinar que la había denunciado y que el juego había terminado. Así que lo mató. Lo..., lo abrazó hasta la muerte, igual que hizo con el señor Lavin. Como le había dicho, era un tipo duro, pero un arce también es duro y, sin embargo, uno puede sacarle la savia si lo hiere profundamente. Imagino que ella lo hizo. Cuando estuvo muerto, debió de llevarlo en su propio coche hasta el lugar donde lo encontraron. Aunque por aquel entonces no pasaban muchos coches por el camino Garson, se necesitaban muchos cojones para hacerlo. Pero ¿qué otra cosa podía hacer? ¿Llamar a la oficina del sheriff y decirles que John Power había sufrido un ataque al corazón mientras hablaba con ella? Eso habría provocado un montón de preguntas en el preciso momento en que no quería que nadie pensara en ella. Y hasta John Beeman habría sentido curiosidad por saber por qué John Power tenía tanta prisa en hablar con la bibliotecaria del ayuntamiento. Así que lo sacó de allí y lo llevó casi hasta la granja Orday, aparcó el coche en la banquina y regresó a su casa por el camino que tomaba yo, a través del maizal. —Dave miró a Sam, luego a Naomi, y después otra vez a Sam—. Además, apuesto a que sé lo que hizo luego. Apuesto a que empezó a buscarme. No me refiero a que subiera al coche y empezara a recorrer Junction City asomando la cabeza en los agujeros habituales. No era necesario. Durante aquellos años, en repetidas ocasiones había aparecido donde yo estaba cuando me necesitaba, o me había enviado a uno de los niños con una nota. No importaba que yo estuviese sentado sobre una pila de cajas detrás de la barbería, o pescando en el río Grayling, o simplemente borracho detrás del depósito: ella sabía dónde encontrarme. Era una de sus facultades. Pero aquella última vez no; la vez que deseaba encontrarme más que ninguna otra cosa, y creo imaginar por qué no. Ya os he dicho que después de hacer aquella llamada no me dormí, ni siquiera me desvanecí. Se parecía más a haber entrado en coma o a estar muerto. Y cuando proyectó hacia el exterior ese ojo que tenía en la mente, buscándome, no pudo verme. No sé cuántas veces pasaría aquel ojo por encima del lugar donde estuve aquel día y aquella noche, ni quiero saberlo. Solo sé que si me hubiera encontrado no habría aparecido ningún niño con una nota. Se habría presentado ella en persona, y no puedo ni imaginar lo que me habría hecho por haber frustrado sus planes. De todos modos, si hubiera tenido más tiempo me habría encontrado; pero no lo tenía. En primer lugar, había hecho sus planes. Y después estaba la cuestión de la aceleración de la metamorfosis. Se acercaba el momento del sueño y no podía perder tiempo buscándome. Además, debía de saber que más adelante tendría otra oportunidad. Y ahora ha llegado el momento.

—No entiendo qué quieres decir —dijo Sam.

—Por supuesto que sí —contestó Dave—. ¿Quién cogió los libros que lo han metido en este atolladero? ¿Quién los envió al centro de reciclaje junto con los periódicos? Yo. ¿Cree que ella no lo sabe?

—¿Piensas que todavía te quiere? —preguntó Naomi.

—Sí, pero no como antes. Ahora solo quiere matarme. —Volvió la cabeza, y sus ojos brillantes y apenados miraron los de Sam—. Ahora lo quiere a usted.

Sam rió inquieto.

—Estoy convencido de que hace treinta años era una

bomba —dijo—, pero la dama ha envejecido. Realmente no es mi tipo.

—Creo que sigue sin comprender —dijo Dave—. Sam, ella no quiere follárselo; quiere ser usted.

10

Unos momentos después, Sam dijo:

—Espera. Espera un segundo.

—Me ha escuchado, pero no se lo ha tomado tan en serio como debería —replicó Dave. Su voz era paciente, pero fatigada, terriblemente fatigada—. De modo que déjeme decirle algo más. Después de matar a John Power, llevó el cuerpo lo bastante lejos para no ser la primera sospechosa. Después siguió adelante y esa tarde abrió la Biblioteca, como siempre. En parte porque una persona culpable parece más sospechosa si se aparta de su rutina habitual, pero eso no era todo. Tenía el cambio encima y necesitaba la vida de aquellos niños. Ni se le ocurra preguntarme por qué, porque no lo sé. Tal vez sea como un oso que tiene que atracarse antes de hibernar. Lo único que sé es que tenía que asegurarse de que el lunes por la tarde hubiera una Hora de los Cuentos, y lo hizo.

»En algún momento, mientras los niños estaban sentados a su alrededor en el trance en que los ponía, les dijo a Tom y a Patsy que deseaba que fueran a la Biblioteca el martes por la mañana, aunque estuviera cerrada martes y jueves durante el verano. Lo hicieron, y ella los mató; después se sumió en ese sueño que tanto se parece a la muerte. Y ahora viene usted, Sam, treinta años más tarde. Me conoce, y Ardelia todavía necesita enfrentarse cara a cara conmigo, así que es un comienzo. Pero hay algo mucho mejor que eso. También sabe lo del Policía de la Biblioteca.

—No sé cómo...

—No, no sabe cómo lo sabe, y eso lo hace todavía mejor.

Porque para alguien como Ardelia Lortz, esos secretos tan malos que tenemos que ocultárnoslos hasta a nosotros mismos son los mejores de todos. Además, mire las ventajas: usted es joven, soltero y no tiene amigos íntimos. Es verdad, ¿no es así?

—Es lo que habría dicho hasta hoy —dijo Sam después de pensar un momento—. Habría dicho que los únicos buenos amigos que hice desde que llegué a Junction City se han mudado. Pero considero que tú y Naomi sois mis amigos, Dave. Os considero muy buenos amigos. Los mejores.

Naomi cogió la mano a Sam y la apretó un instante.

—Me siento honrado —dijo Dave—, pero no importa, porque ella tiene intención de matarnos, a mí y a Sarah también. Una vez me dijo que cuantos más fuéramos, más reiríamos. Tiene que tomar vidas para sobrevivir a su tiempo de metamorfosis, y despertar también debe de ser un tiempo de cambio.

—Estás diciendo que de alguna manera planea poseer a Sam, ¿verdad? —preguntó Naomi.

—Creo que quiero decir algo más que eso, Sarah. Creo que tiene intención de destruir lo que hay dentro de Sam que lo hace ser Sam. Pienso que tiene intención de vaciarlo como un niño vacía una calabaza para hacer un farolillo de Halloween, y de ponérselo como quien se pone una muda de ropa limpia. Y después de que eso suceda, si sucede, él seguirá pareciéndose a un hombre llamado Sam Peebles, pero ya no será un hombre, no más de lo que Ardelia Lortz ha sido nunca una mujer.

»Hay algo no humano, algo escondido bajo su piel, y creo que siempre lo supe. Está dentro, pero es marginal. ¿De dónde vino Ardelia Lortz? ¿Dónde vivía antes de venir a Junction City? Creo que, si lo investigaran, verían que todo lo que puso en las referencias que mostró al señor Lavin era mentira, y que nadie en la ciudad lo sabía realmente. Creo que lo que selló el destino de John Power fue su curiosidad acerca de esos detalles. Pero también creo que alguna vez hubo una Ardelia Lortz real, en Pass Christian, Mississippi, o en Harrisburg, Pensilvania, o en Portland, Maine, y que ese "algo" la poseyó y se la puso. Ahora quiere hacerlo otra vez.

»Si permitimos que suceda, creo que este mismo año, más adelante, aparecerá un hombre llamado Sam Peebles en alguna otra ciudad, en San Francisco, California, o en Butte, Montana, o en Kingston, Rhode Island. Caerá bien a la mayoría de la gente, sobre todo a los niños, aunque tal vez también le teman de alguna manera que no comprenden y de la que no pueden hablar. Y, naturalmente, será bibliotecario.

DOCE

Por aire a Des Moines

1

Sam miró el reloj y quedó estupefacto al comprender que eran casi las tres de la tarde. Faltaban apenas nueve horas para la medianoche, y entonces el hombre alto de ojos plateados estaría de regreso. O tal vez Ardelia Lortz. O los dos juntos.

—¿Qué crees que debería hacer, Dave? ¿Ir al cementerio local, encontrar el cadáver de Ardelia y clavarle una estaca en el corazón?

—No creo que pudiera hacerlo —contestó—, porque la dama fue incinerada.

—¡Ah! —exclamó Sam.

Volvió a acomodarse en su silla con un pequeño suspiro y Naomi le cogió otra vez la mano.

—En todo caso, no harás nada solo —dijo esta con firmeza—. Dave dice que tiene intención de matarnos a nosotros dos también, pero no se trata de eso. Los amigos están para ayudarse cuando hay problemas. Esa es la cuestión. ¿Para qué otra cosa sirven, si no?

Sam se acercó la mano de Naomi a los labios y la besó.

—Gracias, pero no sé qué podríais hacer vosotros. Ni yo. No parece que se pueda hacer nada. A menos que… —Sam miró esperanzado a Dave—. A menos que huya.

Dave meneó la cabeza.

—Ella, o *eso*, ve, ya se lo he dicho. Supongo que si realmente pisara el acelerador y los polis no le echaran el guante, podría llegar a Denver antes de medianoche, pero cuando saliera del coche estaría Ardelia Lortz esperándole. O en un tramo de gran oscuridad descubriría que el Policía de la Biblioteca está sentado junto a usted.

Esa idea —la cara blanca y los ojos plateados, iluminados solo por el resplandor verde del tablero— hizo estremecer a Sam.

—Entonces ¿qué?

—Creo que ambos saben lo que hay que hacer primero —dijo Dave. Terminó de beber el té helado y dejó el vaso en el suelo—. Piensen un momento y lo verán.

Los tres se quedaron un rato observando el elevador de granos. El cerebro de Sam era una clamorosa confusión; lo único que podía captar eran fragmentos aislados de la historia de Dave Duncan y la voz del Policía de la Biblioteca con su extraño ceceo, diciendo: *No quiero ezcuchar zuz eztúpidas ezcuzas… Tiene hazta medianoche… dezpués regrezaré.*

En el rostro de Naomi se hizo repentinamente la luz.

—¡Claro! —exclamó—. ¡Qué tonta! Pero…

Hizo una pregunta a Dave, y los ojos de Sam se dilataron al comprender.

—Creo recordar que hay un lugar en Des Moines —dijo Dave—. Pell's. Si en algún lugar pueden ayudarnos, será allí. ¿Por qué no llamas, Sarah?

2

Cuando Naomi se fue, Sam dijo:

—Aunque puedan ayudarnos no creo que sea posible llegar allí antes de la hora de cierre. Aunque supongo que debo intentarlo…

—Nunca pensé que condujera —dijo Dave—. No, Sarah y usted deben ir al aeropuerto de Proverbia.

Sam pestañeó.

—No sabía que hubiera un aeropuerto en Proverbia.

Dave sonrió.

—Bueno, supongo que es algo exagerado. Hay un kilómetro escaso de tierra apisonada a la que Stan Soames llama pista de despegue. La sala delantera de Stan es la oficina de la Compañía Charter de Iowa Occidental. Hablen con Stan. Tiene un pequeño Navajo. Los llevará a Des Moines y estarán de vuelta hacia las ocho, las nueve como muy tarde.

—¿Y si no está allí?

—Entonces trataremos de pensar en otra cosa. Pero creo que estará. Lo único que a Stan le gusta más que volar es trabajar en la granja, y estando en primavera los granjeros no se alejan mucho. Por cierto, a lo mejor dice que no puede llevarlos a causa de su jardín, que deberían haber concertado una cita con algunos días de antelación para que él hubiera llamado al hijo de Carter. Si es así, le dicen que van de parte de Dave Duncan, y que Dave ha dicho que ha llegado el momento de que le pague las pelotas de béisbol. ¿Lo recordará?

—Sí, pero ¿qué significa?

—Nada relacionado con esto —respondió Dave—. Lo importante es que, si se lo dice, los llevará. Y cuando vuelva a dejarlos en tierra, no se preocupen de venir aquí, vayan directamente a la ciudad.

Sam empezó a sentir que el miedo se le metía en el cuerpo.

—A la Biblioteca.

—Exacto.

—Dave, lo que Naomi dijo de los amigos es muy dulce, y hasta puede que sea verdad, pero creo que tengo que excluirlos de ese lugar. Ninguno de ustedes tiene por qué participar en esto. Yo fui el único responsable de su reaparición.

Dave se estiró y cogió la muñeca de Sam con una fuerza sorprendente.

—Si realmente piensa eso, es que no ha entendido ni una palabra de lo que he dicho. Usted no es responsable de nada. Yo llevo en la conciencia las muertes de John Power y de dos criaturas, por no hablar de los terrores que no sé cuántos otros niños padecieron, pero tampoco soy responsable. No busqué ser el compañero de Ardelia Lortz de la misma manera en que no busqué ser un borracho durante treinta años. Esas cosas sucedieron. Pero ella me guarda rencor y vendrá a buscarme, Sam. Y si no estoy con ustedes cuando venga, me visitará primero. Y no seré el único a quien visite. Sarah tenía razón, Sam. Ella y yo no tenemos que estar juntos para protegerle; los tres tenemos que estar juntos para protegernos unos a otros. Sarah sabe lo de Ardelia, ¿comprende? Si Ardelia aún no se ha enterado, lo hará en cuanto aparezca esta noche. Planea partir de Junction City como si fuera usted, Sam. ¿Cree que dejaría detrás a alguien que conozca su nueva identidad?

—Pero…

—Pero nada —replicó Dave—. Al final, todo se reduce a una sencilla elección, que puede comprender hasta una vieja ruina como yo: o compartimos esto juntos o moriremos en sus manos. —Se inclinó hacia delante y prosiguió—: Sam, si quiere salvar a Sarah de Ardelia, olvide lo de ser un héroe y empiece a recordar quién era su Policía de Biblioteca. Tiene que hacerlo. Porque no creo que Ardelia pueda poseer a cualquiera. En este asunto hay una sola coincidencia, pero es fundamental: alguna vez usted también tuvo un Policía de Biblioteca. Y tiene que recuperar ese recuerdo.

—Lo he intentado —dijo Sam, a sabiendas de que era mentira. Porque cada vez que se ponía a pensar en…

(Ven conmigo, hijo... zoy un polizía)

en aquella voz, se apartaba. Sentía el sabor del regaliz rojo, que jamás había comido y que detestaba..., y eso era todo.

—Tiene que seguir intentándolo —dijo Dave—, o no habrá esperanza.

Sam hizo una inspiración profunda y dejó escapar el aire. La mano de Dave le tocó la nuca y le hizo una ligera caricia.

—Es la clave de esto —dijo Dave—. Tal vez descubra que es la clave para todo lo que le ha molestado en su vida. Para su soledad y su tristeza.

Sam lo miró sobresaltado. Dave sonrió.

—¡Oh, sí! —dijo—. Usted está solo, usted se siente triste y vive apartado de los demás. Habla mucho, pero no se mueve como habla. Hasta hoy, yo no era para usted más que Dave *El Sucio*, el tipo que pasa a recoger los periódicos una vez al mes. Pero un hombre como yo ve mucho, Sam, y se necesita a alguien para conocer a alguien.

—La clave de todo —murmuró Sam.

Se preguntó si existirían realmente esas cosas fuera de las novelas populares y las películas de Estrenos TV, llenas de psiquiatras valerosos y pacientes atormentados.

—Es verdad —insistió Dave—. Esas cosas tienen un poder inmenso, Dave. No le culpo por no querer recordar. Pero si quiere, puede, ¿sabe? La elección depende de usted.

—¿Es otra de las cosas que ha aprendido en AA, Dave?

—Bueno, allí las enseñan —respondió sonriendo—, pero supongo que eso ya lo sabía.

Naomi volvió a aparecer en el porche. Sonreía y sus ojos centelleaban.

—¿No es maravillosa? —preguntó Dave tranquilamente.

—Sí —afirmó Sam—. Sin duda lo es.

Era totalmente consciente de dos cosas: de que estaba enamorándose y de que Dave Duncan lo sabía.

3

—El hombre estuvo tanto tiempo buscando que me asusté —dijo ella—, pero tuvimos suerte.

—Estupendo —dijo Dave—. Entonces ustedes dos irán a ver a Stan Soames. ¿La Biblioteca sigue cerrando a las ocho durante el curso, Sarah?

—Sí, estoy casi segura de que sí.

—Entonces, iré a hacerle una visita alrededor de las cinco. Los encontraré en la parte trasera, donde está la plataforma de carga, entre las ocho y las nueve. Por amor de Dios, traten de no llegar tarde.

—¿Cómo entraremos? —preguntó Sam.

—Yo me ocuparé de eso, no se preocupe. Váyanse ya.

—Tal vez deberíamos telefonear a este tal Soames desde aquí —dijo Sam—, para asegurarnos de que está libre.

Dave meneó la cabeza.

—No servirá de nada. La esposa de Stan lo abandonó por otro hace cuatro años. Afirmó que estaba casado con su trabajo, lo que siempre es una excelente excusa para una mujer que quiere cambiar de vida. Además, no tiene niños. Estará en el campo. Y ahora, vayan, hay que aprovechar la luz del día.

Naomi se inclinó y besó la mejilla de Dave.

—Gracias por contárnoslo —dijo.

—Me alegro de haberlo hecho. Me siento muchísimo mejor.

Sam se dispuso a tenderle la mano a Dave, pero se lo pensó mejor. Se inclinó y abrazó al viejo.

4

Stan Soames era un hombre alto y huesudo con ojos furiosos que resplandecían en una cara amable, un hombre que ya lucía un bronceado estival aunque, según el calendario, la primavera no había cumplido aún un mes de vida. Sam y Naomi lo encontraron en la parte trasera de su casa, tal como les había dicho Dave. A sesenta metros al norte del Rototiller inmóvil y manchado de barro, Sam veía lo que parecía un camino sucio; sin embargo, dado que en un extremo había un pequeño aeroplano medio tapado con una lona, y un anemómetro agitándose en un poste herrumbroso en el otro, dio por sentado que era la única pista de despegue del aeropuerto de Proverbia.

—No puedo —dijo Soames—. Tengo que arar cincuenta acres esta semana y estoy solo. Deberían haber llamado con dos o tres días de antelación.

—Esto es una emergencia —dijo Naomi—. De verdad, señor Soames.

Él suspiró y extendió los brazos como para abrazar toda la granja.

—¿Quieren saber qué es una emergencia? —preguntó—. Lo que el gobierno le está haciendo a granjas como esta y a gente como yo. Eso si que es una verdadera emergencia. Mire, en Cedar Rapids hay un tipo que podría...

—No tenemos tiempo de ir a Cedar Rapids —dijo Sam—. Dave nos contó que usted diría probablemente...

—¿Dave? —Stan Soames se volvió hacia él con más interés del que había demostrado hasta entonces—. ¿Qué Dave?

—Duncan. Me dijo que había llegado el momento de que le pagara las pelotas de béisbol.

Soames frunció el ceño y apretó los puños. Por un momento, Sam pensó que iba a pegarle. Después, súbitamente, el tipo se echó a reír y comenzó a menear la cabeza.

—¡Después de todos estos años, Dave Duncan vuelve a aparecer en escena con el pagaré en la mano! ¡Diablos!

Empezó a caminar hacia el tractor. Al hacerlo, volvió la cabeza hacia ellos, gritando para hacerse oír por encima del enérgico estallido de la máquina.

—¡Vayan hacia el aeroplano mientras saco esta cosa de

aquí! ¡Cuidado con el terreno lodoso que haya al borde de la pista, o les succionará los zapatos!

Soames puso el tractor en movimiento. Con todo aquel ruido era difícil de decir, pero a Sam le pareció que seguía riendo.

—¡Pensé que el viejo bastardo se moriría antes de tener oportunidad de saldar las cuentas con él!

Pasó rugiendo al lado de ellos en dirección al granero, dejando a Sam y Naomi mirándose perplejos.

—¿De qué hablaba? —preguntó Naomi.

—No lo sé, Dave no quiso decírmelo. —Le ofreció su brazo y añadió—: Señora, ¿quiere venir conmigo?

—Gracias, señor —respondió ella, aceptando.

Hicieron lo que pudieron para evitar el terreno lleno de lodo, pero no lo consiguieron del todo. El pie de Naomi se hundió hasta el tobillo, y al intentar sacarlo el zapato se quedó atascado en el barro. Sam se inclinó, lo cogió y levantó a Naomi en brazos.

—¡Sam, no! —exclamó Naomi, riendo sobresaltada—. ¡Te romperás la espalda!

—No —dijo él—. Eres liviana.

Lo era, en efecto, y súbitamente Sam sintió la cabeza también ligera. Llevó a Naomi por la pendiente de la pista hasta el aeroplano y la dejó en el suelo. Los ojos de la joven se clavaron en los suyos con calma y una especie de luminosa claridad. Sin pensarlo, él se inclinó y la besó. Al cabo de un instante, ella le rodeó el cuello con los brazos y respondió a su beso.

Cuando volvió a mirarla, estaba algo agitado. Naomi sonreía.

—Puedes llamarme Sarah cuando quieras —dijo.

Sam rió y volvió a besarla.

5

Viajar en el Navajo detrás de Stan Soames era como sentarse a horcajadas sobre un saltador. Brincaron y se agitaron a merced de las rachas inquietas del viento primaveral, y una o dos veces Sam pensó que quizá engañaran a Ardelia de una manera que ni siquiera esa extraña criatura podía haber previsto: desapareciendo diseminados en un maizal de Iowa.

Sin embargo, Stan Soames no parecía preocupado. Aullaba viejas baladas como *Dulce Susi* y *Las aceras de Nueva York* a todo pulmón, mientras el Navajo saltaba en dirección a Des Moines a trescientos metros de altura. Naomi estaba en trance, mirando por la ventanilla los caminos, campos y casas de abajo, con las manos colocadas a ambos lados de la cara para evitar que el sol la deslumbrara.

Por último, Sam le dio un golpecito en el hombro.

—¡Actúas como si nunca hubieras volado! —aulló sobre el zumbido del motor.

Ella se volvió un instante y sonrió como una escolar fascinada.

—¡Nunca lo he hecho! —dijo, y se volvió enseguida para seguir mirando.

—¡Vaya por Dios! —exclamó Sam, y se ajustó el cinturón mientras el avión daba otro de sus gigantescos saltos.

6

Cuando el Navajo descendió y aterrizó en el aeropuerto del condado de Des Moines, eran las cuatro y veinte. Soames se dirigió hacia la terminal de Aviación Civil, apagó el motor y abrió la portezuela. A Sam le divirtió la punzada de celos que sintió cuando Soames rodeó la cintura de Naomi para ayudarla a bajar.

—¡Gracias! —exclamó ella, jadeante. Tenía las mejillas encendidas, y los ojos le brillaban—. ¡Es maravilloso!

Soames sonrió y de pronto pareció tener cuarenta años en lugar de sesenta.

—Siempre me ha gustado —dijo—, y es mejor que pasar la tarde moliéndose los riñones en el tractor, tengo que admitirlo. —Su mirada fue de Naomi a Sam—. ¿Pueden explicarme la razón de esta emergencia? Los ayudaré si puedo. Le debo a Dave algo más que un pequeño salto de Proverbia a Des Moines, incluida la vuelta.

—Tenemos que ir a la ciudad —dijo Sam—. A un lugar llamado Pell's. Tienen un par de libros para nosotros.

Stan Soames los miró con los ojos dilatados.

—¿Perdón?

—Pell's...

—Conozco Pell's —dijo—. Libros nuevos delante, libros viejos detrás. «La Mayor Selección del Medio Oeste», dice el anuncio. Lo que trato de entender es esto: ¿me han sacado de mi granja y me han hecho volar a través del estado para conseguir un par de libros?

—Son libros muy importantes, señor Soames —respondió Naomi. Tocó una de las ásperas manos del granjero—. En este momento, son las cosas más importantes de mi vida..., y de la de Sam,

—Y de la de Dave también —dijo Sam.

—Si me explicaran lo que sucede —preguntó Soames—, ¿creen que podría entenderlo?

—No —contestó Sam.

—No —repitió Naomi, y sonrió un poco.

Soames dejó escapar un profundo suspiro por sus anchas narices y metió las manos en los bolsillos de sus pantalones.

—Bueno, supongo que de todos modos no me importa tanto. Hace diez años que estoy en deuda con Dave, y ha habido momentos en que la deuda me ha pesado mucho. Además —añadió con el rostro resplandeciente—, le he ofrecido a una bonita joven su primer vuelo. Solo hay algo más hermoso que una chica después de su primer vuelo, y es una chica después de su primer…

Se detuvo de golpe y movió los pies sobre el asfalto. Naomi miró discretamente en dirección al horizonte. En ese momento se acercó un camión de combustible. Soames se dirigió rápidamente hacia él y se enzarzó en una interesante conversación con el conductor.

—Le has producido una gran impresión a nuestro indómito piloto —dijo Sam.

—Es posible, sí —dijo ella—. Me siento maravillosamente bien, Sam. ¿No es una locura?

Él acomodó un rizo rebelde de su cabello, poniéndolo detrás de la oreja.

—Ha sido un día loco. El más loco que recuerdo.

Pero entonces habló la voz interior. Surgió de aquel lugar profundo donde todavía se movían grandes objetos, y le dijo que eso no era del todo cierto. Hubo otro que había sido tan loco como ese. Más loco. El día de *La flecha negra* y el regaliz rojo.

Aquel pánico extraño y sofocado volvió a surgir en él, que ahogó la voz.

Sam, si quiere salvar a Sarah de Ardelia, olvide lo de ser un héroe y empiece a recordar quién era su Policía de Biblioteca.

¡No recuerdo! ¡No puedo! ¡No! ¡No debo!

Tiene que recuperar ese recuerdo.

¡No debo! ¡No está permitido!

Tiene que intentarlo más, o no habrá esperanza.

—De verdad, ahora tengo que irme a casa —murmuró Sam Peebles.

Naomi, que se había apartado para mirar los alerones del Navajo, lo oyó y regresó.

—¿Has dicho algo?

—Nada. No tiene importancia.

—Estás muy pálido.

—Estoy muy tenso —dijo él, irritado.

Stan Soames regresó. Señaló con el pulgar al conductor del camión de combustible.

—Dawson dice que puedo coger prestado su coche. Los llevaré a la ciudad.

—Podríamos llamar un taxi… —empezó Sam.

Naomi meneaba la cabeza.

—No tenemos tiempo para eso —dijo—. Muchas gracias, señor Soames.

—¡Bah! —exclamó Soames, dedicándoles una sonrisa de pilluelo—. Pueden llamarme Stan. Vamos. Dawson dice que hay bajas presiones que vienen desde Colorado. Quiero regresar a Junction City antes de que comience a llover.

7

Pell's era una gran estructura tipo granero situada al borde del distrito comercial de Des Moines: la antítesis de las pequeñas librerías de los centros comerciales. Naomi preguntó por Mike. La llevaron al escritorio del servicio a clientes, un quiosco que parecía un despacho de aduanas entre la sección de novedades y la otra, más grande, que vendía libros de segunda mano.

—Mi nombre es Naomi Higgins. Hablé por teléfono con usted hace un rato.

—¡Ah, sí! —exclamó Mike. Revolvió en uno de los atestados estantes y sacó dos libros.

Uno era *Los poemas favoritos del pueblo norteamericano*; el otro, *El compañero del orador*, editado por Kent Adelmen. Nunca en su vida se había sentido Sam Peebles tan contento de ver dos libros, y se descubrió luchando contra el impulso de arrebatarlos de las manos del empleado y apretarlos contra su pecho.

—*Los poemas favoritos* se encuentra fácilmente —dijo Mike—, pero *El compañero del orador* no ha sido reeditado. Diría que Pell's es la única librería entre Des Moines y Denver con un ejemplar como este, salvo los de las bibliotecas, claro.

—Ambos me parecen estupendos —dijo Sam fervorosamente.

—¿Son para regalar?

—Algo así.

—Si quiere, puedo hacer que los envuelvan para regalo. No tardarán ni un segundo.

—No será necesario —dijo Naomi.

El precio de ambos libros era de veintidós dólares y cincuenta y cinco centavos.

—No puedo creerlo —dijo Sam, mientras salían de la tienda y se encaminaban al lugar donde Stan Soames había aparcado el coche. Llevaba la bolsa apretada en una mano—. No puedo creer que sea algo tan simple como... devolver los libros.

—No te preocupes —dijo Naomi—. No lo será.

8

Mientras regresaban al aeropuerto, Sam le preguntó a Stan Soames si podía contarles lo de Dave y las pelotas de béisbol.

—Si es algo personal, no se preocupe. Es simple curiosidad.

Soames lanzó una mirada a la bolsa que Sam tenía en el regazo.

—Yo también siento curiosidad por eso —dijo—. Le propongo un trato. El asunto de las pelotas de béisbol sucedió hace diez años. Se lo contaré si dentro de diez años usted me cuenta esto.

—De acuerdo —respondió Naomi desde el asiento trasero, y después agregó lo que Sam estaba pensando—: Si andamos todavía por aquí, claro.

Soames rió.

—Sí, supongo que siempre existe esa posibilidad, ¿no?

Sam asintió.

—A veces suceden cosas espantosas.

—Puede apostar a que sí. Una de ellas le sucedió a mi único hijo en 1980. Los médicos lo llamaron leucemia, pero en realidad es lo que acaba de decir usted, una de esas cosas espantosas que suceden a veces.

—¡Oh, cuánto lo siento! —dijo Naomi.

—Gracias. De vez en cuando empiezo a pensar que lo he superado y entonces me golpea en mi parte débil otra vez. Supongo que algunas cosas tardan mucho tiempo en desaparecer, y otras no desaparecen jamás.

Otras no desaparecen jamás.

Ven conmigo, hijo. Zoy un polizía.

Realmente, ahora tengo que volver a casa. ¿He pagado la multa?

Sam se tocó una comisura de la boca con una mano temblorosa.

—Bueno, ¡diablos!, ya conocía a Dave mucho antes de que sucediera eso —dijo Stan Soames. Pasaron junto a un cartel donde se leía: AEROPUERTO 3 MILLAS—. Crecimos juntos, fuimos juntos a la escuela y anduvimos de correrías juntos. La única diferencia fue que yo sembré mi cosecha y me retiré, y que Dave siguió. —Soames meneó la cabeza—. Borracho o sobrio, era uno de los tipos más amables que he conocido. Pero las cosas llegaron a un punto en que se pasaba más tiempo borracho que sobrio y perdimos el contacto. Parece que su peor momento fue a finales de los cincuenta. Estaba borracho todo el tiempo. Después empezó a ir a AA y pareció mejorar un poco, pero siempre terminaba en el suelo. Yo me casé en 1968. Me habría gustado que fuese mi padrino, pero no me atreví. En aquella ocasión se presentó sobrio, pero no se podía confiar en que se mantuviera así.

—Sé lo que quiere decir —dijo Naomi tranquilamente.

Stan Soames rió.

—Bueno, más bien lo dudo; una muchacha dulce como usted no puede conocer las miserias en las que puede meterse un bebedor devoto. Pero créame, si le hubiera pedido a Dave que fuera mi padrino de bodas, Laura, mi ex, se habría puesto furiosa. A pesar de todo, Dave vino, y después del nacimiento de nuestro hijo Joe, en 1970, lo vi con mayor frecuencia. Durante aquellos años en los que intentaba apartarse de la botella, parecía sentir una debilidad especial por los niños. Lo que más le gustaba a Joey era el béisbol. Estaba loco por el juego, coleccionaba álbumes de pegatinas, tarjetas de esas que venían en los chicles, e incluso me perseguía para que comprara una parabólica y así poder ver todos los partidos de los Royals... Los Royals eran sus favoritos, y también los Cubs que veía en la WGN de Chicago. A los ocho años conocía los promedios de todos los jugadores de los Royals y los récords de ganancia-pérdida de prácticamente todos los lanzadores de la liga americana. Dave y yo lo llevamos tres o cuatro veces a ver un partido. Era como llevar a un niño de gira por el cielo. Dave lo llevó solo dos veces, porque yo tenía trabajo. Laura se quedaba muy preocupada. Decía que aparecería borracho y se habría olvidado del niño, que Joey estaría vagando por las calles o sentado en una comisaría en cualquier parte, esperando que alguien fuera a buscarlo. Pero nunca sucedió nada de eso. Por lo que sé, Dave jamás tomó un trago cuando estaba con Joey. Cuando Joe cayó enfermo, lo peor para él fue que los doctores le dijeron que no podría ir a ningún partido ese año, al menos hasta junio, y tal vez ni siquiera entonces. Le deprimía más eso que tener cáncer. Cuando Dave vino a verlo, Joe se echó a llorar. Dave lo abrazó y dijo: «Si no puedes ir a los partidos, Joey, no importa. Yo te traeré a los Royals». Joe se quedó mirándolo y le preguntó: «¿Quieres decir en persona, tío Dave?». Así lo llamaba, tío Dave. «No puedo hacer eso», respondió Dave, «pero puedo hacer algo casi tan bueno.»

Soames se acercó a la puerta de la terminal de Vuelo Civil y tocó el claxon. La puerta se descorrió, y avanzaron hasta donde estaba el Navajo. Soames apagó el motor y se quedó un momento sentado ante el volante, mirándose las manos.

—Siempre supe que Dave era un bastardo con talento —dijo por fin—. Lo que no sé es cómo hizo lo que hizo tan rápido. Lo que se me ocurre es que debió de trabajar día y noche sin parar, porque en diez días lo acabó..., ¡y eran buenos los mamones! Claro que sabía que tenía que apresurarse. Verán, los doctores nos habían dicho la verdad a Laura y a mí, y yo se lo había contado a Dave. Joe no tenía muchas posibilidades. Habían descubierto el problema demasiado tarde. Rugía en su sangre como un incendio en la pradera. Unos diez días después de haber hecho aquella promesa, Dave apareció en la habitación del hospital con una bolsa de la compra en cada mano. «¿Qué llevas ahí, tío Dave?», preguntó Joe sentándose en la cama. Aquel día se encontraba bastante decaído, sobre todo porque se le estaba cayendo el pelo, me parece. En aquella época, si un chico no llevaba el pelo hasta la mitad de la espalda, era considerado como de clase baja. Pero cuando Dave entró, se animó. «Los Royals, claro», contestó Dave. «¿No te lo había dicho?» Entonces puso las bolsas sobre la cama y las vació. Y nunca, nunca en su vida habrán visto esa expresión en la cara de un niño. Se encendió como un árbol de Navidad... y..., ¡mierda!, no sé...

La voz de Stan Soames sonaba cada vez más estrangulada. Ahora se inclinó sobre el volante del Buick de Dawson con tanto ímpetu que hizo sonar el claxon. Sacó un gran pañuelo del bolsillo trasero, se secó los ojos y se sonó la nariz.

Naomi también se había inclinado hacia delante. Puso una mano en la mejilla de Soames.

—Señor Soames, si esto es demasiado duro para usted...

—No —repuso él, y sonrió un poco. Sam lo miró, mientras una lágrima de Stan Soames trazaba un camino brillante e ignorado por su mejilla, bajo el sol de la última hora de la tarde—. Lo que pasa es que me hace recordar cómo era. Eso duele, señorita, pero también resulta satisfactorio. Los dos sentimientos van juntos.

—Comprendo —dijo ella.

—Cuando Dave vació aquellas bolsas, lo que salió de allí fueron pelotas de béisbol…, más de dos docenas. Pero no eran solo pelotas, porque en cada una había una cara pintada, y cada cara pertenecía a un jugador del equipo del Kansas City Royals de 1980. Y tampoco eran…, ¿cómo se llaman…?, caricaturas. Eran tan buenas como las caras que Norman Rockwell solía pintar para las portadas del *Saturday Evening Post.* Había visto trabajar a Dave antes de que empezara a beber tanto, y lo que hacía era bueno, pero no tanto como aquello. Allí estaban Willie Aikens y Frank White, U.L. Washington y George Brett, Willie Wilson y Amos Otis, Dan Quisenberry, que parecía tan bravo como un pistolero de una vieja película del oeste, Paul Splittorff y Ken Brett. .. No recuerdo todos los nombres, pero era todo el maldito equipo, incluido Jim Frey, el entrenador. Y antes de traérselas a mi hijo, las había llevado a Kansas City y había conseguido que las firmaran todos los jugadores, salvo uno. El que no firmó fue Darrell Porter, el *catcher.* Estaba con gripe, pero prometió firmar la pelota tan pronto como pudiera. Y lo hizo.

—¡Uau! —exclamó Sam con suavidad.

—Y todo fue cosa de Dave, el hombre al que oigo llamar Dave *El Sucio* por toda la ciudad. Les aseguro que, a veces, cuando oigo a la gente decir eso y recuerdo lo que hizo por Joey cuando estaba muriéndose a causa de la leucemia, podría…

Soames no terminó la frase, pero apretó los puños sobre los muslos. Y Sam —que hasta ese día lo había llamado así, y había reído con Craig Jones y Frank Stephens del viejo borracho con su carrito lleno de periódicos— sintió que un rubor de vergüenza subía por sus mejillas.

—Eso fue algo maravilloso, ¿no? —preguntó Naomi, y volvió a tocar la mejilla de Stan Soames, que estaba llorando.

—Deberían haber visto su cara —dijo Soames con voz soñadora —. No habrían creído lo que parecía, sentado en su cama y mirando aquellas caras con las gorras de Kansas City en sus cabezas redondas. No puedo describirlo, pero jamás lo olvidaré. Deberían haber visto su cara. Joe se puso muy malo antes del final, pero no tanto para no poder mirar a los Royals en la tele, o escuchar los partidos por la radio, y tenía las pelotas por toda la habitación. El vano de la ventana, junto a su cama, era el lugar de honor. Allí alineaba a los nueve hombres que participaban en el partido que estaba mirando o escuchando por radio. Si Frey sacaba al lanzador, Joe lo quitaba del vano y ponía en su lugar al sustituto. Y cuando cada hombre bateaba, Joe cogía la pelota correspondiente. Así...

Stan Soames se interrumpió bruscamente y ocultó la cara en su pañuelo. Su pecho se levantó dos veces, y Sam vio que la garganta ahogaba un sollozo. Después volvió a limpiarse los ojos y guardó rápidamente el pañuelo en su bolsillo trasero.

—Así que ahora saben por qué los llevé hoy a Des Moines, y por qué los habría llevado a Nueva York a buscar esos libros si hubiera sido eso lo que querían. No era mi regalo, sino el de Dave. Es un hombre especial.

—Creo que tal vez usted también lo sea —dijo Sam.

Soames le dedicó una sonrisa —una sonrisa extraña, convulsa— y abrió la puerta del Buick de Dawson.

—Bueno, gracias —dijo—. Muchísimas gracias. Y ahora tendríamos que ponernos en marcha antes de que empiece a llover. Señorita Higgins, no olvide sus libros.

—No los olvidaré —dijo Naomi, mientras bajaba del coche con la bolsa apretada en una mano—. Créame, no los olvidaré.

TRECE

El Policía de la Biblioteca (II)

1

Veinte minutos después de salir de Des Moines, Naomi se apartó de la ventanilla. Había estado siguiendo con la vista la carretera 79 y maravillándose ante los coches de juguete que iban y venían, y ahora se volvió hacia Sam. Lo que vio la asustó. Se había quedado dormido con la cabeza apoyada contra una de las ventanillas, pero en su rostro no había paz. Parecía un hombre que padecía un dolor íntimo y profundo.

Por debajo de los párpados corrían lágrimas. Se inclinó para sacudirlo y le oyó preguntar con una temblorosa voz de niño.

—¿Es que me he metido en líos, señor?

El Navajo se abrió paso entre las nubes que se iban acumulando sobre el oeste de Iowa y empezó a agitarse, pero Naomi apenas lo notó. Su mano quedó un momento inmóvil sobre el hombro de Sam y después se retiró.

¿Quién era su Policía de Biblioteca, Sam?

Fuera quien fuese —pensó Naomi—, *me parece que ha vuelto a encontrarlo. Creo que ahora está con él. Lo siento,*

Sam, pero no puedo despertarte. Ahora no. Creo que ahora estás donde se supone que estabas, donde tienes que estar. Lo siento, pero debes seguir soñando. Y cuando despiertes, recuerda lo que has soñado. Recuerda.

Recuerda.

2

En su sueño, Sam Peebles veía a Caperucita Roja salir de una casa de mazapán con una cesta cubierta en un brazo; iba a casa de la abuelita, donde la esperaba el lobo para comérsela, empezando por los pies y siguiendo hacia arriba. Terminaría por arrancarle el cuero cabelludo y comerse sus sesos directamente del cráneo, con una larga cuchara de madera.

Pero nada de eso era correcto, porque en este sueño Caperucita Roja era un niño y la casa de mazapán era el dúplex de St. Louis, donde vivía con su madre desde la muerte de su padre, y dentro de la canasta cubierta no había comida. En la cesta había un libro, *La flecha negra*, de Robert L. Stevenson, y él lo había leído palabra por palabra, y no iba a casa de la abuelita sino a la sucursal de la Biblioteca Pública de St. Louis de la avenida Briggs, y tenía que apresurarse porque ya se había pasado cuatro días del término del préstamo.

Era un sueño contemplativo.

Él miraba mientras el Pequeño y Blanco Caminante Sam esperaba en la esquina de la calle Dunbar y la avenida Johnstown a que cambiara la luz del semáforo. Él miraba mientras el niño cruzaba corriendo la calle con el libro en la mano. La cesta había desaparecido. Él miraba mientras el Pequeño y Blanco Caminante Sam entraba en el quiosco de la calle Dunbar, y él también entraba y olía los olores mezclados de alcanfor, caramelo y tabaco de pipa; él miraba mientras el Pequeño y Blanco Caminante Sam se acercaba al mostrador con un paquete de regaliz rojo Bull's Eye, su favorito. Él miraba mientras el niño sacaba cuidadosamente el billete de dólar que su madre había guardado en el bolsillo pequeño que había en la contraportada de *La flecha negra.* Él miraba mientras el empleado cogía el dólar y le devolvía noventa y cinco centavos, más que suficiente para pagar la multa. Él miraba mientras el Pequeño y Blanco Caminante Sam salía de la tienda y se detenía en la calle para guardar las monedas en el bolsillo y abrir el paquete de regaliz con los dientes. Él miraba mientras el Pequeño y Blanco Caminante Sam continuaba su camino —faltaban solo tres manzanas para llegar a la Biblioteca—, mascando los largos palitos rojos.

Trató de gritarle al niño.

¡Cuidado! ¡Cuidado! ¡El lobo te espera, niño! ¡Cuidado con el lobo! ¡Cuidado con el lobo!

Pero el niño siguió caminando y comiendo regaliz rojo; ahora estaba en la avenida Briggs, y más adelante se alzaba el edificio de la Biblioteca, un gran montón de ladrillos rojos.

En este punto, Sam —el Gran Sam Blanco que iba en avión— intentó salir del sueño. Percibía que Naomi, Stan Soames y el mundo de las cosas reales estaban a un paso de aquella infernal cáscara de pesadilla en la que se encontraba sumergido. Oía el ronroneo del motor del Navajo detrás de los ruidos del sueño: el tránsito de la avenida Briggs, el enérgico ring-ring del timbre de una bicicleta, los pájaros piando en las hermosas hojas de los olmos.

Cerró sus ojos soñadores y avanzó hacia el mundo que estaba fuera de la cáscara, el mundo de la realidad. Sentía que podía alcanzarlo, que podía romper la cáscara...

No —dijo Dave—. *No, Sam, no haga eso. No debe hacerlo. Si quiere salvar a Sarah de Ardelia, no intente interrumpir este sueño. En este asunto hay una sola coincidencia, y es fatal: alguna vez usted también tuvo un Policía de Biblioteca. Y tiene que recuperar ese recuerdo.*

No quiero ver. No quiero saber. Una vez fue suficiente.

No hay nada peor que lo que le espera, Sam. Nada.

Abrió los ojos, pero no los externos, sino los internos: los ojos del sueño.

Ahora, el Pequeño y Blanco Caminante Sam está en el sendero de cemento que conduce al lado este de la Biblioteca Pública, el sendero de cemento que va hacia la Biblioteca infantil. Se mueve en una especie de portentosa cámara lenta; cada paso es como el balanceo suave de un péndulo en la garganta de vidrio de un reloj antiguo, y todo se distingue con claridad: los trocitos chispeantes de mica y cuarzo que brillan en el sendero, las alegres rosas que lo bordean, la hiedra trepadora sobre la pared roja de ladrillos, el lema extraño y algo aterrador, *Fuimus, non sumus*, grabado en un pequeño semicírculo encima de las puertas verdes con gruesos paneles de cristal reforzado con alambre.

Y también se distingue con claridad al Policía de la Biblioteca que se encuentra junto a los escalones.

No está pálido. Está muy ruborizado. Tiene espinillas en la frente, rojas y brillantes. No es alto, sino de estatura media y con hombros muy anchos. No lleva trinchera, sino abrigo, y resulta extraño, porque es un día de verano, un caluroso día de verano. Sus ojos parecen plateados. El Pequeño y Blanco Caminante Sam no puede ver de qué color son en realidad, porque el Policía de la Biblioteca lleva pequeñas gafas redondas, gafas de hombre ciego.

¡No es un Policía de Biblioteca! ¡Es el lobo! ¡Cuidado! ¡Es el lobo! ¡El lobo de la Biblioteca!

Pero el Pequeño y Blanco Caminante Sam no oye. El Pequeño y Blanco Caminante Sam no tiene miedo. Al fin y al cabo, se encuentra a plena luz del día, y la ciudad está llena de gente extraña y a veces divertida. Ha vivido siempre en St. Louis y no le tiene miedo. Pero eso está a punto de cambiar.

Se acerca al hombre, y a medida que se acerca ve en su rostro una cicatriz, una delgada línea blanca que empieza en la parte superior de la mejilla izquierda, se hunde bajo el ojo izquierdo y sube por el puente de la nariz.

Hola, hijo, saluda el hombre de las gafas redondas.

Hola, replica el Pequeño y Blanco Caminante Sam.

¿Te importa dezirme algo zobre el libro que tienez antez de entrar? —pregunta el hombre. Su voz es suave y cortés, en absoluto amenazadora. Su discurso está marcado por un ligero ceceo que convierte algunas eses en zetas—. *Trabajo para la Biblioteca, ¿zavez?*

Se llama La flecha negra —responde cortésmente el Pequeño y Blanco Caminante Sam—, *y es del señor Robert Louis Stevenson. Ha muerto. Murió de tu-ber-ci-lo-cis. El libro es muy bueno. Hay unas batallas estupendas.*

El niño espera a que el hombre de las gafas redondas se haga a un lado y lo deje pasar, pero el hombre de las gafas redondas no se mueve. Solo se inclina para mirarlo más de cerca. Abuelito, ¡qué ojos tan redondos tienes!

Otra pregunta —dice el hombre—. *¿Te haz pazado de la fecha de devoluzión?*

Ahora el Pequeño y Blanco Caminante Sam empieza a tener miedo.

Sí, pero solo un poco. Solo cuatro días. Verá, es que era muy largo, y estaba el partido y el campamento, y…

Ven conmigo, hijo. Zoy polizía.

El hombre de las gafas oscuras y el abrigo le tiende la mano. Por un instante, Sam piensa en correr. Pero él es un niño, y el hombre es un adulto. El hombre trabaja para la Biblioteca. El hombre es un policía. Súbitamente, el hombre —ese hombre que lo asusta, con su cicatriz y sus gafas redondas— es la Autoridad. No se puede huir de la Autoridad. Está en todas partes.

Sam se acerca tímidamente al hombre. Empieza a levantar la mano en la que lleva el paquete de regaliz, que está casi vacío, y en el último instante trata de esconderla tras la espalda. Demasiado tarde. El hombre la coge. El paquete de regaliz Bull's Eye cae al suelo. El Pequeño y Blanco Caminante Sam nunca volverá a comer regaliz rojo.

El hombre atrae a Sam hacia sí, lo acerca como un pescador acercaría una trucha recogiendo el carrete de su caña de pescar. La mano que aprieta la de Sam es muy fuerte. Le hace daño. Sam empieza a llorar. El sol sigue brillando y la hierba sigue siendo verde, pero de pronto el mundo parece remoto, apenas un espejismo cruel en el que le permitieron creer durante un tiempo.

Huele Sen-Sen en el aliento del hombre.

¿Me he metido en un lío, señor?, pregunta, esperando con todas las fibras de su ser que el hombre diga que no.

Zí —contesta el hombre—. *Zí. En un lío muy* GRANDE. *Y zi quierez librarte del lío, hijo, tendráz que hazer ezactamente lo que te digo. ¿Entiendez?*

Sam no puede contestar. Nunca ha tenido tanto miedo. Solo puede mirar al hombre con ojos dilatados y llenos de lágrimas.

El hombre lo sacude.

¿Entiendez o no?

Sí. ¡Sí!, responde Sam, jadeando. Siente una pesadez casi irresistible en la vejiga.

Deja que te diga ezactamente quién zoy —dice el hombre, exhalando pequeñas bocanadas de Sen-Sen en la cara de Sam—. *Zoy el Poli de la Biblioteca de la avenida Briggz, y eztoy autorizado a caztigar a loz niñoz y laz niñaz que ze retrazan en la devoluzión de loz libroz.*

El Pequeño y Blanco Caminante Sam empieza a llorar más fuerte.

¡Tengo el dinero! —se las arregla para articular entre sollozos—. *¡Tengo noventa y cinco centavos! ¡Puede cogerlos! ¡Puede cogerlos todos...!*

El niño trata de sacar las monedas del bolsillo. En ese mismo momento, el Policía de la Biblioteca mira a su alrededor y de pronto su ancha cara parece afilarse; de pronto es la cara de un zorro o un lobo que ha logrado colarse en el gallinero, pero que huele el peligro.

Ven —ordena, apartando al Pequeño y Blanco Caminante Sam del sendero y obligándolo a internarse entre los espesos arbustos que crecen a ambos lados de la Biblioteca—. *¡Cuando el Polizía te dize que vengaz,* VIENEZ*!*

Allí reina la oscuridad; la oscuridad y el misterio. El aire huele intensamente a bayas de enebro. El terreno está negro de abono. Ahora, Sam llora muy fuerte.

¡Calla! —gruñe el Policía de la Biblioteca, dándole un empujón a Sam. Los huesos de la mano de Sam se entrechocan dolorosamente. Su cabeza se agita. Han llegado a un pequeño claro en la jungla de arbustos, una cueva donde los enebros están pisoteados y las ramas de los helechos quebradas, y Sam comprende que aquello no es tan solo un lugar que el policía conoce; es un lugar que ha hecho—. *¡Calla, o la multa zerá zólo el prinzipio! ¡Tendré que llamar a tu madre y dezirle que haz zido un niño muy malo! ¿Quierez que lo haga?*

¡No! —replica Sam, llorando—. *¡Pagaré la multa! ¡La pagaré, señor! Pero por favor, ¡no me haga daño!*

El Policía de la Biblioteca obliga al Pequeño y Blanco Caminante Sam a darse la vuelta.

¡Pon laz manoz contra la pared! ¡Abre laz piernaz! ¡Ahora! ¡Pronto!

Sin dejar de sollozar, aterrorizado ante la idea de que su madre pueda descubrir que ha hecho algo lo bastante malo para merecer este trato, el Pequeño y Blanco Caminante Sam obedece. Los ladrillos rojos están frescos, frescos a la sombra de los arbustos que se enredan y amontonan a este lado del edificio. Ve una ventanita a ras del suelo. Da a la habitación de la caldera. Bombillas coronadas por pequeños círculos de latón como sombreros chinos cuelgan sobre la gigantesca caldera; las tuberías proyectan extrañas formas de pulpo en las paredes. Ve a un portero de pie en la pared más alejada, de espaldas a la ventana, leyendo diales y tomando notas.

El Policía de la Biblioteca agarra los pantalones de Sam y

se los baja de un tirón. Con ellos bajan los calzoncillos. Sam da un salto al sentir el aire fresco en su trasero.

¡Quieto! —ordena el Policía, jadeando—. *No te muevaz. Cuando hayaz pagado la multa, todo habrá terminado, hijo, y nadie tiene por qué zaberlo.*

Algo duro y caliente se aprieta contra su trasero. El Pequeño y Blanco Caminante Sam vuelve a agitarse.

¡Quieto!, repite el Policía de la Biblioteca, jadeando aún más.

Sam siente bocanadas calientes de aliento sobre el hombro izquierdo y huele Sen-Sen. Le domina el terror, pero no es solo terror lo que siente; también siente vergüenza. Ha sido arrastrado hacia las sombras, está siendo obligado a someterse a este castigo grotesco, desconocido, porque se ha retrasado en la devolución de *La flecha negra.* ¡Si hubiera sabido que las multas podían llegar a esto...!

La cosa dura se sumerge en su trasero, separando las nalgas. Un dolor horrible, desgarrador, sube desde las entrañas del Pequeño y Blanco Caminante Sam. Nunca ha existido en el mundo un dolor como ese.

Deja caer *La flecha negra* y se muerde la muñeca, ahogando *sus* propios gritos.

¡Quieto! —continúa ordenando el Lobo de la Biblioteca, sin dejar de jadear. Ahora apoya las manos en los hombros de Sam, y se balancea atrás y adelante, adentro y afuera, atrás y adelante, adentro y afuera—. *¡Quieto! ¡Quieeeto! ¡Ah! ¡Quieeeeeto!*

Jadeando y balanceándose, el Poli de la Biblioteca mete y saca del trasero de Sam algo que parece una inmensa barra de acero al rojo; Sam mira con los ojos desorbitados el sótano de la Biblioteca, que es otro universo, un universo ordenado donde jamás suceden cosas escandalosas como esta. Ve al portero cabecear, ponerse su anotador bajo el brazo y dirigirse hacia la puerta, en el extremo más alejado del recinto. Si el portero volviera un poco la cabeza y levantase ligeramente la vista, vería en la ventana una cara que lo espía, la cara pálida y de ojos desorbitados de un niño con los labios manchados de regaliz rojo. Una parte de Sam desea que haga exactamente eso, que lo rescate como el leñador rescató a Caperucita Roja, pero la parte más importante de él sabe que el portero se limitaría a apartarse, asqueado, al ver a otro niño sometiéndose a su justo castigo, en manos del Policía de la Biblioteca de la avenida Briggs.

¡Quieeeeeto!, susurra con estridencia el Lobo de la Biblioteca, mientras el portero cruza el umbral de la puerta y se interna en el otro lado de su ordenado universo sin mirar a su alrededor. El Lobo se lanza aún más adelante, y durante un momento agónico el dolor es tan intenso que el Pequeño y Blanco Caminante Sam está seguro de que su vientre estallará, que aquello que el Policía de la Biblioteca le ha metido en el trasero, sea lo que fuere, saldrá por la parte delantera, empujando sus vísceras.

El Policía de la Biblioteca se derrumba sobre él impregnado de sudor rancio, jadeando ásperamente, y Sam cae de rodillas bajo su peso. Al hacerlo, el objeto macizo —que ya no es tan macizo— se sale, pero Sam siente el trasero todo mojado. Tiene miedo de acercar las manos allí. Tiene miedo de descubrir, al volver a mirarlas, que se ha convertido en el Pequeño y Sangrante Sam.

De pronto, el Policía de la Biblioteca agarra a Sam por los brazos y le obliga a volverse para mirarlo. Tiene la cara más roja que nunca, marcada por bandas hinchadas, febriles, como pinturas de guerra que atraviesan sus mejillas y su frente.

¡Mírate! —dice el Policía de la Biblioteca. Su cara se frunce en un nudo de desprecio y asco—. *¡Mírate, con los pantalonez caídoz y el pompiz al aire! Te guztó, ¿no? ¡Te guztó!*

Sam no puede contestar. Solo es capaz de llorar. Se levanta los pantalones y los calzoncillos al mismo tiempo, tal como se los bajaron. Unos fragmentos de ramitas le lastiman el violado trasero, pero no le importa. Comienza a retroceder y a apartarse del Policía de la Biblioteca hasta que su espalda toca la pared de ladrillos rojos del edificio. Siente que las duras ramas de la hiedra le pinchan la espalda como los huesos de una mano grande y sin carne. Tampoco le importa. Lo único que le importa es la vergüenza, el terror y el sentimiento de vileza que siente en su interior, y de estos tres sentimientos, la vergüenza es el más intenso. La vergüenza está más allá de la comprensión.

¡Niño azquerozo! —le escupe el Policía de la biblioteca—. *¡Niñito azquerozo!*

De verdad, ahora tengo que irme a casa —dice el Pequeño y Blanco Caminante Sam, y las palabras surgen puntuadas por los sollozos desgarradores—. *¿He pagado la multa?*

El Policía de la Biblioteca se arrastra hacia Sam a cuatro patas, y sus ojillos redondos y negros miran la cara del niño como los ojos ciegos de un topo, y por algún motivo esto es la incongruencia final. Sam piensa: *Va a castigarme otra vez*, y ante esa idea algo dentro de su cabeza, un puntal o estructura estirados al máximo, ceden con un chasquido que casi puede oír. No llora ni protesta; ya está más allá de eso. Se limita a mirar en silenciosa apatía al Policía de la Biblioteca.

No —responde el Policía—. *Te dejo ir, ezo ez todo. Te compadezco, pero zi alguna vez ze lo dizez a alguien, volveré y te lo haré otra vez. Zeguiré haciéndolo hazta que hayaz pagado la multa. Y que no vuelva a pezcarte por aquí, hijo. ¿Entiendez?*

Sí, dice Sam.

Se da cuenta de que si lo cuenta, él volverá y lo hará otra vez. Estará escondido en el armario por la noche, tarde, estará debajo de la cama, posado en un árbol como un cuervo gigantesco y deforme. Cuando Sam mire hacia el cielo, verá en las nubes la cara retorcida y despreciativa del Policía de la Biblioteca. Estará en cualquier parte; en todas partes.

La idea deja agotado a Sam, que cierra los ojos para no ver la horrible cara de topo, para no ver nada.

El Policía de la Biblioteca lo coge y vuelve a sacudirlo. *¿Zí qué? ¿Zí qué, hijo?*

Sí, entiendo, dice Sam sin abrir los ojos.

El Policía retira la mano. *Bien* —dice—. *Zerá mejor que no lo olvidez. Cuando loz niñoz y niñaz maloz olvidan, loz mato.*

El Pequeño y Blanco Caminante Sam se queda sentado contra la pared con los ojos cerrados durante mucho rato, esperando que el Policía de la Biblioteca empiece a castigarlo otra vez, o simplemente que lo mate. Quiere llorar, pero no tiene lágrimas. Pasarán años antes de que pueda volver a llorar por algo. Por fin abre los ojos y ve que está solo en la guarida de arbustos del Policía de la Biblioteca. El Policía ha desaparecido. Solo están Sam y su ejemplar de *La flecha negra*, abierto en el suelo.

Sam empieza a avanzar hacia la luz del día a gatas. Las hojas pinchan su cara sudorosa y manchada de lágrimas; las ramas le arañan la espalda y le golpean el trasero dolorido. Se lleva el ejemplar de *La flecha negra*, pero no lo devolverá a la Biblioteca. Nunca volverá a entrar en la Biblioteca, en ninguna Biblioteca, nunca más: esta es la promesa que se hace mientras se aleja arrastrándose del lugar del castigo. También hace otra promesa: nadie descubrirá jamás esta cosa terrible, porque tiene intención de olvidar lo que ha pasado. Siente que puede hacerlo. Puede hacerlo si lo intenta con todas sus fuerzas, y está decidido a empezar desde ese mismo instante.

Cuando llega al borde de los arbustos, mira al exterior como un pequeño animal perseguido. Ve a niños que atraviesan el césped. No ve al Policía de la Biblioteca, pero naturalmente eso no importa. El Policía de la Biblioteca lo ve a él. A partir de hoy, el Policía de la Biblioteca siempre estará cerca.

Por último, el césped queda vacío. Un niño pequeño, desaliñado, el Pequeño y Blanco Reptante Sam, sale de los arbustos con el cabello cubierto de hojas y la cara embadurnada de tierra. El faldón de su camisa ondea tras él. Tiene los ojos dilatados y la mirada extraviada. Se desliza hacia los escalones de cemento, lanza una mirada breve y aterrorizada al lema en latín que hay sobre la puerta, y deja el libro sobre uno de los escalones, con la angustia y el terror de una muchacha huérfana dejando a su hijo sin nombre en el umbral de un extraño. Después, el Pequeño y Blanco Caminante Sam se convierte en el Pequeño y Blanco Corredor Sam: atraviesa corriendo el césped y deja a sus espaldas la sucursal de la avenida Briggs de la Biblioteca Pública de St. Louis sin dejar de correr; pero no importa lo rápido que corra, porque no consigue eliminar el sabor dulce y pegajoso de regaliz rojo de su lengua y su garganta, y además, el Lobo de la Biblioteca corre con él, naturalmente, el Lobo de la Biblioteca está detrás de su hombro, donde no puede verlo, y susurra: *Ven conmigo, hijo. Zoy un polizía.* Y siempre susurrará eso, a través de los años lo susurrará, en aquellos sueños oscuros que Sam no se atreve a recordar susurrará lo mismo, y Sam siempre huirá de aquella voz que grita: *¿Está pagada? ¿Ya he pagado la multa? ¡Oh, Dios mío, por favor! ¿YA HE PAGADO LA MULTA?* Y la respuesta que llegue será siempre la misma: *Nunca quedará pagada, hijo; nunca quedará pagada.*

Nunca.

Nun...

CATORCE

La Biblioteca (III)

1

El descenso final a la pista de tierra que Stan llamaba aeropuerto de Proverbia era complicado y alarmante. El Navajo descendió, abriéndose paso entre ráfagas de aire violento, y aterrizó con un último golpe estremecedor. Cuando lo hizo, Sam dejó escapar un grito agudo. Sus ojos se abrieron.

Naomi había estado esperando pacientemente algo así. Se inclinó enseguida hacia delante, ignorando el cinturón que le oprimía la cintura, y lo rodeó con sus brazos. No prestó atención ni a sus brazos levantados ni al primer retroceso instintivo, de la misma manera en que no prestó atención a la primera bocanada caliente y desagradable de aliento horrorizado. Había consolado a muchos borrachos atrapados en el delírium trémens, y esto no era muy distinto. Al apretarse contra él, sintió su corazón. Parecía saltar y escurrirse inmediatamente debajo de la camisa.

—Está bien, Sam, no pasa nada. Soy yo. Has regresado. Ha sido un sueño. Has regresado.

Durante un instante, él siguió intentando hundirse en su

asiento. Después se derrumbó, laxo. Levantó las manos y la abrazó con la energía del pánico.

—Naomi —dijo con voz ahogada y áspera—. Naomi, ¡oh, Naomi! ¡Amado Jesús! ¡Qué pesadilla! ¡Qué sueño tan terrible!

Stan había enviado un mensaje por radio y alguien había ido a encender las luces de aterrizaje. Rodaban entre ellas hacia el extremo de la pista. Al final, había empezado a llover antes de que llegaran. La lluvia tableteaba con golpes secos en el cuerpo del aparato. Delante, Stan gritaba algo parecido a «carreras de Camptown».

—¿Era una pesadilla? —preguntó Naomi apartándose de Sam para poder mirar sus ojos enrojecidos.

—Sí, pero también era verdad. Todo verdad.

—¿Era el Policía de la Biblioteca, Sam? ¿Tu Policía de la Biblioteca?

—Sí —susurró, y hundió la cara en sus cabellos.

—¿Sabes quién es? ¿Lo sabes ahora, Sam?

Después de una larga pausa, Sam murmuró:

—Lo sé.

2

Stan Soames lanzó una mirada al rostro de Sam cuando él y Naomi bajaron del avión, e inmediatamente dijo, contrito:

—Lamento que el viaje haya sido tan agitado. De verdad, pensé que llegaríamos antes de que comenzara a llover, pero con el viento de frente...

—Me repondré —dijo Sam. De hecho, ya parecía estar mejor.

—Sí —dijo Naomi—. Se pondrá estupendamente. Gracias, Stan. Muchas gracias. Y gracias también de parte de Dave.

—Bueno, mientras hayan conseguido lo que necesitaban...

—Lo conseguimos —le aseguró Sam—. De verdad.

—Demos la vuelta al extremo de la pista —les dijo Stan—. Esta tarde nos hundiríamos hasta la cintura en ese terreno enfangado si tratáramos de acortar camino. Entren en la casa. Tomaremos café. Creo que también hay un poco de tarta de manzana.

Sam lanzó una mirada a su reloj. Eran la siete y cuarto.

—Tendremos que suspenderlo por mal tiempo, Stan —dijo—. Naomi y yo tenemos que llevar estos libros a la ciudad inmediatamente.

—Al menos deberían entrar a secarse. Cuando lleguen al coche estarán empapados.

Naomi meneó la cabeza.

—Es muy importante.

—Sí —dijo Stan—. Por el aspecto que tienen, se diría que lo es. Pero recuerden que prometieron contarme la historia.

—Y lo haremos —replicó Sam.

Echó una mirada a Naomi y vio sus propios pensamientos reflejados en sus ojos: *Si todavía estamos vivos para contarla.*

3

Sam condujo resistiendo el impulso de apretar el acelerador a fondo. Estaba preocupado por Dave. Sin embargo, salirse del camino y meter el coche de Naomi en la zanja no era una manera eficaz de demostrar preocupación, y la lluvia bajo la cual habían aterrizado se había convertido en un aguacero intensificado por el viento cada vez más frío. Los limpiaparabrisas no podían controlarlo, ni siquiera puestos al máximo, y las luces de los faros altos dejaban de iluminar apenas a seis metros de distancia. Sam no se atrevía a conducir a más de cuarenta kilómetros por hora. Lanzó una mirada al reloj y después miró hacia Naomi, que llevaba la bolsa de la librería sobre el regazo.

—Creo que podremos llegar a las ocho —dijo—, pero no lo sé.

—Haz todo lo que puedas, Sam.

La luz de los faros, acuosa como las luces de una campana submarina, se proyectaba hacia delante. Sam redujo la velocidad y se echó hacia la izquierda cuando un camión de diez ruedas pasó ronroneando... Una mole entrevista en la oscuridad lluviosa.

—¿Puedes hablar de eso? ¿Del sueño que tuviste?

—Podría, pero no voy a hacerlo —dijo—. Ahora no. No es el momento adecuado.

Naomi lo pensó y asintió.

—Vale.

—Pero sí voy a decirte algo: Dave tenía razón cuando dijo que los niños constituían la mejor comida, y también cuando afirmó que ella vive del miedo.

Habían llegado a los suburbios de la ciudad. Una manzana más adelante, llegaron al primer cruce con semáforos. A través del parabrisas del Datsun, la señal era solo una mancha verde brillante danzando en el aire, delante de ellos. Sobre el pavimento húmedo danzaba el correspondiente reflejo.

—Necesito hacer una parada antes de ir a la Biblioteca —dijo Sam—. El Piggly Wiggly nos queda de camino, ¿no?

—Sí, pero si queremos encontrarnos con Dave detrás de la Biblioteca a las ocho, no nos queda mucho tiempo. Nos guste o no, este tiempo obliga a hacer las cosas despacio.

—Lo sé, pero no nos llevará mucho.

—¿Qué necesitas?

—No estoy seguro —respondió—, pero creo que lo sabré cuando lo vea.

Ella lo miró. Por segunda vez, él se sorprendió de la cualidad vulpina y frágil de su belleza, y no pudo comprender por qué no la había visto hasta entonces.

Bueno, saliste con ella, ¿no? Debiste ver algo.

Pero no era así. Había salido con ella porque era bonita,

presentable, sin compromiso y aproximadamente de su edad. Había salido con ella porque los solteros que vivían en ciudades apenas mayores que pueblos grandes debían salir con chicas si eran solteros interesados en hacerse un lugar en la comunidad comercial local. Si no salías con chicas, la gente…, alguna gente…, podía pensar que eras

(«UN POLIZÍA»)

algo rarillo.

Era un poco rarillo, reflexionó. *Pensándolo bien, era muy raro. Pero sea como fuere, creo que ahora soy un poco distinto. Y la veo. Eso es lo que pasa. Estoy viéndola de verdad.*

En cuanto a Naomi, estaba impresionada por la blancura fatigada de su cara y la tensión que percibía en torno a sus ojos y su boca. Parecía raro, pero ya no aterrorizado. Naomi pensó: *Tiene el aspecto de un hombre a quien se le ha brindado la oportunidad de regresar a su peor pesadilla…, con alguna arma poderosa en la mano.*

Pensó que era un rostro del que podía enamorarse y esto la hizo sentirse profundamente inquieta.

—Esta parada es importante, ¿no?

—Creo que sí. Sí.

Cinco minutos más tarde, se detuvo en el aparcamiento de la tienda Piggly Wiggly. Sam bajó enseguida y corrió hacia la puerta bajo la lluvia.

A mitad de camino se detuvo. A un costado del aparcamiento había una cabina telefónica. Sin duda era la misma cabina desde donde Dave había hecho la llamada a la oficina del sheriff de Junction City tantos años antes. La llamada hecha desde aquella cabina no había matado a Ardelia, pero la había alejado durante mucho tiempo.

Sam entró. Se encendió la luz. No había nada que ver; era simplemente una cabina con números y dibujos garrapateados en las paredes de acero. La guía telefónica había desaparecido, y Sam recordó a Dave diciendo: *En aquella época, si tenías suerte, encontrabas una guía de teléfonos en la cabina.*

Después miró el suelo y vio lo que había estado buscando. Era un envoltorio. Lo cogió, lo alisó y leyó lo que estaba escrito a la escasa luz que había sobre su cabeza: regaliz rojo Bull's Eye.

A sus espaldas, Naomi tocó impaciente el claxon. Sam salió de la cabina con el papel en la mano, le hizo una señal y corrió hacia el interior de la tienda.

4

El empleado del Piggly Wiggly era un joven que parecía haber sido congelado en 1969 y descongelado esa misma semana. Sus ojos tenían la mirada roja ligeramente glaseada del veterano fumador de porros. Llevaba el cabello largo y sujeto con una goma. En una mano llevaba un anillo de plata con el signo de la paz. Bajo la bata de Piggly Wiggly llevaba una camisa estampada con un extravagante motivo floral. En el cuello llevaba una chapa en la que ponía:

MI CARA SE VA DENTRO DE 5 MINUTOS
¡NO SE LO PIERDAN!

Sam dudaba de que fuese una advertencia que pudiera aprobar el gerente de la tienda, pero era una noche desapacible y lluviosa y el gerente de la tienda no se veía por ninguna parte. Sam era el único cliente, y el empleado miró cómo se acercaba con ojos indiferentes y absortos al expositor de dulces y cómo empezaba a coger paquetes de regaliz rojo Bull's Eye. Sam cogió todos los que había, unos veinte paquetes.

—¿Seguro que tiene bastante, tío? —preguntó el empleado mientras Sam se acercaba al mostrador y dejaba el botín encima—. Creo que atrás, en el almacén, puede haber uno o dos cartones más. Sé lo que pasa cuando uno padece un serio ataque de masticación.

—Tiene que bastar. Cuéntelo, ¿quiere? Tengo prisa.

—Sí, es un mundo apresurado —dijo el empleado. Sus dedos viajaron por las teclas de la registradora NCR con la soñadora lentitud de las personas habitualmente drogadas.

Sobre el mostrador, junto a un expositor de tarjetas de béisbol, había una banda elástica. Sam la cogió.

—¿Puedo cogerla?

—Encantado, amigo, considérela un regalo mío, del Príncipe de Piggly Wiggly, a usted, el Conde del Regaliz, en una lluviosa tarde de lunes.

Cuando Sam deslizó la banda elástica por su mano (colgaba de su muñeca como un holgado brazalete), una racha de viento lo bastante fuerte para hacer temblar los cristales sacudió el edificio. Las luces del techo pestañearon.

—¡Uf, amigo! —dijo el Príncipe de Piggly Wiggly levantando los ojos—. Esto no figuraba en el pronóstico. Solo hablaron de chaparrones. —Volvió la vista a la registradora y añadió—: Quince cuarenta y uno.

Sam le tendió un billete de veinte con una pequeña y amarga sonrisa.

—Esta cosa era muchísimo más barata cuando yo era un niño.

—Pues sí, la inflación se lo come todo —acordó el empleado. Estaba regresando lentamente a aquel blando punto del ozono donde se encontraba cuando entró Sam—. Debe de gustarle mucho eso, tío. Yo prefiero el viejo Mars.

—¿Gustarme? —Sam soltó una carcajada mientras guardaba la vuelta—. Lo detesto. Es para otra persona. —Volvió a reír—. Llámelo un regalo.

En ese momento, el empleado vio algo en los ojos de Sam y de pronto retrocedió apresuradamente hacia atrás, chocando casi contra un expositor de golosinas.

Sam miró su cara con curiosidad y decidió no pedir una bolsa. Repartió los paquetes al azar por los bolsillos de su chaqueta deportiva, que parecía haberse puesto mil años antes, y salió de la tienda. A cada paso que daba, el celofán crujía.

5

Naomi se había colocado ante el volante y condujo el resto del camino hasta la Biblioteca. Cuando salió del aparcamiento del Piggly Wiggly, Sam sacó los dos libros de la bolsa de Pell's y los miró tristemente un instante. *Todo este lío* —pensó— *por un anticuado libro de poemas y un manual de ayuda para oradores bisoños.* Pero no se trataba de eso, por supuesto. El problema nunca habían sido los libros.

Se quitó la banda elástica de la muñeca y la colocó en torno a los libros. Después cogió el billetero, sacó un billete de cinco dólares de su decreciente provisión de efectivo y lo colocó bajo la banda.

—¿Y eso para qué es?

—La multa. Lo que debo por estos dos y otro de hace mucho tiempo, *La flecha negra*, de Robert Louis Stevenson. Esto salda mi deuda.

Dejó los libros en la consola que había entre ambos asientos y sacó del bolsillo un paquete de regaliz rojo. Lo abrió, y aquel olor antiguo, azucarado, le llegó de inmediato con la fuerza de una enérgica bofetada. Pareció ir directamente de la nariz a la cabeza, y de la cabeza descendió ingrávidamente hacia el estómago, que inmediatamente se encogió como un puño duro. Durante un momento espantoso creyó que iba a vomitar en su regazo. Al parecer, algunas cosas no cambiaban jamás.

No obstante, continuó abriendo paquetes de regaliz rojo, formando un manojo de varitas de caramelo de textura cerosa. Naomi disminuyó la velocidad cuando la luz del siguiente semáforo se puso en rojo y se detuvo, aunque Sam no veía moverse ningún coche en ninguna dirección. La lluvia y el viento castigaban el pequeño coche. Ahora estaban apenas a cuatro manzanas de la Biblioteca.

—Sam, ¿qué diablos estás haciendo?

Y como en realidad él no sabía qué diablos estaba haciendo, dijo:

—Naomi, si el miedo es la carne de Ardelia, tenemos que encontrar otra cosa... La cosa que se opone al miedo. Porque eso, sea lo que fuere, será su veneno. ¿Qué crees tú que podría ser?

—Bueno, dudo que sea regaliz rojo.

Él hizo un gesto de impaciencia.

—¿Cómo puedes estar tan segura? Se supone que las cruces matan a los vampiros, a los que chupan la sangre, pero una cruz no es más que dos palos de madera o metal unidos perpendicularmente el uno al otro. Tal vez una lechuga funcionaría igual de bien si estuviese orientada de forma correcta.

El semáforo se puso en verde.

—Si fuera una lechuga dotada de energía —dijo pensativa Naomi, que volvió a ponerse en marcha.

—¡Exacto! —exclamó Sam, levantando una docena de largas varas rojas—. Lo único que sé es que esto es lo que tengo. Tal vez resulte ridículo, y probablemente lo sea, pero no me importa. Es un símbolo divino de todas las cosas que me quitó mi Policía de la Biblioteca: el amor, la amistad, el sentimiento de pertenencia. Me he sentido un recién llegado durante toda mi vida, Naomi, y nunca supe por qué. Ahora lo sé. Esta es solo otra de las cosas que me quitó. Me encantaba esta golosina. Ahora apenas si puedo soportar su olor. Vale, puedo afrontar eso. Pero tengo que saber cómo volverlo eficaz.

Sam empezó a hacer rodar los palitos de regaliz entre las palmas, convirtiéndolos gradualmente en una pelota pegajosa. Había creído que el olor era el desafío más desagradable que podía oponerle el regaliz rojo, pero se equivocaba. La textura era peor. La anilina teñía sus palmas y dedos, volviéndolos de un siniestro color rojo oscuro. No obstante continuó, deteniéndose solo para agregar el contenido de otro paquete a la masa blanda, más o menos cada treinta segundos.

—Tal vez busco demasiado —dijo—. Tal vez lo opuesto al miedo sea simplemente la antigua valentía. O valor, si prefieres una palabra más elaborada. ¿Es eso? ¿Eso es todo? ¿Es valor la diferencia entre Naomi y Sarah?

Ella se sobresaltó.

—¿Estás preguntándome si dejar de beber fue un acto de valor?

—No sé qué estoy preguntando —respondió él—, pero creo que al menos te acercas. No necesito hacer preguntas sobre el miedo; sé lo que es. El miedo es una emoción que abarca e impide el cambio. ¿Fue un acto de valor dejar de beber?

—Jamás lo dejé realmente —contestó ella—. No es así como lo hacen los alcohólicos. No pueden hacerlo así. Lo que haces es utilizar un montón de ideas aledañas: superar un día tras otro, permanecer tranquila, vivir y dejar vivir, todo eso. Pero el núcleo es este: dejas de creer que puedes controlar la bebida. Esa idea era un mito, y eso es lo que abandonas, el mito. Dime, ¿es eso valor?

—Naturalmente, pero no el valor atrincherado.

—¡Valor atrincherado! —exclamó Naomi riendo—. Me gusta. Pero tienes razón. Lo que hago, lo que hacemos para mantenernos alejados del primero no requiere esa clase de valor. Pese a esas películas como *The Lost Weekend*, creo que lo que hacemos no tiene ningún dramatismo.

Sam estaba recordando la espantosa apatía que lo había invadido después de haber sido violado entre los arbustos que flanqueaban la sucursal de la avenida Briggs de la Biblioteca Pública de St. Louis. Violado por un hombre que se había hecho pasar por policía. Eso tampoco había tenido dramatismo. Solo un truco sucio, eso era todo: un truco sucio, imbécil, utilizado contra un niño por un hombre con serios problemas mentales. Sam suponía que, haciendo un recuento total de puntos, debía considerarse afortunado: el Policía de la Biblioteca podría haberlo matado.

Delante de ellos, los globos blancos que señalaban la Biblioteca Pública de Junction City pestañeaban bajo la lluvia. Naomi dijo vacilante:

—Creo que el opuesto real al miedo podría ser la honestidad. Honestidad y fe. ¿Qué tal suena?

—Honestidad y fe —dijo él, saboreando las palabras. Apretó la pegajosa pelota de regaliz que tenía en la mano derecha—. Supongo que no está mal. En todo caso, tendrá que servir. Ya hemos llegado.

6

Los temblorosos números verdes del tablero del coche marcaban las 7.57. Al final se las habían arreglado para llegar antes de las ocho.

—Tal vez lo mejor será que esperemos y nos aseguremos de que todos se han ido antes de dirigirnos a la parte trasera —dijo.

—Creo que es una excelente idea.

Se acercaron a un espacio vacío que había frente a la entrada de la Biblioteca. Los globos se agitaban delicadamente bajo la lluvia. El susurro de los árboles era menos delicado; el viento seguía aumentando. Los robles sonaban como si estuvieran soñando y todos los sueños fueran malos.

A las ocho y dos minutos, una furgoneta con un Garfield de trapo y una pegatina en la que ponía TAXI DE MAMÁ en la ventana trasera se detuvo frente a ellos. Sonó el claxon, y la puerta de la Biblioteca —que aun con aquella luz presentaba un aspecto menos ceñudo que el que había visto Sam en su primera visita, menos parecido a la boca de un enorme robot de granito— se abrió de inmediato. Tres muchachos, de los primeros cursos de enseñanza media, por su aspecto, salieron corriendo y bajaron los escalones. Mientras corrían por el sendero hacia el TAXI DE MAMÁ, dos de ellos se taparon la cabeza con las cazadoras para protegerse de la lluvia. La puerta lateral de la furgoneta se abrió y los chicos subieron. Sam oyó el débil eco de su risa y envidió el sonido. Pensó en lo agradable que debía de resultar salir de una biblioteca riendo. Él no había podido experimentar esa sensación por culpa del hombre de las gafas redondas.

Honestidad —pensó—. *Honestidad y fe.* Y después se dijo: *La multa está pagada. La multa está pagada, maldita sea.* Rasgó el papel de los dos últimos paquetes de regaliz y empezó a amasar su contenido, incorporándolo a la pegajosa y hedionda bola roja. Al hacerlo, echó un vistazo a la parte trasera del TAXI DE MAMÁ. Vio el humo blanco que ascendía desde el tubo de escape. De pronto, empezó a comprender para qué estaba allí.

—Una vez, cuando iba al instituto —dijo—, vi que unos chicos le gastaban una broma pesada a otro que no les gustaba. Cogieron un trozo de arcilla de modelar de la clase de plástica y se lo metieron en el tubo de escape del Pontiac. ¿Y sabes qué pasó?

—¿Qué?

—Que el tubo de escape se partió en dos —dijo—. Un pedazo a cada lado del coche. Volaron como metralla. El silenciador era el punto débil. Supongo que si los gases hubieran retrocedido hasta el motor, habrían podido volar los cilindros.

—Sam, ¿de qué estás hablando?

—De la esperanza —respondió él—. Estoy hablando de la esperanza. Supongo que la honestidad y la fe tendrán que quedar para más tarde.

El TAXI DE MAMÁ se apartó del bordillo, y sus altos faros atravesaron las plateadas líneas de lluvia.

Los números verdes del tablero marcaban las 8.06 cuando la puerta volvió a abrirse. Salieron un hombre y una mujer. El hombre, que se abotonaba torpemente el abrigo y llevaba un paraguas bajo el brazo, era sin lugar a dudas Richard Price. Sam lo reconoció enseguida, aunque solo había visto su foto en un periódico viejo. La chica era Cynthia Berrigan, la ayudante de Biblioteca con quien había hablado el sábado por la noche.

Price le dijo algo a la chica. A Sam le pareció oírla reír. De pronto advirtió que estaba sentado en el asiento del Datsun de Naomi, con los músculos tan rígidos que crujían a causa de la tensión. Trató de relajarse, pero descubrió que no podía.

¿Por qué no me sorprende?, pensó.

Price levantó el paraguas. Ambos recorrieron a toda prisa el sendero bajo el paraguas, mientras la chica trataba de colocarse un pañuelo de impermeable en la cabeza. Se separaron al final del sendero. Price se dirigió hacia un viejo Impala del tamaño de un camarote de crucero, y Cynthia Berrigan hacia un Yugo aparcado a media manzana. Price dio una vuelta en U en la calle (Naomi se agachó, un poco sorprendida, cuando los faros iluminaron brevemente el interior del coche) y tocó el claxon. Cynthia Berrigan respondió y se marchó en dirección opuesta.

Ahora solo quedaban ellos, la Biblioteca y posiblemente Ardelia, esperándolos dentro, en alguna parte.

Junto con el viejo amigo de Sam, el Policía de la Biblioteca.

7

Naomi giró lentamente hacia la calle Wegman. A medio camino, a la izquierda, un discreto cartel señalaba una pequeña interrupción en el muro.

SOLO ENTREGAS A LA BIBLIOTECA

La lluvia caía sobre los vidrios con tanta intensidad que parecía arena. Una ráfaga de viento sacudió el Datsun con fuerza y en algún lugar cercano se oyó un fuerte crujido, como el que solo podían producir una rama muy gruesa o un arbolito al derrumbarse. A esto siguió un golpe sordo producido por algo al caer en la calle.

—¡Dios! —exclamó Naomi con voz débil y angustiada—. ¡Esto no me gusta!

—No es que a mí me vuelva loco —replicó Sam, aunque apenas le prestaba atención.

Estaba pensando en el aspecto que tenía aquella bola de arcilla, en su aspecto al sobresalir del tubo de escape del coche del chico. Parecía una ampolla.

Naomi giró cuando vio el cartel. Subieron por un corto sendero hasta una pequeña zona de carga y descarga pavimentada. Sobre el cuadrado de pavimento brillaba un solo arco de luz naranja. Lanzaba una luz intensa, penetrante, y los movedizos robles que flanqueaban la zona danzaban y proyectaban sus locas sombras en la pared trasera del edificio. Durante un instante, dos de estas sombras parecieron fundirse al pie de la plataforma, formando una sombra casi humana: parecía como si alguien hubiera estado esperando allá abajo, alguien que ahora salía a rastras a saludarlos.

Dentro de uno o dos segundos —pensó Sam—, *el resplandor naranja de esa luz se reflejará en sus gafas, sus pequeñas gafas redondas y oscuras, y me mirará a través del parabrisas. No a Naomi; solo a mí. Me mirará y dirá: «Hola, hijo. Te he eztado ezperando. He eztado ezperándote todoz eztoz añoz. Ahora ven conmigo. Ven conmigo, porque zoy un polizía».*

Se oyó otro fuerte estallido, y la rama de un árbol cayó al pavimento apenas a un metro del maletero del Datsun, lanzando trozos de corteza y madera podrida en todas direcciones. Si hubiera caído sobre el coche, habría aplastado el techo como si fuera un bote de sopa de tomate.

Naomi gritó.

El viento, siempre en aumento, respondió.

Sam estaba inclinándose hacia ella con la intención de rodearla con un brazo cuando se entreabrió la puerta de la parte trasera de la plataforma de carga y Dave Duncan apareció en el hueco. Se aferraba a la puerta para evitar que el viento se la arrebatase de las manos. El rostro del viejo le pareció a Sam demasiado blanco y asustado, casi grotesco. Dave les hizo frenéticos gestos de llamada con la mano libre.

—Naomi, allí está Dave.

—¿Dónde? ¡Ah, sí! Ya lo veo. —Sus ojos se dilataron—. ¡Dios mío, tiene un aspecto horrible!

Naomi abrió la portezuela. El viento se la arrancó de la mano y atravesó el Datsun como un pequeño tornado, levantando los envoltorios de regaliz y haciéndolos danzar en mareantes círculos.

La joven se las arregló para apartar la mano justo a tiempo de evitar que fuese golpeada —y tal vez herida— por el rebote de la portezuela del coche. Después salió. El cabello comenzó a revolotear en torno a su cabeza y, en un instante, la falda quedó empapada y pegada a sus muslos.

Sam abrió la otra portezuela —el viento soplaba en contra y tuvo que empujar literalmente la puerta con el hombro— y salió como pudo. Tuvo tiempo de preguntarse de dónde demonios habría salido esa tormenta. El príncipe del Piggly Wiggly había dicho que el pronóstico del tiempo no mencionaba ese espectacular despliegue de viento y lluvia. Solo chaparrones.

Ardelia. Tal vez fuera la tormenta de Ardelia.

Como para confirmarlo, en una pausa momentánea se alzó la voz de Dave.

—¡Deprisa! ¡Huelo su maldito perfume por todas partes!

Para Sam, la idea de que el perfume de Ardelia pudiera preceder de alguna manera a su materialización resultaba oscuramente aterradora.

Estaba a medio camino de los escalones de la plataforma cuando advirtió que, aunque todavía llevaba la bola de regaliz en la mano, había dejado los libros en el coche. Dio la vuelta, abrió trabajosamente la puerta y los cogió. Cuando lo hizo, la calidad de la luz cambió, pasando de un naranja brillante y penetrante al blanco. Sam percibió el cambio en la piel de sus manos, y durante un segundo pareció que sus ojos se congelaban en las órbitas. Salió a toda prisa del coche, con los libros en la mano, y giró en redondo.

La lámpara de seguridad naranja había desaparecido, siendo reemplazada por una anticuada farola callejera de vapor de mercurio. Ahora, los árboles que danzaban y gemían en torno a la plataforma de carga eran más espesos; predominaban los majestuosos olmos, que ganaban en altura a los robles. La forma de la plataforma de carga había cambiado, y enredados ramajes de hiedra trepaban por la pared trasera de la Biblioteca, una pared que, hasta un instante antes, había estado vacía.

Bienvenidos a 1960 —pensó Sam—. *Bienvenidos a la versión Ardelia Lortz de la Biblioteca Pública de Junction City.*

Naomi había llegado a la plataforma. Estaba diciéndole algo a Dave. Este contestó y después miró por encima de su hombro. Su cuerpo se sacudió. En ese instante, Naomi gritó. Sam corrió hacia los escalones con el faldón de su chaqueta volando detrás de él. Mientras subía la escalera, vio una mano blanca que salía flotando de la oscuridad, se posaba en el hombro de Dave y lo arrastraba al interior de la Biblioteca.

—¡Coge la puerta! —gritó Sam—. ¡Naomi, coge la puerta! ¡No dejes que se cierre!

El viento acudió en su ayuda. Abrió la puerta de par en par, golpeando el hombro de Naomi y haciéndola retroceder a tropezones. Sam llegó a tiempo para coger la puerta en el momento en que rebotaba.

Naomi le dirigió una mirada de terror.

—Sam, era el hombre que fue a tu casa. El hombre alto de los ojos plateados. Lo he visto. ¡Ha cogido a Dave!

No había tiempo para pensar en ello.

—Ven —dijo Sam deslizando un brazo en torno a la cintura de Naomi y arrastrándola consigo a la Biblioteca.

Detrás de ellos, el viento cesó y la puerta se cerró con un golpe sordo.

8

Estaban en una zona de catalogación de libros, en penumbra pero no oscura por completo. Sobre el escritorio del bibliotecario había una pequeña lámpara de mesa con una pantalla bordeada de flecos rojos. Más allá de esa zona, llena de cajas y material de embalaje (que consistía en periódicos arrugados, porque estaban en 1960 y todavía no se habían inventado aquellos papeles de polietileno con bolitas), empezaban las estanterías. De pie en uno de los pasillos, flanqueado por libros, estaba el Policía de la Biblioteca. Tenía inmovilizado a Dave Duncan utilizando una llave de lucha libre, y lo sostenía, con facilidad casi ausente, suspendido a unos diez centímetros del suelo.

Miró a Sam y a Naomi. Sus ojos plateados resplandecieron, y una sonrisa como de media luna apareció en su cara blanca. Parecía una luna de cromo.

—Ni un pazo máz —dijo—, o le romperé el cuello como a un pollo. Lo oirán.

Sam lo pensó, pero solo un momento. Olía a perfume de lavanda, intenso y asfixiante. Fuera del edificio, el viento gemía y golpeaba. La sombra del Policía de la Biblioteca ascendía por la pared, esbelta como un caballete. *Antes no tenía sombra* —advirtió Sam—. *¿Qué significa?*

Tal vez ahora el Policía de la Biblioteca era más real, estaba más presente, porque de hecho Ardelia, el Policía y el hombre moreno del coche viejo eran la misma persona. Solo había una con diferentes caras, que se ponía y quitaba con la misma facilidad con que un niño se prueba máscaras de Halloween.

—¿Se supone que debo creer que si nos mantenemos apartados lo dejará vivir? —preguntó—. Mentira.

Empezó a avanzar hacia el Policía de la Biblioteca.

En la cara del hombre alto se instaló una expresión rara. Era sorpresa. Dio un paso atrás. La gabardina envolvió sus tobillos y rozó los volúmenes que formaban los lados del estrecho pasillo donde se encontraba.

—¡Es una advertencia!

—Pues hágala y fastídiese —dijo Sam—. Su pelea no es con él. Tiene un asunto pendiente conmigo, ¿no? Muy bien, pues vamos a ello.

—¡La bibliotecaria tiene algo que arreglar con el viejo! —dijo el policía, y dio otro paso atrás. A su cara estaba sucediéndole algo extraño, y Sam necesitó un momento para darse cuenta de qué se trataba. La luz plateada de sus ojos estaba desvaneciéndose.

—Pues que lo arregle ella —dijo Sam—. Mi deuda es con usted, grandullón, y la tengo desde hace treinta años.

Pasó al otro lado del charco de luz proyectado por la lámpara de mesa.

—¡Muy bien! —ladró el Poli de la Biblioteca.

Dio media vuelta y arrojó a Dave Duncan por el pasillo. Dave voló como una bolsa de ropa sucia, pero solo se le escapó un gruñido de miedo y sorpresa. Trató de levantar un brazo cuando se acercaba a la pared, pero no pasó de ser un reflejo débil, poco entusiasta. Se estrelló contra el extintor montado junto a la escalera, y Sam oyó el crujido sordo de un hueso al romperse. Dave se desplomó, y el pesado extintor rojo se desprendió de la pared y cayó sobre él.

—¡Dave! —chilló Naomi, abalanzándose hacia él.

—¡No, Naomi!

Pero ella no prestó atención. La sombra del Policía de la Biblioteca reapareció. Cogió a Naomi por el brazo cuando ella trataba de pasar junto a él, y la atrajo hacia sí. Bajó la cabeza y, por un instante, su cara quedó oculta por el cabello color caoba de la nuca de Naomi. Emitió una extraña tos ahogada contra su carne y empezó a besarla, o al menos eso parecía. Su larga mano blanca asió el antebrazo de la joven. Naomi volvió a gritar y después pareció derrumbarse bajo el apretón.

Sam había llegado al comienzo de las estanterías. Cogió el primer libro que tocó, lo sacó del estante, tomó impulso y lo arrojó. El libro voló de un extremo al otro, abierto, con las páginas revoloteando, y golpeó al Policía de la Biblioteca en la cabeza. Él emitió un grito de furia y sorpresa, y levantó la mirada. Naomi se libró de su abrazo y cayó de lado, sobre una de las estanterías más altas, agitando los brazos para mantener el equilibrio. La estantería se balanceó al ser golpeada, y después se derrumbó con un estallido gigantesco. Los libros salieron despedidos de la estantería donde podrían haber permanecido años sin ser tocados, y cayeron al suelo en una lluvia de golpes que sonaron absurdamente como aplausos.

Naomi lo ignoró. Llegó junto a Dave y cayó de rodillas ante él, repitiendo una y otra vez su nombre. El Policía de la Biblioteca se volvió en aquella dirección.

—La pelea tampoco es con ella —dijo Sam.

El Policía volvió a fijarse en él. Sus ojos plateados habían sido reemplazados por pequeñas gafas oscuras que daban a su rostro un aspecto ciego, de topo.

—Tendría que haberte matado la primera vez —dijo, avanzando hacia Sam.

Su paso iba acompañado por un extraño sonido de barrido. Sam bajó la vista y vio que ahora el dobladillo de la gabardina rozaba el suelo. Estaba disminuyendo de estatura.

—La multa está pagada —dijo Sam con una gran calma. El Policía de la Biblioteca se detuvo. Sam levantó los libros con el billete de cinco dólares metido bajo la banda elástica—. La multa está pagada y los libros devueltos. Todo ha terminado, furcia..., o cabrón..., o lo que sea.

Fuera, el viento se alzó en un grito potente y hueco que pasaba bajo los aleros como si fuera vidrio. La lengua del Policía de la biblioteca asomó entre sus labios y los lamió. Era muy roja y puntiaguda. En sus mejillas y su frente habían empezado a aparecer manchas. Su piel estaba cubierta de una grasienta capa de sudor.

El olor de lavanda era mucho más intenso.

—¡Error! —exclamó—. ¡Error! ¡Ezos no zon loz libroz que tomó preztadoz! ¡Lo zé! ¡Eze viejo borracho mamón loz cogió! Fueron...

—Destruidos —terminó Sam. Empezó a andar otra vez, acercándose al Policía de la Biblioteca, y a cada paso que daba el olor de lavanda era más intenso. El corazón le saltaba en el pecho—. También sé de quién fue esa idea. Pero estos son sustitutos perfectamente aceptables. Cójalos —ordenó en un tono severo, que no admitía réplica—. ¡Cójalos, maldita sea!

Le tendió los libros, y el Policía de la Biblioteca, con aspecto confuso y temeroso, estiró la mano para cogerlos.

—No, así no —dijo Sam, levantando los libros para que no los alcanzara la mano blanca—. Así.

Golpeó con los libros la cara del Policía de la Biblioteca..., la golpeó fuerte. No recordaba haber sentido nunca en toda su vida una satisfacción más completa que la que sintió cuando *Los poemas favoritos del pueblo norteamericano* y *El compañero del orador* golpearon y rompieron la nariz del Policía. Las redondas gafas oscuras salieron volando y cayeron al suelo, dejando al descubierto unas órbitas negras forradas con una capa de líquido blancuzco. De aquel material pegajoso salían diminutos hilos, y Sam recordó el relato de Dave. *Parecía como si estuviera empezando a criar su propia piel*, había dicho.

El Policía de la Biblioteca gritó:

—¡No puede! ¡No puede herirme! ¡Me tiene miedo! ¡Además, le gustó! ¡Te gustó, niño sucio! ¡Te gustó!

—Error —dijo Sam—. Lo odié. Y ahora coja esos libros. Cójalos y salga de aquí, porque la multa está pagada.

Sam golpeó el pecho del policía con los libros y, mientras las manos de este se cerraban sobre ellos, le hundió una rodilla en la entrepierna.

—Esto es por los otros niños —dijo—. Los que tú te follaste y los que ella se comió.

La criatura ululó de dolor. Sus manos dejaron caer los libros cuando se inclinó para taparse la entrepierna. Su grasiento pelo negro cayó sobre su cara, ocultando misericordiosamente aquellas órbitas vacías, llenas de hilos.

Por supuesto que sus órbitas están vacías —tuvo tiempo de pensar Sam—. *Aquel día no vi en ningún momento los ojos tras las gafas, así que ella tampoco ha podido verlos.*

—Eso no paga su multa —dijo—, pero es un paso en la buena dirección, ¿no?

La gabardina del Policía de la Biblioteca empezó a agitarse y a arrugarse, como si debajo se hubiera iniciado una transformación inimaginable. Y cuando él..., eso..., levantó la mirada, Sam vio algo que lo hizo retroceder de asco y horror.

El hombre que había salido a medias de la lámina de Dave y a medias del cerebro de Sam se había convertido en un enano deforme. A su vez, el enano iba convirtiéndose en otra cosa, una espantosa criatura hermafrodita. En su rostro se producía una tormenta sexual, y también bajo la gabardina movediza. La mitad del pelo seguía siendo negro; la otra mitad era de un rubio ceniza. Una órbita seguía vacía; en la otra brillaba el odio desde un salvaje ojo azul.

—Te quiero —siseó la criatura enana—. Te quiero y te tendré.

—Inténtalo, Ardelia —dijo Sam—. Vamos a balancearnos y...

Estiró la mano hacia la cosa que tenía delante, pero chilló y la retiró en cuanto tocó la gabardina. No era un abrigo, sino una especie de terrible piel suelta. Daba la sensación de estar cogiendo un montón de bolsitas de té usadas.

Se refugió por el lado sesgado de la estantería y se hundió

en las sombras del extremo más alejado. De pronto, el olor de lavanda se hizo mucho más intenso.

De las sombras surgió una risa brutal.

La risa de una mujer.

—Demasiado tarde, Sam —dijo—. Ya es demasiado tarde. Está hecho.

Ardelia ha vuelto, pensó Sam. Desde el exterior llegó un estallido tremendo, desgarrador. El edificio tembló cuando le cayó un árbol encima. Las luces se apagaron.

9

La oscuridad total duró solo un segundo, pero pareció mucho más. Ardelia volvió a reír, y esta vez su risa tenía una extraña cualidad de sirena, como si sonara a través de un megáfono.

Después se encendió una lamparilla de emergencia, colocada en lo alto de una pared, arrojando un pálido haz de luz sobre ese sector de estanterías y proyectando por doquier sombras como marañas de hilo negro. Sam oía el zumbido ajetreado del generador. Se abrió camino hacia donde estaba Naomi, arrodillada junto a Dave, y por dos veces estuvo a punto de desplomarse al tropezar con las pilas de libros que habían caído de la librería volcada.

Naomi levantó la vista. Tenía el rostro lívido, horrorizado y anegado de lágrimas.

—Sam, creo que se está muriendo.

Sam se arrodilló junto a Dave. El viejo tenía los ojos cerrados y respiraba en bocanadas bruscas, casi azarosas. De la nariz y de un oído brotaban hilillos de sangre. En su frente había una depresión profunda, justo encima de la ceja derecha. Al verla, a Sam se le revolvió el estómago. Uno de los pómulos de Dave estaba evidentemente roto, y en ese lado de su cara estaba impresa la forma del asa del extintor, en líneas brillantes de sangre. Parecía un tatuaje.

—¡Sam, tenemos que llevarlo al hospital!

—¿Crees que ella nos dejaría salir ahora? —preguntó él.

A modo de respuesta, un libro inmenso —el volumen correspondiente a la T del *Oxford English Dictionary*— voló hacia ellos desde el otro lado del círculo de luz proyectado por el generador montado en la pared. Sam hizo retroceder a Naomi de un tirón, y ambos se arrastraron por el pasillo polvoriento. Tres kilos de *tabasco, tierno, trépano* y *tinte* llenaron el espacio donde un momento antes estaba la cabeza de Naomi, golpearon la pared y cayeron al suelo en un montón confuso.

Desde las sombras llegó una risa chillona. Sam se puso de rodillas justo a tiempo de ver una forma agazapada en el otro extremo del pasillo, más allá de la librería caída. *Sigue cambiando* —pensó—. *Solo Dios sabe en qué se está transformando.* La forma se echó hacia la izquierda y desapareció.

—Cógela, Sam —dijo Naomi roncamente, apretándole una mano—. Cógela, por favor, cógela.

—Lo intentaré —dijo él.

A continuación pasó por encima de las piernas abiertas de Dave y se internó en las sombras más oscuras del otro lado de la librería.

10

Fue asaltado por el aroma..., el aroma de lavanda mezclado con el olor polvoriento de los libros de los últimos años. Aquella percepción olfativa, en combinación con el ulular del viento, le hicieron sentirse como el viajero del tiempo de H. G. Wells... Y la Biblioteca era su máquina del tiempo.

Avanzó lentamente por el pasillo, apretando nerviosamente la bola de regaliz rojo en la mano izquierda. Los libros lo rodeaban, parecían mirarlo, ceñudos, y trepaban hasta una altura que doblaba la suya. Sam oía el chirrido de sus zapatos sobre el viejo linóleo.

—¿Dónde estás? —gritó—. Ardelia, si me quieres, ¿por qué no vienes a cogerme? ¡Estoy aquí!

No hubo respuesta, pero no podía tardar en aparecer. Si Dave estaba en lo cierto, tenía el cambio encima y disponía de poco tiempo.

A medianoche —pensó—. *El Policía de la Biblioteca me dio hasta medianoche, de modo que tal vez sea todo lo que tiene. Pero para eso faltan tres horas y media. No es posible que Dave pueda esperar tanto.*

Entonces se le ocurrió otra idea, menos agradable aún. ¿Y si mientras él daba vueltas por aquellos pasillos oscuros, Ardelia describía un círculo y regresaba al lugar donde estaban Naomi y Dave?

Llegó al extremo del pasillo, prestó atención, no oyó nada y se deslizó hacia el otro pasillo. Estaba vacío. Oyó un susurro sordo sobre su cabeza y levantó la mirada justo a tiempo de ver media docena de libros pesados que se deslizaban de uno de los estantes. Se echó hacia atrás gritando. Los libros cayeron, golpeando sus muslos, y Sam oyó la risa maníaca de Ardelia al otro lado de la librería.

Podía imaginarla allá arriba, aferrándose a los estantes como una araña atestada de veneno. Al parecer su cuerpo actuó antes de que su cerebro pudiera pensar. Giró sobre sus talones como un soldado borracho tratando de dar media vuelta y golpeó la estantería con la espalda. La risa se convirtió en un grito de miedo y sorpresa, y la estantería se inclinó bajo el peso de Sam. Cuando la cosa cayó de su percha, oyó un sordo golpe carnoso. Un segundo después, cayó la librería.

Lo que sucedió entonces fue algo que Sam no había previsto: la librería que había empujado cayó atravesada en el pasillo, vertiendo libros como una cascada mientras se desplomaba, y golpeó la librería siguiente. La segunda cayó contra una tercera, la tercera contra una cuarta, y así continuaron cayendo, como fichas de dominó, por toda la zona de almacenamiento enorme y sombría, golpeando, tintineando y tirándolo todo a su paso, desde las *Obras de Marriot* a *Los cuentos completos de los hermanos Grimm*. Oyó que Ardelia volvía a gritar y se lanzó sobre la librería inclinada que había empujado. Trepó por ella como si fuera una escalerilla, pateando libros para sacarlos del paso mientras buscaba dónde poner los pies, izándose con una sola mano.

Se echó boca abajo en el extremo más alejado y vio a una criatura blanca, horriblemente deformada, que se levantaba de debajo de un montón confuso de atlas y libros de viajes. Tenía cabello rubio y ojos azules, pero allí terminaba toda semejanza con algo humano. Sus trucos ya no funcionaban. La criatura era una cosa gorda, desnuda, con brazos y piernas que parecían terminar en garras articuladas. Debajo del cuello le colgaba un saco de carne como un buche desinflado. En torno a su cuerpo se agitaban delgadas fibras blancas. En eso había algo de escarabajo, y súbitamente Sam se puso a gritar para sus adentros, emitiendo gritos silenciosos y atávicos que parecían irradiar a lo largo de sus huesos. Sintió asco, pero su terror había desaparecido; ahora que veía realmente la cosa, no era tan mala.

Entonces, la criatura empezó a cambiar otra vez, y el sentimiento de alivio de Sam desapareció. No tenía exactamente rostro, pero bajo los saltones ojos azules empezó a proyectarse una forma de cuerno que se separaba de la espantosa cara como la trompa de un elefante. Los ojos se estiraron a los lados, adoptando primero un aspecto chinesco y después como de insecto. Sam la oía resoplar mientras se estiraba hacia él.

Estaba cubierta de hilos ondulantes y polvorientos.

Una parte de él quería retroceder (le gritaba que retrocediera), pero la mayor parte deseaba permanecer donde estaba. Y cuando la carnosa probóscide de la cosa lo tocó, Sam percibió su gran poder. Lo invadió un sentimiento de letargo, la idea de que sería mejor quedarse quieto y dejar que sucediera. El viento se había convertido en un aullido lejano, onírico. En cierta forma resultaba relajante, como el sonido de la aspiradora cuando era pequeño.

—¿Sam? —llamó Naomi. Pero su voz era lejana, insignificante—. Sam, ¿estás bien?

¿Había creído amarla? ¡Qué tontería! Totalmente ridículo cuando se pensaba en ello. Cuando se examinaba, aquello era mucho mejor.

Esta criatura tenía... historias que contar.

Historias muy interesantes.

Ahora, todo el cuerpo plástico de la cosa blanca se estiraba hacia la probóscide, se alimentaba de sí mismo, y la probóscide se alargaba. La criatura se convirtió en una cosa en forma de tubo, y el resto de su cuerpo colgaba tan inútil y olvidado como había colgado aquel saco debajo del cuello. Toda su vitalidad se concentraba en el cuerno de carne, el conducto a través del cual pasarían la vitalidad y la esencia de Sam.

Y era agradable.

La probóscide se deslizó suavemente por las piernas de Sam, se apretó brevemente contra su sexo y siguió elevándose, acariciando su vientre.

Sam cayó de rodillas para ofrecerle su cara. Sintió que los ojos le picaban breve y agradablemente cuando un fluido (no eran lágrimas, sino algo más espeso que las lágrimas) empezó a surgir de ellos.

La probóscide se cebó en sus ojos. Veía un rosado pétalo de carne que se abría y se cerraba hambriento allí dentro. Cada vez que se abría, revelaba una oscuridad más profunda. Después se apretaba formando un agujero en el pétalo, un tubo dentro del tubo, y se deslizaba con sensual lentitud sobre sus labios y mejillas, en dirección al fluido pegajoso. Deformes ojos azul oscuro lo contemplaban hambrientos.

Pero la multa estaba pagada.

Reuniendo hasta el último resto de sus fuerzas, Sam apretó la mano derecha sobre la probóscide. Era caliente y nociva. Los diminutos hilos de carne que la cubrían le pincharon la palma.

Se agitó, sorprendida, y trató de retroceder. Durante un

instante, Sam estuvo a punto de perderla; después apretó el puño, hundiendo las uñas en su carne.

—¡Aquí! —gritó—. ¡Aquí, tengo algo para ti, puta! ¡Lo he traído desde St. Louis!

Describió un arco con la mano izquierda y metió la pegajosa bola de regaliz rojo en el extremo de la probóscide, del mismo modo que aquellos chicos, hacía tanto tiempo, habían metido la bola de arcilla en el tubo de escape del Pontiac de Tommy Reed en un aparcamiento antiguo. La cosa trató de chillar, pero solo produjo un zumbido. Después volvió a intentar apartarse de Sam. La bola de regaliz rojo sobresalía del extremo de su belfo convulso como una ampolla de sangre.

Sam luchó por ponerse de rodillas, sin dejar de apretar la carne agitada y ruidosa que tenía en la mano, y se lanzó sobre esa cosa-Ardelia que se retorcía y latía debajo de él, tratando de sacárselo de encima. Rodaron una y otra vez sobre los montones de libros. Era espantosamente fuerte. En una ocasión, Sam se quedó mirando sus ojos, y el odio y el pánico de aquella mirada estuvieron a punto de dejarlo petrificado.

Después, sintió que la cosa empezaba a hincharse.

La soltó y retrocedió jadeando. Ahora, la cosa que estaba en el pasillo cubierto de libros parecía una grotesca pelota de playa con un tronco; una pelota de playa cubierta de pelo fino que ondulaba como zarcillos de algas en la marea alta. Rodó por el pasillo; la probóscide se hinchaba como una manga de incendios a la que se le hubiera hecho un nudo. Sam miró, helado de horror y fascinación, mientras la cosa que se había llamado a sí misma Ardelia Lortz se ahogaba en sus propias entrañas humosas.

En su flanco estirado aparecieron trazos de sangre como brillantes mapas de carretera. Sus ojos se desorbitaron, mirando a Sam con una expresión de sorpresa aturdida. Hizo un esfuerzo final por escupir el globo blando de regaliz, pero la probóscide se había abierto tanto para recibir alimento que el regaliz se quedó donde estaba.

Sam se dio cuenta de lo que iba a pasar y se tapó la cara con un brazo un instante antes de que estallara.

Trozos de carne extraña volaron en todas direcciones. Cuerdas de sangre espesa mancharon los brazos, el pecho y las piernas de Sam, que gritó con una mezcla de asco y alivio.

Un momento después, la luz de emergencia se apagó, sumiéndolos otra vez en la oscuridad.

11

Esta vez, el intervalo de oscuridad también fue breve, pero duró lo bastante para que Sam percibiera el cambio. Lo sintió en la cabeza. Experimentó una clara sensación de que las cosas desfasadas ocupaban de nuevo su lugar. Cuando volvieron a encenderse las luces de emergencia, había cuatro. Las baterías emitían un ronroneo satisfecho en lugar de un ensordecedor zumbido, y las luces brillantes desterraban las sombras a los rincones más alejados del recinto. No sabía si el mundo de 1960, al que habían entrado cuando la farola a vapor de mercurio reemplazó al arco de luz de sodio, había sido real o ilusorio, pero sabía que había desaparecido.

Las librerías volcadas estaban ordenadas otra vez. En ese pasillo había libros tirados en el suelo, una docena o así, pero podía haberlos volcado él mismo al tratar de ponerse en pie. Y fuera el ruido de la tormenta se había transformado en murmullo. Sam oía repiquetear en el tejado lo que sonaba como una lluvia serena.

La cosa-Ardelia había desaparecido. No había manchas de sangre ni trozos de carne en el suelo, en los libros o en su persona.

Solo quedaba un resto de ella: un arete de oro que resplandecía. Sam se puso en pie temblando y le dio una patada. Después, una nube gris cubrió sus ojos. Se tambaleó con los ojos cerrados, esperando a ver si se desmayaba o no.

—¡Sam! —gritó Naomi con la voz llorosa—. Sam, ¿dónde estás?

—¡Aquí! —respondió, al tiempo que levantaba un brazo, cogía un mechón de su propio cabello y daba un fuerte tirón.

Probablemente fuera un gesto estúpido, pero funcionó. La ondulante nube gris no desapareció por completo, pero se retiró. Sam empezó a retroceder hacia la zona de clasificación, caminando con pasos largos y cautelosos.

En la zona de clasificación se veía el mismo escritorio, un feo trozo de madera con patas rechonchas, pero la lámpara con su pantalla anticuada había sido reemplazada por un tubo fluorescente. La máquina de escribir ruinosa y el Rolodex habían sido reemplazados por un ordenador Apple. Y por si no estaba seguro de la época en que se encontraba, una mirada a las cajas de cartón que había en el suelo lo convencieron: estaban llenas de plásticos de embalaje.

Naomi seguía arrodillada junto a Dave en el extremo del pasillo. Cuando Sam llegó a su lado, vio que el extintor (aunque habían pasado treinta años, parecía ser el mismo) estaba otra vez montado en la pared, pero la forma de su asa seguía impresa en la mejilla y la frente de Dave.

El hombre tenía los ojos abiertos, y cuando vio a Sam sonrió.

—No está... mal —susurró—. Apuesto a que... no sabías que eras capaz... de eso.

Sam experimentó una enorme y cálida sensación de alivio.

—No —dijo—, no lo sabía. —Se inclinó y puso tres dedos ante los ojos de Dave—. ¿Cuántos dedos ves?

—Unos... setenta y cuatro —susurró Dave.

—Llamaré a la ambulancia —dijo Naomi.

Empezó a ponerse en pie, pero antes de que pudiera hacerlo la mano izquierda de Dave se cerró sobre su muñeca.

—No, todavía no —dijo, con la mirada fija en Sam—. Inclínate. Solo puedo susurrar.

Sam se inclinó sobre el viejo. Dave puso una mano temblorosa en su nuca. Sus labios cosquillearon en la oreja de Sam, y este tuvo que obligarse a permanecer quieto.

—Sam —susurró—. Ella espera. Recuerda..., ella espera.

—¿Qué? —preguntó Sam. Se sentía casi totalmente desarticulado—. Dave, ¿qué quieres decir?

Pero la mano de Dave había caído, y su pecho subía y bajaba a un ritmo rápido y superficial.

—Me voy —dijo Naomi, alterada—. Allá, en el escritorio, hay un teléfono.

—No —dijo Sam.

Ella se volvió hacia él con los ojos brillantes y la boca estirada sobre los dientes blancos, furiosa.

—¿Qué quieres decir? ¿Estás loco? ¡Como mínimo tiene el cráneo fracturado! Está...

—Está muriendo, Sarah —dijo Sam con suavidad—. Quédate con él. Sé su amiga.

Ella miró hacia abajo, y esta vez vio lo que había visto Sam. La pupila del ojo izquierdo de Dave tenía el tamaño de una cabeza de alfiler; la pupila de su ojo derecho estaba dilatada y fija.

—¿Dave? —susurró, asustada—. ¿Dave?

Pero Dave miraba otra vez a Sam.

—Recuerda —susurró—. Ella esp...

Sus ojos quedaron fijos e inexpresivos. Su pecho se alzó una vez más, bajó y no volvió a elevarse.

Naomi empezó a sollozar. Puso una mano de Dave contra su mejilla y le cerró los ojos. Sam se arrodilló penosamente y rodeó su cintura con el brazo.

QUINCE

La calle Angle (III)

1

Aquella noche y la siguiente fueron noches de insomnio para Sam Peebles. Se quedó despierto en su cama, con todas las luces de la segunda planta encendidas, y pensó en las últimas palabras de Dave Duncan: *Ella espera*.

Hacia el amanecer de la segunda noche, empezó a creer que comprendía lo que el viejo había estado tratando de decir.

2

Sam creía que Dave sería enterrado en el cementerio de la iglesia baptista, en Proverbia, y le sorprendió un poco descubrir que, en algún momento entre 1960 y 1990, se había convertido al catolicismo. El servicio se celebró en St. Martin el 11 de abril, un día desagradable que pasaba de las nubes al frío sol del comienzo de la primavera.

Después del servicio en el cementerio, hubo una recepción en la calle Angle. Había casi setenta personas que vagaban por las habitaciones de la planta baja o formaban pequeños grupos. Todos habían conocido a Dave y hablaban de él con humor, respeto e inconmovible amor. Bebían ginger-ale en tazas de plástico y comían pequeños sándwiches. Sam fue de grupo en grupo, cruzando algunas palabras con algún conocido pero sin detenerse a charlar. Raras veces sacó la mano del bolsillo de su abrigo oscuro. En el camino desde la iglesia había hecho una parada en el Piggly Wiggly, y ahora llevaba en el bolsillo media docena de paquetes de celofán, cuatro de ellos largos y delgados y otros dos rectangulares.

Sarah no estaba allí.

Se disponía a irse cuando vio a Lukey y a Rudolph sentados juntos en un rincón. Entre ambos había un tablero de *cribbage*, pero no parecían estar jugando.

—Hola, muchachos —dijo Sam, acercándose—. Tal vez no me recordéis...

—Claro que sí —le interrumpió Rudolph—. ¿Qué cree que somos? ¿Un par de idiotas? Usted es el amigo de Dave. Vino el día que estábamos pintando los carteles.

—¡Exacto! —dijo Lukey.

—¿Encontró esos libros que buscaba? —preguntó Rudolph.

—Sí —respondió Sam, sonriendo—. Finalmente los encontré.

—¡Excelente! —exclamó Lukey.

Sam sacó los cuatro paquetes largos y delgados de celofán.

—Os he traído algo, muchachos —dijo.

Lukey miró y sus ojos se iluminaron.

—¡Dolph! ¡Slim Jims! —exclamó sonriendo con deleite—. ¡Mira! ¡El novio de Sarah nos ha traído Slims Jims! ¡Maravilloso!

—Vamos, démelos, compañero —dijo Rudolph, y se los arrebató—. Este loco se los comería todos de golpe y después se cagaría en la cama, ¿sabe? —añadió, dirigiéndose a Sam. Sacó uno de los Slim Jims y se lo dio a Lukey—. Aquí tienes, cabeza de chorlito. Te guardaré el resto.

—Puedes comerte uno, Dolph. Adelante.

—Sabes que no puedo, Lukey. Estas cosas me queman por ambos extremos.

Sam ignoró ese intercambio. Estaba mirando fijamente a Lukey.

—¿El novio de Sarah? ¿Dónde oíste decir eso?

Lukey se comió medio Slim Jims de un mordisco y lo miró. Su expresión era al mismo tiempo benevolente y astuta. Apoyó un dedo en una aleta de la nariz y dijo:

—Los rumores corren cuando estás en el Programa, jovencito. ¡Ah, sí, ya lo creo!

—No sabe nada, señor —dijo Rudolph, vaciando su taza de ginger-ale.

—¡Yo lo sé porque Dave me lo dijo! ¡Anoche! ¡Tuve un sueño en el que estaba Dave, y me dijo que este tipo era el amorcito de Sarah!

—¿Dónde está Sarah? —preguntó Sam—. Pensé que estaría aquí.

—Habló conmigo después de la bendición —dijo Rudolph—. Me dijo que usted sabría dónde encontrarla más tarde, si deseaba verla. Dijo que ya la había visto allí una vez.

—A ella le gustaba mucho Dave —dijo Lukey. Una lágrima repentina apareció en el borde de uno de sus ojos y bajó por su mejilla. La secó con el dorso de la mano—. A todos nos gustaba. ¡Dave siempre se esforzaba tanto! Es muy lamentable, ¿sabe? Realmente muy lamentable.

Súbitamente, Lukey rompió a llorar.

—Bueno, deja que te cuente algo —dijo Sam. Se acuclilló junto a Lukey y le tendió su pañuelo. Él mismo estaba al borde de las lágrimas y aterrorizado por lo que tenía que hacer, o tratar de hacer—. Al final lo consiguió. Murió sobrio. Oigáis lo que oigáis, ateneos a eso, porque yo lo sé. Murió sobrio.

—Amén —dijo reverentemente Rudolph.

—Amén —repitió Lukey, devolviendo su pañuelo a Sam—. Gracias.

—De nada, Lukey.

—Esto…, ¿no tendrá más de esos malditos Slim Jims?

—No —contestó Sam, sonriendo—. Ya sabes lo que dicen, Lukey, te pasas y después no te basta con mil.

Rudolph rió. Lukey sonrió y volvió a apoyar un dedo contra una aleta de la nariz.

—¿Y qué hay de un cuarto de dólar? ¿No tendrá un cuarto, por casualidad?

3

La primera idea de Sam fue que podía haber regresado a la Biblioteca, pero eso no encajaba con lo que había dicho Rudolph. Había estado con Sarah en la Biblioteca aquella noche terrible que parecía haber transcurrido diez años atrás, pero habían ido juntos, no la había «visto» allí como se ve a alguien por una ventana o…

Entonces recordó dónde había visto a Sarah por una ventana: allí mismo, en la calle Angle. Formaba parte del grupo reunido en el patio trasero, haciendo no se sabía qué para mantenerse sobrios. Atravesó la cocina como había hecho aquel día, saludando a otras personas. Burt Iverson y Elmer Baskin estaban en uno de los pequeños grupos, bebiendo ponche de helado mientras escuchaban gravemente a una mujer anciana a la que Sam no conocía.

Pasó por la puerta de la cocina y salió a la galería trasera. El día era otra vez gris y desagradable. El patio estaba desierto, pero a Sam le pareció ver un relámpago de color pastel al otro lado de los arbustos que marcaban el límite más alejado del patio.

Bajó los escalones y cruzó el patio, consciente de que su corazón había empezado a latir con fuerza otra vez. Volvió a meter la mano en el bolsillo, y esta vez la sacó con los dos paquetes de celofán restantes. Contenían regaliz rojo Bull's Eye.

Los abrió y empezó a amasarlos formando una bola, mucho más pequeña que la que había hecho en el Datsun la noche del lunes. El olor dulce, azucarado, seguía resultándole tan nauseabundo como siempre. Oyó el traqueteo de un tren que avanzaba a lo lejos, y esto le hizo pensar en su sueño, aquel en el que Naomi se convertía en Ardelia.

Demasiado tarde, Sam. Ya es demasiado tarde. Está hecho. Ella espera. Recuerda, Sam... ella espera.

A veces había mucha verdad en los sueños.

¿Cómo había sobrevivido todos aquellos años intermedios? Nunca se habían hecho aquella pregunta. ¿Cómo realizaba la transición de una persona a otra? Tampoco se lo habían preguntado. Tal vez la cosa que parecía una mujer llamada Ardelia Lortz era, bajo sus embrujos e ilusionismo, como una de esas polillas que tejían sus capullos en la horqueta de un árbol, los cubrían con un tejido protector y después volaban al lugar adonde iban a morir. Las larvas yacían silenciosas, esperando dentro de sus capullos...

Ella espera.

Sam siguió caminando, sin dejar de amasar la olorosa bolita hecha de aquel material que el Policía de la Biblioteca —su Policía de la Biblioteca— había robado y convertido en la materia de las pesadillas. La materia que de alguna manera, con la ayuda de Naomi y de Dave, había conseguido transformar en la materia de la salvación.

El Policía de la Biblioteca apretando a Naomi contra sí, colocando su boca en la nuca de Naomi como para besarla, y tosiendo.

La bolsa que colgaba bajo el cuello de esa cosa-Ardelia, Fláccida. Agotada. Vacía.

Por favor, no permitas que sea demasiado tarde.

Entró en la delgada franja de arbustos. Naomi Sarah Higgins estaba de pie al otro lado, con los brazos cruzados sobre el pecho. Le dirigió una mirada breve, y él quedó espantado por la palidez de sus mejillas y el aspecto demacrado de sus ojos. Después, ella volvió a contemplar las vías del ferrocarril. El tren se acercaba. Pronto podrían verlo.

—Hola, Sam.

—Hola, Sarah.

Sam rodeó su cintura con un brazo. Ella lo dejó, pero la forma de su cuerpo era rígida, inflexible, reservada. *Por favor, no permitas que sea demasiado tarde*, volvió a repetirse Sam y se descubrió pensando en Dave.

Después de abrir la puerta que daba a la plataforma de carga sosteniéndola con un taco de goma, lo habían dejado allí, en la biblioteca. Sam había utilizado una cabina pública a dos manzanas de distancia para informar sobre la puerta abierta. Cuando la recepcionista preguntó su nombre, colgó. Así habían encontrado a Dave, y por supuesto el veredicto fue muerte accidental. Aquellos habitantes de la ciudad a los que les importaba lo bastante para formular una teoría harían el razonamiento lógico: otro viejo vagabundo se había trasladado a la gran taberna del cielo. Supondrían que había recorrido el sendero con una botella, había visto la puerta abierta, había entrado y había caído contra el extintor en la oscuridad. Fin de la historia. Los resultados de la autopsia, que indicarían que no había alcohol en el torrente sanguíneo de Dave, no cambiarían ni un ápice esos supuestos, tal vez ni siquiera para la policía. *Simplemente, la gente espera que un borracho muera como un borracho* —pensó Sam—, *aunque no esté borracho.*

—¿Cómo te encuentras, Sarah? —preguntó. Ella lo miró fatigada.

—No muy bien, Sam. No muy bien. No puedo dormir, no puedo comer… Mi cabeza parece llena de las ideas más horribles…, no se parecen en nada a mis pensamientos, y quiero beber. Eso es lo peor. Quiero beber, y beber, y beber… Las reuniones no me ayudan. Por primera vez en mi vida, las reuniones no me ayudan.

Cerró los ojos y empezó a llorar, produciendo un sonido débil y terriblemente perdido.

—No —dijo él suavemente—, es natural. No te pueden ayudar. Y supongo que a ella le gustaría que empezaras a beber otra vez. Está esperando, pero eso no quiere decir que no tenga hambre.

Ella abrió los ojos y lo miró.

—¿Qué…? Sam, ¿de qué estás hablando?

—Supongo que de la persistencia —dijo—. De la persistencia del mal, de cómo espera, de cómo puede ser tan astuto y desconcertante.

Alzó lentamente la mano y la abrió.

—¿Reconoces esto, Sarah?

Ella se apartó de la bola de regaliz que había en su palma. Durante un segundo, sus ojos se dilataron, totalmente despiertos. Chispearon con odio y miedo.

Y las chispas eran plateadas.

—¡Tira eso! —susurró—. ¡Tira esa maldita cosa!

Su mano se dirigió en un gesto protector hacia su nuca, donde el cabello castaño rojizo colgaba hasta los hombros.

—Te estoy hablando a ti —dijo enérgicamente él—. No a ella, sino a ti. Te amo, Sarah.

Ella volvió a mirarlo, y en sus ojos estaba otra vez aquella mirada de terrible fatiga.

—Sí —dijo—. Tal vez me ames. Y tal vez deberías aprender a no hacerlo.

—Quiero que hagas algo por mí, Sarah. Quiero que me des la espalda. Por allí viene un tren. Quiero que mires ese tren y no vuelvas a mirarme hasta que te lo diga. ¿Puedes hacerlo?

Su labio superior se levantó. Aquella expresión de odio y miedo volvía a animar la cara demacrada.

—¡No, déjame sola! ¡Vete!

—¿Es eso lo que quieres? —preguntó—. ¿Lo es realmente? Dijiste a Dolph dónde podía encontrarte, Sarah. ¿De verdad quieres que me vaya?

Sus ojos volvieron a cerrarse. Las comisuras de su boca bajaron formando un tembloroso arco de angustia. Cuando abrió los ojos, estaban llenos de acosado terror y brillantes lágrimas.

—¡Oh, Sam, ayúdame! ¡Algo va mal y no sé qué es ni qué hacer!

—Yo sé lo que hay que hacer —dijo él—. Confía en mí, Sarah, y confía en lo que dijiste cuando íbamos camino de la Biblioteca el lunes por la noche. Honestidad y fe. Esas cosas son lo opuesto al miedo. Honestidad y fe.

—Pero resulta difícil —susurró ella—. Resulta difícil confiar y creer.

Él la miró con severidad.

Súbitamente, el labio superior de Naomi se levantó, y el inferior sobresalió, convirtiendo momentáneamente su boca en algo parecido a un cuerno.

—¡Vete a tomar por el culo! —dijo—. ¡Vete a tomar por el culo, Sam Peebles!

Él la miró de nuevo con severidad.

Ella levantó las manos y se apretó las sienes.

—No quise decir eso. No sé por qué lo dije. Yo…, mi cabeza…, Sam, mi pobre cabeza. Es como si se estuviera partiendo en dos.

El tren silbó al cruzar el río Proverbia y entró en Junction City. Era el tren de mercancías de media tarde, el que seguía sin detenerse hacia los almacenes de Omaha. Sam lo veía avanzar.

—No nos queda mucho tiempo, Sarah. Tiene que ser ahora. Vuélvete y mira el tren. Mira cómo se acerca.

—Sí —dijo ella de pronto—. Vale. Haz lo que quieres hacer, Sam. Y si ves…, si ves que no va a funcionar…, empújame. Empújame delante del tren. Después puedes decirles a los demás que salté, que fue un suicidio. —Y lo miró suplicante, con aquellos ojos mortalmente cansados que lo contemplaban desde la cara exhausta—. Saben que no me encontraba bien…, la gente del Programa lo sabe. No se les puede ocultar cómo te sientes. Después de un tiempo, es imposible. Si dices que salté te creerán, y tendrán razón, porque no quiero seguir así. Pero lo que sucede es..., Sam, lo que sucede es que dentro de poco querré seguir.

—Tranquila —dijo él—. No vamos a hablar de suicidio. Mira el tren, Sarah, y recuerda que te amo.

Ella se volvió hacia el tren, que ahora estaba a poco más de un kilómetro y se acercaba a toda velocidad. Acercó las manos a la nuca y se levantó el cabello. Sam se inclinó, y allí estaba lo que buscaba, sobre la piel blanca y limpia de su cuello. Él sabía que su bulbo raquídeo comenzaba a menos de un centímetro por debajo de aquel lugar, y sintió que su estómago se revolvía asqueado.

Se inclinó sobre la prominencia semejante a una ampolla. Estaba cubierta de una malla similar a una telaraña de hilos blancos entrecruzados, pero podía verla debajo: un trozo de jalea rosada que se movía y latía al ritmo de su corazón.

—¡Déjame sola! —gritó de pronto Ardelia Lortz por boca de la mujer a la que Sam había llegado a amar—. ¡Déjame sola, bastardo!

Pero las manos de Sarah se mantenían firmes, levantando el cabello, permitiéndole el acceso.

—¿Ves los números de la locomotora, Sarah? —murmuró. Ella gimió.

Él hundió el pulgar en la bola blanda de regaliz que tenía en la mano, haciendo una depresión algo mayor que el parásito que descansaba en el cuello de Sarah.

—Léemelos, Sarah. Lee los números.

—Dos..., seis... ¡Oh, Sam! Me duele la cabeza... Es como si unas enormes manos desgarraran mi cerebro en dos...

—Lee los números, Sarah —murmuró él, mientras acercaba el regaliz rojo Bull's Eye a aquella prominencia pulsante, obscena.

—Cinco..., nueve..., cinco...

Apoyó el regaliz con suavidad. De pronto lo sintió retorcerse y agitarse bajo la capa azucarada. *¿Y qué pasará si se* *rompe? ¿Qué pasará si se abre antes de que pueda sacárselo? Es el veneno concentrado de Ardelia... ¿Qué pasará si se rompe antes de sacarlo?*

El tren volvió a pitar. El sonido tapó el grito de dolor de Sarah.

—Tranquila...

Simultáneamente, retiró el regaliz y lo apretó. Lo tenía; estaba atrapado en el caramelo, latiendo y moviéndose como un diminuto corazón enfermo. En la nuca de Sarah había tres agujeros diminutos, del tamaño de pinchazos de alfiler.

—¡Se ha ido! —gritó ella—. ¡Sam, se ha ido!

—Todavía no —dijo Sam con gravedad. El regaliz rojo estaba otra vez en su palma, y en su superficie se insinuaba una burbuja que luchaba por emerger.

Ahora el tren pasaba rugiendo por el depósito de Junction City, el depósito donde una vez un hombre llamado Brian Kelly había arrojado cuatro monedas a Dave Duncan, diciéndole que se fuera de allí. El tren estaba a menos de trescientos metros y avanzaba a toda velocidad.

Sam dejó a Sarah y se arrodilló junto a los raíles.

—Sam, ¿qué estás haciendo?

—Aquí tienes, Ardelia —murmuró él—. Prueba esto —añadió, pegando la bola pulsante de regaliz rojo en uno de los resplandecientes raíles de acero.

Oyó dentro de su cabeza un chillido de inexpresable furia y terror. Se apartó, mirando cómo la cosa atrapada dentro del regaliz luchaba y empujaba. El caramelo se abrió. Sam vio que dentro había algo de un rojo más oscuro que pugnaba por salir, y en ese momento el tren de las dos y veinte con destino a Omaha pasó rugiendo por encima, en una organizada tormenta de temblores durmientes y ruedas demoledoras.

El regaliz desapareció, y dentro de la cabeza de Sam Peebles el chillido penetrante se interrumpió como si lo hubieran cortado con un cuchillo.

Retrocedió y se volvió hacia Sarah. Ella se tambaleaba, con los ojos dilatados y llenos de alegría. Él rodeó su cintura con los brazos y la sostuvo mientras los vagones, tanques y remolques pasaban rugiendo, echando sus cabellos hacia atrás.

Se quedaron así hasta que pasó el furgón de cola, llevándose sus lucecillas rojas hacia el oeste. Después, ella se apartó un poco sin salir del círculo de sus brazos y lo miró.

—¿Soy libre, Sam? ¿De verdad me he librado de ella? Siento como si lo fuera, pero apenas puedo creerlo.

—Eres libre —dijo Sam—. Tú también has pagado tu multa, Sarah. Tu deuda ha quedado saldada para siempre.

Ella acercó su cara a la de Sam y empezó a cubrir de pequeños besos sus labios y mejillas. No cerró los ojos, sino que se quedó mirándolo con gravedad todo el tiempo.

Por fin, él cogió sus manos y dijo:

—¿Por qué no entramos para presentar nuestros respetos? Tus amigos estarán preguntándose dónde estás.

—También pueden ser tus amigos, Sam, si quieres.

Él asintió.

—Sí, quiero. Lo deseo intensamente.

—Honestidad y fe —dijo ella, y tocó su mejilla.

—Esas son las palabras —dijo Sam, besándola otra vez. Después le ofreció su brazo—. ¿Quiere venir conmigo, señora?

Ella pasó su brazo por el de Sam.

—A cualquier parte, señor, a cualquier parte.

Regresaron lentamente hacia la calle Angle cogidos del brazo.

EL PERRO DE LA POLAROID

A la memoria de John D. MacDonald.
Te echo de menos, viejo amigo...
y tenías razón sobre lo de los tigres

LAS CUATRO DESPUÉS DE MEDIANOCHE

Una nota sobre El perro de la Polaroid

De vez en cuando alguien me pregunta: «Steve, ¿cuándo vas a cansarte de esas historias de horror y a escribir algo serio?».

Solía creer que el insulto implícito en esta pregunta era accidental, pero a medida que han ido pasando los años me he ido convenciendo de que no es así. Verán, al mirar a la cara a la gente que me hace esa pregunta, veo que la mayoría de ellos parecen bombarderos esperando que la última andanada de bombas no dé en el blanco o caiga sobre la fábrica que desean, o que las municiones aterricen sin estallar.

El hecho es que casi todo lo que he escrito —y eso incluye muchas cosas humorísticas— lo escribí con seriedad. Recuerdo muy pocas ocasiones en las que me haya sentado ante la máquina de escribir riéndome incontroladamente de alguna historia absurda que acabara de esbozar. Nunca seré Reynolds Price o Larry Woiwode, porque yo no soy como ellos, pero eso no significa que no me preocupe seriamente por lo que hago. No obstante, debo hacer lo que puedo hacer. Como dijo una vez Nils Lofgren: «Tengo que ser mi propio y sucio yo. No haré chistes».

Si su definición de algo serio es algo real (es decir, ¡ALGO QUE PUEDE SUCEDER REALMENTE!), no se encuentra usted en el lugar apropiado y debería salir del edificio, por supuesto. Pero, por favor, mientras sale, recuerde que no soy el único que tiene intereses en este lugar específico: Franz Kafka tuvo un despacho aquí, y también George Orwell, y Shirley Jackson, y Jorge Luis Borges, y Jonathan Swift, y Lewis Carroll. Una mirada al tablero del vestíbulo le demostrará que entre sus actuales inquilinos se cuentan Thomas Berger, Ray Bradbury, Jonathan Carroll, Thomas Pynchon, Thomas Disch, Kurt Vonnegut Jr., Peter Straub, Joyce Carol Oates, Isaac Bashevis Singer, Katherine Dunn y Mark Halpern.

Hago lo que hago por razones muy serias: amor, dinero y obsesión. El relato de lo irracional es el medio más sano de que dispongo para reflejar el mundo en el que vivo. Estos cuentos me han servido como instrumentos de metáfora y moralidad; siguen ofreciendo la mejor ventana que conozco para asomarnos a ella y contemplar cómo percibimos las cosas y cómo nos comportamos en base a nuestras percepciones. He explorado estas cuestiones lo mejor que he podido dentro de los límites de mi talento e inteligencia. No soy un ganador del Premio Nacional o del Pulitzer, pero soy serio, de eso no cabe duda. Aunque no crean ninguna otra cosa, no duden nunca de esto: cuando les cojo de la mano, amigos míos, y empiezo a hablar, creo cada una de las palabras que digo.

Muchas de las cosas que tengo que decir —esas Cosas Realmente Serias— se refieren al universo de la ciudad pequeña donde me crié y donde todavía vivo. Los cuentos y novelas son modelos a escala de lo que alegremente llamamos «vida real», y creo que las vidas, tal como se viven en las ciudades pequeñas, son modelos a escala de lo que alegremente llamamos «sociedad». Indudablemente, esta idea se presta a la argumentación, y la argumentación es algo estupendo (sin ella, montones de profesores y críticos de literatura se quedarían sin trabajo). Yo simplemente digo que un escritor necesita alguna clase de rampa de salida; aparte de la firme creencia de que el cuento puede existir honorablemente por sí mismo, la idea de la ciudad pequeña como microcosmos social y psicológico es mía. Empecé a experimentar con este tipo de cosas en *Carrie*, y continué a una escala más ambiciosa con *El misterio de Salem's Lot.* No obstante, no acerté con mi vena hasta *La zona muerta.*

Creo que esa fue la primera de mis historias de Castle Rock (que es, en realidad, la ciudad de Jerusalem's Lot sin los vampiros). En los años transcurridos desde que la escribí, Castle Rock se ha convertido cada vez más en «mi ciudad», en el sentido en que la mítica ciudad de Isola es la ciudad de Ed McBain, y la aldea de Glory, en Virginia Oeste, fue la ciudad de Davis Grubb. Una y otra vez he acudido allí para estudiar la vida de sus habitantes y la geografía que parece gobernarla: Castle Hill, Castle View, Castle Lake y las carreteras de la ciudad que forman una maraña en el extremo occidental de la población.

A medida que han ido pasando los años, me he sentido cada vez más interesado —casi fascinado— por la vida secreta de esa ciudad, a causa de las relaciones ocultas que parecían hacérseme cada vez más claras. La mayor parte de esta historia no está escrita o no se ha publicado: cómo el finado sheriff George Bannerman perdió su virginidad en el asiento trasero del coche de su difunto padre; cómo el marido de Ophelia Todd fue asesinado por un molino de viento andante; cómo el alguacil Andy Clutterbuck perdió el dedo índice de la mano izquierda (se lo cortó un ventilador y el perro de la familia se lo comió).

Después de *La zona muerta*, que es en parte la historia del psicópata Frank Dodd, escribí una novela corta titulada *El cuerpo*, luego *Cujo*, la novela en la cual el bueno del sheriff Bannerman mordió el polvo, y a continuación una serie de cuentos y relatos sobre la ciudad (los mejores, al menos para mí, son «El atajo de la Sra. Todd» y «El camión de tío Otto»). Todo ello está muy bien, pero un estado de fascinación con un escenario ficticio tal vez no sea lo mejor del mundo para un escritor. Lo fue para Faulkner y para J. R. R. Tolkien, pero a veces un par de excepciones no hacen más que confirmar la regla, aparte de que yo no juego en ese equipo.

De modo que en algún momento decidí —primero en el inconsciente, me parece, que es donde se produce el Trabajo Realmente Serio— que había llegado el momento de cerrar el libro de Castle Rock, Maine, donde tantos de mis personajes favoritos han vivido y muerto. Ya era suficiente. Tocaba avanzar (tal vez hasta la puerta de al lado, en Harlow, ¡ja, ja, ja!). Pero no quería irme sin más; quería terminar las cosas, y hacerlo de manera contundente.

Poco a poco empecé a comprender cómo podía hacerlo, y durante los cuatro últimos años me he dedicado a escribir una trilogía de Castle Rock: ni más ni menos que los últimos relatos de Castle Rock. No los he escrito por orden (a veces creo que la historia de mi vida podría titularse «caos»), pero ahora ya están acabados y son lo bastante serios, aunque espero que eso no signifique que tienen tendencia a la sobriedad o al tedio.

El primero de estos relatos, *La mitad oscura*, fue publicado en 1989. Si bien es, en principio, la historia de Thad Beaumont y transcurre en su mayor parte en una ciudad llamada Ludlow (la ciudad donde vivían los Creed en *Cementerio de animales*), la ciudad de Castle Rock figura en el libro, que sirve para presentar al sustituto del sheriff Bannerman, un tipo llamado Alan Pangborn. El sheriff Pangborn aparece en el núcleo de la última historia de esta secuencia, una novela larga llamada *La Tienda*, cuya publicación está programada para el año próximo y cerrará mis tratos con lo que la gente del lugar llama La Roca.

El tejido conectivo entre estos trabajos más largos es el cuento que viene a continuación. En «El perro de la Polaroid» aparecen pocos de los personajes importantes de Castle Rock, pero sirve para presentar a Papi Merrill, cuyo sobrino, Ace

Merrill, es el chico malo de la ciudad (y la *bête noire* de Gordie LaChance en *El cuerpo.)* Además, «El perro de la Polaroid» prepara el escenario para el castillo de fuegos artificiales del final. Tiene entidad propia —o, al menos, eso espero— y podrán leerlo con placer aquellos a quienes les importen un pito *La mitad oscura* y *La Tienda.*

Es necesario añadir algo: todo cuento tiene su propia vida secreta, aparte de su escenario, y «El perro de la Polaroid» es un cuento sobre cámaras y fotógrafos. Hace unos cinco años, mi esposa, Tabitha, se interesó por la fotografía; descubrió que se le daba bien y empezó a estudiar en serio. Yo soy mal fotógrafo (soy uno de esos tipos que se las arreglan siempre para cortarle la cabeza a la gente, fotografiarla con la boca abierta, o ambas cosas al mismo tiempo), pero respeto mucho a los buenos fotógrafos, y el proceso me fascina.

En el transcurso de sus experimentos, mi esposa compró una Polaroid, una cámara sencilla, accesible para los imbéciles como yo. Aquella cámara me fascinó. Naturalmente, había visto y utilizado antes una Polaroid, pero nunca había pensado realmente en ellas ni había mirado con atención las imágenes que producen. Cuanto más pensaba en ellas, más extrañas me parecían. Al fin y al cabo, no son solo imágenes, sino momentos del tiempo, y hay algo peculiar en ellas.

Este cuento se me ocurrió una noche del verano de 1987, pero el proceso mental que lo hizo posible se prolongó durante casi un año, cosa que, para mí, es bastante. Ha sido estupendo estar otra vez con ustedes, así que no pienso dejar que se vayan aún.

Creo que tenemos que ir a una fiesta de cumpleaños en la pequeña ciudad de Castle Rock.

UNO

El 15 de septiembre era el cumpleaños de Kevin, y le regalaron precisamente lo que deseaba: una Sun.

El Kevin en cuestión era Kevin Delevan, y cumplía quince años. Era una Sun 660, una cámara Polaroid que lo hace todo por el fotógrafo principiante salvo sándwiches de mortadela de Bolonia.

Naturalmente, Kevin recibió otros regalos. Su hermana Meg le regaló un par de mitones tejidos por ella, llegaron diez dólares de su abuela de Des Moines, y su tía Hilda envió —como siempre— una corbata de lazo con un alfiler horrible. Había enviado la primera de esas corbatas cuando Kevin cumplió tres años, lo que quería decir que ya tenía doce corbatas de lazo con alfileres horribles guardadas en un cajón, a las cuales se agregaría esta, la que hacía el número trece. Jamás se había puesto ninguna, pero no le permitían tirarlas. La tía Hilda, que vivía en Portland, jamás había ido a un cumpleaños de Kevin o de Meg, pero uno de esos años tal vez decidiera hacerlo. Dios sabía que era posible. Portland estaba apenas a veinticinco kilómetros de Castle Rock. Y, suponiendo que fuera y se le antojase ver a Kevin con otra de las corbatas (o, ya que estamos en eso, a Meg con otra de sus bufandas), ¿qué sucedería? Con algunos parientes cualquier excusa serviría, pero la tía Hilda era distinta. La tía Hilda presentaba cierta posibilidad dorada en un punto en el que se cruzaban dos hechos esenciales: era rica y era vieja.

La madre de Kevin estaba convencida de que, algún día, la tía Hilda podría HACER ALGO por Kevin y Meg. Se daba por sentado que ese ALGO se produciría después de que estirara la pata, en forma de una cláusula en su testamento. Mientras tanto, se consideraba una medida prudente guardar las horribles corbatas y las bufandas igualmente espantosas. De modo que aquella decimotercera corbata de lazo (en cuyo alfiler había un pájaro que a Kevin le pareció un pájaro carpintero) iría a reunirse con las otras, y Kevin escribiría a la tía Hilda una nota de agradecimiento, no porque su madre insistiera en ello, ni tampoco porque él pensara que la tía Hilda podría HACER ALGO por él y su hermana algún día, sino porque en general era un chico reflexivo con buenos hábitos y ningún vicio real.

Agradeció a su familia todos los regalos (como es natural, su padre y su madre le habían obsequiado con algunos regalos menores, aunque la Polaroid era evidentemente la estrella, y estaban encantados con su entusiasmo), sin olvidar dar un beso a Meg (que se echó a reír y fingió limpiarse el beso, pero que mostró su deleite con igual claridad) y decirle que estaba seguro de que los mitones le irían muy bien para esquiar en invierno. Sin embargo, la mayor parte de su atención quedó reservada para la caja de la Polaroid y los carretes que la acompañaban.

Se comportó muy bien mientras comían el pastel de cumpleaños y los helados, aunque era evidente que estaba deseando coger la cámara y probarla. Y lo hizo en cuanto pudo.

Entonces empezaron los problemas.

Leyó las instrucciones con toda la minucia que le permitió su ansiedad por comenzar. Después, cargó la cámara mientras la familia lo miraba con atención y un miedo inexpresado (por alguna razón, aquellos regalos más deseados suelen ser los que no funcionan). Se oyó un pequeño suspiro colectivo —más ruido que aire— cuando la cámara escupió obedientemente el cuadrado de cartón, tal como el folleto de instrucciones había prometido.

En la carcasa de la cámara había dos pequeños puntos, uno rojo y el otro verde, separados por una línea relampagueante. Cuando Kevin cargó la cámara, se encendió la luz roja y permaneció encendida un par de segundos. Mientras la Sun 660 resoplaba en busca de luz, la familia observaba con silenciosa fascinación. Después, la luz roja se apagó y la verde empezó a parpadear rápidamente.

—Ya está lista —dijo Kevin, en el mismo tono esforzadamente desinteresado con el que Neil Armstrong había informado de su primer paso sobre la superficie de la luna—. ¿Por qué no os ponéis más juntos?

—¡Detesto que me hagan fotos! —exclamó Meg, cubriéndose la cara con la ansiedad y el placer teatrales que solo pueden expresar las niñas púberes y las actrices realmente malas.

—Vamos, Meg —dijo el señor Delevan.

—No seas tonta, Meg —dijo la señora Delevan.

Meg dejó caer las manos (y las objeciones), y los tres se situaron a la cabecera de la mesa con la disminuida tarta de cumpleaños en primer plano.

Kevin miró a través del visor.

—Mamá, acércate un poco a Meg —indicó, moviendo la mano izquierda—. Tú también, papá —añadió, moviendo esta vez la mano derecha.

—¡Me estáis aplastando! —protestó Meg dirigiéndose a sus padres.

Kevin apoyó el dedo en el botón del disparador. En ese momento recordó una nota que apenas había mirado al leer las instrucciones, sobre lo fácil que era cortarle la cabeza a la gente en las fotografías. *Cabezas fuera*, pensó. Eso tendría que haber resultado divertido, pero por alguna razón sintió un leve estremecimiento en la base de la columna vertebral, que olvidó casi antes de percibir. Levantó un poco la cámara. Muy bien. Estaban todos encuadrados. Estupendo.

—¡Vale! —canturreó—. ¡Una sonrisa, por favor!

—¡Kevin! —exclamó su madre.

Su padre rompió a reír, y Meg chilló con esa especie de risa histérica que ni siquiera se les suele escapar a las malas actrices; solo las niñas entre diez y doce años están autorizadas a emitir esa risa en particular.

Kevin apretó el disparador.

El flash, alimentado por la pila incluida en el carrete, bañó por un instante la habitación con una justiciera luz blanca.

Es mía, pensó Kevin. Ese debió haber sido el momento más emocionante de su decimoquinto cumpleaños, pero la idea provocó el regreso de aquel extraño estremecimiento. En esta ocasión lo notó con mayor intensidad.

La cámara hizo un ruido, una mezcla de chirrido y zumbido, un sonido difícil de describir, aunque de todos modos familiar para mucha gente: el sonido de una cámara Polaroid escupiendo lo que tal vez no sea arte, pero que a menudo resulta útil y casi siempre proporciona una gratificación instantánea.

—¡Déjame ver! —exclamó Meg.

—Frena, encanto —dijo el señor Delevan—. La impresión necesita cierto tiempo.

Meg observaba la rígida superficie gris de lo que todavía no era una fotografía con la atención fascinada de una mujer mirando una bola de cristal.

El resto de la familia se acercó, y se produjo la misma sensación de ansiedad que había presidido la ceremonia de cargar la cámara: naturaleza muerta de familia norteamericana esperando para soltar el aire.

Kevin sintió que sus músculos se tensaban, y esta vez no pudo ignorarlo. No acertaba a explicar la sensación que experimentaba, pero lo cierto es que estaba allí. Al parecer, no podía apartar los ojos del sólido cuadrado gris dentro del marco blanco que constituiría los bordes de la foto.

—¡Creo que me veo! —exclamó Meg, encantada. Y, después de un momento—: No, creo que no. Creo que veo...

Observaron en absoluto silencio mientras el gris se aclaraba como se supone que se aclara la bruma en la bola de una vidente, cuando la vibración de las emociones o lo que sea es la correcta y, de pronto, la escena se hace visible.

El señor Delevan fue el primero en romper el silencio.

—¿Qué es esto? —preguntó, sin dirigirse a nadie en particular—. ¿Una especie de chiste?

Sin advertirlo, Kevin había dejado la cámara demasiado cerca del borde de la mesa, para ver cómo se impresionaba la foto. Meg vio lo que había en la foto y dio un paso atrás. La expresión de su cara no era de miedo o espanto, sino de vulgar sorpresa. Al volverse hacia su padre, levantó una mano. La mano golpeó la cámara, y esta cayó de la mesa al suelo. La señora Delevan había estado mirando cómo emergía la fotografía sumida en una especie de trance, y ahora la expresión de su cara era la de una mujer profundamente desconcertada, o la de alguien que sufre una jaqueca. El ruido que hizo la cámara al caer al suelo la sobresaltó. Dejó escapar un débil grito y retrocedió. Al hacerlo, pisó un pie de Meg y perdió el equilibrio. El señor Delevan estiró un brazo para sostenerla y empujó hacia delante con bastante fuerza a Meg, que seguía entre ambos. El señor Delevan no solo sujetó a su mujer, sino que lo hizo con cierta gracia. Durante un instante, formaron un estupendo grupo fotográfico: mamá y papá demostrando que todavía sabían componer un corte y quebrada al final de un tango conmovedor; ella, con una mano levantada y el cuerpo tirado hacia atrás; él, inclinado sobre ella en aquella ambigua postura masculina que, sacada de contexto, podría interpretarse como de solicitud o lujuria.

Meg tenía once años y era menos grácil. Salió despedida hacia la mesa y se golpeó el estómago. El golpe fue lo bastante fuerte para lastimarla, pero no sucedió nada porque durante el último año y medio había estado asistiendo a clase de ballet tres tardes a la semana. No bailaba con mucha gracia, pero disfrutaba, y afortunadamente la danza había endurecido los músculos de su estómago lo suficiente para amortiguar el golpe con la misma eficacia con que una buena suspensión amortigua, en beneficio del coche, los baches de una carretera. No obstante, al día siguiente había una banda negra y azul encima de sus caderas. Aquellos hematomas tardaron dos semanas en adquirir una tonalidad púrpura y a continuación amarillenta, hasta desaparecer. El mismo proceso que una foto de Polaroid, pero a la inversa.

En el momento en que se produjo este accidente tipo Rube Goldberg, ni siquiera lo sintió. Simplemente, se golpeó contra la mesa y gritó. La mesa se inclinó. La tarta de cumpleaños, que debería haber salido en primer plano en la primera foto de Kevin con la cámara nueva, resbaló de la mesa. La señora Delevan ni siquiera tuvo tiempo de empezar con el consabido: «Meg, ¿te has hecho daño?», cuando el fragmento restante de tarta cayó sobre la Sun 660, con un jugoso ¡plaf! que salpicó sus zapatos y el zócalo de crema *fondant.*

Solo se veía el visor, muy manchado de chocolate holandés. Eso era todo.

Feliz cumpleaños, Kevin.

Esa tarde, Kevin y el señor Delevan estaban sentados en el sofá de la sala cuando entró la señora Delevan agitando dos hojas de papel grapadas. Kevin y el señor Delevan tenían cada uno un libro en el regazo *(El mejor y más brillante* el padre; *Tiroteo en Laredo* el hijo), pero lo que hacían sobre todo era contemplar la cámara Sun, que yacía sobre la mesilla de café en medio de un montón de fotos Polaroid. Al parecer, en todas las fotos aparecía la misma imagen.

Meg estaba sentada en el suelo frente a ellos, mirando una película alquilada en el videoclub. Kevin no estaba seguro de cuál era, pero salía un montón de gente corriendo y chillando, así que supuso que sería una de terror. A Megan le apasionaban. A sus padres les parecía de mal gusto (sobre todo al señor Delevan, que se sentía con frecuencia ultrajado por lo que llamaba «basura inútil»), pero esa noche nadie dijo nada. Kevin imaginaba que ambos se sentían aliviados por que ella hubiera dejado de quejarse de su estómago dolorido, preguntándose en voz alta cuáles eran los síntomas de una lesión en el bazo.

—Aquí están. Los encontré en el fondo del bolso la segunda vez que miré —anunció la señora Delevan, tendiendo los papeles a su esposo. Se trataba de unas facturas de J. C. Penney's y un recibo de MasterCard—. Nunca puedo encontrar este tipo de cosas la primera vez. Creo que a todo el mundo le pasa lo mismo. Es una especie de ley natural.

Estudió a su marido y a su hijo con las manos apoyadas en las caderas.

—Por el aspecto que tenéis, se diría que alguien ha matado al gato de la familia.

—No tenemos gato —dijo Kevin.

—Bueno, ya sabes lo que quiero decir. Claro que es una vergüenza, pero lo solucionaremos en un abrir y cerrar de ojos. En Penney's nos la cambiarán sin problemas…

—No estoy tan seguro —dijo Delevan. Cogió la cámara, la miró con disgusto (de hecho, casi resopló encima de ella) y después volvió a dejarla—. Cuando cayó se le hizo una muesca, ¿ves?

La señora Delevan solo le echó una mirada de compromiso.

—Bueno, si en Penney's se niegan, los de Polaroid no lo harán. Quiero decir que es evidente que el problema que tiene no fue provocado por la caída. La primera fotografía era exactamente igual a estas, y Kevin la hizo antes de que Meg la tirara de la mesa.

—Fue sin querer —dijo Meg sin volverse.

En la pantalla, una figura pequeña —un muñeco diabólico llamado Chucky, si Kevin había entendido bien— estaba persiguiendo a un niño. Chucky llevaba un mono azul y esgrimía un cuchillo.

—Lo sé, cariño. ¿Cómo va el estómago?

—Duele —dijo Meg—. Un poco de helado me ayudaría. ¿Queda?

—Sí, creo que sí.

Meg dedicó a su madre su sonrisa más seductora.

—¿Podrías traerme un poco?

—Claro que no —contestó amablemente la señora Delevan—. Ve a buscarlo tú misma. ¿Qué es esa cosa horrible que estás mirando?

—*Muñeco Diabólico* —dijo Megan—. Es sobre ese muñeco llamado Chucky que tiene vida. ¡Es estupenda!

La señora Delevan frunció la nariz.

—Meg, los muñecps no tienen vida —dijo su padre en tono cansado, como si supiera que era una causa perdida.

—Chucky sí —respondió Meg—. En las películas puede pasar cualquier cosa.

Utilizó el mando para hacer una pausa y se fue a buscar el helado.

—¿Por qué le gusta mirar esas porquerías? —preguntó el señor Delevan a su esposa, en un tono casi de súplica.

—No lo sé, querido.

Kevin había cogido la cámara con una mano y las fotos con la otra. Había casi una docena.

—No estoy tan seguro de querer cambiarla —dijo.

Su padre lo miró estupefacto.

—¿Qué? ¡Jesús!

—Bueno —dijo Kevin, un poco a la defensiva—, yo lo único que digo es que tal vez tendríamos que pensarlo con más calma. Lo que intento decir es que no se trata de un defecto ordinario. Vamos, si las fotos salieran sobreexpuestas, o borrosas, o simplemente blancas, sería una cosa. Pero ¿cómo se consigue obtener este resultado? La misma foto una y otra vez. ¡Mirad! ¡Y están al aire libre, pese a que sacamos todas las fotos dentro de casa!

—Es una broma práctica —dijo su padre—. Tiene que serlo. Lo que hay que hacer es cambiar la maldita cámara y olvidarlo.

—No creo que sea eso —replicó Kevin—. En primer lugar, es demasiado complicado. ¿Cómo se prepara una cámara para que fotografíe siempre lo mismo? Además, la psicología no encaja.

—¡Y ahora psicología! —exclamó el señor Delevan, mirando desanimado a su esposa.

—¡Sí, psicología! —respondió Kevin con firmeza—. Cuando un tipo te pone un explosivo en el cigarrillo o te ofrece una barrita de chicle con pimienta, se queda merodeando para no perderse la diversión, ¿no? Pero, a menos que tú o mamá me estéis tomando el pelo…

—Tu padre no suele tomar el pelo, cariño —dijo la señora Delevan, afirmando amablemente lo obvio.

El señor Delevan miraba a Kevin con los labios apretados. Era la mirada que adoptaba siempre que advertía que su hijo se deslizaba hacia el área en la que parecía hallarse más cómodo: el ala izquierda. El extremo del ala izquierda. En Kevin había una vena intuitiva, adivinatoria, que siempre lo desconcertaba y confundía. No sabía de dónde había salido, pero estaba convencido de que no era de su rama de la familia.

Suspiró y volvió a mirar la cámara. En el lado izquierdo de la carcasa faltaba un trocito de plástico negro, y en el centro del visor había una raja no más gruesa que un cabello humano. Era tan delgada que desaparecía por completo cuando acercabas la cámara al ojo para ver la foto que no conseguirías. Sobre la mesilla de café había una muestra de lo que sí conseguirías, y en el comedor había otros doce ejemplares.

Lo que se obtenía era algo parecido a un miembro de la perrera local.

—Vale, ¿y qué demonios vas a hacer con ella? —preguntó—. Lo que sugiero es que pensemos razonablemente, Kevin. ¿Qué utilidad práctica tiene una cámara que saca una y otra vez la misma fotografía?

Pero Kevin no estaba pensando en la utilidad práctica. Estaba sintiendo y recordando. En el instante en que abrió el obturador, una idea clara

(es mía)

había invadido su mente con la misma intensidad con que el relámpago momentáneo del flash había inundado sus ojos. Esa idea, completa, aunque inexplicable en cierta forma, había ido acompañada de una poderosa mezcla de emociones que todavía no podía identificar del todo, pero en la que le parecía que predominaban el miedo y la excitación.

Y además, su padre siempre quería razonar. Jamás podría comprender las intuiciones de Kevin o el interés de Meg por un muñeco asesino llamado Chucky.

Meg regresó con un enorme plato de helado y volvió a poner la película. Ahora alguien intentaba quemar a Chucky con una tea, pero el muñeco seguía blandiendo el cuchillo.

—¿Todavía os estáis peleando?

—Estamos discutiendo —dijo el señor Delevan. Sus labios estaban más apretados que nunca.

—Sí, vale —dijo Meg, sentándose en el suelo y cruzando las piernas—. Siempre dices eso.

—¿Meg? —dijo Kevin amablemente.

—¿Qué?

—Si al bazo roto le echas esa cantidad de helado, morirás de manera horrible durante la noche. Naturalmente, es posible que tu bazo no esté roto, pero…

Meg le sacó la lengua y volvió a concentrarse en la película.

El señor Delevan miraba a su hijo con una expresión en la que se mezclaban el afecto y la exasperación.

—Mira, Kev, es tu cámara. Sobre eso no hay discusión. Puedes hacer lo que quieras con ella, pero…

—Papá, ¿no te interesa ni un poquito saber por qué hace lo que hace?

—No —respondió John Delevan tajante.

Esta vez le tocó a Kevin levantar los ojos al cielo. Mientras tanto, la mirada de la señora Delevan iba de uno a otro como la de alguien que disfruta de un estupendo partido de tenis. Y no se equivocaba demasiado. Se había pasado años observando cómo su esposo y a su hijo argumentaban, y todavía no se había aburrido. A veces se preguntaba si descubrirían alguna vez cuánto se parecían.

—Bueno, quiero meditarlo.

—Estupendo. Solo quiero que sepas que mañana puedo pasar por Penney's y cambiarla, si es eso lo que deseas y ellos aceptan cambiar artículos deteriorados. Si decides quedártela, me parece estupendo, pero yo me lavo las manos. —Y, para ilustrarlo, se frotó enérgicamente las palmas.

—Supongo que no os interesa mi opinión —intervino Meg.

—Exacto —dijo Kevin.

—Por supuesto que sí, Meg —dijo la señora Delevan.

—Yo creo que es una cámara sobrenatural —explicó Meg, lamiendo helado de la cuchara—. Creo que es una manifestación.

—Eso es totalmente ridículo —replicó de inmediato el señor Delevan.

—No, no lo es —dijo Meg—. Resulta que es la única explicación posible. Tú no estás de acuerdo porque no crees en esas cosas. Papá, si alguna vez se te apareciera un fantasma, no lo verías. ¿Qué crees, Kev?

Durante un instante, Kevin no contestó. No pudo contestar. Sentía como si se hubiera disparado otro flash, pero este detrás de sus ojos en lugar de delante.

—¿Kev? ¡Vuelve a la tierra, Kevin!

—Creo que tal vez tengas razón, niña —dijo lentamente.

—¡Ay, Dios querido! —exclamó John Delevan poniéndose en pie—. Es la venganza de Freddy y Jason. Mi hijo cree que su cámara está embrujada. Me voy a la cama, pero antes quiero decir una sola cosa más. Una cámara que hace fotografías iguales una y otra vez, sobre todo de algo tan ordinario como lo que se ve en estas fotos, es una aburrida manifestación de lo sobrenatural.

—Sin embargo… —dijo Kevin, mirando las fotos como si se enfrentara a una jugada dudosa en una partida de póker.

—Creo que es hora de que todos nos vayamos a la cama —decidió la señora Delevan—. Meg, si te resulta imprescindible ver el final de esa obra maestra, puedes hacerlo por la mañana.

—¡Pero si falta muy poco! —exclamó Meg.

—Yo subiré con ella, mamá —dijo Kevin.

Quince minutos más tarde lo hizo, después de contemplar la eliminación del malvado Chucky (al menos hasta la siguiente película de la serie). Pero aquella noche a Kevin le costó dormirse. Se quedó mucho tiempo despierto, oyendo cómo el fuerte viento de final del verano agitaba las hojas en una conversación susurrada, pensando en la causa de que una cámara tomara la misma fotografía una y otra vez y qué significaba eso. Solo empezó a dormirse cuando comprendió que su decisión estaba tomada: se quedaría la Polaroid Sun.

Es mía, se dijo de nuevo. Se puso de costado, cerró los ojos, y cuarenta segundos más tarde dormía profundamente.

DOS

Entre los tintineos y latidos de lo que parecían cinco mil relojes, y absolutamente indiferente a ellos, Reginald *Papi* Merrill introdujo una linterna más delgada que un oftalmoscopio en la Polaroid 660 de Kevin, mientras este contemplaba cómo manipulaba la cámara. Las gafas de Papi, que no necesitaba para ver de cerca, descansaban en lo alto de su cabeza calva.

—¡Ajá! —exclamó y apagó la luz.

—¿Quiere decir que sabe lo que le pasa? —preguntó Kevin.

—No —respondió Papi Merrill, cerrando el compartimiento de la Sun donde se alojaba la película, que ahora estaba vacío—. No tengo ni idea.

Antes de que Kevin pudiera añadir algo, los relojes empezaron a dar las cuatro, y durante unos momentos, la conversación, aunque posible, pareció absurda.

Quiero meditarlo, le había dicho a su padre la noche de su decimoquinto cumpleaños —tres días antes—, y fue una afirmación que les sorprendió a ambos. Siendo todavía niño había hecho profesión de no pensar en las cosas, y en el fondo de su corazón el señor Delevan creía que Kevin nunca sería capaz de reflexionar, aunque tuviera que hacerlo. Como sucede a menudo entre padres e hijos, los dos habían quedado seducidos por la idea de que sus comportamientos y sus maneras diversas de concebir las cosas jamás cambiarían, fijando así su relación para la eternidad y prolongando la infancia. *Quiero meditarlo.* En esta afirmación había un mundo de cambio potencial.

Además, como ser humano que hasta entonces había tomado la mayor parte de las decisiones en base a sus instintos más que a su razón (y era una de esas personas con suerte que casi siempre decidían bien; en otras palabras, la clase de persona que vuelve loca a la gente razonable), Kevin se sintió sorprendido e intrigado al descubrir que se encontraba atrapado entre la espada y la pared.

Punto 1: Había deseado una cámara Polaroid y se la habían regalado para su cumpleaños; sin embargo, lo que él quería era una Polaroid que funcionase.

Punto 2: Se sentía sumamente intrigado por el empleo de la palabra sobrenatural por parte de Meg.

Su hermana menor tenía una importante vena de locura, pero no era estúpida, y a Kevin no le parecía que hubiera utilizado esa palabra de manera irreflexiva o frívola. Su padre —que pertenecía más bien a la tribu de los Razonables que a la de los Instintivos— se había burlado. Kevin, por su parte, descubrió que no podía hacer lo mismo, al menos todavía no. Esa palabra... Esa palabra exótica y fascinante se convirtió en un plinto en torno al cual no podía dejar de dar vueltas.

Creo que es una Manifestación.

A Kevin le divertía (y le mortificaba un poco) que solo Meg hubiera tenido la suficiente inteligencia —o coraje— para decir explícitamente lo que tendría que habérseles ocurrido a todos, dada la rareza de las fotos producidas por la Sun, pero en realidad no resultaba tan sorprendente. La verdad es que no se podía decir que fueran una familia religiosa. Tan solo frecuentaban la iglesia cuando, cada tres años, la tía Hilda iba a pasar con ellos las vacaciones, en lugar de con otros parientes. Y eso era más o menos todo, con excepción de las bodas y funerales ocasionales. Si alguno de ellos creía en el mundo invisible, era Megan, que nunca se cansaba de cadáveres andantes, muñecos vivientes y coches que tomaban sus propias decisiones y atropellaban a la gente que no les gustaba.

Ni el padre ni la madre de Kevin se sentían atraídos por lo esotérico. Jamás leían los horóscopos en el diario, ni confundían los cometas o las estrellas fugaces con señales del Señor; y cuando alguien veía el rostro de Jesús en el fondo de un plato de enchilada, John y Mary Delevan solo veían una enchilada demasiado cocida. No era sorprendente, pues, que Kevin, quien jamás había visto un rostro en la luna porque sus padres no se habían tomado la molestia de señalárselo, tampoco hubiera sido capaz de imaginar la posibilidad de una Manifestación sobrenatural en una cámara que tomaba sin cesar la misma fotografía —ya fuera en el interior, en el exterior, o en la oscuridad del armario del dormitorio—, hasta que le fue sugerida por su hermana, quien una vez había escrito una carta de admiradora a Jason, recibiendo a vuelta de correo la foto de un tipo con una máscara de hockey manchada de sangre.

Una vez que se había apuntado la posibilidad, resultaba difícil desprenderse de ella. Como dijo una vez aquel viejo inteligente de Dostoievski a su hermanito, cuando eran un par de rusos jóvenes y listos: a ver quién es capaz de pasar los próximos treinta segundos sin pensar en un oso polar de ojos azules.

Resultaba difícil.

De modo que se había pasado dos días dando vueltas mentalmente en torno a aquel plinto, intentando descifrar jeroglíficos que no estaban allí, y tratando de decidir si prefería la cámara o la posibilidad de una Manifestación.

Hacia el final del segundo día (los dilemas rara vez duran más de una semana, incluso en el caso de un chico de quince años, evidentemente destinado a pertenecer a la tribu de los Razonables), se había decidido por la Manifestación, al menos como prueba.

Tomó esta decisión durante la hora de estudio, a las siete,

y cuando sonó la campana que señalaba el fin de la jornada escolar se acercó al maestro que más respetaba, el señor Baker, y le preguntó si conocía a alguien que reparara cámaras.

—Pero no un tipo cualquiera de una tienda —explicó—. Más bien algo así como..., ya sabe, un tipo reflexivo.

—¿Un filósofo? —preguntó el señor Baker. Ese tipo de cosas que decía eran las que inspiraban el respeto de Kevin. Le parecían geniales—. ¿Un sabio del obturador? ¿Un alquimista de la apertura? ¿Un...?

—Una persona que haya visto mucho —respondió Kevin con cautela.

—Papi Merrill —dijo el señor Baker.

—¿Quién?

—El encargado del Emporium Galorium.

—¡Ah, ese sitio!

—Sí —dijo sonriendo el señor Baker—. Ese sitio. Es decir, si es que estás buscando una especie de señor Manitas casero.

—Supongo que sí.

—Allí tiene prácticamente de todo —explicó el señor Baker.

Kevin estuvo de acuerdo. Aunque nunca había entrado, había pasado por delante del Emporium Galorium cinco, diez, tal vez quince veces por semana (en una ciudad del tamaño de Castle Rock se pasaba con frecuencia por delante de todo, lo que, según la humilde opinión de Kevin Delevan, resultaba increíblemente aburrido), y había mirado los escaparates. Parecían literalmente atestados de objetos, en su mayor parte mecánicos. Sin embargo, su madre decía con voz desdeñosa que era una «tienda de basuras», y su padre afirmaba que el señor Merrill ganaba dinero «tomándoles el pelo a los turistas veraniegos», de modo que Kevin nunca había entrado. Si solo hubiera sido una «tienda de basuras», tal vez lo habría hecho; en realidad, casi con toda certeza lo habría hecho. Pero hacer lo mismo que hacían los turistas o comprar algo donde «timaban» a los turistas era inconcebible. Antes habría ido al instituto con falda y blusa. Los turistas podían hacer lo que quisieran (y, de hecho, lo hacían). Estaban todos locos y llevaban sus asuntos de manera demencial. Existir junto a ellos tenía un pase, pero ser confundido con ellos a Kevin le resultaba francamente inaceptable.

—Prácticamente de todo —repitió el señor Baker—, y la mayor parte de lo que tiene lo ha arreglado él. Cree que esa pose de filósofo chalado que adopta engaña a la gente, pero nadie que lo conozca se atrevería a desengañarlo. No creo que nadie se atreviera.

—¿Por qué? ¿Qué quiere decir?

El señor Baker se encogió de hombros. Una sonrisilla extraña, apretada, se dibujó en su boca.

—Papi..., quiero decir, el señor Merrill tiene puestas las manos en un montón de pasteles de por aquí. Te sorprendería, Kevin.

A Kevin no le interesaba cuántos pasteles manoseara Papi Merrill ni de qué estaban rellenos. Solo le quedaba una pregunta importante por hacer, ya que los turistas se habían marchado y probablemente pudiera deslizarse sin ser visto en el interior del Emporium Galorium al día siguiente por la tarde, si aprovechaba la posibilidad que tenían todos los estudiantes, salvo los de primero, de acortar dos veces por mes la hora de estudio.

—¿Le llamo Papi o señor Merrill?

El señor Baker contestó solemnemente:

—Creo que mataría a cualquier persona menor de sesenta años que le llamara Papi.

A Kevin le pareció que el señor Baker no bromeaba.

—Realmente no lo sabe, ¿eh? —dijo Kevin cuando los relojes empezaron a calmarse.

No había sucedido como en las películas, cuando todos los relojes dan la hora al unísono; esos eran relojes de verdad, y

Kevin supuso que la mayoría de ellos —junto con el resto de los aparatos del Emporium Galorium— en realidad no funcionaban sino que se limitaban a ir tirando. Habían empezado a las 3.58 según su Seiko de cuarzo.

Empezaron a coger velocidad y a subir de volumen gradualmente (como un viejo camión entrando en segunda con gemidos y sacudidas de fatiga).

Hubo tal vez unos cuatro segundos durante los cuales parecieron dar la hora, tintinear, canturrear, sonar y piar al mismo tiempo, pero cuatro segundos era la sincronicidad máxima que podían conseguir. Y «empezar a calmarse» no fue exactamente lo que hicieron, sino algo así como darse por vencidos, como si cierta cantidad de agua estancada finalmente aceptara abrirse camino por la tubería, aunque no del todo.

No tenía ni idea de por qué se sentía tan decepcionado. ¿De verdad había esperado otra cosa? No era posible que hubiese confiado en que Papi Merrill, a quien el señor Baker describió como filósofo chalado y señor Manitas casero, apretase un resorte y dijera: «Aquí está, este es el cabrón que hace aparecer el perro cada vez que aprietas el disparador. Es un resorte canino, y pertenece a uno de esos perritos de juguete a los que se les da cuerda para que caminen y ladren un poco; hay un bromista en la línea de montaje de Polaroid que siempre los pone en las malditas cámaras».

—No tengo ni la más mínima idea —repitió Papi alegremente. Estiró el brazo hacia atrás y cogió una pipa de caña de maíz tipo Douglas MacArthur de un apoyapipas en forma de cubo. Empezó a llenarla con tabaco que sacaba de una bolsa de piel que tenía grabadas las palabras MALA HIERBA—. Es más, ni siquiera puedo desmontar estos bebés.

—¿No puede?

—No —admitió Papi. Gorjeaba como un pájaro. Hizo una pausa lo bastante larga para introducir un pulgar en el puente de alambre que unía las lentes de sus gafas sin montura y darle un tirón. Las gafas cayeron de la calva cúpula y se colocaron exactamente en el lugar que les correspondía, ocultando las manchas rojas que se extendían a ambos lados de la nariz de Papi y haciendo un ruidillo carnoso—. Las viejas sí que podían desarmarse —continuó, sacando una cerilla de un bolsillo de su chaleco (naturalmente, usaba chaleco) y apretando la gruesa uña amarilla de su pulgar contra el extremo de encendido. Sí, sin duda alguna Papi era un hombre capaz de timar a los turistas con una mano atada a la espalda (suponiendo, claro, que no se tratara de la mano que usaba para coger las cerillas y encenderlas). Hasta el quinceañero Kevin podía darse cuenta de ello. Papi Merrill tenía estilo—. Me refiero a las Polaroid Land. ¿Alguna vez has visto una de esas bellezas?

—No —confesó Kevin.

Papi encendió la cerilla al primer intento, lo que por supuesto debía de hacer siempre, y la aplicó a la pipa de caña de maíz, enviando con sus palabras pequeñas señales de humo de aspecto vistoso y olor absolutamente repugnante.

—¡Ah! —exclamó con nostalgia—. Se parecían a esas cámaras antiguas que usaban gente como Mathew Brady a finales del siglo pasado, o en todo caso antes de que la Kodak introdujera la Brownie. Lo que quiero decir (Kevin observó que esta era la expresión favorita de Papi Merrill; la utilizaba de la misma manera en que algunos de los chicos de la escuela decían «¿sabes?», es decir, como expresión enfatizadora, modificadora, cualificadora y, sobre todo, como una útil pausa de reflexión) es que introdujeron ciertas modificaciones, le dieron un baño de cromo y le pusieron paneles laterales de piel auténtica, pero aun así seguía pareciendo tan anticuada como las que se utilizaban para hacer daguerrotipos. Cuando abrías una de esas viejas Polaroid Land, aparecía un cuello en forma de acordeón, ya que las lentes necesitaban un pie, quizá de hasta veinte centímetros, para enfocar la imagen. Parecía anticuada como el demonio cuando la ponías junto a una Kodak de finales de los cuarenta y comienzos de los cincuenta. Además, tenía otra cosa en común con las cámaras de daguerrotipo: solo tomaba fotos en blanco y negro.

—¿De veras? —preguntó Kevin, interesado a su pesar.

—¡Ajá! —exclamó Papi entusiasmado, con los ojos azules chispeando a través del humo de su pipa, tras las gafas redondas sin montura. Era el tipo de chispas que tanto pueden indicar buen humor como avaricia—. Lo que quiero decir es que la gente se reía de esas cámaras como se rieron de los Escarabajos Volkswagen cuando salieron, pero compraban las Polaroid y los Volkswagen, porque los Escarabajos gastaban poco combustible y no se averiaban con tanta frecuencia como los coches norteamericanos, y las Polaroid hacían una cosa que ni las Kodak, las Nikon, las Minolta o las Leica hacían.

—Tomaban fotos instantáneas.

Papi sonrió.

—Bueno, no exactamente. Lo que quiero decir es que se tomaba la foto y después se sacaba la tira. No tenía motor, así que no hacía ese ruidillo gemebundo de las Polaroid modernas.

De modo que había una manera perfecta de describir aquel sonido; solo tenías que encontrar a un Papi Merrill que te lo dijera: el sonido que hacían las cámaras Polaroid cuando escupían su producto era un ruidillo gemebundo.

—Y además, tenías que cronometrar —dijo Papi.

—¿Crono…?

—¡Ajá! —afirmó Papi con inmensa satisfacción, contento como el pájaro tempranero que ha encontrado un fabuloso gusano—. Lo que quiero decir es que en aquella época no tenían toda esa basura automática. Tirabas para sacar esa tira larga, la ponías sobre la mesa o donde fuera, y esperabas sesenta segundos. Tenía que ser aproximadamente sesenta. Si la dejabas menos, obtenías una foto borrosa; si la dejabas más, quedaba sobreexpuesta.

—¡Vaya! —exclamó Kevin respetuosamente.

Y no era un respeto fingido para seguirle la corriente al

viejo con la esperanza de que regresara al punto de partida, que no era precisamente un montón de cámaras desaparecidas que en su día habían sido maravillas, sino su propia cámara, la maldita Sun 660 que descansaba sobre el banco de trabajo de Papi, entre un viejo reloj colocado a su derecha, y algo que se parecía sospechosamente a un consolador a su izquierda. No era respeto fingido, y Papi lo sabía. Entonces este cayó en la cuenta (a Kevin no se le habría ocurrido) de cuán fugaz era aquel gran dios blanco del «estado de la artesanía». *Diez años más* —pensó— *y habrá desaparecido hasta la expresión.* A juzgar por el semblante fascinado del muchacho, se podría creer que estaba oyendo hablar de algo tan antiguo como la dentadura postiza de George Washington, en lugar de una cámara que todo el mundo había considerado el último grito solo treinta años atrás. Aunque, naturalmente, treinta años atrás ese niño todavía flotaba en el vacío incalculable, formando parte de una hembra que todavía no había conocido al macho que aportaría la otra mitad.

—Lo que quiero decir es que entre la foto y su soporte había una pequeña cámara oscura —resumió Papi, hablando lentamente al principio, pero acelerando a medida que resurgía su genuino interés por la materia (aunque en ningún momento dejó de pensar en quién sería el padre de ese chico ni en el valor que podrían tener para él el chico y su extraña cámara)—. Y, al cabo de un minuto, había que separar la foto de su soporte con mucho cuidado, porque detrás había una especie de jalea que, si tenías la piel un poco sensible, podía producirte una seria quemadura.

—Espantoso —dijo Kevin.

Tenía los ojos dilatados y parecía un chico a quien le estuvieran hablando de los antiguos excusados con dos agujeros, que Papi y todos sus colegas de la escuela (casi todos eran colegas; había tenido pocos amigos de infancia en Castle Rock, tal vez porque ya se preparaba para el trabajo de timar turistas y, de alguna manera, los otros niños lo percibían, como si se tratara de un ligero olor a mofeta) habían tomado como algo natural. Así, hacían sus necesidades lo más rápido posible, tanto en pleno verano, a causa de las avispas que siempre describían círculos por allí, entre el maná y los dos agujeros que eran el cielo desde donde caía, porque en cualquier momento podía ocurrírseles la idea de plantar el aguijón en sus tiernas nalgas, como en pleno invierno, porque sus tiernas nalgas podían congelarse si no lo hacían. *Bueno* —pensó Papi—, *es todo lo que puede decirse de la cámara del futuro. Después de treinta y cinco años, a este chico le causan el mismo impacto que el cagadero del patio.*

—El negativo estaba en el soporte —prosiguió Papi—. En cuanto al positivo..., bueno, era en blanco y negro, pero un blanco y negro estupendo, de una nitidez y claridad que ni siquiera hoy puede obtenerse. Y luego estaba aquel artilugio rosado, que si no recuerdo mal era como los borradores de la escuela, del que se desprendía un producto químico con olor a éter. Tenías que pasarlo por encima de la foto lo más rápido posible, porque de otro modo la foto se convertía en un tubo.

Kevin rompió a reír, encantado con aquellas agradables antigüedades.

Papi permaneció en silencio el tiempo necesario para volver a encender su pipa. Cuando lo hubo hecho, continuó:

—Solo la gente de Polaroid sabía realmente lo que hacía esa cámara. Lo que quiero decir es que ellos estaban cerca, pero en realidad su trabajo era puramente mecánico. Se podía desarmar —afirmó, mirando con cierto disgusto la Sun de Kevin—. Y casi siempre que una se averiaba era todo lo que había que hacer. A veces entraba un tipo con una, diciendo que no funcionaba, y quejándose de que tendría que enviarla a la Polaroid y de que tardarían meses en devolvérsela, y preguntando si podía echarle un vistazo. «Bueno —respondía yo—, no creo que pueda hacer nada. Lo que quiero decir es que nadie sabe realmente nada de estas cámaras, salvo la gente de Polaroid, y ellos tampoco demasiado, pero le echaré un vistazo.» Yo sabía que probablemente lo único que le pasaba es que tenía algún tornillo flojo, o tal vez un resorte en mal estado, o quizá que el niño había metido un poco de mantequilla de cacahuete en el compartimiento de la película.

Uno de sus brillantes ojos de pájaro hizo un guiño con tal rapidez y tan maravillosa astucia que, en opinión de Kevin, si uno no hubiera sabido que hablaba de los turistas, habría creído que su imaginación le gastaba una mala pasada o —cosa aún más probable— no se habría ni enterado.

—Lo que quiero decir es que se daba una situación perfecta —aclaró Papi—. Si podías arreglarla era que obrabas milagros. Vamos, que una vez me embolsé ocho dólares cincuenta por sacar dos migajas de patatas fritas de entre el disparador y el resorte del obturador, y la mujer que trajo la cámara me besó en los labios. ¡En los labios! —Desde el otro lado de la semitransparente cortina de humo azul, Kevin observó que el ojo de Papi volvía a hacer un guiño—. Y, naturalmente, si era algo que no podías arreglar no te lo tenían en cuenta, porque en realidad no esperaban que fueras capaz de hacer algo. Tú eras solo el último recurso antes de meterla en una caja, envolverla en un fajo de papel de periódico para evitar que se rompiera más en Correos, y enviarla a Schenectady. Pero esta cámara... —Habló con ese típico tono de disgusto que todos los filósofos chalados, ya estuvieran en Atenas en la edad de oro o en una pequeña tienda de basuras durante la actual edad de bronce, adoptan para expresar su visión de la entropía sin tener que explicitarla—. Esta cosa no ha sido armada, hijo, sino vertida. Tal vez podría sacar las lentes, y lo haré si quieres; y ya he mirado en el compartimiento de la película aunque sabía que no vería nada fuera de lugar..., de eso al menos me di cuenta..., y efectivamente no lo vi. Pero no puedo ir más allá. Podría coger un martillo y golpearla. Lo que quiero decir es que podría romperla, pero ¿arreglarla? —preguntó, abriendo los brazos entre el humo—. No, señor.

—Entonces, supongo que tendré que… —Lo que pensaba decir era «devolverla», pero Papi le interrumpió.

—De todos modos, hijo, creo que eso ya lo sabías. Lo que quiero decir es que eres un chico inteligente, capaz de ver cuándo una cosa es de una sola pieza. No creo que hayas traído esta cámara para que la arregle. Creo que sabes que, aun cuando no fuera de una sola pieza, un hombre no podría arreglar lo que está haciendo esa cosa, al menos no con un destornillador. Creo que me la trajiste para preguntarme si sabía de qué se trata.

—¿Lo sabe? —preguntó Kevin. Estaba totalmente en tensión.

—Tal vez —contestó tranquilamente Papi Merrill. Se inclinó sobre el montón de fotografías, que ahora sumaban veintiocho, contando la que había tomado Kevin para demostrarle lo que hacía y otra que había tomado Papi para asegurarse—. ¿Están en orden?

—No, pero más o menos. ¿Tiene importancia?

—Creo que sí —dijo Papi—. Son un poco diferentes, ¿no? No mucho, pero un poco.

—Sí —admitió Kevin—. Veo la diferencia en algunas, pero…

—¿Sabes cuál es la primera? Probablemente podría encontrarla, pero el tiempo es oro, muchacho.

—Es fácil —dijo Kevin, cogiendo una de las del montón y señalando una pequeña mancha marrón en el marco blanco de la fotografía—. ¿Ve el glaseado?

—¡Ajá!

Papi le dirigió apenas una mirada. Observó atentamente la foto y, al cabo de un momento, abrió el cajón de su banco de trabajo. Estaba lleno de herramientas colocadas al azar. A un lado, en un hueco especial, había un objeto envuelto en terciopelo de joyero. Papi lo cogió, apartó el paño y sacó una enorme lupa con un interruptor en la base. Se inclinó sobre la Polaroid y apretó el interruptor. Sobre la superficie de la foto apareció un círculo de luz brillante.

—¡Es estupendo! —exclamó Kevin.

—¡Ajá! —repitió Papi.

Kevin advirtió que, para Papi, él ya no estaba. Se limitaba a estudiar la foto con gran atención.

Si uno no hubiera conocido las extrañas circunstancias en que se había tomado, la foto no habría justificado semejante escrutinio. Al igual que la mayor parte de las fotos tomadas con una cámara decente, buena película y un fotógrafo lo bastante inteligente para no tapar la lente con el dedo, era clara, comprensible y, como casi todas las Polaroid, absurdamente ordinaria. Era una foto en la cual se podía identificar y nombrar cada objeto, pero su contenido era tan plano como su superficie. La composición no era brillante, pero lo que fallaba allí no era eso; apenas podía denominarse fallo a aquella monotonía ordinaria, de la misma manera en que no puede decirse que un día real de la vida real es un fallo, porque a lo largo de él no ha sucedido nada digno de un telefilme.

Al igual que en la mayoría de las Polaroid, las cosas que había en la foto eran reales, como una silla vacía en un porche, o el columpio vacío de un niño en un patio trasero, o un coche sin ocupantes estacionado en una esquina cualquiera, sin siquiera un neumático pinchado que lo hiciera interesante o único.

Lo que fallaba en la foto era la sensación de defecto que se experimentaba al contemplarla. Kevin recordó la intranquilidad que le había invadido mientras situaba a sus protagonistas para la foto que quería sacar, y el estremecimiento que recorrió su columna vertebral cuando pensó, todavía con el resplandor del flash iluminando la habitación: *Es mía.* Eso era lo que fallaba, y, así como no se puede dejar de ver un rostro en la luna una vez que se ha visto, estaba descubriendo que no se podía dejar de experimentar ciertas sensaciones. Además, en el caso de esas fotos, las sensaciones eran desagradables.

Kevin pensó: *Es como si desde esa fotografía soplara un viento muy suave, muy frío.*

Por primera vez la idea de que podía ser algo sobrenatural, de que aquello formaba parte de una Manifestación hizo algo más que intrigarlo. Por primera vez se encontró deseando haber dejado las cosas como estaban. *Es mía.* Eso fue lo que pensó al hacer la primera foto. Ahora se descubrió preguntándose si tal vez no lo habría entendido al revés.

Me asusta lo que está haciendo.

Pensar eso no le gustó. Se inclinó sobre el hombro de Papi Merrill con la determinación de un hombre que ha perdido un diamante en un montón de arena, totalmente decidido a, viera lo que viese (suponiendo que pudiera ver algo nuevo, cosa que dudaba, porque había estudiado esas fotografías lo suficiente para estar convencido de que había visto todo lo que había que ver), mirarlo, estudiarlo y no permitirse bajo ningún pretexto dejar de verlo. Aun cuando pudiera... Una dolorosa voz interior, sin embargo, le sugirió enérgicamente que el tiempo de no ver había pasado, tal vez para siempre.

Lo que mostraba la fotografía era un gran perro negro frente a una cerca de estacas blanca. La cerca no seguiría siendo blanca durante mucho tiempo, a menos que alguien perteneciente a aquel mundo plano de Polaroid la pintara, o al menos la encalara. Pero no parecía probable; la cerca se veía descuidada, olvidada. La parte superior de algunas estacas puntiagudas estaba rota. Otras colgaban hacia fuera, flojas.

El perro permanecía en un senderillo frente a la cerca. Sus cuartos traseros apuntaban al visor. Su cola, larga y espesa, estaba caída. Parecía estar oliendo una de las estacas, probablemente, en opinión de Kevin, porque esa estaca era lo que su padre llamaba un «rinconcito», un lugar donde muchos perros levantaban la pata y dejaban místicos garabatos amarillos antes de seguir andando.

A Kevin le parecía un perro vagabundo. Tenía el pelo largo, enredado y lleno de bardanas. Una de sus orejas presentaba el aspecto contraído de una vieja cicatriz de batalla. Su sombra era lo bastante larga para terminar fuera del marco, sobre el jardín herboso, irregular, que quedaba dentro de la cerca. La sombra hizo pensar a Kevin que la foto se había tomado no mucho después del amanecer o no mucho antes del crepúsculo; era imposible decir cuál era el caso sin saber en qué dirección había estado colocado el fotógrafo (¿qué fotógrafo?, ¡ja, ja, ja!), pero sí se podía afirmar que él (o ella) había hecho la foto de pie, a muy pocos grados del este o del oeste.

En el extremo izquierdo de la foto se distinguía, sobre la hierba, un objeto que parecía una pelota de goma roja. Estaba dentro de la cerca, y lo bastante oculto por uno de los montones de hierba para que resultara difícil decirlo con seguridad.

Y eso era todo.

—¿Reconoces algo? —preguntó Papi, moviendo lentamente atrás y adelante la lupa por la fotografía.

Tan pronto los cuartos traseros del perro se transformaban en montecillos llenos de arbustos negros, salvajes y ominosamente exóticos, como tres o cuatro de las estacas astilladas adquirían el tamaño de postes de teléfono, y el objeto que había detrás del manojo de hierba se identificaba claramente como la pelota de un niño (aunque bajo la lupa de Papi parecía una pelota de fútbol). Kevin veía incluso las estrellas que adornaban la parte media en erguidas líneas de goma. De modo que, bajo la lupa de Papi, se le reveló algo nuevo. Poco después vería otra cosa por sí solo, sin lupa. Pero eso fue más tarde.

—¡Diablos! No —respondió Kevin—. ¿Cómo podría reconocerlo, señor Merrill?

—Porque hay cosas —dijo Papi con paciencia, sin dejar de mover la lupa. Kevin recordó una película que había visto donde la poli enviaba un helicóptero con faros de búsqueda para encontrar prófugos—. Un perro, una acera, una cerca que pide a gritos una mano de pintura o ser derribada, un jardín que necesita cuidados. La acera no es mucho, ni siquiera puede verse toda, y la casa no sale en la foto, ni siquiera su base. En fin, lo que quiero decir es que aquí hay un perro. ¿Lo reconoces?

—No.

—¿Y la cerca?

—No.

—¿Y qué hay de la pelota roja de goma? ¿Qué me dices de eso, hijo?

—No, aunque por su aspecto se diría que tendría que acordarme.

—Mi aspecto es el de alguien que piensa que podrías acordarte —dijo Papi—. ¿Nunca tuviste una pelota así cuando eras niño?

—Que yo recuerde, no.

—Dijiste que tienes una hermana.

—Megan.

—¿Nunca tuvo una pelota así?

—No lo creo. Nunca sentí gran interés por los juguetes de Meg. Una vez tuvo un saltador Bolo, y la pelota era roja, pero de otro tono más oscuro.

—¡Ajá! Ya sé cómo son esas pelotas, pero esta es diferente. ¿Y ese no podría ser tu jardín?

—¡Host...! ¡Ostras, no! —exclamó Kevin algo ofendido. Él y su padre cuidaban muy bien el jardín que rodeaba la casa. Era de un verde profundo, y así seguiría siéndolo, aun bajo las hojas caídas, hasta por lo menos mediados de octubre—. De todos modos, no tenemos una cerca de estacas.

Y si la tuviéramos —pensó—, *no ofrecería ese aspecto horrible.*

Papi soltó el botón en la base de la lupa, la colocó sobre el retal de terciopelo de joyero y, con un cuidado que se acercaba a la reverencia, la envolvió. Volvió a guardar el paquete en su lugar original en el cajón y lo cerró. Miró atentamente a Kevin. Había dejado la pipa a un lado, así que el humo ya no oscurecía sus ojos, que seguían siendo penetrantes, aunque habían dejado de hacer guiños.

—Lo que quiero decir es si puede ser tu casa antes de que la comprarais. Hace diez años, por ejemplo.

—Hace diez años ya la teníamos —contestó Kevin, desconcertado.

—Bueno, pues veinte, treinta... Lo que quiero decir es si reconoces la forma del terreno. Parece como si hiciera una pendiente suave.

—Nuestro jardín delantero... —pensó meneando la cabeza—. No, el nuestro es llano. En todo caso hace un poco de bajada. Tal vez sea la razón por la que se filtra agua en el sótano cuando la primavera es lluviosa.

—¡Ajá, ajá! Podría ser. ¿Y el fondo?

—Allí no hay acera —dijo Kevin—, y a los lados... —De pronto se interrumpió—. ¡Está tratando de descubrir si mi cámara toma fotos del pasado! —exclamó, y por primera vez se sintió real y activamente asustado. Pasó la lengua por el paladar y le pareció percibir un sabor metálico.

—Solo preguntaba —dijo Papi, tamborileando con los dedos junto a las fotografías. Parecía hablar más para sus adentros que dirigiéndose a Kevin—. ¿Sabes? —dijo—. De vez en cuando pasan cosas muy extrañas con dos aparatos que nos parecen enteramente normales. No pretendo afirmar tajantemente que pasen, pero si no es así, el mundo está lleno de mentirosos y estafadores.

—¿Qué aparatos?

—Grabadoras y cámaras Polaroid —dijo Papi, hablando aún con las fotos o consigo mismo, como si no hubiera ningún Kevin en aquella polvorienta trastienda llena de relojes del Emporium Galorium—. Tomemos el ejemplo de las grabadoras. ¿Sabes cuánta gente afirma haber grabado las voces de tipos muertos?

—No —respondió Kevin. No tenía intención de susurrar, pero lo hizo; al parecer, por una u otra razón no le quedaba demasiado aire en los pulmones.

—Tampoco yo —dijo Papi, moviendo las fotografías con

un dedo romo y nudoso, un dedo que parecía hecho para movimientos y operaciones rudos y torpes, para empujar a gente, tirar vasos y causar hemorragias nasales si trataba de sacar un moco seco de las narices de su propietario.

Sin embargo, mirando las manos del hombre, Kevin pensó que probablemente habría más gracia en uno solo de sus dedos que en todo el cuerpo de su hermana Meg (y tal vez del suyo propio; el clan Delevan no se distinguía por la ligereza de sus manos o pies, lo cual probablemente fuera la razón por la que aquella imagen de su padre cogiendo tan ágilmente a su madre cuando caía le había impresionado tanto y tal vez siempre la recordaría). El dedo de Papi Merrill sugería que en cualquier momento podía tirar todas las fotos al suelo por error; ese tipo de dedo torpe siempre pegaría, golpearía y pellizcaría por error, pero no lo hizo. Las Polaroid apenas se movieron en respuesta a sus movimientos inquietos.

Sobrenatural, pensó otra vez Kevin, sintiendo un ligero estremecimiento. Fue un estremecimiento real, sorprendente, turbador y un poco molesto, aun cuando Papi no lo hubiera advertido.

—Pero ellos incluso tienen un sistema para hacerlo —dijo Papi. Después, como si Kevin lo hubiera preguntado, continuó—: ¿Quién? Que me aspen si lo sé. Supongo que algunos son «investigadores psíquicos», o al menos se autodenominan así, pero lo más probable es que la mayoría lo haga por puro entretenimiento, como esa gente que usa el tablero de *ouija* en las fiestas —y miró adusto a Kevin, como si estuviera redescubriéndolo—. ¿Tienes una *ouija*, hijo?

—No.

—¿Has jugado alguna vez?

—No.

—No lo hagas —dijo Papi, más severo que nunca—. Esas malditas cosas son peligrosas.

Kevin no se atrevió a decirle al viejo que no tenía ni la menor idea de lo que era un tablero de *ouija.*

—En todo caso, conectan una grabadora en una habitación vacía. Lo que quiero decir es que se supone que es una casa vieja, una casa con historia, si pueden encontrarla. ¿Sabes lo que quiero decir cuando hablo de una casa con historia, hijo?

—¿Algo así como... una casa encantada? —aventuró Kevin.

Descubrió que sudaba ligeramente, como el año anterior cada vez que la señora Whittacker anunciaba un suspenso en álgebra.

—Bueno, eso puede servir. Esa... gente... prefiere una casa con una historia violenta, pero se conforma con lo que encuentra. Bien, como iba diciendo, conectan el aparato en la habitación vacía y al día siguiente..., porque lo hacen siempre por la noche, no están satisfechos a menos que sea de noche, y si es posible a medianoche..., al día siguiente escuchan la cinta.

—¿Graban una cinta en una habitación vacía?

—A veces —dijo Papi en un murmullo que podía disimular o no un sentimiento más profundo— se oyen voces.

Kevin volvió a estremecerse. Al fin y al cabo, había jeroglíficos en el plinto. Nada que uno quisiera leer, pero..., sí, estaban allí.

—¿Voces reales?

—Por lo general, fruto de la imaginación —dijo Papi con cierto desdén—. Pero en una o dos ocasiones he oído decir a gente en quien confío que escucharon voces reales.

—Pero ¿usted no las ha oído nunca?

—Una vez —respondió Papi secamente. Permaneció en silencio durante tanto tiempo que Kevin comenzaba a pensar que no iba a añadir nada más. Pero dijo—: Era una sola palabra. Clara como una campana. Se grabó en el recibidor de una casa vacía en Bath. Un hombre mató allí a su esposa en 1946.

—¿Qué palabra era? —preguntó Kevin, tan seguro de que no se lo diría como de que no había poder en la tierra, y menos el de su voluntad, que le impidiera preguntar.

Sin embargo, Papi lo dijo.

—Jofaina.

—¿Jofaina? —pestañeó Kevin.

—¡Ajá!

—Eso no quiere decir nada.

—Tal vez sí —dijo tranquilamente Papi—, teniendo en cuenta que le cortó el cuello y después le sostuvo la cabeza sobre una jofaina para recoger la sangre.

—¡Ay, Dios!

—¡Ajá!

—¡Ay, Dios! ¿De veras?

Papi no se molestó en contestar.

—¿No podría haber sido un truco?

Papi señaló las fotos con la caña de su pipa.

—¿Acaso lo son estas?

—¡Ay, Dios!

—Ahora, veamos el caso de las Polaroid —dijo Papi, como si fuera un narrador pasando enérgicamente al siguiente capítulo de una novela y leyendo las palabras: «Mientras tanto, en otra parte del bosque...»—. He visto fotos donde aparecen personas que la otra gente de la foto jura que no estaban con ellos en el momento de tomarse la fotografía. Y hay una, muy famosa, que hizo una señora en Inglaterra. Ella tomó una foto de unos cazadores de zorros regresando a casa al final del día. Son unos veinte, y aparecen cruzando un pequeño puente de madera. Es un camino campestre, flanqueado por árboles a ambos lados del puente. Los que van delante ya han salido del puente. Y a la derecha de la foto, de pie junto al camino, hay una dama con traje largo, un sombrero con velo, de modo que no puedes verle la cara, y un bolso colgado del brazo. Vamos, que hasta puedes ver que en el pecho lleva un relicario, o tal vez un reloj. Bueno, pues cuando la señora que hizo la fotografía la vio, se alteró muchísimo. Y nadie podía culparla, hijo, porque lo que quiero decir es que ella quería sacar una foto de los cazadores regresando a casa y de nadie más, porque allí no había nadie más. Salvo en la fotografía, claro. Y, cuando la miras de cerca, parece como si a través de aquella dama pudieras ver los árboles.

Se lo está inventando todo, está tomándome el pelo y cuando me vaya se reirá como un loco, pensó Kevin, sabiendo que Papi Merrill no estaba haciendo nada por el estilo.

—La señora que tomó esa fotografía estaba pasando unos días en una de esas grandes casas inglesas que aparecen en los programas educativos de la tele, y, por lo que he oído decir, cuando mostró la fotografía el dueño de la casa se desmayó. Esa parte puede ser inventada. Probablemente lo sea. Suena a invención, ¿no? Sin embargo, he visto esa foto en una revista junto a un retrato de la bisabuela del tipo, y podría tratarse de la misma persona. No se puede estar seguro a causa del velo, pero podría ser.

—Tal vez sea un truco —sugirió Kevin débilmente.

—Puede ser —admitió Papi con indiferencia—. La gente es muy aficionada a todo tipo de travesuras. Por ejemplo, mira a mi sobrino Ace —dijo, frunciendo el ceño—. Está cumpliendo una condena de cuatro años en Shawshank. ¿Y por qué? Por asaltar The Mellow Tiger. Se aficionó a las travesuras y a causa de eso el sheriff Pangborn lo metió en chirona. El pequeño idiota recibió su merecido.

Kevin, exhibiendo una sabiduría superior a sus años, no dijo nada.

—Pero las fotografías en las que aparecen fantasmas, hijo, o, como tú dices, lo que la gente afirma que son fantasmas, casi siempre son Polaroid. Y casi siempre parece ser por accidente. En cambio, esas fotos de platillos volantes y aquella del monstruo del lago Ness casi siempre son una muestra de las del otro tipo, de las que puede hacer en un cuarto oscuro un tipo aficionado a las travesuras.

Dedicó un tercer guiño a Kevin, expresando con él todas las travesuras (sean las que fueren) que un fotógrafo sin escrúpulos puede realizar en un cuarto oscuro bien equipado.

Kevin pensó en preguntar a Papi si era posible que alguien se dedicara a las travesuras con *ouija*, pero decidió continuar en silencio. Parecía, con mucho, lo más prudente.

—Así que, por si acaso, te pregunté si en estas Polaroid veías algo conocido.

—Pero no veo nada —dijo Kevin, tan serio que pensó que Papi creería que estaba mintiendo, como le sucedía siempre a su madre cuando él cometía el error táctico de afirmar algo con excesiva vehemencia, aunque fuese controlada.

—¡Vaya, vaya! —exclamó Papi, ignorando sus palabras de un modo que a Kevin le hizo sentirse casi irritado.

—Bueno —dijo Kevin después de un momento de absoluto silencio, salvo por el tictac de los cincuenta mil relojes—, supongo que eso es todo, ¿no?

—Tal vez no —contestó Papi—. Lo que quiero decir es que se me ha ocurrido una pequeña idea. ¿Te importa sacar otras fotos con esa cámara?

—¿Para qué? Son todas iguales.

—Esa es la cuestión. No lo son.

Kevin abrió la boca y después la cerró.

—Incluso aportaré algo para comprar los carretes —dijo Papi—. Bueno, un poco —especificó rápidamente al ver la cara sorprendida de Kevin.

—¿Y cuántas fotos quiere?

—Bueno, tienes... ¿Cuántas? Veintiocho, ¿no?

—Sí, creo que sí.

—Otras treinta —dijo Papi, después de pensarlo durante unos instantes.

—¿Por qué?

—No voy a decírtelo. Por ahora, no —añadió, al tiempo que sacaba un pesado monedero, enganchado a un cinturón colgado de una cadena de acero. Lo abrió, extrajo un billete de diez dólares, vaciló y añadió otros dos de uno con evidente renuencia—. Supongo que eso cubre la mitad.

Sí, exacto, pensó Kevin.

—Si realmente estás interesado en averiguar qué hace la cámara, supongo que pondrás el resto, ¿no?

Los ojos de Papi resplandecieron como los ojos de un viejo gato curioso, y Kevin comprendió que el hombre estaba convencido de que diría que sí, pues le parecía inconcebible que pudiera decir lo contrario. Kevin pensó: *Si dijera que no, ni siquiera lo oiría. Respondería: Vale, estamos de acuerdo. Y yo me encontraría plantado en la acera con su dinero en el bolsillo, me gustara o no.*

Por otra parte, él tenía el dinero de su cumpleaños.

De todos modos, había que pensar en aquel viento helado. Ese viento que parecía soplar, no desde la superficie, sino desde dentro de aquellas fotografías, pese a su superficie engañosamente plana, engañosamente brillante. Sentía aquel viento que salía de ellas, pese a su muda declaración: *Somos fotografías Polaroid, y, por razones que no solo no podemos explicar, sino ni tan siquiera comprender, mostramos únicamente la superficie vulgar de las cosas.* El viento estaba allí. ¿Qué pasaba con el viento?

Kevin vaciló un momento más, mientras los ojos brillantes lo examinaban desde detrás de las gafas sin montura. *No voy a preguntarte si eres un hombre o un ratón* —decían los ojos de Papi Merrill—. *Tienes quince años. Lo que quiero decir es que puede que no seas un hombre todavía, pero eres demasiado viejo para ser un ratón. Además, ambos sabemos que no eres de fuera, sino de la ciudad, como yo.*

—Seguro —dijo Kevin, con una voz ligeramente hueca que no engañó a ninguno de los dos—. Supongo que puedo comprar los carretes esta noche y traer las fotos mañana, cuando salga de la escuela.

—No —dijo Papi.

—¿Cierra mañana?

—No —dijo Papi. Y, como era de la ciudad, Kevin esperó pacientemente—. Estás pensando en hacer todas las fotografías de golpe, ¿verdad?

—Supongo que sí.

En realidad, Kevin no había pensado en ello; simplemente, lo había dado por sentado.

—No es así como quiero hacerlo —dijo Papi—. No importa dónde se hagan, pero sí cuándo. A ver, déjame pensar.

Papi pensó, y después elaboró incluso una lista de horas, que Kevin se guardó en el bolsillo.

—¡Bueno! —exclamó Papi, frotándose enérgicamente las manos de modo que hicieron un sonido seco, como si frotara dos trozos de papel de lija—. Vendrás a verme dentro de unos tres días o así.

—Sí..., supongo que sí.

—De todos modos, apuesto a que preferirías esperar hasta el lunes después de la escuela —dijo Papi, dedicando a Kevin un cuarto guiño, lento, astuto y sumamente humillante—. Lo digo para que tus amigos no te vean entrar aquí y luego empiecen a fastidiarte con eso.

Kevin se ruborizó, bajó la mirada hacia el banco de trabajo y empezó a recoger las fotos para tener algo que hacer. Cuando se sentía incómodo, hacía crujir los nudillos.

—Yo...

Kevin comenzó a formular algún tipo de protesta absurda que no convencería a ninguno de los dos, pero se detuvo al fijarse en una de las fotos.

—¿Qué? —preguntó Papi. Por primera vez desde que Kevin lo conocía, la voz de Papi sonaba enteramente humana, pero el muchacho apenas oyó sus palabras, y mucho menos su ligero tono de alarma—. Ahora parece que hubieras visto un fantasma, hijo.

—No —dijo Kevin—, no es ningún fantasma. Veo a la persona que hizo la fotografía. A quien la hizo de verdad.

—¿De qué diablos estás hablando?

Kevin señaló una sombra. Él, su padre, su madre, Meg y, al parecer, el propio señor Merrill, la habían tomado por la sombra de un árbol que no aparecía en la foto.

Pero no era un árbol. Kevin lo veía ahora, y era imposible ignorar lo que ya se había visto.

Más jeroglíficos en el plinto.

—No sé de qué estás hablando —dijo Papi.

Pero Kevin sabía que el viejo sabía que estaba hablando de algo, y que por eso parecía molesto.

—Mire primero la sombra del perro —dijo Kevin—. Después vuelva a mirar esta de aquí —añadió, señalando el lado izquierdo de la fotografía—. En la foto, el sol está poniéndose o saliendo. Eso hace que las sombras sean largas, y resulta difícil decir qué las está proyectando. Pero al mirarla ahora me he dado cuenta.

—¿De qué te has dado cuenta, hijo? —Papi tendió la mano hacia el cajón, probablemente con intención de coger otra vez la lupa con luz, pero se detuvo. De pronto no la necesitaba. De pronto, él también lo había advertido—. Es la sombra de un hombre, ¿no? —preguntó—. ¡Que me vaya al infierno si no es la sombra de un hombre!

—O de una mujer, no se puede saber. Eso son unas piernas, estoy seguro, pero podrían pertenecer a una mujer con pantalones. O incluso a un niño. Con la sombra tan alargada...

—¡Ajá! Imposible saberlo.

—Es la sombra de quien tomó la foto, ¿no? —preguntó Kevin.

—¡Ajá!

—Pero no fui yo —dijo Kevin—. Salió de mi cámara, todas salieron de allí, pero yo no las saqué. Entonces ¿quién lo hizo, señor Merrill? ¿Quién lo hizo?

—Llámame Papi —dijo el viejo con aire ausente, mirando la sombra en la fotografía, y Kevin sintió que su pecho se henchía de satisfacción mientras los pocos relojes todavía capaces de ir por delante empezaron a señalar a los otros que, por cansados que estuviesen, había llegado el momento de tocar la media.

TRES

Cuando el lunes, después de la escuela, Kevin regresó al Emporium Galorium con las fotografías, las hojas habían empezado a cambiar de color. Hacía casi dos semanas que había cumplido los quince años, y el sentimiento de novedad había desaparecido.

La novedad de aquel plinto, lo sobrenatural, no había desaparecido, pero no era algo que se pudiera considerar precisamente una bendición. A última hora de la tarde del viernes había terminado de sacar las fotografías programadas por Papi, y para entonces ya veía claramente— o, en todo caso, con suficiente claridad— por qué Papi había querido que las sacase a intervalos: las diez primeras cada hora; después de un descanso las diez segundas cada dos horas, y las diez terceras cada tres. Aquel día, en la escuela, había tomado las últimas. Y había visto algo más, algo que ninguno de ellos podía haber visto al principio, y que no se hizo claramente visible hasta las últimas tres fotos. Se había asustado tanto que, incluso antes de llevar las fotos al Emporium Galorium, había tomado la decisión de librarse de la Sun 660. No de cambiarla; eso era lo último que deseaba hacer, porque significaría que la cámara saldría de sus manos y, en consecuencia, de su capacidad de control. No podía aceptarlo.

Es mía, había pensado. La idea acudía una y otra vez a su

mente, pero no era una idea verdadera. Si lo fuera, si la Sun solo tomase esas fotos del perro negro junto a la cerca blanca cuando era Kevin quien apretaba el disparador, habría sido una cosa. Pero no era así. Fuera cual fuese la magia maligna que operaba dentro de la Sun, él no era su único impulsor. Su padre había tomado la misma fotografía (bueno, casi la misma), y también Papi Merrill, y Meg, cuando Kevin le permitió sacar un par de fotos de las programadas cuidadosamente por Papi.

—¿Las has numerado como te pedí? —preguntó Papi cuando Kevin se las entregó.

—Sí, de uno a cincuenta y ocho —dijo Kevin. Pasó rápidamente las fotos, mostrando el número encerrado en un círculo en el extremo inferior izquierdo de cada una—. Pero no creo que importe. He decidido librarme de la cámara.

—¿Librarte de ella? No es eso lo que quieres decir.

—No, creo que no. Voy a romperla con una maza.

Papi lo miró con sus ojillos agudos.

—¿De veras?

—Sí —afirmó Kevin, afrontando serenamente su mirada—. La semana pasada me habría reído de esa idea, pero ahora no me río. Creo que es peligrosa.

—Bueno, tal vez tengas razón. Supongo que podrías ponerle una carga de dinamita y volarla en pedazos si quisieras. Lo que quiero decir es que te pertenece. Pero ¿por qué no esperas un poco? Quiero hacer algo con estas fotos y tal vez te interese.

—¿Qué?

—Prefiero no decirlo —contestó Papi—, por si no sale. Pero hacia el fin de semana tal vez tenga algo que te ayude a decidir mejor, en un sentido o en otro.

—Ya he decidido —dijo Kevin, y señaló algo que había aparecido en las dos últimas fotografías.

—¿Qué es? —preguntó Papi—. Lo he mirado con mi lupa y siento como si debiera saber lo que es..., quiero decir que es como cuando tienes un nombre en la punta de la lengua..., pero no lo consigo.

—Supongo que podría esperar hasta el viernes o así —dijo Kevin, que decidió no contestar a la pregunta del viejo—. Pero no quiero esperar mucho más, lo digo en serio.

—¿Asustado?

—Sí —respondió Kevin con sencillez—. Estoy asustado.

—¿Se lo has contado a tu familia?

—Todo no.

—Bueno, tal vez tendrías que hacerlo. Lo que quiero decir es que quizá deberías decírselo a tu padre. Tienes tiempo para pensarlo mientras me ocupo de lo que tengo que ocuparme.

—Sea lo que fuere que quiere hacer, el próximo viernes le aplicaré la maza de mi padre —dijo Kevin—. Ya ni siquiera quiero una cámara. Ni Polaroid ni de ninguna otra clase.

—¿Ahora dónde está?

—En el cajón de mi escritorio. Y allí se quedará.

—Pasa por la tienda el viernes y trae la cámara —dijo Papi—. Primero le echaremos una mirada a esta pequeña idea mía, y después, si quieres destruir la maldita cosa, yo mismo te prestaré la maza. Gratis. En la trastienda tengo incluso un tajo donde podrías ponerla.

—De acuerdo —dijo Kevin, y sonrió.

—¿Qué le has dicho a tu familia sobre este asunto?

—Que todavía lo estoy pensando. No quería alarmarlos. Sobre todo a mi madre. —Kevin lo miró con curiosidad—. ¿Por qué ha dicho que tal vez debería decírselo a mi padre?

—Si destruyes esa cámara, tu padre se enfadará contigo —dijo Papi—. Eso, en definitiva, no es tan malo. Lo peor es que pensará que eres un poco estúpido; en otras palabras, una vieja solterona que da la voz de alarma cada vez que cruje la madera del suelo.

Kevin se ruborizó un poco al pensar en lo que se había enfadado su padre cuando surgió la idea de lo sobrenatural, y después suspiró. No había pensado en ese aspecto de la cuestión, pero, ahora que lo hacía, imaginó que probablemente Papi tuviera razón. No le gustaba la idea de que su padre se enfadara con él, pero tampoco le quitaba el sueño. Sin embargo, la idea de que pudiera tomarlo por cobarde, estúpido, o ambas cosas a la vez, era harina de otro costal.

Papi lo miraba con astucia, leyendo esos pensamientos, a medida que cruzaban por la mente de Kevin, con tanta facilidad como podría leer los titulares de primera plana de un periódico.

—¿Crees que podría encontrarse contigo aquí el viernes por la tarde?

—Ni hablar —respondió Kevin—. Trabaja en Portland. Raras veces vuelve a casa antes de las seis.

—Si quieres, puedo hacerle una llamada —sugirió Papi—. Si le llamo yo, vendrá.

Kevin le dedicó una mirada atónita.

Papi sonrió sutilmente.

—Lo conozco desde hace mucho —dijo—. No le gusta venir a verme más que a ti, y lo comprendo, pero lo que quiero decir es que lo conozco. Conozco a mucha gente en esta ciudad. Te sorprendería, hijo.

—¿Y cómo fue?

—Una vez le hice un favor —dijo Papi. Encendió una cerilla con la uña del pulgar y ocultó aquellos ojos tras una cortina de humo lo suficientemente densa para no poder descifrar si en ellos había diversión, sentimiento o desprecio.

—¿Qué clase de favor?

—Eso es algo entre él y yo —dijo Papi—. Al igual que este asunto —añadió señalando el montón de fotografías— es entre tú y yo. Eso es lo que quiero decir.

—Vale…, bueno…, supongo… ¿Tengo que decirle algo?

—¡No! — objetó Papi—. Deja que yo me ocupe de todo.

Durante un instante, pese al obnubilador humo de la pipa, Kevin vio algo que no terminaba de gustarle en los ojos de

Papi Merrill. Luego se marchó. Era un chico penosamente confundido que solo sabía una cosa: deseaba que aquello terminase.

Cuando Kevin se hubo ido, Papi se quedó sentado en silencio e inmóvil durante casi cinco minutos. Permitió que la pipa se le apagara en la boca y ejecutó una marcha con los dedos —que eran casi tan sabios y virtuosos como los de un violinista, pero iban disfrazados de herramientas que podrían haber pertenecido a un cavador de zanjas o un cementador—, junto a las fotografías. A medida que se disipaba el humo, empezaron a verse claramente sus ojos, que eran tan fríos como el hielo en un charco de diciembre.

De pronto, depositó la pipa en el soporte y llamó a una tienda de cámaras y vídeos de Lewiston. Hizo dos preguntas. La respuesta a ambas fue afirmativa. Papi colgó el teléfono y volvió a tamborilear sobre la mesa, junto a las Polaroid. Lo que estaba planeando no era lo que se dice justo para el chico, pero el chico en cuestión había levantado la punta de algo que no solo no comprendía, sino que no quería comprender.

Justo o no, Papi no creía que fuese a dejar que el chico hiciera lo que pretendía. Todavía no había decidido lo que él quería hacer, no por completo, pero era mejor estar preparado.

Eso siempre era prudente.

Se quedó allí sentado, tamborileando y preguntándose qué era lo que había visto el chico. Evidentemente, había pensado que Papi lo sabría o podría saberlo, pero Papi no tenía ni idea. Tal vez el chico se lo dijera el viernes. O tal vez no. Pero si no lo hacía el chico, su padre —a quien una vez Papi había prestado cuatrocientos dólares a un interés exorbitante para cubrir una deuda de juego, una apuesta que había perdido y de la cual su esposa no sabía nada— lo haría. Es decir, si podía. Ni siquiera el mejor de los padres lo sabía todo sobre su hijo una vez que este había cumplido quince años o así, pero Papi pensaba que Kevin era un quinceañero muy joven, y que su papá sabía la mayor parte de las cosas, o podía descubrirlas.

Sonrió, ejecutó su marcha, y todos los relojes empezaron a dar fatigosamente las cinco.

CUATRO

El viernes por la tarde, a las dos, Papi Merrill le dio la vuelta al cartel donde decía ABIERTO, dejando de cara a la calle el lado donde decía CERRADO, y se acomodó tras el volante de su Chevrolet 1959. Durante años, el coche se había mantenido en perfecto estado de funcionamiento en la Texaco de Sonny, a la salida de la ciudad, y además gratis (gracias también a una pequeña suma prestada a Sonny Jackett, otro de los habitantes de la ciudad que preferiría que le aplicaran brasas ardientes en las plantas de los pies antes que admitir que no solo conocía a Papi Merrill, sino que estaba profundamente en deuda con él, porque una vez, en 1969, lo había sacado de un lío terrible en New Hampshire). Papi se dirigió a Lewiston, una ciudad que detestaba porque le daba la impresión de que todas las calles, salvo dos o quizá tres, eran de una sola dirección. Llegó como siempre llegaba cuando la única posibilidad era Lewiston y solo Lewiston, es decir, condujo lentamente por aquellas malditas calles de dirección única, hasta que supuso que se había acercado todo lo posible al lugar adonde iba, y recorrió a pie el resto del camino: un hombre alto y delgado, de cabeza calva, con unas gafas sin montura, unos pantalones limpios color caqui con arrugas y bolsas, y una camisa azul de obrero abotonada hasta el cuello.

En el escaparate del Twin City Camera and Video había

un cartel con la caricatura de un hombre luchando con un descomunal rollo de película enredada y perdiendo la batalla. El tipo parecía a punto de estallar. En la parte superior e inferior del dibujo figuraban las siguientes inscripciones: ¿CANSADO DE LUCHAR? ¡PASAMOS SUS PELÍCULAS DE 8 MM A CINTA DE VÍDEO! (¡Y LAS INSTANTÁNEAS TAMBIÉN!)

Otro maldito aparato —pensó Papi, abriendo la puerta y entrando—. *El mundo está muriendo a causa de los aparatos.*

Sin embargo, él era el tipo de persona por cuya causa el mundo muere, ya que no desdeñaba el uso de lo que criticaba si resultaba ser eficaz. Habló un momento con el empleado, el cual fue en busca del propietario. Se conocían desde hacía muchos años (algunos listos habrían dicho que desde que Homero navegara por el mar de color vino). El propietario invitó a Papi a pasar a la trastienda, donde compartieron un trago.

—Es un extraño montón de fotos —dijo el propietario.

—¡Ajá!

—Y la cinta de vídeo que hice con ellas es más extraña aún.

—Apuesto a que sí.

—¿Es todo lo que tienes que decir?

—¡Ajá!

—Entonces a tomar por el culo —dijo el propietario, y ambos lanzaron sus penetrantes risillas de viejos. Detrás del mostrador, el empleado dio un respingo.

Papi salió veinte minutos más tarde con dos objetos: una cinta de vídeo y una Polaroid Sun 660 nueva, todavía en su caja.

Cuando regresó a la tienda, llamó a casa de Kevin. No le sorprendió que le atendiera John Delevan.

—Si ha estado jodiendo a mi hijo, lo mataré, víbora —amenazó John Delevan sin ninguna clase de preámbulo.

Papi escuchó a lo lejos la exclamación herida del chico:

«¡Papáaaa!», y sus labios se estiraron sobre sus dientes deteriorados, amarillos a causa del tabaco, ¡pero suyos, por los clavos de Cristo! Si Kevin lo hubiera visto en ese momento, no se habría limitado a preguntarse si Papi Merrill era algo más que la versión Castle Rock del Amable Sabio del Barril: lo habría sabido.

—Vamos, John —dijo Papi en tono conciliador—. Estoy tratando de ayudar a su hijo con esa cámara, es lo único que pretendo hacer. —Tras una pausa, añadió—: Igual que le ayudé a usted aquella vez, cuando se sintió demasiado orgulloso de los Seventy-Sixers. Eso es lo que quiero decir.

Al otro lado de la línea se produjo un indignado silencio, que significaba que John Delevan tenía mucho que decir sobre ese asunto, pero que el chico estaba en la habitación y era como una mordaza.

—Su hijo no sabe nada —prosiguió Papi con aquella desagradable sonrisa cada vez más amplia en las sombras fluctuantes del Emporium Galorium, donde predominaba el olor de viejas revistas y cagadas de ratones—. Le dije que ese asunto no era de su incumbencia, del mismo modo que este otro sí lo es. No se me habría ocurrido mencionar aquella apuesta si conociera otra manera de hacerle venir, eso es lo que quiero decir. Y tiene que ver lo que he conseguido, John, porque, si no lo ve, no comprenderá por qué su hijo quiere destrozar esa cámara que le compró...

—¿Destrozarla?

—...Y por qué creo que es una idea excelente. Y ahora, ¿vendrá con él o no?

—No estoy en Portland, ¿no?

—No se preocupe por el cartel de CERRADO que hay en la puerta —dijo Papi con el tono sereno de un hombre que hace años que consigue todo lo que quiere y espera seguir así por muchos años más—. Golpee.

—¿Quién demonios le dio su nombre a mi hijo, Merrill?

—No se lo pregunté —respondió Papi con aquella serenidad irritante, y colgó el teléfono, añadiendo ante la tienda vacía—: Lo único que sé es que vino. Como hacen siempre.

Mientras esperaba, desempaquetó la Sun 660 que había comprado en Lewiston y enterró la caja en el cubo de basura que había junto al banco de trabajo. Miró pensativo la cámara y después cargó el paquete de cuatro fotos que venía con ella. Una vez hecho eso, desplegó el cuerpo de la cámara, exponiendo la lente. La luz roja situada a la izquierda del pequeño relámpago hizo una fugaz aparición, y después empezó a parpadear la verde. A Papi no le sorprendió mucho comprobar que estaba inquieto. *Bueno* —pensó—, *Dios detesta a los cobardes*, y apretó el disparador. La confusión del interior del Emporium Galorium, semejante a un granero, quedó bañada durante un instante por una despiadada e improbable luz blanca. La cámara emitió su habitual chillidito y escupió lo que sería una foto Polaroid correcta, pero pobre en cierta forma; una foto toda ella superficies, las cuales describían un mundo donde los barcos, si navegaban lo bastante hacia el oeste, sin duda traspasarían el humoso borde de la tierra, poblado de monstruos.

Papi la contempló con la misma expresión fascinada del clan Delevan mientras esperaba que se impresionara la primera foto de Kevin. Se dijo que, naturalmente, esta cámara no haría lo mismo que la otra, pero de todos modos estaba rígido y tenso. Por muy zorro viejo que fuese, si en ese momento hubiera crujido un madero, casi con toda seguridad habría gritado.

Pero no crujió ningún madero; y, cuando se impresionó, la fotografía mostraba solo lo que se suponía que debía mostrar: relojes armados, relojes desarmados, tostadoras, montones de revistas atadas con cordel, lámparas con pantallas tan horribles que solo podrían gustarles a las mujeres de la clase alta británica, estanterías repletas de libros de bolsillo (seis por un dólar), con títulos como *Después de que oscurezca, muñeca; Fuego en la carne* o *El molde de latón*, y, al fondo del todo, la polvorienta ventana delantera. Se podían leer al revés las letras EMPOR, junto a la enorme silueta de una cómoda que tapaba el resto.

Ninguna extraña criatura del otro lado de la tumba; ningún muñeco con mono azul y blandiendo un cuchillo. Solo una cámara. Suponía que el capricho que le había impulsado a tomar una foto, solo para ver, demostraba lo profundamente que se le había metido en el cuerpo esa cosa.

Papi suspiró y arrojó la fotografía al cubo de la basura. Abrió el ancho cajón del banco de trabajo y sacó un pequeño martillo. Sujetó firmemente la cámara con la mano izquierda y levantó el martillo con la derecha, describiendo una breve parábola en el aire polvoriento. No tomó mucho impulso. No era necesario. Ya nadie se enorgullecía de la artesanía. Hablaban de las maravillas de la ciencia moderna, de sintéticos, aleaciones nuevas, polímeros y Dios sabe qué. No importaba. Era moco. De eso estaban hechas las cosas hoy en día, y no era necesario tener mucha fuerza para romper una cámara hecha de moco.

La lente se quebró, y astillas de plástico volaron por todas partes. Papi recordó otra cosa. ¿Era al lado izquierdo o al derecho? Frunció el ceño. *Izquierdo*, pensó. De todos modos, no lo notarían, y si se daban cuenta habrían olvidado a qué lado estaba, eso casi iba a misa. De todos modos, Papi no había acolchado su nido con aproximaciones. Era prudente estar preparado.

Siempre prudente.

Volvió a guardar el martillo, utilizó un cepillito para barrer de la mesa al suelo los trozos de cristal y plástico, guardó el cepillo y sacó un lápiz de grasa con punta fina y un cuchillo de precisión. Dibujó lo que pensaba que era la forma aproximada del trozo de plástico que se había roto en la Sun de Kevin Delevan cuando Meg la tiró al suelo, y luego utilizó el cuchillo para cortar la silueta. Cuando le pareció que ya había cavado bastante en el plástico, guardó el cuchillo en el cajón y tiró la cámara desde el banco de trabajo. Lo que había pasado una vez, pasaría otra, sobre todo habiendo marcado previamente las líneas de fractura.

Y salió bastante bien. Examinó la cámara —a la que ahora le faltaba un fragmento de plástico a un lado, además de tener la lente rota—, asintió y la colocó en las espesas sombras debajo del banco de trabajo. Después buscó el trocito de plástico que había saltado de la cámara y lo arrojó al cubo de la basura, junto con la caja y la única foto que había sacado.

Y ahora no quedaba nada que hacer, salvo esperar que llegaran los Delevan. Papi se llevó la cinta de vídeo arriba, al atestado apartamento donde vivía. La dejó encima del vídeo que había comprado para ver las películas porno que podían comprarse en la actualidad, y se sentó a leer el periódico. Se enteró de que se había producido un accidente aéreo en Pakistán. Ciento treinta personas muertas. Papi pensó con satisfacción que los malditos idiotas siempre se estaban matando. El hecho de que desaparecieran algunos tontos del mundo era de agradecer desde todos los puntos de vista. Después pasó a la sección de deportes para ver cómo le había ido a los Red Sox. Todavía tenían posibilidades de proclamarse campeones de la División Este.

CINCO

—¿De qué se trataba? —preguntó Kevin mientras se preparaban para salir.

Tenían la casa para ellos. Meg estaba en su clase de ballet y la señora Delevan jugando al bridge con sus amigas. Llegaría a casa a las cinco, con una enorme pizza y hablando de quién iba a divorciarse o estaba pensando en hacerlo.

—No es de tu incumbencia —respondió el señor Delevan con voz áspera, a un tiempo enfadada y turbada.

El día era fresco. El señor Delevan estaba buscando su chaqueta ligera. Se detuvo, se volvió y miró a su hijo, que estaba detrás de él, con la chaqueta puesta y la cámara Sun en la mano.

—Vale —dijo—. Nunca te tiré esa porquería encima y supongo que no quiero empezar ahora. Ya sabes lo que quiero decir.

—Sí —asintió Kevin, y pensó: *Sé exactamente de qué hablas, eso es lo que quiero decir*.

—Tu madre no sabe nada de esto.

—No le diré nada.

—No se trata de eso —replicó su padre bruscamente—. Si tomas ese camino, no podrás detenerte.

—Pero tú has dicho que…

—En efecto, nunca se lo dije —le interrumpió su padre,

encontrando por fin la chaqueta y poniéndosela—. Ella nunca me lo preguntó y yo jamás se lo dije. Si nunca te lo pregunta, nunca tendrás que decírselo. ¿Te parece una diferenciación artificial?

—Sí —contestó Kevin—. Si he de serte sincero, sí.

—Vale —dijo el señor Delevan—, pero de todas formas lo haremos así. Si alguna vez surge el tema, tú..., nosotros... tendremos que decírselo. En caso contrario, no será preciso. Así es como hacemos las cosas en el mundo adulto. Supongo que suena falso, y a veces lo es, pero así es como funcionamos. ¿Podrás soportarlo?

—Sí, supongo que sí.

—Estupendo. Vamos.

Bajaron juntos por el sendero mientras se abrochaban sus respectivas chaquetas. El viento jugaba con el cabello de las sienes de John Delevan, y Kevin observó por primera vez, con inquieta sorpresa, que el pelo de su padre empezaba a encanecer.

—De todos modos, no fue gran cosa —dijo el señor Delevan. Era casi como si hablara consigo mismo—. Nunca lo es con Papi Merrill. No es un tipo a lo grande, ¿sabes lo que quiero decir?

Kevin asintió.

—Es un hombre bastante adinerado, ¿sabes?, pero no gracias a esa tienda de basuras. Merrill es la versión Castle Rock de Shylock.

—¿De quién?

—No importa. Si la educación no se ha ido por completo al diablo, leerás la obra más pronto o más tarde. Presta dinero a un interés más alto de lo que permite la ley.

—¿Y por qué la gente le pide dinero a él? —preguntó Kevin, mientras se dirigían hacia el centro caminando bajo árboles cuyas hojas rojas, púrpuras y doradas caían lentamente.

—Porque no pueden pedirlo en otra parte —contestó agriamente el señor Delevan.

—¿Quieres decir que no son solventes?

—Algo así.

—Pero, nosotros..., tú...

—Sí, ahora nos va bien. Pero no siempre fue así. Cuando tu madre y yo nos casamos, nuestra situación era muy diferente.

Volvió a reinar un silencio que Kevin no interrumpió.

—Bueno, había un tipo que estaba orgullosísimo de los Celtics —dijo su padre. Se miraba los pies como si temiera meterlos en una grieta y desplomarse—. Estaban apostando contra los Seventy-Sixers de Filadelfia. Ellos, los Celtics, eran los favoritos, pero por menos que de costumbre. Yo tenía el presentimiento de que los Seventy-Sixers iban a ganar, que era su año.

Miró rápidamente a su hijo, ocultando casi la mirada, como un ladrón de tiendas que cogiera un artículo pequeño, pero valioso, y lo guardase bajo la chaqueta para después seguir mirando las grietas de la acera. Ahora bajaban por Castle Hill en dirección hacia el único semáforo de la ciudad, en el cruce entre Lower Main Street y Watermill Lane. Más allá de la intersección, lo que los locales llamaban el Puente de Hojalata cruzaba Castle Stream. Su estructura cortaba el cielo otoñal, profundamente azul, en formas geométricas netas.

—Supongo que es esa peculiar sensación de seguridad la que invade las pobres almas que pierden sus cuentas en el banco, sus casas, sus coches, e incluso la ropa que llevan puesta en los casinos y las partidas ilegales de póquer. La sensación de que acabas de recibir un telegrama de Dios. Yo solo la tuve una vez, y doy gracias a Dios por ello. En aquella época solía hacer una apuesta amistosa por un partido de fútbol o de la Copa con alguien, cinco dólares como máximo, creo, y por lo general mucho menos, solo una prenda, un cuarto de dólar o un paquete de cigarrillos.

Esta vez fue Kevin quien arriesgó una mirada, con la diferencia de que el señor Delevan la captó, con o sin grietas en la acera.

—Sí, en aquella época también fumaba. Ahora ni fumo ni apuesto. No desde aquella última vez. Aquella me curó. Por entonces solo hacía dos años que tu madre y yo nos habíamos casado. Tú todavía no habías nacido. Yo trabajaba como asistente de un agrimensor y ganaba un sueldo de ciento dieciséis dólares a la semana, o en todo caso era lo que me quedaba cuando el gobierno lo soltaba. El tipo que estaba tan orgulloso de los Celtics era uno de los ingenieros. Incluso trabajaba con uno de esos jerséis verdes de los Celtics que llevan dibujado un trébol en la espalda. La semana antes del cierre de apuestas no paraba de decir que le gustaría encontrar a alguien lo bastante valiente y estúpido para apostar por los Seventy-Sixers, porque tenía cuatrocientos dólares esperando para darle dividendos. Esa voz dentro de mí se hacía cada vez más fuerte, y el día antes de que empezaran los partidos para el campeonato me acerqué a él a la hora del almuerzo. Estaba tan asustado que era como si el corazón fuera a salírseme del pecho.

—Porque no tenías cuatrocientos dólares —dijo Kevin—. El otro sí, pero tú no.

Ahora miraba abiertamente a su padre. Había olvidado por completo la cámara por primera vez desde su visita inicial a Papi Merrill. El asombro ante el comportamiento de la Sun 660 quedó eclipsado, al menos temporalmente, por esa novedad todavía más asombrosa: cuando era joven, su padre había hecho algo espectacularmente estúpido, igual que otros hombres de los que Kevin había oído hablar, y tal como podría hacer él algún día, cuando viviera solo y no contara con ningún miembro adulto de la Tribu Racional para protegerle de algún posible impulso terrible o instinto erróneo. Al parecer, su padre había sido miembro de la Tribu Instintiva. Resultaba difícil de creer, pero ¿acaso no era esa la prueba?

—Exacto.

—Pero, a pesar de todo, hiciste la apuesta.

—No inmediatamente —dijo su padre—. Le dije que creía

que los Seventy-Sixers ganarían el campeonato, pero que cuatrocientos dólares eran mucho dinero para un tipo que solo era asistente de agrimensor.

—Pero no reconociste que no tenías el dinero.

—Me temo que fui algo más allá, Kevin. Le di a entender que lo tenía. Le dije que no podía permitirme el lujo de perder cuatrocientos dólares, lo cual, como mínimo, era falso. Le dije que no podía arriesgar esa cantidad de dinero en una apuesta pareja... No mentí, pero mis palabras estaban justo al borde de la mentira, ¿entiendes?

—Sí.

—No sé qué habría pasado si el capataz no hubiera tocado en ese momento la campana de vuelta al trabajo. Tal vez nada. Pero lo hizo, y entonces el ingeniero levantó las manos y dijo: «Te daré dos a uno, muchacho, si es lo que quieres. A mí no me importa. De todas formas me embolsaré cuatrocientos dólares». Y, antes de darme cuenta de lo que estaba pasando, nos estrechamos las manos ante media docena de testigos. Para bien o para mal, ya estaba metido en el lío. Aquella noche, mientras regresaba a casa, pensé en tu madre y en lo que diría si se enteraba. Aparqué a un lado del camino el viejo Ford que tenía entonces y vomité.

Un coche patrulla bajó lentamente por la calle Harrington. Norris Ridgewick iba al volante, y Andy Clutterbuck le acompañaba. Clut levantó la mano mientras el coche doblaba a la izquierda en Main Street. John y Kevin Delevan levantaron la mano en respuesta, y el otoño dormitó apaciblemente en torno a ellos, como si John Delevan nunca hubiera vomitado por la puerta abierta de su viejo Ford en el camino polvoriento, entre sus propios pies.

Cruzaron Main Street.

—Bueno, en todo caso, podría decirse que obtuve el valor de mi dinero. Los Sixers fueron bien hasta los últimos segundos del séptimo juego, en que uno de esos cabrones irlandeses, no recuerdo quién, le robó la pelota a Hal Greer y la llevó hasta el agujero. ¡Y allá se fueron los cuatrocientos dólares que no tenía! Cuando al día siguiente le pagué al maldito ingeniero, dijo que «se había puesto un poquito nervioso al final». Eso fue todo. Tenía ganas de arrancarle los ojos.

—¿Le pagaste al día siguiente? ¿Cómo lo hiciste?

—Ya te he dicho que fue una especie de fiebre. En cuanto nos estrechamos las manos después de apostar, la fiebre pasó. Esperaba ganar la apuesta, pero sabía que tenía que pensar en la posibilidad de perderla. Había en juego mucho más que cuatrocientos dólares. Estaba la cuestión de mi trabajo, claro, y de las consecuencias en caso de que no pudiera pagarle al tipo con el que había apostado. Al fin y al cabo, era un ingeniero; y, técnicamente, mi jefe. El tipo era lo bastante hijo de perra para despedirme si no pagaba la apuesta. La apuesta no habría sido la excusa, pero habría encontrado algún motivo, así como el medio de que figurara en mi expediente laboral con grandes letras rojas. De todas formas, eso no era en absoluto lo más importante.

—¿Qué era?

—Tu madre. Nuestro matrimonio. Cuando eres joven y no tienes dónde caerte muerto, el matrimonio está constantemente sometido a una fuerte tensión. Al margen de cuánto ames al otro, el matrimonio es como un caballo de carga que puede caer de rodillas, o incluso morir, si pasan determinadas cosas en determinados momentos. No creo que se hubiera divorciado de mí por una apuesta de cuatrocientos dólares, pero me alegro de no haber tenido que comprobarlo. Así que, cuando pasó la fiebre, pensé que tal vez me había apostado algo más que cuatrocientos dólares, que tal vez me había apostado mi maldito futuro.

Estaban acercándose al Emporium Galorium. Había un banco a un lado de la plaza del pueblo, y el señor Delevan hizo un gesto a Kevin para que se sentara.

—No tardaré mucho —dijo, riendo con un sonido rasposo, comprimido, como el que hace un conductor inexperto al cambiar las marchas—. Me es muy difícil contarlo, incluso después de tantos años.

Así que se sentaron en el banco, y el señor Delevan terminó de explicar cómo había conocido a Papi Merrill, mientras ambos contemplaban el verde césped con su templete en el centro.

—La misma noche que hice la apuesta fui a verlo —dijo—. Le dije a tu madre que iba a comprar cigarrillos. Fui después de oscurecer, para que no me viera nadie de la ciudad. Habrían sabido que estaba metido en un lío, y yo quería evitarlo a toda costa. Cuando entré, Papi dijo: «¿Qué hace un profesional como usted en un lugar como este, señor John Delevan?». Después de explicarle lo que había hecho, él comentó: «¿De modo que ha hecho una apuesta y ya ha decidido que va a perderla?». «Quiero asegurarme de que, si la pierdo, no voy a perder nada más», respondí. Eso le hizo reír. «Respeto a los hombres prudentes —dijo—. Supongo que puedo confiar en usted. Si ganan los Celtics, venga a verme, me ocuparé de su problema. Creo que es una persona honesta.»

—¿Y eso fue todo? —preguntó Kevin. En matemáticas de octavo curso habían estudiado el tema de los empréstitos y todavía lo recordaba—. ¿No te pidió un aval?

—La gente que va a ver a Papi no tiene avales —contestó su padre—. No es un tiburón como los que ves en las películas. No va rompiendo piernas a los que no le pagan, pero sabe la manera de fastidiar a la gente.

—¿Cómo?

—No importa. Cuando acabó el partido, subí a decirle a tu madre que iba a comprar cigarrillos… otra vez. Pero estaba dormida, así que me ahorré aquella mentira. Era tarde para un pueblo como Castle Rock, casi las once, pero las luces de su casa estaban encendidas. Sabía que lo estarían. Me dio el dinero en billetes de diez dólares. Los sacó de una vieja lata. Todos eran de diez, lo recuerdo. Estaban arrugados, pero los estiró. Mientras le observaba contar los cuarenta billetes de diez dólares como si fuera el empleado de un banco, con aquella pipa encendida y las gafas sobre la cabeza, sentí un intenso deseo de romperle los dientes de un puñetazo. En lugar de eso, le di las gracias. No sabes lo duro que resulta a veces dar las gracias. Espero que nunca te suceda. Merrill me dijo: «Entiende las condiciones, ¿verdad?». Yo respondí que sí, y él añadió: «Muy bien, estoy seguro de que puedo confiar en usted. Lo que quiero decir es que su aspecto es el de un hombre honrado. Ahora resuelva el asunto con ese tipo del trabajo y después cumpla el trato que ha hecho conmigo. Y no apueste más. No hay más que mirarle la cara para ver que no está hecho para eso». De modo que cogí el dinero, me fui a casa, lo guardé bajo la alfombrilla del viejo Chevy, me acosté junto a tu madre y me pasé toda la noche sin dormir porque me sentía sucio. Al día siguiente le di los billetes al ingeniero. Él los contó, los plegó, se los guardó en un bolsillo de la camisa y lo abotonó como si ese dinero no fuera más que un recibo del gas que tendría que llevar al contratista al terminar el día. Después me palmeó el hombro y dijo: «Bueno, Johnny, eres un buen hombre. Mejor de lo que creí. He ganado cuatrocientos, pero he perdido veinte con Bill Untermeyer. Él apostó que llegarías a primera hora de la mañana con la pasta, y yo le aposté que no la vería hasta el fin de semana. Si la veía». «Yo pago mis deudas», repliqué. «Tranquilo», dijo, palmeándome de nuevo el hombro. En ese momento, como ya te he dicho, estuve a punto de sacarle los ojos.

—¿Cuánto interés te cargó Papi?

Su padre lo miró, escudriñándolo.

—¿Permite que lo llames así?

—Sí, ¿por qué?

—Entonces, ten cuidado —dijo el señor Delevan—. Es una víbora. —Después suspiró, como si admitiera ante ambos que estaba eludiendo la pregunta—. El diez por ciento. Ese era el interés.

—Eso no es tan...

—Compuesto semanalmente —añadió el señor Delevan. Kevin se quedó atónito.

—Pero ¡eso no es legal! —exclamó, una vez recuperado de la sorpresa.

—¡Qué gran verdad! —dijo el señor Delevan con sequedad. Al ver la expresión ansiosa de incredulidad en el rostro de su hijo, su propia ansiedad desapareció. Se echó a reír y, dándole unas palmadas en el hombro, añadió—: Así es la vida, Kev. De uno u otro modo, al final acaba matándonos.

—Pero...

—Pero nada. Ese era el interés y él sabía que lo pagaría. Yo me había enterado de que en la fábrica de Oxford estaban contratando a gente para el turno de tres a once. Ya te he dicho que había previsto la posibilidad de perder, así que no me limité a ir a ver a Papi. Le dije a tu madre que podía hacer un turno allí durante una temporada. Al fin y al cabo, ella quería un coche más nuevo, y quizá cambiarse a otro apartamento mejor y tener algo en el banco por si surgía algún gasto imprevisto. —El señor Delevan se echó a reír—. Bueno, ya había surgido el primer gasto imprevisto, pero ella no lo sabía y yo pensaba hacer todo lo posible para que no se enterara. No sabía si lo conseguiría, pero tenía intención de hacerlo lo mejor que pudiera. Ella estaba en contra. Decía que me mataría trabajando dieciséis horas diarias, que los talleres de laminación eran peligrosos; siempre aparecían noticias de gente que había perdido un brazo o una pierna, o incluso que había muerto aplastada por los rodillos. Le dije que no se preocupara, que conseguiría un trabajo en el control de calidad, con el sueldo mínimo, pero sentado, y que si realmente era demasiado lo dejaría. Ella seguía oponiéndose; quería buscarse un trabajo, pero la disuadí. Era lo último que deseaba, ¿comprendes?

Kevin asintió.

—Le dije que, de todos modos, solo sería durante seis u ocho meses. Así que fui y me contrataron, pero no en el control de calidad. Conseguí trabajo en el tren de laminación, metiendo materia prima en una máquina que parecía el centrifugador de una lavadora gigantesca. El trabajo era peligroso; si resbalabas o te distraías, cosa harto difícil de evitar porque era terriblemente monótono, perdías una parte de ti mismo o todo. Una vez vi a un hombre perder una mano, y no quiero volver a ver algo así nunca más. Era como contemplar el estallido de una carga de dinamita dentro de un guante lleno de carne.

—¡Maldición! —exclamó Kevin. Raras veces había dicho algo así en presencia de su padre, pero este no pareció advertirlo.

—De todos modos, ganaba dos dólares ochenta por hora, y al cabo de dos meses me aumentaron a tres dólares diez. Era un infierno. Trabajaba todo el día en el proyecto de carretera..., menos mal que era a comienzos de primavera y no hacía calor..., y después me dirigía al taller pisando a fondo el acelerador del Chevy para no llegar tarde. Me quitaba los pantalones color caqui, y saltaba prácticamente dentro de unos tejanos y una camiseta para trabajar en las prensas de tres a once. Llegaba a casa alrededor de medianoche. Lo peor eran las noches en que tu madre me esperaba..., lo hacía dos o tres noches por semana..., y tenía que estar alegre y animado en momentos en que apenas podía andar derecho de tan cansado que estaba. Pero si ella lo hubiera notado...

—Te habría obligado a dejarlo.

—Sí, claro. Así que me mostraba brillante y conversador, y le contaba historias sobre el control de calidad en el que trabajaba. A veces me preguntaba qué sucedería si decidía ir por allí alguna noche para llevarme una cena caliente o algo así. Lo disimulé bien, pero debió de notar algo, porque no paraba de decirme que era una tontería agotarse así por tan poco... Realmente parecía calderilla una vez que el gobierno y Papi sacaban sus respectivas tajadas. Se quedaba más o menos en lo que podía sacar en limpio un tipo trabajando en el control de calidad. Pagaban los miércoles por la tarde, y yo siempre me aseguraba de cobrar el talón en la oficina antes de que las chicas se fueran a casa. Tu madre nunca vio uno de esos talones.

»La primera semana le pagué cincuenta dólares a Papi, cuarenta de interés y diez de capital, con lo que mi deuda quedó reducida a trescientos noventa. Era como un zombi. Al mediodía, me sentaba en el coche, me comía el sándwich y después dormía hasta que el capataz tocaba su maldita campana. Odiaba esa campana.

»La segunda semana le di otros cincuenta dólares, treinta y nueve de interés y once de capital. ¡Ya solo le debía trescientos setenta y nueve dólares! Me sentía como un pájaro tratando de comerse una montaña a picotazos.

»La tercera semana estuve a punto de caer en el rodillo; me asusté tanto que desperté durante unos minutos, lo suficiente para que se me ocurriera una idea, así que supongo que fue una bendición disimulada. Tenía que dejar de fumar. No entendía cómo no lo había pensado antes. En aquellos días un paquete de cigarrillos me costaba cuarenta centavos y fumaba dos paquetes al día. ¡Eran cinco dólares sesenta a la semana!

»Cada dos horas teníamos unos minutos para fumar un cigarrillo. Miré mi paquete de Tareytons y vi que tenía diez o doce. Hice que aquellos cigarrillos me duraran una semana y media, y nunca más compré otro paquete.

»Durante un mes no supe si lo lograría. Había días, cuando el despertador sonaba a las seis y media, en que sentía que no podría, que tendría que decírselo a Mary y aceptar lo que ella quisiera disponer. Pero, cuando empezó el segundo mes, supe que probablemente todo iba a salir bien. Todavía hoy sigo creyendo que fueron los cinco sesenta a la semana..., eso, y los envases retornables de cerveza y agua con gas que recogía de la carretera, los que hicieron la diferencia. Conseguí reducir el préstamo a trescientos, y eso quería decir que podía deducir de ellos veinticinco o veintiséis dólares a la semana, cada vez más a medida que pasaba el tiempo.

»Después, a finales de abril, terminamos la carretera y nos

dieron una semana de vacaciones pagadas. Le dije a Mary que me estaba preparando para dejar el trabajo del taller, y ella dio gracias a Dios. Esa semana libre la pasé trabajando en el taller todas las horas que podía conseguir, turno y medio. Nunca tuve un accidente. Los veía, veía a hombres más descansados y despiertos que yo que sufrían accidentes, pero yo nunca. No sé por qué. A finales de aquella semana le di cien dólares a Papi Merrill y dije en el taller que pensaba dejar el trabajo.

»Después de aquella última semana había rebajado la deuda lo bastante para poder deducir el resto de mi sueldo regular sin que tu madre lo notara. —El señor Delevan lanzó un profundo suspiro y prosiguió—: Ahora ya sabes cómo conocí a Papi Merrill y por qué no confío en él. Pasé diez semanas en el infierno, y él recogió el producto del sudor de mi frente y de mi culo también en billetes de diez dólares, que sin duda volvió a sacar de aquella vieja lata para prestárselos a otro pobre idiota que se había metido en un lío parecido al mío.

—¡Vaya! Debes de odiarlo.

—No —dijo el señor Delevan poniéndose en pie—. Ni le odio a él ni me odio a mí mismo. Tuve una fiebre, eso es todo. Podía haber sido peor. Mi matrimonio habría podido acabar a causa de eso, y ni tú ni Meg habríais nacido, Kevin. O habría podido morir. La cura fue Papi Merrill. Fue un remedio duro, pero funcionó. Lo difícil de perdonar es cómo funcionó. Cogió hasta el último céntimo y lo anotó en un libro que guardaba en un cajón debajo de la caja registradora, observando las ojeras que tenía bajo los ojos y la forma en que me colgaban los pantalones de las caderas, sin decir nada.

Se dirigieron hacia el Emporium Galorium, pintado de aquel polvoriento amarillo desvaído de los carteles que han estado demasiado tiempo en el escaparate de una tienda de pueblo, con su falsa fachada a un tiempo obvia e inflexible. Cerca de allí, Polly Chalmers barría la acera mientras conversaba con Alan Pangborn, el sheriff del condado. Ella parecía joven y fresca, con el cabello recogido en una coleta; él, joven y heroico con su uniforme bien planchado. Pero las cosas nunca eran lo que parecían. Incluso Kevin, a sus quince años, lo sabía. El sheriff Pangborn había perdido a su esposa y a su hijo más pequeño en un accidente de coche aquella primavera, y Kevin había oído decir que la señorita Chalmers, por joven que fuera, padecía una artritis infecciosa que probablemente la dejaría baldada antes de que pasaran muchos años. Las cosas no siempre eran lo que parecían. Esa reflexión hizo que volviera a echar una mirada al Emporium Galorium, y después a la cámara que llevaba en la mano.

—Incluso me hizo un favor —murmuró el señor Delevan—. Me obligó a dejar de fumar. Pero, de todos modos, no confío en él. Ten cuidado, Kevin. Y, pase lo que pase, deja que hable yo. Tal vez ahora lo conozca un poco más.

Y se sumergieron en el polvoriento y tintineante silencio donde los esperaba Papi Merrill, con las gafas en lo alto de su cabeza calva, y uno o dos ases guardados en la manga.

SEIS

—Bueno, aquí están padre e hijo —dijo Papi, dedicándoles una sonrisa admirativa de abuelo. Sus ojos centelleaban tras una bruma de humo de pipa, y durante un instante Kevin pensó que parecía Papá Noel, pese a no llevar barba—. Tiene un hijo estupendo, señor Delevan. Estupendo.

—Lo sé —replicó el señor Delevan—. Me enfadé cuando supe que había tenido trato con usted, porque quiero que siga siéndolo.

—Eso es muy duro —dijo Papi, con un ligerísimo tono de reproche—. Es duro viniendo de un hombre que cuando no tuvo a quién recurrir…

—Eso ya pasó —le interrumpió el señor Delevan.

—¡Ajá! Eso es exactamente lo que quiero decir.

—Pero esto no.

—Pronto terminará —dijo Papi, al tiempo que tendía la mano a Kevin, quien le dio la Sun—. Hoy sin falta —añadió, levantando la cámara y haciéndola girar entre sus manos—. Esto es trabajo, aunque no sé de qué tipo. Su hijo quiere romperla porque piensa que es peligrosa, y yo creo que tiene razón. Sin embargo, le dije: «No querrás que tu padre piense que eres un mariquita, ¿verdad?». Es la única razón por la que hice que viniera aquí, John…

—«Señor Delevan» me gustaba más.

—Vale —dijo Papi, dejando escapar un suspiro—. Ya veo que no piensa conmoverse ni olvidar el pasado.

—No.

Kevin miró inquieto primero a uno y luego al otro.

—Bueno, no importa —dijo Papi. Tanto su voz como su cara se enfriaron con notable prontitud, y ya no se parecía en absoluto a Papá Noel—. Cuando dije que el pasado, pasado está, y que lo que está hecho, hecho está, lo decía en serio, salvo cuando afecta a lo que la gente hace aquí y ahora. Pero le diré una cosa, señor Delevan: no negocio por dinero, y usted lo sabe.

Papi lanzó esa magnífica mentira con tal frialdad que ambos le creyeron; el señor Delevan se sintió incluso un poco avergonzado de sí mismo, por increíble que pareciera.

—Nuestro negocio fue nuestro negocio. Usted me explicó lo que quería, yo le dije lo que deseaba a cambio, usted me lo dio, y allí terminaron las cosas. Este es otro asunto. —Entonces, Papi dijo una mentira incluso más imponente, una mentira que era simplemente demasiado enorme para no creerla—. No obtengo ningún beneficio de esto, señor Delevan. Lo único que quiero es ayudar a su hijo, porque me gusta.

Tras pronunciar estas palabras, la sonrisa que se dibujó en su rostro hizo regresar a Papá Noel con tal verosimilitud que Kevin olvidó que había desaparecido en algún momento. Es más, John Delevan, que se había pasado meses al borde del agotamiento, y tal vez incluso de la muerte, para pagar el precio exorbitante que exigía este hombre en compensación de un momento de locura, también olvidó aquella expresión.

Papi los guió por los pasillos retorcidos, a través del olor a letra muerta y los relojes, dejó la Sun 660 sobre el banco de trabajo (casualmente demasiado cerca del borde, como había hecho Kevin en su casa después de tomar la primera foto) y después siguió caminando en dirección a la escalera trasera, que conducía a su pequeño apartamento. Allí, contra la pared posterior, había un viejo espejo polvoriento cuyo reflejo Papi miró para comprobar si el chico o su padre cogían la cámara o la retiraban un poco del borde. No creía que lo hicieran, pero era posible.

No le dedicaron ni una mirada al pasar, y mientras los conducía por la estrecha escalera, con sus deteriorados bordes de goma, Papi esbozó una sonrisa astuta y pensó: *¡Diablos, soy bueno!*

Abrió la puerta y entraron en el apartamento.

Ni John ni Kevin Delevan habían estado jamás en la vivienda de Papi, y John no conocía a nadie que hubiera estado. En cierta forma, no era sorprendente, pues nadie propondría jamás a Papi como hijo predilecto de la ciudad. En opinión de John, era posible que el viejo cabrón tuviera uno o dos amigos —al parecer, el mundo era una inagotable fuente de sorpresas—, pero, de ser así, no sabía quiénes eran.

Kevin, por su parte, dedicó un pensamiento fugaz al señor Baker, su maestro favorito. Se preguntó si, por casualidad, el señor Baker se habría metido alguna vez en la clase de problema que requeriría la ayuda de un tipo como Papi. La idea le parecía tan improbable como a su padre la de que Papi tuviera amigos. Sin embargo, hacía apenas una hora, la idea de que su propio padre...

Bueno, tal vez fuera mejor dejarlo.

Papi tenía un amigo (al menos un conocido) o dos, pero no los llevaba a su casa. No quería. Era su casa, y se acercaba a la revelación de su naturaleza más de lo que le gustaba. Luchaba por estar limpia, pero no lo conseguía del todo. El empapelado estaba salpicado de manchas de humedad; no eran muy conspicuas, sino más bien cautelosas y marrones, como los pensamientos fantasmales que ocupan las mentes ansiosas y preocupadas. En el fregadero había fuentes sucias y, aunque la mesa estaba limpia y la tapa del cubo de basura puesta, flotaba un olor a sardinas y a algo más —tal vez a pies sucios— apenas perceptible. Un olor tan cauteloso como las manchas de humedad en el empapelado.

La sala era diminuta. Allí no olía a sardinas, y (tal vez) tampoco a pies, sino a humo de pipa concentrado. Había dos ventanas que daban a un panorama tan poco alentador como el callejón que corría detrás de la calle Mulberry. Los cristales, si bien daban muestras de haber sido lavados —o, al menos, ocasionalmente frotados—, presentaban una acumulación de grasa y mugre en las esquinas a causa de los años de humo condensado. El lugar ofrecía un aspecto de cosas feas barridas bajo las desvaídas alfombrillas, y escondidas bajo el sillón y el sofá anticuados, excesivamente hinchados. Estos dos muebles eran de color verde claro, y al mirarlos se deseaba comprobar que hacían juego, pero resultaba imposible, porque no era del todo así.

Los únicos objetos nuevos de la habitación eran un gran televisor Mitsubishi con pantalla de veinticinco pulgadas y un vídeo colocado en la mesilla aneja. A la izquierda de la mesilla había una estantería para cintas que llamó la atención de Kevin porque estaba totalmente vacía. A Papi le había parecido mejor guardar en el armario la colección de más de setenta películas porno que tenía.

Sobre el televisor había una cinta de vídeo sin identificación.

—Siéntense —dijo Papi, señalando el nudoso sofá. Se acercó al televisor y sacó la cinta del estuche.

El señor Delevan miró el sofá con una fugaz expresión de duda, como si pensara que podía tener piojos, y después se sentó. Kevin lo hizo a su lado. El miedo había vuelto, y esta vez con más fuerza que nunca.

Papi conectó el vídeo e introdujo la cinta.

—Conozco un tipo allá en la ciudad —empezó a decir (para los residentes en Castle Rock y pueblos vecinos, «allá en la ciudad» significaba Lewiston)— que tiene un negocio de cámaras desde hace unos veinte años. Se metió en este negocio del VCR en cuanto empezó, dijo que era el negocio del futuro. Quería que participara en él, pero pensé que estaba chalado. Bueno, lo que quiero decir es que me equivoqué, pero...

—Vaya al grano —le interrumpió el padre de Kevin.

—Lo intento —dijo Papi con ojos dilatados y heridos—. Si me deja, quizá lo logre.

Kevin le dio un suave codazo a su padre y el señor Delevan no dijo nada más.

—En todo caso, hace un par de años descubrió que alquilar películas a la gente no era la única manera de ganar dinero con estos aparatos. Si uno estaba dispuesto a invertir la módica cantidad de ochocientos dólares, podía coger las películas e instantáneas de la gente y pasarlas a cinta. Así resulta mucho más fácil de mirar.

Kevin hizo un pequeño ruido involuntario, y Papi sonrió y asintió.

—¡Ajá! Tomaste cincuenta y ocho fotos con tu cámara, y vimos que cada una era ligeramente distinta de la anterior. Supongo que supe lo que significaba, pero quería verlo. Lo que quiero decir es que no se es un paleto por pretender ver algo evidente.

—¿Trató de hacer una película con esas instantáneas? —preguntó el señor Delevan.

—No traté de hacerlo —contestó Papi—, lo hice. Para ser exactos, lo hizo el tipo que conozco allá en la ciudad, pero la idea fue mía.

—¿Es una película? —preguntó Kevin. Comprendía lo que había hecho Papi, y en parte se sentía incluso mortificado por no haberlo pensado, pero sobre todo estaba maravillado (y encantado) con la idea.

—Mírenlo ustedes mismos —dijo Papi, y encendió el televisor—. Cincuenta y ocho fotos. Cuando este tipo monta una cinta con instantáneas, suele darles cinco segundos a cada una; según él, lo bastante para echarles una buena mirada, pero no tanto como para aburrirse antes de pasar a la siguiente. Le dije que estas las quería una por segundo y juntas, sin pausas.

Kevin recordó algo a lo que solía jugar en la escuela primaria cuando había terminado una clase y le quedaba tiempo libre antes de la siguiente. Tenía un pequeño bloc de papel que se llamaba Bloc Escolar Arco Iris, porque había treinta páginas de hojitas amarillas, otras treinta de hojitas rosadas, después treinta verdes, etcétera. Para jugar se iba hasta la última página y, en el extremo inferior derecho se dibujaba un monigote con pantaloncillos abolsados y los brazos extendidos. En la página anterior se dibujaba el mismo monigote, en el mismo lugar y con los mismos pantaloncillos, solo que esta vez se dibujaban los brazos un poco más arriba. Se hacía esto en cada página hasta que los brazos se unían por encima de la cabeza del monigote. Después, si te quedaba tiempo, seguías dibujando el monigote, pero ahora con los brazos cada vez más abajo. Y, cuando lo habías hecho, si pasabas las páginas muy rápido veías una especie de dibujo animado primitivo que mostraba a un boxeador celebrando un KO: levantaba los brazos por encima de la cabeza, juntaba las manos, las agitaba y las bajaba.

Se estremeció. Su padre lo miró.

—No es nada —dijo Kevin meneando la cabeza.

—Lo que quiero decir es que la cinta dura alrededor de un minuto —prosiguió Papi—. Tienen que mirar con atención. ¿Listos?

No, pensó Kevin.

—Supongo que sí —dijo el señor Delevan.

Todavía intentaba sonar gruñón y reacio, pero Kevin adivinó que, aun a su pesar, se sentía interesado.

—Vale —dijo Papi Merrill, y apretó el botón de PLAY.

Kevin se repitió que era estúpido sentir miedo, pero no le sirvió de nada. Sabía lo que iba a ver porque él y Meg habían notado que la Sun hacía algo más que reproducir una y otra vez la misma imagen, como una fotocopiadora; no necesitaron mucho tiempo para comprender que, de una a otra fotografía, se intentaba expresar movimiento.

—Mira —dijo Meg—. ¡El perro se está moviendo!

En lugar de contestarle con una de las amistosas pero irritantes bromas que, por lo general, reservaba para su hermanita, Kevin respondió:

—Parece que sí, pero no se puede tener la seguridad, Meg.

—Sí que se puede —replicó ella. Estaban en la habitación de Kevin, donde el muchacho había permanecido contemplando apáticamente la cámara, que se encontraba en el centro del escritorio, junto a los libros de texto nuevos, pendientes de forrar. Meg dobló el cuello flexible de su lámpara, de modo que proyectaba un brillante círculo luminoso en medio del papel secante del escritorio. Apartó la cámara y puso la primera foto, la que tenía la manchita de azúcar glaseado, en el centro de la luz—. Cuenta los postes que hay entre el trasero del perro y el borde derecho de la foto.

—Son estacas, no postes —rectificó él.

—De acuerdo. Cuéntalos.

Kevin lo hizo. Veía cuatro y parte de una quinta, aunque el enmarañado cuarto trasero del perro la ocultaba casi por completo.

—Ahora mira esta.

Le puso delante la cuarta foto, y entonces Kevin vio la quinta estaca entera y parte de la sexta.

Así que sabía —creía— que iba a ver un cruce entre un dibujo animado muy antiguo y uno de esos «librillos con movimiento» que solía hacer en la primaria cuando estaba aburrido.

Los últimos veinticinco segundos de la cinta eran así, aunque, según Kevin, los librillos que había dibujado en segundo curso en realidad eran mejores, pues se percibía la acción del boxeador que levantaba y bajaba los brazos. En cambio, en los últimos veinticinco segundos de la cinta la acción progresaba a empujones bruscos, lo cual hacía que los antiguos filmes mudos de la Keystone Kops parecieran por comparación películas modernas.

Sin embargo, la palabra clave era «acción», y eso los mantuvo a todos, incluso a Papi, en silencio. Miraron tres veces el minuto de película sin decir una palabra. No se oía nada salvo la respiración: la de Kevin, rápida, pareja y por la nariz; la de su padre, más profunda; y la de Papi, una especie de crujido flemático procedente de su pecho delgado.

Y los treinta primeros segundos...

Suponía que había esperado acción —la había en los librillos, así como en los dibujos animados del sábado por la mañana, que eran una versión apenas más sofisticada de los librillos—, pero lo que no había esperado era que durante los primeros treinta segundos la cinta no fuera como pasar rápidamente las hojas del bloc, o como un dibujo animado primitivo en la tele. Durante treinta segundos (o veintiocho, en todo caso), sus fotos Polaroid se parecían escalofriantemente a una película real. No a una película de Hollywood, naturalmente, ni siquiera a una de esas de terror de bajo presupuesto con las que Megan alimentaba a veces al vídeo cuando su padre y su madre estaban ausentes; se parecía más a un fragmento de película casera hecha por alguien que acaba de comprarse una cámara de 8 mm y todavía no sabe utilizarla bien.

En aquellos veintiocho primeros segundos, el sieteleches negro caminaba dando saltos apenas perceptibles a lo largo de la cerca, exponiendo cinco, seis, siete estacas; incluso se detenía por segunda vez para olfatear una de ellas, leyendo al parecer otro de esos mensajes caninos. Después seguía avanzando con la cabeza baja y vuelta hacia la cerca, y los cuartos traseros de cara a la cámara. Y, hacia la mitad de esta primera parte, Kevin observó algo más que no había visto antes: aparentemente, el fotógrafo había movido la cámara para mantener enfocado al perro. Si no lo hubiera hecho, el perro habría desaparecido de la foto, dejando tan solo la cerca. Las estacas del extremo derecho de las dos o tres primeras fotografías desaparecían, mientras que a la izquierda aparecían otras nuevas. Se notaba porque una de esas estacas de la derecha tenía la punta rota, y, a partir de determinado momento, desaparecía.

El perro empezó a olfatear otra vez y levantó la cabeza. Su oreja sana se puso rígida; la que había sido partida en alguna antigua pelea trataba de hacer lo mismo. No había sonido, pero Kevin sintió, con una certeza imposible de ignorar, que el perro empezaba a gruñir porque percibía algo o a alguien. ¿Qué o quién?

Kevin miró la sombra que al principio había confundido con la rama de un árbol, o tal vez un poste de teléfono, y entonces lo supo.

La cabeza del perro empezó a volverse... Y a partir de ahí era cuando empezaba la segunda mitad de aquella extraña película, treinta segundos de acción brusca que te producían dolor de cabeza y picor de ojos. Kevin pensó que Papi había tenido una corazonada, o tal vez había leído sobre algún caso parecido. En cualquier caso, estaba demostrado y resultaba demasiado evidente para necesitar declaraciones. Con las fotos tomadas juntas, aunque no exactamente una detrás de otra, la acción en la «película» improvisada fluía. No del todo, pero casi. Sin embargo, cuando el tiempo entre las fotografías se espaciaba, lo que miraban se convertía en algo que asqueaba al ojo, porque este quería ver una película o una serie de fotografías fijas, y en lugar de eso veía las dos cosas a la vez, y al mismo tiempo ninguna.

En aquel mundo plano de Polaroid, el tiempo no pasaba a la misma velocidad que el tiempo

(¿real?)

—porque en tal caso el sol ya se habría levantado (u ocultado) tres veces, y lo que estaba haciendo el perro ya estaría hecho (si tenía algo que hacer), y si no, simplemente habría desaparecido y solo se vería la deteriorada cerca inmóvil y aparentemente eterna, rodeando el desvaído trozo de jardín—, pero en cualquier caso pasaba.

La cabeza del perro se volvía hacia el fotógrafo, dueño de la sombra, como la cabeza de un perro que padece un ataque: por un momento, la cara y hasta la forma de la cabeza quedaban oscurecidas por aquella oreja colgante; después se veía un ojo marrón oscuro encerrado en una especie de anillo mucoso que a Kevin le hizo pensar en una clara de huevo podrida; a continuación se veía medio morro ligeramente arrugado, como si el perro estuviera preparándose para ladrar o gruñir; y, por fin, se veían tres cuartos de una cara que por alguna razón era más espantosa que aquella a la que tenía derecho un simple perro, incluso un perro miserable. Las manchas blancas del morro sugerían que ya no era joven. Al final de la cinta se veía que los labios del perro estaban contraídos sobre los dientes. Había una confusa mancha blanca que a Kevin le pareció un diente. No lo vio hasta la tercera pasada. Lo que le atrajo fue el ojo. Era homicida. Aquel sieteleches casi proclamaba a gritos su condición de villano. Y no tenía nombre; eso también lo sabía. Tenía la absoluta certeza de que ningún hombre, mujer o niño Polaroid habían puesto nunca un nombre a ese perro Polaroid. Era un vagabundo, nacido y criado como vagabundo, que había envejecido y se había hecho malo en la misma situación; era el sino de todos los perros que alguna vez vagabundearan por el mundo, sin nombre y sin hogar, matando pollos, comiendo basura de los cubos que hacía ya mucho tiempo habían aprendido a volcar, y durmiendo en alcantarillas o bajo los porches de casas abandonadas. Su inteligencia sería escasa, pero sus instintos afinados y violentos. Él...

Cuando Papi Merrill habló, Kevin se sintió tan profundamente sobresaltado que estuvo a punto de gritar.

—Al hombre que tomó esas fotografías..., si es que hubo una persona, quiero decir..., ¿qué creen que le sucedió?

Papi había congelado la última foto con el mando a distancia. Una temblorosa línea de estática cruzaba la foto. Kevin habría deseado que pasara por el ojo del perro, pero quedaba más abajo.

El ojo los contemplaba, funesto, estúpidamente asesino..., aunque no del todo estúpido, lo cual le confería un aspecto no solo imponente, sino aterrador, que hacía innecesario contestar a la pregunta de Papi. No se necesitaban más fotos para saber lo que sucedería después. Tal vez el perro había oído algo. Por supuesto que sí, y Kevin lo sabía. Había escuchado aquel ruidillo gemebundo.

Las fotos siguientes lo mostrarían volviéndose, y después empezaría a llenar cada vez más el cuadrado de papel hasta que no hubiera nada que no fuese perro. Ni desvaído trozo de jardín, ni cerca, ni acera, ni sombra; tan solo perro.

Que pensaba atacar.

Que pensaba matar, si podía.

La voz seca de Kevin parecía salir de algún otro.

—Creo que no le gusta que le hagan fotos —dijo.

La breve risa de Papi era como un manojo de ramas secas que se rompen contra la rodilla para hacer fuego.

—Rebobínela —ordenó el señor Delevan.

—¿Quiere verlo todo otra vez? —preguntó Papi.

—No, solo los últimos diez segundos o así.

Papi utilizó el mando a distancia para volver atrás y pasarla de nuevo. El perro volvió la cabeza tan bruscamente como un robot viejo que empieza a romperse, pero que sigue siendo peligroso. Kevin quiso decirle: *Deténgalo ahora. Deténgalo. Ya hay suficiente. Deténgalo y rompamos la cámara*. Porque sabía que había algo más, algo en lo que no quería pensar, pero que tendría que pensar pronto; lo sentía aparecer en su mente como el ancho lomo de una ballena.

—Una vez más —dijo el señor Delevan—. Esta vez deteniéndose en cada imagen. ¿Puede hacerlo?

—¡Ajá! —exclamó Papi—. Esta maldita máquina lo hace todo, salvo la colada.

Ahora la película se detenía en cada imagen. Ya no se parecía a un robot, o no exactamente, sino a una especie de extraño reloj, algo similar a los especímenes que tenía Papi abajo. Tirón, tirón, tirón…, y la cabeza se volvía. Pronto se enfrentarían otra vez a aquel ojo despiadado, no del todo idiota.

—¿Qué es eso? —preguntó el señor Delevan.

—¿Qué es qué? —preguntó Papi, como si no supiera a qué se refería, y de lo que el chico no había querido hablar el otro día; lo que había decidido al muchacho, estaba convencido de ello, a destruir la cámara de una vez por todas.

—Debajo del cuello —dijo el señor Delevan señalando hacia allí—. No se trata de un collar ni de una placa, pero lleva algo en torno al cuello, colgado de un cordel o una cuerda delgada, que no consigo identificar.

—No sé —dijo Papi imperturbable—. Tal vez su hijo sí. La gente joven tiene mejor vista que nosotros, los viejos.

El señor Delevan se volvió a mirar a Kevin.

—¿Puedes distinguirlo?

—Yo… Es muy pequeño.

Recordó lo que había dicho su padre cuando salieron de casa: *Si nunca te lo pregunta, nunca tendrás que decírselo… Así es como hacemos las cosas en el mundo adulto.* Ahora acababa de preguntarle a Kevin si distinguía el objeto que colgaba del cuello del perro. Kevin no había contestado exactamente la pregunta; en cambio, había dicho otra cosa: *Es muy pequeño.* Y lo era. El hecho de que, pese a ello, supiera qué era…, bueno…

¿Cómo lo había llamado su padre? ¿Hacer equilibrios al borde de la mentira?

En realidad, no lo veía; pero aun así, sabía. El ojo solo sugería; el corazón comprendía, del mismo modo que comprendía que, si tenía razón, la cámara debía ser destruida.

En ese momento, Papi Merrill tuvo una repentina inspiración. Se puso en pie y apagó la televisión.

—Tengo las fotos abajo —dijo—. Las traje cuando fui a recoger la cinta. Yo también he visto esa cosa y la he examinado con mi lupa, pero no he conseguido distinguir... De todas formas, me resulta familiar. Permítanme que vaya a buscar las fotos y la lupa.

—Podríamos bajar con usted —sugirió Kevin.

Eso era lo último que Papi deseaba. Afortunadamente, el señor Delevan interfirió, ¡Dios lo bendiga!, y dijo que tal vez querría mirar la cinta otra vez, después de examinar el último par de fotos con la lupa.

—No tardo ni un minuto —dijo Papi.

Acto seguido, desapareció, animoso como un pájaro que salta de rama en rama en un manzano, antes de que ninguno de ellos pudiera protestar, si es que alguno tenía intención de hacerlo.

Kevin no. Aquella idea había introducido su monstruoso lomo en su cabeza y, le gustara o no, estaba obligado a contemplarlo.

Era sencillo como el lomo de una ballena —al menos para el ojo de alguien que no se gana la vida estudiando ballenas—, y era colosal en el mismo sentido.

No era una idea, sino una sencilla convicción. Tenía que ver con aquella extraña cualidad plana que parecen poseer las Polaroid, con la manera en que te muestran las cosas en dos dimensiones; aunque eso lo hagan todas las fotos, las otras parecen al menos sugerir una tercera dimensión, incluso las que se toman con una simple Kodak 110.

En sus fotografías, que mostraban cosas que nunca había visto a través del visor de la Sun o de ningún otro, todo era así: plano, descaradamente bidimensional.

Excepto el perro.

El perro no era plano. El perro no era insignificante, no era algo que podías reconocer pero que carecía de impacto emocional. El perro no solo parecía sugerir tres dimensiones, sino tenerlas realmente, igual que un holograma o una de esas películas tridimensionales, para las que hay que ponerse gafas especiales que reconcilien las imágenes dobles.

No es un perro Polaroid —pensó Kevin—, *no pertenece al mundo que fotografía Polaroid. Es una locura, lo sé, pero también sé que es cierto. ¿Qué quiere decir? ¿Por qué mi cámara no para de sacarle fotos? ¿Y qué hombre o mujer Polaroid está sacando esas fotos? ¿Acaso él o ella lo ven? Si es un perro tridimensional en un mundo bidimensional, tal vez no lo vean, tal vez no puedan verlo. Dicen que, para nosotros, el tiempo es la cuarta dimensión. Sabemos que está ahí, pero no podemos verlo; ni siquiera lo sentimos pasar, aunque a veces, supongo que sobre todo cuando estamos aburridos, da la impresión de que podemos.*

Sin embargo, cuando te parabas a pensarlo, llegabas a la conclusión de que tal vez todo eso no importara. En todo caso, las preguntas eran demasiado duras para él; había otras que le parecían más importantes, preguntas vitales, tal vez incluso mortales.

Como, por ejemplo, por qué estaba el perro en su cámara. ¿Quería algo de él, o simplemente de cualquiera? Al principio había pensado que la respuesta era de cualquiera; cualquiera serviría, porque tomara quien tomase las fotografías, el movimiento no cesaba. No obstante, lo que llevaba en torno al cuello, eso que no era un collar, estaba relacionado con él, Kevin Delevan, y con nadie más. ¿Quería hacerle algo a él? Si la respuesta a esa pregunta era afirmativa, podía olvidarse de las otras, porque era evidente lo que el perro quería hacer. Estaba en su ojo gomoso y en el inicio de gruñido. Deseaba dos cosas.

Primero, escapar.

Después, matar.

Hay un hombre con una cámara, o quizá una mujer, que posiblemente ni siquiera vea a ese perro —pensó Kevin—. *Si el fotógrafo no puede ver al perro, tal vez el perro no pueda ver al fotógrafo, y en tal caso este estaría a salvo. Pero, si el perro es tridimensional, tal vez vea hacia fuera, tal vez vea a quienquiera que esté utilizando mi cámara. A lo mejor todavía no soy yo, o no yo específicamente; a lo mejor su blanco es quien está utilizando la cámara.*

Sin embargo, lo que llevaba en torno al cuello... ¿Qué pasaba con eso?

Pensó en los ojos oscuros del chucho, salvados de la estupidez por una única chispa maligna. Solo Dios sabía cómo se había metido el perro en ese mundo Polaroid; pero lo que resultaba evidente era que, cuando se le tomaba una foto, podía ver el exterior y quería salir. En el fondo de su corazón, Kevin creía que primero quería matarlo; el objeto que llevaba en torno al cuello decía que primero quería matarlo, proclamaba que primero quería matarlo, pero ¿y después?

Bueno, después de Kevin, cualquiera serviría.

Absolutamente cualquiera.

En cierta forma, era como otro juego infantil, ¿no? Era como el Paso de Gigante. El perro caminaba junto a la cerca. Oía el sonido de la Polaroid, aquel ruidillo gemebundo. Se volvía y veía... ¿qué? ¿Su propio mundo o universo? ¿Un mundo o universo lo bastante parecido al suyo para ver o percibir que podría vivir y cazar en él? No importaba. Ahora, cada vez que alguien le tomaba una foto, el perro estaba más cerca. Y continuaría acercándose hasta que..., bueno, ¿hasta que qué? ¿Hasta que cruzara al otro lado?

—Eso es estúpido —murmuró—. Jamás encajaría.

—¿Qué? —preguntó su padre, saliendo de sus propias meditaciones.

—Nada —dijo Kevin—. Estaba hablando conmigo mis...

En ese momento se oyó, procedente del piso inferior, una exclamación ahogada pero audible de Papi Merrill, que decía con desmayo, irritación y sorpresa mezcladas:

—¡Diablos del infierno! ¡Maldición!

Kevin y su padre se miraron, sobresaltados.

—Vamos a ver qué pasa —dijo su padre, poniéndose en pie—. Espero que no se haya caído y roto un brazo o algo así.

Lo que quiero decir es que una parte de mí espera que sí, pero..., ya sabes.

Kevin pensó: *¿Qué pasará si ha estado sacando fotos? ¿Qué pasará si el perro está allá abajo?*

En la voz del viejo no parecía haber miedo, y naturalmente no había manera de que un perro que parecía un pastor alemán de tamaño medio pudiera pasar por una cámara del tamaño de la Sun 660 o por una de las fotos que hacía. Era como tratar de pasar una lavadora por el ojo de una aguja.

Sin embargo, mientras seguía a su padre escalera abajo, en dirección al melancólico bazar, sentía bastante miedo por los dos (por los tres).

Mientras bajaba la escalera, Papi Merrill se sentía tan feliz como una almeja durante la marea alta.

Se había preparado para realizar el cambio delante de ellos, si era preciso. Si hubiera estado solo el muchacho, al que todavía le faltaba más o menos un año para convencerse de que lo sabía todo, habría sido problemático, pero el padre... ¡Ah! Engañar a ese tipo habría sido como robarle el biberón a un bebé. ¿Le habría hablado a su hijo del lío en que se había metido aquella vez? A juzgar por la forma en que el chico lo miraba —una forma nueva, cautelosa—, a Papi le pareció probable. ¿Y qué más le había dicho el padre al hijo? Bueno, veamos. *¿Te permite que le llames Papi? Eso significa que planea engañarte.* Eso para empezar. *Es una víbora oculta en la hierba, hijo.* Eso en segundo lugar. Y naturalmente, lo mejor de todo: *Déjame hablar a mí, hijo. Lo conozco mejor que tú. Deja que yo lo maneje todo.* Para Papi Merrill, los hombres como Delevan eran el equivalente de un buen plato de pollo frito para otros: tierno, sabroso, jugoso y desprendiéndose casi de los huesos. En una época, el propio Delevan apenas había sido algo más que un muchacho, y jamás comprendería del todo que no era Papi quien lo había metido en el aprieto, sino él mismo. Habría podido confiar en su esposa, quien habría recurrido a aquella vieja tía cuyo estrecho culo estaba forrado de dólares. Delevan habría pasado un mal rato, pero al cabo de un tiempo todo habría quedado olvidado. Sin embargo, no solo no lo había visto así, sino que no lo había visto de ninguna manera. Y ahora, por la sencilla razón de que había pasado el tiempo, de que iba y venía sin pedir consejo a nadie, creía que lo sabía todo sobre Reginald Marion Merrill.

Y eso era exactamente lo que quería Papi.

En realidad, habría podido cambiar una cámara por otra delante de sus narices, en lugar de dejar la del chico en el suelo, esconderla bajo el banco de trabajo y aparecer con la que había comprado en la ciudad y había roto, y Delevan no se habría percatado absolutamente de nada... ¡Tan seguro como estaba él de conocer al viejo Papi!

Pero su plan era mejor.

Nunca se pedía una cita a la señora Fortuna; ella tenía una manera de presentarse a los hombres justo cuando más la necesitaban. Pero si venía por propia voluntad..., bueno, lo más prudente era dejar lo que se estuviese haciendo, llevarla a pasear, e invitarla a comer y a beber con la mayor generosidad posible. Era una furcia que se esforzaba si la tratabas bien.

De modo que se acercó rápidamente al banco de trabajo, se inclinó y sacó de las tinieblas inferiores la Polaroid 660 con la lente rota. La depositó sobre la mesa, sacó un llavero del bolsillo (lanzando una rápida mirada por encima del hombro para asegurarse de que ninguno de los dos había decidido seguirlo) y eligió la llavecita del cajón que ocupaba todo el costado izquierdo de la mesa.

En aquel profundo cajón había cierta cantidad de Krugerrands de oro, un álbum de sellos cuya pieza menos valiosa costaba seiscientos dólares en el último Catálogo Nacional del Filatelista, dos docenas de brillantes fotografías de una mujer de ojos cansados que estaba follando con un poni Shetland y una suma de dinero en efectivo que superaba los dos mil dólares.

El dinero, guardado en diferentes botes de hojalata, era el que utilizaba para los préstamos.

John Delevan habría reconocido los billetes. Todos eran arrugados billetes de diez.

Papi depositó la Sun 660 de Kevin en ese cajón, lo cerró y volvió a guardarse la llave en el bolsillo. Después, empujó otra vez la cámara con la lente rota y exclamó lo bastante alto para ser oído: «¡Diablos del infierno! ¡Maldición!».

Luego compuso una adecuada expresión de desmayo y pesar, y esperó a que bajaran corriendo para ver qué había sucedido.

—¡Papi! —gritó Kevin—. Señor Merrill, ¿se encuentra bien?

—¡Ajá! —exclamó—. Solo ha sido una herida en mi orgullo. Supongo que esa cámara es gafe. Lo que quiero decir es que, al inclinarme para abrir el cajón de las herramientas, tiré la maldita cámara al suelo, y me parece que esta vez no le ha ido tan bien. No sé si debería decir que lo siento o no. Quiero decir que tú ibas a...

Tendió la cámara a Kevin con expresión de disculpa. Este la cogió, y miró la lente rota y el plástico destrozado de la carcasa.

—No pasa nada —le dijo Kevin, haciendo girar la cámara entre sus manos, aunque no con el mismo cuidado temeroso de antes, como si hubiera sido construida con alguna clase de explosivo en lugar de con plástico y cristal—. De todos modos, pensaba romperla.

—Supongo que te he ahorrado el trabajo.

—Me sentiría mejor... —empezó a decir Kevin.

—¡Ajá! ¡Ajá! A mí me pasa lo mismo con los ratones. Ríete si quieres, pero, cuando cojo a uno en una trampa, aunque esté muerto lo golpeo con la escoba para estar seguro.

Kevin sonrió débilmente y miró a su padre.

—Dice que tiene un tajo de carnicero, papá...

—Además, en el cobertizo tengo una buena almádena, si nadie la ha cogido.

—¿Te importa, papá?

—Es tu cámara, Kev —dijo Delevan. Lanzó una mirada suspicaz a Papi, pero aquella mirada revelaba desconfianza hacia Papi en general, y no por una razón específica—. Pero, si va a hacer que te sientas mejor, creo que es una buena decisión.

—Vale —dijo Kevin.

Sentía como si se hubiera quitado un peso tremendo de encima, o más bien de dentro, del corazón. Seguramente, con la lente rota la cámara era inservible, pero no se sentiría realmente tranquilo hasta verla hecha añicos sobre el tajo de Papi. La examinó atentamente, divertido y sorprendido de lo mucho que le gustaba rota.

—Delevan, creo que le debo el precio de la cámara —dijo Papi, sabiendo exactamente cómo respondería el hombre.

—No —dijo Delevan—. Vamos a aplastarla y a olvidar que esta locura sucedió alguna vez. —Hizo una pausa y añadió—: Lo había olvidado; ¿no íbamos a mirar esas últimas fotos con su lupa? Quería ver si podía distinguir qué lleva el perro. Sigo pensando que me resulta familiar.

—Podemos hacerlo una vez que nos hayamos librado de la cámara, ¿no? —preguntó Kevin—. ¿Vale, papá?

—Claro.

—Y tampoco sería mala idea quemar las fotos —propuso Papi—. Podríamos hacerlo en mi horno.

—Creo que es una gran idea —dijo Kevin—. ¿Qué piensas, papá?

—Que la señora Merrill no tuvo hijos tontos —contestó su padre.

—Bueno —dijo Papi, sonriendo enigmáticamente tras las nubes de ascendente humo azul—, éramos cinco, ¿sabe?

Cuando Kevin y su padre habían ido al Emporium Galorium, era un día luminoso, un agradable día otoñal. Ahora eran las cuatro y media, el cielo estaba encapotado y amenazaba con llover antes de que oscureciera. Kevin sintió en las manos el primer frío real del otoño. Si se quedaba mucho tiempo en la calle, se le agrietarían, pero no pensaba hacerlo. Su madre llegaría a casa dentro de media hora, y él ya se preguntaba qué diría cuando viera que su padre estaba con él, y qué diría este. Pero eso sería después.

Kevin colocó la Sun 660 sobre el tajo, en el pequeño patio trasero, y Papi Merrill alcanzó un hacha pequeña. El mango estaba abrillantado y suave por el uso, y la hoja oxidada, como si alguien la hubiera dejado bajo la lluvia, no una o dos veces, sino muchas. No obstante, servía para el trabajo. Kevin no lo dudaba. La Polaroid, con la lente y gran parte de la carcasa rotas, parecía frágil e indefensa sobre el bloque astillado, mellado y lleno de cortes, donde lo lógico era ver un trozo de fresno o arce esperando ser partido en dos.

Kevin rodeó el mango del hacha con sus manos y lo apretó.

—¿Estás seguro, hijo? —preguntó el señor Delevan.

—Sí.

—Muy bien —dijo el padre de Kevin mirando su reloj—. Entonces, hazlo.

Papi permanecía de pie a un lado, con la pipa apretada entre sus dientes deteriorados y las manos en los bolsillos traseros. Miraba astutamente a uno y a otro, pero no dijo nada.

Kevin levantó el hacha y, de pronto, sorprendido ante la furia desconocida que sentía por la cámara, la dejó caer con toda la fuerza de que fue capaz.

Demasiado fuerte —pensó—. *Fallarás el golpe y la cámara se quedará ahí, apenas un trozo de plástico hueco que un niño podría romper casi sin intentarlo. Y, aun suponiendo que tengas la suerte de no destrozarte un pie, Papi te mirará. No dirá nada; no será necesario. Todo estará en la manera en que te mire.* Y también pensó: *No importa que la golpee o no. Es mágica, es una especie de cámara mágica y no puedes romperla. Aunque le des de lleno, el hacha rebotará como las balas en el pecho de Superman.*

Pero no quedaba tiempo para pensar nada más, porque el hacha golpeó la cámara de lleno. Realmente, Kevin había tomado demasiado impulso para mantener siquiera una ficción de control. Afortunadamente, el hacha no rebotó ni golpeó a Kevin entre los ojos, matándolo como sucede en las historias de terror.

Más que romperse, la Sun estalló. El plástico negro voló por todas partes. Un largo rectángulo con un brillante cuadrado negro en un extremo (Kevin supuso que era una foto que jamás se sacaría) cayó cadenciosamente al suelo, junto al tajo, y se quedó allí boca abajo.

Hubo un momento de silencio tan absoluto que no solo se oía el ruido de los coches que pasaban por Main Street, sino también los gritos de los niños que jugaban al pillapilla a media manzana de distancia, en el aparcamiento situado detrás del Wardell's Country Store, que había ido a la quiebra dos años antes y estaba vacío desde entonces.

—Bueno, ya está hecho —dijo Papi Merrill—. Kevin, has levantado esa hacha como Paul Bunyan. ¡Que me aspen si no! No se moleste —añadió, dirigiéndose al señor Delevan, que estaba recogiendo fragmentos de plástico tan modosamente como si se tratara de los trozos de un vaso que hubiese tirado por accidente al suelo—. Cada diez o quince días viene un chico a limpiar el patio. Sé que no lo parece, pero si no tuviera a ese chico..., ¡diablos!

—Entonces, tal vez deberíamos coger la lupa y echar una mirada a esas fotografías —dijo el señor Delevan incorporándose. Dejó caer los pocos trozos de plástico que había recogido en el interior de un herrumbroso incinerador que tenía cerca y se limpió las manos.

—Me parece muy bien —dijo Papi.

—Y después, quémelas —le recordó Kevin—. No lo olvide.

—No lo había olvidado —dijo Papi—. Yo también me sentiré mejor cuando hayan desaparecido.

—¡Jesús! —exclamó John Delevan. Estaba inclinado sobre el banco de trabajo de Papi, mirando a través de la lupa la antepenúltima foto. Era en la que mejor se veía el objeto que rodeaba el cuello del perro; en la última foto, el objeto volvía a quedar medio oculto—. Kevin, mira esto y dime si es lo que creo que es.

Kevin cogió la lupa y miró. Naturalmente, lo sabía, pero de todas maneras no fue una mirada para guardar las formas. Clyde Tombaugh debió de mirar con la misma fascinación una fotografía real del planeta Plutón. Tombaugh sabía que estaba allí; los cálculos que demostraban distorsiones semejantes en las órbitas de Neptuno y Urano habían hecho de Plutón no solo una posibilidad, sino una necesidad. Sin embargo, saber que una cosa estaba allí, saber incluso qué era, no disminuía la fascinación de verla en realidad por primera vez.

Soltó el botón de la luz y devolvió la lupa a Papi.

—Sí —dijo a su padre—. Es lo que crees que es.

Su voz era tan plana como las cosas en el mundo Polaroid. Sintió deseos de reír, pero se controló, no porque reír resultase inapropiado (aunque suponía que sí), sino porque habría sonado..., bueno..., chato.

Papi esperó hasta que se hizo evidente que iban a necesitar un empujoncito, y entonces dijo:

—¡Bueno, no me tengan en ascuas! ¿Qué demonios es?

Kevin se había sentido reacio a decirle qué era y seguía sintiéndose igual. No había ninguna razón para su renuencia, pero...

¡Deja de ser tan condenadamente idiota! No importa cómo se gane la pasta, te ayudó cuando necesitabas ayuda. Díselo, quema las fotos y sal de aquí antes de que esos relojes empiecen a dar las cinco.

Sí. Si estaba por ahí cuando eso sucediera, sería la gota que colmaría el vaso; sencillamente, se volvería loco y tendrían que llevarlo a Juniper Hill, presa de delirios sobre perros reales, mundos Polaroid y cámaras que no paraban de sacar la misma fotografía, aunque no fuera exactamente la misma.

—La cámara fue un regalo de cumpleaños —se oyó decir con la misma voz seca—. Lo que el perro lleva en torno al cuello es otro.

Papi se puso lentamente las gafas sobre la cabeza y miró a Kevin bizqueando.

—Creo que no te sigo, hijo.

—Tengo una tía —dijo Kevin—. En realidad, es una tía abuela, pero se supone que no debemos llamarla así porque dice que la hace sentir vieja. Se trata de la tía Hilda. Pues bien, su esposo le dejó un montón de dinero..., según mi madre, más de un millón de dólares..., pero es una rácana.

Se detuvo, previendo las protestas de su padre, pero este se limitó a sonreír y asentir. Papi Merrill, que lo sabía todo sobre ese asunto (en realidad, no había muchas cosas en Castle Rock y sus inmediaciones sobre lo que Papi no supiera al menos algo), permaneció en silencio y esperó a que el chico se decidiera a escupirlo.

—Una vez cada tres años viene a pasar la Navidad con nosotros, y es más o menos la única vez que vamos a la iglesia, porque ella va. Cuando viene tía Hilda, comemos mucho brécol. A ninguno de nosotros nos gusta, y a mi hermana casi la hace vomitar, pero a la tía Hilda le gusta muchísimo, así que lo comemos. En la lista de lecturas para el verano había un libro, *Grandes esperanzas*, donde aparecía un personaje exactamente igual a tía Hilda. Se llamaba señorita Havisham, y cuando ella decía «rana», la gente saltaba. Nosotros saltamos y supongo que el resto de la familia hace lo mismo.

—¡Bueno! Tu tío Randy hace que tu madre parezca discreta —dijo inesperadamente el señor Delevan. Kevin pensó que la intención de su padre era que sonara divertido en un estilo cínico, pero lo que salió fue algo de una profunda y ácida amargura—. Cuando tía Hilda dice «rana» en casa de Randy, todos dan volteretas por las vigas del tejado.

—En todo caso —dijo Kevin a Papi—, todos los años por mi cumpleaños me envía el mismo regalo. Quiero decir que son todos distintos, pero es la misma cosa.

—¿Qué es lo que te envía, hijo?

—Una corbata de lazo —dijo Kevin—. Como esas que usan los tipos de las viejas bandas de country. Todos los años tiene un broche distinto, pero siempre es una corbata de lazo.

Papi cogió la lupa y se inclinó sobre la foto.

—¡Por los clavos de Cristo! —exclamó, enderezándose—. ¡Una corbata de lazo! ¡Eso es lo que es! ¿Cómo no me di cuenta?

—Supongo que porque no es el tipo de cosa que uno espera ver en el cuello de un perro —respondió Kevin con la misma voz como de madera.

Hacía unos cuarenta y cinco minutos que estaban allí, pero se sentía como si hubiese envejecido otros quince años. *Lo que tienes que recordar* —le decía una y otra vez una voz que sonaba en su cerebro— *es que la cámara ha desaparecido. Está hecha astillas. No te preocupes por los caballos del rey; ni por los hombres del rey;* ni siquiera un experto de los que trabajan montando cámaras para Polaroid en la fábrica de Schenectady podría volver a montar esta.*

Sí, gracias a Dios era cierto, pero este era el final. Por lo que se refería a Kevin, aunque no volviera a enfrentarse con lo sobrenatural hasta que tuviera ochenta años, seguiría pareciéndole demasiado pronto.

—Además, es muy pequeña —señaló el señor Delevan—. Cuando Kevin la sacó de la caja, todos sabíamos qué sería. El

* Alusión al poema «Humpty Dumpty», de *Alicia en el país de las maravillas*, de Lewis Carroll. *(N. de la T.)*

único misterio era qué habría este año en el broche. Bromeamos con eso.

—¿Y qué hay? —preguntó Papi, volviendo a mirar en la fotografía..., o en todo caso la fotografía, pues Kevin habría estado dispuesto a jurar ante cualquier tribunal que mirar dentro de una Polaroid era imposible.

—Un pájaro —dijo Kevin—. Estoy seguro de que es un pájaro carpintero. Y eso es lo que lleva en torno al cuello el perro de la foto. Una corbata de lazo con un pájaro carpintero en el broche.

—¡Jesús! —exclamó Papi.

A su manera, era uno de los mejores actores del mundo, pero no necesitaba simular la sorpresa que sentía en ese momento.

De repente, el señor Delevan agrupó todas las fotografías.

—Vamos a echar estas malditas fotos al horno de leña —dijo.

Cuando Kevin y su padre llegaron a casa, eran las cinco y diez y empezaba a lloviznar. El Toyota de la señora Delevan no estaba en el sendero, pero ella había regresado y salido de nuevo. Había dejado una nota sobre la mesa de la cocina, debajo del salero. Cuando Kevin abrió la nota, cayó un billete de diez dólares.

> Querido Kevin:
>
> En la partida de bridge, Jane Doyon preguntó si a Meg y a mí nos gustaría cenar con ella en Bonanza, porque su marido se ha ido a Pittsburgh y está sola. Dije que nos encantaría, sobre todo a Meg. Ya sabes que le gusta sentirse «una de las chicas». Espero que no te moleste cenar en «solitario esplendor». ¿Por qué no pides que te traigan una pizza y gaseosa? Tu padre puede hacerlo cuando llegue a casa. No le gusta la pizza recalentada, y ya sabes que querrá un par de cervezas.
>
> Te quiero,
>
> MAMÁ.

Se miraron como diciendo: «Bueno, una preocupación menos», sin necesidad de pronunciar las palabras. Al parecer, ni ella ni Meg habían observado que el coche del señor Delevan seguía en el garaje.

—¿Quieres que...? —empezó a decir Kevin, pero no fue necesario terminar porque su padre intervino.

—Sí, mira. Ahora mismo.

Kevin subió los escalones de dos en dos y entró en su cuarto. Tenía una cómoda y un escritorio. El último cajón del escritorio estaba lleno de lo que Kevin llamaba simplemente «cosas». Cosas que habría sido un crimen tirar, aunque no supiera qué hacer con ellas. Estaba el reloj de bolsillo de su abuelo, pesado, grabado, magnífico, y tan oxidado que el joyero de Lewiston al cual lo llevaron él y su madre lo había mirado, meneando la cabeza, y se lo había devuelto. Había dos pares de gemelos y dos gemelos desparejados, una página central de *Playboy*, un libro de bolsillo llamado *Chistes pesados* y un walkman Sony que, por alguna razón, había adquirido el hábito de comerse las cintas que se suponía debía pasar. Eran cosas, nada más. No había otra palabra adecuada.

Naturalmente, parte de las cosas eran las trece corbatas de lazo que la tía Hilda le había enviado con ocasión de sus trece últimos cumpleaños.

Las sacó una por una, contó doce en lugar de trece, volvió a revisar el cajón y volvió a contar. Siempre doce.

—¿No la encuentras?

Kevin, que estaba en cuclillas, gritó y se puso en pie de un salto.

—Lo siento —dijo el señor Delevan desde la puerta—. Ha sido una estupidez.

—Está bien —dijo Kevin. Se preguntó por un momento a cuánta velocidad podía latir el corazón de una persona antes de que la maquinaria estallara—. Estoy... nervioso. Es estúpido.

—No lo es —dijo su padre sobriamente—. Cuando vi aquella película, me asusté tanto que sentí como si tuviera que meterme los dedos en la boca para devolver el estómago a su lugar.

Kevin miró a su padre con agradecimiento.

—No está la del pájaro carpintero o lo que diablos fuera, ¿verdad? —preguntó el señor Delevan.

—No, no está.

—¿Guardaste la cámara en ese cajón?

Kevin asintió lentamente.

—Papi..., el señor Merrill... me dijo que la dejara descansar con frecuencia. Era parte del horario que estableció. —Algo afloró a su cerebro y desapareció—. Así que la metí allí.

—Muchacho... —dijo suavemente el señor Delevan.

—Sí.

Se miraron en la penumbra, y de pronto Kevin sonrió. Era como ver aparecer el sol entre las nubes.

—¿Qué sucede?

—Estaba recordando la sensación —dijo Kevin—. Bajé el hacha con tanta fuerza...

El señor Delevan también esbozó una sonrisa.

—Pensé que ibas a arrancarte tu propio...

—... y cuando cayó hizo ese ¡CRUNCH!...

—... maldito...

—¡BUM! —terminó Kevin—. ¡Desapareció!

Empezaron a reír juntos y Kevin descubrió que estaba casi contento —solo casi— de que hubiera sucedido todo eso. La sensación de alivio era tan inexpresable y, sin embargo, tan perfecta como la que se tiene cuando, por un feliz accidente o por una especie de intuición psíquica, alguien consigue rascar el punto exacto de la espalda que uno no puede alcanzar, encontrándolo con exactitud, ¡bingo!, empeorando maravillosamente la comezón durante un segundo mediante el toque, la presión, la llegada de esos dedos..., y después..., ¡ah!, bendito alivio.

Exactamente lo mismo sucedía con la cámara y con el hecho de que su padre lo supiera.

—Ha desaparecido, ¿verdad? —preguntó Kevin.

—Tanto como Hiroshima después de que el *Enola Gay* arrojara sobre ella la bomba atómica —contestó el señor Delevan. Tras una breve pausa, añadió—: Lo que quiero decir es que quedó hecha mierda.

Kevin miró boquiabierto a su padre y rompió a reír a carcajadas, casi a gritos. Su padre lo imitó. Poco después pidieron una pizza con muchos ingredientes. Cuando Mary y Meg Delevan llegaron a casa a las siete y veinte, seguían lanzando risillas.

—Bueno, parece que no estáis tramando nada bueno —dijo la señora Delevan algo desconcertada. En su hilaridad había algo que a la mujer que la habitaba (aquella profunda parte femenina que solo aparece al completo en tiempos de parto y desastre) le pareció enfermiza. Su aspecto y su comportamiento correspondían al de alguien que acaba de evitar un accidente de coche—. ¿Pueden participar las señoras?

—Solo dos solteros pasándoselo bien —dijo el señor Delevan.

—Pasándoselo explosivamente bien —apostilló Kevin.

Y su padre añadió:

—Eso es lo que queremos decir.

Los dos hombres se miraron y volvieron a prorrumpir en carcajadas.

Meg, sinceramente desconcertada, miró a su madre y preguntó:

—¿Por qué hacen eso, mamá?

—Porque tienen pene, querida. Ve a colgar tu abrigo.

Papi Merrill dejó salir a los Delevan, *père et fils*, y cerró la puerta con llave. Apagó todas las luces salvo la que iluminaba el banco de trabajo, sacó las llaves y abrió su propio cajón de cosas. Allí estaba la Sun 660 de Kevin Delevan, con una pequeña muesca, pero por lo demás intacta. La miró fijamente. Había asustado al padre y al hijo, eso era evidente para Papi. A él también le había metido el miedo en el cuerpo y seguía haciéndolo, pero poner una cosa como esa en un tajo y hacerla pedazos era una locura.

Seguro que había algún modo de ganar unos dólares con la maldita cosa.

Siempre había algún modo de hacerlo.

Papi la guardó de nuevo en el cajón. Lo pensaría durante la noche, y a la mañana siguiente sabría cómo actuar. En realidad, ya tenía una idea bastante aproximada.

Se puso en pie, apagó la lámpara de trabajo y se abrió paso por la oscuridad hacia los escalones que conducían a su apartamento. Se movía con la gracia segura de los largos años de práctica.

A mitad de camino se detuvo.

Sentía una urgencia, una urgencia sorprendentemente intensa, de volver a mirar otra vez la cámara. ¿Para qué, en nombre de Dios? Ni siquiera tenía película, ni tampoco la más mínima intención de sacar ninguna foto con ella. Si alguna otra persona quería hacer unas instantáneas y contemplar el progreso del perro, el comprador era bienvenido. «No me hago responsable de...», como siempre decía. Que el maldito emperador advirtiera o no, según le viniera en gana. En cuanto a él, prefería entrar en una jaula llena de leones, incluso sin látigo ni silla.

Sin embargo...

—Déjalo estar —dijo ásperamente en la oscuridad.

El sonido de su propia voz lo sobresaltó y lo incitó a moverse, de modo que se fue sin mirar atrás.

SIETE

A la mañana siguiente, muy temprano, Kevin Delevan tuvo una pesadilla tan horrible que solo la recordaba a trozos, como si una radio con el altavoz averiado emitiera fragmentos musicales aislados.

Estaba entrando en una pequeña ciudad textil. Al parecer era un vagabundo, porque llevaba un hatillo a la espalda. La ciudad se llamaba Oatley, y Kevin creía recordar que estaba en Vermont o en el estado de Nueva York. «¿Sabe de alguien que dé trabajo aquí en Oatley?», preguntó a un viejo que empujaba un carrito de la compra por una acera deteriorada. En el carrito no había alimentos, sino que estaba lleno de basura indeterminada. Kevin advirtió que el hombre era un borracho. «¡Vete! —gritó el borracho—. ¡Vete! ¡Ladrón! ¡Maldito ladrón! ¡LADRÓN!»

Kevin cruzó corriendo la calle, más asustado de la locura del viejo que de la idea de que alguien pudiera creer que él, Kevin, era un ladrón. A sus espaldas, el borracho gritó: «¡Esto no es Oatley! ¡Es Hildasville! ¡Sal de la ciudad, maldito ladrón!».

Fue entonces cuando advirtió que aquella ciudad no era ni Oatley, ni Hildasville, ni ninguna otra ciudad con nombre normal. ¿Cómo podía tener un nombre normal una ciudad absolutamente anormal?

Todo —calles, edificios, coches, carteles, los escasos peatones— era bidimensional. Las cosas tenían altura y anchura, pero carecían de profundidad. Pasó junto a una mujer que se parecía a la maestra de ballet de Meg con un peso de casi setenta kilos. Llevaba unos pantalones del color de los chicles Bazooka. Al igual que el borracho arrastraba un carrito de la compra. Una de las ruedas chirriaba. Estaba lleno de cámaras Polaroid Sun 660. A medida que se aproximaba, miraba a Kevin con creciente sospecha. En el momento en que pasaron uno junto al otro, desapareció. Su sombra seguía allí, y él oía todavía el chirrido rítmico, pero ella ya no estaba. Después reapareció, mirándolo por encima del hombro con su cara plana y suspicaz, y Kevin comprendió la razón por la que había desaparecido un momento. Era porque el concepto de «visión de costado» no existía, no podía existir, en un mundo en el que todo era absolutamente plano.

Esto es Polaroidsville —pensó con un alivio extrañamente teñido de horror—. *Y eso significa que no se trata más que de un sueño.*

Después vio la cerca blanca, el perro, y el fotógrafo de pie en la alcantarilla. Llevaba gafas sin montura en lo alto de la cabeza. Era Papi Merrill.

Bueno, hijo, lo encontraste —dijo a Kevin el Papi Polaroid bidimensional, sin apartar el ojo del disparador—. *Ese es el perro, ese de ahí. El que destrozó a aquel niño en Schenectady. Tu perro, eso es lo que quiero decir.*

Entonces Kevin despertó en su cama temiendo haber gritado, pero más preocupado al comienzo no por el sueño en sí, sino por la necesidad de asegurarse de que todo estaba allí, sus tres dimensiones.

Lo estaba, pero había algo que no cuadraba.

¡Estúpido sueño! —pensó—. *Déjalo estar, ¿quieres? Ha terminado. Las fotos han ardido, las cincuenta y ocho fotos. Y la cámara está ro...*

Cuando aquello que no encajaba volvió a aparecer, su formulación se quebró como hielo.

No ha terminado —pensó—. *No ha ter...*

Antes de acabar de formular la idea, Kevin Delevan se sumió en un profundo sueño sin pesadillas. A la mañana siguiente, apenas recordaba nada.

OCHO

Las dos semanas que siguieron a la adquisición de la Polaroid Sun de Kevin Delevan fueron las dos semanas más agraviantes, enfurecedoras y humillantes de la vida de Papi Merrill. Había muy poca gente en Castle Rock que no estuviera dispuesta a decir que era quien más lo merecía. No era que en Castle Rock alguien supiera... Pero ese era aproximadamente todo el consuelo que le quedaba a Papi. Y le parecía un consuelo magro. Muy magro, sí señor.

Sin embargo, ¿quién habría creído que los Sombrereros Locos iban a dejarlo en la estacada?

Casi era suficiente para que un hombre se preguntara si empezaba a perder tacto.

¡Dios no lo quisiera!

NUEVE

En el mes de septiembre ni siquiera se había molestado en preguntarse si vendería la Polaroid; lo único que faltaba por saber era cuándo y a cuánto. Los Delevan habían mencionado la palabra «sobrenatural», y Papi no los había corregido aunque sabía que lo que hacía la Sun sería clasificado por los investigadores psíquicos entre los fenómenos paranormales más que entre los sobrenaturales. Habría podido decirlo; pero, si lo hubiese hecho, ellos podrían haberse preguntado cómo el dueño de una pequeña tienda de segunda mano (y usurero en sus ratos libres) sabía tanto sobre el tema. El hecho era que sabía mucho, porque saber mucho era rentable si se trataba con gente a la que para sus adentros llamaba los «Sombrereros Locos».

Los Sombrereros Locos eran personas que grababan con lujosos equipos en habitaciones vacías, no por hacer travesuras o en el impulso momentáneo de una fiesta de borrachos, sino porque creían apasionadamente en un mundo invisible y querían probar su existencia, o porque deseaban apasionadamente ponerse en contacto con amigos y/o parientes que habían «pasado» («pasado», así lo llamaban siempre; los Sombrereros Locos nunca tenían parientes que hicieran algo tan sencillo como morir).

Los Sombrereros Locos no solo tenían y utilizaban tableros *ouija*; también mantenían conversaciones regulares con «guías espirituales» del «otro mundo» (nunca del «cielo», el «infierno» o la «zona de descanso de los muertos», sino el «otro mundo»), quienes los ponían en contacto con amigos, parientes, reinas, cantantes de rock-and-roll fallecidos, e incluso villanos. Papi conocía la existencia de un Sombrerero Loco de Vermont que mantenía dos conversaciones semanales con Hitler. Hitler le había dicho que todo eran calumnias, que en enero de 1943 él había pedido la paz y el hijo de puta de Churchill lo había desdeñado. También le había dicho que Paul Newman era un extraterrestre nacido en una cueva de la luna.

Los Sombrereros Locos acudían a las sesiones tan regular y compulsivamente como los drogadictos visitan a sus camellos. Compraban bolas de cristal y amuletos garantizados como dispensadores de buena suerte; organizaban sus pequeñas sociedades propias e investigaban casas presuntamente encantadas en busca de los fenómenos habituales: golpecitos teleplasmáticos en las mesas, mesas y camas flotantes, puntos fríos y, por supuesto, fantasmas. Los observaban, fuesen reales o imaginarios, con el entusiasmo de devotos ornitólogos.

La mayoría de ellos se lo pasaban muy bien, pero no todos. Por ejemplo estaba aquel tipo de Wolfeboro que se ahorcó en la famosa casa Tecumseh, donde un granjero había ayudado a su prójimo durante el día, allá por 1880 o 1890, y se lo había comido durante la noche ante una mesa formalmente servida en el sótano, sobre un suelo lleno de mugre acre formada por los huesos y cuerpos descompuestos de por lo menos doce jóvenes, y tal vez hasta treinta y cinco, todos vagabundos. El tipo de Wolfeboro había dejado esta breve nota en un bloc, junto a su tablero *ouija*: «No puedo salir de la casa. Todas las puertas cerradas. Le oigo comer. Lo he intentado con el algodón. No sirve».

«Y el pobre gilipollas seguro que creyó que lo oía», había murmurado Papi después de oír esta historia de una fuente fiable.

También estaba aquel tipo de Dunwick, en Massachusetts,

a quien Papi había vendido una vez una presunta trompeta espiritual por noventa dólares. El tipo se llevó la trompeta al cementerio de Dunwick, donde debió de oír algo particularmente desagradable, porque hacía ya seis años que deliraba en una celda acolchada de Arkham, totalmente loco. Cuando entró en el osario, su pelo era negro; cuando sus gritos despertaron a los pocos vecinos que vivían lo bastante cerca para oírlos y llamar a la policía, era tan blanco como su cara desencajada.

Y estaban, asimismo, la mujer de Portland que perdió un ojo durante una sesión de *ouija* que salió escandalosamente mal; el hombre de Kingston, en Rhode Island, que perdió tres dedos de la mano derecha al cerrarse la puerta trasera de un coche donde dos adolescentes se habían suicidado; la anciana dama que llegó al Memorial Hospital de Massachusetts con una oreja de menos porque su gata Claudette, tan anciana como ella, se descontroló durante una sesión...

Papi creía algunas de estas cosas y otras no, pero por lo general no tenía opinión sobre ninguna, no por falta de pruebas lo bastante sólidas en un sentido o en otro, sino porque le importaban un pimiento los fantasmas, sesiones, bolas de cristal, trompetas espirituales, gatos violentos o la fabulosa raíz de Juan el Conquistador. Por lo que se refería a Reginald Marion *Papi* Merrill, los Sombrereros Locos podían irse al diablo.

Naturalmente, siempre y cuando uno de ellos entregara algunos de los grandes por la cámara de Kevin Delevan antes de completar su tránsito.

Papi no llamaba Sombrereros Locos a esos entusiastas a causa de sus intereses espectrales. Los llamaba así porque la gran mayoría de ellos —a veces sentía la tentación de afirmar que todos— parecía nadar en la abundancia, estar ociosa y pedir a gritos que la desplumasen. Si estabas dispuesto a pasar quince minutos en su compañía, asintiendo mientras te aseguraban que distinguían un falso médium de uno verdadero nada más entrar en la habitación —o como mucho, en cuanto se sentaban a la mesa para celebrar una sesión—, o escuchando en una grabadora ruidos trucados que podían ser o no palabras, con la adecuada expresión de respeto en la cara, podías venderles un pisapapeles de cuatro dólares por cien, diciéndoles que una vez un hombre había visto en él a su madre muerta. Si les sonreías, te extendían un cheque por doscientos dólares; si les dedicabas una palabra de estímulo, te extendían uno por mil; y si les ofrecías las dos cosas, era como si colocaran el talonario encima de la mesa y te dejaran poner la cantidad. Siempre había sido tan fácil como robar un caramelo a un niño.

Hasta ahora.

Papi no tenía un fichero dedicado a los SOMBREREROS LOCOS, del mismo modo que tampoco lo tenía para los COLECCIONISTAS DE MONEDAS o los COLECCIONISTAS DE SELLOS. En realidad, no tenía ningún fichero. Lo que más se acercaba a ello era una deteriorada agenda telefónica que llevaba en su bolsillo trasero (y que, a semejanza de su monedero, había adquirido con los años la curva mezquina y pequeña del huesudo trasero sobre el cual yacía todos los días). Papi guardaba los datos donde debe guardarlos un hombre de su oficio: en la cabeza. Había cuatro Sombrereros Locos de pleno derecho con los que había hecho negocio en el transcurso de los años, gente que no se limitaba a juguetear con lo oculto, sino que estaba metida hasta el fondo en el asunto. El más rico era un industrial retirado llamado McCarty, que vivía en una isla de su propiedad a unos veinte kilómetros de la costa. Este hombre despreciaba los barcos, y tenía empleado a un piloto que lo llevaba y traía del continente cuando lo necesitaba.

Papi fue a visitarlo el 28 de septiembre, el día después de haber obtenido la cámara de Kevin (no pensaba, no podía pensar en ello estrictamente como en un robo; al fin y al cabo, el chico pensaba aplastarla, y ojos que no ven, corazón que no siente). Fue en su coche, antiguo pero en excelentes condiciones, hasta una pista privada al norte de Boothbay Harbar. Después apretó los dientes, entornó los ojos y se agarró con todas sus fuerzas a la caja de acero que contenía la Sun 660, mientras el Beechcraft del Sombrerero Loco corría por la sucia pista como un caballo desbocado, se elevaba precisamente cuando Papi estaba seguro de que iban a salirse de la pista y a estrellarse contra las rocas de abajo, y se adentraba volando en el cielo otoñal. Había hecho ese viaje dos veces, y las dos había jurado que nunca más volvería a meterse en aquel ataúd volante.

El aparato recorrió el trayecto dando tumbos sobre el hambriento Atlántico, a menos de mil quinientos metros, mientras el piloto charlaba alegremente. Papi asentía y exclamaba en los momentos apropiados, aunque estaba más preocupado por su inminente fallecimiento que por cualquier cosa que dijera el piloto.

Después apareció ante sus ojos la isla, con aquella pista de aterrizaje horrible, espantosa y abismalmente corta, y la gran casa de madera y piedra. El piloto descendió, dejando el pobre y ácido estómago de Papi en algún lugar del aire. Aterrizaron con un golpe sordo y, después, milagrosamente, fueron deteniéndose, vivos aún y enteros, permitiendo a Papi que pudiera volver a sustentar su opinión de que Dios era un invento de los Sombrereros Locos, al menos hasta que tuviera que emprender el viaje de regreso.

—Gran día para volar, ¿eh, señor Merrill? —comentó el piloto mientras desplegaba la escalerilla.

—De lo mejor —gruñó Papi.

Acto seguido, subió por el sendero hacia la casa, en cuya puerta estaba el pavo del día de Acción de Gracias, sonriendo con ansiosa anticipación. Papi había prometido mostrarle «la cosa más extraordinaria que he encontrado nunca», y el aspecto de Cedric McCarty era el de alguien que apenas puede contenerse. Papi pensó que le echaría una mirada formal y entregaría la pasta. Sin embargo, cuarenta y cinco minutos después regresaba al continente, sin advertir apenas los golpes, saltos y caídas vertiginosas cada vez que el Beech entraba en una bolsa de aire. Era un hombre castigado, pensativo.

Había enfocado al Sombrerero Loco con la Polaroid y le había hecho una foto. Mientras esperaban a que se impresionara, el Sombrerero Loco le hizo una a Papi. ¿Había oído algo cuando se disparó el flash? ¿Había oído el gruñido bajo y desagradable de aquel perro negro, o lo había imaginado? Era lo más probable. En sus tiempos, Papi había cerrado los tratos más extraordinarios, y eso no podía hacerse sin imaginación.

Sin embargo...

Cedric McCarty, industrial retirado *par excellence* y *extraordinaire* Sombrerero Loco, miró con ansiedad infantil cómo se impresionaban las fotos; pero, cuando por fin se aclararon, pareció divertido e incluso tal vez algo desdeñoso. Entonces, Papi, con su infalible intuición desarrollada a lo largo de casi cincuenta años, supo que los argumentos, las instancias, incluso las vagas insinuaciones de que tenía otro cliente suplicando una oportunidad de comprar aquella cámara, en resumen, ninguna de las técnicas habitualmente fiables funcionaría. En el cerebro de Cedric McCarty se había encendido una gran tarjeta color naranja donde se leía: NO HAY TRATO.

¿Por qué?

¡Maldición! ¿Por qué?

En la foto tomada por Papi, aquel destello que Kevin había visto entre las arrugas del morro del perro negro se había convertido claramente en un diente, aunque «diente» no era la palabra correcta, ni siquiera haciendo un esfuerzo de imaginación. Aquello era un colmillo. En la que tomó McCarty podía verse el comienzo de los dientes anejos.

El perro cabrón tiene una boca que parece una trampa de osos, pensó Papi. Sin querer, en su mente apareció la imagen de su brazo dentro de aquella boca. No vio al perro mordiéndolo ni comiéndoselo, sino desgarrándolo de la misma manera en que una sierra desgarra corteza, hojas y pequeñas ramas.

¿Cuánto tiempo tardaría?, se preguntó. Miró aquellos ojos turbios contemplándolo desde la cara aumentada y supo que no sería demasiado. ¿Y si en lugar de eso el perro le mordía la entrepierna? Supongamos...

Pero McCarty había dicho algo y esperaba una respuesta. Papi volvió a centrar su atención en el hombre, y cualquier resto de esperanza que hubiera podido mantener de hacer una venta se evaporó. El Sombrerero Loco alegremente dispuesto a pasar una tarde contigo tratando de convocar el fantasma de tu tío Ned había desaparecido. En su lugar estaba el otro aspecto de McCarty: el realista testarudo que había figurado en la lista de hombres más ricos de Estados Unidos de *Fortune* durante doce años consecutivos, no porque fuese un soplapollas que había tenido la suerte de heredar un montón de dinero, y un equipo honesto capaz de manejarlo y multiplicarlo, sino porque era un genio en el campo del diseño y el desarrollo aerodinámicos. No era tan rico como Howard Hughes, pero tampoco estaba tan loco como él. Cuando se trataba de fenómenos psíquicos, el hombre era un Sombrerero Loco. Sin embargo, fuera de esa zona era un tiburón que convertía a hombres como Papi Merrill en meros renacuajos nadando en el fango.

—Lo siento —dijo Papi—. Estaba algo distraído, señor McCarty.

—Decía que es fascinante —dijo McCarty—. Sobre todo las sutiles señales del paso del tiempo de una foto a otra. ¿Cómo funciona? ¿Una cámara dentro de otra?

—No entiendo a qué se refiere.

—No, una cámara no —dijo McCarty para sí mismo. Cogió la cámara y la sacudió junto a su oído—. Probablemente sea una especie de rodillo. Ranuras. ¡Ranuras, eso es!

Papi miró al tipo sin saber de qué estaba hablando. Pero, fuera lo que fuese, su rostro decía bien claro: «NO HAY TRATO». Así que había hecho aquel maldito viaje en el avioncito (que se repetiría pronto) para nada. Pero ¿por qué? ¡Había estado tan seguro de ese tipo, capaz, si se lo decías, de creer que el puente de Brooklyn era una ilusión espectral del otro mundo! Entonces ¿por qué?

—¡Naturalmente, ranuras! —insistió McCarty con el deleite de un niño—. ¡Ranuras! Dentro de esta carcasa hay un cinturón circular montado sobre palancas, con determinada cantidad de ranuras. Cada ranura contiene una Polaroid expuesta de este perro. La continuidad sugiere... —y miró con atención las fotos— sí, que el perro podría haber sido filmado, y posteriormente se han hecho las Polaroid con cada fotograma individual. Cuando se aprieta el disparador, una foto cae de su ranura y emerge. La batería hace girar lo bastante el cinturón para colocar en posición la foto siguiente, y... *voilà.*

De pronto, su expresión complacida había desaparecido, y Papi vio a un hombre que parecía haber recorrido el camino hacia la fama y la fortuna pasando por encima de los cadáveres destrozados y sangrantes de sus rivales, y disfrutando con ello.

—Joe le llevará de vuelta —dijo. Su voz se había vuelto fría e impersonal—. ¡Es usted bueno, señor Merrill! —Papi comprendió melancólicamente que aquel hombre nunca volvería a llamarlo Papi—. Estoy dispuesto a admitirlo. Al final se ha pasado, pero me engañó durante mucho tiempo. ¿Cuántas veces me ha engañado? ¿Todo eran trucos?

—No le he engañado ni en diez céntimos —protestó Papi enérgicamente—. Jamás le vendí una sola cosa que no creyera genuina, y lo que quiero decir es que eso va también por esta cámara.

—Me pone enfermo —dijo McCarty—. No porque confiara en usted, no, pues he confiado en otros que eran impostores y simuladores; ni tampoco porque cogiera mi dinero, pues no era tanto para que me importe. Me pone enfermo porque son los hombres como usted los que han mantenido la investigación científica de los fenómenos psíquicos en la Edad Media, porque la han convertido en algo que causa gracia, en algo que puede considerarse terreno exclusivo de chalados e imbéciles. El único consuelo que queda es que, tarde o temprano, ustedes se pasan. Se vuelven avariciosos y tratan de vender una cosa ridícula como esta. Quiero que se vaya de aquí, señor Merrill.

Papi tenía la pipa en la boca y una cerilla en una mano temblorosa. McCarty lo señaló, y los ojos helados que planeaban encima de ese dedo lo convertían en el cañón de un arma.

—Y si enciende esa cosa apestosa aquí —dijo—, haré que Joe se la arranque de la boca y tire las brasas dentro de sus pantalones. De modo que, a menos que desee abandonar mi casa con su flaco culo en llamas, le sugiero...

—¿Qué le pasa, señor McCarty? —gimió Papi—. ¡Estas fotos no salieron impresionadas! ¡Usted mismo vio cómo se impresionaban!

—Una emulsión que puede crear cualquier chico con un juego de química de doce dólares —dijo McCarty fríamente—. No es el catalizador-fijador que utiliza Polaroid, pero se le parece. Usted expone sus Polaroid (las crea a partir de una película, si es lo que ha hecho) y después las mete en un cuarto oscuro común y las pinta con una sustancia viscosa. Cuando están secas, las carga. Cuando salen, parecen fotos Polaroid que no han empezado a impresionarse. Gris sólido con borde blanco. Después, la luz da sobre su emulsión casera, creando un cambio químico, y se evapora, mostrando una foto que usted tomó días o semanas antes. ¡Joe!

Antes de que Papi pudiera añadir nada más, lo agarraron de los brazos y lo sacaron de la sala espaciosa y acristalada. De todos modos, no habría dicho nada. Otra de las muchas cosas que tenía que saber un hombre de negocios era cuándo estaba vencido. Y, no obstante, deseaba gritar por encima del hombro: *¡Cualquier hembra idiota de pelo teñido y una bola de cristal solicitada a la revista* Fate *hace flotar un libro, una lámpara o la página de una partitura por una habitación oscura, y usted come mierda, pero cuando le muestro una cámara que* *toma fotografías de otro mundo, me echa de su casa! ¡Es verdad que está loco como un sombrerero! ¡Bueno, a tomar por el culo! ¡Hay otros peces en el mar!*

Y los había.

El 5 de octubre, Papi se metió en su coche perfectamente conservado y se fue a Portland a hacer una visita a las Hermanas Pus.

Las Hermanas Pus eran unas mellizas idénticas que vivían en Portland. Tenían cerca de ochenta años, pero parecían más viejas que Stonehenge. Fumaban sin cesar cigarrillos Camel, y les complacía explicar que lo hacían desde los diecisiete años. Jamás tosían, pese a los seis paquetes diarios que fumaban entre las dos todos los días. En aquellas raras ocasiones en que salían de su mansión colonial de ladrillo visto, eran conducidas en un Lincoln Continental de 1958 que tenía el resplandor sombrío de un coche fúnebre. Este vehículo era conducido por una mujer negra apenas algo más joven que las Hermanas Pus. Probablemente la chófer fuera muda, pero tal vez fuese algo más especial: uno de los pocos seres humanos verdaderamente taciturnos creados por Dios. Papi no lo sabía y jamás preguntó. Había cerrado tratos con ambas damas en los últimos treinta años; la mujer negra siempre había estado con ellas, la mayoría de las veces conduciendo el coche, y en otras ocasiones lavándolo, cortando el césped, podando los setos que rodeaban la casa o llevando al buzón de la esquina cartas de las Hermanas Pus dirigidas a Dios sabía quién (tampoco sabía si la mujer negra entraba alguna vez en la casa, pero jamás la había visto allí). Bien, pues durante todo aquel tiempo nunca había oído hablar a aquella criatura maravillosa.

La mansión colonial estaba en el distrito Bramhall de Portland, que corresponde a la zona de Beacon Hill en Boston. En esta última ciudad, en la tierra del guisante y el bacalao, se dice que los Cabot solo hablan con los Lowell, y los Lowell solo con Dios, pero las Hermanas Pus y sus pocos contemporáneos restantes de Portland podían afirmar, y lo hacían tranquilamente, que los Lowell habían establecido una conexión privada con una línea partidaria algunos años después que los Deere, y que sus contemporáneos de Portland eran los dueños originales del teléfono.

Y, naturalmente, ninguna persona sensata las habría llamado Hermanas Pus en sus idénticas caras, del mismo modo que ninguna persona sensata metería la nariz bajo una sierra para eliminar un prurito molesto. Cuando no andaban por allí, eran las Hermanas Pus (si estabas seguro de no encontrarte en compañía de uno o dos chismosos), pero sus verdaderos nombres eran señorita Eleusippus Deere y señora Meleusippus Verril. Su padre, en un afán desmedido por combinar devoción cristiana y erudición, les había puesto los nombres de dos de unos trillizos que se habían convertido en santos, pero que, por desgracia, eran hombres.

El esposo de Meleusippus había muerto muchísimos años antes, de hecho, en 1944, durante la batalla del golfo de Leyte; pero ella había conservado decididamente su nombre, lo que hacía imposible tomar el camino más fácil y llamarlas sencillamente las señoritas Deere. No, era preciso practicar los malditos trabalenguas hasta que sus nombres salían tan fluidamente como la mierda de un culo lubricado. Si te equivocabas una vez, te lo tenían en cuenta y podías perderlas como clientes durante seis meses o incluso un año. Si te equivocabas dos veces, no hacía falta que te molestaras en llamar nunca más.

Papi se fue con la caja de acero que contenía la Polaroid sobre el asiento contiguo, repitiendo una y otra vez sus nombres en voz baja.

—Eleusippus, Meleusippus. Eleusippus y Meleusippus. ¡Ajá! Está bien.

Pero resultó que eso era lo único que estaba bien. No querían la Polaroid, como McCarty, pese a que aquella entrevista había conmocionado tanto a Papi que en esta ocasión se presentó preparado para coger diez mil dólares menos o el cincuenta por ciento de su estimación original del valor de la cámara.

La anciana mujer negra rastrillaba hojas, dejando al descubierto un césped que, pese a ser octubre, seguía siendo tan verde como el fieltro de una mesa de billar. Papi la saludó con un movimiento de cabeza. Ella lo miró, miró a través de él, y siguió rastrillando. Papi pulsó el timbre, y una campana repicó en algún lugar de las profundidades de la casa. La palabra «mansión» resultaba totalmente apropiada para hablar del domicilio de las Hermanas Pus. Aunque no era en absoluto tan grande como algunos de los viejos hogares del distrito Bramhall, la perpetua penumbra que reinaba dentro la hacía parecer mucho mayor. El sonido de la campana realmente parecía flotar en las profundidades de habitaciones y pasillos, y siempre evocaba la misma imagen en el cerebro de Papi: el carro de los muertos cruzando las calles de Londres durante el año de la plaga, con el conductor tañendo su campana y gritando: *¡Sacad a vuestros muertos! ¡Sacad a vuestros muertos! ¡Por amor de Jesús, sacad a vuestros muertos!*

La Hermana Pus que abrió la puerta unos treinta segundos más tarde no solo parecía muerta, sino también embalsamada; era una momia entre cuyos labios había metido la colilla ardiente de un cigarrillo para gastar una broma.

—Merrill —dijo la dama.

Su vestido era de un azul profundo, y llevaba el cabello teñido haciendo juego. Trataba de hablarle como hablaría una gran dama a un mercader que ha llamado a una puerta equivocada, pero Papi vio que, a su manera, estaba tan excitada como lo había estado el hijo de perra de McCarty. La diferencia era que las Hermanas Pus habían nacido en Maine, se habían criado y morirían en Maine, mientras que McCarty provenía de algún lugar del Medio Oeste, donde al parecer el arte y oficio de la taciturnidad no estaba considerado una parte importante de la educación de un niño.

En algún lugar cercano al saloncillo, al extremo del pasillo, se movió una sombra apenas visible sobre el hombro huesudo de la hermana que había abierto la puerta. Era la otra. ¡Pues sí que estaban ansiosas! Papi empezó a preguntarse si al fin y al cabo no podría sacarles doce de los grandes. O incluso catorce.

Papi sabía que podía decir: «¿Tengo el honor de dirigirme a la señorita Deere o a la señora Verrill?», y seguir siendo totalmente correcto y cortés. Sin embargo, había tratado antes con aquellos vejestorios y sabía que, si bien la Hermana Pus que había abierto la puerta no movería una pestaña y le diría simplemente con quién hablaba, perdería por lo menos unos mil dólares. Se enorgullecían mucho de sus viejos nombres masculinos, y estaban más dispuestas a mirar amablemente a una persona que lo intentaba y fallaba que a una que optaba por el camino de los cobardes.

Así que, entonando una rápida plegaria mental para que su lengua no le fallara ahora que había llegado el momento, se aplicó y quedó complacido al escuchar que los nombres se deslizaban por su lengua como la charla de un vendedor de aceite de serpiente.

—¿Hablo con Eleusippus o con Meleusippus? —preguntó, y su cara sugería que la pronunciación de los nombres le preocupaba tan poco como si hubieran sido Joan y Kate.

—Meleusippus, señor Merrill —dijo ella.

¡Excelente! Ahora era señor Merrill, y estaba seguro de que todo iba a salir tan bien como pudiera desearlo. Sin embargo, se equivocaba tanto como es posible equivocarse.

—¿Quiere pasar? —preguntó Meleusippus, invitándole a hacerlo.

—Mil gracias —respondió Papi, y penetró en las oscuras profundidades de la mansión Deere.

—¡Dios mío! —exclamó Eleusippus Deere cuando la Polaroid empezó a impresionarse.

—¡Qué aspecto tan brutal! —dijo Meleusippus Verrill, en tono de verdadero desmayo y miedo.

Papi tenía que admitir que el perro tenía un aspecto cada vez más horrible. Y había algo más que le preocupaba: la secuencia temporal parecía ir acelerándose.

Para su foto demostración había colocado a las Hermanas Pus en el sofá estilo reina Ana. La cámara despidió su brillante luz blanca, rescatando por un instante la habitación de la zona del purgatorio entre la tierra de los vivos y la de los muertos, donde existían de alguna manera aquellas dos reliquias, y convirtiéndola en algo plano y deslumbrante, como la foto policial de un museo en el que se ha cometido un crimen.

Pero, como era de esperar, la foto que emergió no mostraba a las Hermanas Pus sentadas en el sofá de su saloncillo como dos epílogos idénticos. La foto mostraba al perro negro, que ahora miraba de frente a la cámara, y a aquel fotógrafo lo bastante loco para permanecer allí. El perro ya exhibía todos los dientes en un gruñido demente, homicida, y su cabeza había realizado un ligero movimiento predatorio hacia la izquierda. Papi pensó que, cuando saltara sobre su víctima, aquella cabeza seguiría inclinándose para cumplir dos objetivos: ocultar la zona vulnerable del cuello protegiéndola de cualquier posible ataque, y colocarse en una posición que le permitiera volver a erguirse una vez que los dientes se cerraran sólidamente sobre la carne de su víctima, arrancándole un gran trozo de tejido.

—¡Es espantoso! —exclamó Eleusippus, apoyando una mano momificada en la piel escamosa de su cuello.

—¡Terrible! —gimió Meleusippus, encendiendo un nuevo Camel con la colilla del anterior, presa de tales temblores que estuvo a punto de quemarse la comisura izquierda de la boca.

—¡Es totalmente i-nex-pli-ca-ble! —dijo Papi en tono triunfal.

En realidad, lo que pensaba era: *Me gustaría que estuvieras aquí, McCarty, gilipollas. Me gustaría que estuvieras. ¡He aquí a dos damas que han dado la vuelta al mundo unas cuantas veces y no piensan que esta maldita cámara sea un truco de teatro de variedades!*

—¿Muestra algo que ha sucedido? —susurró Meleusippus.

—¿O algo que sucederá? —preguntó Eleusippus también en un susurro.

—No lo sé —admitió Papi—. Lo único que sé seguro es que a lo largo de mi vida he visto muchas cosas extrañas, pero nunca nada comparable a estas fotos.

—¡No me sorprende! —dijo Eleusippus.

—¡Ni a mí! —añadió Meleusippus.

Papi estaba preparado para orientar la conversación hacia la cuestión del precio, un asunto siempre delicado, pero mucho más con las Hermanas Pus. Cuando se trataba de negociar, eran tan delicadas como un par de vírgenes, cosa que, por lo que Papi sabía, era totalmente cierto por lo menos en el caso de una de ellas. Ya había decidido plantear el asunto con una frase como: «Para empezar, ni se me había ocurrido vender algo como esto, pero...». En realidad, era un enfoque más antiguo que las propias hermanas Pus, aunque, después de echarles una ojeada, cualquiera habría afirmado que no mucho más. Sin embargo, cuando se trataba con Sombrereros Locos no importaba nada; de hecho, les gustaba oírlo, del mismo modo que a los niños les gusta escuchar una y otra vez el mismo cuento de hadas. Pero, en ese momento, Eleusippus lo desconcertó por completo diciendo:

—No puedo responder por mi hermana, señor Merrill, pero no me sentiría cómoda mirando nada que usted tenga para... ofrecernos desde el punto de vista comercial —añadió tras una pausa penosa—, hasta que ponga esa..., esa cámara o lo que sea... en su coche.

—No podría estar más de acuerdo —dijo Meleusippus, apagando el Camel a medio fumar en un cenicero en forma de pez que lo hacía todo salvo cagar colillas de Camel.

—Las fotos de fantasmas —dijo Eleusippus— son una cosa. Tienen cierta...

—Dignidad —sugirió Meleusippus.

—Sí, dignidad. Pero ese perro... se diría que está a punto de saltar de la fotografía para morder a uno de nosotros.

—¡A todos nosotros! —precisó Meleusippus.

Hasta ese último intercambio entre las dos hermanas, Papi había estado convencido —tal vez porque tenía que estarlo— de que las ancianas habían iniciado, con admirable estilo, su parte del regateo. Sin embargo, el tono de sus voces, tan idéntico como sus rostros y figuras (si hubiera podido decirse que tenían algo así como figuras), era inconfundible. No albergaban duda alguna acerca de que la Polaroid Sun 660 exhibía alguna clase de conducta paranormal. El problema residía en que era demasiado paranormal para ellas. No estaban ni regateando, ni fingiendo, ni jugando con él en un esfuerzo por rebajar el precio. Cuando decían que no querían tener nada que ver con la cámara y las extravagancias que hacía era exactamente eso lo que querían decir. Y tampoco cometían la descortesía (porque es lo que habría sido para ellas) de suponer que su propósito al acudir allí era el de venderla.

Papi miró el saloncillo. Le recordaba la habitación de una anciana dama en una película de terror que había visto una vez en vídeo, una porquería donde un tipo grande y fornido trataba de ahogar a su hijo en una piscina, pero en la que nadie se quitaba ni una prenda. La habitación de aquella anciana estaba llena, atestada de fotografías viejas y nuevas en toda clase de marcos. Ocupaban las mesas y la repisa de la chimenea; cubrían zonas tan extensas de las paredes que ni siquiera se distinguía el dibujo del empapelado.

El saloncillo de las Hermanas Pus no era tan horrible, pero había muchas fotografías; tal vez llegaran a ciento cincuenta, un número que en una habitación tan pequeña y mal iluminada como aquella parecía triplicarse. Papi había estado allí con la suficiente frecuencia para ver la mayor parte de ellas al menos al pasar, y a algunas las conocía muy bien porque él se las había vendido a Eleusippus y Meleusippus.

Tenían muchas más «fotos de fantasmas» —como las llamaba Eleusippus Deere—, tal vez mil, pero al parecer incluso ellas habían comprendido que una habitación de ese tamaño poseía una capacidad de exhibición limitada, ya que no una limitación por cuestiones de buen gusto. El resto de las «fotos de fantasmas» estaba distribuido en las otras catorce habitaciones de la mansión. Papi las había visto todas, pues se contaba entre los pocos afortunados a quienes se les había concedido la gracia de lo que las Hermanas Pus llamaban La Gira. Sin embargo, era en el saloncito donde guardaban las mejores, encabezadas por la foto favorita, que atraía la mirada por el simple hecho de hallarse en solitario esplendor encima del Steinway cerrado, junto al mirador. La foto en cuestión mostraba a un cadáver que salía levitando de su ataúd delante de cincuenta o sesenta testigos horrorizados. Naturalmente, se trataba de un fraude. Un niño de diez años..., ¡qué diablos!, uno de ocho habría comprendido que era un fraude. Por comparación, aquellas fotos de elfos danzantes que tanto habían fascinado a Arthur Conan Doyle al final de su vida parecían perfectas. En realidad, Papi solo vio en la habitación dos fotografías que no fueran fraudes evidentes; para ver cómo se había hecho el truco había que examinarlas en profundidad. Sin embargo, aquellas dos ancianas gatitas que se habían pasado la vida coleccionando «fotos de fantasmas» y afirmaban ser expertas en el tema, se comportaban como un par de adolescentes en una película de terror cuando les mostraba, además de una auténtica fotografía paranormal, una maldita cámara paranormal que no se limitaba a realizar el truco una vez —como aquella con la que se había tomado la foto de la dama fantasma contemplando el regreso al hogar de los cazadores—, sino que lo hacía siempre. ¿Y cuánto se habían gastado en todas esas cosas que no eran más que basura? ¿Miles? ¿Decenas de miles? ¿Cientos de miles? ¿Cientos de...?

—¿… mostrarnos? —le preguntó Meleusippus.

Papi Merrill se obligó a dirigirle lo que debió de ser una imitación aceptable de su Sonrisa de Compañero Chalado, porque no registró en ellas ni sorpresa ni desconfianza.

—Perdóneme, querida señora —dijo Papi—. Durante uno o dos minutos me he distraído. Supongo que nos sucede a todos a medida que vamos envejeciendo.

—Tenemos ochenta y tres años y nuestras cabezas están tan claras como el cristal de una ventana —dijo Eleusippus reprobatoriamente.

—El cristal de una ventana recién lavada —matizó Meleusippus—. Le he preguntado si tenía algunas fotografías para mostrarnos…, una vez que se haya llevado esa cosa, claro.

—Hace años que no vemos fotos realmente buenas —dijo Eleusippus, encendiendo otro Camel.

—El mes pasado —intervino Meleusippus— asistimos a la Convención Psíquica y de Tarot de Nueva Inglaterra, y si bien las conferencias eran iluminadoras…

—… y estimulantes…

—… muchas de las fotografías eran fraudes evidentes. Hasta un niño de diez años…

—… ¡o de siete!…

—… habría podido descubrirlo. De modo que… —Meleusippus enmudeció. Su rostro adoptó una expresión de perplejidad que parecía potencialmente dolorosa (hacía tiempo que los músculos de su cara se habían atrofiado en expresiones de placer moderado y conocimiento sereno)—. Señor Merrill, estoy desconcertada. Debo admitir que estoy algo desconcertada.

—Estaba a punto de decir lo mismo —añadió Eleusippus.

—¿Por qué ha traído esa cosa espantosa? —preguntaron Meleusippus y Eleusippus en perfecto dueto armónico, distorsionado únicamente por el rasguido nicotínico de sus voces.

Papi sentía una urgencia tan intensa de decir *Porque no sabía que eran dos viejas gallinas* que durante un segundo de horror pensó que lo había dicho y se detuvo tembloroso, esperando escuchar dos gritos ultrajados en los límites tenebrosos y resonantes del saloncillo, gritos que se elevarían como gemidos de sierras herrumbrosas al chocar contra los nudos de la madera de pino, y seguirían elevándose hasta que el cristal de cada una de las fotos trucadas temblara en una vibración angustiosa.

La idea de que había expresado ese terrible pensamiento en voz alta duró tan solo un segundo, pero cuando recordó el momento en las posteriores noches de insomnio, mientras los relojes marchaban fatigosamente en el piso de abajo (y la Polaroid de Kevin Delevan se agazapaba en el cajón cerrado del banco de trabajo), le pareció mucho más largo. Durante aquellas horas sin sueño, muchas veces se sorprendió deseando haberlo dicho y preguntándose si no se estaría volviendo loco.

Lo que hizo fue reaccionar con una velocidad y un instinto certero para la autoconservación que resultaban casi nobles. Insultar a las Hermanas Pus le proporcionaría una enorme gratificación, pero por desgracia sería una gratificación breve. En cambio, si las adulaba —que era exactamente lo que esperaban porque se habían pasado la vida untadas de mantequilla, aunque eso no les había mejorado en absoluto la piel—, tal vez pudiera venderles tres o cuatro mil dólares más en «fotos de fantasmas». Eso sí, siempre y cuando continuaran eludiendo el cáncer de pulmón que, con toda seguridad, debería haber matado por lo menos a una de ellas doce años atrás.

Al fin y al cabo, en el archivo mental de Papi había otros Sombrereros Locos, aunque no tantos como creyera el día en que visitó a Cedric McCarty. Una investigación había demostrado que dos de ellos habían muerto y que otro estaba aprendiendo a tejer cestas en una residencia del norte de California, donde cuidaban a los tipos increíblemente ricos que, además, se habían vuelto completamente locos.

—En realidad —dijo—, traje la cámara para que ustedes pudieran verla, señoras. Lo que quiero decir —se apresuró a añadir, al ver sus expresiones consternadas— es que sé la experiencia que tienen en este campo.

La consternación se transformó en gratificación. Las hermanas intercambiaron miradas cómplices, tranquilizadoras, y Papi se descubrió deseando rociar un par de sus malditos paquetes de Camel con gasolina de mechero y metérselos en sus pequeños culos de doncellas ancianas antes de encender una cerilla. Entonces sí que fumarían. Lo que quería decir era que fumarían como chimeneas.

—Lo que quiero decir es que pensé que podrían darme algún consejo sobre lo que debería hacer con la cámara —terminó.

—Destrúyala —dijo Eleusippus inmediatamente.

—Yo usaría dinamita —sugirió Meleusippus.

—Primero ácido y después dinamita —precisó Eleusippus.

—Exacto —concluyó Meleusippus—. Es peligrosa. No es necesario mirar a ese perro maligno para saberlo.

Sin embargo, lo miró; ambas lo hicieron, e idénticas expresiones de asco y miedo cruzaron sus rostros.

—Se percibe la maldad en su mirada —dijo Eleusippus con una voz tan siniestra que habría podido resultar cómica, como la de una chica representando el papel de bruja de *Macbeth* en una función de colegio, pero que por alguna razón no lo era—. Señor Merrill, destrúyala, antes de que suceda algo espantoso. Quizá..., observe que digo quizá..., antes de que lo destruya a usted.

—Vamos, vamos —dijo Papi, molesto al descubrir que, aun a su pesar, se sentía algo inquieto—, eso es cargar excesivamente las tintas. Lo que quiero decir es que no es más que una cámara.

Eleusippus Deere afirmó con serenidad:

—Y la tabla de escritura espiritista que hace unos años le arrancó un ojo a la pobre Colette Simineaux no era más que una tabla de conglomerado.

—Por lo menos hasta que aquella gente tonta de remate le puso las manos encima y la despertó —añadió Meleusippus solemnemente.

Al parecer, no quedaba nada por decir. Papi cogió la cámara procurando hacerlo por la correa, sin tocar el cuerpo del aparato —aunque se dijo que lo hacía solo para tranquilizar a las dos gatitas—, y se puso en pie.

—Bueno, ustedes son las expertas —dijo.

Ambas mujeres se miraron satisfechas.

Sí, la retirada. La respuesta era la retirada, al menos por el momento. Pero todavía no había terminado. Todo perro tiene su día, y eso iba a misa.

—No quiero robarles más tiempo, y mucho menos incomodarlas.

—¡Oh, no lo ha hecho! —dijo Eleusippus, levantándose a su vez.

—¡Recibimos tan pocas visitas últimamente! —dijo Meleusippus, imitándola.

—Señor Merrill, déjela en el coche y después venga a tomar el té.

—Merienda cena.

Aunque Papi no deseaba más que salir de allí (y decírselo con toda claridad: *Gracias, pero quiero salir de aquí*), hizo una semirreverencia cortés y dio una excusa del mismo tenor:

—Estaría encantado —dijo—, pero me temo que tengo otro compromiso. No vengo a la ciudad con la frecuencia que quisiera.

Si vas a mentir una vez, bien puedes hacerlo varias, le había dicho su propio padre; y era un consejo que se había tomado muy en serio, así que consultó su reloj.

—Ya me he quedado demasiado tiempo. Me temo que ustedes, señoras, me han retenido, pero supongo que no soy el primer hombre al que se lo han hecho.

Las hermanas rieron y se sonrojaron genuinamente, con un rubor como el resplandor de rosas muy antiguas.

—¡Señor Merrill! —se estremeció Eleusippus.

—Invítenme la próxima vez —dijo él, sonriendo hasta que sintió que su cara iba a resquebrajarse—. ¡Invítenme la próxima vez, por Júpiter! ¡Invítenme y ya verán si no acepto a la velocidad de un tren expreso!

Salió y, mientras una de ellas cerraba rápidamente la puerta a sus espaldas

(*Tal vez creen que el sol puede desintegrar sus fotos trucadas de fantasmas*, pensó Papi con amargura),

se volvió y disparó la Polaroid en dirección a la anciana negra, que seguía rastrillando hojas. Lo hizo siguiendo un impulso, como un hombre malvado puede apartarse impulsivamente de su camino para matar a una mofeta o un mapache.

El labio superior de la mujer negra se levantó en un gruñido, y Papi quedó estupefacto al ver que le hacía el signo del mal de ojo.

Se metió en su coche y retrocedió deprisa por el sendero. La parte trasera de su coche estaba a medias en la calle cuando volvió la cabeza para ver si había tráfico, y su mirada tropezó con la foto que acababa de sacar. Todavía no estaba impresionada del todo; tenía el aspecto lechoso e indiferente que presentan todas las fotos Polaroid hacia la mitad del proceso de revelado.

No obstante, había aparecido lo suficiente para que, cuando Papi la miró, el aire que había empezado a aspirar se detuviera a medio camino, como una brisa que, por alguna razón ignorada, se interrumpiera bruscamente. Incluso su corazón pareció detenerse a mitad de un latido.

Estaba sucediendo lo que Kevin había imaginado. El perro había completado el giro, iniciando su incansable y predeterminado avance hacia la cámara, y el que la tenía en la mano… ¡Ah! Pero esta vez era él. Reginald Marion *Papi* Merrill, quien había levantado la cámara y fotografiado a la vieja negra en un momento de fastidio, como un niño malcriado que dispara contra una botella apoyada en una cerca con su escopeta de juguete porque no puede disparar contra su padre, aunque en ese momento humillante, después de recibir unos azotes, se sentiría más que feliz de poder hacerlo.

El perro se acercaba. Kevin había sabido que eso sucedería; y Papi también lo habría sabido si hubiera tenido ocasión de pensar en ello. Sin embargo, a partir de ese momento le resultaría difícil no hacerlo cuando pensara en la cámara, y descubriría que aquellas ideas le obsesionaban cada vez más, tanto despierto como dormido.

Viene —pensó Papi, con esa especie de horror helado que puede sentir un hombre de pie en la oscuridad mientras una Cosa, alguna Cosa inexplicable e intolerable, se acerca a él exhibiendo sus garras y sus dientes como navajas—: *¡Oh, Dios mío! Viene, ese perro viene*.

Pero no solo venía; también cambiaba.

Resultaba imposible decir cómo. Le dolían los ojos, atrapados entre lo que deberían estar viendo y lo que estaban viendo. Al final, la única explicación que encontró era insignificante: se diría que alguien había cambiado la lente de la cámara por un ojo de pez, de modo que la frente del perro, con sus nudos de pelo enredado, parecía retroceder y avanzar al mismo tiempo, y sus ojos asesinos parecían salpicados de inmundas y apenas visibles chispas rojas, como esas que a veces hace aparecer en los ojos de la gente el estallido del flash de la Polaroid.

El cuerpo del perro parecía más alargado, pero no más delgado; si acaso, más grueso... no más gordo, sino más musculoso.

Y sus dientes eran más grandes, más largos, más agudos.

Súbitamente, Papi se encontró pensando en Cujo, el San Bernardo de Joe Camber, que había matado a Joe, al viejo borracho, a Gary Pervier, y a Big George Bannerman. El perro había cogido la rabia. Había atrapado a una mujer y a un niño en su coche, cerca de donde vivía Camber, y el niño había muerto al cabo de dos o tres días. Ahora Papi se descubrió preguntándose si eso era lo que habían visto durante aquellos largos días y noches encerrados en el horno hirviente del coche: unos lodosos ojos rojos, unos dientes afilados...

Se oyó el sonido impaciente de un claxon.

Papi gritó, y su corazón no solo empezó a latir otra vez, sino a disparar como el motor de un fórmula uno.

Una furgoneta rodeó su sedán, que seguía detenido entre el sendero y la calle residencial. El conductor de la furgoneta sacó la mano por la ventanilla con el dedo medio levantado.

—¡Cómete mi polla, hijo de puta! —gritó Papi.

Terminó de sacar el coche del sendero, pero tan torpemente que chocó contra el bordillo de la acera de enfrente. Hizo girar el volante (tocando sin querer su propio claxon en la operación) y partió. Sin embargo, a tres manzanas de distancia tuvo que acercar el coche a la acera y detenerse diez minutos, esperando que sus temblores se calmaran lo bastante para poder conducir.

Así acabó el episodio con las Hermanas Pus.

Durante los cinco días siguientes, Papi recorrió el resto de nombres de su lista mental. El precio, que había empezado en veinte mil dólares con McCarty y descendido a diez mil con las Hermanas Pus (aunque no había avanzado con ellas lo bastante para hablar de dinero), continuó descendiendo a medida que iba descartando candidatos. Al final solo le quedó Emory Chaffee y la posibilidad de ganar unos dos mil quinientos dólares.

Chaffee era una paradoja fascinante. En toda la experiencia de Papi con los Sombrereros Locos —una experiencia larga y sorprendentemente variada—, Emory Chaffee era el único creyente en «el otro mundo» que carecía por completo de imaginación. Con semejante cerebro, resultaba sorprendente que alguna vez hubiera dedicado un pensamiento al «otro mundo»; el hecho de que creyera en él dejaba atónito a cualquiera, pero el de que pagara sustanciosas sumas para coleccionar objetos relacionados con el tema era algo totalmente incomprensible para Papi. Sin embargo, era así, y Papi lo habría ascendido a los primeros puestos de su lista de no ser por el hecho irritante de que Chaffee era, con mucho, el menos acaudalado de aquellos a quienes Papi consideraba como sus Sombrereros Locos «ricos». Llevaba a cabo un trabajo hábil, aunque poco productivo, para lograr continuar aferrado a los restos de lo que alguna vez fuera una gran fortuna familiar. De ahí que se produjera un gran descenso en el precio atribuido por Papi a la Polaroid de Kevin.

De todos modos, si hay alguien dispuesto a comprar este condenado aparato, ese es Emory, se había dicho, deteniendo el coche en el sendero invadido por la maleza de la que en los años veinte fuera una de las residencias de verano más hermosas del lago Sebago, y que ahora estaba en un tris de convertirse en una de las casas más deterioradas de dicho lago (quince años atrás, la casa Chaffee, situada en el distrito Bramhall de Portland, había sido vendida por cuestiones de impuestos).

Lo único que le preocupaba —y cada vez más a medida que iba recorriendo la lista— era la demostración. Podía describir lo que hacía la cámara hasta quedar sin aliento, pero ni siquiera un viejo idiota como Emory Chaffee ofrecería una suma digna de mención sobre la base única de una descripción.

A veces, Papi pensaba que había sido una estupidez pedir a Kevin que sacara todas aquellas fotografías para poder montar la cinta de vídeo. Sin embargo, cuando lo pensaba en profundidad, no estaba seguro de que estableciera alguna diferencia. En aquel mundo pasaba el tiempo (porque, al igual que Kevin, había llegado a pensar en eso como en un mundo real), y pasaba mucho más lentamente que aquí, pero ¿no era cierto que se aceleraba a medida que el perro se acercaba a la cámara? A Papi le parecía que sí. El movimiento del perro junto a la cerca había sido imperceptible; a decir verdad, al comienzo ni siquiera lo había visto. Pero, ahora, solo un ciego podía no ver que el perro estaba cada vez más cerca a medida que iba apretándose el disparador. Se podía apreciar la variación de distancia aunque se sacaran dos fotografías seguidas. Era casi como si el tiempo de allí tratara de..., bueno, de ponerse a la par de algún modo, sincronizándose con el tiempo de aquí.

Si eso hubiera sido todo, ya habría resultado bastante malo. Pero no era todo.

¡Aquello no era un perro, maldición!

Papi no sabía qué era, pero sí sabía, tan bien como que su madre estaba enterrada en el cementerio Homeland, que no era un perro.

Pensaba que había sido un perro mientras olfateaba a lo largo de la cerca, que ahora quedaba a unos tres metros detrás de él; entonces parecía un perro, aunque un perro excepcionalmente malvado una vez que volvía lo bastante la cabeza y podías ver bien su fisonomía.

Pero ahora Papi pensaba que no se parecía a ninguna criatura existente en esta tierra de Dios, y probablemente tampoco en el infierno. Y lo que más le molestaba era que las pocas personas ante las cuales había hecho fotografías de demostración no parecían advertirlo. Inevitablemente, retrocedían; inevitablemente, decían que era la criatura más fea y maligna que habían visto jamás, pero eso era todo. Ni uno solo de ellos sugirió que el perro de la Sun 660 de Kevin estaba convirtiéndose en una especie de monstruo a medida que se acercaba al fotógrafo, a medida que se acercaba a la lente que podía constituir una especie de portal entre aquel mundo y este.

Papi volvió a pensar, como había hecho el propio Kevin: *Nunca podrá pasar. Nunca. Porque esa cosa es un animal, tal vez uno horrible, aterrador incluso, como los monstruos que ven los niños en el armario cuando sus madres apagan la luz, pero sigue siendo un animal, y si algo va a suceder será lo siguiente: habrá una última foto en la que se verá algo borroso porque el perro del diablo habrá saltado, pues resulta evidente que esa es su intención, y después la cámara dejará de funcio-*

nar o solo hará fotos que se convertirán en cuadros negros, porque no se pueden hacer fotografías con una cámara que tiene una lente rota o se ha partido en dos, y si quien sea deja caer la cámara cuando el perro del diablo lo golpea, y supongo que lo hará, la cámara se estrellará contra la acera y se romperá. Al fin y al cabo, la maldita cosa no es más que plástico y el plástico y el cemento no se llevan bien.

Emory Chaffee había salido a su astillado porche, en el que la pintura se descascarillaba, los tablones se desencajaban y las puertas batientes se oxidaban, adquiriendo el color de la sangre seca y produciendo algunos agujeros en el alambre. Emory Chaffee llevaba una chaqueta que alguna vez había sido impecablemente azul, pero que las múltiples lavadas habían dejado de un gris indescriptible, como el del uniforme de un ascensorista. Emory Chaffee tenía una ancha frente que se prolongaba hasta desaparecer por fin bajo el poco cabello que le quedaba, y una sonrisa que descubría sus gigantescas paletas y le daba el aspecto que, en opinión de Papi, tendría Bugs Bunny si hubiera sufrido un retraso mental catastrófico.

Papi cogió la cámara por la correa (¡Dios, cómo había llegado a detestar aquella cosa!), salió del coche y se obligó a responder al saludo y la sonrisa del hombre.

Al fin y al cabo, el negocio era el negocio.

—¿No diría que es un feo cachorro?

Chaffee examinaba la Polaroid, revelada casi por completo. Papi había explicado lo que hacía la cámara, estimulado por el sincero interés y curiosidad de Chaffee. Después le había entregado la Sun al hombre, invitándolo a sacar la foto que quisiera.

Emory Chaffee, dedicándole su repugnante sonrisa de dientes de conejo, enfocó la Polaroid hacia Papi.

—A mí no me enfoque —dijo Papi a toda prisa—. Preferiría que me apuntara con una escopeta antes que con esa cámara.

—Cuando usted vende una cosa, la vende, ¿eh? —dijo Chaffee con admiración.

Pero le hizo caso y volvió la Sun 660 hacia la amplia ventana que daba al lago, un paisaje magnífico que seguía siendo tan majestuoso como durante los años posteriores a la Primera Guerra Mundial, los años dorados de la familia Chaffee, que, por alguna razón, habían empezado a convertirse en hojalata hacia 1970.

Emory apretó el disparador.

La cámara gimió.

Papi saltó. Descubrió que ahora daba un respingo cada vez que oía aquel sonido, aquel ruidillo gemebundo. Había intentado controlarse descubriendo turbado que no podía.

—¡Sí, señor! ¡Un animal espantosamente feo! —repitió Chaffee después de examinar la foto.

Papi quedó amargamente complacido al ver que por fin había desaparecido aquella repulsiva sonrisa llena de dientes y saliva. Por lo menos, la cámara había sido capaz de hacer eso.

No obstante, le resultaba igualmente evidente que el hombre no estaba viendo lo que veía él. En cierta forma, Papi se había preparado para esa eventualidad; pero, aun así, ante su impasibilidad yanqui se sintió muy conmocionado. Creía que si a Chaffee le hubiera sido dado ver lo que estaba viendo él, el maldito idiota habría salido corriendo hacia la puerta más cercana.

El perro —bueno, ya no era un perro, pero había que llamarlo de alguna manera— todavía no había iniciado su salto hacia el fotógrafo, pero estaba preparándose. Sus cuartos traseros iban flexionándose y descendiendo hacia la resquebrajada acera anónima, en un gesto que a Papi le recordaba el vibrante movimiento del coche de un joven, a punto de arrancar, unos segundos antes de que desapareciera la luz roja, con la aguja del cuentarrevoluciones señalando el máximo, y el motor chirriando a través de los tubos de cromo y los gruesos neumáticos dispuestos a sacar humo del asfalto en un intenso beso enamorado.

La cara del perro ya no era algo reconocible. Aparecía retorcida y distorsionada de un modo monstruoso y presentaba un solo ojo oscuro y malevolente, ni redondo, ni oval sino colgante, como la yema de un huevo pinchada por un tenedor. Su nariz era un pico negro con profundos agujeros practicados a cada lado. ¿Era humo lo que salía de esos agujeros, como vapor del cráter de un volcán? Tal vez sí, o tal vez eso fuera fruto de su imaginación.

No importa —pensó Papi—. *Si sigues apretando ese disparador o permites que lo haga gente como este estúpido, terminarás por descubrirlo, ¿no crees?*

Pero la cuestión era que no quería descubrirlo. Miró la cosa negra y asesina de cuyo manto enredado colgaban algunos abrojos pegados, aquella cosa que ya no tenía exactamente pelo, sino un material como de lanzas vivas y una cola como un arma medieval. Miró aquella sombra cuyo significado exacto había descubierto un chico insolente, y vio que había cambiado. Una de las piernas de la sombra parecía haber dado un paso atrás, un paso muy largo, aun considerando el efecto del sol poniente o naciente (pero se ponía; por alguna razón, Papi estaba seguro de que se ponía, de que en aquel mundo llegaba la noche, no el día).

Finalmente, el fotógrafo de aquel mundo había comprendido que su modelo no tenía intención de posar para su retrato, que eso nunca había formado parte de su plan. Tenía intención de comer, no de posar. Ese era el plan. Comer y después, de alguna manera que Papi no comprendía, escapar.

¡Descúbrelo! —pensó irónicamente—. *¡Adelante! ¡Sigue sacando fotos! ¡Lo descubrirás! ¡Descubrirás toda clase de cosas!*

—Y usted, señor —estaba diciendo Emory Chaffee, que solo se había detenido un momento porque las criaturas con poca imaginación rara vez se detienen mucho para hacer algo tan trivial como meditar—, es un estupendo vendedor.

El recuerdo de McCarty seguía muy vivo aún y todavía molestaba.

—Si cree que es un fraude… —empezó a decir.

—¿Un fraude? ¡En absoluto! ¡En absoluto! —La sonrisa de Chaffee se amplió en todo su repulsivo esplendor, mientras abría las manos como preguntando si quería gastarle una broma—. Pero verá, señor Merrill, me temo que no podemos hacer negocio con este artículo en particular. Lamento decirlo, pero…

—¿Por qué? —interrumpió Papi—. Si no cree que la maldita cosa es un fraude, ¿por qué demonios no la quiere?

Papi Merrill se quedó estupefacto al oír que su voz se elevaba en una especie de furia quejumbrosa, frustrada. Estaba seguro de que nunca en la historia del mundo había existido nada como eso, y de que jamás volvería a repetirse. Sin embargo, parecía que no podía desprenderse de ella.

—Bueno… —Chaffee parecía desconcertado, como si no supiera cómo decirlo porque, fuera lo que fuese, a él le resultaba evidente. En ese momento parecía un maestro de párvulos agradable, pero un tanto torpe, tratando de enseñar a un niño retrasado a atarse los zapatos—. No hace nada, ¿verdad?

—¿Que no hace nada? —dijo Papi, casi gritando. No podía creer que hubiese perdido hasta ese punto el control de sí mismo y que cada vez lo perdiera más. ¿Qué le pasaba? O, para decirlo con mayor claridad, ¿qué le estaba haciendo la maldita cámara?—. ¿Que no hace nada? Pero ¿acaso está ciego? ¡Toma fotografías de otro mundo! Toma fotografías que se mueven en el tiempo de una a otra, independientemente del lugar o el momento en que las haga en este mundo. Y esa…, esa cosa…, ese monstruo…

¡Ay, ay! ¡Al final lo había hecho! Finalmente, había ido demasiado lejos. Lo sabía por la manera en que lo miraba Chaffee.

—Es solo un perro, ¿no? —dijo Chaffee en voz baja y tranquilizadora. Era el tipo de voz que se utiliza para intentar calmar a un lunático mientras la enfermera se precipita sobre el botiquín para buscar las agujas y las drogas hipnóticas.

—¡Ajá! —exclamó Papi lenta y fatigosamente—. Es solo un perro. Pero usted mismo dijo que era una bestia infernalmente fea.

—Claro, claro que lo dije —admitió Chaffee demasiado pronto. Papi pensó que si la sonrisa del hombre seguía ampliándose, terminaría por contemplar cómo los tres cuartos superiores de la cabeza del idiota caían en su regazo—. Pero, señor Merrill, ¿es que no se da cuenta del problema que representa para el coleccionista, para el coleccionista serio?

—No, creo que no —dijo Papi, aunque después de recorrer toda la lista de Sombrereros Locos, una lista que al comienzo parecía tan prometedora, estaba empezando a verlo. En realidad, estaba empezando a ver toda una multitud de problemas que planteaba la Polaroid Sun al coleccionista serio. En cuanto a Emory Chaffee, solo Dios sabía lo que pensaba exactamente.

—Indudablemente, existen cosas como las fotografías de fantasmas —dijo Chaffee con una voz clara y pedante que inspiró a Papi el deseo de estrangularlo—. Pero estas no son fotos de fantasmas. Son...

—¡Lo que está claro es que no son fotos normales!

—Eso es precisamente lo que quiero decir —dijo Chaffee, frunciendo ligeramente el entrecejo—. Pero ¿qué tipo de fotografías son? No se puede decir, ¿verdad? Uno solo puede mostrar una cámara totalmente normal que fotografía un perro, el cual, al parecer, se prepara para saltar. Y, una vez que salte, habrá desaparecido del encuadre. En ese punto, puede pasar una de estas tres cosas. La cámara puede empezar a sacar fotos normales, es decir, fotos de las cosas que se enfocan; puede no sacar más fotos una vez completado su propósito, el de fotografiar..., casi podría decirse documentar ese perro; o podría, sencillamente, seguir sacando fotos de aquella cerca blanca y del césped mal cuidado que hay detrás. —Después de hacer una pausa, añadió—: Supongo que en algún momento, dentro de cuarenta o de cuatrocientas fotografías, podría pasar alguien; pero, a menos que el fotógrafo eleve el ángulo, algo que no parece haber hecho hasta ahora, se vería al transeúnte de cintura para abajo. En resumen... —prosiguió, imitando al padre de Kevin sin saber siquiera quién era—, perdone por decir esto, señor Merrill, pero me ha mostrado algo que creí que no vería nunca: un suceso inexplicable y casi innegablemente paranormal, que en realidad resulta sumamente tedioso.

Esta observación sorprendente, pero al parecer sincera, obligó a Papi a desdeñar lo que Chaffee pudiera pensar sobre su estado mental y volver a preguntar:

—¿Realmente es solo un perro, según usted?

—Naturalmente —afirmó Chaffee con aspecto algo sorprendido—, un sieteleches vagabundo que parece tener pésimo carácter. —Lanzó un suspiro y añadió—: Por otra parte, no incita a que se lo tome en serio. Lo que quiero decir es que no sería tomado en serio por personas que no lo conozcan personalmente, señor Merrill, personas que no estén familiarizadas con su honestidad y fiabilidad en estos asuntos. Verá, parece un truco. Y ni siquiera muy bueno. Algo del estilo de la bola mágica de un niño.

Dos semanas antes, Papi habría discutido fervorosamente esa idea, pero eso era antes de haber sido invitado a abandonar la casa de aquel cabrón de McCarty.

—Bueno, si es su última palabra —dijo Papi, poniéndose en pie y cogiendo la cámara por la correa.

—Lamento mucho que se haya molestado por tan poco —dijo Chaffee, y su horrible sonrisa reapareció, llena de labios gomosos e inmensos dientes brillantes de saliva—. Cuando llegó, estaba a punto de prepararme un sándwich. ¿Le gustaría comer conmigo, señor Merrill? Hago unos sándwiches estupendos, aunque no queda bien que sea yo quien lo diga. Les pongo rábanos picantes y cebollas en vinagre, ese es mi secreto, y después...

—Paso —dijo Papi pesadamente. Como le había sucedido en el saloncillo de las Hermanas Pus, lo único que quería en ese momento era salir de allí y poner kilómetros entre él y aquel idiota sonriente. Papi tenía alergia a los lugares en los que había jugado y perdido. Últimamente, parecía haber muchos. Demasiados—. Lo que quiero decir es que ya he comido. Tengo que regresar.

Chaffee rió con regocijo.

—El destino del que trabaja en la viña es duro, pero proporciona un gran botín —dijo.

Últimamente no —pensó Papi—. *Últimamente no ha proporcionado ningún maldito botín.*

—Bueno, es una forma de ganarse la vida —contestó, antes de que Chaffee le permitiera salir de aquella casa húmeda y fría (Papi no conseguía imaginar cómo sería vivir en ese lugar en febrero), que despedía un olor arratonado y mohoso que podía provenir de cortinas y tapizados en proceso de putrefacción, o ser solo el olor que deja el dinero cuando ha pasado mucho tiempo en un lugar y después se va. Le pareció que el fresco aire de octubre, teñido con un leve sabor del lago y otro más fuerte de panocha, jamás había sido tan bueno.

Se metió en su coche y conectó el motor. A diferencia de la Hermana Pus que lo había acompañado a la puerta, cerrándola después rápidamente como temerosa de que le diera el sol y la convirtiera en polvo, como si fuera un vampiro, Emory Chaffee permanecía de pie en la galería, esbozando su sonrisa idiota y saludándolo con la mano, como si Papi partiera para realizar un maldito crucero.

Y, sin pensar, del mismo modo que había sacado la foto de la vieja negra, había hecho una instantánea de Chaffee y de la casa en proceso de derrumbe, que era todo lo que quedaba de la fortuna Chaffee. No recordaba haber cogido la cámara del asiento sobre el que la había arrojado antes de cerrar la portezuela; ni siquiera era consciente de que tenía la cámara en la mano o de que había apretado el disparador, hasta que escuchó el gemido del mecanismo que escupía la fotografía como una lengua bañada en un blando fluido gris, quizá leche de magnesia. Ahora, aquel ruido pareció vibrar a lo largo de sus terminaciones nerviosas haciéndolas rechinar; era como la sensación que se tenía cuando algo demasiado frío o demasiado caliente entraba en contacto con un empaste nuevo.

Advirtió, con su visión periférica, que Chaffee reía como si fuera el mejor chiste del mundo. Luego arrancó la foto de su ranura dominado por una especie de horror furioso, diciéndose que había imaginado aquel ruido momentáneo y borroso de gruñido —un ruido como el que podría oírse si se aproximara una motora mientras se mantiene la cabeza bajo el agua—, así como la sensación fugaz de que la cámara había saltado entre sus manos, como si una enorme presión interior la hubiera estremecido. Abrió la guantera y tiró dentro la foto, cerrándola después con tanta fuerza y rapidez que se rompió la uña del pulgar.

Partió bruscamente, casi a trompicones, y estuvo a punto de golpear una de las viejas picas que flanqueaban el extremo del sendero más cercano a la casa. Mientras recorría el camino para coches le pareció oír a Emory Chaffee riendo a carcajadas.

El corazón le golpeaba en el pecho, y sentía la cabeza como si alguien la estuviera machacando con un hacha. El pequeño manojo de venas que tenía en las sienes latía con fuerza. Poco a poco, consiguió controlarse. Después de recorrer unos diez kilómetros, el enano que había en el interior de su cabeza dejó de utilizar el hacha; después de casi veinte (ahora estaba a mitad de camino de Castle Rock), su ritmo cardíaco recuperó la normalidad. Entonces se dijo: *No vas a mirarla. No lo harás. Deja que esa cosa se pudra ahí. No necesitas mirarla ni tampoco sacar más fotos. Ha llegado el momento de incluirla en la lista de pérdidas. Ha llegado el momento de hacer lo que debiste permitir que hiciese el muchacho.*

De modo que, naturalmente, cuando llegó a la zona de recreo Castle View, un rincón desde donde, al parecer, se podía contemplar todo el oeste de Maine y la mitad de New Hampshire, detuvo el coche, abrió la guantera y sacó la foto que había tomado con el mismo interés o conocimiento con que podía haberlo hecho un sonámbulo. Por supuesto, la foto se había revelado allí dentro; los productos químicos del interior de aquel cuadrado engañosamente plano habían despertado, haciendo su habitual trabajo con eficacia. Luz u oscuridad no establecían diferencias para una foto Polaroid.

Ahora, esa cosa lejanamente similar a un perro estaba acuclillada por completo, todo lo agazapada que era posible. Sus dientes habían superado la boca, de modo que su gruñido no parecía solo una expresión de cólera, sino una necesidad. ¿Cómo podían cerrarse los labios sobre aquellos dientes? ¿Cómo podían juntarse aquellas mandíbulas? Ahora se parecía más a una variedad salvaje de oso que a un perro, pero aquello a lo que se parecía realmente era algo que Papi no había visto nunca. Mirarlo hacía más que provocarle dolor en los ojos; dañaba su cerebro. Le hacía sentirse como si estuviera volviéndose loco.

¿Por qué no te libras de la cámara aquí? —pensó de pronto—. *Puedes hacerlo. Sal, ve hasta la barandilla y tírala. Desaparecida. Adiós.*

Pero ese habría sido un acto impulsivo, y Papi Merrill pertenecía en cuerpo y alma a la Tribu Racional. No quería hacer, en el impulso del momento, nada que pudiera lamentar más tarde, y... *Si no haces esto, más tarde lo lamentarás.*

No, no y no. Un hombre no puede ir contra su naturaleza. Es antinatural. Papi necesitaba tiempo para pensar, para estar seguro.

Llegó a un arreglo consigo mismo tirando la foto por la ventanilla, y siguió su camino. Durante uno o dos minutos se sintió como si fuera a vomitar, pero se le pasó. Entonces se sintió un poco más él mismo. De regreso en su tienda, a salvo, abrió la caja de acero, cogió la Sun, revisó una vez más su llavero y encontró la llave del cajón donde guardaba sus artículos «especiales». Se dispuso a guardar la cámara, pero se detuvo con el ceño fruncido. La imagen del tajo que había en el patio trasero se le apareció con tanta claridad, con tal detalle, que era como una fotografía.

Pensó: *No importa todo eso de que un hombre no puede ir contra su naturaleza. Es basura y lo sabes. En la naturaleza del hombre no está el comer mierda, pero por Dios que si alguien que te apunta a la cabeza te lo ordenara podrías comerte un bol entero. Ya sabes en qué momento estás, compañero, en el momento de hacer lo que debiste dejar que hiciera el muchacho. Al fin y al cabo, no es como si hubieras invertido en esto.*

Sin embargo, otra parte de su cerebro se alzó en una protesta airada y expresiva: *¡Claro que sí! ¡Hice una inversión, por Dios! ¡Ese chico destrozó una cámara Polaroid totalmente nueva! ¡Tal vez no lo sepa, pero eso no cambia el hecho de que me he gastado ciento treinta y nueve pavos!*

—¡Oh, mierda! —murmuró agitado—. ¡No es eso! ¡No es el maldito dinero!

No, no era el maldito dinero. Al menos podía admitir que no era el dinero. Podía permitírselo; de hecho, Papi habría podido permitirse mucho, incluida una mansión en el distrito Bramhall de Portland y un Mercedes-Benz nuevo. Jamás habría comprado esas cosas —atesoraba los peniques y llamaba a una avaricia casi patológica «el espíritu ahorrativo yanqui»—, pero eso no quería decir que no hubiese podido tenerlas de haberlo deseado.

No se relacionaba con el dinero; se relacionaba con algo más importante de lo que jamás podría ser el dinero. Se relacionaba con no ser desplumado. Papi había basado el trabajo de su vida en la decisión de no dejarse desplumar, y, en las pocas ocasiones en las que le había sucedido, se había sentido como un hombre cuyo cráneo es recorrido por hormigas rojas.

Por ejemplo, el asunto del maldito tocadiscos Kraut. Cuando Papi descubrió que aquel anticuario de Boston (se llamaba Donahue) le había cobrado cincuenta pavos más por un gramófono Victor-Graff de 1915 (que resultó ser un modelo mucho más común de 1919), se permitió el lujo de perder trescientos dólares, que le quitaron el sueño, planificando diversas formas de venganza (a cual más salvaje y ridícula que la anterior), maldiciéndose por idiota, y diciéndose que realmente estaba decayendo si un ciudadano como aquel Donahue podía desplumar a Papi Merrill. Y a veces imaginaba al tipo contándoles a sus colegas de póquer lo fácil que había sido. ¡Diablos!, por allí eran un montón de paletos, creían que si intentaban venderle el puente de Brooklyn a un pavo como aquel ratón de campo de Merrill, de Castle Rock, el maldito idiota preguntaría: «¿Cuánto?». Y después los imaginaba balanceándose en sus sillas en torno a aquella mesa de póquer (Papi no sabía por qué en aquel sueño mórbido los veía siempre en torno a una mesa de póquer, pero así era), fumando cigarros de a dólar y rugiendo de risa como un montón de trolls.

El asunto de la Polaroid corroía su interior como un ácido, pero todavía no estaba preparado para abandonar el asunto.

Todavía no.

¡Estás loco! —le gritaba una voz—. *¡Es una locura seguir con esto!*

—¡Que me condenen si lo dejo! —murmuró malhumorado en respuesta a aquella voz, en medio de su tienda vacía y sombría, que latía nuevamente como una bomba en una maleta—. ¡Que me condenen!

Pero eso no quería decir que tuviera que seguir corriendo por ahí en más viajes estúpidos tratando de vender la maldita cámara. Y, desde luego, tampoco tenía intención de sacar más fotos con ella. Calculaba que quedarían al menos tres fotos «seguras», y que probablemente hubiera incluso siete, pero no sería él quien lo descubriera. En absoluto.

Sin embargo, podía surgir algo. Nunca se sabía. Y no podía hacerle ningún daño ni a él ni a nadie tenerla encerrada en un cajón, ¿no?

—No —se dijo Papi animosamente.

A continuación, dejó caer la cámara dentro del cajón, lo cerró, se guardó las llaves en el bolsillo y después fue hasta la puerta y colocó el cartel con la cara ABIERTO mirando a la calle, con el aire de un hombre que por fin ha dejado atrás un problema fastidioso.

DIEZ

A las tres de la madrugada, Papi despertó bañado en sudor y mirando atemorizado la oscuridad. Los relojes acababan de iniciar otro fatigado circuito a la hora.

No fue su sonido lo que lo despertó, aunque habría podido ser, porque no estaba arriba, en su cama, sino abajo, en la tienda. El Emporium Galorium era una gruta oscura atestada de sombras abultadas creadas por la farola de la calle, que proyectaba la luz suficiente para crear la desagradable sensación de que había cosas escondidas más allá de donde alcanzaba la vista.

No fueron los relojes los que lo despertaron; fue el flash.

Sintió horror al encontrarse de pie con su pijama junto al banco de trabajo, con la Polaroid Sun 660 en la mano. El cajón «especial» estaba abierto. Era consciente de que, aunque había tomado una sola foto, su dedo había estado apretando el botón que disparaba una y otra vez. Habría hecho muchas más, aparte de la que sobresalía de la ranura, si no hubiera sido por la buena fortuna de que solo quedaba una en el rollo.

Papi empezó a bajar los brazos —había estado apuntando la cámara hacia el frente de la tienda, y el visor con su diminuta raja estaba apoyado contra un ojo soñoliento y abierto—, pero en cuanto los tuvo a la altura de las costillas empezaron a temblar, y los músculos que sostenían las articulaciones de los codos se aflojaron. Sus manos se abrieron, y la cámara volvió a caer con estrépito en el cajón «especial». La foto que había tomado se deslizó por la ranura y voló. Golpeó un borde del cajón abierto, vaciló como si pensara seguir a la cámara al interior, y después se inclinó hacia el otro lado. Cayó al suelo.

Ataque cardíaco —pensó Papi con incoherencia—. *Voy a tener un maldito ataque cardíaco.*

Trató de levantar el brazo derecho con la intención de masajear el lado izquierdo de su pecho, pero el brazo no respondía. La mano que había en su extremo colgaba como un hombre muerto al final de una cuerda. El mundo se desenfocaba y volvía a enfocarse. El ruido de los relojes (los más remolones estaban terminando de sonar) se retiró como un eco distante. Después, el dolor de su pecho disminuyó, la luz pareció regresar un poco, y Papi comprendió que lo que le estaba sucediendo era que estaba a punto de desmayarse.

Se obligó a sentarse en la silla con ruedas que había junto al banco de trabajo. La tarea de acomodarse en el asiento, al igual que el asunto de bajar la cámara, empezó bien; pero, antes de llegar a mitad de camino, aquellos goznes que unían sus muslos con sus pantorrillas mediante las rodillas también fallaron, y, más que sentarse en la silla, cayó sobre ella. Esta rodó hacia atrás, golpeó un cajón lleno de viejos números de *Life* y *Look* y se detuvo.

Papi bajó la cabeza como se supone que hay que hacer cuando estás mareado, y pasó el tiempo. Ni en ese momento ni después supo cuánto tiempo. Tal vez había vuelto a dormirse un rato. El caso es que, cuando levantó la cabeza, estaba más o menos bien otra vez. Sentía un latido regular en las sienes y detrás de la frente, probablemente porque se había llenado de sangre la maldita croqueta al haberla mantenido tanto tiempo echada hacia delante. Descubrió que podía ponerse de pie y supo lo que tenía que hacer. Cuando la cosa lo dominaba hasta el punto de hacerlo caminar en sueños y obligarlo (su cabeza trataba de rebelarse contra aquel verbo, pero no se lo permitió) a tomar fotos, era que había llegado el momento de ponerle fin. No tenía ni idea de qué era la maldita cosa, pero había algo evidente: no se podía negociar con ella.

Es hora de hacer lo que debiste permitir que hiciera el muchacho.

Sí, pero esa noche no. Estaba agotado, bañado en sudor y temblando. Pensó que bastante tendría con volver a subir la escalera, como para pensar en empuñar la almádena. Supuso que podría hacer el trabajo allí mismo: simplemente, sacar la cámara y estrellarla una y otra vez contra el suelo. Sin embargo, había una verdad más profunda y era mejor que la aceptara: esa noche no podía tener ningún otro contacto con aquella cámara. Por la mañana se sentiría bien, y mientras tanto la cámara no podría hacer ningún daño. No tenía película.

Papi cerró el cajón y giró la llave. Después se levantó lentamente, como si estuviera más cerca de los ochenta que de los setenta, y se dirigió muy despacio hacia la escalera. Subió de escalón en escalón, descansando en cada uno y aferrándose a la barandilla (que no era demasiado sólida) con una mano, mientras llevaba en la otra el pesado llavero. Finalmente, llegó arriba. Con la puerta cerrada a sus espaldas, pareció sentirse algo mejor. Entró en el dormitorio y se metió en la cama, ignorando como siempre el fuerte olor a sudor y vejez que se extendía por la habitación cuando él se tumbaba. Cambiaba las sábanas el primer día de cada mes y le parecía suficiente.

Ahora no dormiré, pensó. Y después: *Sí que dormirás. Dormirás porque puedes hacerlo, y puedes hacerlo porque mañana cogerás el hacha, harás pedazos esa maldita cosa y todo habrá terminado.*

Esta idea y el sueño llegaron al mismo tiempo, y Papi durmió sin soñar, casi sin moverse, durante el resto de la noche. Cuando despertó, quedó atónito al oír que los relojes de la planta baja daban una campanada de más: ocho en lugar de siete. Hasta que no vio la luz que se reflejaba en el suelo y la pared en un sesgo ligero no comprendió que eran las ocho.

Por primera vez en diez años se había quedado dormido. Después recordó la noche anterior. Ahora, a la luz del día, todo el episodio parecía menos extravagante. ¿Había estado a punto de desmayarse? ¿O sería tal vez un tipo de debilidad normal que acometía al sonámbulo cuando se despertaba bruscamente?

Aunque, naturalmente no se trataba de eso, ¿verdad? El brillante sol matinal no podía cambiar el hecho central: había caminado durante el sueño, había hecho por lo menos una foto, y habría hecho muchas más si hubiese habido más película en el rollo.

Se levantó, se vistió, y bajó dispuesto a hacer pedazos la cosa antes de tomar el café matutino.

ONCE

Kevin habría querido que su primera visita al mundo bidimensional de Polaroidsville hubiera sido la última, pero no era el caso. Durante las trece noches transcurridas desde la primera, había tenido ese sueño cada vez con más frecuencia. Si el sueño se tomaba la noche libre

(unas pequeñas vacaciones, Kev, pero volveremos a vernos pronto, ¿vale?),

a lo mejor lo tenía dos veces la noche siguiente. Ahora sabía siempre que se trataba de un sueño, y en cuanto comenzaba se decía que lo único que tenía que hacer era despertarse: *¡Maldición, simplemente despiértate!* Unas veces se despertaba, y otras se sumía en el descanso más profundo, pero nunca logró despertarse deliberadamente.

Ahora siempre era Polaroidsville, nunca Oatley o Hildasville, aquellos dos primeros esfuerzos de su mente confusa por identificar el lugar. Y, como en las fotografías, en cada sueño la acción progresaba un poco más. Primero aparecía el hombre con el carrito de la compra, que ahora nunca estaba vacío sino lleno de una multitud de objetos, relojes en su mayor parte, pero todos provenientes del Emporium Galorium y todos con el aspecto escalofriante, no de cosas reales, sino de fotografías de cosas reales sacadas de revistas y, después, de manera absurda y paradójica, metidas en un carrito de la compra que, al ser bidimensional como los propios objetos, no tenía profundidad para almacenarlas. Y, sin embargo, allí estaban; y el viejo se inclinaba protectoramente sobre ellas, y le decía a Kevin que se fuera, que era un maldito ladrón, y ahora también le amenazaba con que, si no se iba, le arrojaría el perro de Papi.

También estaba la mujer gorda, que no podía ser gorda porque era plana, pero que de todas maneras era gorda. Aparecía empujando su propio carrito lleno de cámaras Sun de Polaroid. Ella también le hablaba antes de pasar a su lado. «Ten cuidado, muchacho —decía con la voz alta pero átona de alguien que está totalmente sordo—. El perro de Papi ha roto la correa y es muy malo. Antes de venir destrozó a dos o tres personas de la granja Trenton, en Camberville. Resulta difícil hacerle una foto, pero naturalmente es imposible sin cámara.»

Entonces se inclinaba para coger una. A veces llegaba incluso a tendérsela, y él se acercaba para cogerla, sin saber por qué la mujer pensaba que él debía sacarle una foto al perro o por qué querría hacerlo. ¿O acaso era que intentaba ser cortés?

En cualquier caso, no establecía ninguna diferencia. Ambos se movían con la majestuosa lentitud de personas nadando bajo el agua, como hacen con tanta frecuencia los personajes de los sueños, y siempre eludían el contacto por los pelos. Cuando Kevin pensaba en aquella parte del sueño, a menudo recordaba el famoso fresco de Dios y Adán pintado por Miguel Ángel en el cielo raso de la Capilla Sixtina: ambos con un brazo estirado, y la mano también, y las puntas de los dedos casi tocándose; no del todo, pero casi.

Después, la mujer desaparecía un instante porque no tenía profundidad, y cuando reaparecía estaba fuera de su alcance. *Pues entonces retrocede tú*, pensaba Kevin cada vez que el sueño llegaba a ese punto. Pero no podía. Sus pies lo llevaban sin prisa pero sin pausa hacia delante, hacia la cerca blanca y desconchada, y Papi, y el perro... Pero el perro ya no era un perro, sino una horrible mezcla que despedía calor y humo, como un dragón, y tenía los dientes y el morro llenos de cicatrices y retorcidos de un jabalí. Papi y el perro de la Sun se volvían hacia él simultáneamente, y Papi tenía la cámara —su cámara, Kevin lo sabía porque le faltaba un trocito de un lado— y la levantaba hacia su ojo derecho. Su ojo izquierdo permanecía cerrado. Las gafas sin montura centelleaban en lo alto de su cabeza bajo la brumosa luz solar. Tanto Papi como el perro tenían las tres dimensiones. Eran las únicas cosas que las tenían en aquella sórdida y siniestra ciudad onírica.

—¡Es ese! —gritaba Papi con voz chillona y temerosa—. ¡Él es el ladrón! ¡Atácalo, chico! ¡Lo que quiero decir es que le saques las entrañas!

Y, mientras gritaba, relampagueaba el último y frío flash, y Kevin se volvía para salir corriendo. La segunda vez, el sueño se detenía allí. Y cada vez que lo tenía, las cosas avanzaban un poco más. Se movía con la lentitud acuática del personaje de un ballet submarino. Sentía que, si hubiera estado fuera, incluso habría parecido un bailarín, con los brazos girando como las hélices de un helicóptero que empieza a elevarse, la camisa pegándose a su cuerpo, pegándose a su pecho y a su vientre, mientras oía el ruido del faldón al salirse de los pantalones con un rasguido magnificado como el de papel de lija.

Después, regresaba por donde había llegado, levantando despacio un pie tras otro y flotando soñadoramente

(*Soñadoramente, claro, ¿cómo si no, idiota?*, pensaba cada vez que llegaba a ese punto),

hasta que tocaba el cemento resquebrajado de la acera y las suelas de sus zapatillas de deporte se achataban al soportar su peso, y levantaban pequeñas nubes de tierra que se movían con tal lentitud que veía las partículas girando como átomos.

Sí, naturalmente, corría despacio, y el perro de la Polaroid, esa cosa vagabunda sin nombre que salía de ninguna parte y no significaba nada, que tenía la sensibilidad de un ciclón, pero que de todos modos existía, lo perseguía lentamente..., pero no tan lentamente.

La tercera noche, el sueño se desvaneció justo cuando Kevin empezaba a volver la cabeza con aquel movimiento arrastrado, enloquecedoramente lento, para comprobar la ventaja que le llevaba al perro. Después, se saltó una noche. A la noche siguiente regresó dos veces. En el primer sueño, conseguía volver la cabeza a medias, de modo que podía ver la calle situada a su izquierda desapareciendo en el limbo a medida que corría; en el segundo (y de este sueño lo despertó la alarma del reloj, sudando y agazapado a los pies de la cama en posición fetal), pudo volver la cabeza lo bastante para ver al perro en el momento en que sus patas delanteras caían sobre sus propias huellas, y vio que las patas practicaban pequeños cráteres en el cemento porque tenían garras fuertes, y que en la parte posterior de cada articulación de las patas había una larga espina de hueso que parecía un espolón. La mirada rojiza y lodosa de aquello estaba clavada en Kevin. De sus narices salía una tenue llama. *¡Jesucristo! Su morro está ardiendo*, pensó Kevin. Y, cuando despertó, quedó horrorizado al oírse a sí mismo susurrar una y otra vez, muy rápido: *Morro ardiendo, morro ardiendo, morro ardiendo.*

Noche tras noche, el perro iba ganando ventaja mientras corría por la acera. Aunque no se volviera a mirar, lo percibía. Era consciente de una calidez que se dispersaba desde su entrepierna, y supo que tenía bastante miedo para haberse orinado, aunque la sensación poseía las mismas características diluidas y anestésicas de la forma en que se movía en ese mundo. Oía las patas del perro de la Sun golpeando el cemento; oía el chasquido seco del cemento quebrándose; oía las calientes bocanadas de su aliento y el sonido del aire cuando pasaba por aquellos dientes espantosos.

Y la noche en que Papi despertó y descubrió que no solo había caminado en sueños sino que había tomado al menos una fotografía, Kevin sintió el aliento del perro por primera vez, además de oírlo: una ráfaga cálida de aire en sus nalgas, como la de un metro o un tren expreso cuando pasa sin detenerse por una estación. Supo que ahora el perro estaba lo bastante cerca para saltar sobre su espalda, y que ese sería el siguiente paso. Sentiría de nuevo el aliento, pero en esta ocasión no sería cálido, sino caliente, tan caliente como la acidez producida por una indigestión aguda, y después aquella retorcida trampa para osos que era su boca se hundiría profundamente en la carne de su espalda, entre los omóplatos, desgarrando la piel y la carne que cubrían su columna vertebral. ¿Y creía que era un sueño? ¿Lo creía?

Despertó de ese último sueño en el momento en que Papi llegaba a lo alto de la escalera y descansaba por última vez antes de meterse en la cama. En esa ocasión, Kevin se encontró sentado rígidamente en la cama, con la sábana y la manta rodeando su cintura, la piel cubierta de sudor helado, y un millón de rígidos botoncillos de piel de gallina impregnando su vientre, su pecho, su espalda y sus brazos, como estigmas. Hasta las mejillas parecían tener piel de gallina.

Y no pensó en el sueño, o, al menos, no directamente. En cambio, pensó: *Está mal, el número está mal; dice tres, pero no puede…*

Después volvió a caer hacia atrás y, como suele sucederles a los niños (porque incluso a los quince años seguía siendo en su mayor parte un niño y lo sería hasta ese mismo día, más tarde), volvió a dormirse profundamente.

El despertador sonó a las siete y media, como siempre que debía ir a la escuela, y se encontró sentado otra vez en la cama, con los ojos muy abiertos y todas las piezas por fin en su lugar. La Sun que había destruido no era su Sun, y esa era la razón por la cual seguía teniendo esa pesadilla sin cesar. Papi Merrill, aquel amable y chalado filósofo, reparador de cámaras, relojes y pequeños aparatos, los había embaucado a su padre y a él con tanta limpieza y habilidad como un jugador que hace la travesía del río en una vieja película del Oeste.

¡Su padre!

Oyó que abajo se cerraba la puerta y saltó de la cama. Dio dos pasos hacia la puerta en ropa interior, lo pensó mejor, se volvió, abrió la ventana y gritó, justo en el momento en que su padre se metía en el coche para ir a trabajar: «¡Papá!».

DOCE

Papi sacó el llavero del bolsillo, abrió el cajón «especial» y sacó la cámara, procurando cogerla por la correa. Miró con cierta esperanza la parte delantera de la Polaroid, pensando que tal vez vería que la lente se había roto en su última caída, esperando, por decirlo de algún modo, que el ojo de la maldita cosa se hubiera salido de su órbita. Pero su padre siempre había dicho que el diablo tiene suerte, y eso era, al parecer, lo que sucedía con la maldita cámara de Kevin Delevan. La pequeña muesca del costado se había agrandado algo más, y eso era todo.

Cerró el cajón y, al hacer girar la llave, vio la foto que había tomado en sueños, cara abajo en el suelo. Tan incapaz de no mirarla como la mujer de Lot de no mirar la destrucción de Sodoma, la cogió con aquellos dedos romos que tan bien escondían al mundo su destreza y le dio la vuelta.

La criatura había iniciado el salto. Sus patas delanteras acababan de abandonar el suelo, pero, a lo largo de su deformada columna vertebral y en la masa de músculo que había debajo del pelo, formado por filamentos que sobresalían como cepillos de acero, veía cómo empezaba a desplegarse aquella energía cinética. De hecho, en esta fotografía la cara y el cuello estaban algo borrosos, al tiempo que su boca se abría más; y, como si oyera un sonido metido bajo una campana de vidrio, le pareció percibir un gruñido bajo y gutural que empezaba a convertirse en rugido. El fotógrafo fantasma parecía estar intentando dar otro paso atrás, pero ¿qué importaba? Lo que salía del morro de la cosa era humo, sí, humo, y había más humo saliendo de las articulaciones de las mandíbulas, en el pequeño espacio donde terminaba aquella horrible pared de dientes. Cualquier hombre retrocedería espantado ante eso, cualquier hombre daría media vuelta y echaría a correr, pero Papi no tenía más que mirar para poder afirmar que el hombre (por supuesto que era un hombre, tal vez habría sido un chico alguna vez, pero ¿quién tenía la cámara ahora?) que había hecho la fotografía en un mero acto reflejo, con una especie de contracción del dedo, que ese hombre no tenía ni la sombra de una posibilidad. Podía mantenerse en pie o caer al suelo, pero la única diferencia estaría en la forma de morir: mientras permanecía en pie o mientras estaba caído.

Papi estrujó la foto entre sus dedos y volvió a guardar el llavero en el bolsillo. Se volvió, sujetando por la correa lo que había sido la Polaroid Sun 660 de Kevin Delevan y que ahora era la suya; se detendría solamente lo necesario para coger la almádena. Y mientras se acercaba a la puerta trasera, se disparó un flash enorme, blanco y silencioso, no frente a sus ojos, sino detrás de ellos, en su cerebro.

Se volvió, y ahora sus ojos estaban tan vacíos como los de un hombre que ha quedado momentáneamente cegado por una luz brillante.

Pasó junto al banco de trabajo llevando la cámara a la altura del pecho, como podría llevarse una urna votiva o cualquier otra clase de ofrenda o reliquia religiosa. A mitad de camino entre el banco de trabajo y la parte delantera de la tienda había una cómoda repleta de relojes. A su izquierda estaba una de las vigas de soporte de la estructura, y de un gancho colocado allí colgaba otro reloj, uno de cuco alemán de imitación. Papi lo cogió por el tejado y lo descolgó, indiferente a los contrapesos que inmediatamente se enredaron entre sí, y al péndulo, que se soltó cuando una de las cadenas enredadas trató de enroscarse en él. Bajo la punta del tejado la puertecilla se entreabrió, y el pájaro de madera asomó el pico y un ojo sobresaltado. Emitió un solo sonido ahogado a modo de protesta antes de volver a entrar.

Papi colgó la Sun por la correa en el gancho donde había estado el reloj; después se volvió y se dirigió hacia la parte trasera de la tienda por segunda vez, con la mirada todavía inexpresiva y confusa. Sostenía el reloj por el tejado, balanceándolo con indiferencia, sin escuchar los chasquidos y tañidos del interior, o el ocasional sonido estrangulado que podía provenir de un intento del pájaro por escapar, sin advertir que uno de los contrapesos golpeaba el cabezal de una cama antigua, se soltaba y comenzaba a rodar por el suelo, dejando un surco profundo en el polvo acumulado durante años. Se movía con la decisión carente de objeto de un robot.

En el cobertizo se detuvo el tiempo suficiente para coger la almádena de mango gastado y suave. Como tenía ambas manos ocupadas, tuvo que utilizar el codo de su brazo izquierdo para poder correr el pestillo y abrir la puerta del cobertizo que daba al patio trasero.

Fue hasta el tajo y colocó encima el reloj alemán de imitación. Se quedó un momento con la cabeza inclinada sobre él y ambas manos en torno al mango del hacha. Su rostro seguía inexpresivo, sus ojos confusos y nublados, pero había una parte de su cerebro que no solo pensaba con claridad, sino que creía que todo él estaba pensando y actuando con claridad. Esa parte de él no veía un reloj de cuco de escaso valor y ahora, además, roto; veía la Polaroid de Kevin. Esa parte de su mente creía realmente que había bajado, sacado la Polaroid del cajón y salido directamente al patio, haciendo una única pausa para coger la almádena.

Y esta era la parte que recordaría después, a menos que le resultara conveniente recordar otra verdad. De hecho cualquier otra verdad.

Papi Merrill levantó el hacha por encima del hombro derecho y la descargó con fuerza; no tanta como Kevin, pero la suficiente para hacer el trabajo. Golpeó de lleno en el tejado del reloj de cuco. El reloj no se rompió, sino que más bien se dispersó; los trozos de madera, las pequeñas ruedecillas y los resortes saltaron por todas partes. Y lo que recordaría haber visto aquella pequeña parte de Papi (a menos, naturalmente, que le conviniera recordar otra cosa) sería un montón de trozos de cámara esparciéndose por todas partes.

Sacó la almádena del bloque donde se había clavado y se quedó un momento con la mirada extraviada, meditativa, clavada en los fragmentos.

El pájaro, que a Papi le parecía el compartimiento del carrete, de un carrete de Polaroid Sun, permanecía echado de espaldas con sus patitas de madera erguidas, y parecía al mismo tiempo más muerto que cualquier pájaro que no fuera un personaje de historieta, y sin embargo milagrosamente intacto. Miró, se volvió y se encaminó hacia la puerta del cobertizo.

—Eso —murmuró—; buen viaje.

Ni siquiera alguien que estuviese a su lado habría podido entender las palabras, pero el tono de alivio con que las pronunció resultaba inconfundible.

—Está hecho. Ya no tienes que volver a preocuparte. ¿Y ahora qué? Tabaco para la pipa, ¿no?

Sin embargo, cuando quince minutos más tarde entró en el drugstore de enfrente, no pidió tabaco (aunque sería lo que recordaría haber pedido), sino carretes de película.

De película Polaroid.

TRECE

—Kevin, si no me voy llegaré tarde al tra...

—¿No puedes llamar? ¿No puedes llamar y decir que llegarás tarde, o que tal vez no irás? ¿Lo harías si fuera algo realmente importante?

Con fatiga, el señor Delevan preguntó:

—¿Y qué es ese algo?

—¿Podrías hacerlo?

La señora Delevan estaba de pie en la puerta del dormitorio de Kevin. Meg estaba detrás de ella. Ambas miraban con curiosidad al hombre vestido con traje y al chico alto en calzoncillos.

—Supongo que sí, digamos que podría. Pero no lo haré hasta que sepa de qué se trata.

Kevin bajó la voz y, mirando hacia la puerta, dijo:

—Es sobre Papi Merrill y la cámara.

El señor Delevan, que al comienzo había mirado con desconcierto el movimiento de los ojos de Kevin, se acercó ahora a la puerta. Murmuró algo a su esposa, que asintió. Después cerró la puerta, sin prestar más atención al gemido rebelde de Meg que la que habría podido prestar a un pájaro lanzando sus trinos desde el cable de teléfono que había frente a la ventana del dormitorio.

—¿Qué le has dicho a mamá? —preguntó Kevin.

—Que era una conversación de hombre a hombre —dijo el señor Delevan con una ligera sonrisa—. Creo que piensa que quieres hablar de la masturbación.

Kevin se sonrojó.

El señor Delevan pareció preocupado.

—No se trata de eso, ¿verdad? Quiero decir, sabes lo de...

—Lo sé, lo sé —dijo Kevin a toda prisa.

No pensaba contarle a su padre (y tampoco estaba seguro de que pudiera encontrar las palabras necesarias, aunque hubiera querido) que lo que le producía confusión momentánea era, en primer lugar, que su padre supiera algo sobre aquello de meneársela —cosa que no tenía por qué haberle sorprendido, pero que por algún motivo lo llenaba de sorpresa ante su sorpresa—, y en segundo lugar que su madre también lo supiera.

No importaba. Todo eso no tenía ninguna relación con las pesadillas y con esa nueva certeza que se había instalado en su mente.

—Te he dicho que es sobre Papi. Y sobre algunas pesadillas que he estado teniendo. Pero principalmente sobre la cámara. Papá, no sé cómo, pero se las arregló para robárnosla.

—Kevin...

—Ya sé que la hice pedazos, pero no era mi cámara. Era otra. Y eso no es lo peor. Lo peor es que continúa utilizando la mía para hacer fotos. ¡Y ese perro va a salir de allí! Cuando lo haga, creo que me matará. En aquel otro mundo ya ha empezado a...

No podía terminar. Kevin volvió a sorprenderse, esta vez rompiendo a llorar.

Cuando John Delevan logró calmar a su hijo ya eran las ocho menos diez y se había resignado al menos a llegar tarde al trabajo. Estrechó al chico entre sus brazos... Fuera por la razón que fuese, Kevin estaba asustado, y si en realidad no eran más que unos sueños, el señor Delevan pensaba que en algún lugar, en la raíz del asunto, encontraría el sexo.

Cuando Kevin empezó a recuperarse y a tomar aire con algún ocasional sollozo sin lágrimas, el señor Delevan se acercó a la puerta y la abrió con cautela, esperando que Kate se hubiera llevado a Meg abajo. Así era; el vestíbulo estaba vacío. *Bueno, al menos tenemos eso a nuestro favor*. Luego regresó junto a Kevin.

—¿Puedes hablar ahora? —preguntó.

—Papi tiene mi cámara —dijo Kevin con aspereza. Sus ojos enrojecidos, todavía húmedos, miraron a su padre casi como un miope—. De alguna manera la tiene y la está utilizando.

—¿Y eso lo soñaste?

—Sí. Y recordé algo.

—Kevin, esa era tu cámara. Lo siento, hijo, pero lo era. Vi incluso la pequeña muesca en el costado.

—Debió de hacerla de algún modo...

—Kevin, eso parece demasiado...

—Escucha —dijo Kevin con urgencia—, ¿quieres escucharme?

—Vale. Sí, estoy escuchando.

—Lo que recordé fue que cuando me dio la cámara..., cuando fuimos atrás a romperla, ¿recuerdas...?

—Sí...

—Miré esa ventanita donde la cámara indica las fotos que quedan. ¡Y ponía tres, papá! ¡Ponía tres!

—Bueno, ¿y qué?

—¡Estaba cargada! ¡Cargada! Lo sé porque recuerdo que, cuando aplasté la cámara, salió disparada una de esas cosas negras y brillantes. Salió y cayó al suelo.

—Repito: ¿y qué?

—¡Que cuando le di mi cámara a Papi no tenía película! Eso. Yo tenía veintiocho fotos; él quiso que sacara treinta más, un total de cincuenta y ocho. Si hubiera sabido lo que quería, tal vez habría comprado más carretes, aunque probablemente no. Entonces esa cosa ya me asustaba...

—Sí, a mí también, un poco.

Kevin lo miró respetuosamente.

—¿De veras?

—Sí. Continúa. Creo que veo adónde quieres llegar.

—Iba a decir que él contribuyó en la compra de los carretes, pero no puso bastante, ni siquiera la mitad. ¡Es un rácano terrible, papá!

John Delevan esbozó una sonrisa ligerísima.

—Lo es, hijo. Lo que quiero decir es que es uno de los mayores rácanos del mundo. Continúa. El tiempo vuela.

Kevin lanzó una mirada al reloj. Eran casi las ocho. Aunque ninguno de los dos lo sabía, al cabo de dos minutos Papi despertaría y empezaría con sus tareas matinales, de las cuales solo recordaría una parte mínima.

—Vale —dijo Kevin—. Lo que intento decir es que aunque hubiera querido, no habría podido comprar más película. Utilicé todo el dinero que tenía en comprar los tres carretes. Incluso le pedí prestado un dólar a Megan, así que le dejé sacar un par de fotos.

—¿Y entre los dos gastasteis todos los carretes? ¿Hasta la última foto?

—¡Sí, sí! ¡Incluso él dijo que había cincuenta y ocho! Y en el tiempo que pasó entre que terminé de hacer todas las fotografías que quería y fuimos a ver la cinta, no compré más carretes. ¡Cuando la llevé estaba totalmente vacía, papá! ¡En la ventanita ponía cero! ¡Yo lo vi, me acuerdo! Así que, si era mi cámara, ¿cómo se explica que indicara tres en la ventanita cuando volvimos a bajar?

—Él no pudo...

El señor Delevan se interrumpió, y una extraña expresión de melancolía poco habitual se pintó en su cara cuando comprendió que Papi «pudo» y que la verdad del asunto era esta: que él, John Delevan, no quería creer que Papi lo había hecho, que ni siquiera su amarga experiencia había sido vacuna suficiente contra la estupidez y que cabía dentro de lo posible que Papi les hubiera arrojado a los dos arena a los ojos.

—¿No pudo qué? ¿En qué piensas, papá? ¡Se te acaba de ocurrir algo!

Sí, se le había ocurrido algo. ¡Lo ansioso que había estado Papi por bajar y coger las fotos originales para que todos pudieran mirar más de cerca lo que rodeaba el cuello del perro, aquello que resultó ser la última corbata de lazo regalada a Kevin por la tía Hilda, la que llevaba un pájaro que probablemente fuera un pájaro carpintero!

«Podríamos bajar con usted», había sugerido Kevin cuando Papi se ofreció a ir a buscar las fotos. Pero Papi había saltado gorjeante como un ave. «No tardaré ni un minuto», había dicho el viejo, o algo así. Y el señor Delevan pensó que la verdad era que apenas se había fijado en lo que decía o hacía porque quería volver a ver la maldita cinta. Y la verdad era también esta: Papi ni siquiera había tenido que hacer el cambiazo delante de ellos. Aunque —ahora lo veía claro— el señor Delevan estaba dispuesto a creer, con renuencia, que probablemente el viejo hijo de perra se había preparado para hacer exactamente eso si era necesario, y que además podía hacerlo, por mucho que hubiese pasado de los setenta. Mientras ellos permanecían arriba y él abajo, presuntamente buscando las fotos de Kevin, podía haberles cambiado veinte cámaras con toda tranquilidad.

—¿Papá?

—Supongo que ha podido —dijo el señor Delevan—. Pero ¿por qué?

Kevin solo pudo menear la cabeza. No sabía por qué. La cuestión era que el señor Delevan pensaba que lo había hecho, y eso ya suponía un alivio. Tal vez los hombres honestos no tuvieran que aprender una y otra vez las verdades más sencillas del mundo; tal vez algunas de esas verdades terminasen por persistir. Solo había tenido que formular la pregunta en voz alta para obtener la respuesta. ¿Por qué hacen algo los Papi Merrill de este mundo? Para ganar dinero. Esa era la razón, toda la razón y la única razón. Kevin había decidido destruirla. Después de mirar la cinta de vídeo de Papi, el señor Delevan se mostró de acuerdo. De ellos tres, ¿quién había sido el único capaz de formar un proyecto?

Papi, naturalmente. Reginald Marion *Papi* Merrill.

John Delevan se encontraba sentado al borde de la cama de Kevin, rodeando los hombros de su hijo con un brazo. Se puso en pie.

—Ahora, vístete. Bajaré a llamar por teléfono. Le diré a Brandon que tal vez solo llegue tarde, pero que es posible que no pueda ir.

Estaba dándole vueltas a eso, hablando ya para sus adentros con Brandon Reed, pero no se sentía tan preocupado para no ver la gratitud que iluminó el rostro turbado de su hijo. El señor Delevan sonrió ligeramente y sintió que aquella melancolía inhabitual primero se aliviaba y después desaparecía por completo. Al menos sabía una cosa: su hijo no era todavía lo bastante mayor para no buscar consuelo en él o aceptarlo como un poder más alto a quien a veces podían hacerse demandas sabiendo que se actuaría en consecuencia; y tampoco él era tan viejo para no sentir consuelo por la tranquilidad de su hijo.

—Creo que es necesario hacerle una visita al señor Merrill —dijo, dirigiéndose hacia la puerta. Echó una mirada al reloj que había sobre la mesilla de noche de Kevin. Eran las ocho y diez, y en el patio trasero del Emporium Galorium una almádena estaba golpeando un reloj de cuco de imitación—. Suele abrir hacia las ocho y media. Creo que será más o menos la hora en que lleguemos. Si te apresuras, claro.

Hizo una pausa, y una sonrisa breve y fría se dibujó en su boca. No sonreía a su hijo.

—Lo que quiero decir es que tiene que explicarnos algunas cosas.

El señor Delevan salió, cerrando la puerta tras él. Rápidamente, Kevin empezó a vestirse.

CATORCE

El Super Drugstore LaVerdiere de Castle Rock era mucho más que un drugstore. En realidad, si se pensaba un poco, no tenía nada de drugstore. Era como si, en el último momento —por ejemplo, antes de la inauguración—, alguien se hubiera percatado de que una de las palabras del cartel era «DRUGSTORE». Esa persona podría haber pensando en decirle a otra, a alguien de la gerencia de la compañía, que allí estaban abriendo otro LaVerdiere, y que por pura distracción habían olvidado una vez más corregir el cartel para que dijera simple y exactamente: SUPER TIENDA LAVERDIERE. Y, después de haberlo pensado, la persona a cargo de observar esas cosas habría retrasado uno o dos días la gran inauguración para incorporar un minúsculo mostrador donde se despacharan recetas, en el rincón más alejado, oscuro y abandonado del largo edificio.

El Super Drugstore LaVerdiere se parecía más a una tienda de saldos con pretensiones que a cualquier otra cosa. La última tienda auténtica de saldos de la ciudad —un recinto largo y oscuro, iluminado con globos manchados de cagadas de mosca, que colgaban de cadenas y proyectaban un reflejo borroso en el suelo de madera crujiente, pese a ser encerado con frecuencia— había sido la de Ben Franklin. En 1978, dicho establecimiento había entregado su alma para dejar paso a una sala de videojuegos llamada Galaxia y E-Z Video Rentals, donde los martes era el día de Toofers y nadie menor de veinte años podía pasar a la parte posterior.

LaVerdiere vendía todo lo que en su época había vendido Ben Franklin, pero aquí las mercancías estaban bañadas por la luz despiadada de los fluorescentes Maxi-Glo, que dotaba a los artículos de un temblor afiebrado. *¡Cómprame!* —parecía gritar cada artículo—. *¡Cómprame o morirás! ¡También podría morir tu esposa! ¡O tus hijos! ¡O tu mejor amigo! ¡Tal vez todos al mismo tiempo! ¿Por qué? ¿Y cómo quieres que lo sepa? ¡Solo soy un artículo sin cerebro colocado en una estantería prefabricada de LaVerdiere! Pero ¿no te suena a verdad? ¡Sabes que sí! ¡Así que cómprame ahora mismo!*

Había un pasillo de artículos de mercería, dos de artículos de primeros auxilios y curalotodos y uno dedicado a cintas de audio y vídeo (tanto vírgenes como grabadas). Había un largo expositor de revistas que daba paso a libros de bolsillo, otro de encendedores bajo una caja registradora digital, y un despliegue de relojes debajo de otra (había una tercera caja registradora escondida en el rincón oscuro donde el farmacéutico se movía entre las solitarias sombras). Los dulces de Halloween habían ocupado la mayor parte del pasillo de los juguetes (los juguetes no solo regresarían después de Halloween, sino que finalmente terminarían por ocupar dos pasillos completos a medida que los días se acercaban inflexiblemente a la Navidad). Y, a la entrada, había algo demasiado oportuno para existir en realidad —excepto como admisión resignada de un Destino con D mayúscula, que podía, a su manera, indicar la existencia de todo aquel «otro mundo» por el que Papi nunca se había preocupado (excepto en términos de cómo sacarle beneficios, por supuesto), y en el cual Kevin Delevan nunca había pensado antes—: un escaparate cuidadosamente arreglado bajo el título general de FESTIVAL FOTOGRÁFICO DE OTOÑO.

Este despliegue consistía en una cesta de coloridas hojas otoñales que caían al suelo en brillante profusión (un observador cuidadoso habría llegado a la conclusión de que semejante cantidad de hojas no podía haber salido de esa cesta). Entre las hojas había algunas cámaras Kodak y Polaroid —entre estas últimas, varias Sun 660— y toda clase de artículos relacionados con la fotografía: estuches, álbumes, carretes, flashes... En medio de esa extravagante cornucopia se alzaba un trípode anticuado que parecía una de las naves marcianas de la muerte de H. G. Wells, sobrevolando el hundimiento de Londres. Llevaba un cartel en el que se explicaba a todos los interesados que esa semana se podían obtener SUPERDESCUENTOS EN TODAS LAS CÁMARAS Y ACCESORIOS POLAROID.

Aquella mañana, a las ocho y media, media hora después de la apertura de LaVerdiere, «los interesados» consistían única y exclusivamente en Papi Merrill. No prestó atención al escaparate, sino que se dirigió directamente hacia el único mostrador abierto, donde Molly Durham acababa de colocar los relojes sobre el paño de imitación de terciopelo.

¡Oh, no! Ahí viene Ojos de Huevo, pensó la joven haciendo una mueca. La idea que tenía Papi de pasar un rato —casi tan largo como el descanso del café de Molly— era arrastrarse al mostrador donde ella trabajaba (siempre elegía el suyo aunque tuviera que hacer cola; en realidad, Molly creía que le gustaba más cuando había cola) y comprar una bolsa de tabaco Prince Albert. Se trataba de una compra que un hombre normal podía realizar en unos treinta segundos; sin embargo, si podía dejar de ver a Ojos de Huevo en menos de tres minutos, podía darse por contenta. Guardaba todo su dinero en un monedero de cuero ajado, atado con una cadena. Cuando se disponía a pagar, lo sacaba del bolsillo (tocando un poco las monedas de paso, le parecía a Molly) y después lo abría. Siempre se producía un chirrido, y por Dios que una esperaba ver salir una polilla, como en esos chistes sobre los avaros. En la capa superior del monedero había una confusión de billetes y facturas con un aspecto repulsivo, como si pudieran estar impregnadas de gérmenes de alguna clase, y debajo, monedas tintineantes. Papi extraía un billete de dólar y, después,

apartaba los otros con uno de sus gruesos dedos para encontrar el cambio que había debajo (nunca te daba un par de dólares, no, señor, eso habría sido demasiado rápido para él), y también lo sacaba. Mientras realizaba esa aparición, sus ojos estaban atareados durante uno o dos segundos con el monedero, pero luego dejaban que los dedos eligieran las monedas al tacto, para arrastrar la mirada por sus tetas, su vientre, sus caderas, y después de nuevo a sus tetas. Ni una sola vez le miraba la cara; ni siquiera la boca, que era una parte de las chicas que parecía interesar a los hombres. No, Papi Merrill se interesaba estrictamente por las partes más bajas de la anatomía femenina. Cuando por fin terminaba —y, por rápido que fuera, a Molly le parecía tres veces más largo—, y volvía a salir de la tienda, ella se sentía siempre como si necesitara una buena ducha.

De modo que se armó de valor, compuso su mejor sonrisa de «solo son las ocho y cuarto y me quedan siete horas y media», y se quedó ante el mostrador mientras Papi se aproximaba. Se dijo: *Solo está mirándote, igual que hacen todos los hombres desde que creciste*. Y era verdad, pero había una diferencia. Porque Papi Merrill no era como la mayoría de tipos que habían recorrido con los ojos su estructura impecable y eminentemente contemplable desde aquella época, hacía diez años. En parte se debía a que Papi era viejo, pero había algo más. La verdad era que algunos tipos miraban, y otros, muy pocos, parecían estar realmente tocando con los ojos: Merrill pertenecía a esa última categoría. Su mirada parecía tener peso. Cuando rebuscaba en su crujiente monedero de solterona, sujeto a la cadena incongruentemente masculina, le parecía que sentía sus ojos subiendo y bajando por su parte frontal, abriéndose camino por encima de sus colinas como si los nervios ópticos fueran renacuajos, y después deslizándose sin huesos hacia sus valles, haciendo que deseara haberse puesto un hábito de monja para ir a trabajar. O una armadura.

Su madre siempre decía: «Dulce Molly, lo que no puede

curarse debe soportarse». De modo que, hasta que alguien descubriera un método de pesar las miradas con objeto de que los hombres obscenos, jóvenes y viejos, pudieran ser marginados, o, más probablemente, hasta que Papi Merrill hiciera a todos los habitantes de Castle Rock el favor de morirse, para así poder demoler esa espantosa trampa para turistas que tenía, tendría que afrontarlo lo mejor que pudiera.

Sin embargo, ese día le esperaba una sorpresa agradable, o al menos eso parecía. La habitual apreciación hambrienta de Papi no era siquiera una mirada ordinaria de cliente; parecía totalmente opaca. No era que mirase a través de ella, o que su mirada la tocara y rebotase. A Molly le parecía que estaba tan absorto en sus pensamientos que su mirada habitualmente penetrante ni siquiera la alcanzaba; llegaba a mitad de camino y se agotaba, como la de un hombre tratando de localizar y observar sin telescopio una estrella en el punto más alejado de la galaxia.

—¿Qué puedo hacer por usted, señor Merrill? —preguntó, con los pies ya dispuestos para volverse rápidamente y buscar las bolsas de tabaco. Tratándose de Papi, era una tarea que realizaba siempre lo más pronto posible, porque, cuando se volvía y se estiraba, sentía sus ojos recorriendo atareados su trasero, descendiendo para lanzar una mirada rápida a las piernas y volviendo a elevarse hasta el trasero para dar un último pellizco ocular antes de que se volviese.

—Sí —dijo él con total serenidad. Por el interés que demostraba, podía haber estado hablando con uno de esos cajeros automáticos, cosa que a Molly le parecía muy bien—. Querría...

Entonces pronunció una palabra que, o bien ella no entendió, o bien era incongruente. Molly pensó esperanzada que, si hubiera farfullado, tal vez empezaran a derrumbarse las complicadas redes de diques, grúas y aliviaderos que el viejo bribón había construido para detener el avance de la senilidad.

Parecía haber dicho algo así como «tufilmaco». No era

ninguno de los productos que tenían, a menos que fuese una medicina.

—¿Perdón, señor Merrill?

—Film —dijo con tanta claridad y firmeza que Molly quedó muy decepcionada. Estaba convencida de que lo había dicho así la primera vez y le había oído mal. Tal vez fuera a ella a quien empezaban a derrumbársele los diques y grúas.

—¿De qué clase?

—Polaroid —dijo él—. Dos carretes.

No sabía exactamente qué sucedía, pero sin duda el viejo más sucio de Castle Rock no estaba en su mejor momento. Su mirada seguía extraviada, y sus palabras le recordaban algo relacionado con su sobrina Ellen, de cinco años de edad, pero no sabía qué.

—¿Para qué modelo, señor Merrill?

Sonaba susceptible y sobreactuada a sus propios oídos, pero Papi Merrill no parecía notarlo. Papi estaba perdido en el ozono.

Después de un momento de reflexión durante el cual no la miró en absoluto, sino que pareció estudiar las hileras de cigarrillos que estaban detrás de su hombro izquierdo, consiguió decir:

—Para una cámara Polaroid Sun. Modelo 660.

Y entonces, mientras le decía que tendría que ir a buscarlo al escaparate, se dio cuenta. Su sobrina tenía un gran oso panda de peluche, a quien había llamado Paulette por razones que probablemente solo tendrían sentido para otra niña como ella. En algún lugar del interior de Paulette había un circuito electrónico y un chip de memoria con unas cuatrocientas frases sencillas almacenadas, tales como: «Me gustan los abrazos, ¿y a ti?» y «Me gustaría que no te fueras nunca». Cada vez que se apretaba el peludo vientre de Paulette se producía una breve pausa, y después surgía una de esas amorosas observaciones, casi saltaba, con una voz remota e indiferente que, por su tono, parecía negar el contenido de las palabras. A Ellen le parecía que Paulette era maravilloso. A Molly le parecía escalofriante. Siempre esperaba que, cuando Ellen le apretara la barriga, los sorprendiera a todos (excepto a tía Molly, de Castle Rock) diciendo lo que pensaba de verdad: *Creo que esta noche, cuando te hayas dormido, te estrangularé*; o tal vez simplemente: *Tengo un cuchillo.*

Esa mañana Papi Merrill sonaba como Paulette. Su mirada neutra se parecía espantosamente a la de Paulette. Molly había creído que cualquier cambio en la mirada habitualmente rijosa del viejo sería bienvenido. Se equivocaba.

Molly se inclinó sobre el expositor, por una vez totalmente inconsciente de la manera en que sobresalía su trasero, y trató de encontrar lo más pronto posible lo que quería el viejo. Estaba segura de que, cuando se volviese, Papi estaría mirando cualquier cosa menos a ella. Esta vez tenía razón. Cuando encontró la película y emprendió regreso hacia el mostrador, Papi seguía mirando los cigarrillos, y a primera vista parecía mirarlos con la misma atención que si estuviera haciendo inventario. Se necesitaban uno o dos segundos para advertir que esa expresión era en realidad ausencia de expresión: una mirada de neutralidad casi divina.

Por favor, vete de aquí —suplicó Molly para sus adentros—. *Por favor, coge el carrete y vete. Y, hagas lo que hagas, no me toques, por favor.*

Molly pensó que, si la tocaba mientras tenía ese aspecto, gritaría. ¿Por qué tenía que estar vacío el lugar? ¿Por qué no podía haber otro cliente? Preferentemente el sheriff Pangborn, pero, ya que él parecía estar ocupado en otra parte, cualquier otro serviría. Suponía que el señor Constantine, el farmacéutico, estaría en algún rincón de la tienda, pero el mostrador de medicinas parecía estar a medio kilómetro de distancia; aunque sabía que no podía ser tanto, seguía siendo demasiado para ir a buscarlo si el viejo Merrill decidía tocarla. ¿Y si el señor Constantine se había ido a Nan's a tomar café con el señor Keeton, del departamento de ropa masculina? Cuanto más pensaba en aquella posibilidad, más factible le parecía. Cuando a una chica le sucedía algo extraño como aquello, ¿no era casi una conclusión lógica que le sucediera estando sola?

Sufre un colapso mental de alguna clase, pensó.

Acto seguido se oyó decir con frágil jovialidad:

—Aquí tiene, señor Merrill.

Tras dejar el carrete sobre el mostrador, se deslizó hacia la izquierda y se refugió detrás de la caja registradora.

De los pantalones de Papi Merrill salió el viejo monedero, y los dedos inquietos de Molly marcaron mal el precio de compra, de modo que tuvo que anular la operación y empezar otra vez.

Él le tendía dos billetes de diez dólares.

Molly se dijo que estaban arrugados porque en el pequeño monedero había demasiados, y que probablemente ni siquiera fueran viejos, sino que solo tenían aspecto de viejos. Sin embargo, ese razonamiento no detuvo su pensamiento enloquecido. Su cerebro insistía en que no solo estaban arrugados, sino arrugados y viscosos. Decía además que «viejos» no era la palabra adecuada, que no se trataba de eso. Para aquellos billetes ni siquiera servía la palabra «antiguos». Eran billetes prehistóricos, emitidos antes del nacimiento de Cristo y la construcción de Stonehenge, antes de que el ceñudo Neanderthal sin cuello se arrastrara fuera de la caverna. Pertenecían a una época en que Dios era un bebé.

No quería tocarlos.

Pero tenía que tocarlos.

El hombre querría el cambio.

Haciendo acopio de valor, cogió los billetes y los metió en la caja registradora lo más rápido que pudo, golpeándose tan fuerte un dedo que se rompió parte de la uña, un dolor habitualmente intenso que, en su situación de angustia, no notaría hasta algo más tarde, es decir, cuando reflexionara con la suficiente calma para regañarse por actuar igual que una jovencita histérica a punto de tener su primera regla.

Sin embargo, en ese momento se concentró en guardar los billetes en la caja a toda velocidad para poder dejar de tocarlos, aunque más tarde seguiría recordando la textura de aquellos billetes de diez. Era como si de verdad se arrastraran y movieran bajo las puntas de sus dedos; como si billones de gérmenes, gérmenes enormes, casi lo bastante grandespara poder verlos sin microscopio, se deslizaran por los billetes en su dirección, ansiosos por contagiarle la enfermedad que él padecía.

El hombre querría el cambio.

Se concentró en eso con los labios tan apretados que estaban blancos: cuatro billetes de dólar que no querían de ningún modo salir de debajo del rodillo que los sujetaba dentro de la caja; después, una moneda de diez céntimos... Pero ¡ay, Jesús, ayúdame!, no había monedas de diez... ¿Qué le pasaba? ¿Por qué se empeñaba en retener durante tanto tiempo a ese viejo raro, precisamente la histórica mañana en que parecía querer salir de allí a toda prisa?

Extrajo una moneda de cinco centavos, sintiendo la mole silenciosa y hedionda del hombre muy próxima (sentía que, cuando por fin levantara la mirada, vería que estaba aún más cerca, que estaba echado sobre el mostrador); después, tres de un centavo, cuatro, cinco..., pero el último volvió a caer en el cajón entre las monedas de veinticinco, y tuvo que buscarlo con uno de sus dedos fríos y entumecidos. Estuvo a punto de volver a escurrírsele; sentía que el sudor le cubría la nuca y la pequeña franja de piel entre la base de la nariz y el labio superior. Después, apretando las monedas y rezando para que él no hubiera estirado la mano y así no tener que tocar su piel seca y ofídica, pero al mismo tiempo sabiendo que sí lo habría hecho, levantó la vista, percibiendo que la brillante y alegre sonrisa LaVerdiere estiraba los músculos de su cara en una especie de alarido congelado, tratando de reunir fuerzas incluso para eso, diciéndose que sería lo último y que no importaba la imagen que su mente estúpida e insistente intentaba hacerle ver: la imagen de aquella mano seca cerrándose súbitamente sobre la de ella como la garra de un pájaro viejo y horrible, no un ave de presa, no, ni siquiera eso, sino carroñera. Se dijo que no veía aquellas imágenes, que no las veía en absoluto, y, viéndolas a pesar de todo, levantó la vista con la sonrisa gritando en su cara de manera tan penetrante como un grito de asesinato en una noche calurosa y tranquila.

Pero la tienda estaba vacía.

Papi había desaparecido. Se había ido mientras ella contaba el cambio.

Molly empezó a temblar. Si hubiera necesitado una prueba concreta de que el viejo no estaba bien, era aquella. Aquella era una prueba positiva, una prueba indudable, una prueba impecable: por primera vez desde que tenía memoria (y estaba dispuesta a apostar que desde que la ciudad la tenía), Papi Merrill, que se negaba a dejar propina incluso en las raras ocasiones en las que se veía obligado a comer en un restaurante sin servicio de comidas para llevar, se había marchado de una tienda sin esperar el cambio.

Molly trató de abrir la mano y soltar el dinero. Le sorprendió descubrir que no podía. Tuvo que estirar la otra mano y abrirse los dedos. El cambio de Papi cayó sobre la superficie de vidrio del mostrador, y ella lo apartó porque no deseaba tocarlo.

Y tampoco quería volver a ver a Papi Merrill.

QUINCE

La mirada de Papi permaneció vacía mientras este salía de LaVerdiere y cruzaba la calzada con los carretes de fotos en la mano. Cuando el viejo llegó junto al bordillo, la mirada cambió y se convirtió en una expresión de alerta casi turbadora. Papi se quedó inmóvil, con un pie en la calzada y el otro plantado en medio de la capa de colillas de cigarrillos y bolsas vacías de patatas fritas. Allí había otro Papi que Molly no habría reconocido, aunque otros que habían sido estafados por el viejo sí conocían. No era Merrill el lascivo ni Merrill el robot, sino Merrill el animal, olfateando un rastro. De pronto estaba allí de una manera en que raras veces se permitía ser visto en público. En opinión de Papi, no era bueno mostrar tanto del propio yo en público. Sin embargo, esa mañana era incapaz de controlarse, y de todos modos no había nadie que pudiera observarlo. Si lo hubiera habido, esa persona no habría visto ni al Papi filósofo chalado ni al Papi negociante astuto, sino algo parecido al espíritu del hombre. En aquel momento parecía un perro bribón, un vagabundo que se ha vuelto salvaje y hace una pausa en la matanza del gallinero, con las astrosas orejas levantadas y los dientes ensangrentados, mientras escucha algún ruido proveniente de la granja y piensa en la escopeta con sus grandes agujeros negros, como un número ocho acostado. El perro no sabe nada de números ocho, pero incluso un perro puede reconocer la forma difusa de la eternidad si sus instintos están lo bastante aguzados.

Al otro lado de la plaza veía la fachada de color amarillo orina del Emporium Galorium, ligeramente apartada de sus vecinos más próximos: el edificio vacío que hasta comienzos de ese año había albergado The Village Washtub, el Comedero de Nan e Hilo y Aguja, la tienda de ropa y mercería de la bisnieta de Evvie Chalmers, Polly, una muchacha de la que hablaremos en otro momento.

Frente a todas las tiendas que estaban ubicadas en la parte baja de Main Street había espacios para aparcar. Todos estaban vacíos, salvo uno que empezaba a ocupar una furgoneta Ford que Papi reconoció. El suave latido de su motor era perfectamente audible en el aire tranquilo de aquella mañana. Después se interrumpió, las luces se apagaron, y Papi retiró el pie de la alcantarilla y retrocedió prudentemente hacia la esquina de LaVerdiere. Allí se quedó tan quieto como aquel perro al que un pequeño ruido había alertado en el gallinero, el tipo de ruido que, en el frenesí asesino de perros no tan viejos ni tan sabios como este, habría podido pasar totalmente inadvertido.

John Delevan salió de la furgoneta. Su hijo salió por el otro lado. Se dirigieron hacia la puerta del Emporium Galorium. El hombre empezó a golpear con impaciencia, lo bastante fuerte para que Papi lo oyera, al igual que el ruido del motor. Delevan hizo una pausa, ambos se quedaron atentos, y luego Delevan comenzó de nuevo, ya no golpeando, sino aporreando la puerta. No era necesario ser adivino para darse cuenta de que el hombre estaba furioso.

Lo saben —pensó Papi—. *Por alguna razón, lo saben. ¡Menos mal que me decidí a destruir la cámara!*

Permaneció inmóvil un momento más, y después dobló la esquina del drugstore y se metió en el callejón situado entre este y el banco vecino. Lo hizo tan sigilosamente que un hombre cincuenta años menor habría envidiado la agilidad casi fluida del movimiento.

Papi pensó que esa mañana podía resultar prudente entrar en casa por el patio de atrás.

DIECISÉIS

Al ver que no obtenía respuesta, John Delevan comenzó a golpear la puerta por tercera vez, aporreándola tan fuerte que hizo temblar los cristales metidos en las guías podridas y se lastimó la mano. Eso fue lo que le hizo comprender lo enfadado que estaba. No era que pensase que su cólera era injustificada, si Merrill había hecho lo que Kevin creía… y, cuanto más pensaba en ello, más seguro estaba de que Kevin tenía razón. Sin embargo, le sorprendió no haber advertido hasta entonces lo encolerizado que estaba.

Al parecer, esta mañana estoy aprendiendo muchas cosas de mí mismo, pensó. La idea despedía un tufillo pedante que le permitió sonreír y relajarse un poco.

Kevin no sonreía ni parecía relajado.

—Hay tres posibilidades —dijo el señor Delevan a su hijo—: O Merrill no se ha levantado, o no está dispuesto a abrir la puerta, o se imaginó que estábamos sobre la pista y ha huido con tu cámara. —Hizo una pausa y después rió—. Supongo que hay una cuarta. Tal vez haya muerto mientras dormía.

—No ha muerto —dijo Kevin, con la cabeza apoyada contra el sucio cristal de esa puerta que deseaba fervorosamente no haber atravesado nunca. Tenía las manos colocadas a los lados de los ojos, porque el sol que se elevaba por el este de la plaza de la ciudad arrojaba su resplandor sobre el cristal—. Mira.

El señor Delevan también apoyó la nariz en el cristal, colocando las manos a ambos lados de los ojos. Se quedaron así, uno junto al otro, dando la espalda a la plaza y observando la penumbra del Emporium Galorium como los consumidores más fervientes del mundo.

—Bueno —dijo al cabo de unos segundos—, si ha huido, al parecer dejó la mierda a sus espaldas.

—Sí, pero no es eso lo que quiero decir. ¿La ves?

—¿Qué tengo que ver?

—Colgando de aquel poste. El que está junto a la cómoda repleta de relojes.

Al cabo de un instante, el señor Delevan la vio: era una cámara Polaroid colgando por la correa de un gancho. Le parecía ver incluso la muesca, aunque podía ser su imaginación.

No es tu imaginación.

La sonrisa se borró de sus labios cuando comprendió que empezaba a sentir lo mismo que Kevin: la certeza extraña e inquietante de que un mecanismo simple, pero terriblemente peligroso, seguía funcionando, y de que, a diferencia de los relojes de Papi, funcionaba con una puntualidad perfecta.

—¿Crees que está sentado arriba, esperando a que nos vayamos? —preguntó el señor Delevan en voz alta, aunque en realidad hablaba para sí. La cerradura de la puerta parecía nueva y cara, pero estaba dispuesto a apostar que si uno de los dos..., probablemente Kevin estaba en mejor forma..., golpeaba la puerta con suficiente fuerza, la madera se rompería—. Una cerradura es tan buena como la puerta en que la colocas. La gente no piensa en eso —murmuró.

Kevin volvió el rostro inquieto para mirar a su padre. En ese momento a John Delevan le sorprendió su cara, como le había sucedido no hacía mucho a Kevin con la de él, y pensó: *Me pregunto a cuántos padres se les presenta la oportunidad de ver el aspecto que tendrán sus hijos cuando sean hombres. Espero que Kevin no siempre tenga este aspecto tenso, pero será así. ¡Y va a ser guapo!*

Al igual que Kevin, experimentó ese momento en medio de lo que fuera que estaba sucediendo allí; fue breve, pero nunca lo olvidó; siempre estuvo en su conciencia.

—¿Qué hacemos, papá? —preguntó Kevin ásperamente.

—¿Quieres romperla? Yo te secundaría.

—Todavía no. No creo que tengamos que hacerlo. No creo que esté dentro de casa, pero sí cerca.

No puedes saber eso. No puedes ni siquiera pensarlo.

Pero su hijo lo pensaba, y creía que tenía razón. Entre Papi y Kevin se había establecido una especie de vínculo. ¿Una especie de vínculo? ¡Vamos! Sabía perfectamente cuál era el vínculo. Era esa maldita cámara colgada de la pared, y cuanto más tiempo se prolongaba aquello, cuanto más sentía el funcionamiento de la maquinaria, con sus ruedecillas chirriando y sus tornillos girando, menos le gustaba.

Rompe la cámara, rompe el vínculo, pensó. Y dijo:

—¿Estás seguro, Kev?

—Vayamos a la parte de atrás. Probemos por la otra puerta.

—Hay una cerca. La tendrá cerrada.

—Tal vez podamos saltar por encima.

—Vale —dijo el señor Delevan, y siguió a su hijo escalones abajo, hacia el callejón, preguntándose mientras tanto si se había vuelto loco.

Pero la cerca no estaba cerrada, Papi había olvidado hacerlo. Aunque al señor Delevan no le gustaba la idea de trepar o quizá de caer por encima de la cerca, tal vez desgarrándose las pelotas en el intento, por alguna razón la cerca abierta le gustó todavía menos. De todos modos, él y Kevin la cruzaron y entraron en el sucio patio trasero de Papi, que no podían mejorar ni siquiera las hojas caídas de octubre.

Kevin se abrió paso por entre los montones de basura que Papi había sacado sin molestarse en llevar al contenedor, y el señor Delevan lo siguió. Llegaron junto al tajo más o menos en el mismo momento en que Papi salía del patio trasero de la señora Althea Linden en la calle Mulberry, una manzana más al oeste. Seguiría por la calle Mulberry hasta llegar a las oficinas de la Compañía Maderera Wolf Jaw. Aunque los camiones de pulpa de papel de la compañía ya estarían recorriendo las carreteras del oeste de Maine, y desde las seis y media o así los chirridos y gemidos de las sierras estarían llenando la zona de diminutas virutas de madera, a la oficina no llegaría nadie hasta las nueve, para lo cual faltaban unos quince minutos largos. Detrás del diminuto patio había una cerca alta de madera. La puerta de la cerca estaba cerrada, pero Papi tenía la llave. Abriría la puerta y pasaría a su propio patio trasero.

Kevin llegó junto al tajo. El señor Delevan se situó a su lado, siguió la mirada de su hijo y pestañeó. Abrió la boca para preguntar qué demonios sucedía, pero volvió a cerrarla. No necesitaba la ayuda de Kevin para empezar a formarse una idea de lo que pasaba. Tener esas ideas no era correcto, no era natural, y sabía por amarga experiencia (una experiencia en la que el propio Reginald Marion *Papi* Merrill había desempeñado un papel, tal como ya explicara a su hijo) que hacer las cosas impulsivamente era una excelente manera de tomar la decisión incorrecta y salir mal parado, pero no importaba. Aunque no lo pensaba en estos términos, sería justo decir que el señor Delevan esperaba pedir la readmisión en la Tribu Racional una vez terminado aquello.

Al principio le pareció que estaba mirando los restos de una cámara Polaroid. Pero esa imagen solo existía en su mente, que trataba de encontrar cierta racionalidad en la repetición; lo que había sobre el tajo y a su alrededor no se parecía en absoluto a una cámara, ni Polaroid ni de cualquier otra marca. Todas aquellas ruedecillas y resortes no podían pertenecer más que a un reloj. Después vio el pájaro, y supo incluso de qué reloj se trataba. Abrió la boca para preguntar a Kevin por qué, en nombre de Dios, querría Papi sacar un reloj de cuco y destrozarlo. Volvió a pensarlo y decidió que no tenía ninguna necesidad de preguntar. Empezaba a ocurrírsele la respuesta. No quería que sucediera, porque indicaba un grado de demencia que al señor Delevan le parecía grande, pero de todos modos se le ocurrió.

Un reloj de cuco había que colgarlo en alguna parte. Tenías que colgarlo a causa de los pesos del péndulo. ¿Y de dónde lo colgabas? De un gancho, naturalmente.

Tal vez de un gancho colocado en una viga. Como aquel del que colgaba la Polaroid.

Entonces habló, y sus palabras parecían venir desde una enorme distancia:

—¿Qué demonios le pasa, Kevin? ¿Se ha vuelto loco?

—No se ha vuelto loco —contestó Kevin, con una voz que también parecía llegar de muy lejos, cuando en realidad estaba junto al tajo, mirando el reloj destrozado—. Está siendo arrastrado a la locura por la cámara.

—Tenemos que romperla —dijo el señor Delevan. La voz parecía llegar a sus oídos mucho después de que las palabras salieran de su boca.

—Todavía no —dijo Kevin—. Primero tenemos que ir al drugstore. Las tienen en oferta.

—¿Qué es lo que tienen en of...?

Kevin le tocó el brazo. John Delevan lo miró. Kevin había levantado la cabeza, y parecía un ciervo olfateando el peligro. En aquel momento el muchacho estaba más que guapo, casi divino, como un joven poeta en el momento de su muerte.

—¿Qué pasa? —preguntó el señor Delevan con urgencia.

—¿Has oído algo? —preguntó Kevin, mientras la postura de alerta derivaba despacio hacia una de duda.

—Un coche en la calle —respondió el señor Delevan.

De pronto se preguntó cuántos años le llevaba a su hijo. ¿Veinticinco? ¡Dios! ¿No iba siendo hora de empezar a actuar en consecuencia?

Rechazó la sensación de extrañeza. Buscó desesperadamente su madurez y no encontró demasiada. Recurrir a ella era como ponerse un abrigo muy raído.

—¿Estás seguro de que fue solo eso, papá?

—Sí, Kevin, estás demasiado tenso. Contrólate o... —¿O qué? Lo sabía y rió, tembloroso—. O los dos echaremos a correr como un par de conejos.

Kevin lo miró pensativo un momento, como alguien que despertara de un profundo sueño, tal vez incluso de un trance, y asintió.

—Vamos.

—¿Por qué, Kevin? ¿Qué quieres? Podría estar arriba y no contestar...

—Te lo diré cuando lleguemos, papá. Vamos —insistió, arrastrando a su padre, sacándolo del patio y metiéndolo en el estrecho callejón.

—Kevin, ¿es que quieres arrancarme el brazo? —preguntó el señor Delevan cuando estuvieron otra vez en la cerca.

—Estaba allí detrás, escondido —dijo Kevin—. Esperando a que nos fuéramos. Lo sentí.

—¿Estaba...? —El señor Delevan se detuvo y comenzó de nuevo—. Bueno, digamos que estaba. Admitámoslo para poder seguir la argumentación. ¿No deberíamos regresar y atraparlo? —Y añadió—: ¿Dónde estaba?

—Al otro lado de la cerca —contestó Kevin. Sus ojos parecían flotar. A John Delevan le gustaba cada vez menos todo aquello—. Ya ha ido. Ya tiene lo que necesita. Tendremos que apresurarnos.

Kevin se dirigía al bordillo con intención de cruzar para ir a LaVerdiere. El señor Delevan estiró el brazo y lo cogió, como un revisor cogiendo a un tipo al que acaba de atrapar en un tren sin billete.

—Kevin, ¿de qué estás hablando?

Y entonces Kevin lo dijo. Miró a su padre y le dijo:

—Papá, ya viene. Por favor, es mi vida —suplicó con su cara pálida y sus extraños ojos de duende—. El perro viene.

Entrar y coger la cámara no servirá de nada. Ahora ya no. Por favor, no me detengas; por favor, no me despiertes. Es mi vida.

El señor Delevan hizo un último gran esfuerzo por no ceder a aquella locura escalofriante… y sucumbió.

—Vamos —dijo, rodeando con la mano el codo de su hijo y arrastrándolo hacia la plaza—. Sea lo que fuere, hagámoslo enseguida. —Hizo una pausa y preguntó—: ¿Tenemos tiempo suficiente?

—No estoy seguro —dijo Kevin, y después, reacio, añadió—: Creo que no.

DIECISIETE

Papi esperó detrás de la cerca, observando a los Delevan por un agujero de la madera. Había guardado el tabaco en el bolsillo de atrás, de modo que sus manos estaban libres para apretarse y relajarse, apretarse y relajarse.

Estáis en mi propiedad —les decía su cerebro, y si su cerebro hubiera podido matar, los habría matado a los dos—. *¡Estáis en mi propiedad, maldita sea, en mi propiedad!*

Lo que tenía que hacer era acudir a la Ley y arrojarla con todo su peso sobre sus bonitas cabezas. Eso era lo que tenía que hacer. Y lo habría hecho en ese mismo momento si no hubiesen estado de pie sobre los restos de la cámara que el propio chico había destruido con la bendición de Papi dos semanas atrás. Pensó que, aun así, podría arreglárselas, pero sabía lo que pensaba de él el resto de la ciudad. Pangborn, Keeton, todos ellos pensaban que era basura. Eso pensaban que era: basura. Hasta que se metían en un lío y necesitaban un préstamo de la noche a la mañana. Entonces acudían a él.

Apretar, relajar. Apretar, relajar.

Hablaban, pero Papi no se molestó en escuchar lo que estaban diciendo. Su cabeza era un volcán. Ahora la letanía era: *¡Están en mi maldita propiedad y no puedo hacer nada! ¡Están en mi maldita propiedad y no puedo hacer nada! ¡Malditos, malditos!*

Al final, se fueron. Cuando oyó el chirrido herrumbroso de la puerta, Papi utilizó la llave para abrir la puerta de la cerca de madera. Entró y cruzó corriendo el patio trasero en dirección a la puerta de su casa. Corría a una velocidad inquietante para un hombre de setenta años, con una mano apretada contra la parte superior de su pierna derecha, como si, a pesar de la carrera, estuviera luchando con un fuerte dolor reumático. En realidad, a Papi no le dolía nada. Simplemente, no quería que las llaves o las monedas tintinearan por si los Delevan seguían allí, escondidos donde no pudiese verlos. A Papi no le habría sorprendido que hiciesen eso. Cuando se trataba con mofetas, esperabas que en cualquier momento empezaran a oler mal.

Sacó las llaves del bolsillo. Ahora tintinearon, y el ruido, aunque sonó amortiguado, le pareció ensordecedor. Miró hacia la izquierda un momento, convencido de que vería la cara de oveja del mocoso. La boca de Papi estaba apretada en una dura y tensa mueca de miedo. Allí no había nadie. Y, sin embargo...

Encontró la llave, la metió en la cerradura y entró. Procuró no abrir demasiado la puerta del cobertizo, porque los goznes chirriaban cuando se los forzaba demasiado.

Una vez dentro, apretó salvajemente el botón del picaporte y entró en el Emporium Galorium. Entre aquellas sombras se encontraba mejor que en su casa. Habría podido atravesar aquellos corredores estrechos y llenos de trastos incluso en sueños. En realidad, lo había hecho, aunque por el momento no recordaba ni eso ni otras muchas cosas.

Cerca de la parte delantera de la tienda había un ventanuco sucio que daba al estrecho callejón por donde los Delevan habían accedido al patio trasero. Ofrecía además una vista muy oblicua de la acera y de parte de la plaza pública de la ciudad.

Papi se acercó a esa ventana entre montones de revistas inútiles, carentes de valor, que esparcían su polvoriento y amarillo olor a museo por el aire oscuro. Miró el callejón y vio que estaba desierto. Miró hacia la derecha y vio a los Delevan, ondulantes como peces en un acuario a través del cristal sucio y de mala calidad, cruzando la plaza. No los siguió hasta que se perdieron de vista ni acudió a las ventanas delanteras para verlos mejor. Supuso que iban a LaVerdiere y que preguntarían por él allí. ¿Qué podía decirles la putilla del mostrador? Que había estado y se había ido. ¿Y qué más?

Solo que había comprado dos bolsas de tabaco.

Papi sonrió. No podían colgarlo por eso.

Encontró una bolsa marrón y salió al patio trasero. Empezó a avanzar hacia el tajo, se detuvo y se dirigió hacia la puerta que daba al callejón. Que fuera descuidado una vez no quería decir que tuviera que serlo otra.

Después de cerrar la puerta, llevó la bolsa hacia el tajo y recogió los trozos de cámara rota. Trabajó tan rápido como le fue posible, pero se tomó el tiempo necesario para hacerlo con toda minuciosidad.

Lo recogió todo, excepto pequeños fragmentos y astillas que parecían basura anónima. Probablemente, una unidad de investigación de un laboratorio policial podría identificar parte de lo que quedaba. Papi había visto programas de televisión (cuando no estaba viendo películas clasificadas X en el vídeo) en los que aquellos científicos revisaban la escena del crimen con cepillitos, aspiradoras e incluso pinzas, colocando cosas en bolsas de plástico. Pero el Departamento de Policía de Castle Rock no tenía una de esas unidades, y Papi dudaba que el sheriff Pangborn pudiera conseguir que la policía estatal enviase una furgoneta. Ni siquiera aunque el propio Pangborn estuviera convencido de que el esfuerzo merecía la pena, y no precisamente por el robo de una cámara, que era de lo único que podían acusarle los Delevan sin arriesgarse a que los tomaran por dementes. Una vez limpia la zona, volvió a entrar, abrió su cajón «especial» y metió adentro la bolsa marrón. Volvió a cerrar el cajón y guardó las llaves en el bolsillo. Lo tenía todo bajo control. Además, estaba informado acerca de las órdenes de registro. Antes de que los Delevan consiguieran que Pangborn solicitara una de esas órdenes a la corte del distrito, nevaría en el infierno. Y suponiendo que estuviese lo bastante loco para intentarlo, mucho antes de que lo consiguiera los restos de la maldita cámara habrían desaparecido para siempre. Tratar de eliminar esos fragmentos ahora sería más peligroso que dejarlos en el cajón. Los Delevan regresarían y lo pescarían con las manos en la masa. Era mejor esperar.

Porque regresarían.

Papi Merrill lo sabía con tanta certeza como conocía su propio nombre.

Tal vez más adelante, cuando se hubiera calmado todo ese estrépito y tontería, podría acercarse al muchacho y decir: *Sí, exacto. Hice todo lo que crees que hice. Y ahora, ¿por qué no lo dejamos y volvemos a nuestro mutuo desconocimiento? ¿Vale? Podemos permitírnoslo. Al principio tal vez pienses que no es posible, pero sí lo es. Porque, verás, tú querías romperla porque pensabas que era peligrosa, y yo quería venderla porque la creía valiosa. Resultó que tú tenías razón y que yo me equivocaba. Esa es toda la venganza que necesitas. Si me conocieras mejor, sabrías por qué en esta ciudad no hay muchos hombres que me hayan oído decir esto. Lo que quiero decir es que me toca las pelotas, pero no importa. Me gusta pensar que, cuando me equivoco, tengo la grandeza suficiente de admitirlo, por mucho que me fastidie. Al final hice lo que pensabas hacer tú al principio. Lo que quiero decir es que nos encontramos en el mismo camino y creo que deberíamos dejar el pasado en paz. Sé lo que piensas de mí y lo que pienso de ti, y ninguno de los dos votaría por que el otro hiciera de Gran Mariscal en el desfile del cuatro de julio, pero está bien. Podemos vivir con eso, ¿no? Lo que quiero decir es que ambos nos alegramos de que la maldita cámara haya desaparecido, así que estamos en tablas.*

Pero eso sería después, y además todavía estaba por ver. De momento no servía, eso seguro. Necesitarían tiempo para calmarse. Ahora ambos debían de estar deseando poder arrancarle la piel del culo, como…

(el perro de esa foto)

como…, bueno, no importaba cómo. Lo importante era estar allí cuando regresaran, trabajando como de costumbre y tan inocente como un bebé.

Porque regresarían.

Pero estaba bien. Estaba bien porque…

—Porque las cosas están bajo control —susurró Papi—. Eso es lo que quiero decir.

Se dirigió hacia la puerta de entrada y colocó el cartel con la inscripción de ABIERTO de cara a la calle (acto seguido volvió a darle la vuelta, pero Papi no tuvo conciencia de hacerlo, y tampoco lo recordaría más tarde). Vale, eso era un comienzo ¿Y ahora qué? Ni más ni menos que ofrecer el aspecto de un día normal. Cuando regresaran echando llamas por la boca, listos para matar o morir, tenía que mostrar sorpresa y poner cara de no saber de qué diablos estaban hablando.

Así pues, ¿qué actividad normal podían encontrarlo haciendo cuando regresaran, con el sheriff Pangborn o sin él?

La mirada de Papi se fijó en el reloj de cuco que colgaba de la viga, junto a aquella hermosa cómoda que había conseguido en una subasta estatal de Sebago, un mes o seis semanas atrás. No era un reloj de cuco muy bonito. Probablemente, el dueño original lo habría comprado a cambio de sellos. Debía de tratarse de alguna alma que trataba de sacar beneficios (las personas que solo intentaban sacar beneficios sin conseguirlo del todo eran, en opinión de Papi, pobres almas que pasaban por la vida en un estado vago y permanente de decepción). Sin embargo, si podía arreglarlo para que funcionara un poco, tal vez pudiese vendérselo a algún pánfilo que entrara en la tienda dentro de uno o dos meses, alguien que necesitara un reloj para su chalet o cabaña de esquí porque la última ganga estaba muerta y terminada, y que todavía no había entendido (y probablemente no entendería jamás) que la solución no estaba en comprar otra ganga.

Papi se compadecería de esa persona y negociaría con ella con tanta justicia como pudiera, pero no la desanimaría. «No me hago responsable» no era solo lo que quería decir, sino lo que decía con frecuencia, y tenía que ganarse la vida, ¿no?

Sí, se quedaría sentado ante su banco de trabajo y trabajaría con ese reloj, intentando hacerlo funcionar, y cuando regresaran los Delevan lo encontrarían haciendo exactamente eso. Para entonces, tal vez hubiera también algunos clientes en perspectiva dando vueltas por allí. No perdía nada con esperarlo, aunque la época del año no era buena. De todos modos, los clientes serían algo así como el decorado del pastel. Lo importante era el aspecto que ofrecería: el de un tipo sin nada que esconder, que realiza los movimientos ordinarios de un día ordinario.

Papi se acercó a la viga y bajó el reloj de cuco, procurando que no se enredaran los contrapesos. Lo llevó al banco de trabajo, canturreando. Lo dejó sobre la mesa y se tocó el bolsillo. Tabaco nuevo. Eso también era bueno.

Papi pensó que, mientras trabajaba, se fumaría una pipa.

DIECIOCHO

—¡Kevin, no puedes saber que estuvo aquí! —protestaba todavía el señor Delevan, débilmente, mientras entraban en LaVerdiere.

Ignorándolo, Kevin se encaminó directamente hacia el mostrador donde estaba Molly Durham, que ya había superado sus deseos de vomitar y se sentía mucho mejor. Ahora todo el asunto parecía algo estúpido, como cuando se tiene una pesadilla y, al despertar, después del alivio inicial, se piensa: *¿Y eso me daba miedo? ¿Cómo pude creer, aunque fuera soñando, que me estaba sucediendo eso?*

Sin embargo, cuando la cara blanca y demacrada del joven Delevan apareció al otro lado del mostrador, supo que era posible tener miedo, ¡oh, sí!, incluso de cosas tan ridículas como las que suceden en sueños, porque recayó en su propio paisaje onírico.

La cuestión era que Kevin Delevan tenía en la cara prácticamente la misma expresión; como si estuviera tan inmerso en algo que cuando su voz y su mirada la alcanzaron por fin, parecían casi agotadas.

—Papi Merrill estuvo aquí —dijo—. ¿Qué compró?

—Por favor, disculpe a mi hijo —intervino el señor Delevan—. No se encuentra...

Entonces vio la cara de Molly y se interrumpió. Tenía el

aspecto de quien acaba de ver cómo un hombre pierde un brazo en la máquina de una fábrica.

—¡Oh! —exclamó Molly—. ¡Dios mío!

—¿Compró carretes de fotos? —le preguntó Kevin.

—¿Qué le pasa? —preguntó Molly débilmente—. Supe que le pasaba algo en cuanto entró. ¿Qué es? ¿Ha... hecho algo?

¡Jesús! —pensó John Delevan—. *Él lo sabe. Entonces todo es verdad.*

En ese momento el señor Delevan tomó una decisión heroica: se dio por vencido. Se dio por vencido y se puso —él mismo y lo que creía que podía ser verdad o no— enteramente en manos de su hijo.

—Fue eso, ¿no? —urgió Kevin. Su rostro tenso parecía rechazarla por sus vacilaciones y temblores—. Películas Polaroid. De allí —dijo señalando el escaparate.

—Sí. —La piel de Molly parecía porcelana; el toque de colorete que se había puesto por la mañana destacaba en manchas febriles, ardientes—. ¡Estaba tan extraño! Como una muñeca parlante. ¿Qué le pasa? ¿Qué...?

Pero Kevin se había vuelto hacia su padre.

—Necesito una cámara —le espetó—. La necesito ahora. Una Polaroid Sun 660. Ahí hay. Están de oferta, ¿ves?

Y, pese a su decisión, la boca del señor Delevan no terminaba de abandonar los últimos jirones de racionalidad.

—¿Por qué...? —empezó a preguntar. Pero eso fue todo cuanto Kevin le permitió decir.

—¡No sé por qué! —gritó. Molly Durham gimió. Ahora no quería vomitar. Kevin Delevan daba miedo, pero no tanto. Lo que deseaba hacer en ese mismo momento era irse a casa, subir sigilosamente a su habitación, meterse en la cama y taparse la cabeza—. ¡Pero la necesito y se está acabando el tiempo, papá!

—Deme una de esas cámaras —dijo el señor Delevan al tiempo que sacaba la cartera con manos temblorosas, sin advertir que Kevin ya se había abalanzado sobre el escaparate.

—Coge solo una —se oyó decir Molly con una voz totalmente distinta de la suya—. Coge solo una y vete.

DIECINUEVE

Al otro lado de la plaza, Papi Merrill, que creía estar reparando apaciblemente un reloj de cuco barato, inocente como un niño de pecho, terminó de cargar la cámara de Kevin y la cerró. La máquina hizo su ruidillo gemebundo.

El maldito cuco suena como si tuviera una laringitis aguda. Supongo que le falta algo. Bueno, yo tengo el remedio.

—Ya te arreglaré —dijo Papi, levantando la cámara.

Acercó un ojo neutro al visor con su diminuta resquebrajadura, tan pequeña que ni siquiera se veía al acercar el ojo. La cámara apuntaba al frente de la tienda, pero eso no importaba; apuntara donde apuntase, iba dirigida a cierto perro negro que no había sido creado por Dios, en una pequeña ciudad llamada Polaroidsville, a falta de un nombre mejor, que tampoco había creado Él.

¡*Flash*!

Cuando la cámara de Kevin escupió una nueva fotografía, se oyó el conocido ruidillo.

—Eso —dijo Papi con satisfacción—. Tal vez haga más que hacerte hablar, pajarillo. Lo que quiero decir es que tal vez consiga hacerte cantar. No puedo prometerlo, pero lo intentaré.

Papi esbozó una sonrisa seca y correosa, y volvió a apretar el botón.

¡*Flash*!

Cuando llegaron al centro de la plaza, John Delevan vio que una luz silenciosa y blanca llenaba las sucias ventanas del Emporium Galorium. La luz era silenciosa, pero inmediatamente después, y como un shock posterior, se oyó un gruñido bajo, oscuro, que parecía proceder de la tienda de baratijas del viejo…, pero solo porque era el único lugar del que podía salir. En realidad, parecía emanar del subsuelo. ¿O era simplemente que solo la tierra parecía un lugar lo bastante grande para albergar al dueño de aquella voz?

—¡Corre, papá! —gritó Kevin—. ¡Ha empezado a hacerlo!

El resplandor se repitió, iluminando las ventanas como un fogonazo eléctrico sin calor. Una vez más le sucedió aquel gruñido subterráneo, el ruido de una explosión sónica en un túnel de viento, el rugido de algún animal más horrible que cualquier cosa que pudiera imaginarse, a quien despertaban a patadas de su sueño.

El señor Delevan, incapaz de detenerse y casi ajeno a lo que hacía, abrió la boca para decir a su hijo que una luz tan grande y brillante no podía salir del flash incorporado de una cámara Polaroid, pero Kevin ya había echado a correr.

John Delevan lo imitó, sabiendo perfectamente lo que pensaba hacer: alcanzar a su hijo, cogerlo y sacarlo a rastras de allí antes de que sucediera algo espantoso, más allá de su capacidad de control.

VEINTE

La segunda foto que hizo Papi obligó a la primera a desalojar la ranura, que voló hasta la superficie del escritorio, donde aterrizó con un golpe sordo, más fuerte del que puede hacer un cuadrado de papel tratado químicamente. Ahora, el perro de la Sun llenaba casi todo el marco; el primer plano era su cabeza imposible, los oscuros pozos de los ojos, las mandíbulas humeantes y llenas de dientes.

El cráneo parecía alargarse hasta adquirir la forma de una bala o una lágrima, a medida que la velocidad de esa cosa y la distancia entre ella y la lente se combinaban para desenfocarla. Ahora solo se veía la parte superior de los tablones de la cerca; la mole de los omóplatos de la cosa llenaba el resto de la foto.

En la parte inferior, despidiendo un brumoso haz de luz solar, aparecía el broche de corbata de Kevin, que había estado en el cajón junto a la Sun.

—Casi te tengo, hijo de puta —dijo Papi en voz alta y cascada. Estaba cegado por la luz. No veía ni perro ni cámara. Solo el cuco mudo que se había convertido en el objeto de su vida—. ¡Maldito seas, cantarás! ¡ Yo te haré cantar!

¡*Flash*!

La tercera foto empujó a la segunda, que cayó demasiado rápido, más como un trozo de piedra que como un cuadrado de cartón, y, cuando llegó al escritorio, atravesó el viejo secante y sacó astillas de la madera que había debajo.

En esa foto la cabeza del perro estaba aún más desenfocada; se había convertido en una columna de carne que le proporcionaba un aspecto extraño, casi tridimensional.

En la tercera, que todavía asomaba por la ranura, en la parte inferior de la cámara, el morro del perro parecía estar otra vez enfocado. Era imposible, porque la lente no podía acercarse más; estaba tan cerca que parecía el morro de algún monstruo marino que permaneciera debajo del frágil menisco que llamamos superficie.

—La maldita cosa no termina de arreglarse —dijo Papi. Su dedo volvió a apretar el disparador de la Polaroid.

VEINTIUNO

Kevin subió corriendo los escalones del Emporium Galorium. Su padre estiró el brazo para cogerlo, pero solo cogió aire a un centímetro del faldón volante de la camisa de Kevin, tropezó y aterrizó sobre la escalera. Sus manos se deslizaron por el segundo escalón, clavándole un montón de astillitas en la piel.

—¡Kevin!

Miró un momento hacia arriba, y el mundo prácticamente desapareció bajo otro de esos relámpagos blancos. Esta vez, el rugido fue mucho más audible. Era el rugido de un animal enloquecido a punto de destrozar su jaula. Vio a Kevin con la cabeza gacha, protegiéndose con una mano del resplandor blanco, congelado en aquella luz estroboscópica mientras se convertía en una fotografía. Vio hendiduras como de mercurio abriéndose paso por el cristal de los escaparates.

—¡Kevin, cuida...!

El cristal estalló en una lluvia chispeante, y el señor Delevan bajó la cabeza. El vidrio volaba en ráfagas a su alrededor. Lo sintió caer sobre su cabeza y arañarle las mejillas, pero ningún fragmento los hirió, ni a él ni a su hijo. La mayor parte del cristal se había pulverizado. Se oyó un crujido. Volvió a mirar y vio que Kevin había entrado tal como el señor Delevan había pensado antes: empujando con el hombro la puerta sin vidrios y arrancando la cerradura nueva por la parte en que estaba fijada a la madera vieja y podrida.

—¡Maldición, Kevin! —aulló. Se levantó, estuvo a punto de caer sobre una rodilla al enredársele los pies, se incorporó de nuevo y entró siguiendo a su hijo.

Algo le había sucedido al maldito reloj de cuco. Algo malo.

Tocaba una y otra vez, lo cual ya era un problema, pero eso no era todo. Además, había adquirido peso entre las manos de Papi, y también parecía estar recalentándose de una forma extraña.

Papi lo miró y, de pronto, trató de gritar horrorizado a través de unas mandíbulas que, por alguna razón, parecían estar soldadas entre sí.

Advirtió que estaba ciego y también que lo que tenía en las manos no era un reloj de cuco.

Intentó que sus manos aflojaran el apretón letal que sostenía la cámara, y se horrorizó al descubrir que no podía abrir los dedos. El campo de gravedad en torno a la cámara parecía haber aumentado. Y aquella cosa horrible estaba cada vez más caliente. Entre los dedos extendidos de blancas uñas de Papi, el plástico gris de la cámara había empezado a humear.

Su índice derecho empezó a deslizarse hacia arriba, hacia el disparador rojo, como una mosca herida.

—No —murmuró. Y después rogó—: Por favor...

Su dedo no prestó atención. Llegó al botón rojo y se colocó encima de él en el preciso momento en que Kevin golpeaba la puerta con el hombro y la rompía. El vidrio de los paneles de la puerta crujió y se dispersó.

Papi no apretó el botón. Incluso ciego y sintiendo que la carne de sus dedos empezaba a chamuscarse, supo que no había apretado el botón. Pero, cuando su dedo se puso encima, aquel campo gravitatorio pareció primero duplicarse y después triplicarse. Trató de mantener el dedo levantado y apartado del botón. Era como intentar mantenerse erguido en el planeta Júpiter.

—¡Tírela! —gritó el chico desde alguna parte al otro lado de su oscuridad—. ¡Tírela, tírela!

—¡No! —respondió Papi a gritos—. ¡Lo que quiero decir es que no puedo!

El botón rojo empezó a hundirse hacia su punto de contacto.

Kevin estaba de pie, con las piernas separadas, inclinado sobre la cámara que acababan de comprar en LaVerdiere. La caja en la que venía envuelta permanecía a sus pies. Se las había arreglado para encontrar el botón que desbloqueaba la parte frontal de la cámara, mostrando el ancho compartimiento de carga. Estaba tratando de introducir uno de los carretes, pero este se negaba a entrar. Era como si también esa cámara se hubiera convertido en una traidora, tal vez por simpatía con su hermana.

Papi volvió a gritar, pero esta vez no eran palabras, sino un grito inarticulado de dolor y miedo. Kevin olió a plástico caliente y carne asada. Levantó la vista y vio que la Polaroid estaba derritiéndose, derritiéndose de verdad, entre las manos paralizadas del viejo. Su silueta cuadrada, como de caja, iba adoptando una forma extraña, como agazapada. De alguna manera, los cristales del visor y la lente también se habían transformado en plástico. En lugar de romperse o saltar de la estructura cada vez más informe de la cámara, se estiraban y colgaban como si fuesen de melcocha, convirtiéndose en un par de ojos grotescos, como los de una máscara de tragedia.

El plástico oscuro, recalentado hasta deshacerse como si fuera cera caliente, resbaló por los dedos de Papi y el dorso de sus manos en gruesas gotas, practicando surcos en su carne. El plástico cauterizaba lo que quemaba, pero Kevin vio manar sangre por los lados de esos surcos y gotear por la carne de

Papi, para caer sobre la mesa en forma de gotas humeantes que chisporroteaban como manteca caliente.

—¡El carrete está envuelto! —gritó su padre a sus espaldas, quebrando la parálisis de Kevin—. ¡Desenvuélvelo! ¡Dámelo!

Su padre alargó un brazo, golpeando a Kevin con tanta fuerza que estuvo a punto de derribarlo. Cogió el carrete, rasgó el grueso papel de aluminio y lo sacó.

—¡Ayúdenme! —chilló Papi.

Fue la última palabra coherente que le oyeron pronunciar.

—¡Rápido! —gritó el padre de Kevin, entregándole de nuevo el carrete—. ¡Rápido!

El chisporroteo de carne caliente continuaba. La caída de sangre sobre el escritorio, que había sido como una ducha, se convirtió en una tormenta cuando las venas y arterias de los dedos de Papi empezaron a romperse. Un arroyuelo de plástico caliente, líquido, rodeó su muñeca izquierda, y el paquete de venas cercanas a la superficie cedió, lanzando sangre como a través de una tubería rota que primero pierde por algunos agujeros y luego empieza a desintegrarse bajo la presión insistente, pulsante.

Papi aullaba como un animal.

Kevin trató de meter la película y, como seguía resistiéndose, exclamó:

—¡Joder!

—¡Está al revés! —dijo el señor Delevan.

Intentó quitarle la cámara, pero Kevin se apartó, dejando a su padre con un trozo de camisa en la mano.

El muchacho sacó la película, que durante un segundo estuvo a punto de caérsele. Daba la impresión de que el suelo estaba esperando precisamente eso para levantarse como un puño y romperla. Después la sujetó bien, le dio la vuelta, la metió en el compartimiento y cerró la parte frontal de la cámara, que colgaba como una criatura con el cuello roto.

Papi volvió a aullar…

¡FLASH!

VEINTIDÓS

Esta vez fue como estar de pie en el centro de un sol, que en una ráfaga repentina y helada de luz se convierte en una supernova. Kevin sintió como si su sombra hubiera sido arrancada de sus talones y proyectada en la pared. Tal vez fuera verdad, al menos en parte, porque toda la pared a sus espaldas quedó instantáneamente bañada en luz y recorrida por mil grietas enloquecidas, salvo la zona hundida donde caía su sombra. Su contorno, tan claro e inconfundible como una silueta recortada, estaba tatuado allí con un codo levantado en una cuña volante, inmovilizado y congelado incluso mientras el brazo que proyectaba la sombra dejaba su imagen estática detrás, alzándose para levantar la cámara hasta su cara.

La parte superior de la cámara que estaba en manos de Papi se desprendió del resto con un sonido como el de un hombre muy gordo aclarándose la garganta. El perro de la Polaroid gruñó, y esta vez el trueno bajo fue lo bastante fuerte, claro y cercano para resquebrajar el cristal de los relojes, y hacer que el vidrio de espejos y marcos de fotos saliera despedido, en fugaces arcos de cristal de belleza sorprendente e insólita.

En esta ocasión, la cámara ni gimió ni se quejó; su mecanismo emitió un chillido alto y penetrante, como una mujer que está muriendo en las agonías de un parto anormal. El cuadrado de papel que salió y se abrió camino por la abertura humeaba y se quemaba. Después, la propia ranura empezó a derretirse. Uno de sus lados cayó hacia abajo, el otro se enrolló hacia arriba, y todo empezó a bostezar como una boca sin dientes. Sobre la superficie brillante de la última fotografía se formaba una burbuja, que todavía colgaba de la boca cada vez más grande del canal por el cual la Polaroid Sun daba vida a sus productos.

Mientras Kevin miraba, helado, a través de una cortina de puntos brillantes y zigzagueantes que la última explosión había corrido frente a sus ojos, el perro de la Polaroid volvió a rugir. Ahora el sonido no retumbaba tanto, no producía aquella sensación de que provenía de abajo y de todas partes, pero parecía más letal porque era más real, estaba más allí.

Parte de la cámara en proceso de disolución saltó hacia atrás como si fuera una bocaza gris, golpeando el cuello de Papi Merrill y estirándose hasta formar un collar.

De pronto, la yugular y la carótida de Papi se transformaron en anchos chorros de sangre que brotaban hacia arriba y hacia fuera en espirales brillantes. La cabeza de Papi cayó hacia atrás como si no tuviera huesos.

La burbuja que había sobre la superficie de la foto creció. La propia foto empezó a temblar en la ranura abierta en la parte inferior de la cámara, ahora decapitada.

Sus lados empezaron a expandirse, como si la foto ya no estuviera en un soporte de cartón, sino de alguna sustancia flexible, como nailon.

Se movió hacia atrás y hacia delante en la ranura, y Kevin pensó en las botas de vaquero que le habían regalado para su cumpleaños hacía dos años, y en que había tenido que embutírselas porque eran demasiado pequeñas.

Los bordes de la foto tocaron los bordes de la ranura de la cámara, donde tendrían que haberse detenido. Pero la cámara ya no era un objeto sólido; de hecho, estaba perdiendo toda semejanza con lo que había sido. Los bordes de la foto cortaron los lados con tanta limpieza como el filo agudo de un puñal corta la carne tierna. Atravesaron lo que había sido la carcasa de la Polaroid, haciendo volar en la penumbra gotas grises de plástico humeante. Una cayó en un montón seco y crujiente de viejos números de *Mecánica popular*, practicando un agujero humeante y chamuscado.

El perro volvió a rugir. Era un sonido lleno de cólera, feo, el grito de algo cuyo único propósito es destrozar y matar. Eso y nada más.

La foto vaciló al borde de la ranura colgante, en proceso de disolución, que ahora se parecía más a la campana de algún instrumento de viento deforme que a cualquier otra cosa, y después cayó hacia delante, sobre el escritorio, con la velocidad de una piedra que cae al interior de un pozo.

Kevin sintió que una mano le aferraba el hombro.

—¿Qué está haciendo? —preguntó su padre con voz ronca —. Kevin, por el amor de Dios, ¿qué está haciendo?

Kevin se oyó responder con voz remota, casi indiferente:

—Está naciendo.

VEINTITRÉS

Papi Merrill murió echado hacia atrás en la silla, ante el banco de trabajo donde había pasado tantas horas sentado: sentado y fumando; sentado y arreglando cosas para que funcionaran al menos un tiempo y él pudiera vender lo inútil a los irreflexivos; sentado y prestando dinero a los impulsivos e imprevisores después de ponerse el sol. Murió mirando el cielo raso de donde goteaba su propia sangre, cayendo sobre sus mejillas y dentro de sus ojos abiertos.

La silla se balanceó y tiró el cuerpo inerte al suelo. El monedero y el llavero tintinearon.

Sobre su escritorio, la última Polaroid continuaba agitándose intranquila. Sus lados se desgarraron, y a Kevin le pareció percibir una cosa desconocida, al mismo tiempo viva y no viva, gruñendo en horribles y desconocidos dolores de parto.

—Tenemos que salir de aquí —jadeó su padre, tirando de él. Los ojos de John Delevan estaban dilatados y enloquecidos, clavados en aquella foto móvil que ahora cubría la mitad del banco de trabajo de Merrill. Ya no se parecía en nada a una fotografía. Sus lados se abultaban como las mejillas de alguien que intenta silbar frenéticamente. La burbuja brillante, que ahora medía treinta centímetros de alto, se estremecía y se curvaba. Colores extraños, indescriptibles, recorrían al azar la superficie, donde aparecía una especie de sudor oleoso. Aquel rugido, lleno de frustración y hambre desesperada, llegaba una y otra vez a su cerebro, amenazando con destrozarlo y dejar paso a la demencia.

Kevin se apartó de él rompiéndose la camisa por el hombro. En su voz había una calma profunda, extraña.

—No, se limitaría a seguirnos. Creo que me quiere a mí, porque si hubiera querido solo a Papi se habría quedado tranquilo. Si se piensa bien, es lógico, porque yo fui el primer dueño de la cámara. Pero no se detendría ahí. También te cogería a ti. Y tal vez ni siquiera se detuviera entonces.

—¡No puedes hacer nada! —gritó su padre.

—Sí —replicó Kevin—. Tengo una posibilidad.

Y levantó la cámara.

Los bordes de la foto alcanzaron los bordes de la mesa. En lugar de caer, se enrollaron y continuaron retorciéndose y extendiéndose. Ahora parecían extrañas alas, de alguna manera equipadas con pulmones, que trataban de respirar de una forma torturada.

Toda la superficie de la cosa amorfa, pulsante, continuó hinchándose. Lo que en un principio fue una superficie plana, se había convertido en un horrible tumor, y sus costados llenos de bultos y depresiones rezumaban un líquido inmundo. Olía fuertemente a queso rancio.

Los rugidos del perro ya eran continuos; parecían los ladridos atrapados y furiosos de un mastín del infierno dispuesto a escapar. Algunos de los relojes del finado Papi Merrill empezaron a dar la hora una y otra vez, como en señal de protesta.

El deseo frenético que el señor Delevan tenía de escapar desapareció; se sentía dominado por una lasitud profunda y peligrosa, una especie de somnolencia letal.

Kevin acercó el visor de la máquina a sus ojos. Solo había ido unas cuantas veces a cazar ciervos, pero recordaba el momento en que llegaba el turno de esperar escondido con el rifle, mientras los compañeros de cacería atravesaban el bosque en tu dirección, haciendo deliberadamente todo el ruido que podían, con la esperanza de hacer salir algo de entre los árboles y guiarlo hacia el claro donde tú permanecías agazapado, con el campo de tiro en un ángulo seguro que dejara a un costado a los hombres. No debías pensar en la posibilidad de que pudieras herirlos; solo tenías que pensar en darle al ciervo.

Te daba tiempo para preguntarte si podrías darle, si aparecería y cuándo. También te daba tiempo para preguntarte si serías capaz de disparar, tiempo para desear que el ciervo quedara reducido a una mera hipótesis y no tuvieras que pasar la prueba. Siempre había sido igual. La única vez que apareció un ciervo, era Bill Robertson, el amigo de su padre, quien estaba al acecho. El señor Robertson había puesto la bala exactamente donde se suponía que había que ponerla, en el punto de unión entre el cuello y el omóplato. Después le habían pedido al guarda de caza que les sacara una foto rodeándolo: un macho bien desarrollado con el cual habría alardeado cualquier hombre.

«Apuesto a que te habría gustado que apareciese durante tu turno, ¿eh, hijo?», había preguntado el guarda de caza, acariciando el pelo de Kevin (por aquel entonces tenía doce años y todavía faltaba uno para que se iniciara aquel proceso de crecimiento que había comenzado hacía apenas diecisiete meses, y que lo había llevado a alcanzar el metro ochenta, lo que significaba que no era lo bastante grande para molestarse porque un hombre quisiera despeinarlo). Kevin había asentido, guardándose su secreto: se alegraba de que el ciervo no hubiera aparecido durante su turno, de que no hubiese sido su rifle el responsable de enviar o no la bala, y de no poder gozar, suponiendo que hubiera tenido el valor de disparar, de la recompensa de rematar al macho. No sabía si habría podido reunir el valor necesario para meter otra bala en el cuerpo del animal, en caso de no haberlo matado con la primera, o la fortaleza imprescindible para seguir el rastro de su sangre humeante y rematar lo que había empezado, en caso de que el animal huyera.

Había sonreído al guarda de caza y asentido, y su padre había sacado una foto de eso, y nunca había sido necesario decirle a su padre que la idea que se escondía tras su rostro levantado y bajo la mano del guarda de caza era: *No. No quiero. El mundo está lleno de pruebas, pero doce años son muy pocos para realizarlas. Me alegro de que fuera el señor Robertson. No estoy preparado para someterme a pruebas de hombres.*

Pero ahora era él quien estaba en el escondite, ¿no? Y el animal venía, ¿no? Y esta vez no se trataba de un inofensivo herbívoro, ¿verdad? Esta vez era una máquina asesina lo bastante grande y malvada para tragarse un tigre entero, y tenía intención de matarlo a él, y eso era solo el comienzo, y él era el único que podía detenerlo.

Se le pasó por la cabeza la idea de entregarle la máquina a su padre, pero solo fugazmente. Algo en lo más profundo de él sabía la verdad: entregarle la cámara a su padre habría sido como asesinarlo y suicidarse. Su padre creía algo, pero no era lo bastante específico. La cámara no funcionaría en manos de su padre aunque este se las arreglara para liberarse de su actual aturdimiento y apretar el disparador.

Solo funcionaría si la accionaba él.

De modo que esperó la prueba, mirando a través del visor de la cámara como si fuese la mira de un rifle, espiando la fotografía que continuaba expandiéndose y aquella burbuja brillante y delicuescente que se hacía cada vez más grande y alta.

Entonces empezó a producirse el nacimiento del perro de la Polaroid. La cámara pareció ganar peso y convertirse en plomo cuando la casa volvió a rugir, produciendo un sonido semejante al de una ametralladora cargada con municiones de acero. La cámara tembló entre sus manos, y Kevin sintió que sus dedos húmedos y resbalosos deseaban abrirse y dejarla caer. Se aferró a ella mientras sus labios se estiraban sobre los dientes en una sonrisa desesperada. El sudor se le metió en un ojo, duplicando momentáneamente su visión. Echó la cabeza hacia atrás, apartándose el pelo de la frente y las cejas, y después volvió a mirar a través del visor mientras un enorme ruido desgarrador, como el de un paño grueso rasgado con fuerza y lentitud, invadió el Emporium Galorium.

La superficie brillante de la burbuja se rompió. Surgió un humo rojo, como el vapor de una tetera colocada frente a una luz de neón roja.

La cosa volvió a rugir, emitiendo un sonido colérico y homicida. A través de la membrana cada vez más encogida de la burbuja que se derrumbaba, surgió una quijada gigantesca y llena de dientes, semejante a la de una ballena. La quijada desgarró y mordió la membrana, que se rompía con un ruido gomoso.

Los relojes sonaban enloquecida y desordenadamente.

Su padre volvió a agarrarlo con fuerza. Los dientes de Kevin golpearon contra el cuerpo de plástico de la cámara, que estuvo a punto de caérsele y estrellarse contra el suelo.

—¡Haz la foto! —gritó su padre por encima del estrépito de la cosa—. ¡Hazla, Kevin! ¡Si puedes, hazla ahora! ¡Por Dios, va a...!

Kevin se libró de la mano de su padre.

—Todavía no —dijo—. No, todav...

Ante el sonido de la voz de Kevin, la cosa gritó. El perro se alzó desde donde estuviera, ensanchando aún más la foto, que cedió y se estiró con un gemido, reemplazado una vez más por la espesa tos de una tela rota.

De pronto, el perro se levantó. Su cabeza negra, brutal y enmarañada atravesó aquel agujero practicado en la realidad, como si fuera un extraño periscopio todo él metal enredado y lentes restallantes, observadoras... Pero lo que veía Kevin no era metal, sino aquella piel retorcida, erizada; y tampoco eran lentes, sino los ojos dementes y furiosos de la cosa.

A la cabeza le siguió el cuello, y los pinchos de su pelaje desgarraron los bordes del agujero, convirtiéndolo en una extraña eclosión de su silueta. El perro volvió a rugir, y de su boca salió un malsano fuego amarillo rojizo.

John Delevan retrocedió un paso y golpeó una mesa atestada de gruesos ejemplares de *Weird Tales* y *Fantastic Universe.* La mesa se balanceó, y el señor Delevan, indefenso, primero resbaló y luego se desplomó. Hombre y mesa se derrumbaron. El perro de la Polaroid volvió a rugir, estiró la cabeza con una delicadeza inesperada y rompió la membrana que la retenía. La membrana se desgarró. La cosa ladró, y de su boca salió una delgada línea de fuego que alcanzó la membrana y la convirtió en cenizas. La bestia volvió a estirarse, y Kevin vio que lo que rodeaba su cuello ya no era un broche de corbata sino la herramienta en forma de cucharilla que Papi Merrill utilizaba para limpiar su pipa.

En ese momento, el muchacho experimentó una serenidad limpia. Su padre gimió de sorpresa y miedo, y trató de librarse de la mesa que le había caído encima, pero Kevin no le prestó atención. El grito parecía llegar desde muy lejos.

Está bien, papá —pensó, enfocando con mayor precisión a la bestia que emergía—. *Está bien, ¿no lo ves? O, por lo menos, puede salir bien, porque ha cambiado de amuleto.*

Pensó que tal vez el perro de la Polaroid tuviera un amo, y que ese amo había advertido que Kevin ya no era una presa segura.

Y tal vez en aquella extraña ciudad inexistente de Polaroidsville hubiera un criador de perros. Tenía que haberlo, porque, de otro modo, ¿qué sentido tenía la aparición en sus sueños de la mujer gorda? Era la mujer gorda quien le había dicho lo que tenía que hacer, bien por propia iniciativa, bien porque el criador de perros la había puesto allí para que él se la encontrase y la observara: una mujer bidimensional, con un carrito bidimensional lleno de cámaras bidimensionales. *Ten cuidado, muchacho. El perro de Papi ha roto la correa y es muy malo. Resulta difícil hacerle una foto, pero naturalmente es imposible sin cámara.*

Ahora tenía una cámara, ¿no? No estaba en absoluto seguro, pero al menos la tenía.

El perro hizo una pausa, moviendo la cabeza casi al azar, hasta que su mirada lodosa y ardiente se detuvo en Kevin Delevan. Sus labios negros se retiraron de los retorcidos colmillos de jabalí, el morro se abrió mostrando el canal humeante de su garganta, y el animal lanzó un aullido alto y penetrante de furia. Los antiguos globos que iluminaban por la noche la tienda de Papi estallaron uno tras otro, arrojando fragmentos afilados de vidrio esmerilado lleno de cagadas de mosca. El monstruo se irguió, y su pecho ancho y jadeante atravesó la membrana entre dos mundos.

El dedo de Kevin se apoyó sobre el disparador de la Polaroid.

El animal volvió a estirarse. Ahora se liberaron las patas delanteras, y aquellos crueles espolones de hueso, tan parecidos a espinas gigantescas, arañaron el escritorio en busca de apoyo y practicaron largas cicatrices verticales en la pesada madera de arce. Kevin oía los golpes y rasguños de las inquietas patas traseras que buscaban apoyo allí abajo (fuera donde fuese ese «allí abajo»), y en ese momento supo que era el último lapso breve en que permanecería atrapado y a su merced; el siguiente empujón convulsivo lo enviaría volando por encima del escritorio, y, una vez libre del agujero por el cual estaba surgiendo, se movería tan rápido como la muerte líquida, atravesando el espacio que los separaba e incendiando sus pantalones con su fiero aliento, segundos antes de desgarrar sus cálidas entrañas.

Kevin le ordenó con toda claridad:

—Sonríe, hijo de puta.

Y tomó la foto.

VEINTICUATRO

El flash fue tan brillante que más tarde Kevin no consiguió concebirlo; de hecho, apenas si podía recordarlo. La cámara que tenía en la mano no se calentó ni derritió. En cambio, se oyeron tres o cuatro crujidos dentro cuando las lentes estallaron, y los resortes saltaron o simplemente se desintegraron.

En medio del blanco resplandor posterior, vio al perro de la Polaroid congelado, como una perfecta foto Polaroid en blanco y negro, con la cabeza echada hacia atrás, y cada pliegue y depresión de su salvaje piel reproducidos igual que la complicada topografía de un valle ribereño seco. Sus dientes ya no brillaban con aquel amarillo sutilmente matizado, sino que aparecían tan blancos y desagradables como viejos huesos en un vacío estéril por donde el agua ha dejado de correr hace milenios. Su único ojo hinchado, al que el despiadado flash había robado la puerta oscura y sangrienta del iris, era tan blanco como el de la cabeza de un busto griego. Un moco humeante se deslizaba por sus narices ardientes, y corría como lava hirviendo por los estrechos canales situados entre sus labios negros y sus encías.

Era como el negativo de todas las Polaroid que Kevin había visto en su vida: blanco y negro en lugar de color, y en tres dimensiones en lugar de dos. Y también era como contemplar a una criatura viva convertida instantáneamente en piedra a causa de una mirada descuidada a la cabeza de Medusa.

—¡Estás listo, hijo de puta! —gritó Kevin con voz cascada e histérica.

Como una confirmación a las palabras de Kevin, las patas delanteras congeladas de la cosa perdieron el apoyo del escritorio y empezaron a desaparecer, primero lentamente y después cada vez más rápido, dentro del agujero del que había salido. El perro desapareció con un sonido como de tos, como de deslizamiento de tierras.

¿Qué vería si ahora me acercase y mirara dentro del agujero? —se preguntó confuso—. *¿Vería aquella casa, aquella cerca, al viejo con su carrito de la compra mirando con ojos dilatados la cara del gigante? ¿Vería, no a un muchacho, sino a un Muchacho, mirándolo desde un agujero desgarrado y chamuscado en el cielo brumoso? ¿Me aspiraría? ¿Qué?*

En cambio, lo que hizo fue dejar caer la Polaroid y taparse la cara con las manos.

Solo John Delevan, tirado en el suelo, vio el último acto: la membrana arrugada, muerta, encogiéndose sobre sí misma, formando un nódulo complicado pero carente de significado en torno al agujero, arrugándose allí y después cayendo (o siendo inhalada) dentro de sí misma.

Se oyó una ráfaga de aire que se transformó de jadeo profundo en silbido de tetera.

Después, se volvió del revés y desapareció. Así de sencillo: desapareció como si jamás hubiera existido.

Poniéndose lenta y temblorosamente en pie, el señor Delevan vio que la entrada final de aire (o salida, según en qué lado del agujero estuvieras) había arrastrado consigo el papel secante y el resto de fotos que había hecho el viejo.

Su hijo estaba de pie en el centro de la habitación, con la cara entre las manos, llorando.

—Kevin —dijo despacio, y abrazó a su hijo.

—Tenía que hacerle una foto —dijo Kevin a través de sus

lágrimas y sus manos—. Era la única manera de librarme de él. Tenía que hacerle una foto a ese maldito hijo de puta. Eso es lo que quiero decir.

—Sí —dijo su padre, estrechándolo aún más—. Sí, y lo hiciste.

Kevin miró a su padre con los ojos llenos de lágrimas.

—Esa era la única forma de dispararle, papá. ¿Comprendes?

—Sí —asintió su padre—. Sí, lo comprendo. —Volvió a besar la mejilla ardiente de Kevin y añadió—: Vamos a casa, hijo.

Aumentó el apretón en torno a los hombros de Kevin con intención de conducirlo hacia la puerta, lejos del cuerpo humeante y ensangrentado del viejo (el señor Delevan pensó que Kevin todavía no lo había observado, pero que lo haría si seguían mucho tiempo allí). Kevin se resistió un momento.

—¿Qué dirá la gente? —preguntó, en un tono de voz tan mojigato que el señor Delevan se echó a reír pese al estado lamentable de sus nervios.

—Que digan lo que quieran —respondió—. Nunca se acercarán a la verdad, y de todos modos no creo que nadie se esfuerce. No le caía bien a nadie, ¿sabes?

—Yo tampoco quiero acercarme a la verdad —susurró Kevin—. Vamos a casa.

—Sí. Te quiero, Kevin.

—Yo también te quiero —dijo Kevin con voz ronca.

Y salieron a la luz del día, dejando atrás el humo y el hedor de cosas viejas que es mejor olvidar.

EPÍLOGO

Era el decimosexto cumpleaños de Kevin Delevan, y le regalaron exactamente lo que quería: un ordenador personal WordStar 70. Era un juguete de mil setecientos dólares, que sus padres no habrían podido permitirse comprar en los viejos tiempos. Pero en enero, unos tres meses después de aquella confrontación final en el Emporium Galorium, la tía Hilda había muerto apaciblemente mientras dormía. Y había «hecho algo por Kevin y Meg». En realidad, había hecho mucho por toda la familia. Cuando se abrió el testamento a comienzos de junio, los Delevan descubrieron que eran poseedores de casi setenta mil dólares, una vez descontados los impuestos.

—¡Ostras, es estupendo! ¡Gracias! —exclamó Kevin.

A continuación besó a su madre, a su padre, e incluso a su hermana Meg (que rió, pero siendo un año mayor, no se limpió el beso; Kevin no sabía si ese cambio significaba un paso en la dirección correcta). Luego, se pasó gran parte de la tarde en su habitación, manipulando el ordenador y probando el programa.

Alrededor de las cuatro, bajó a los dominios de su padre.

—¿Dónde están mamá y Meg? —preguntó.

—Se han ido a la feria de artesanía de... ¿Kevin? Kevin, ¿qué sucede?

—Será mejor que subas —dijo Kevin con voz hueca.

Cuando llegaron a la puerta de su habitación, volvió su cara pálida hacia la de su padre, igualmente desprovista de color. Mientras seguía a su hijo escalera arriba, el señor Delevan había estado pensando que tendría que pagar alguna otra cosa. Por supuesto que sí. ¿Acaso no había aprendido eso de Reginald Marion *Papi* Merrill? Lo que te hería era la deuda en la que incurrías.

Lo que te destrozaba eran los intereses.

—¿Podemos conseguir otro? —preguntó Kevin, señalando el ordenador portátil que estaba abierto sobre su escritorio, proyectando en el secante un resplandeciente óvalo de mística luz amarilla.

—No lo sé —respondió el señor Delevan aproximándose al escritorio. Kevin se quedó detrás de él como un pálido guardián—. Supongo que si tuviéramos que…

Se detuvo mirando la pantalla.

—Puse el programa de procesamiento de texto y escribí: «El veloz zorro marrón saltó por encima del perro haragán y soñoliento» —dijo Kevin—. En cambio, lo que salió por la impresora fue eso.

El señor Delevan se quedó inmóvil, leyendo. Sentía las manos y la frente muy frías. Las palabras eran las siguientes:

EL PERRO ESTÁ SUELTO OTRA VEZ.
NO DUERME.
NO ES HARAGÁN.
VIENE A BUSCARTE, KEVIN.

John Delevan volvió a pensar que lo que lastimaba era la deuda original, y lo que te destrozaba, los intereses. En las dos últimas líneas ponía:

ESTÁ MUY HAMBRIENTO.
Y TAMBIÉN MUY FURIOSO.